Ist in den Wäldern Smålands wirklich sicherer als auf den Straßen von Stockholm? Die Obdachlose Muriel hat einen entscheidenden Fehler gemacht, als sie mit ihrem Schützling aufs Land geflüchtet ist. Nun braucht sie Hilfe - und hofft sie bei Tom Stilton zu finden, einem früheren Kriminalkommissar, der eine Zeitlang ebenfalls auf der Straße gelebt hat. Der ist gerade damit beschäftigt, den grausamen Tod eines Jungen aufzuklären, der vergraben im Wald gefunden wurde, und vermutet Parallelen ...

CILLA UND ROLF BÖRJLIND gelten als Schwedens wichtigste und bekannteste Drehbuchschreiber für Kino und Fernsehen. Sie sind unter anderem verantwortlich für zahlreiche Martin-Beck-Folgen sowie für die viel gepriesene Arne-Dahl-Serie. Ihr Markenzeichen sind starke Charaktere und eine stringente Handlung. Die Serie um die junge Polizistin Olivia Rönning und den ehemaligen Kriminalkommissar Tom Stilton, der zum Obdachlosen wurde, wurde ebenfalls verfilmt und auch im deutschen Fernsehen als Serie zu sehen.

CILLA & ROLF BÖRJLIND BEI BTB

Die Springflut. Kriminalroman (Fall 1)

Die dritte Stimme. Kriminalroman (Fall 2)

Die Strömung. Kriminalroman (Fall 3)

Schlaflied. Kriminalroman (Fall 4)

CILLA
& ROLF **BÖRJLIND**

SCHLAF LIED

Kriminalroman

Aus dem Schwedischen
von Christel Hildebrandt

btb

… denn es ist noch Winter.

Z. Topelius

Beim letzten Mal stand sie zu nah am Geschehen und bekam ein paar hässliche Blutspritzer auf ihre weiße Leinenhose. Deshalb suchte sie sich in dieser Nacht einen Platz weiter hinten. Die Düfte fremder Pflanzen und Gewürze hingen schwer in der Luft, aber da war noch ein anderer Geruch, oder besser gesagt: Gerüche. Blut, Terpentin, Zigarettenrauch, säuerlicher Schweiß. Inzwischen hatte sie sich daran gewöhnt. Der Raum war klein, und die einzige Luftzufuhr, die es gab, war die Öffnung mit der schmalen Holztür zum Hof, doch sie war geschlossen. Fast fünfzig Personen hatten sich in den engen Raum gedrängt und um die Arena verteilt, und jede einzelne verbreitete ihre persönliche Duftnote. Kein Wunder, dass die Luft so schlecht war.

Sie selbst roch leicht nach Kernseife.

Die Männer in dem Raum, außer ihr waren nur Männer anwesend, trugen alle fast identische Klamotten. Schmutzig gelbe Hosen und ein weißes, dünnes Hemd, um den Hals der Älteren das eine oder andere rotblaue Tuch. Manche hatten weiße, schmalkrempige Hüte auf, andere hielten Flaschen in den Händen, aus denen sie tranken. Braunen, selbst gebrannten Schnaps. Sie hatte bereits höflich mehrere Trinkangebote der Männer abgelehnt, die in ihrer Nähe standen. Jedes Mal hatten sie ihr zugeblinzelt, sie angelacht und ihre kaputten Zähne entblößt.

Und wieder einen Schluck getrunken.

Sie streckte sich ein wenig. Schon so war sie größer als die meisten im Raum, aber wenn sie sich auf die Zehenspitzen stellte, konnte sie leicht über alle anderen hinwegschauen. Und jetzt sah sie den ersten Kampfhahn. Er hieß Black Killer, laut dem handgeschriebenen Schild, das der Besitzer hochhielt. Ein großer, schwarzer Hahn mit stolzem Kamm und kräftigem roten Einschlag im Federkleid. Er wurde in die runde Arena gesetzt, begleitet von einer Kakophonie an Stimmen, in Sprachen, die zu verstehen sie inzwischen gelernt hatte. Natürlich Tagalog, aber auch so melodiöse Sprachen wie Cebuano und Bikolano.

Jetzt wurde der zweite Hahn auf den Boden gesetzt. Red Alert. Genauso groß, genauso selbstsicher wie der andere, genauso bunt und kampfbereit. Die langen, spitz geschliffenen Sporne am Sprunggelenk blitzten in dem gelben Licht auf. Sie sah, wie rund um die Arena Scheine die Hände wechselten, und wusste, einige würden am Ende dieser Nacht nicht mehr ganz so arm sein und andere würden ihren Kummer in braunem Schnaps ertränken.

Sie selbst hatte auf Red Alert gesetzt.

Eine falsche Entscheidung.

Die beiden Hähne wurden freigelassen, sie umkreisten einander ein paar Sekunden lang, schätzten die Situation ein, hielten Abstand, spreizten ihr Federkleid, um zu imponieren oder abzuschrecken, und dann kam plötzlich der Angriff. Von beiden gleichzeitig. Mit einem Mal war nicht mehr zu unterscheiden, welcher Hahn welcher war, ein stürmisch wirbelnder Federball, verursacht durch schwirrende Sporne, rollte über den Boden und füllte die Luft mit abgerissenen Flügelfedern und Blutspritzern, während das Publikum johlte.

Und dann war es vorbei.

Red Alert lag dicht an der niedrigen Holzkante der Arena

auf dem Rücken, der zerfetzte Hahnenkörper zitterte, und eines der Beine schlug gegen die Erde. Der Raum war erfüllt von heiseren Schreien. Was davon Freudenschreie waren und was heftige Flüche, war für sie nicht herauszuhören. Aber an den grinsenden Gesichtern einiger der Männer konnte sie ablesen, auf welchen Hahn sie gesetzt hatten.

Nachdem die kleine Wettkampfarena von einem Sieger und einem Toten geräumt und das Blut mit Kies bedeckt worden war, konnte der nächste Kampf beginnen. An dem hatte sie kein Interesse mehr. Sie war gekommen, um auf Red Alert zu setzen, und sie hatte verloren.

Durch die schmale Holztür ging sie hinaus ins Dunkel. Vor ihr lag eine schmale Gasse mit Lehmboden, die in eine größere Straße mündete, die wiederum zum Muelle Pier in Puerto Galera führte, einen der vielen bunten Küstenorte von Mindoro. Sie holte ein Päckchen Zigaretten und ein Feuerzeug aus der Hosentasche.

»Cosmina.«

Sie drehte sich um. Ein zerfurchter, braun gebrannter Mann mit weißem Hut war ihr gefolgt. In der Hand hielt er den toten Hahn. Er gehörte ihm, Ferdinand. Er war einer der wenigen Einheimischen, die sie hier näher kennengelernt hatte. Das war auch der Grund, warum sie auf seinen Hahn gesetzt hatte.

»Kommst du mit und isst mit uns?«, fragte er.

Cosmina wusste, es war eine Ehre, eingeladen zu werden. Der tote Hahn sollte zubereitet und verzehrt werden, und nur Auserwählte durften an diesem Essen teilnehmen. Die Mahlzeit des Verlierers, wie sie hier genannt wurde. Aber sie mochte um diese Tageszeit nichts essen. Und schon gar nicht ein Tier, das vor ihren Augen gerade eben von einem anderen Tier zerfetzt worden war.

»Danke, Ferdinand, aber ich muss los. Grüße an deine Familie.«

Ferdinand verneigte sich leicht und schaute Cosmina offen an. Die große dunkelhaarige Frau ist sehr schön, hatte seine Frau gesagt, und er war ihrer Meinung.

»Es tut mir leid, dass Red Alert verloren hat«, sagte er.

»Mir auch. Es war ein schöner Hahn. Aber dein Verlust ist größer als meiner.«

Ferdinand verneigte sich noch einmal und ging dann langsam in die Dunkelheit hinein. Sie schaute seinem krummen Rücken hinterher und dem toten Hahn, der in seiner Hand baumelte. Vielleicht hätte ich die Einladung doch annehmen sollen?, überlegte sie. Ihm zuliebe. Sie zündete sich eine Zigarette an und ging in die andere Richtung, um ihr dreirädriges Motorrad zu holen. Sie spürte den lauen Wind vom Meer in die Gasse hineinziehen. Er brachte ein wenig Abkühlung mit sich. Die dünne blaue Bluse klebte ihr am Körper, die Feuchtigkeit und die drückende Hitze waren selbst jetzt, mitten in der Nacht, beschwerlich.

Hahnenkämpfe? Offiziell waren sie verboten, aber die Polizei duldete sie aus einem einzigen Grund: Sie ließ sich nicht gern in den schmalen Gassen von Puerto Galera blicken. Nicht so spät am Abend. Zu dieser Zeit blieben die Polizeibeamten lieber daheim, erschöpft in den Armen ihrer eigenen Frau oder der eines anderen. Das wussten alle. Deshalb fanden die Kämpfe an einigen Nächten im Monat statt.

So wie in dieser.

Sie ging zu ihrem dreirädrigen Bike und startete den Motor. Sie liebte dieses Fahrzeug. Es war zu allen Seiten hin offen und hatte ein Plastikdach, das gegen den Regen schützte, der ein paar Mal am Tag fiel. Und beim Fahren war es angenehm kühl. Sie legte einen Gang ein und wollte gerade auf die Gasse rollen, als ein Mann ein Stück vor ihr auf den Weg trat.

»Hei! Nimmst du mich mit?«

Cosmina sah sofort, dass er nicht hier aus der Gegend war. Nicht einmal ein Philippiner. Dieser Mann war mindestens genauso groß wie sie, mit kurzen Haaren, breitschultrig, in einer hübschen grauen Jacke.

»Und wohin?«

»Zu irgendeiner Bar, die nachts offen hat.«

Der Sitz des Fahrzeugs war breit genug für mindestens drei Personen, Platzmangel war also nicht der Grund, warum sie zögerte. Eher lag es wohl am Zeitpunkt und Ort, mitten in der Nacht in einer schlecht beleuchteten Gasse. Wer fährt da als Anhalter mit? Sie nahm einen Zug von ihrer Zigarette und schaute den Mann an, schaute hinter ihn, um zu sehen, ob dort noch andere Männer standen, aber da gab es nur die Dunkelheit. Sie stieß den Rauch aus und trat die Kippe mit dem Fuß auf dem Lehm aus.

»Dann spring auf.«

Der Mann stieg aufs Rad und setzte sich, rutschte aber an den Rand und hielt einen halben Meter Abstand zu ihr. Wofür sie dankbar war. Sie fuhr die Gasse hinunter zu der größeren Straße, dort hielt sie an. Ein paar bunte Taxis fuhren vorbei.

»Zu welcher Bar willst du denn?«, fragte sie. »Es gibt welche links oder rechts.«

»Kannst du eine empfehlen?«

Cosmina war keine große Kneipengängerin. Wenn sie mal ausging, dann in der Regel immer in denselben Laden, eine Kombination aus Bar und Restaurant an der Küstenstraße, nur einen Kilometer von ihrem Haus entfernt. Eine sympathische Location mit freundlichem Personal. Selten tauchten neben den Leuten aus dem Viertel Fremde dort auf. Die Regale hinterm Tresen waren genauso gut gefüllt wie die in den schicken Bars in der Nähe der Hotels, die weiter zu den Stränden hin lagen, aber hier war es deutlich billiger.

»Es gibt eine gute Bar im Norden, an der Straße«, sagte sie. »Dahin fahre ich sowieso.«

»Okay.«

Cosmina bog auf die große Straße ein und gab Gas. Sie spürte, wie der Meereswind ihr langes Haar flattern ließ und das Gesicht kühlte. Nur wenige Autos waren unterwegs, fast keine Radfahrer. Sie hatte die Straße für sich. Als sie das Zentrum ein Stück hinter sich gelassen hatte, endete die Straßenbeleuchtung, und das einsame Licht ihres Motorrads musste den Weg in der Dunkelheit weisen. Ab und zu sprang ein Hund über die Straße und zwang sie zu bremsen, aber das war sie gewohnt. Die Gegend wimmelte nur so von herrenlosen Hunden und Katzen. Links von ihr lag das Ufer, dahinter das Meer mit einzelnen Lichtern nachtfischender Boote. Sie huschten an kleinen Menschengruppen vorbei, die am Strand um Lagerfeuer saßen. Die meisten von ihnen wohnten hier, zwischen den Palmen ein paar Meter vom Meeresufer entfernt, unter provisorischen Wellblechdächern oder Planen. Rechts standen Holzhäuser eng nebeneinander, niedrige Hütten in kräftigen Farben. In ihnen wohnten die etwas Bessergestellten dieser Gegend, die einen eigenen Stand hatten, an dem sie tagsüber den nächtlichen Fang verkauften oder die morgendliche Ernte von Kräutern und Gemüse.

»Ich heiße Cosmina«, sagte sie, nachdem sie schon eine ganze Weile gefahren waren.

»René.«

»Und woher kommst du?«

»Amsterdam.«

Ein Holländer?

»Seit wann bist du schon hier? In Puerto Galera?«

»Ein paar Tage. Es ist verdammt feucht hier.«

»Ja.«

»Aber das ist wohl gut für die Haut.«

Mehr sagte keiner von beiden, bis sie die Bar erreicht hatten.

Cosmina bremste, bog ab und hielt unter einem Holzdach an. Die Bar lag direkt am Straßenrand, es waren nur ein paar Meter hinunter zum Strand. Eigentlich war es ein Straßencafé, begrenzt durch einen Bretterzaun, mit einem Tresen etwas weiter drinnen unter einem Dach. Die wenigen Tische waren leer. Cosmina sah, dass der Mann hinterm Tresen zu ihnen hinausschaute und eine Hand zum Gruß hob. Es war Manny, einer von Cosminas engeren Freunden hier. Er war auch der Besitzer der Bar. Cosmina stieg gleichzeitig mit René vom Motorrad ab und winkte Manny zu.

»Wie ist es gelaufen?«, rief Manny ihr zu.

»Der falsche Hahn ist gestorben.«

Manny lachte und kam auf den Eingang zu. Cosmina schaute zu dem großen Mann neben sich.

»Es ist nicht gerade überfüllt hier, wie du siehst«, sagte sie mit einem leichten Lächeln. »Vielleicht möchtest du mehr Leute um dich haben?«

»Ganz und gar nicht. Das hier ist perfekt. Musst du gleich weiter?«

Es gab kein Muss mehr in Cosminas Leben. Sie wohnte und lebte allein und nutzte ihre Zeit, wie es ihr gefiel. Wenn sie

Lust hatte, fuhr sie auf irgendeinen Markt, war sie müde, fuhr sie nach Hause. Also antwortete sie:

»Nein. Lädst du mich auf einen Drink ein?«

René lachte wieder und schaute zu Manny. Der Lichtkegel der Lampe über dem Eingang fiel auf Mannys Gesicht und zeigte, dass größere Teile der linken Gesichtshälfte und ein Bereich der Lippen von Brandwunden entstellt waren. René drehte sich um und schaute zu den leeren Tischen.

»Ich sitze gern nahe an der Straße«, sagte Cosmina.

»Hier?«

René zeigte auf einen Tisch gleich hinter dem Bretterzaun, und schon war Manny zur Stelle und zog für Cosmina einen Stuhl heraus. Sie setzte sich, René nahm den Stuhl ihr gegenüber. Zwischen ihnen war ein unbehandelter Holztisch mit abgenutzter Oberfläche, dekoriert mit Salz- und Pfefferstreuern und einem Serviettenhalter. Manny fuhr schnell mit einer Stoffserviette über den Tisch, um einige Insekten unbekannter Art zu verjagen.

»Das Übliche?«, fragte er Cosmina.

»Ja. Und du?«

Sie schaute René an, der sich gerade die Ärmel seiner grauen Jacke aufkrempelte.

»Was ist das Übliche?«, fragte er.

»Das weiß ich nicht. Manny mixt etwas zusammen, es schmeckt immer gut. Willst du auch probieren?«

»Gern.«

Manny nickte lächelnd, blieb am Tisch stehen. Cosmina schaute zu ihm auf.

»Was ist?«

»Es ist so schön, Gäste zu haben. Leere Tische gebären keine Kinder. Meine Mama hat immer gesagt, dass …«

»Die Drinks, Manny.«

Manny verneigte sich und ging davon. Cosmina lächelte René zu.

»Ihm gehört der Laden hier. Ein sehr, sehr freundlicher Mann, und großzügig, er hat nur einen Fehler, er unterhält sich einfach zu gern mit seinen Gästen.«

»Dagegen habe ich nichts, da bekommt man bestimmt die eine oder andere gute Geschichte zu hören. Was ist mit seinem Gesicht passiert?«

»Bei dieser Geschichte will ich ihm nicht zuvorkommen.«

René lachte und krempelte seine Ärmel zu Ende hoch. Äußerst ordentlich, wie Cosmina feststellte. Und sie merkte, wie schön es doch war, sich mal wieder mit einem Europäer zu unterhalten.

Dazu noch einem ziemlich attraktiven.

»Also, was treibst du hier?«, fragte sie. »In Puerto Galera?«

»Das ist eine lange Geschichte.«

»Das ist immer so, wenn man hier Leute trifft.«

Sie bemerkte, wie René sie musterte, als überlegte er etwas. Das Rauschen der Wellen vom Strand war hier in der Bar zu hören, die Zikaden sangen in der Dunkelheit, Mannys Shaker klapperte im Hintergrund, dann endlich sagte René:

»Ich war früher mal Musiker, habe viel auf der Straße gespielt, dann habe ich mir einen Ruck gegeben und bin Arzt geworden. Chirurg.«

Cosmina starrte ihn an.

»Chirurg?«

»Ja. Das habe ich so einige Jahre gemacht, aber dann … ich bekam keine Luft mehr. Wie ein geschlossener Zirkel, man hatte nur Kontakt mit Ärzten und redete über Operationen oder spielte Golf… es wurde zu eng und zu uninteressant, deshalb bin ich weg.«

»Und bist wieder Musiker geworden?«

Cosmina lächelte, als sie das fragte.

»Nein. Ich fing an zu reisen, habe die weißen Flecken auf meiner Landkarte gejagt. Ich dachte wohl, ich könnte mich irgendwo da draußen finden.«

»Du hast keine Familie.«

»Ich hatte eine.«

Cosminas Blick huschte über Renés Gesicht, sie wunderte sich. Innerhalb kürzester Zeit war diese ganz besondere Intimität entstanden, zwischen Menschen, die ins Nichts geworfen wurden. Inkognito. Wenn man sagen kann, was man will, und sein kann, wer man will.

Mitten in der Hitze.

»Meine Herrschaften!«

Manny rauschte mit zwei Drinks auf einem kleinen Holztablett und einer Speisekarte in der Hand heran. Er stellte die Drinks vor seine Gäste und hielt die Karte hoch.

»Hier ist die Küche Tag und Nacht geöffnet«, sagte er. »Nach dem Drink würde ich das Tagesgericht empfehlen. Es ist Flughund mit süßsaurem Chutney und gegrilltem Gemüse. Eine Delikatesse!«

Cosmina schaute René an. Sie hatte bereits einen toten Hahn dankend abgelehnt und war nicht besonders scharf auf eine tote Fledermaus. Und sie nahm an, dass es René genauso ging.

»Mir reicht der Drink, danke«, sagte er.

»Mir auch.«

Manny wirkte kurz enttäuscht, fing sich aber schnell wieder. Auf einen Drink konnte ja ein weiterer folgen und noch einer, und dann kam vielleicht doch noch die Lust auf etwas zu essen? Die Nacht war lang. Er schaute Cosmina an. Wer war dieser Mann, den sie da aufgegabelt hatte? Sie kam doch sonst nie mit männlicher Begleitung hierher. War das jemand aus ihrer Heimat? Ein Ausländer, das war klar. Aber kannten die beiden sich schon von früher? Von zu Hause? Es gab so viel, was er gern gefragt hätte, aber er spürte, dass Cosmina jetzt nicht gestört werden wollte. Vielleicht später, wenn aus einem Drink mehrere geworden waren. Dann konnte er sich eventuell mit an den Tisch setzen, ein paar Fragen stellen und von seinem verbrannten Gesicht erzählen. Um mit den Gästen in Kontakt zu kommen, war sein Gesicht wirklich die beste Eintrittskarte. Aber wie gesagt, vielleicht später.

Manny nahm die Speisekarte mit zurück zum Tresen, und Cosmina und René prosteten sich zu und probierten ihre Drinks, von denen beide nicht wussten, was sie enthielten, aber auch René war der Meinung, dass sie ausgezeichnet schmeckten.

»Rumbasis, denke ich.«

»Ja.«

Sie nahmen noch einen Schluck. Cosmina merkte, dass René sie wieder genau betrachtete. Sie schob sich das Haar aus dem Gesicht und schaute hinunter zum Strand. Die Hitze hatte etwas abgenommen, ein kühlender Wind kam auf. Schön.

»Und wie bist du ausgerechnet hier gelandet?«, fragte sie.

René schaute blinzelnd auf die Straße, den Strand, übers Meer, die Worte kamen langsam.

»Ein Freund von mir ist ermordet worden, die Beerdigung war vor einer Weile … ich musste einfach erst mal weg.«

»Und bist im hintersten Winkel der Welt gelandet.«

»Ja.«

Cosmina lächelte, während sie überlegte, ob René wohl eher Gangster als Chirurg war.

»Und wie bist du selbst hier gelandet?«, fragte er. »Im hintersten Winkel der Welt?«

»Ich wollte von vorne anfangen.«

»Womit?«

Eigentlich hätte sie jetzt ihren Privatbereich genauso öffnen müssen, wie er es getan hatte, schließlich waren sie ja beide Fremde im Niemandsland. Aber sie war noch nicht so weit.

Also wechselte sie lieber das Thema.

»Hast du mal bei einem Hahnenkampf zugesehen?«

»Nein.«

»Eine ziemlich barbarische Angelegenheit.«

Plötzlich war ein dumpfer Knall von der Straße her zu hören. Beide drehten sich um und sahen, wie ein Auto in der Dunkelheit davonraste. Gleichzeitig fing ein Hund an zu heulen, unglaublich laut. Cosmina stand auf. Auf der anderen Straßenseite sah sie den Hund.

»Er ist angefahren worden.«

Der Hund hatte sich an den Straßenrand geschleppt. Er drehte sich um seine eigene Achse und heulte dabei laut und verzweifelt in die Nacht. Er war schwer verletzt. Cosmina ging über die Straße, hin zu dem sich windenden Hund. Sie beugte sich hinunter und packte einen schweren Stein. Mit einem kurzen, harten Schlag gegen den Kopf des Hundes machte sie seinem Leiden ein Ende. Um sicher zu sein, schlug sie noch einmal zu. Als sie die Straße wieder überqueren wollte, schaute sie vorher in beide Richtungen, während sie sich die Hände im Gras am Straßenrand abwischte.

»Die Leute hier in der Gegend behaupten, ein Tier hätte keine Seele.«

Cosmina setzte sich wieder an den Tisch.

»Wenn wir sie töten, dann halten wir sie an dieser Stelle auf«, fuhr sie fort. »Sie wandern nicht weiter.«

»So wie wir?«

»Einige glauben das.«

»Aber du nicht?«

»Ich bin nicht gläubig. Du?«

»Ich weiß nicht«, antwortete René.

»In Italien, in Calcata behaupten sie, sie hätten ein Stückchen Haut, das wäre die Vorhaut des Jesuskindes.«

»Wurde er beschnitten?«

»Na, er war ja Jude, dann wurde er es wohl. Sie wurde 1970 gestohlen.«

René trank aus seinem Glas.

»Reliquien sind schon interessant«, sagte er.

»Ja.«

»Ganz hinten in der Kirche von Paucartambo gibt es ein ...«

»Wo liegt das?«

»In den Bergen von Peru ... da gibt es eine in den Fels geschlagene Krypta, in der steht eine Glasvitrine mit einer abgeschnittenen Zunge darin. Die Zunge gehörte einem beim Volk sehr beliebten Priester. Die Leute haben sie als Erinnerung an seine Wohltätigkeit aufbewahrt.«

»Der Glaube kann vieles umfassen.«

»Ja, das stimmt.«

Beide schauten einen Augenblick lang auf den Tisch, während Manny mit einem Pappkarton in der Hand auf dem Weg zu ihrem Tisch war. Als er angekommen war, öffnete er ihn. Drinnen lagen drei kleine, frisch geborene, niedliche Katzenjunge. Er hielt René den Karton hin.

»Willst du sie mal streicheln?«

»Nein.«

Manny wusste nicht so recht, wie er reagieren sollte. Er hatte es noch nie erlebt, dass ein Gast die Katzenjungen nicht streicheln wollte.

»Bist du allergisch?«

»Nein.«

Cosmina gab Manny zu verstehen, dass er besser verschwand, und schaute René an.

»Du magst keine Kätzchen?«

»Nein. Du?«

»Fast schon zu sehr.«

Cosmina spürte, wie René sie beobachtete. Das war vielleicht die falsche Antwort gewesen. Schließlich hatte sie gerade einen Hund erschlagen und sich nicht gerade als perfekte Tierfreundin präsentiert. Oder vielleicht gerade doch?

»Wo wohnst du?«, fragte sie. »Hier?«

»Ich habe die letzte Nacht in einem Hostel im Norden der Stadt verbracht, aber das war ziemlich primitiv.«

»Kakerlaken?«

»Auch. Das Wasser lief die Wände runter.«

»Und wo willst du diese Nacht schlafen?«

»Da wird sich schon was finden.«

»Du kannst bei mir unterkommen.«

Sie sprach es aus, bevor sie es sich genauer überlegt hatte, und jetzt war es gesagt. Sie wohnte ein Stück weiter, in einem eigenen Haus unten am Strand. Ein ziemlich großes Haus, zum Teil aus Holz, zwei Stockwerke und ein kleinerer Aussichtsturm ganz oben. Und keine Nachbarn. Sie hatte das Anwesen billig kaufen können, weil es vollkommen heruntergekommen gewesen war. Um es so hinzukriegen, wie sie es wollte, hatte sie viel Zeit und Geld hineingesteckt. Jetzt war es fast so etwas wie ein Traumhaus, zumindest für sie. Und es gab ein Gästezimmer, das René beziehen konnte. Der Musiker und Chirurg und vielleicht der größte Lügner der Welt. Woher sollte sie das wissen? Aber sie hegte ein gewisses Vertrauen in ihre eigenen Fähigkeiten, Menschen zu beurteilen, und hatte nichts dagegen, sich auf ein kleines Abenteuer einzulassen. Vielleicht war er ja auch etwas ganz anderes?

»Und wo wohnst du?«, fragte René.

»Ich habe ein Stück weiter ein Haus.«

»Lebst du allein?«

»Ja.«

René nickte und trank sein Glas aus, was Manny im Laufe einer Sekunde registrierte, um mit zwei neuen Drinks am Tisch zu stehen, noch bevor Cosmina ihren beendet hatte.

»Geht aufs Haus«, sagte Manny mit einem schiefen Lächeln. Der verbrannte Mund verzog sich.

René stand auf.

»Wo ist die Toilette?«

Manny zeigte in eine Ecke neben dem Tresen, und René machte sich auf den Weg. Manny setzte sich an den Tisch und beugte sich vor. Cosmina registrierte seinen sauren Atem.

»Wer ist das?«

»Keine Ahnung. Er heißt René. Holländer. Ich habe ihn nach dem Hahnenkampf auf dem Roller mitgenommen.«

»Also niemand, den du kennst?«

»Nein.«

»Was macht er hier?«

»Weiß ich nicht. Weiße Mädchen jagen.«

Manny schaute Cosmina an.

»Aber du bist vorsichtig, ja?«

Cosmina legte eine Hand auf Mannys Arm, einen dünnen,

nackten Arm mit einem merkwürdigen, langgezogenen Tattoo. Sie wusste, er hatte so seine Beziehungen zu Kreisen, aus denen sie sich lieber heraushielt. Sie wollte ihn nur als Manny kennen, der ihr ab und zu Fledermäuse kredenzte. Mit süßsaurem Chutney.

»Ich bin vorsichtig.«

René leerte seine Blase, betrachtete anschließend sein Gesicht mit der feinen Narbe in einem halb zerbrochenen Spiegel und kehrte in die Bar zurück.

»Noch ein Drink?«

Manny rief es ihm vom Tisch her zu, obwohl doch gerade erst der letzte Drink serviert worden war, den sie beide noch nicht angerührt hatten. Aber René streckte den Daumen in die Luft. Ihm war gerade eine Übernachtung bei Cosmina angeboten worden. Bei einer sehr schönen Frau mit eigenem Haus.

Jetzt brauchte er einen Nachschlag.

Und ungefähr das Gleiche dachte Cosmina.

Sie würden also zu ihrem Haus fahren, sie würde ihm sein Zimmer zeigen und außerdem, wo ihr Schlafzimmer lag, und sie würden noch einen Absacker nehmen, in ihrem Turmzimmer sitzen und über das unendliche Meer schauen, vielleicht sogar sehen, wie die ersten zarten Sonnenstrahlen versuchten, über den Horizont zu kommen – und dann? Über eingetrocknete Vorhäute plaudern? Oder abgeschnittene Zungen?

Wohl kaum.

»Prost!«

Cosmina hob ihr Glas, als René sich wieder an den Tisch gesetzt hatte, worauf er seins nahm und den Gruß erwiderte. Beide leerten ihre Gläser, als tränken sie eher Saft als Alkohol.

Schließlich waren die nächsten Drinks schon in Arbeit.

»Jetzt bin ich dran«, sagte Cosmina und stand auf.

Renés Blick folgte ihr auf dem Weg zur Toilette. Wobei sie Manny begegnete, der mit den Drinks schon den Tisch ansteuerte. Er stellte die Gläser ab, zögerte eine Sekunde, ob er sich setzen sollte, doch René gab ihm mit einer Geste zu verstehen, dass er willkommen war.

»Hast du dich über mein Gesicht gewundert?«, fragte Manny.

»Sollte ich das?«

»Normalerweise fragen die Leute immer danach.«

»Und normalerweise antwortest du dann und denkst dir etwas Passendes aus, je nachdem, wer fragt. Stimmt's?«

»Ja.«

Manny sah ein, dass René nicht an seinem verbrannten Gesicht interessiert war. Vermutlich eher an Cosmina. Manny schaute zur Toilette hin.

»Cosmina ist ein Stern«, sagte er. »Sie strahlt über andere. Weißt du, dass sie hier ein altes Haus gemietet hat, ein Stück weiter im Dschungel, eine alte, leerstehende Schule. Sie will dort ein Heim für Waisenkinder aufmachen.«

»Sie ist schön.«

»Ja. Man sollte auf schöne Frauen gut aufpassen. Du! Warte mal!«

Manny zog sein Handy heraus und klickte sich durch seine Fotos.

»Hier! Guck mal!«

Er hielt René das Handy hin.

»Ein Selfie mit einer anderen schönen Frau! Siehst du, wer das ist?«

»Nein?«

»Kate Moss! Sie war vor einer Weile hier und hat Modeaufnahmen unten am Strand gemacht, und danach hat sie die halbe Nacht Shots getrunken, und anschließend ist sie noch Bungee gesprungen!«

»Bungee?«

»Ja, hinten bei der alten Holzbrücke! Eine echte Touristenattraktion, man springt in eine Schlucht hinunter. Du! Wollen wir ein Selfie machen?«

»Nein.«

Die Antwort kam so schnell und schroff, dass Manny zusammenzuckte.

»Entschuldige, ich wollte nicht …«

»Da kommt Cosmina. Kannst du uns noch einen Drink machen?«

Manny stand auf und ging zur Bar.

Es wurde noch ein Drink und noch einer für Cosmina, so dass ein ziemlich angetrunkenes Paar sich spät in der Nacht auf das dreirädrige Motorrad setzte, um zu einem Haus am Strand zu fahren. Cosmina hatte ein paar Flaschen Bier gekauft. Sie fuhr auf die Straße, und René sah den Hundekadaver auf der anderen Seite, ein Bein ragte in die Luft. Kleinere Tiere waren bereits herbeigelaufen und fraßen von dem toten Körper. René öffnete eine der Bierflaschen und reichte sie Cosmina. Diese nahm ein paar Schlucke und gab sie dann zurück. René leerte die Flasche und bemerkte, dass Cosmina jetzt deutlich langsamer fuhr. Nach einigen Minuten war die Bar hinter ihnen verschwunden, und vor ihnen lag eine dunkle, asphaltierte Strecke ohne jedes Haus.

Cosmina genoss die Situation. Ihre Erwartungen waren nicht groß, es würde bestenfalls so eine Nacht werden, wie sie sie ab und zu mal brauchte, und morgen würde er wieder verschwinden. Was ihr ausgezeichnet gefiel. Es sei denn, er war tatsächlich ein ehemaliger Chirurg. Dann sähe die Sache ganz anders aus.

Sie fuhren eine gute Viertelstunde, bevor sie in einen helleren, mondbeschienenen Bereich gelangten. Die Bäume am Rand verschwanden und wurden ersetzt durch Felsblöcke. Ein Stück vor ihnen öffnete die Natur sich zu einer breiten Schlucht, über die eine lange Holzbrücke führte. Cosmina fuhr auf die Brücke.

»Springen sie hier Bungee?«, fragte René.

»Ja. Woher weißt du das? Von Manny?«

»Ja.«

»Bist du schon mal gesprungen?«

»Nein. Du?«

»Schon oft. Ist wirklich ziemlich heftig.«

Cosmina hielt mitten auf der Brücke an. An einem der Holzpfeiler befand sich ein großer grauer Kasten mit Silberkanten. Ein massives Stahlgerüst war am Brückengeländer befestigt.

»Hast du Lust, es zu versuchen?«, fragte Cosmina.

»Jetzt?«

»Ja?«

René betrachtete Cosmina, er sah, wie sie lachte, als wollte sie seine Männlichkeit testen.

»Warum nicht«, sagte er und stieg ab.

Cosmina stieg auf der anderen Seite ab, ging zu dem Kasten, öffnete ein Kombinationsschloss und zog das lange Sprungseil heraus. Sie befestigte es mit einem kräftigen Sicherheitsbolzen. René beugte sich übers Geländer und schaute hinunter in die Schlucht. Der Mond war hinter den Wolkenbänken hervorgekommen und beleuchtete die Klippen, der Gesang der Zikaden hallte zwischen den steilen Felswänden wider, und er spürte, wie die Hitze erneut stärker geworden war.

»Ganz schön tief«, sagte René.

»Ja.«

Er ließ die leere Bierflasche über das Geländer fallen und versuchte, sie im Auge zu behalten. Doch sie verschwand im Dunkel, und es dauerte eine Weile, bis das Geräusch zerbrechenden Glases zu hören war, weit, weit unten.

»Soll ich zuerst springen?«, fragte Cosmina.

»Wenn du willst.«

Sie ließ wieder dieses schöne, schwer zu deutende Lachen hören und schnallte sich das Seil um ihre Waden fest. René half ihr dabei. Dann kletterte sie auf den grauen Kasten und weiter auf das Brückengeländer. René hielt sie mit einer Hand, damit sie nicht das Gleichgewicht verlor.

»Hau nicht mit meinem Dreirad ab«, sagte Cosmina und lachte wieder.

»Keine Gefahr.«

Cosmina wandte sich der Dunkelheit zu, holte tief Luft und ließ sich nach außen fallen. In der Sekunde, als ihre Füße sich vom Geländer lösten, reckte René sich nach vorne.

Hinterher fragte er sich, ob er rein impulsiv gehandelt hatte oder ob es eine bewusste Entscheidung in genau diesem Moment gewesen war. Oder ob er nicht doch ganz einfach die erstbeste Gelegenheit genutzt hatte. Aber ganz egal, warum er sich vorbeugte, als ihre Füße sich vom Geländer lösten, er tat es. Und zog den Sicherheitsbolzen heraus, der das Sprungseil hielt, und schaute danach hinunter in die Schlucht.

Und wartete.

Das dunkle, dumpfe Geräusch des Körpers, der an den Felsen zerschellte, ließ die Serenaden der Zikaden verstummen, eine Stille, die sich entlang der Felswände fortpflanzte.

Mehrere Minuten lang war es ganz still.

Als die ersten Zikaden erneut zu singen begannen, schob er den Bolzen wieder in seine Position, wischte ihn sorgfältig ab und ging auf den dunklen Strand zu.

René?, dachte er. Wie bin ich nur auf René gekommen?

VIER MONATE ZUVOR

Der Einsatzleiter sah genervt aus, als ihm das Mikrofon vors Gesicht gehalten wurde. Er stand im Zentraleingang des Hauptbahnhofs und wusste nicht so recht, wie er sich ausdrücken sollte. Gern hätte er Gelassenheit und Kompetenz vermittelt, konnte die Fakten jedoch nicht leugnen.

»Es sind allein in der letzten halben Stunde mehr als achthundert Flüchtlinge eingetroffen. Eine schwierige Situation. Viele sind gestresst, nachdem sie seit mehr als einem Monat auf der Flucht waren, darunter haben wir viele Familien mit kleinen Kindern.«

»Dann ist die Situation also chaotisch?«

»Nein. Aber sie ist schwierig.«

Der Unterschied zwischen schwierig und chaotisch war wohl eher semantischer Natur. Schaute man in die Haupthalle, lag die Beschreibung »chaotisch« deutlich näher an der Wahrheit, schaute man hinaus in die Vasagatan und sah die Armada von Polizeibussen, die sich in dem Regen aufreihte, war »schwierig« wohl leicht untertrieben.

In diesen späten Abendstunden Mitte September ergoss sich der Flüchtlingsstrom ohne Unterbrechung in den Hauptbahnhof. Hungrig, müde, ziellos. Alles drängte sich auf dem abgetretenen Steinfußboden zusammen, jede Ecke in der Halle war belegt. Die meisten Flüchtlinge stammten aus Syrien und Afghanistan oder anderen von Krieg betroffenen Ländern. Die meisten Schweden vor Ort gehörten diversen Hilfsorganisationen an oder kamen vom Migrationsamt –

dem offiziellen Empfänger dieses lawinenartigen Zustroms. Am Rand der Halle bewegten sich Polizeikräfte, um mögliche Konflikte gar nicht erst entstehen zu lassen.

An die Aufrechterhaltung dessen, was man unter öffentlicher Ordnung verstand, war nicht zu denken.

Hier und da hatten Familien in der großen Halle kleine kugelförmige Zelte in verschiedenen Farben aufgeschlagen, in denen notdürftig geschützt Säuglinge gestillt werden konnten oder einige einfach nur vor Erschöpfung eingeschlafen waren. Überall war das Weinen kleiner Kinder zu hören, das durch das Gemurmel fremder Sprachen und Dialekte brach. Eine große Anzahl Freiwilliger bewegte sich in gelben oder rotgelben Westen zwischen den Menschenmassen hindurch. Ihre Hauptaufgabe bestand darin, die Flüchtlinge mit Essen und Getränken zu versorgen und herauszufinden, wer besondere Hilfe brauchte. Ärztliche Versorgung beispielsweise, oder spezielle Medikamente. Oder einfach nur Trost. Sie boten Salat an, Sandwiches und Wasserflaschen, solange der Vorrat reichte, Windeln und Hygieneartikel, Isoliermatten und Wolldecken. Andere Schweden reckten ihre Arme weit in die Luft, mit Schildern, auf denen stand REFUGEES WELCOME. Inwieweit die Flüchtlinge in der Lage waren, die Botschaft zu verstehen, wäre bestimmt eine gute Frage. Vermutlich versuchten sie in der tumultartigen Situation eigentlich nur, einen Menschen zu finden, der ihnen zeigte, wo sie die kommende Nacht verbringen konnten.

Einige Menschen im Hauptbahnhof verfolgten allerdings ganz andere Pläne. Sie liefen zwischen den Flüchtlingen hin und her, sie sprachen ihre Sprache, und in dieser Sprache warnten sie vor den schwedischen Behörden. Davor, Kontakt mit Schweden aufzunehmen.

Sie boten Alternativen an.

Der größte Teil der Nicht-Flüchtlinge jedoch war hier, um zu helfen.

Luna war eine davon.

Sie stand mitten in der Halle, umringt von einer Gruppe syrischer Flüchtlinge. Die meisten schauten schweigend zu Boden, ihre fremden Körpergerüche schwängerten die Luft um sie herum. Ein kleiner spindeldürrer Junge mit zotteligem schwarzen Haar zupfte mit einer Hand voller Schürfwunden an ihrer gelben Weste und wiederholte immer wieder das Wort »Fadi«. Sie nahm an, dass es sein Name war. Die Mutter des Jungen stand neben ihm und drückte ein gewickeltes kleines Paket an die Brust. Ihr Gesicht war eingefallen vor Schlafmangel, ihre rot unterlaufenen Augen wurden von dunklen Ringen eingerahmt.

»Wie heißt du?«, fragte Luna.

Ein Teenagermädchen übersetzte die Frage für die Mutter.

»Hawa.«

»Wie geht es dir?«

»Ich bin müde von der Geburt.«

»Wann ist das Kind geboren?«

»Vor einer Woche. In einem Lager in Griechenland.«

Luna betrachtete die Mutter, dann drehte sie sich um.

»Olivia!«, rief sie.

Eine junge Frau mit langem dunklem Haar und einer rotgelben Freiwilligenweste drehte sich zu ihr um. Sie sah, wie Luna sie heranwinkte, und versuchte, sich einen Weg zu ihr zu bahnen. Was nur schwer möglich war. Als sie fast über eine der vielen blauen Ikea-Taschen mit gespendeter Kleidung stolperte, gab sie auf und rief: »Was ist?«

»Kannst du einen Arzt besorgen?«

Olivia nickte, schob sich in die andere Richtung und hoffte, einen weißen Kittel zu entdecken. Einige Mediziner waren hergekommen, um zu helfen. Sie trugen weiße Kittel, damit man sie besser erkannte.

Olivia bekam Kontakt zu einem der Ärzte, und gemeinsam gelang es ihnen, sich zu Luna durchzudrängeln. Diese erklärte, wie es um die beunruhigend bleiche Mutter und das neugeborene Kind stand. Der Arzt öffnete seine Tasche. Sofort reagierte die Mutter und versuchte zurückzuweichen, aber mithilfe der Teenagertochter konnte Luna ihr erklären, dass keinerlei Gefahr bestand. Der Arzt fragte nach dem Namen der Mutter, ihrem Alter und einigen anderen Formalitäten, in erster Linie, um die Frau zu beruhigen. Dann horchte er ihr Herz und ihre Lunge ab, maß ihren Blutdruck und konstatierte, dass keine akute Gefahr bestand.

»Das Beste, was du für sie tun kannst«, sagte er zu Luna, »ist, einen Platz zu finden, wo sie sich ausruhen kann.«

Luna nickte und erklärte der Mutter, was der Arzt gesagt hatte. Sie bat Olivia, bei der syrischen Gruppe zu bleiben, während sie nach einem Vertreter der Migrationsbehörde suchte. Die Behörde hatte einen eigenen Stand in der Halle, aber dorthin zu gelangen, war im Prinzip unmöglich. Eine kompakte Masse von mehr oder minder verzweifelten Menschen blockierte den Weg. Luna schob sich in die andere Richtung. Plötzlich entdeckte sie eine Frau, die ein Namensschild der Behörde trug. Eine Koordinatorin. Es gelang ihr, der Frau auf die Schulter zu tippen, so dass diese sich umdrehte. Schnell erklärte sie ihr die Lage der syrischen Familie.

»Wie sieht es in Sickla aus?«, fragte sie. »Gibt es dort Platz?«

»Nein. Leider nicht.«

»Irgendein Flüchtlingscamp?«

»Null Chance. Alles ist proppenvoll, und auch die anderen Möglichkeiten in der Stadt sind völlig überlaufen.«

»Was sollen wir dann machen?«

»Vielleicht könnten sie in einem provisorisch aufgestellten Zelt schlafen?«

Luna drehte sich um und drängelte sich wieder zurück durch die Menschenmenge. Allein die Vorstellung, der Mutter mit dem Neugeborenen einen Schlafplatz in einem provisorischen Zelt anzubieten, weckte ihren Widerwillen.

Also entschloss sie sich für eine andere Alternative.

»Ich habe einen großen Lastkahn, auf dem könnt ihr wohnen, erst einmal«, erklärte sie der Teenagertochter, als sie sich wieder zu der Gruppe durchgekämpft hatte. »Wie viele gehören zur Familie?«

»Wir sind sechs in meiner und fünf in der von meinem Onkel.«

Elf Personen. Luna überschlug schnell im Kopf die Aufnahmekapazitäten des Schiffes. »Das könnte klappen.« Dann drehte sie sich zu Olivia um. »Kannst du mir helfen, sie auf den Kahn zu bringen?«

Gemeinsam bahnten sie den Weg für die ziemlich große Gruppe auf den Ausgang zur Vasagatan zu. Keiner von ihnen bemerkte das schwarze Mädchen, das von einigen Jugendlichen umringt wurde und an einer orangenen Stofftasche zupfte.

Als sie fast den Ausgang erreicht hatten, lief Olivia einem anderen Freiwilligen in die Arme, mit langen Rastazöpfen bis über die Schultern.

»Ich komme gleich nach!«, rief sie Luna zu, die mit der Gruppe weiterging und nur durch einen flüchtigen Blick über die Schulter mitbekam, wie Olivia den Rastatypen mit einer herzlichen Umarmung begrüßte.

Kurz hinter dem Bahnhofseingang holte Olivia die Gruppe wieder ein. Luna und sie begannen gerade darüber zu diskutieren, wie sie am besten ein Transportmittel beschaffen könnten, als eine laut vernehmliche Stimme sich durch das allgemeine Gemurmel drängte.

»Hallo, Olivia!«

Olivia kannte die Stimme nur zu gut. Sie gehörte einem ihrer Kurskameraden von der Polizeihochschule, Ulf Molin. Damals hing er wie eine Klette an ihr, doch im letzten Jahr hatte er endlich damit aufgehört. Inzwischen hatte sie kein Problem mehr mit Ulf, wenn sie sich zufällig über den Weg liefen.

»Ziemlich was los da drinnen«, sagte er.

»Ja. Hier draußen auch, wie ich annehme.«

»O ja.«

Ulf grinste und machte eine ausladende Armbewegung über den dichten Menschenstrom hinweg, der sich vor dem Halleneingang in alle Richtungen gleichzeitig zu bewegen schien.

»Wir versuchen, ein Verkehrschaos zu vermeiden.«

Plötzlich hatte Olivia eine Idee. Schnell erklärte sie Ulf, was Luna und sie planten. Elf Syrer, die zum Frachtkahn einer Freundin in Söder gebracht werden mussten. Ob er das regeln könne?

»Aber gern. Ich kann euch in einem unserer Busse hinfahren. Kommt!«

Ulf ging voran, und Luna und Olivia gaben der Gruppe zu verstehen, dass sie ihm folgen sollten. Ein Stück weiter, unter dem Klarabergsviadukt, standen einige Polizeibusse geparkt. Ulf ging zu einem der größten und zog die breite Tür auf. Als er sich umdrehte, sah er, dass die syrische Gruppe ein Stück davor stehen geblieben war. Eine lautstarke Diskussion war unter ihnen ausgebrochen. Einige zeigten auf den Bus. Ein paar Männer wollten schon zurück zum Bahnhof gehen.

»Wartet!«, rief Olivia. Sie wollte die Männer unbedingt aufhalten. Luna wandte sich der kleinen Dolmetscherin zu, die auf der Unterlippe kaute.

»Was ist denn los?«, wollte sie wissen.

»Das ist ein Polizeifahrzeug.«

»Ja und?«

»Kommen wir ins Gefängnis?«

»Aber nein, ganz und gar nicht. Wir werden nur mit dem Bus zu meinem Schiff fahren. Kannst du nicht versuchen, das deiner Familie zu erklären?«

»Die haben Angst.«

»Aber es besteht nicht die geringste Gefahr. Ich verspreche es!«

Das Mädchen schaute Luna an, beschloss ihr zu vertrauen. Eilig lief sie zurück zur Gruppe.

Es dauerte eine Weile. Aber nach viel Gestikulieren und Überreden bewegte sich die Gruppe letztendlich doch auf den Bus zu. Die Syrer beäugten Ulf immer noch skeptisch, stiegen aber ein.

Dann fuhren sie los.

Während der Fahrt nach Söder saß das Dolmetschermädchen zwischen Luna und Olivia. Sie heiße Leah, sagte sie, und berichtete mit sehr leiser Stimme, warum sie solche Angst hatten. Auf ihrer langen Flucht hatten sie sehr ruppige, brutale Polizisten erlebt, Beamte, die sie wie Tiere behandelten. Ihre Schutzlosigkeit machte sie zu Freiwild.

»Ich habe von einem Mädchen gehört, das gezwungen

wurde, in Rumänien mit drei Grenzbeamten Sex zu haben, damit ihre Familie ins Land durfte.«

Luna sah, wie Olivia in sich zusammensackte.

Sie selbst konzentrierte sich erst mal auf die praktischen Folgen ihrer Entscheidung, die Flüchtlinge mit aufs Schiff zu nehmen. Der Beschluss selbst war ihr leichtgefallen, doch für die Umsetzung war eine gewisse Logistik unabdingbar. Sie musste die Essensvorräte ordentlich auffüllen. Toilettenpapier? Handtücher? Zahnbürsten? Windeln. Auf halbem Weg zum Söder Mälarstrand bat sie Ulf, in die Hornsgatan abzubiegen und bei dem Supermarkt Ecke Ringvägen zu halten.

Der Lastkahn war auf *Sara la Kali* getauft, nach einer der Schutzheiligen der Roma. Luna hatte ihn in Frankreich gekauft und mithilfe ihres Vaters, eines pensionierten Kapitäns, hierher geschippert. Jetzt lag er schon seit einigen Jahren am Kai und diente als Wohnung. Zuerst für Luna allein und seit einem Jahr auch für Tom Stilton. Der Kahn, zum Teil von Luna umgebaut, war geräumig, mit mehreren größeren und kleineren Kajüten und einem schon etwas abgewohnten, aber hübschen Salon. An Komfort mangelte es nicht an Bord. Sie selbst und Tom wohnten in der Kapitänskajüte achtern.

Und dort wollte sie auch bleiben.

Die elf Syrer durften sich ihre Kabinen selbst aussuchen, und dann zeigten Luna und Olivia ihnen, wie die Küche und die Duschen funktionierten. Nach einem späten Abendessen verschwanden die Gäste in ihren vorübergehenden Behausungen. Luna hatte ihnen erklärt, dass sie die Stadt kontaktieren und versuchen wollte, eine dauerhafte Unterkunft für sie zu finden. Mehr könne sie im Augenblick nicht tun.

Damit schienen alle zufrieden zu sein.

Jetzt saß sie mit Olivia im Salon in dem gedämpften Licht kleiner metallgelber Wandlampen. Sie hatte nicht übel Lust auf einen kleinen Whisky, um etwas runterzukommen, aber ihr war klar, dass sie in Alarmbereitschaft bleiben musste. Wer wusste schon, was in dieser Nacht passieren würde? Sie ging davon aus, dass vermutlich mehr als nur einer ihrer Gäste traumatisiert war von dem, was sie durchgemacht hatten. Leahs Berichte beim Essen ließen daran keinen Zweifel. Also machte sie stattdessen Tee, was Olivia sehr entgegenkam. Schweigend tranken sie ein paar Schlucke, bis Luna einfiel, was sie eigentlich noch hatte fragen wollen.

»Wer war das denn, den du auf dem Weg hinaus umarmt hast?«

»Am Eingang zum Bahnhof?«

»Ja.«

»Ach, ein alter Ex. Ein jamaikanischer Typ, Jamie. Wir waren vor ein paar Jahren zusammen, nicht besonders lange, aber es war cool, ihn wiederzutreffen. Ich habe damals seine Katze übernommen.«

»Ach ja? Die, die später ...«

»Ja.«

Olivia schaute in ihre Teetasse, und Luna stellte keine weiteren Fragen. Schweigend saßen sie ein paar Minuten zusammen.

»Hast du mit Tom reden können?«, fragte Olivia.

»Nein, er ist draußen auf Rödlöga und schaut nach dem Haus.«

Die Frauen blickten einander an und mussten beide grinsen. Das Zusammenleben auf engstem Raum, mit elf Flüchtlingen, darunter ein frisch geborener Säugling, gehörte sicher nicht zu Toms Top Five.

»Dann wird er wohl lernen müssen, Windeln zu wechseln«, sagte Olivia und schaute auf die Uhr.

Sie musste am nächsten Morgen nach Värnamo fahren, um dort einen Mordfall abzuschließen, da brauchte sie auf jeden Fall ein paar Stunden Schlaf. Aber vorher noch ein kurzer Abstecher zum Zentralbahnhof, falls Jamie noch dort war?

»Ich werde mal aufbrechen, ist das okay für dich?«

»Auf jeden Fall. Und vielen Dank für deine Hilfe!«

Olivia nickte, stand auf, blieb dann doch stehen, den Blick auf Luna gerichtet.

»Was ist?«

»Ich hoffe nur, dass Tom kapiert, wie super du bist.«

Damit drehte sich Olivia um und ging zur Treppe. Luna schaute ihr nach, bis sie an Deck verschwunden war. Das hoffe ich auch, dachte sie und streckte sich auf dem an der Wand befestigten Sofa aus.

Da fing der Säugling an zu weinen.

Jamie war noch da.

Er schmunzelte, als er sah, wie sich Olivia in ihrer leuchtenden Helferweste einen Weg zu ihm bahnte. Er war gerade dabei, einen Stapel Wolldecken an ein paar frisch eingetroffene Familien zu verteilen, als sie bei ihm ankam.

»Du bist zurückgekommen«, strahlte er.

»Ja, aber nur kurz, dann muss ich nach Hause. Machst du hier schon länger mit?«

»Seit ein paar Abenden. Was da drinnen abgeht, ist ja total irre. Kannst du noch ein paar Decken besorgen?«

Olivia nickte und machte sich auf den Weg. Dabei dachte sie über Jamie nach. Ihn hier zu treffen, in einer rotgelben

Weste mitten im Schwarm hilfesuchender Menschen, kam für sie ziemlich überraschend. Während ihrer Beziehung hatte er das Leben genommen, wie es kam, sich mit irgendwelchen Aushilfsjobs in Bars oder Nachtclubs finanziell über Wasser gehalten, bis mittags geschlafen und abends mit ein paar Kumpeln herumgehangen. Nicht gerade der Prototyp eines Flüchtlingshelfers. Zu dem er ja offensichtlich geworden war.

Aus »nur kurz« wurde eine Stunde, aus einer Stunde wurden ein paar Stunden. Gegen drei Uhr nachts ließ sich Jamie auf eine Bank fallen, und Olivia setzte sich neben ihn. Beide waren sichtlich erschöpft.

»Jetzt reicht es aber«, sagte Jamie.

Olivia nickte. Die Füße taten ihr weh, und sie sehnte sich nach einer Kanne Tee. Jamie richtete sich ein wenig auf und versuchte, die Schulterblätter zu lockern.

»Wohnst du noch in der Skånegatan?«, fragte er.

»Nein, ich bin in die Högalidsgatan gezogen.«

»Das ist ja nicht so weit.«

Jamie lachte, und Olivia erkannte es wieder. Dieses Lachen hatte sie mitten ins Herz getroffen, damals, als sie sich kennenlernten.

»Ich bin scheißmüde«, sagte er. »Wollen wir los?«

Olivia nickte und stand auf, und als Jamie auch auf die Beine gekommen war, sagte sie etwas, was sie in keiner Weise vorher überlegt hatte.

»Kommst du noch mit auf eine Tasse Tee?«

Gerne, wie sich herausstellte.

*

Der Eber stand am Rand einer Erdspalte.

Hier und da gab es in dem dichten Nadelwald solche Spalten, verursacht durch umgestürzte Bäume, oft mit dichtem Wurzelwerk, das den Mondschein einfing und ihn meterweit über den Boden verbreitete. Zwischen den Bäumen war es still, kein Wind störte die Äste, dennoch war der Eber vorsichtig. Trat er in die Spalte, wurde er sichtbar. Er lauschte und witterte. Ein Geruch hatte ihn angelockt, er kam aus der Spalte, ein Stück tiefer, bei einem kleineren Felsblock. Er war gezwungen, aus der Deckung zu gehen, um zu dem Geruch zu gelangen. Der große schwarze Körper machte ein paar Schritte hinaus in den Mondschein, der Kopf drehte sich zu beiden Seiten, der Blick aus den kleinen Augen huschte über den Platz. Noch ein paar Schritte, vorsichtig, gleich hatte er den Geruch erreicht.

Der Eber blieb mitten in der blauen Spalte stehen. Der große Kopf schwenkte noch ein letztes Mal hin und her, dann beugte er sich hinunter zur Erde neben dem Felsen. Die spitzen, kräftigen Reißzähne hackten, die Klauen kratzten die dunkle Erde auf. Es dauerte einige Minuten, bis er eine passend große Grube zuwege gebracht hatte, um an das heranzukommen, was ihn hergelockt hatte. Er zwängte seinen Kopf durch das Loch und begann an etwas zu zerren. Das wollte aber nicht loslassen. Der Eber knurrte und schüttelte den kräftigen Kopf hin und her, um das loszubekommen, was seine Kiefer gepackt hatten.

Endlich gelang es ihm.

Der Eber drehte sich um und bewegte sich zum Ausgang der Spalte. Mit schnellen Trippelschritten verschwand er aus dem Mondschein, hinein ins Dunkel. Teile eines nackten Fußes hingen ihm aus dem Maul.

Muriel hieß mit Nachnamen Johansson und stockte ab und zu ihre Sozialhilfe auf, indem sie ihren Körper verkaufte. Sie war gut dreißig Jahre alt und dachte nur selten über sich selbst oder ihre Situation nach. Denn aus dieser Sackgasse, in die sie bereits einige Male geraten war, kam sie nur mit aufgeschnittenen Handgelenken und der Endstation psychiatrische Notaufnahme wieder heraus. Also vermied sie die Gasse. Lieber lebte sie in den Tag hinein – und in die Nacht. Eine Zeitlang blieb sie meistens sauber, was besonders ihren Freunden zu verdanken war, die sie für etwas anderes hielten als sie sich selbst. Ronny und Benseman – und Tom. Aber es gab diese Lichtungen auf ihrer Nachtwanderung, kleine blaue Oasen, in denen sie sich eine Pause gönnen konnte, bevor die Sucht oder die Flucht sie wieder in die Dunkelheit zwangen.

»Flucht wovor?«, hatte Tom gefragt. »Wovor musst du fliehen?«

»Vor mir selbst.«

Sie hätte sagen können »vor der Scham«, diesem ganzen verdammten Dreck, den Schuldgefühlen, was auch immer es war, das sich in ihr zu einem Monster ohne Gesicht zusammengefügt hatte. Das, was ganz hinten in der Sackgasse stand und ihr einen Spiegel aus Eis entgegenhielt.

Und sie auf die Straße hinaus zwang.

Wie am heutigen Abend.

Sie war gerade am Brunkebergstorg abgesetzt worden und trat direkt in eine große Wasserpfütze. Ihre Turnschuhe wurden klitschnass. Verdammte Scheiße! Sie sprang auf den Bürgersteig und fuhr sich mit der Hand durch die zerzauste Frisur. Der Freier hatte während des Blasens die ganze Zeit in ihrem Haar gewühlt. So ein Schwein. Aber er hatte rausgerückt, was sie verlangt hatte. Die zwei Fünfhunderter brannten in ihrer Tasche. Bis zur Platte waren es nur ein paar Minuten zu Fuß.

»Ey, du!«

Muriel schielte zur Seite. Ein silbergrauer BMW rollte mit heruntergelassener Scheibe neben ihr heran.

»Was nimmst du für ein Mal Blasen?«

Ein Mann in den Zwanzigern beugte sich aus dem Fahrzeug heraus. Er hatte das dunkle Haar nach hinten gegelt und die grauen Augen zusammengekniffen. Seine Zähne waren viel zu weiß. Muriel warf einen Blick in den Wagen und konnte ein paar junge Typen erkennen, außerdem registrierte sie teures Rasierwasser, Schnaps und Testosteron.

Die schlimmste Mischung.

»Mann, Scheiße, Micke!«, rief einer der Typen vom Rücksitz. »Das ist doch 'n Junkie! Hör auf! Einfach nur eklig!«

Die Beleidigung traf Muriel bis ins Mark. Sie spuckte auf die Wagentür und trat zurück auf den Bürgersteig.

»Verflucht, was machst du da, du Scheißfotze?!«

Die Wagentür wurde aufgestoßen von dem, der offensichtlich Micke hieß. Seine Kumpel versuchten, ihn zurückzuhalten.

»Cool down, Micke! Die Alte kann Aids haben.«

Micke sprang aus dem Wagen, direkt auf den Bürgersteig. Muriel erkannte ihren Fehler und rannte davon. Die nassen, schweren Schuhe hingen an ihren Füßen, sie würde diesem Idioten niemals davonlaufen können. Verdammt! Warum hatte sie nur gespuckt? Warum war sie nicht einfach weitergegangen? Das war doch sonst ihre Taktik, wenn sich etwas zusammenbraute. Sich klein machen, grau und unsichtbar, um nicht mit all diesen Idioten zusammenzustoßen, die ihr begegneten. Genau das hatte sie doch gelernt, oder?

»Du verfluchte Fotze«, keuchte Micke hinter ihr.

Plötzlich spürte Muriel, wie er ihr Haar packte. Sie schrie, stolperte und versuchte freizukommen. Keine Chance. Sein Griff ließ ihren Kopf nach hinten fliegen, und sie spürte, wie der Schmerz ihr durch den ganzen Körper fuhr. Sie hing fest. Wenn sie jetzt anfing, um sich zu schlagen, würde alles nur noch schlimmer werden. Also krümmte sie sich zusammen, schloss die Augen und wartete auf den ersten Schlag.

Der nie kam.

Alles ging plötzlich ganz schnell.

Sie hörte, wie der BMW an ihre Seite heranfuhr und die Kerle im Auto ziemlich gestresst durcheinanderschrien.

»Micke! Jetzt spring rein, verflucht noch mal!«

»Sofort! Sonst hauen wir ab!«

Plötzlich lockerte Micke den Griff um Muriels Haar und sprang in das silbergraue Auto. Muriel öffnete die Augen und sah, wie sie davonbrausten. Sie kapierte gar nichts, dankte aber ihrem glücklichen Stern. Oder vielleicht Mickes Kumpel. Bis sie den Wagen mit blauen Leuchten auf dem Dach bemerkte.

Muriel streckte sich, strich das kurze Kleid einigermaßen glatt und machte sich auf Richtung Sergels torg, als wäre nichts gewesen. Der Streifenwagen wurde langsamer, als er auf ihrer Höhe angekommen war. Sie konnte spüren, dass die Männer im Auto sie musterten, aber sie hielten nicht an, dieses Mal nicht, sie fuhren weiter zur Malmskillnadsgatan.

Muriel atmete auf.

Da sah sie es, ein Stück weiter vorn.

Ein armseliges kleines Wesen, das zusammengekauert in der Dunkelheit einer Betonwand vor der Riksbanken hockte. Muriel erkannte sofort, dass das Mädchen versuchte, sich unsichtbar zu machen, solange der Streifenwagen in Sichtweite war. Kaum war er verschwunden, richtete sie sich ein wenig auf. Sie schien nicht älter als zehn, vielleicht elf Jahre zu sein und trug lediglich ein dünnes lila T-Shirt und eine gelbe schmutzige Hose, die mit einer Schnur in der Taille zusammengehalten wurde. Um ihren Hals hing eine Kette mit bunten Glasperlen und etwas, das aussah wie eine Art Samenkapseln. In der einen Hand hielt sie einen orangenen Stoffbeutel. Sie war schmutzig und vom Regen durchnässt, aber Muriel war beeindruckt davon, welche Eleganz sie trotz ihrer elenden Lage ausstrahlte. Obwohl sie die Beine an den Bauch herangezogen hatte, war der Rücken kerzengerade. Sie sieht aus wie eine kleine Ballerina, dachte Muriel, aber wie eine Ballerina, die so heftig weinte, dass ihr ganzer Körper bebte.

Muriel trat zu ihr, hockte sich vor sie hin.

»Was ist passiert? Alles in Ordnung mit dir?«

Das Mädchen schaute zu ihr auf, und Muriel zuckte zusammen. Der Blick aus den traurigen braunen Augen wirkte deutlich älter als das Mädchen. Auf der einen Wange liefen die Tränen in eine breite dunkle Narbe, sammelten sich dort für einen Moment. Auf der anderen Wange liefen sie direkt hinunter bis zum Kinn, vorbei an den schön geschwungenen Lippen, bevor sie auf das lila T-Shirt tropften.

Muriel wiederholte ihre Frage, dieses Mal in holprigem Englisch, vielleicht konnte das Mädchen ja gar kein Schwedisch. Sie versuchte zu lächeln, ohne ihre Zähne zu zeigen, für die sie sich sehr schämte. Das Mädchen mit den sonderbaren

Augen musterte sie, schien sie zu durchschauen. Muriel wand sich innerlich, der Körper juckte, zum einen, weil sie nicht gern so genau gemustert werden mochte, zum anderen, weil der übliche Entzug sich ankündigte. Langsam stand sie wieder auf. Was soll ich tun?, dachte sie und schaute sich um, als suche sie nach Hilfe.

»Ich habe Hunger.«

Das Mädchen sagte das in klarem Englisch, mit heller Stimme, worauf Muriel sie wieder ansah.

»Und Durst.«

Plötzlich bereute Muriel, dass sie überhaupt gefragt hatte. Was ging sie das Ganze überhaupt an? Glaubte sie etwa, sie könnte dieser Kleinen helfen? Sie war doch keine verdammte Florence Wie-immer-die-noch-hieß-Nightingale, sie hatte genug mit ihrem eigenen beschissenen Leben zu tun. Die Krämpfe im Bauch wurden stärker. Sie machte ein paar Schritte weg von dem Mädchen. Gerade hatte sie einem Freier einen geblasen, sie hatte tausend Piepen in der Tasche, und die Platte war gleich um die Ecke.

»Ich weiß nicht, wohin ich gehen soll«, sagte das Mädchen.

Muriel dachte erst, da bist du nicht die Einzige, aber dann fasste sie plötzlich einen merkwürdigen Entschluss. Warum, wusste sie selbst nicht. Vielleicht war es die Erinnerung an Vera, die ihr plötzlich durch den Kopf schoss. Vera, die sie getröstet hatte, als das Leben nur noch beschissen war. Die dafür gesorgt hatte, dass Muriel etwas im Magen hatte. Bei der sie im Wohnwagen schlafen durfte, wenn die Ängste zu groß wurden. Die in der täglichen Hölle eine Art Ersatzmutter für sie gewesen war.

Vera, die tot war.

Zu Tode geprügelt.

Muriel drehte sich wieder zu dem Mädchen um, ging auf sie zu und streckte ihr die Hand entgegen.

»Komm, ich helfe dir«, sagte sie in ihrem primitiven Englisch.

Das Mädchen sah die ausgestreckte Hand an, ohne sich zu bewegen. Vielleicht hatte sie erwartet, dass Geld darin lag? Vielleicht schätzte sie das Risiko ab?, überlegte Muriel. Sicher hat sie schon einiges an Streitereien auf der Straße erlebt, sieht genau diese Bilder vor sich. Auch wenn sie die Sprache nicht versteht, so kapiert sie bestimmt, dass ich eine Hure bin. Aber das bin ich ja nicht. Oder doch. Ich verkaufe mich, um mir einen Schuss geben zu können. Aber im Augenblick versuche ich nur, nett zu sein.

»Ich bin nicht gefährlich«, unternahm Muriel einen zweiten Anlauf. »Komm, ich habe Geld, ich kann uns was zu essen kaufen.«

Sie schob die Hand in die Tasche und zog die beiden Fünfhunderter heraus, die sie sich verdient hatte, und die eigentlich für etwas anderes als Essen für ein weinendes kleines Mädchen gedacht waren.

»Es gibt einen Laden da hinten. Komm!«

Endlich zögerte das Mädchen nicht länger, ergriff Muriels Hand und stand auf. Mit der anderen Hand umklammerte sie den orangenen Stoffbeutel. Muriel musste wieder lachen, und dieses Mal vergaß sie ihre kaputten Zähne zu verstecken.

»Du hast schönes … Haar!«

Zöpfe hatte sie sagen wollen, aber ihr fiel das englische Wort dafür nicht ein.

Die Verkäuferin im Seven-Eleven hielt kurz in ihren Bewegungen inne, als sie die Frau hereinkommen sah. Kräftig geschminkt, mager, mit schlappenden Turnschuhen, in einem schwarzen kurzen Kleid. Muriel sah ihren misstrauischen Blick und erkannte ihn sofort, sie kannte solche Blicke nur zu gut. Blicke, die sie auf den Junkie reduzierten, eine Straßenhure. Sie senkte den Kopf, richtete den Blick nach unten. Immer. Wäre Vera dabei gewesen, hätte diese nur gesagt: »Scheiße, was glotzt du, hast du noch nie 'nen Promi gesehen?« Und dann hätte sie laut gelacht und immer weiter gelacht, bis die Verkäuferin nach dem Alarmknopf unter dem Tresen gesucht hätte.

Aber Muriel war nicht Vera.

Sie hielt den Blick gesenkt.

Außerdem hatte sie dieses Mal ein kleines schwarzes Mädchen mit schmutziger, nasser Kleidung im Schlepptau, wodurch sie sich nicht weniger verdächtig machte. Zielstrebig ging sie zu den Softgetränken. Dort hob sie den Blick, schaute das Mädchen an. Diese stand mit kerzengeradem Rücken dicht neben ihr und schaute sich neugierig um. Sie ließ sich nicht erniedrigen. Wie selbstverständlich bediente sie sich aus dem Kühltresen und griff nach einer großen Flasche Coca-Cola. Muriel spürte den Blick der Verkäuferin im Nacken brennen. Das Mädchen hielt die Flasche Muriel hin.

»Okay?«

»Okay«, bestätigte Muriel.

Das Mädchen drehte sich um und suchte Brot, Butter und Aufschnitt zusammen. Muriel stand etwas hilflos dabei.

Heute Abend würde sie mit dem Entzug kämpfen müssen.

Muriel und das Mädchen saßen in einem fast leeren Bus auf dem Weg hinaus in die Wälder von Lissma. Das Mädchen schaute durch das Fenster hinaus. Es gab nur dunkle Straßen dort draußen, und die Bebauung wurde immer spärlicher. Muriel schaute auf ihre Hände und versuchte, das Zittern zu bekämpfen. Sie war immer noch verwundert über ihre Entscheidung, das Mädchen mitzunehmen. Sie waren auf dem Weg zu Ronny Redlös' Sommerhaus, einer kleinen Hütte im Wald, in der sie der gutherzige Antiquariatsbesitzer ab und zu wohnen ließ. Ein Vertrauensbeweis, das wusste sie, und sie war unsicher, wie er wohl reagieren würde, wenn er wüsste, dass sie ein unbekanntes Flüchtlingsmädchen dort mit hinnahm.

Denn sie nahm an, dass es sich bei dem Mädchen um einen Flüchtling handelte.

Oder besser gesagt, sie spürte es.

»Folami«, sagte das Mädchen plötzlich. »Ich heiße Folami.«

Muriel zuckte zusammen. Ihr war noch gar nicht aufgefallen, dass sie sich nicht vorgestellt hatten.

»Folami?«

»Ja. Und du?«

»Muriel.«

Muriel sprach ihren Namen aus, wie er geschrieben wurde. Andere bevorzugten eine amerikanische Aussprache, eher Mjuriel, doch Muriel wusste, dass ihre Mutter damals die Wahl hatte zwischen Ariel und Muriel. Bei Muriel war sie geblieben, als sie gemerkt hatte, dass Ariel auch ein Waschmittel war. Aber die Aussprache sollte gleich sein, in schwedischer Form, Buchstabe für Buchstabe.

»Muriel.«

Folami wiederholte den Namen genau in der gleichen Form, wie ihr Gegenüber ihn ausgesprochen hatte. Und fügte hinzu, sie fände, es sei ein schöner Name.

»Genau wie Folami.«

Die weitere Busfahrt über schwiegen sie. Muriel fiel es sowieso schwer, sich locker zu unterhalten, und auf Englisch wurde das nicht besser. Folami schien nichts gegen die Stille zu haben. Sie lehnte den Kopf gegen die Fensterscheibe und schaute auf den dunklen Wald, der an ihnen vorbeirauschte. Nach einer Weile schloss sie die Augen und schien zu schlafen. Muriel beobachtete sie. Das Mädchen sah fast friedlich aus. Muriel war zufrieden. Sie hatte diese Mistnacht um 180 Grad gedreht.

Vera wäre stolz auf sie.

Als sie an einer dunklen, verlassenen Haltestelle draußen in Lissma aus dem Bus stiegen, verließ vor ihnen eine magere ältere Frau mit einem vollbepackten Einkaufstrolley in der einen Hand und einer Plastiktüte in der anderen den Bus. Sie keuchte laut, als sie draußen erst einmal wie angewurzelt stehen blieb. Muriel und Folami mussten sich an ihr vorbeidrängeln. Muriel war überzeugt davon, dass die Frau sich absichtlich in den Weg gestellt hatte.

Die Frau schaute die Straße entlang. Eine breite, hoch gewachsene Gestalt näherte sich in der Dunkelheit den Graben entlang, mit einem großen Hund an der Leine.

»Bist du es?«, rief die Frau mit kreischender Stimme.

»Ja, Mama«, antwortete der Mann aus dem Dunkel.

Muriel fasste Folami am Arm und ging los. Sie kamen an dem Mann mit dem Hund vorbei, er war in den Vierzigern. Muriel erkannte ihn wieder. Sie war ihm auf der Straße begegnet, als sie vor ein paar Tagen den Bus nehmen wollte. Jetzt sah sie, wie er Folami anstarrte.

Muriel fasste Folami an den Schultern und bog in einen schmalen Waldweg ein, der zu Ronnys kleiner Hütte führte.

Als sie einen Blick über die Schulter warf, sah sie, wie der Mann und die Frau immer noch an der Haltestelle standen und ihnen hinterherschauten.

»Ist es weit bis zum Haus?«, fragte Folami.

»Nur noch ein kleines Stück.«

Muriel ging schneller.

*

Der Mann, der seine Mutter vom Bus abholte, hieß Bernt Nylund, seine Mutter hieß Bodil. Beide wohnten seit Bernts Geburt in einem kleinen Sandsteinhaus, in der gleichen Gegend, in der sich auch Ronnys Hütte befand. Nicht weit weg, umgeben von ein paar anderen Häusern.

»Hast du gesehen, was die Schlampe bei sich hatte?«

Bodil stellte die Frage, sobald sie ihren Mantel aufgehängt und die Leuchtstoffröhre in der armseligen Küche eingeschaltet hatte. Bernt nickte.

»Einen Negerbalg«, fuhr sie fort.

Wieder nickte Bernt. Bodil setzte sich an den Küchentisch, zündete eine gelbe Gula Blend an und klappte den Laptop vor sich auf. Bernt setzte sich ihr gegenüber und schaute hinaus ins Dunkel. Die dicke braune Jacke hatte er anbehalten. Der Hund legte sich auf eine graue Decke neben dem Gewehr.

»Soll das jetzt so eine Gegend hier werden?«, fragte Bodil und schaltete den Computer ein.

Bernt erwiderte nichts. Das tat er fast nie.

»Zuerst schließen sie den Lebensmittelladen, dann müssen wir die Post an der Bushaltestelle holen, und jetzt diese Schlampe und ein Negerbalg? Wir kriegen keinen Pfennig mehr, wenn wir das hier verkaufen wollen.«

Bodil wusste, dass sie wie immer auf taube Ohren stieß, sie führte den Dialog wie ein Selbstgespräch. Nur laut.

»Früher, als dein Vater und ich das Haus gekauft haben, wollten alle in dieser Gegend wohnen. Da gab es Familien mit Kindern hier, Leben und ein Treiben, und was ist jetzt? Kaum noch ein Haus bewohnt.«

Zum Teil hatte sie Recht.

Zu dieser Jahreszeit war es ziemlich leer hier draußen, der größte Teil der Häuser wurde als Feriendomizil genutzt, nur sie und zwei weitere Familien wohnten noch das ganze Jahr über hier. Zwei Familien, zu denen sie keinen Kontakt hatte. Der Grund war Bernt, davon war sie fest überzeugt. Er hatte etwas an sich, wodurch allein seine Anwesenheit bei den meisten Leuten Unbehagen auslöste. Außerdem sagte er nie etwas. Lag es vielleicht daran?

Doch sie vermisste den Kontakt zu anderen in der Nachbarschaft nicht. Sie hatte ihre eigene Welt, da draußen, im Internet. Dort trieb sie sich bis spät in der Nacht herum, mit Gleichgesinnten.

»Hört sich das verbittert an?«

Die Frage klang, als erwartete sie tatsächlich eine Antwort von ihrem Sohn, doch Bernt bohrte nur einen Finger in eines seiner kleinen runden Ohren und holte ein wenig Ohrenschmalz heraus.

Und Bodil brauchte gar keine Antwort. Sie wusste selbst, dass sie verbittert war. Sie sah es schon morgens im Badezimmerspiegel. Sah die fast verschwundenen Lippen, die früher einmal füllig gewesen waren und, wie Bernts Vater im besoffenen Zustand zu sagen pflegte, »verdammt küssenswert«. Die Lippen waren verschwunden und die Augenbrauen verblichen.

Genau wie sie.

Fast sechzig Jahre alt, und zwanzig davon ohne einen Mann im Bett. Das machte sie in vielerlei Hinsicht einsam. Aber sie hatte sich mit ihrem Schicksal abgefunden, so wie es nun einmal war. An Gott glaubte sie nicht. Er hatte wohl Wichtigeres zu tun gehabt, als sie geboren wurde.

Und Bernt.

Ihr einziges Kind, das sie liebte und verteidigte und hinter dem sie stand. Immer. Auch noch, nachdem er sich am helllichten Tag an der Bushaltestelle an einem Nachbarmädchen vergriffen hatte und sein Vater darauf sagte: »Das war der Tropfen …«

Und dann verschwand ihr Mann, und ihr Sohn bekam das Etikett »nicht zurechnungsfähig« aufgedrückt und verbrachte mehrere Jahre in der gerichtspsychiatrischen Klinik Karsudden. Bis er entlassen wurde und zu Hause betreut werden sollte.

In ihrem Haus.

Hier.

Wo er ihr gegenüber am Tisch saß und auf den Boden starrte.

»Ich drehe eine Runde mit dem Hund«, sagte er.

*

Muriel und Folami setzten sich in das kleine Wohnzimmer der Hütte.

Die Coca-Cola-Flasche war schnell leer, und Muriels Hunger auf Süßes ein wenig gestillt. Folami aß drei Brote mit Schinken und Muriel zwei, unter absolutem Schweigen. Dann wischte Folami sich mit einem abgerissenen Blatt von der

Haushaltspapierrolle sorgfältig den Mund ab und fragte, ob das Muriels Haus sei, und Muriel gab sich Mühe, ihr zu erklären, dass dem nicht so war. Das Haus gehörte einem Freund, der hier im Sommer wohnte, aber im Herbst und Winter nur selten herkam, und der so nett gewesen war, Muriel die Hütte zu überlassen, weil sie nicht wusste, wo sie sonst unterkommen sollte. Sie zeigte auf die Bücher in den Regalen, die alle Wände des Zimmers bedeckten. Dann sagte sie, dass der Freund, der Ronny hieß, davon lebte, Bücher zu verkaufen, alte Bücher. Folami schien sie zu verstehen. Muriel spürte, dass es kühl wurde im Raum, sie ging zu dem offenen Kamin und versuchte, ein Feuer zu entzünden. Ronnys Haus hatte auch eine elektrische Heizung, aber das war nur so eine alte Standheizung, die in den Siebzigerjahren ihre besten Tage gesehen hatte. Jetzt, wo der Herbst angekrochen kam, gab sie nicht viel Wärme von sich. Muriel legte einige Holzscheite und ein paar zerrissene Zeitungsseiten auf die Feuerstelle und zündete sie an. Die Flammen verschluckten gierig das Zeitungspapier, doch dann war es auch schon vorbei. Muriel wiederholte die Prozedur ein paar Mal, aber das Holz war offenbar zu feucht. Muriel seufzte. Da schlich sich Folami zu ihr und hockte sich neben sie.

»Darf ich mal versuchen?«

Muriel reichte ihr die Streichhölzer. Geschickt stapelte Folami die Holzscheite übereinander zu einem lockeren Viereck, nahm ein wenig Zeitungspapier und schob es darunter, zündete es an, ließ es eine Weile brennen und blies dann vorsichtig von unten aufs Feuer, bis die Flammen das Holz ergriffen hatten. Muriel schaute Folami an, hob den Daumen hoch. Sie fühlte sich als Asphaltpflanze, die sie nun einmal war.

Vollkommen nutzlos auf dem Lande.

Die Wärme des Feuers breitete sich langsam im Zimmer aus. Sie setzten sich auf das alte braune Ledersofa, das Ronny vor den Kamin gestellt hatte, und schauten ins Feuer. Muriel hatte beschlossen, sich nicht aufzudrängen, nicht jede Menge Fragen zu stellen. Sie war immer noch wie verzaubert von der Situation. Hier saß sie also auf Ronnys Sofa, mit einem vollkommen fremden Mädchen neben sich.

Folami.

Sie rieb die Hände zwischen den Knien, es juckte im ganzen Körper, aber sie war verwundert, dass es nicht schlimmer war. Vielleicht würde es eine Höllennacht werden, vielleicht aber auch nicht. Trotz allem hatte sie in den letzten Jahren, nach Veras Tod, ziemlich reduziert. Damals hatte sie Tom versprochen aufzuhören. Was hin und wieder in einem Rückfall resultierte, aber auch in trockenen Perioden. Sie versuchte, sich vom Heroin fernzuhalten. Wenn es zu schwer wurde, ging sie meistens zu Veras Grab und redete mit ihr. Manchmal half es, manchmal nicht. Als sie das letzte Mal dorthin getaumelt war, hatten Ronny und sein Kumpel Benseman dafür gesorgt, dass sie eingeliefert wurde und Methadon bekam. Die beiden gaben sich alle Mühe, sie zu unterstützen. Muriel begriff nicht, wie sie das schafften und warum sie sich überhaupt um sie kümmerten. Sie war der Meinung, dass sie diese Fürsorge nicht verdiente. So oft, wie sie die beiden enttäuscht hatte.

Und heute Abend hatte sie es wieder getan, auch wenn die beiden nichts davon wussten. Sie gingen davon aus, sie würde nicht mehr anschaffen gehen. Aber wenigstens hatte sie dem Drang widerstanden, zur Platte zu gehen. Also war sie trotz allem ein bisschen stolz auf sich, während sie in der kleinen

Hütte im Wald saß, zusammen mit einem schwarzen Mädchen. Ohne einen blassen Schimmer, woher Folami kam.

Das war schon merkwürdig.

In der Wärme vom Kamin entspannte sich ihr verkrampfter, knochiger Körper ein bisschen. Sie musterte das Mädchen neben sich. Folami fielen fast die Augen zu. Muriel streckte vorsichtig eine Hand aus, um über ihre dunklen Zöpfe zu streichen. Sofort zuckte Folami zusammen, ganz instinktiv, und Muriel bereute ihre Bewegung augenblicklich. Natürlich erschreckte sie das Mädchen, allein schon wie sie aussah, mit ihrem zotteligen, ungewaschenen Haar, der unreinen Haut und kaputten Zähnen. Und woher kam dieses plötzliche Zärtlichkeitsgefühl? Ansonsten hielt sie sich doch von dieser Art von Gefühlen ganz bewusst fern, bis auf wenige Ausnahmen.

»Entschuldige«, sagte sie und zog ihre Hand zurück.

Der eben noch entspannte Körper machte sich wieder bemerkbar. Sie stand auf. Das Feuer fiel langsam in sich zusammen, also ging sie hin und legte ein paar Holzscheite nach. Das schien ihr ein guter Grund zum Aufstehen zu sein. Und dieses Mal nahm das Feuer ihre Gabe gnädig an. Es flackerte auf, und ein paar Funken flogen hoch und landeten auf dem Boden. Muriel gab ihnen mit dem Fuß einen Schubs, so dass sie auf der Steinplatte vor dem Kamin landeten. Dort erloschen sie und starben. Schließlich nahm sie ihren ganzen Mut zusammen und drehte sich um.

»Du sprichst so gut Englisch, woher kommst du?«, fragte sie das Mädchen.

Folami schaute zu ihr auf, und Muriel erahnte ein sanftes Lächeln in dem Mädchengesicht. Dann hat sie zumindest keine Angst mehr vor mir, dachte Muriel. Vielleicht ist ihr klar geworden, dass ich kein verdammter Pädophiler bin, der sie in den Wald verschleppt hat?

»Nigeria«, sagte Folami. »Ich komme aus Nigeria, dort spricht man Englisch. Wir lernen es auch in der Schule.«

Muriel hatte keine Ahnung, wo Nigeria lag, außer dass es irgendwo in Afrika war, aber von Folamis vorsichtigem Lächeln ermuntert fuhr sie fort:

»Wir lernen auch Englisch in der Schule. Aber ich war nicht so gut im Unterricht.«

»Ich finde, du sprichst es aber gut.«

»Danke«, sagte Muriel fast schüchtern und setzte sich wieder aufs Sofa.

Dieses Mal ein Stück weiter von Folami entfernt als vorher. Sie wollte nicht noch einmal den Fehler machen und sich aufdrängen.

»Du hast eine schöne Kette.«

Muriel nickte und schaute auf Folamis Hals. Das Mädchen berührte mit einer Hand den Schmuck.

»Meine Mama hat sie gemacht«, sagte sie.

Das leichte Zögern in ihrer Stimme brachte Muriel dazu, nicht weiter zu fragen. Stattdessen schaute sie ins Feuer. Sie wusste, die Sache mit den Müttern konnte heikel sein. Ihre eigene war gestorben, als sie acht war. Überdosis. Damals war sie schon seit mehreren Jahren in Pflegefamilien untergebracht gewesen. Ihre Pflegeeltern waren eines Tages in die Schule gekommen und hatten sie abgeholt, mitten im Unterricht. Sie waren mit ihr nach Hause gefahren, gemeinsam hatten sie dort Heißwecken gegessen und Kakao getrunken. Ihre deutlichste Erinnerung war, dass sie sich die Zunge verbrannt hatte, als sie den ersten Schluck trinken wollte, und dass das Getränk aus richtigem Kakaopulver gekocht war. Es war stark, fast bitter im Geschmack. Sie weinte nicht, als sie ihr erzählten, dass ihre Mutter tot war, doch von diesem Tag an trank sie nie wieder Kakao.

An ihre Mutter hatte sie nur eine vage, an den Rändern ausgefranste Erinnerung. So unscharf, dass sie nicht mehr wusste, wie sie aussah, nur ihre Stimme konnte sie immer noch hören. Eine schöne, raue Stimme, die manchmal für die Tochter gesungen hatte.

Den Rest hatte sie verdrängt und vergessen.

Folami musste registriert haben, dass Muriels Blick traurig war und abschweifte. Plötzlich hob sie die Hand und strich Muriel über die Wange, langsam und ganz sanft. Ihre Hand war warm. Muriel zuckte nicht vor der Berührung zurück, nein, sie schloss die Augen, damit Folami nicht sehen konnte, wie feucht sie geworden waren. Sie hatte gar nicht gewusst, dass sie noch Tränen hatte.

Seit Veras Tod hatte sie nicht mehr geweint.

Und da tat Folami etwas, von dem Muriel wusste, sie würde es ihr ganzes Leben lang in Erinnerung behalten. Sie zog eine alte, fusselige graue Fleecedecke zu sich, die über der Armlehne hing, und breitete sie sorgfältig über ihre beiden Körper aus. Dann legte sie ihren Kopf auf Muriels Knie. Muriel wagte kaum, sich zu rühren. Sie schaute auf den kleinen Mädchenkopf und die verfilzten Zöpfe. Dann wanderte ihr Blick aufs Feuer, das inzwischen mehr glühte als brannte.

Doch Muriel dachte gar nicht daran, aufzustehen und Holz nachzulegen.

Stattdessen begann sie zu summen, leise und tastend, und nach einer Weile ging ihr Summen in eine dünne, raue Stimme über, die sang: »Schlaf, du kleines Weidenkind, denn es ist noch Winter.«

Woher sie den Text hatte, wusste sie nicht, nur, dass die Worte aus dem Bereich stammten, den sie verdrängt und vergessen hatte. Und als sie nicht mehr weiter wusste, summte sie die Melodie, bis Folami eingeschlafen war.

Die ruhigen Atemzüge des Mädchens steckten Muriel an. Nicht lange, dann schlief sie auch, mit Folamis Kopf auf ihrem Schoß.

Sie sah nicht die Gestalt, die verborgen in der Dunkelheit draußen stand, ein Stück von dem Sprossenfenster entfernt, und die beiden drinnen beobachtete.

Lange, bis das Feuer im Kamin ganz erloschen war.

Dann trat er näher heran.

Schwere Nebelbänke zogen am späten Nachmittag vom Vättern heran, dann weiter das steile Ufer entlang, um schließlich die dunklen Ruinen des Brahehauses in graue, feuchte Schleier einzuhüllen. Der schwarze Wagen, der unterhalb vorbeifuhr, war auf dem Weg nach Stockholm.

Für einen Dienstwagen war er ungewöhnlich geräumig, außerdem fast immer frisch gereinigt. Was Mette zu schätzen wusste. Momentan saß sie selbst hinterm Steuer und fuhr etwas schneller, als es die Geschwindigkeitsbegrenzung erlaubte. Auf der eintönig geraden und breiten Autobahnstrecke passierte das leicht.

Sie war auf der Rückfahrt von einem Einsatz.

Der Rest ihres Teams befand sich ebenfalls in dem Wagen. Der Gedanke gefiel Mette, es war »ihr« Team, und es waren »ihre« Ermittler. Sie selbst war der Boss. Auf dem Beifahrersitz saß Lisa Hedqvist, eine ihrer besten Mordermittler. Lisa arbeitete jetzt schon fast sechs Jahre mit Mette zusammen und hatte sie noch nie enttäuscht. Die blonde, breitschultrige Frau lieferte immer gute Arbeit ab. Als Diskussionspartner war sie unersetzlich. Vielleicht hatte sie nicht die gleiche schnelle Analysegabe wie der Mann, der hinter ihr auf dem Rücksitz saß, aber das kompensierte sie mit einer äußerst effektiven Improvisationsfähigkeit. Eine wichtige Eigenschaft für einen Mordermittler. Mette konnte sich Lisa sehr gut als ihre Nachfolgerin vorstellen, sollte sie sich irgendwann zurückziehen. Laut Mettes Mann wäre das bereits am besten gestern geschehen.

Diese Meinung teilte sie nicht.

Ganz im Gegenteil.

Am Tag zuvor hatten sie einen zeitraubenden, deprimierenden Mordfall in Värnamo aufgeklärt, mit einer erstochenen und verbluteten Mutter zweier Kinder. Zeitraubend, weil der Mann, der den Mord begangen hatte, kein Schwede war, was die Anwesenheit eines Dolmetschers erforderlich machte, und er die Tat außerdem leugnete. Obwohl er schwer betrunken auf dem Fernsehsofa des Paares gesessen hatte, ein blutiges Küchenmesser zu seinen Füßen, als die Polizei die Tür aufbrach. Deprimierend, weil diese Art von Familientragödien mit misshandelten Frauen immer deprimierend waren.

»Da bleibt was hängen«, sagte Lisa plötzlich.

Mette nickte. Sie verstand genau, was Lisa meinte. Der Anblick dessen, wozu Menschen in der Lage waren, was sie einander antun konnten, führte leicht zu einer existentiellen Resignation.

»Aber verdammt noch mal, wie konnte er da noch leugnen? Wie verdreht kann man nur sein?«

Bosse Thyrén meldete sich, der dunkelhaarige Mann auf dem Rücksitz. Auch er war seit vielen Jahren einer von Mettes Protegés. Ein ungewöhnlich gutes Mitglied ihres Teams. In vielen Bereichen ganz anders als Lisa, reflektierter, minutiös belesen bis ins kleinste Mikrofaktum, immer bereit, weitere Aufgaben zu übernehmen. Manchmal zynisch, etwas langsam, ein wenig umständlich, aber das gehörte bei ihm dazu.

»Ich glaube, er konnte gar nicht begreifen, was er da getan hat, und dann ist es einfacher, alles zu leugnen«, erklärte Lisa. »Um sich selbst zu schützen.«

Wieder nickte Mette. Sie hatte schon unzähligen Männern

gegenübergesessen – es waren fast immer Männer –, die sich hinterher geweigert hatten, ihre Taten zu gestehen, trotz unerschütterlicher Beweise. Als könnte das Leugnen selbst sie schützen. Wobei das Gegenteil der Fall war. Wenn alles in sich zusammengefallen war und es keine Möglichkeit mehr gab, den Tatsachen zu entfliehen, dann wurde die Erbärmlichkeit dieser Lügen zu einer zusätzlichen Belastung.

Mettes Gedankengänge wurden von einem ziemlich lauten Schnarchen unterbrochen, und zwar nicht zum ersten Mal. Es hatte bereits kurz hinter Värnamo begonnen und sie so ziemlich die ganze Fahrt über begleitet. Es stammte von Olivia Rönning, der jüngsten Teilnehmerin bei den Ermittlungen. Sie war die Neue in Mettes Team, seit gut sechs Monaten, und offensichtlich brauchte sie dringend Schlaf. Mette nahm an, dass der Ausflug nach Värnamo, mit erschütternden Vernehmungen einer großen Anzahl Beteiligter, die Kräfte der jungen Frau aufgezehrt hatte.

Mehrere nächtliche Schichten im Hauptbahnhof in der letzten Zeit waren sicher auch eine Ursache für Olivias Schnarchen.

»Soll ich sie wecken?«, fragte Bosse.

»Warum denn?«, entgegnete Lisa.

Bosse gab keine Antwort. Er schaute zu Olivia hinüber. Ihr Unterkiefer war abgesackt, ein kleines Speichelrinnsal lief ihr aus einem Mundwinkel. Bosse überlegte, ob er ein Handybild von ihr machen sollte, verwarf den Gedanken dann aber wieder. Sie würde es sicher nicht wollen. Und wenn doch? Witzig wäre es auf jeden Fall. Er wollte gerade mit der Hand zu seinem Handy greifen, als ein anderes Handy klingelte.

Mettes.

»Mette Olsäter.«

Der Anruf kam aus dem Landeskriminalamt, inzwischen umgetauft in den fast psychedelisch anmutenden Namen »Nationella Operativa Avdelingen«, NOA. Es ging um einen Mord in Småland.

*

Das Haus war nicht groß, aber gepflegt. Rot gestrichen, mit einer gigantischen Kletterrose, die an einer Hauswand hinaufstrebte und die ockerfarbenen Sprossenfenster umrahmte. Es lag auf einer künstlichen Lichtung, umgeben von dichtem, dunklem Nadelwald. Der einzige Weg dorthin, ein kaum befahrbarer Kiespfad, schlängelte sich diverse Kilometer durch den düsteren Wald, bis sie auf einen holprigen Schotterweg gelangten.

Aus dem Schornstein stieg Rauch auf.

Vor der Frontseite des Hauses, gleich neben der Außentreppe, saß ein korpulenter Mann mittleren Alters, vor ihm auf einem schwarzen schmiedeeisernen Tisch ein Laptop. Eine gestreifte Bauernkatze lag auf der Holztreppe und betrachtete eine Libelle, die ihre letzten Sekunden hier auf der Erde noch genießen wollte. Der Mann drehte den Kopf. Er trug ein blaues, bis zum Hals zugeknöpftes Hemd, darüber eine braune, abgetragene Jacke. Die graue Leinenhose steckte in porösen Gummistiefeln. Sein schütteres Haar war ein leichtes Opfer für den steifen Nordwind. Er lauschte. Was war das für ein Geräusch? Dann schaute er zum Kiesweg. Das Geräusch kam aus weiter Ferne, es war durch den Wald hindurch kaum zu hören. Waren das nicht Polizeisirenen? Klang der Wind so? Er klappte seinen Laptop zu und stand auf.

Die Katze hob den Kopf und folgte dem Mann mit dem

Blick, als wäre eine Routine plötzlich unterbrochen worden. Wollte er jetzt schon ins Haus gehen?

Der Mann ging auf die Treppe zu, mit dem Laptop in der Hand, warf dabei gleichzeitig einen Blick auf eine sehr hohe, rissige Kiefer. Weit oben, fast an der Spitze, befand sich ein großes Vogelnest. Eher ein Horst, eine tiefe Schale aus großen Ästen und Zweigen, die mit Wurzelteilen, Lehm und Rinde zusammengefügt worden waren. Das Ganze war mit Hirschfellfetzen gepolstert.

Dort wohnten zwei Raben.

Im Moment war keiner der beiden da.

*

Die Nachricht, die das NOA an Mette weitergereicht hatte, betraf einen Mord.

Fast zwei Stunden hatten sie wieder Richtung Süden fahren müssen, um in einem dichten småländischen Wald bei dem kleinen See Dällingen zu landen, in der Nähe von Växjö. Nicht weit entfernt von dem Ort Värnamo, den sie früher am Tag verlassen hatten.

Inzwischen war es bereits ziemlich dunkel geworden, und Mette hatte das Fernlicht einschalten müssen. Als sie den Lichtstrahl einer winkenden Taschenlampe entdeckte, war klar, dass sie angekommen waren. Diverse Streifenwagen von der örtlichen Polizei, die sie am Straßenrand bereits erwarteten, bestätigten sie in ihrer Annahme. Alle stiegen aus und zogen sich die Jacken an.

»Seid ihr sicher, dass es sich um einen Mord handelt?«

Mettes Frage galt dem Beamten mit der Taschenlampe, der auf sie zukam.

»Da gibt es keinen Zweifel.«

Außer »Folgen Sie mir« sagte er erst mal nichts mehr. Der Polizist ging auf die dicht stehenden Kiefernbäume zu, und die Gruppe folgte ihm. Mette hoffte nur, dass der smäländische Kollege ein moderates Tempo einschlug, unbekanntes Waldgebiet war nichts, in dem sie mit ihrem nicht unerheblichen Körperumfang in der Dunkelheit herumspringen wollte. Bei Tageslicht eigentlich auch nicht. Bosse und Olivia hatten ihre eigenen Taschenlampen herausgeholt und schlossen sich den beiden an, Lisa folgte ihnen dicht auf den Fersen. Zügig gingen sie ungefähr fünfzehn Minuten lang immer tiefer in den Wald hinein. Dann wurde der Uniformierte langsamer. Er führte die Gruppe weiter an, aber jetzt wirkte es eher wie Dienst nach Vorschrift. Die Taschenlampen brauchten sie nicht mehr. Ein Stück weiter vor ihnen waren kräftige Scheinwerfer aufgestellt, die ein kaltes Licht über den Boden und die Bäume verbreiteten. Zwischen den Scheinwerfern stand ein grauweißes Zelt.

Der Fundplatz.

Langsam ging die Gruppe auf das Zelt zu. Mehrere Personen bewegten sich im Halbschatten rundherum. Vermutlich Techniker, dachte Olivia. Vor dem Zelt stand ein leicht gebeugter Mann und rauchte. Er trug eine dunkelgrüne Jacke und hatte schwarzes, krauses Haar. Als er die Gruppe sah, drückte er die Kippe an seiner Schuhsohle aus und schob sie in die Jackentasche. Er war der Gerichtsarzt.

»Ihr seid ja ein ganzer Trupp«, begrüßte er sie.

»Wir wurden auf dem Heimweg von Värnamo benachrichtigt.«

»Ach so … Da drinnen ist nicht besonders viel Platz, bis jetzt haben wir noch kein größeres Zelt besorgen können, vielleicht geht ihr am besten immer zu zweit hinein«, schlug er vor. »Wenn ihr ein paar Minuten wartet, ist der Fotograf fertig, dann ist ein bisschen mehr Platz da drin. Mette Olsäter, oder?«

»Ja.«

»Sten Rying.«

Mette hatte im Laufe der Jahre schon mit vielen Gerichtsmedizinern gearbeitet, aber Rying war ihr unbekannt. Offensichtlich ein Nikotinsklave.

»Wie lange sind Sie schon hier?«, fragte sie.

»Ein paar Stunden.«

Ein Stück Zeltplane wurde zur Seite geschoben, und der Polizeifotograf kletterte heraus.

»Bist du fertig?«, wollte Rying wissen.

Der Fotograf nickte nur kurz, bevor er hinter einem Baum verschwand. Was er dort tat, war deutlich zu hören, auch wenn die Magenkrämpfe vom Baumstamm gedämpft wurden. Rying hob die Plane hoch und machte eine einladende Geste mit der Hand.

»Kein angenehmer Anblick«, sagte er.

Wann ist denn bitte schön eine Leiche angenehm?, dachte Mette und trat ins Zelt. Als sie näher hinsah, verstand sie Ryings Kommentar besser.

Und auch den des lokalen Beamten.

Es gab keinen Zweifel: Es handelte sich um Mord.

Der erste Grund für diese Feststellung war, dass das Opfer in einer halb ausgehobenen Grube lag, ungefähr zwei Meter lang. Dünne gelbe Wurzeln ragten aus der Erdkante heraus.

»Wir haben so viel freigelegt, wie wir konnten«, erklärte Rying.

Und das bot einen makabren Anblick. Dass es der Körper

eines Jungen war, ergab ein Blick auf den Unterleib, nur war der fast das Einzige, was noch intakt war. Die gesamte Bauchhöhle war aufgerissen und von den Eingeweiden entleert. Große Teile der Weichteile des Körpers waren ebenfalls fort oder hingen in Fetzen um das Skelett. Das Gesicht war schwer beschädigt. An der linken Hand fehlten ein paar Finger, und auch ein Fuß war vollkommen verschwunden. Die gebrochenen Beinknochen ragten aus einem fast komplett verrotteten Hosenbein.

»Vermutlich hat so ein verdammtes Wildschwein den Fuß gefressen«, sagte Rying, und seine Stimme klang dabei sachlich und unsentimental.

Wegen des Wildschweins landete der Anruf bei der Polizei. Ein schockierter Wildschweinjäger hatte sich gemeldet und mitgeteilt, dass Reste einer Leiche im Wald lagen. Er hatte sich geweigert, am Fundort zu bleiben, und stattdessen am Wegesrand auf die Polizei gewartet.

»Wie lange liegt er schon da?« Bosse hatte sich hinter Mette ins Zelt gedrängt.

»Kann ich unmöglich jetzt schon sagen«, antwortete Rying. »Lange.«

»Und sein Alter?«

»Auch schwer zu sagen. Zehn, elf, so um den Dreh.«

Ein Kind. Bosse musste den Blick abwenden und schwer schlucken.

»Ist er von Tieren so zugerichtet worden?«, fragte Mette.

»Wahrscheinlich.«

Mette spürte, wie ihr Gesicht heiß wurde, es war stickig im Zelt, die Scheinwerfer heizten es auf. Aber das war es nicht allein. Mit ermordeten Kindern hatte sie in ihrer Dienstzeit einige Male zu tun gehabt, aber das, was hier in der Grube lag, war nur schwer zu ertragen.

Sie wischte sich den Schweiß unter der Nase fort.

»Was ist mit den Augen passiert?«, fragte Bosse und bemühte sich um den gleichen nüchternen Ton wie Rying.

»Raben vielleicht, oder andere Vögel.«

Olivia und Lisa standen direkt vor der Zeltöffnung, nahe genug, um jedes Wort zu verstehen. Ab und zu warfen sie einander verstohlene Blicke zu. Was sie sich in ihrer Phantasie ausmalten, war nicht schwer zu erraten, trotzdem wurde es dem, was dort drinnen im Zelt auf sie wartete, bei Weitem nicht gerecht. Dem plastischen Abbild des Gesprächsstoffes.

Mette kam nach einer Viertelstunde heraus, mittlerweile lief ihr der Schweiß übers ganze Gesicht. Bosse folgte ihr und wischte sich mit dem Handrücken über den Mund. Er hielt die Zeltplane auf und schaute Olivia an. Diese sah zu Lisa, die leise einatmete und hineinging. Olivia folgte ihr.

»Mit das Schlimmste, was ich je gesehen habe«, sagte Bosse leise. »Oder sogar …«

Mette nickte, sie stimmte ihm zu. Jetzt verstand sie besser, warum Rying vor dem Zelt eine Zigarette gebraucht hatte. Auch abgehärtete Gerichtsärzte können erschüttert sein. Aber wie immer schob Mette das beiseite, was zur Seite geschoben werden musste, und rief einen Beamten zu sich, der ein Stück entfernt stand. Sachlich befragte sie ihn danach, was bisher unternommen worden war, und zählte die nächsten notwendigen Schritte auf. Als Allererstes wollte sie, sobald das Tageslicht einsetzte, den durchsuchten Bereich ausweiten, mit Schwerpunkt auf das Gebiet zwischen Fundplatz und Weg. Dann kam sie auf andere Selbstverständlichkeiten zu sprechen. Ihre Art, mit dem umzugehen, was sie soeben im Zelt gesehen hatte, war, eine Mordermittlung zu strukturieren.

Widerwillig registrierte sie eine Art von Erregung.

Olivia und Lisa blieben nicht so lange im Zelt. Mette und Bosse hatten bereits die relevanten Fragen gestellt und wie zu erwarten ungenaue Antworten bekommen. Alles Weitere würden sie nach und nach erfahren. Als sie herauskamen, waren Mette und Bosse ein Stück weitergegangen. Lisa folgte ihnen, während Olivia ein Stück vor dem Zelt stehen blieb. Warum, das wusste sie selbst nicht. Sie stand einfach da und betrachtete den schäbigen Sarkophag aus Leinwand, errichtet über einem Kind, der in kaltem, sterilem Scheinwerferlicht badete.

Plötzlich hörte sie ein leises Geräusch, ein kurzes Krächzen, dreimal hintereinander, hoch über sich. Sie schaute nach oben und sah das Profil eines großen schwarzen Vogels, der eine Kieferspitze verließ und auf den tiefen, schwarzen Wald zuflog.

Schnell eilte sie zu ihren Kollegen.

*

»Wie lange sollen sie hierbleiben?«

»Bis man eine Unterkunft für sie gefunden hat.«

Stilton und Luna standen an der Reling auf dem Vorderdeck, es war kurz vor Mitternacht.

Er war vor ein paar Stunden von Rödlöga zurückgekommen. Sie kümmerte sich jetzt bereits seit fast zwei Tagen um ihre elf Untermieter. Die Stadt hatte versprochen, den Kahn zu besuchen, würde es aber erst am folgenden Tag schaffen. Was sie Tom gleich nach seiner Ankunft auf dem Kahn mitgeteilt hatte.

»Und wie lange kann das dauern?«, fragte er.

»Das weiß ich nicht. Findest du das alles lästig?«

»Ja.«

Er fand es lästig. Nicht so sehr, dass sie hier wohnten, eher, dass er gezwungen war, mit vollkommen fremden Menschen klarzukommen. Gleichzeitig bewunderte er, wie Luna die Sache anpackte und sich um die Menschen kümmerte, als wäre es das Selbstverständlichste auf der Welt. Er wäre nie auf die Idee gekommen.

»Aber gerade dir sollte es doch nicht so schwerfallen, die Situation zu verstehen«, sagte Luna. »Du hast doch selbst ziemlich am Rande des Existenzminimums gelebt.«

»Ja, schon … Ich finde nur, dass es nicht Sache von Privatpersonen sein sollte, dieses Problem zu lösen.«

»Und wie soll man es sonst lösen? Bist du schon mal am Hauptbahnhof gewesen?«

»Nein, das weißt du.«

»Dann fahr mal hin. Da herrscht das reinste Chaos, fast schon Panik. Es strömen immer neue Menschen dorthin. Die Situation ist nicht mehr zu meistern. Da muss man doch einfach helfen, oder? Auch als Privatperson. Oder? Ist dir das etwa scheißegal?«

»Nein.«

»Aber?«

Stilton suchte noch nach den richtigen Worten, als er ihn entdeckte. Einen kleinen Fünfjährigen, der in der Tür stand und ihn ernst ansah. Stilton lächelte dem Jungen zu.

»Das ist Fadi«, sagte Luna.

Als Fadi seinen Namen hörte, kam er vorsichtig aufs Deck und ging direkt auf Stilton zu. Er schaute dem Mann ins Gesicht, während er eine ganz kleine Hand in Stiltons deutlich größere schob. Luna sah, wie Fadi die Beine zusammenpresste.

»Er muss mal pinkeln«, sagte sie. »Kümmerst du dich um ihn?«

Während der langen nächtlichen Fahrt nach Stockholm blieb es sehr lange sehr still im Wagen. Mette fuhr deutlich vorsichtiger als auf der Hinfahrt, tief in Gedanken versunken. Bosse hatte sich neben sie gesetzt. Es schien, als traute sich keiner, die Stille zu brechen, aus Furcht, er könnte die anderen stören. Schließlich war es Mette, die den Bann brach.

Trotz allem war sie der Boss.

»Wir werden so einiges zu tun bekommen«, sagte sie.

Und damit war das Eis gebrochen. Während der folgenden Kilometer berichtete einer nach dem anderen von seinen Erlebnissen in dem Zelt im Wald. Und sprach über die schreckliche Leiche. Mette ließ den ungesteuerten Gedankenaustausch zu. Sie wusste, wie wichtig es war, alles in Worte zu fassen. Es würde das weitere Vorgehen erleichtern. Wenn das Widerwärtige einmal formuliert worden war, konnte man damit umgehen. Dann konnte man in der Diskussion zu einem Mord übergehen, der aufgeklärt werden musste, wie alle anderen Morde auch. Aber in diesem Fall mit sehr vielen schweren Untertönen. Untertöne, über die jetzt zu spekulieren sinnlos war, jedenfalls bis sie relevante Informationen bekommen hatten.

Unter anderem von Rying.

»Wir müssen das Gesicht so schnell wie möglich rekonstruieren«, sagte Bosse.

»Ja.«

»Er hat ihn auf zehn, elf Jahre geschätzt?«, fragte Lisa.

»Ja.«

Sie zog ihr Handy heraus, rief irgendjemanden in Stockholm an und bat diesen Jemand darum, alle Anzeigen über verschwundene Jungen im letzten halben Jahr herauszusuchen. Auch wenn es mitten in der Nacht war.

Bosse rief eine andere Person an und bat darum, dass ein Ermittlungsraum für 8.00 Uhr am nächsten Morgen vorbereitet wurde. Mit der kompletten Ausstattung.

Olivia ging ins Netz und suchte nach Informationen über Raben. Aasfresser, bekam sie ziemlich schnell heraus.

Mette überlegte, was sie Mårten auftischen sollte. Nicht in kulinarischer Hinsicht, auch wenn er jede Mahlzeit zu schätzen wusste, sondern als Entschuldigung dafür, dass die fest versprochene Wochenendreise nach Wien verschoben werden musste. Um eine ganze Weile, wie sie fürchtete.

Was nicht einfach werden würde.

Kurz vor Södertälje begann Olivia wieder zu schnarchen.

Es war kurz nach acht Uhr morgens.

Der Wind ließ die Gänse auf dem Riddarfjärd auffliegen, und der Verkehr auf Söder Mälarstrand stockte bei jeder Ampel von Neuem, von Slussen bis Västerbron. Stilton nahm die Kaistraße, zu Fuß, mit schnellem Schritt, er war wieder deutlich besser in Form.

Heute passierte er alle Fahrzeuge, die am Kai lagen, ohne ihnen einen Blick zu schenken.

Er war mit sich selbst beschäftigt.

Mit der Stimme, die er in sich hörte.

Eine eiskalte, tonlose Stimme, an einem diesigen Morgen, ein Stück vom Kahn entfernt. Er erinnerte sich noch an jedes einzelne Wort. Mette hatte sich auf dem Kai direkt vor ihn gestellt und ihn mit ihrem schonungslosen Blick durchbohrt: »Ich hatte gehofft, dass in dir noch ein letzter Rest des Polizeibeamten schlummert, den ich einmal gekannt habe. Aber diesen Rest hast du wohl gestern über Bord geworfen.«

Und dann war sie gegangen.

Ihre unerbittlichen Worte waren ihm wie eine Pfeilspitze in den Kopf gedrungen, hatten ihn verfolgt, sich festgesetzt, waren schließlich langsam verklungen, um doch nur wieder erneut anzuschwellen. Gekränkt? Nein. Er verstand, warum sie es so gesagt hatte, aber es stimmte nicht ganz.

Da war noch ein Rest übrig.

Und das wollte er beweisen.

Es war noch nicht lange her, seit sie sich nach der Fahrt in den Wald am See Dällingen und der Konfrontation mit der makabren Leiche voneinander verabschiedet hatten. Man sah es in ihren Augen und merkte es an ihrer Einsilbigkeit. Keiner von ihnen redete besonders viel. Sie hatten ein paar Stunden Schlaf hinter sich und versuchten jetzt, den Motor wieder anzuwerfen, jeder auf seine eigene Art und Weise.

Bosse, indem er seinen Schreibtisch so hinstellte, dass er die einzige Tür des großen Konferenzraums im Blick hatte, den man ihnen zur Verfügung gestellt hatte, um den Mord im Smålandsskogen aufzuklären. Er wollte den Rücken frei haben.

Lisa, indem sie das vorhandene Material auf dem ovalen Tisch mitten im Raum ausbreitete, unter anderem Karten und Fotos vom Tatort.

Olivia saß bereits am Tisch. Sie massierte ihre Füße, um den Kreislauf in Gang zu bringen.

Die Chefin selbst lehnte an einer Wand und ging einen Stapel Papiere durch. Sie hatte wohl am wenigsten Schlaf von allen bekommen. Ihr Mann Mårten war erstaunlicherweise aufgewacht, als sie versuchte, sich in den frühen Morgenstunden ins Bett zu schleichen, und hatte sofort die entscheidende Frage gestellt:

»Dann wird es also nichts mit der Wienreise?«

»Momentan nicht.«

Womit sie ihr Lieblingsstreitobjekt wieder einmal beim Wickel gehabt hatten. Mettes Leidenschaft für komplizierte Mordermittlungen, bis sie sich mitten im Gespräch plötzlich abmeldete.

»Es gibt nur eine Sache, die ich von dir fordere«, sagte sie.

»Und die wäre?«

»Dass du …«

Und schon war sie eingeschlafen und hatte Mårten grübelnd zurückgelassen, was für eine Sache sie wohl von ihm forderte. Möglichkeiten zur Spekulation gab es genug.

Jetzt lehnte sie also an einer Wand des Konferenzraums und betrachtete diverse Fotos vom Fundort. Sie hatte ihr widerspenstiges graues Haar mit Haarklammern nach hinten gesteckt und es noch nicht einmal geschafft zu duschen. Sie war morgens so gestresst gewesen, dass sie auch noch ziemlich spontan zu den Kleidungsstücken gegriffen hatte, und jetzt hatte sie das Gefühl, dass die rote Bluse nicht so saß, wie sie sollte. Sie war einfach zu eng.

Aber jetzt hatte sie wichtigere Dinge zu bedenken und wandte sich ihrem Team zu.

»Der Körper weist eine Anzahl Schäden durch Nekrophagen auf.«

Sie zitierte aus einem Papier in ihrer Hand, machte dann eine kurze Pause, in erster Linie, um zu sehen, ob jemand im Team seine Unkenntnis hinsichtlich der Bezeichnung aasfressender Tiere verraten würde.

Doch alle wahrten das Gesicht.

Schließlich hatten sie ja die Leiche gesehen und konnten eins und eins zusammenzählen, dachte sie schließlich und fuhr fort: »Die Schäden können verursacht sein von Wildschwein, Raben, Krähen, Vielfraß …«

»In Småland gibt es keine Vielfraße.« Bosse unterbrach sie.

»Und was spielt das für eine Rolle?«, fragte Olivia.

»Bosse findet es wichtig zu bemerken, dass wir den Vielfraß ausschließen können.«

Todernst schaute Lisa Bosse an. »Oder?«, vergewisserte sie sich.

Bosse erwiderte nichts. In letzter Zeit lag eine gewisse Gereiztheit zwischen ihm und Lisa in der Luft, was teilweise an Olivias Auftauchen lag. Ihr Beitritt zum Team hatte die Dynamik verändert. Mette, Lisa und Bosse arbeiteten seit vielen Jahren als Trio zusammen, ein fester Kern bei allen Mordermittlungen, die auf Mettes Tisch gelandet waren. Sie hatten eine stabile Balance zwischen ihren Temperamenten gefunden und kannten mittlerweile die Schwächen der anderen. Mette war es gelungen, dem Trio Selbstvertrauen und die notwendige Arbeitsruhe zu vermitteln, trotz ihrer allgemein bekannten spitzen Zunge. Wenn es aus unterschiedlichen Anlässen zu einem Konflikt mit Außenstehenden gekommen war, hatte sie immer hinter ihren jungen Mitarbeitern gestanden. Sie fühlten sich sicher in ihrem Team.

Bis Olivia in der Tür stand.

Auf Mettes Initiative hin wurde sie in das Team aufgenommen. Eine sinnvolle Initiative, wie Bosse und auch Lisa fanden. Sie wussten von Olivias Einsatz bei einigen sehr aufwühlenden Ermittlungen, ihre Kompetenz würde allen im Team zugutekommen.

Daran lag es also nicht. Nein, der eigentliche Grund war ihnen selbst nicht so klar, weder Bosse noch Lisa. Vielleicht war Lisa der Meinung, dass Bosse sich etwas zu oft an Olivia wandte, mit Dingen, die er bis dahin mit ihr besprochen hatte. Vielleicht. Oder es ging darum, dass sie jetzt zu dritt um Mettes Gunst buhlen mussten. Es war enger im Team geworden.

Für Mette, die sehr genau registrierte, was da vor sich ging, handelte es sich ganz einfach um normale, völlig menschliche Eifersucht. Es hatte einige Jahre gedauert, bis Bosse und Lisa dort angekommen waren, wo sie jetzt standen. Olivia hingegen war auf der Überholspur angerauscht.

Auf Einladung von Mette.

Aber Mette hatte sich nun mal so entschieden, und sie dachte gar nicht daran, ihren Entschluss rückgängig zu machen. Sie wusste, alle drei würden mit der Zeit die richtigen Mittel und Wege für eine gute Zusammenarbeit finden, gezwungenermaßen. Solange sie Olivia keine Sonderbehandlung zukommen ließ, würde sich alles Weitere von selbst finden.

Und bis dahin konnte es ab und zu mal etwas frostig werden.

»Das Signifikante an den Schäden durch die Nekrophagen ist, dass sie relativ frisch zugefügt wurden, während die Leiche an sich bereits ungefähr zwei Monate alt ist«, fuhr sie unbeirrt fort.

Mette hielt das Papier gesenkt, während sie weitersprach. Sie hatte den vorläufigen Obduktionsbericht bereits vor der Konferenz gründlich durchgelesen.

»Und das erklärt sich möglicherweise nicht von selbst«, sagte sie.

»Nein«, stimmte Lisa zu. »Die Leiche lag in einem kaputten Plastiksack. Vielleicht hat sie so dort gelegen, bis ein Tier vor Kurzem den Sack aufgerissen hat und über den Körper hergefallen ist.«

»Ungefähr so lautet auch Ryings These.«

»Weiß man schon mehr über das Alter des Opfers?«, fragte Olivia.

»In dem Bericht wird das Alter des Jungen auf zehn bis zwölf geschätzt. Ungefähr das, was Rying bereits angenommen hatte. Genaueres erfahren wir, sobald die Gerichtsmedizin so weit ist.«

»Haben sie herausgefunden, woran er gestorben ist?«

»Ja.«

Mette drehte sich zu der Wand hinter sich und zeigte auf einige Fotos von dem Opfer in der Grube.

»Ihm ist der Hals durchgeschnitten worden.«

Alle am Tisch standen auf. Sie stellten sich vor die Fotos des ermordeten Jungen und betrachteten wieder den übel zugerichteten Körper. Lange. Alle hatten bereits diverse Leichen gesehen, in unterschiedlichem Zustand, aber das hier war etwas Besonderes, aus mehreren Gründen. Diese bizarren Schäden durch Tiere natürlich, aber auch der Ort, die Grube mit dem toten Körper. Einige Fotos waren weiter von der Grube entfernt aufgenommen worden, frühmorgens, Teile des Waldes waren zu sehen, das schöne morgendliche Sonnenlicht, das durch die Zweige fiel, die moosbewachsenen Felsen um die Grube. Es sah fast friedlich aus.

»Es erinnert an ein Grab«, sagte Olivia.

Natürlich war es ein Grab, auf seine Art und Weise, aber alle wussten, was sie meinte. Etwas Unwirkliches, beinahe Prähistorisches lag über einigen der Bilder. Als wäre es ein archäologischer Fund, der da freigelegt worden war.

Von einem Wildschwein.

»Sonst noch was?«, fragte Bosse, um die Magie der Situation zu zerstören. »Alte Narben, Knochenbrüche? Abgesehen von dem abgerissenen Fuß?«

»Soweit wir bis jetzt wissen, nein«, sagte Mette. »Aber der Körper war ja übel zugerichtet. Ihr habt es selbst gesehen, sogar die Eingeweide waren herausgerissen, da dauert es wohl einige Zeit, bis wir Genaueres erfahren. Aber sie haben unter einigen Fingernägeln kleine Hautabschürfungen gefunden, deren DNA noch abgeglichen wird.«

Die Ermittler setzten sich wieder an den ovalen Tisch, auf

dem in der Mitte ein paar bereits warm gewordene Karaffen standen, aber keiner von ihnen hatte Lust auf abgestandenes Wasser. Lisa schaute Mette an.

»Dann hat das Opfer also schon ein paar Monate in dieser Kuhle gelegen?«

»Kann sein. Es kann natürlich auch sein, dass er erst später vergraben wurde, eine ganze Zeit nach dem Mord. Laut Rying ist das nach so langer Zeit nur schwer zu sagen.«

»Aber wenn er nicht an dem Ort ermordet wurde, warum hat man ihn dann ausgerechnet dort vergraben?«

»Vielleicht ein möglichst abgeschiedener Platz?«, schlug Olivia vor. »Es hat schließlich ein paar Monate gedauert, bis er gefunden wurde. Und hätte uns ein Wildschwein nicht geholfen, dann läge er immer noch dort.«

Es klopfte an der Tür. Inga Gavelius trat ein. Sie war Kriminaltechnikerin und mit dem Mord bei Dällingen beschäftigt. In der Hand hielt sie eine durchsichtige Plastiktüte. Mette schaute sie an.

»Was ist das?«

»Ein Dolch. Wir haben ihn im Wald ein Stück vom Weg entfernt gefunden, er lag im Moos. Ich dachte, du willst ihn dir sicher einmal angucken, bevor er zum NFC geht.«

Gavelius hielt die Tüte in die Höhe. Alle gingen zu ihr. Es war ein Dolch mit fester Schneide und kurzem Schaft.

»Was für eine Art Messer ist das?«, fragte Bosse.

»Das ist, wie ich gesagt habe, ein Dolch.«

»Und woran erkennt man das?«

»Ein Dolch ist zweischneidig, das ist selten bei Messern.«

»Aber einen Hals abschneiden kann man so oder so.«

Mette warf Bosse einen kurzen Blick zu, dann widmete sie sich wieder Gavelius.

»Kannst du noch Genaueres zu diesem Dolch hier sagen?«

»Nicht viel. Er stammt nicht aus Schweden, aber es gibt bestimmt eine Möglichkeit, ihn im Netz zu bestellen.«

»Was kann man da heutzutage nicht bestellen?«, warf Bosse ein.

»Vielfraße …«

Lisa schmunzelte.

»Da ist eine Gravur drauf …«

Gavelius drehte die Tüte leicht und las vom Dolch ab.

»… *Pumnalul ala e sacru* … glaube ich.«

»Was bedeutet das?«

»Keine Ahnung.«

»Kannst du das noch mal buchstabieren«, bat Olivia.

Gavelius buchstabierte, und Olivia machte sich Notizen. Lisa zeigte auf den Dolch in der Tüte.

»Das Dunkle da, auf der Schneide«, bemerkte sie. »Kann das Blut sein?«

»Im besten Falle ja. Wenn wir Glück haben, ist das die Mordwaffe. Aber jetzt werde ich mal sehen, dass ich weiterkomme damit.«

Mette nickte, Gavelius verließ den Raum. Olivia ging zu der verführerischen Wasserkaraffe, goss sich ein Glas ein, trank einen Schluck und überwand ein leichtes Ekelgefühl. Warum hatte Mette nicht dafür gesorgt, dass es Kaffee gab? Olivia brauchte Kaffee. Sie spürte deutlich den sich auftürmenden Schlafmangel, aber sie wollte sich auf keinen Fall etwas anmerken lassen. Es könnte die Dynamik bremsen. Also ergriff sie lieber die Initiative.

»Wenn das die Mordwaffe ist, dann ist der Mord wohl höchstwahrscheinlich am Fundplatz passiert?«

»Davon können wir ausgehen«, bestätigte Mette.

»Und wenn es so gewesen ist, dann haben wir ja einiges, womit wir weitermachen können.«

»Wie meinst du das?«, fragte Lisa.

»Vielleicht können wir nach lokalen Verbindungen suchen.«

»Und was spricht dagegen, dass das Opfer mit dem Auto von Haparanda dorthin geschafft und dann erst dort umgebracht wurde?«

»Nichts. Es war ja nur ein Vorschlag. Aber warum ausgerechnet Haparanda?«

Lisa antwortete nicht. Sie merkte, dass sie unnötig spitz geklungen hatte. Was gar nicht ihre Absicht gewesen war.

»Es gibt keine vermissten Jungen, die mit der Beschreibung übereinstimmen«, sagte sie stattdessen. »Weder in der näheren Umgebung noch überhaupt in ganz Schweden. Ich habe es überprüft.«

»Aber es muss doch Angehörige geben?«

»Er kann ja von seiner eigenen Familie umgebracht worden sein. Du erinnerst dich doch sicher noch an den Fall Bobby?«

Da klingelte Mettes Handy. Sie zog es heraus, las den Namen auf dem Display, stand auf und ging ein Stück zur Seite. Olivia zwang sich, einen weiteren Schluck des schrecklichen Wassers zu trinken. Bosse musterte sie.

»Wie geht es dir?«, fragte er.

»Gut, wieso?«

»Du siehst etwas erschöpft aus.«

»Ich schlafe schlecht.«

»Ist es der Hauptbahnhof, der in deinen Träumen herumspukt?«, fragte Lisa.

Olivia hatte Lisa vor einer Weile von ihrem Einsatz am Bahnhof erzählt. Was sie dort tat und warum. Lisa war voller Respekt dafür gewesen. Aber jetzt bildete Olivia sich ein, bereits zum zweiten Mal einen spitzen Unterton in Lisas Stimme zu hören.

»Nein.«

Gleichzeitig schielte sie zu Mette hinüber.

»In fünf Minuten in meinem Zimmer«, sagte Mette ins Handy.

Mette trat in ihr Zimmer und schloss die Tür hinter sich.

Hoffentlich hängt noch die andere Bluse im Schrank, dachte sie, drehte sich gleichzeitig um und sah, dass Stilton gegen die Wand gelehnt dastand. Er lehnt sich immer gegen eine Wand, dachte sie, möchte wissen, ob das genetisch bedingt ist. Oder ob er Angst hat, umzufallen, wenn er keine Stütze findet. Sie lächelte.

»Hallo, Tom. Wie geht es dir?«, begrüßte sie ihn.

»Ich habe über das nachgedacht, was du gesagt hast.«

Mette schaute ihn an, seinen Gesichtsausdruck, seine Augen. Früher hatten sie einander in- und auswendig gekannt, früher, bevor Stilton für sechs Jahre von der Bildfläche verschwand, in die Obdachlosigkeit. Jetzt war er zurück, und ihr war sofort klar, was er wollte. Intuitiv. Sie wusste noch genau, was sie damals gesagt hatte, am Kai, wie brutal sie sein Selbstwertgefühl herausgefordert hatte. Und sie war noch immer der Meinung, dass es genau das Richtige gewesen war.

»Schön«, sagte sie. »Und?«

»Ich will beweisen, dass du dich irrst.«

»Und wie?«

»Ich will mithelfen.«

Mette setzte sich hinter ihren Schreibtisch. Sie brauchte ein paar Sekunden. Sie war es schließlich selbst gewesen, die ihn immer wieder gedrängt, ihm vorgeschlagen hatte, er solle doch wieder zurück zur Polizei kommen. Denn er hatte nie seinen Abschied eingereicht, er war nur freigestellt. Doch jedes Mal, wenn sie die Sprache darauf gebracht hatte, war er ihr ins Wort gefallen: »Keine Chance.« Und jetzt stand er hier an der Wand und »wollte mithelfen«.

»Dann musst du dich wohl um eine freie Stelle bewerben«, sagte sie. »Wenn eine ausgeschrieben wird.«

»Ich will keine Stelle haben.«

»Sondern? Willst du eine Art Sonderbehandlung, mit Sahnehäubchen?«

Stilton ließ sich nicht beirren.

»Ihr bezieht doch immer wieder Leute in eure Arbeit ein«, sagte er. »Ohne dass sie fest angestellt sind.«

»Ja, Experten meistens. Und auf welchem Gebiet bist du Experte?«

Stilton löste sich von der Wand und ging auf die Tür zu. Er hatte nicht das geringste Interesse daran, eine Art Einstellungsgespräch über sich ergehen zu lassen, selbst wenn es Mette war, die die Fragen stellte.

»Lass von dir hören«, sagte er und zog die Tür hinter sich zu, genau in dem Moment, in dem sich ein leises Lächeln auf Mettes verschmitztem Gesicht ausbreitete.

Muriel schälte Karotten in der engen Küche. Sie war hundemüde. Die Nacht machte sich bemerkbar. Auf einem Sofa zu sitzen und mit einem Mädchenkopf auf den Knien zu schlafen, war nicht sonderlich bequem, auch wenn es nur für ein paar Stunden gewesen war.

Der Nacken tat ihr weh.

Aber wenigstens resultierte der Schmerz nicht von erniedrigenden Stellungen auf den Rücksitzen teurer Autos.

Sie war vor Folami aufgewacht und hatte eingesehen, dass sie etwas zu essen brauchten. Richtiges Essen, nicht nur Coca-Cola und Schinkenbrote. Sie schrieb einen Zettel, erklärte, dass sie den Bus zu einem Supermarkt nehmen und bald wieder zurück sein würde.

Bevor sie losging, hatte sie in einem von Ronnys Kochbüchern geblättert und ein Rezept für Karottensuppe gefunden. Das klang gut. Und billig. Außerdem hatte sie in einem Gefäß in Ronnys Speisekammer ein paar Kräuter und einige alte Brühwürfel gefunden, also konnte sie das von ihrer Liste streichen. Sie wollte Karotten einkaufen, Zwiebeln und noch ein paar andere Sachen, wenn das Geld reichte. Bald sollte sie neues vom Amt kriegen, dann konnte sie deutlich mehr heranschaffen.

Sah so aus, als sollte das kleine Mädchen Teil ihres Alltags werden.

Als sie zurückkam, war Folami bereits aufgestanden und hatte den Abwasch vom Tag zuvor erledigt. Offensichtlich hatte sie die alte Pumpe auf dem Hof entdeckt und das Wasser selbst ins Haus geholt. Muriel war beeindruckt von ihrem Tatendrang. Als sie das sagte, drehte das Mädchen sich um und verließ die Küche. Wieder wurde Muriel unsicher. Habe ich etwas Falsches gesagt? Sie ließ sie für den Rest des Tages in Ruhe.

Am frühen Abend kam Folami zurück zum Spülbecken und wollte helfen. Muriel gab ihr die geschälten Karotten und dazu ein Messer.

»Du kannst sie kleinschneiden«, sagte sie.

Für einen Moment zögerte Folami, schaute verstohlen zu Muriel, dann nahm sie vorsichtig das Messer. Muriel bemerkte das Zögern. Aber sie schälte weiter das Gemüse. Warum hatte das Mädchen auf das Messer so reagiert? Folami begann die Karotten kleinzuschneiden. Seite an Seite arbeiteten sie einige Minuten schweigend.

»Als du weg warst, habe ich draußen einen Mann gesehen«, sagte Folami plötzlich und zeigte zum Fenster.

»Einen Mann?«

»Ja.«

»Hat er geklopft?«

»Nein, er ist irgendwie herumgeschlichen und hat durchs Fenster reingeguckt.«

»Geschlichen?«

»Ja, du weißt schon«, bestätigte Folami und zeigte mit ihrem Körper, wie man herumschleicht.

»Hat er versucht, ins Haus zu kommen?«

»Nein, ich habe abgeschlossen und mich versteckt.«

»Das ist gut«, nickte Muriel.

»Aber ich habe ihn wiedererkannt. Wir haben ihn gestern an der Bushaltestelle getroffen.«

Muriel lief es kalt den Rücken hinunter. Der intensive Blick, mit dem der Mann Folami angestarrt hatte, war ihr noch zu gut in Erinnerung.

»Er war sicher nur …«, Muriel suchte eine Weile nach dem richtigen Wort, »…neugierig, aber es ist gut, dass du dich versteckt hast.«

Es war ihre Absicht gewesen, Folami zu beruhigen, doch sie hörte selbst, wie verunsichert ihre Stimme klang. Verstohlen guckte sie durch das Sprossenfenster hinaus. Die Dämmerung hatte den Wald ins Dunkel getaucht. Es war leicht, sich dort zu verstecken und in die Hütte zu schauen, ohne entdeckt zu werden. Sie legte die Zwiebel, die sie gerade hatte hacken wollen, hin, wischte sich die Hände am Pullover trocken, trat ans Fenster und zog die von der Sonne ausgeblichenen Gardinen so gut es ging zu, und da fiel es ihr wieder ein.

Der Haufen Kot.

Er hatte auf der Treppe gelegen, als sie früh am Morgen hinausgegangen war, um zu pinkeln. Sie hatte ihn mit einem Stock weggeschoben und angenommen, ein Fuchs hätte seine Visitenkarte dort hinterlassen. Ronny hatte ihr erzählt, dass es viele Füchse im Wald gab und sie an den merkwürdigsten Stellen ihre Notdurft hinterließen. Einmal hatte ein Haufen auf einer umgedrehten Schüssel gelegen, und Ronny hätte gern gesehen, wie der Fuchs es angestellt hatte, denn das musste der reine Balanceakt gewesen sein, den Hintern so hoch zu strecken und gleichzeitig genau zu zielen.

Aber wenn Muriel jetzt darüber nachdachte, im Nachhinein, dann war der Haufen Scheiße an diesem Morgen deutlich größer gewesen als die, die sie früher vor dem Haus gesehen hatte.

Wie von einem ziemlich großen Hund.

Folami schaute sie an, als sie die Zwiebel wieder in die Hand nahm und sie kleinschnitt, sagte aber nichts. Sie schnitt die letzten Karotten klein. Als Muriel fertig mit dem Hacken war, ging sie mit einer Entschuldigung auf den Flur. Sie schob die Hand in ihre Jackentasche und zog eine Packung Tabletten heraus. Methadon. Die hatte sie sich in der Apotheke geholt, als sie einkaufen gefahren war, einfach um sicherzugehen. Das Rezept hatte sie bekommen, als sie das letzte Mal zum Entzug eingeliefert worden war.

Es half ihr immer wieder, sich vom Heroin fernzuhalten.

Sie zog einen Blister aus dem Karton und vergewisserte sich, dass die Haustür richtig verschlossen war. Gerade als sie eine Tablette herausdrücken wollte, stand Folami in der Tür. Muriel hielt die Packung hoch.

»Medizin«, sagte sie auf Schwedisch. Verblüfft stellte sie fest, dass es auf Englisch fast genauso hieß.

Folami schaute sie an.

»Ich bin mit den Karotten fertig«, sagte sie. »Wollen wir jetzt die Suppe kochen?«

»Aber sicher«, antwortete Muriel, wieder auf Schwedisch, und stopfte sich den Blister in die Hosentasche.

Sie würde später eine nehmen, wenn sie beide ins Bett gegangen waren.

Sie zündeten ein paar Teelichter an, die Muriel in einer Schublade gefunden hatte, und stellten sie mitten auf den Tisch, bevor sie sich setzten. Die Küche war nicht groß, gerade mal Platz für den kleinen Esstisch und zwei wacklige hellblau gestrichene Holzstühle. Gab es mehr Gäste, musste man im Wohnzimmer essen.

Aber die beiden blieben in der Küche.

Folami aß mit gutem Appetit. Was Muriel freute. So ein Essen hatte sie seit vielen, vielen Jahren nicht mehr zubereitet, weder für sich selbst noch für jemand anderen. Normalerweise lebte sie von Junkfood. Und jetzt aß sie selbstgekochte Suppe.

Sonderbar.

Plötzlich ließ Folami den Löffel sinken und fragte, was das für ein Lied gewesen sei, das Muriel gestern für sie gesungen hatte? Muriel versuchte mit Worten und Gesten zu erklären, dass es ein Schlaflied für Kinder war, aber den Text zu beschreiben, fiel ihr schwer. Folami bat Muriel die ersten Worte zu wiederholen: »Schlaf, du kleines Weidenkind, denn es ist noch Winter.« Anschließend wiederholte Folami den Liedanfang, und nach mehreren Versuchen, immer wieder von Lachen unterbrochen, bekam sie es ganz gut hin.

Als die Suppe aufgegessen war, spürte Muriel, wie die übliche Rastlosigkeit sie wieder überfiel, die Beine wollten nicht stillhalten, aber sie wollte auch noch nicht aufstehen.

»Darf ich dich eine Sache fragen«, begann sie vorsichtig. »Wie alt bist du?«

»Vierzehn, ich werde im Dezember fünfzehn.«

Muriel war überrascht. Sie hatte Folami auf höchstens elf Jahre geschätzt. Hatte sie einem Teenager ein Schlaflied vorgesungen?

»Bist du allein hergekommen?« Sie wagte eine zweite Frage. »Ich meine, nach Schweden?«

»Ja.«

»Eine lange Reise.«

»Ja. Sehr lang.«

Folami sprang plötzlich auf und begann die Teller abzuräumen. Muriel blieb sitzen. Jetzt hatte das Mädchen wieder so heftig reagiert. Warum? Es gab so vieles, was Muriel fragen wollte. Warum war Folami aus ihrem Heimatland geflohen, lebten ihre Eltern noch, und wie hatte sie es geschafft, den langen Weg bis nach Schweden allein zu bewältigen? Aber sie fühlte, dass jetzt nicht der richtige Moment dafür war. Sie hatte riesige Angst, etwas kaputt zu machen, wenn sie so dumme Fragen stellte.

Sie musste es erst einmal dabei belassen.

Folami goss aus einem Eimer Wasser über die Teller, das Gleiche machte sie auch mit dem Topf, ohne sich einmal umzudrehen.

»Du musst jetzt nicht abwaschen«, sagte Muriel.

Sie zog einen zerfransten Stoffbeutel zu sich und holte eine Tüte Schaumgummi und eine Tafel Schokolade heraus.

»Ich habe Süßigkeiten gekauft.«

Wobei »gekauft« nicht so ganz der Wahrheit entsprach.

*

Nicht weit davon entfernt, in einem weißen gemauerten Haus, klappte Bodil ihren Laptop zu. Sie war stundenlang im Netz unterwegs gewesen, hatte in verschiedene Richtungen gesurft, über alles Mögliche, was sie so interessierte. Wobei das Interessanteste an diesem Abend ein Posting war, das von einer Gruppe berichtete, die sich »Soldiers of Odin« nannte. Sie war erst vor Kurzem in Kemi in Finnland gegründet worden und hatte es sich zum Ziel gemacht, auf die Straße zu gehen, um »für Ordnung zu sorgen«. Davon fühlte sie sich angesprochen. Genau das wäre hier in der Gegend auch nötig, dachte sie, vielleicht würden sich dann diese Hure und der Negerbalg nicht mehr hier herumtreiben. Sie selbst konnte nicht viel daran ändern, und Bernt vermutlich auch nicht.

Als er am Morgen von seinem Spaziergang mit dem Hund zurückgekommen war, hatte er nachdenklich ausgesehen. Das kam öfters vor, aber sie konnte die Unterschiede deuten. Diesmal war etwas passiert.

»Was ist denn?«, fragte sie.

Bernt setzte sich an den Küchentisch und schenkte sich den kalten Rest vom Morgenkaffee ein. Als er die Tasse ausgetrunken hatte, schaute er zu Bodil auf.

»Ich habe den Hund auf die Treppe der Hure scheißen lassen«, sagte er.

Und lachte.

Was sehr ungewöhnlich war. Bernt lachte nie. Bodil konnte die Gelegenheiten an einer Hand abzählen. Jetzt lachte er und sah aus, als erwartete er eine Belohnung. Bodil wusste nicht, was sie sagen sollte, aber es gelang ihr, ein höhnisches Lachen zu unterdrücken. Bernt tat, was er konnte. Also sagte sie:

»Das war ja ganz schön gemein, Bernt.«

Ob das nun der falsche Kommentar gewesen war, konnte sie nicht abschätzen. Bernt jedenfalls stand abrupt auf und verließ die Küche.

Als hätte sie ihn irgendwie gekränkt.

Während sie die Deckenlampe in der Küche ausschaltete, dachte sie noch einmal an die Ereignisse am Morgen. Bernt war schon schlafen gegangen. Er schlief hinter der Küche, sie eine Treppe höher. Als Bernts Vater noch hier gewohnt hatte, musste Bernt in einem Alkoven unter der Treppe schlafen. Sein Vater wollte ihn nachts nicht zu sehr in der Nähe haben. Inzwischen fand sie es auch gut, dass er hier unten blieb. »Ich habe den Hund auf die Treppe der Hure scheißen lassen.« Bodil schüttelte leicht den Kopf und ging die Treppe zum Obergeschoss hoch.

Er war kein Soldier of Odin.

*

Ronnys Hütte stammte aus den Anfängen des 20. Jahrhunderts, mit Plumpsklo und Wasserpumpe auf dem Hof. Außer der kleinen Küche und der Stube mit dem offenen Kamin gab es noch ein winziges Schlafzimmer mit dunkelblauen Wänden. Dort hinein hatte Ronny ein Etagenbett aus Kiefernholz gezwängt. Neben dem Bett stand ein alter Nachttisch mit einem Fach für den Nachttopf. Heute Abend würden sie hier schlafen und nicht auf dem Sofa. Muriel zog das Rollo herunter.

»Ist es okay, wenn du oben schläfst?«

Folami nickte als Antwort. Muriel erklärte ihr, dass sie draußen ins Wohnzimmer einen Eimer stellen würde, damit Folami nicht zum Pinkeln rausgehen musste. Folami sah sie fragend an. Warum denn nicht? Aber Muriel bestand darauf, dass es besser sei, wenn sie den Eimer benutzte, ohne einen Grund dafür zu nennen.

Das brauchte sie auch nicht.

Folami verstand sehr wohl, worum es ging.

»Okay«, sagte sie, kletterte auf das Bett und kroch unter die Decke.

Muriel ging in die Küche, holte sich ein Glas Wasser, drückte eine Tablette aus dem Blister aus ihrer Hosentasche und schluckte sie. Dann überprüfte sie noch einmal, ob die Haustür auch ordentlich verschlossen war, bevor sie zurück ins Schlafzimmer ging, Folami gute Nacht sagte und anschließend selbst ins untere Bett kroch.

»Kannst du das Lied singen?«, hörte sie Folami fragen, nachdem beide schon eine Weile gelegen hatten.

Was Muriel am vorigen Tag so selbstverständlich erschienen war, kam ihr plötzlich albern vor, aber sie tat es trotzdem. Sang »Schlaf, du kleines Weidenkind«, für ein fast fünfzehnjähriges Mädchen aus Nigeria.

Sie sang, bis sie ein leichtes Schnorcheln von oben hörte. Da kletterte sie aus ihrem Bett und schaute zu dem Mädchen im oberen Lager. Folami schlief, auf dem Rücken, das Gesicht der Zimmerdecke zugewandt. Muriel betrachtete die kräftige, gewundene Narbe auf ihrer Wange, vom Ohrläppchen bis zum Kinn. Woher hatte sie die?

Wann? Wo? Warum?

*

Bernt lag nackt im Bett in seinem Zimmer hinter der Küche. Er hatte das Licht gelöscht und hielt eine Hand um seinen erigierten Penis, bewegte sie aber nicht. Eine kleine schwarze Fliege surrte in dem dunklen Raum herum. Das war gemein, dachte er und spürte, wie ihm warme Tränen über den Hals liefen.

Manchmal verstand er seine Mutter einfach nicht.

Der Besuch vom Amt kam ziemlich spät am Abend. Wofür Luna volles Verständnis hatte. Alle arbeiteten, bis sie auf dem Zahnfleisch gingen, um die akute Flüchtlingskrise zu lösen. Dieser Mann war einer von ihnen. Er hießt Bengt Njurung und stellte sich, so gut es ging, allen Syrern auf dem Kahn vor. Er strahlte Ruhe und Glaubwürdigkeit aus, als er die momentane Wohnsituation im Bezirk beschrieb. Sie war angespannt. Was alle auf dem Schiff verstanden. Leah mühte sich emsig ab, für ihre Familienmitglieder zu übersetzen, und manchmal hatte Luna den Verdacht, sie beschönigte einen Teil der brutalen Wirklichkeit, die Njurung beschrieb. Wofür Luna aber nur dankbar war.

»Was glauben Sie, wie lange können die Menschen hier wohnen bleiben?«, fragte Njurung Luna.

Luna sah, dass Leah die Frage nicht verstanden hatte, also konnte sie ehrlich antworten.

»Das ist ziemlich schwierig hier«, sagte sie. »An Bord ist ja nicht so viel Platz.«

»Sie wohnen selbst ständig hier?«

»Ja. Mit meinem Mitbewohner.«

»Ich verstehe. Okay, ich kann Ihnen versprechen, wir kämmen alle Möglichkeiten gründlich durch, aber momentan ist es ziemlich problematisch. Wenn Sie die Familie noch für eine Weile hierbehalten könnten, würde uns das sehr helfen. Natürlich werden wir Sie dafür entschädigen, 2500 Kronen pro Person und Tag.«

Luna erstarrte. Die Flüchtlinge mit auf den Frachtkahn zu nehmen, war eine Notmaßnahme in einer hektischen Nacht gewesen. Sie auf Dauer hier wohnen zu lassen, gegen Bezahlung, war irgendwie etwas ganz anderes. Etwas, das ihr ganz und gar nicht behagte. Sie hatte Verständnis für die Sichtweise des Amtes, Njurung war offen und ehrlich, aber das Schiff in eine Art Flüchtlingsunterkunft zu verwandeln, hatte sie eigentlich nicht vorgehabt.

Und Tom schon gar nicht.

»Okay«, hörte sie sich sagen.

»Gut. Wir sind Ihnen äußerst dankbar dafür.«

Luna nickte, und Njurung verabschiedete sich von den Syrern. Nachdem er verschwunden war, erklärte Luna Leah die Situation. Und wieder war sie beeindruckt von der besonnenen Reaktion des jungen Mädchens. Leah verstand. Sie waren Flüchtlinge und mussten sich den Gegebenheiten anpassen.

Spontan umarmte sie Luna.

Die Umarmung des Mädchens wärmte ihr Herz und gab ihr die Kraft, hoch aufs Deck zu gehen und mit dem Mann zu reden, der dort wartete.

Stilton stand an der Reling und schaute aufs Wasser, hinüber zum Rathaus. Ein paar vereinzelte Nachtsegler glitten draußen auf dem Strom vorbei. Er spürte eine gewisse Sehnsucht. Nicht danach, loszusegeln, er hatte sich noch nie etwas aus dem Segeln gemacht, aber danach, auf dem Wasser zu sein. Die Wellen zu spüren, ihr Rollen, das Gefühl, sich von etwas Erdgebundenem zu lösen. Aber du bist doch auf einem Kahn, dachte er, du sitzt nicht eingesperrt in einem Schuhkarton im vierten Stock mit Blick auf einen Parkplatz. Also beklage dich nicht. Trotzdem, man konnte ein Leben auf dem Kahn nicht mit den äußeren Schären vergleichen. Ganz und gar nicht.

»Zeit, wieder nach Rödlöga zu fliehen?«

Lunas Stimme erklang dicht hinter ihm. Er drehte sich um. Sie hatte sich ein dickes Stricktuch um die Schultern geschlungen und stellte sich dicht neben ihn an die Reling.

»Nein. Warum sollte ich?«, erwiderte er.

»Sie bleiben noch eine Weile hier.«

»Ja? Okay.«

»Die Stadt bezahlt für ihre Unterkunft.«

Stilton schaute Luna an, diese blickte übers Wasser. Sie wusste in etwa, was kommen würde.

»Fühlt sich das nicht etwas merkwürdig an?«, fragte er.

»Mit den Untermietern?«

»Mit der Bezahlung?«

Luna schwieg.

»Als Privatperson, meine ich. Das war es doch wohl nicht, was du da unten am Hauptbahnhof gewollt hast, oder? Ein neuer Bert Karlsson zu werden?«

Ihm war sofort klar, wie dumm sein Einwand klang, und er wusste auch, dass Luna es wusste, also ruderte er schnell wieder zurück.

»Entschuldige, das war ein verdammt blöder Spruch.«

»Ja.«

»Das ist dein Kahn. Du bist der Kapitän. Ich richte mich ganz nach dir.«

Und er fügte hinzu:

»Ich liebe dich.«

Luna lachte und schob einen Arm unter seinen. Ihre Beziehung war von stürmischer Leidenschaft zu einer stabilen Sache geworden. Was sie vorzog. Wenn es am heftigsten gestürmt hatte, hatte sie ihn gehasst, sowohl für seine Art, einfach zu verschwinden, wenn die Lage zu kritisch wurde, als auch dafür, wieder aufzutauchen und so zu tun, als wäre die Vergangenheit einfach nur Vergangenheit. Inzwischen war ihr kompliziertes Verhältnis aber zu einer eher konfliktarmen Liebe gereift.

Sie liebte ihn auch.

»Wie ist es bei Mette gelaufen?«, fragte sie.

»Gut.«

»Dann fängst du wieder an zu arbeiten?«

»Ich denke schon. Wir müssen vorher nur noch einiges klären. Mette möchte gern das Ruder in der Hand behalten.«

»Und – wirst du damit klarkommen?«

Ich komme ja auch mit dir klar, dachte er, sagte aber nichts. Er hatte schließlich dazugelernt. Also drehte er sich zu Luna um, zog sie nah zu sich heran und küsste sie.

*

Olivia hatte die rotgelbe Weste der freiwilligen Helfer übergestreift und stand mitten in der Bahnhofshalle, inmitten einer unüberschaubaren Menge ratloser Flüchtlinge. Sie war körperlich völlig erschlagen, doch der Kopf war in Alarmbereitschaft. Ein paar Stunden würde sie noch durchhalten. Momentan suchte sie in einem Ikea-Karton nach Kleidung, hoffte, dass es einen warmen Pullover dort gab, der dem Mädchen in der dünnen Jacke vor ihr passte. Sie hatte gesagt, sie komme aus Afghanistan und sei allein hier. Ihre Haare waren zu kurzen Stoppeln abgeschnitten, wodurch sie leicht für einen Jungen gehalten werden konnte. Olivia wühlte tief in dem Karton und zog endlich einen dunkelgrünen Fleecepullover heraus, der passend aussah. Als sie aufschaute, war das Mädchen verschwunden. Olivia stand auf und schaute sich um. Weit hinten in dem Menschengewimmel sah sie das Mädchen mit einem Freiwilligen an ihrer Seite. Er hielt einen Arm um ihre Schultern und bahnte ihr den Weg. Okay, dachte Olivia, nur gut, vielleicht findet er eine Unterkunft für sie. Obwohl sie den Pullover gut hätte gebrauchen können.

Als ein gebeugter älterer Mann vor ihr zu Boden fiel und »water« flüsterte, kümmerte sie sich um ihn.

*

Das große, sagenumwobene »Schloss« draußen in Kummelnäs lag ins Dunkel eingetaucht. Sagenumwoben, weil sein erster Besitzer, ein österreichischer Graf, sich eine Gartenlaube auf der Nordseite, zum Wasser hin, hatte bauen lassen. Eine sehr ungewöhnliche Gartenlaube, denn ihr fehlten die Fenster. Die Gerüchte besagten, dass er dort nach einem Eifersuchtsdrama auf einem Ball in Drottningholm seine junge, schöne Ehefrau eingesperrt hielt, unerreichbar für die Blicke anderer Männer. Laut dem Mythos starb die junge Gattin in der Gartenlaube an einem Herzinfarkt. In anderen Varianten hieß es, sie sei vergiftet worden, und der Graf hätte sich anschließend auf dem Dachboden des Schlosses erschossen.

Vermutlich das einzig Wahre an der ganzen Geschichte.

Der Selbstmord auf dem Dachboden.

Mittlerweile war die Gartenlaube zum Teil abgerissen, und eine runde, löchrige Steinbodenplatte war das Einzige, was noch an den Mythos erinnerte. Dort saß Mårten Olsäter gern mal mit einem seiner Enkelkinder und erzählte ihm die grausige Geschichte des Grafen, angepasst an das jeweilige Alter des Enkelkindes.

Momentan war er im größten Schlafzimmer des Hauses damit beschäftigt, Mette ins Bett zu kriegen. Es ging ihm bei dieser schon zur Routine gewordenen Prozedur nicht um Sex, sondern einfach nur darum, dass sie ein bisschen Schlaf bekam. Er war der Meinung, und das schon seit gut zehn Jahren, dass Mette viel zu hart zu sich selbst war, und das auch noch vollkommen ohne Grund.

»Hast du schon mal das Wort ›delegieren‹ gehört?«, lautete seine Standardfrage.

Natürlich hatte Mette das, aber sie war nun mal ein extremer Kontrollfreak. Als Leiterin umfangreicher und komplizierter Mordermittlungen konnte dieser Charakterzug leicht zur Belastung werden. In erster Linie fürs Herz. Den Preis hatte sie schon einmal zahlen müssen.

»Kommst du?«, rief Mårten.

»Gleich! Ich muss nur noch … ich komme!«

Da war es wieder, dieses »ich muss nur noch …«. Wie ein Kind. Mårten kroch unter die Bettdecke und kämpfte gegen die Müdigkeit an. Denn schlief er vor ihr ein, saß sie womöglich noch dort, bis es hell wurde. Kurz bevor er vor dem Schlaf kapitulieren wollte, stürmte Mette in den Raum.

»Schläfst du schon?«

»Nein.«

»Tom ist zurück! Ich habe ganz vergessen, dir das zu erzählen. Er ist heute zu mir gekommen und hat gesagt, dass er uns wieder helfen will. Ist das nicht phantastisch?«

»Wieso phantastisch? Du hast es doch die ganze Zeit gewusst.«

»Wie meinst du das?«

Mette begann sich auszuziehen, den Rücken ihrem Gatten zugewandt. Sie wusste, was kommen würde und wollte ihm möglichst nicht ins Gesicht sehen, wenn es kam.

»Das weißt du genau«, sagte Mårten und betrachtete den umfangreichen, aber ach so schönen Rücken seiner Frau.

»Was weiß ich?«

»Du hast mit Tom ja schon eine ganze Weile getrickst, ihn angefixt und manipuliert, genau wie du es mit Olivia getan hast, und jetzt hast du ihn da, wo du ihn haben wolltest. Was ist daran bitte schön so phantastisch?«

Mette ließ das Nachthemd über den Körper gleiten, bevor sie sich umdrehte. Auf dem Weg zum Bett löschte sie die Nachttischlampe und ließ sich zwischen die Kissen sinken. Bis jetzt hatte sie Mårtens Blick noch nicht erwidert.

»Bei dir klingt das ziemlich unsympathisch«, sagte sie ins Dunkel.

»Was?«

»Mein Vorgehen.«

»Ganz und gar nicht. Du weißt, was du haben willst, und siehst zu, dass du es bekommst. Ganz gleich, ob es nun ein Keramikkrug oder ein Mitarbeiter ist.«

»Meinst du, Tom sieht das auch so?«

»Wahrscheinlich. Er kennt dich ja ziemlich gut. Und du ihn. Vermutlich hast du ihn an den Haken gekriegt, als du behauptet hast, er sei nicht mehr der, der er früher mal gewesen ist. Das hat ihn sicher gewurmt.«

Mette gab auf. Mårten hatte ja Recht, wie meistens. Leider.

»Aber es hat doch länger gedauert, als ich dachte«, sagte sie.

»Tom ist schließlich manchmal wie ein zugedröhnter Eremitenkrebs, es dauert Ewigkeiten, bis man ihn zu packen kriegt, das weißt du doch auch. Wann fängt er an?«

»Wenn ich zustimme. Er ist gegangen, bevor wir etwas abmachen konnten.«

»Wieso das?«

»Weil es ihm guttut, wenn er noch ein bisschen schmort. Dann ist er umso emsiger, wenn es so weit ist. Es gibt nur eins, was mir ein wenig Sorgen macht.«

»Einen Elefanten in den Porzellanladen zu lassen?«

Manchmal kam Mette der Gedanke, sie würden schon zu lange zusammenleben. Wenn man nicht einmal einen Gedanken zu Ende denken kann, bevor … ja, das war manchmal ziemlich deprimierend.

»Schlaf gut«, sagte sie.

»Du auch.«

*

Olivia saß im Bademantel in der Küche, die Füße in einer Schüssel mit heißem Wasser. Die Beine hatten unter den Nächten im Bahnhof am meisten gelitten. Aber wenn man bedachte, was die Menschen, denen sie dort begegnete, alles an Schrecklichem hatten erleben müssen, dann waren ihre geschwollenen Füße nur ein Fliegenschiss im Universum. Weh taten sie trotzdem.

Sie hob die Füße aus der Schüssel und betrachtete die knochigen Zehen. Vielleicht sollte sie die Zehennägel lackieren? Es kam nur selten vor. Zum Beispiel, wenn sie im Ausland mit der stets gepflegten Lenni an ihrer Seite unterwegs war und sie sich ins Strandleben stürzen wollten. Fast immer auf Lennis Initiative hin. Was Lenni nicht kapierte oder sich nicht eingestehen wollte, war die Tatsache, dass Olivia keinerlei Schminke brauchte, um die Blicke auf sich zu ziehen. Sie hatte es sozusagen bereits so im Blut.

Außerdem war sie absolut nicht interessiert an dem, was für Lenni damals höchste Priorität gehabt hatte: Körperkontakt mit dem anderen Geschlecht am laufenden Band. »Verdammt, schließlich sind wir auf Ibiza, Ollan!«

Olivia schnappte sich ein Handtuch und musste bei den Erinnerungen an ihre Reisen schmunzeln. Mit sanften Bewegungen trocknete sie die vom warmen Wasser schrumpeligen Füße ab und beschloss, Lenni anzurufen. Schließlich war es schon eine ganze Weile her, dass sie miteinander gesprochen hatten.

Lenni studierte inzwischen Jura in Lund und war immer noch mit Erik zusammen. Und zwar keineswegs an der langen Leine. Es war vielmehr eine ziemlich stabile Beziehung, und Olivia fand, dass sie Lenni nur guttat. Allerdings waren die Freundinnen ein bisschen auf Abstand gegangen. Zum einen ganz konkret, weil sechshundert Kilometer zwischen ihren Wohnorten lagen, aber auch eher diffus, weil Olivia sich schnell als fünftes Rad am Wagen fühlte, wenn sie sich mal trafen, bei Essen zu dritt oder bei Barbesuchen. Lenni und Erik beschlossen immer ziemlich schnell, dass es nun genug war und sie nach Hause wollten, »schließlich ist morgen ja auch noch ein Tag«.

Für Olivia gab es, was Nächte zu zweit betraf, keinen nächsten Tag zu bedenken. Sie hatte keinen Freund. Mit dem letzten, Ove Gardman, führte sie zwei Jahre lang so eine Art Gummiband-Beziehung, bis er schließlich in seinem Leben »weiterkommen« wollte. So hatte er es ausgedrückt, als Olivia ihm mitgeteilt hatte, dass sie nicht mehr das für ihn empfand, was sie früher einmal empfunden hatte. »Dann ist es wohl an der Zeit, dass jeder in seinem Leben weiterkommt.« Was in seinem Fall bedeutete, zu einem bedrohten Korallenriff auf der anderen Seite des Globus aufzubrechen.

»Hallo, Lenni! Störe ich?«

»Ja.«

»Ja?«

»Weißt du, wie spät es ist?«

Sie hatte keine Ahnung. Als sie nachsah und feststellte, dass es halb zwei Uhr nachts war, hatte sie Verständnis für Lennis Reaktion.

»Oh, entschuldige! Ich habe gar nicht gemerkt, dass ...«

»Schon gut. Erik schläft mit Ohrstöpseln. Ist was passiert?«

»Nein. Ich wollte nur deine Stimme hören.«

»Na, jetzt weißt du ja wieder, wie sie klingt. Aber sag mal, könnten wir uns nicht morgen weiterunterhalten? Ich möchte deine Stimme auch wieder hören!«

»Ja, okay. Schlaf gut!«

Olivia drückte das Gespräch weg und fühlte sich als fünftes, sechstes und sogar siebtes Rad am Wagen. Sie kippte das Wasser aus der Schüssel ins Spülbecken und dachte an die Wasserkaraffe im Konferenzraum.

Niemals wieder wollte sie daraus trinken.

Da fiel ihr Blick auf das Brotmesser auf der Anrichte, und plötzlich fiel ihr ein, was sie den ganzen Abend vergessen hatte. Der Dolch! Wie konnte sie den nur verdrängen? So etwas Schlampiges!

Sie holte ihr iPad und googelte den Ausdruck, den sie auf ihrem Block notiert hatte. *Pumnalul ala e sacru.* Nach einer Weile tauchte die Übersetzung in einem Fachartikel über Dolche auf. Es bedeutete: »Der Dolch ist heilig« auf Rumänisch.

Das hätte ich schon vor zehn Stunden herauskriegen können, dachte sie und überlegte, ob sie Mette anrufen und ihr davon berichten sollte. Halb zwei? Nein. Sie ging ins Schlafzimmer und ließ sich aufs Bett fallen. Sie wälzte sich unruhig hin und her, als plötzlich das Handy in der Bademanteltasche zu vibrieren begann.

Eine SMS: »War schön letztes Mal. Wollen wir uns wieder treffen?«

*

Das kleine Mädchen mit dem radikalen Kurzhaarschnitt hieß Tara Hamid und saß auf einem verlassenen Rastplatz an einem schmalen, asphaltierten Waldweg, die Uhr zeigte kurz nach zwei, mitten in der Nacht. Sie wusste nicht, wo sie sich befand. Sie war aus Afghanistan geflohen, von einem Mann im Hauptbahnhof angesprochen und in seinem Lieferwagen hierher gefahren worden. Ein anderes Auto sollte sie demnächst abholen. Es würde sie zu einer Erstaufnahmestelle für unbegleitete Kinder fahren, hatte er gesagt.

Die Luft war kühl, sie zitterte. Ihre dünne Jacke ließ Wind und Kälte durch. Sie schaute in den dichten dunklen Wald auf der anderen Seite des Wegs und rieb die Hände aneinander. Der Mann, der sie hierhergebracht hatte, hatte ihr eine Tüte mit Käsebroten und Obst gegeben, aber sie hatte bereits alles aufgegessen.

Aus der Tasche holte sie eine kleine runde Holzschachtel und öffnete sie. Ein Schwarz-Weiß-Foto von ihr und ihrer Familie. Sie standen vor den Ruinen eines Steinhauses. Wo ihre Familie jetzt war, wusste sie nicht.

Plötzlich sprang sie von der Bank auf, ging zum Straßenrand und lauschte. Der Wind fuhr durch die großen Bäume, es raschelte und knackte im Wald, dennoch drang das Motorengeräusch bis zum Rastplatz durch. Tara wandte sich dem Geräusch zu. Kurz darauf konnte sie schon das Licht der Autoscheinwerfer sehen, das Fahrzeug bog um eine Kurve und fuhr direkt auf den Rastplatz zu. Tara trat ein Stück vom Asphalt zurück, zur Bank hin, und wartete. Es war ein großer Campingbus mit grauem Oberbau, die kräftigen Scheinwerfer erleuchteten den ganzen Platz. Als er näher kam, wurde er langsamer, rollte aus und hielt ein Stück vor der Bank an. Vorsichtig ging Tara zu dem Wagen. Eine Tür wurde von innen geöffnet, und sie konnte einen älteren Mann am Lenkrad erkennen. Er schaute sie einige Sekunden lang an, ohne eine Miene zu verziehen. Dann gab er ihr mit einer Geste zu verstehen, dass sie einsteigen sollte. Auf dem Beifahrersitz lag ein schmutziges Handtuch. Tara zögerte kurz, dann kletterte sie hinein und zog die Tür hinter sich zu. Der Campingbus wendete und fuhr in die Richtung zurück, aus der er gekommen war.

Tara drehte sich um.

Auf dem leeren Rastplatz lag nur noch eine zusammengeknüllte Papiertüte.

Mette und Olivia gingen den langen, leicht hallenden Flur zum Konferenzraum entlang. Es war kurz vor acht Uhr morgens, und die meisten Arbeitsbereiche waren noch leer. In dem Großraumbüro bewegte sich ein spindeldürrer Putzmann zwischen den Schreibtischen, aus dem Rollwagen vor ihm ragte ein langer schwarzer Wischmopp, der zu seiner interessanten Gothicfrisur passte.

Ansonsten war alles leer.

Olivia war erst spät eingeschlafen und früh wieder aufgewacht, aber sie fühlte sich trotz der nur knapp fünf Stunden Schlaf überraschend frisch. Das Fußbad, dachte sie, und spürte dabei eine leichte Anspannung beim Laufen.

Mette dachte an ganz andere Dinge, wusste aber nicht so recht, wie sie anfangen sollte. Also war es an Olivia, das Gespräch zu beginnen. Sie berichtete Mette von dem Dolch.

»Und du bist dir sicher, dass es Rumänisch ist?«, fragte sie.

»Ja.«

»Gut. Wenn es auch noch die Mordwaffe ist, haben wir zumindest eine Spur, die wir verfolgen können.«

»Wann erfahren wir das?«

»Der Bericht müsste da sein.«

Mette und Olivia betraten den Konferenzraum, als Bosse gerade aufschrie: »Yes!«

Er wiederholte es noch einmal, dieses Mal etwas gedämpfter: »Yes.«

Grund für seinen spontanen Ausbruch war ein Papier, das

er in der Hand hielt, frisch aus dem Drucker vor seiner Nase. Lisa, die neben Bosse stand, nahm an, dass es um die Ermittlungen ging, ganz sicher war sie sich aber nicht. Bosse hatte einige merkwürdige Hobbys, beispielsweise Internetwetten mit hohen Quoten auf so sonderbare Dinge wie Zwergenwerfen.

Doch hier ging es um die Mordermittlungen, Gott sei Dank.

»Das Blut am Dolch stammt tatsächlich von dem Opfer im Wald!«, bestätigte er. »Wir haben die Mordwaffe!«

»Die aus Rumänien kommt«, ergänzte Olivia.

»Tatsächlich?«

Olivia berichtete von der Inschrift, und alle setzten sich an den Tisch. Heute war die unattraktive Wasserkaraffe durch bunte Thermoskannen mit Kaffee ersetzt worden. Das wird ein guter Tag, dachte Olivia und schenkte sich ein.

»Möchte noch jemand?«

Alle wollten.

»Was bedeutet das also?«, fragte sie dann.

»Dass der Fundort und der Tatort höchstwahrscheinlich übereinstimmen. Der Junge wurde dort ermordet, wo wir ihn gefunden haben«, antwortete Lisa.

Und nicht in Haparanda, dachte Olivia, sagte jedoch nichts.

»Dann ist er vermutlich mit einem Auto dorthin geschafft und danach im Wald ermordet worden«, fuhr Lisa fort.

»Warum das?« Bosse konnte das nicht so stehen lassen. »Kann er nicht einfach unterwegs gewesen sein, vielleicht auf dem Fahrrad?«, warf er ein. »Und ist dann seinem Mörder im Wald begegnet?«

»Wir haben kein Fahrrad gefunden.«

»Vielleicht hat der Mörder es mitgenommen?«

»Und was hat der Mörder im Wald zu tun gehabt? Pilze sammeln?«

»Oder Torfmoos, zu Dekorationszwecken?«

»Wer verdammt noch mal sammelt Torfmoos?«

»Jetzt reißt euch mal zusammen!«

Mette wollte die Diskussion wieder in vernünftige Bahnen lenken.

»Wenn wir davon ausgehen, dass der Mord sich am Fundplatz zugetragen hat – wie sieht dort die nähere Umgebung aus?«

Lisa entfaltete eine große, detaillierte Karte auf dem Tisch. Der Fundort bei Dällingen war mit einem Kreuz markiert. In seiner Nähe gab es einige Wege, ein Stück weiter ein größeres und ein kleineres Gebäude.

»Das hier ist ein stillgelegtes Sägewerk«, erklärte Lisa und zeigte auf das größere Gebäude.

»Und das kleinere hier?«

»Das ist ein Wohnhaus.«

»Wer wohnt da?«

Lisa schaute auf ihren Notizblock.

»Jemand mit Namen Lärnfors. Anders Lärnfors.«

Kurze Zeit später hatten sie in Erfahrung gebracht, dass Lärnfors unverheiratet war, nicht vorbestraft und ein vorzeitig pensionierter Sportlehrer, der vor langer Zeit die Landesmeisterschaft im Speerwerfen gewonnen hatte. Ansonsten gab es keine Informationen über ihn.

»Wie spannend«, sagte Mette nur und wandte sich dann Lisa zu.

Dieses Mal war der Dienstwagen etwas kleiner und nicht so klinisch sauber, außerdem fuhr nicht Mette, sondern Lisa.

Mette hatte sie zusammen mit Olivia nach Småland geschickt. Sie sollten mit Anders Lärnfors sprechen, dessen Haus in der Nähe des Tatorts stand. Dass Mette ausgerechnet Lisa und Olivia für eine lange Autofahrt zu zweit ausgesucht hatte, war natürlich kein Zufall. Sie wollte sehen, ob sich dadurch ihr Arbeitsverhältnis verändern ließe. Möglichst zum Besseren. Keine der beiden hatte gegen die Fahrt protestiert, dazu waren sie viel zu professionell, aber als »einigermaßen verblüfft« konnte man ihre Reaktion schon beschreiben. Olivias Hoffnung auf einen guten Tag, nur weil es Kaffee gegeben hatte, war augenblicklich zerplatzt. Andererseits war sie begierig, den Fall weiterzubringen, und fand es außerdem schön, aus dem Polizeigebäude herauszukommen und etwas Konkretes in Angriff nehmen zu können.

Nach hundertsiebzig Kilometern auf derselben monotonen Autobahn fand sie den Einsatz nicht mehr so schön. Und auf dieser Fahrt traute sie sich auch nicht einzuschlafen. Schließlich saß Lisa neben ihr. Also versuchte sie, ein Gespräch in Gang zu halten.

»Ist die Sache mit dem Messer nicht irgendwie merkwürdig?«, fragte sie kurz hinter Linköping.

»Dem Dolch.«

»Warum lässt man den in der Nähe des Tatorts zurück?«

»Man will nicht mit ihm erwischt werden.«

»Ja … kann sein. Aber er war ja ziemlich leicht zu finden, oder?«

»Weil wir das Mordopfer entdeckt haben. Obwohl, genau genommen waren wir das ja gar nicht.«

»Aber der Dolch lag doch ganz offen auf dem Boden, stimmt's?«

»Vielleicht hat der Mörder ihn verloren? Er oder sie hatte

es vermutlich eilig, und vielleicht war es dunkel? Was weiß ich!«

»Ja, kann sein.«

Und so machten sie weiter. Sprachen über neutrale Dinge, den Fall, wenn sie nicht schwiegen. Aber es war ziemlich anstrengend, stundenlang nebeneinanderzusitzen, ohne etwas zu sagen. Das zerrte an den Nerven. Also unterhielten sie sich lieber.

»Was hat das zu bedeuten, dass es ein rumänisches Messer ist?«, fragte Olivia leicht abwesend und betrachtete in Plastik verschweißte Heuballen auf einem frisch abgeernteten Feld.

»Das hast du schon bei Salem gefragt.«

»Habe ich das?«

»Ja.«

»Ach so.«

Olivia verstummte. Beschloss, nichts mehr zu sagen, bis sie angekommen waren. Da klingelte ihr Handy. Es war Lenni. Olivia wollte schon das Gespräch wegdrücken, aber die Langeweile im Auto ließ sie rangehen.

»Hallo, Lenni.«

»Hei! Jetzt bin ich an der Reihe. Störe ich?«

»Ich bin auf dem Weg nach Småland.«

»Was willst du denn da?«

»Mit einer Person sprechen.«

»Ist das beruflich?«

»Ja.«

»Sitzt du in einem Auto?«

»Ja. Aber ich fahre nicht.«

»Wer dann?«

Manchmal konnte Lenni schon ziemlich neugierig sein.

»Eine meiner Arbeitskolleginnen.«

»Oh, aber das heißt wohl, dass wir nicht privat reden können, oder? Soll ich lieber heute Abend noch mal anrufen?«

»Ja, mach das. Tschüs.«

Olivia beendete das Gespräch. Lisa schielte zu ihr hinüber.

»Lenni?«

»Eine Freundin.«

Damit war das Thema erledigt, und wieder verbrachten sie die nächsten Kilometer schweigend.

»Wie findest du es, mit Mette zu arbeiten?«

Lisas Frage kam aus dem Nichts. Zum allerersten Mal wurde sie einen Millimeter breit persönlich.

»Gut. Und wie findest du es?«

»Ach, es ist mal so, mal so.«

»In welcher Beziehung?«

»Na, mal gut, mal nicht so gut.«

»Und war es eher besser, bevor ich ins Team gekommen bin?«

»Ja.«

Offenbar musste es einmal laut ausgesprochen werden, damit sie weiterkommen konnten.

»Und woran liegt das?«, wollte Olivia wissen.

»Weiß ich nicht. Es ist irgendwie nicht mehr das Gleiche.«

»Na, es ist ja nicht mehr genau dasselbe Team.«

»Nein. Stimmt.«

»Bin ich diejenige, die es stört?«

»Das weiß ich nicht. Und du, gefällt es dir?«

»Ja. Mette ist unglaublich inspirierend.«

»Das ist wahr, das ist sie. Und was hältst du von Bosse?«

So langsam war Olivia die Fragerei leid.

»Worauf willst du eigentlich hinaus?«

»Auf gar nichts. Ich will nur die Zeit totschlagen. Hier müssen wir runter.«

Lisa fuhr auf eine größere Straße ab, dann auf einen schmalen Kiesweg. Sie stellte das Navi des Autos aus. Hier erfüllte es seinen Zweck nicht mehr. Der schmale Weg war der einzige auf dieser Seite des Waldes, und er endete vor Anders Lärnfors' Haus.

Der Mann in der Hütte war dabei, den Türrahmen zum Schlafzimmer zu streichen, und bemerkte den Wagen erst, als er auf den Hofplatz einbog. Ein schwarzes Auto. Er legte den Pinsel hin und trat vors Haus. Die gestreifte Katze huschte unter die Holztreppe, als zwei junge Frauen aus dem Wagen stiegen.

»Hallo, hallo! Herzlich willkommen!«

Lärnfors' Stimme war hell, der Ton fast heiter. Er schien sich über den Besuch zu freuen.

»Wie habt ihr mich denn hier draußen in der Wildnis gefunden?«

»Wir sind von der Polizei«, erklärte Olivia und hielt ihren Dienstausweis hoch. »Anders Lärnfors?«

»Ja. Was … ist was passiert?«

»Ja.«

»Mit Kurt?«

»Wer ist das?«

»Mein großer Bruder, ist was mit ihm?«

»Nein.«

»Wie gut, er hat es schon eine Weile mit dem Herzen, er ist reichlich übergewichtig und stopft weiterhin alles in sich hinein wie ein …«

»Wir haben eine Leiche gefunden«, sagte Lisa, die endlich zum Thema kommen wollte.

Lärnfors sah sie etwas verwirrt an.

»Was?«, fragte er. »Was sagen Sie da, eine Leiche? Irgendwo hier, in der Nähe?«

»Einen Kilometer entfernt, auf der Straße zum Sägewerk. Können wir reinkommen?«

»Ja, natürlich. Aber das ist ja schrecklich, eine Leiche?«

Lärnfors drehte sich um und ging ins Haus. Lisa folgte ihm. Olivia blieb noch eine Weile auf der Treppe stehen. Die gestreifte Katze hatte sich angeschlichen und strich ihr um die Beine. Was einen beträchtlichen Gefühlssturm in ihr auslöste. Sie strich der Katze über den Rücken, drückte sie weg, als sie an ihr hochklettern wollte, und folgte den beiden ins Haus.

Lärnfors stand mitten im Zimmer und knetete die Hände.

»Möchten Sie einen Kaffee?«

»Nein, danke«, antwortete Lisa.

»Darf man fragen, was für eine … Leiche das ist?«

»Die eines Jungen.«

»Oh, wie schrecklich! Wie – ich meine, woran ist er gestorben?«

»Ihm wurde das Leben genommen.«

Es dauerte eine Weile, bis Lärnfors begriff.

»Sie meinen …«

»Ja.«

Ein paar Sekunden lang schwiegen alle. Olivia schaute sich prüfend im Zimmer um. Eine ziemlich schäbige Einrichtung, einfache Holzstühle, ein niedriger Plastiktisch vor einem durchgesessenen Zweiersofa mit braunem Stoffbezug. Ein Fernseher auf einem grauen Schreibtisch, Flickenteppiche, fast nichts an den Wänden bis auf einige kleine, mit Stecknadeln befestigte Fotos.

»Gehen Sie oft hier im Wald herum?«, fragte Lisa.

»O ja, ziemlich oft. Ich bin ein Naturmensch. Und dann gibt es ja hier die Pilze. Ich liebe Pilze. In dieser Gegend findet man alles, von Herbsttrompeten bis zu Trompetenpfifferlingen und …«

»Wie lange wohnen Sie schon hier?«, unterbrach Lisa ihn.

»Weihnachten seit vier Jahren. Ich bin Heiligabend hier eingezogen.«

Lisa nickte, Olivia zog es zu den kleinen Fotos an der Wand, sie war immer neugierig auf Bilder. Das eine zeigte einen gefangenen Fisch, der auf einem Felsen lag, einen kleineren Hecht. Das andere war von einem kleinen Jungen, der einen Fußball in den Armen hielt.

»Sind Sie das?«, wollte sie wissen.

»Nein, das ist Kurt. Bevor er so fett wurde. Aber es ist mein Ball.«

Lisa hatte das Gefühl, ins Leere zu laufen.

»Gehen Sie auf die Jagd?«, fragte sie. »Hier im Wald?«

»Nein, auf keinen Fall. Ich habe was dagegen, auf Tiere zu schießen.«

»Ist es schon vorgekommen, dass Sie im Wald auf Leute gestoßen sind?«

»Das ist äußerst selten.«

»Wie kommt das?«

»Na, dazu gibt es keine Gelegenheit.«

Und wozu gibt es eine Gelegenheit?, fragte sich Olivia im Stillen, aber es war Lisa, die mit den Fragen weitermachte.

»Und Sie haben nie jemanden hier gesehen oder von jemandem Besuch bekommen? Vielleicht jemand, der sich verfahren hat oder so?«

»Nein. Ab und zu wünscht man sich ja, dass es so wäre,

deshalb habe ich mich auch so gefreut, als ich euer Auto gesehen habe. Aber nein, hierher verirrt sich niemand.«

Wieder nickte Lisa und sah aus dem Augenwinkel, wie Olivias Blick auf dem schmalen Brett unter dem Fenster hängen blieb, das zum Hof hinausging. Lärnfors hatte auf der Fensterbank verschiedene Knochenfunde aufgereiht, vermutlich auf seinen Streifzügen durch den Wald gesammelt. Es gab ein paar kleinere Vogelschädel, kurze Knochenstücke, deren Ursprung Olivia völlig unbekannt war, einige größere Zähne, wahrscheinlich von einem Elch, und ein fast verwittertes Schlangenskelett. Dekorativ, dachte Olivia, bis ihr Blick auf ein paar weitere Knochen fiel. Sie konnte sie nicht identifizieren, zumindest nicht sofort. Als sie aufschaute, begegnete sie Lisas Blick und bedeutete ihr, dass auch sie sich die Dinge auf der Fensterbank anschauen sollte. Was diese auch tat, während Olivia nun Lärnfors ansah.

»Sie haben ein richtig hübsches kleines Haus«, meinte sie freundlich zu ihm.

»Danke schön!«, erwiderte Lärnfors strahlend. »Ich versuche, es so gut ich kann in Stand zu halten. Einige Teile stammen noch aus dem neunzehnten Jahrhundert. Das verpflichtet!«

Zu dem Zeitpunkt hatte Lisa genug gesehen und streckte Lärnfors die Hand hin.

»Dann wollen wir nicht länger stören. Vielen Dank, dass Sie sich für uns die Zeit genommen haben.«

»Aber das war mir doch ein Vergnügen! Wollen Sie nicht doch eine Tasse Kaffee haben? Wie gesagt, ich bekomme äußerst selten Besuch.«

»Tut mir leid, aber dazu reicht unsere Zeit nicht.«

Lisa und Olivia überreichten ihre Visitenkarten und baten

Lärnfors, von sich hören zu lassen, wenn ihm noch etwas einfiele, was hilfreich sein könnte.

Sie verließen das Haus und gingen zum Wagen, ohne ein Wort zu wechseln. Als Olivia die Autotür öffnete, sah sie einen großen schwarzen Raben, der eine struppige Kiefer ansteuerte und sich in einem dunklen, zotteligen Nest niederließ.

Sie stieg ein.

Lisa wendete auf dem Hof und fuhr auf den schmalen Kiesweg. Erst als das Haus aus dem Rückspiegel verschwand, ließ der Druck nach.

»Du hast gesehen, was da auf der Fensterbank lag?«, fragte Olivia. »Diese Knochen?«

»Das war doch ein Finger, oder?«

»Sah so aus.«

Lisa schätzte es sehr, dass Olivia genau wie sie reagiert und nicht nach dem knochenweißen Finger gefragt hatte.

»Und dem Opfer fehlen an der linken Hand ein paar Finger«, sagte sie.

»Ja.«

Da rief Mette an. Auf Olivias Handy. Aus irgendeinem Grund ging sie davon aus, dass Lisa hinterm Steuer saß.

»Kannst du auf ›Lautsprecher‹ drücken«, sagte Mette.

Olivia tat, wie ihr gesagt worden war, und hielt das Handy hoch.

»Ich habe heute Morgen mal bei der Kinderpornoabteilung angefragt«, berichtete Mette. »Der Junge im Wald könnte ja einem Pädophilen zum Opfer gefallen sein. Sie haben vor einer Weile zurückgerufen. Anders Lärnfors gehört zu einem großen Netzwerk, das mit Kinderpornographie in Verbindung gebracht wird. Das Netzwerk steht unter Beobachtung. Sie haben nichts Konkretes zu Lärnfors, aber sein Name taucht auf den Kontaktlisten auf. Im Laufe des Tages soll ich weitere Informationen bekommen.«

»Dann ist er pädophil?«, fragte Olivia.

»Vermutlich. Und wie lief es bei euch?«

Olivia berichtete von dem Besuch bei dem mutmaßlichen Pädophilen, und Lisa ergänzte ihre Schilderung. Als Mette von den Knochenteilen auf der Fensterbank hörte, entschied sie sich für das, was Olivia und Lisa ihr hatten vorschlagen wollen.

Hausdurchsuchung.

»Ich versuche, die Papiere so schnell wie möglich zu kriegen. Vermutlich wird es aber bis morgen dauern.«

Dem Paar im Auto war sofort klar, was das bedeutete: ein erneuter Besuch bei Lärnfors am nächsten Tag und fast siebenhundert Kilometer nach Stockholm hin und zurück.

»Ich würde vorschlagen, ihr sucht euch ein Hotel in der Nähe«, meinte Mette. »Wir hören voneinander.«

Und während Lisa das immer dreckiger werdende Dienstauto auf dem teilweise doch sehr holprigen Waldweg lenkte, übernahm Olivia die Suche nach einem passenden Ort für ihre Übernachtung.

Die Wahl fiel auf Växjo und das Hotel Värend in der Kungsgatan. Im Stadtzentrum. Ein kleines, aber preiswertes Hotel – laut der Eigenwerbung.

Lisa parkte ein Stück vom Eingang entfernt. Auf der Fahrt zum Hotel hatte sie die örtliche Polizei angerufen und um Überwachung von Lärnfors gebeten.

»Es genügt, wenn ihr die Ausfahrt zur Sägewerkstraße überwacht, es gibt keine anderen Wege, dort wegzukommen.«

Jetzt stand sie neben Olivia vor dem Rezeptionstresen, dahinter ein ziemlich klein gewachsener Portier, von dem nicht viel mehr als ein nassgekämmter Kopf und ein Stückchen Hals hervorragten. Aber er hatte lebendige, neugierige Augen und eine interessante Stimme. Heiser und schrill zugleich.

»Nur eine Nacht?«, fragte er.

»Ja.«

»Da haben Sie Glück.«

Das Glück hieß ein Doppelzimmer im zweiten Stock.

»Wir brauchen zwei Zimmer«, sagte Lisa.

»Dann haben Sie Pech. Es ist das einzige freie Zimmer.«

»Danke, dann versuchen wir es in einem anderen Hotel.«

»In Växjö?«

»Ja?«

Der kleine Mann mit den streng zurückgekämmten Haaren schaute die Frauen vor sich an und zuckte entschuldigend mit den Schultern.

»Leider gibt es in Växjö kein einziges Zimmer diese Nacht«, zischelte er lächelnd.

»Warum nicht?«

»Weil hier morgen eine große IT-Messe eröffnet wird und die ganze Stadt ausgebucht ist. Das Doppelzimmer ist nur wegen einer Stornierung frei, die vor einer Stunde eingetroffen ist. Deshalb sagte ich ja, Sie haben Glück.«

Lisa und Olivia schauten einander stumm an. Ein Zimmer teilen? Das stand nicht auf dem Plan. Aber auf dem Plan standen auch nicht besonders viele andere Orte in der näheren Umgebung. Nach Ljungby oder Kalmar war es noch ein ganzes Stück, und beide hatten sie für heute die Nase voll vom Autofahren. Also wandte sich Olivia nach einer quälend langen Minute an den Portier:

»Sind es denn separate Betten?«

»Wie meinen Sie das?«

»Kann man sie auseinanderziehen?«

»Ja.«

Lisa schaute Olivia an, dann senkte sie den Blick zu dem inspirierenden, schmutzig grauen Steinfußboden.

»Was ist?«, fragte Olivia.

»Du schnarchst so laut.«

»Ich kann im Auto schlafen.«

Lisa wandte sich dem Portier zu.

»Wir nehmen das Zimmer.«

Das Doppelzimmer im Hotel Värend in Växjö sah aus wie alle anderen Doppelzimmer in etwas einfacheren Hotels: zwei zusammengestellte Betten, Nachttischschränke, ein Stuhl und ein schmaler Tisch vor einem ovalen Spiegel, ein Fenster zur Straße, an den Wänden große Aquarelle von einem unbekannten Schöpfer.

»Auf welcher Seite willst du schlafen?«

Olivia zeigte auf die Betten.

»Ist mir egal. Hier.«

Lisa ging zu dem Bett, das am nächsten zum Fenster stand, und dann rückten beide ihre Bettteile auseinander. Fast ein halber Meter war drin. Olivia öffnete eine Plastiktüte von Coop, wo sie auf der Fahrt kurz angehalten und ein paar notwendige Hygieneartikel eingekauft hatten. Sie nahm das, was sie brauchte, heraus und reichte Lisa die Tüte.

Da rief Lenni wieder an.

»Hei!«, sagte Olivia und verschwand auf dem Flur.

Doch das Handy war tot, bis sie vor der Zimmertür stand. Sie hatte vergessen, es im Auto aufzuladen. Voll der Profi, dachte sie, als der kleine Portier mit einem Tablett auf dem ausgestreckten Arm herangetrippelt kam. Auf dem Tablett stand eine Flasche Champagner. Einen Moment lang kam Olivia die Idee, er könnte sie für das Doppelzimmer entschädigen wollen, doch als er an ihr vorbeihuschte, ohne sie eines Blickes zu würdigen, sah sie ein, dass der Schampus an eine andere Adresse ging. Also kehrte sie ins Zimmer zurück und stellte fest, dass Lisa weg war. Vermutlich im Bad, so viele andere Möglichkeiten gab es nicht. Olivia stöpselte ihr Handy zum Laden ein und begann sich auszuziehen. T-Shirt und Slip müssen genügen, dachte sie und ließ sich auf »ihr« Bett sinken, wobei sie eine Broschüre von dem kleinen Tisch aufnahm. Da klingelte ihr Handy erneut. Sie schaute aufs Display und sagte:

»Hei, Mette!«

»Wir haben die Hausdurchsuchung durchgekriegt.«

Mette war kein Freund langer Vorreden oder von Smalltalk.

»Es war etwas mühsam, nur vager Verdacht und so, bis ich schließlich ein paar der Tatortfotos gezeigt und von den Knochenfunden und den Informationen der Pädophilenabteilung berichtet habe. Dann ging es plötzlich ganz schnell.«

»Gut.«

»Und außerdem ist es ihnen gelungen, die DNA der Hautabschürfungen unter den Nägeln festzustellen.«

»So schnell?«

»Ich habe ziemlich Druck gemacht. Aber leider gibt es keinen Treffer in unserem Register. Und wie läuft es bei euch?«

Jetzt kam der Smalltalk.

»Gut. Wir baden im Whirlpool und trinken Cocktails mit Papierschirmchen.«

Mette schwieg einen Moment lang.

»Du machst Witze, oder?«

»Ja. Ich sitze in unserem Zimmer und lese eine wahnsinnig aufregende Broschüre über die Bedeutung der Waldwirtschaft für die Finanzen von Växjö.«

»Und was tut Lisa?«

»Sie ist im Bad.«

»In deinem?«

»Wir teilen uns ein Zimmer.«

»Wie schön!«

»In der ganzen Stadt war nur noch dieses Zimmer frei. Ich habe angeboten, im Auto zu schlafen.«

»Seid ihr schon so weit?«

»Fast. Aber wir arbeiten gut zusammen, wenn es wirklich drauf ankommt.«

»Das ist die Hauptsache.«

Sagte und dachte Mette. Mit dem Rest mussten die beiden allein zurechtkommen.

»Ich werde morgen früh Bosse und ein paar Kollegen zu euch schicken«, fuhr sie fort. »Es ist gut, wenn ihr mit Verstärkung auftaucht.«

»Okay«, sagte Olivia und fügte hinzu: »Vielleicht solltest du auch Lisa anrufen.«

»Aber natürlich. Schlaf gut.«

Mette legte auf, und Olivia betrachtete sich in dem ovalen Spiegel über dem Hoteltisch, als Lisa hereinkam, ein Handtuch um das nasse Haar gewickelt.

»War das wieder Lenni?«, fragte sie.

»Nein. Mette.«

»Ach ja?«

Olivia erahnte die minimale Enttäuschung bei Lisa mehr, als dass sie sie ihr ansehen konnte.

»Und was wollte sie?«

Da klingelte Lisas Handy, und Olivia nutzte die Gelegenheit, ins Bad zu huschen. Als sie zurückkam, war Lisa schon ins Bett gekrochen und drehte Olivias Nachtlager den Rücken zu. Auch die Nachttischlampe hatte sie schon gelöscht.

»Schlaf gut«, sagte Olivia.

»Du auch.«

Olivia ging ins Bett und hoffte, dass sie ganz laut schnarchte.

Der erste Anruf kam kurz vor zwei Uhr in der Nacht. Olivia war in tiefen Schlaf versunken und schnarchte laut genug, um Lisa wach zu halten. Deshalb dauerte es nur wenige Sekunden, bis sie an ihr Handy ging.

»Lisa Hedqvist.«

Es war vollkommen still am anderen Ende, nicht einmal ein Atmen war zu hören.

»Hallo … hallo?«

Olivia wachte auf und drehte sich zu Lisas Bett um. Sie sah Lisa in der Dunkelheit mit dem Rücken zu ihr aufrecht sitzen, das Handy am Ohr. Nach ein paar Sekunden drückte Lisa die rote Taste auf dem Telefon. Olivia schaltete die Nachttischlampe an.

»Wer war das?«

»Keine Ahnung. Jemand hat angerufen, aber nichts gesagt. Unterdrückte Nummer.«

»Falsch verbunden?«

»Ja, kann sein.«

Doch dem war nicht so. Nachdem beide eine ganze Weile an die Decke gestarrt und Lisa endlich das Gefühl hatte, einschlafen zu können, bevor Olivia wieder mit ihrem Konzert begann, kam der nächste Anruf. Dieses Mal auf Olivias Handy. Diese ging fast genauso schnell ran wie Lisa und erhielt die gleiche Antwort. Schweigen. Eine ganze Weile, dann wurde aufgelegt.

»Wieder nur Schweigen?«, fragte Lisa.

»Ja. Aber es war Lärnfors.«

»Woher willst du das wissen?«

»Weil ein ziemlich deutliches Gekrächze im Hintergrund zu hören war. Ein Rabe. Lärnfors hat ein großes Rabennest gleich hinter dem Haus.«

»Und warum sollte er das machen? Spinnt er?«

Olivia antwortete nicht. Sie hatte ihr iPad herausgeholt und ging die Liste mit den aktuellen Telefonnummern dieser Ermittlung durch. Lärnfors' war eine davon. Sie tippte seine Nummer in ihr Handy und wartete. Mehrere Freizeichen.

»Nun geh schon ran, du Feigling…«, sagte sie leise.

Doch Lärnfors antwortete nicht, und Olivia legte das Handy hin, während Lisa zum Fenster ging. Sie zog die Gardine einen Spalt weit auf und schaute hinaus. Olivia verstand nicht so recht, warum. Wenn Lärnfors angerufen hatte, und schließlich hatte sie ihn ja mit den Raben in Verbindung gebracht, dann war er weit weg von hier und definitiv nicht auf der Straße vor dem Hotel. Sie betrachtete Lisa und sah, wie diese die Augen schloss.

»Findest du das bedrohlich?«, fragte Olivia.

»Was?«

Lisa antwortete barsch, ohne sich umzudrehen.

»Das mit den Anrufen?«

Lisa blieb stumm. Olivia wusste nicht, ob sie wach bleiben oder wieder unter die Decke kriechen sollte. Irgendetwas stimmte hier nicht. Aber was?

»Ich habe mal in einem Hotel in Göteborg gewohnt«, sagte Lisa nach einer Weile. »In einem Studentenhostel.«

Ihre Stimme war kaum zu verstehen, sie sprach zum Fenster, dennoch erreichte jedes einzelne Wort Olivia.

»Mitten in der Nacht klingelte das Telefon, und ich ging ran, am anderen Ende war es still. Niemand sagte etwas. Also bin ich wieder ins Bett gegangen. Nach ein paar Minuten klopfte es an meiner Tür. Komisch, dachte ich, aber vielleicht ist ja was passiert. Ich hatte keine große Angst, leider.«

Lisa verstummte. Olivia sah, wie sie den Kopf etwas zur Fensterscheibe hin senkte.

»Ich schaltete die Nachttischlampe ein, stand auf und öffnete. Auf dem Flur war es rabenschwarz, nur das Licht von der Lampe hinter mir strahlte aus der Tür nach draußen, und da stand ein ziemlich großer Mann mit so einer albernen Augenmaske, so eine, wie sie Diebe in Zeichentrickfilmen tragen, die nur die Augen verdeckt. ›Du bist wach‹, sagte er. ›Ja?‹ Dann schlug er mir direkt ins Gesicht, so dass ich gegen die Wand flog. Und dann schlug er noch einmal zu, über die Wange, und dann erinnere ich nicht mehr viel … ich nehme an, dass ich hingefallen bin.«

Wieder verstummte Lisa. Olivia hatte die Knie unters Kinn gezogen und die Arme um die Beine geschlungen. Sie spürte, wie sie zitterte. Lisa hatte sich immer noch nicht umgedreht.

»Laut Polizeibericht hat er mich drei Stunden lang vergewaltigt … sowohl auf dem Flur draußen als auch drinnen im Zimmer. Sie haben überall Spuren gefunden … ich weiß, dass ich ein paar Mal bei Bewusstsein war, aber wahrscheinlich hat er mich dann wieder geschlagen, denn ich habe keine zusammenhängende Erinnerung daran.«

Olivia sah, wie Lisas Hand sich um die Gardine verkrampfte.

»Sie haben ihn nie gefasst«, sagte sie.

Lisa ließ die Gardine los und lehnte den Kopf gegen den Fensterrahmen.

»Magst du die Lampe ausmachen?« Es war kaum mehr als ein Flüstern.

Olivia kletterte aus dem Bett und schaltete die Lampe auf Lisas Seite aus, dann setzte sie sich wieder in ihr Bett. In dem Licht, das durch die dünne Gardine sickerte, sah sie, wie sich Lisas dunkle Gestalt umdrehte, zum Bett ging und hineinkroch.

Jetzt bleibe ich wach liegen, bis sie eingeschlafen ist, dachte Olivia.

*

Nur Lärnfors' Klappern auf der Tastatur war im Raum zu hören, ein langsames Klicken. Die Augen waren auf den Bildschirm gerichtet, das stahlblaue Licht spiegelte sich im Gesicht wider, die Hand hielt das Glied fest gepackt. Nach ein paar Sekunden zog er die Augenlider etwas zusammen. Er hatte die Szene schon mal gesehen, den gleichen Jungen, es wirkte nicht mehr. Er klickte die nächste Szene mit der freien Hand an und beugte sich näher vor. Gut. Neue Bilder. Nahaufnahmen, ihm gefielen die dünnen Körper, ohne jede Tätowierung, unbefleckt. Er betrachtete die Szene eine ganze Weile, bis er aufkeuchte.

Er säuberte sich mit einem Stück Haushaltspapier und klappte den Bildschirm zu. Neben dem Laptop lag ein Käsebrot. Er nahm es in die Hand und ging damit hinaus auf die Holzveranda. Es war eine laue Nacht, und er biss von der Brotscheibe ab. Lieber hätte er Graubrot gehabt, aber es war verschimmelt, also musste er sich mit Knäckebrot zufriedengeben. Er schaute auf zu dem großen Nest oben auf der Kiefer. Die sind glücklich, dachte er, die sind zu zweit.

Dann wischte er sich ein paar Krümel von dem grauen Pullover und ging wieder hinein. Als er kurz darauf wieder aus dem Haus kam, hatte er das Brot aufgegessen und trug jetzt den Laptop unterm Arm. Der Mond warf ein kaltes Licht auf den Hof, das reichte aus, um den Weg vom Haus zur alten Scheune zu finden. Er drückte eine der Doppeltüren auf und verschwand in der Dunkelheit.

Als er die Scheune wieder verließ, waren seine Hände leer.

Beide waren irgendwann doch noch eingeschlafen, Olivia allerdings erst in den frühen Morgenstunden und mit dem Gefühl, dass Lisa immer noch wach lag.

Deshalb verließen am nächsten Morgen zwei ziemlich unausgeschlafene Frauen das Hotel und gingen schlecht gelaunt zu ihrem schwarzen Dienstwagen. Sie hatten bislang noch nicht viele Worte miteinander gewechselt.

»Lärnfors hat sein Haus nicht verlassen, seit wir bei ihm gewesen sind«, sagte Lisa, während sie die Wagentür öffnete, »ich habe nachgefragt, als du unter der Dusche warst.«

»Gut zu wissen.«

Und dann fuhren sie auf die Wälder am See Dällingen zu.

Als sie gerade auf den holprigen Kiesweg einbogen, rief Bosse an. Er würde mit ein paar Kollegen gleich da sein, in einer guten halben Stunde. Also vereinbarten sie, sich beim Haus zu treffen.

Olivia holte ihr iPad heraus und suchte nach Fotos. Lisa schaute verstohlen hin.

»Was guckst du dir an?«

»Das Opfer.«

Olivia hatte einige Fotos vom Tatort hochgeladen. Irgendetwas an diesem suggestiven Ort, dem Wald, dem deformierten Körper, ließ sie gefühlsmäßig einfach nicht mehr los. Das hier war nicht nur der nächste Mordfall auf ihrer Liste. Ein Kind, dachte sie. Ein kleiner Junge. Wie ist er mit durchgeschnittener Kehle in einer tiefen Kuhle mitten im Urwald von Småland gelandet? Angefressen von einem Wildschwein. Was hat er getan? Wem ist er in die Quere gekommen? Und die wichtigste Frage: Wer ist er?

Sie schaute hinaus auf die dicht zusammenstehenden Bäume, die vor dem Wagenfenster vorbeizogen, und ihre Gedanken wanderten wieder zu Lisa. Zu dem, was sie in der letzten Nacht preisgegeben hatte, nach den stummen Anrufen. Ein äußerst widerliches, erschütterndes privates Erlebnis. Warum hat sie mir das erzählt? Schließlich stehen wir uns doch überhaupt nicht nah. Ganz im Gegenteil. Und heute Morgen hat sie sich wie immer verhalten, distanziert, als gehörte das, worüber sie gesprochen hat, in die Nacht und wäre jetzt vorbei. Vielleicht ist sie verletzlicher, als sie wirken möchte?

Für Olivia passte das alles nicht zusammen. Sie schaute wieder auf den dichten, wilden Wald. Man kann wirklich nicht weit gucken hier, dachte sie. Laufen da normalerweise überhaupt Menschen herum? Vielleicht ist es eine vollkommen unberührte Wildnis. Vielleicht ist es Hunderte von Jahren her, dass eine menschliche Gestalt zwischen den Bäumen dort hinten unterwegs gewesen ist. Bis jemand einen kleinen Jungen hierher geschleppt und ermordet hat.

Aber tatsächlich wohnte ja eine menschliche Person am Rande dieser Wildnis, die sehr wohl zwischen den Bäumen herumgelaufen sein konnte.

Ein Landesmeister im Speerwerfen.

Und verdächtiger Pädophiler.

Lärnfors' Blick folgte dem schwarzen Wagen bis vors rote Haus. Das Auto hielt ein Stück entfernt, aber es gab nichts, was ihm die Sicht versperrte. Er sah deutlich, wie die beiden Frauen aus dem Wagen ausstiegen und sich umschauten.

»Wollen wir auf Bosse warten?«, fragte Lisa.

»Wir sind ja nun einmal schon da. Lärnfors hat uns vermutlich bereits gesehen, da können wir ebenso gut gleich anklopfen.«

Lärnfors sah, wie die Frauen die Treppe zur Haustür hochgingen und wie eine von ihnen die aufdringliche Katze kurz streichelte, während die andere an der Tür klopfte.

Und wartete.

»Warum öffnet er nicht?«, fragte Lisa.

»Vielleicht ist er gar nicht da.«

»Er kann nicht weggefahren sein.«

Lisa zog Gummihandschuhe aus der Tasche und reichte Olivia ein Paar. Lärnfors sah, wie die beiden sich die Handschuhe überzogen und die Klinke runterdrückten. Die Tür ging auf.

»Lärnfors«, rief Lisa durch die offene Tür.

Keine Antwort. Sie schaute Olivia an. Lärnfors sah, wie sie eine Waffe hervorholte.

»Ist das nötig?«, fragte Olivia leise.

»Das wissen wir nicht, oder?«

Olivia sah ein, dass ihre Kollegin Recht hatte, und zog ihre eigene Dienstwaffe auch heraus. Vorsichtig traten sie ein und verschwanden aus seinem Blickfeld.

Olivia ging geradewegs zur Fensterbank. Der Knochenfinger lag immer noch dort. Sie holte eine kleine Plastiktüte heraus und schob ihn vorsichtig hinein. Als sie sich umdrehte, sah sie, wie Lisa die Küche inspizierte.

»Leer«, sagte Lisa und ging weiter zum Schlafzimmer auf der anderen Seite der Stube.

Auch das war leer.

Olivia zog eine Schublade unter dem Fernseher heraus und stocherte darin herum, ein paar Fischköder und ein rostiges Hufeisen. Lisa zog das Sofa ein Stück nach vorn und wollte gerade dahintergucken, als sie eine Stimme hörte:

»Das ist mein Haus.«

Beide Frauen drehten sich sofort mit erhobener Waffe um, als käme die Stimme aus einem Gewehr. Doch das tat sie nicht, sie kam aus Anders Lärnfors' Mund, der Mann stand auf der Türschwelle. Seine Arme hingen an den Seiten herunter, wie ein paar willenlose Zweige, sein Gesicht sah ganz traurig aus.

»Wir haben von der Staatsanwaltschaft einen Hausdurchsuchungsbefehl«, erklärte Lisa und senkte die Waffe. »Wir müssen Ihr Haus durchsuchen.«

»Warum das denn?«

Darauf wollte Lisa lieber nicht antworten, das sollte später Mette erledigen.

»Haben Sie den Hof seit unserem gestrigen Besuch verlassen?«, fragte sie stattdessen.

»Nein. Warum sollte ich?«

»Gestern stand ein Laptop im Schlafzimmer. Da auf dem Tisch. Wo ist er jetzt?«

»Ein Laptop?«

»Ja.«

Lärnfors trat ein paar Schritte vor und schaute ins Schlafzimmer, dann wandte er sich wieder Lisa zu.

»Da müssen Sie sich geirrt haben. Ich habe keinen Laptop. Möchten Sie einen Kaffee?«

Der ist ja eiskalt, dachte Lisa und fragte:

»Was wollten Sie, als Sie angerufen haben?«

»Angerufen?«

»Letzte Nacht. Uns beide.«

Lärnfors betrachtete Lisa einige Sekunden lang, dann schüttelte er leicht den Kopf, um zu unterstreichen, dass er keine Ahnung hatte, wovon sie redete.

»Ich warte draußen«, sagte er und ging wieder zur Haustür.

Olivia schaute Lisa an.

»Du hast gestern einen Laptop hier gesehen?«

»Ja.«

Olivia nickte und begann zu suchen. Zwanzig Minuten später hatten sie immer noch keinen Laptop gefunden. Da es kein großes Gerät war, konnte es an diversen Orten versteckt worden sein, auf die sie gar nicht kamen. Am besten übernahmen das die Kollegen, wenn sie nur endlich aufkreuzen würden.

»Die Scheune da hinten«, sagte Olivia, »wollen wir uns die auch mal vornehmen?«

Bei ihrer Ankunft auf dem Hof hatte Lärnfors an einem Beet neben dem Haus gehockt, und es hatte so ausgesehen, als jätete er Unkraut.

»Was ist da drinnen?« Olivia zeigte zur Scheune.

»Mein Auto«, sagte Lärnfors.

»Würden Sie es bitte rausfahren?«

Lärnfors drehte sich auf der Türschwelle um, zuckte leicht mit den Schultern und ging zur Scheune. Lisa verstand nicht so recht, warum Olivia den Wagen draußen haben wollte, aber das würde sich wohl noch zeigen. Lärnfors fuhr einen alten Opel rückwärts aus der Scheune, machte eine Kurve und hielt neben ihrem Dienstwagen, mit der Schnauze zum Kiesweg. Er blieb hinter dem Lenkrad sitzen, als Olivia und Lisa in die Scheune gingen.

Als Erstes sahen sie einen schweren Spaten, der an einer Wand lehnte. Den nehmen wir mit, dachte Olivia, vielleicht kleben an ihm Erdreste, die mit der Grube im Wald übereinstimmen. So ein Spaten gehört ja wohl zu jedem Hof, dachte Lisa.

Die nächste Entdeckung war ein Haufen schwarzer Müllsäcke. Können wir mit den Plastikteilen in der Grube vergleichen, dachte Lisa, und diesmal hatte Olivia den gleichen Gedanken.

Ansonsten war die Scheune leer. Der gestampfte Boden war mit einer dünnen Lage Stroh bedeckt, das Tageslicht schlug durch die Ritzen der Bretterwände, an der Decke hingen ein alter gelber Tretschlitten und ein kaputtes Wagenrad. Die Luftfeuchtigkeit ließ ihren Atem zu einem dünnen Nebelstreifen werden.

»Hier scheint es nicht viel zu geben, jedenfalls nicht für uns«, bemerkte Lisa. »Die anderen können nachher noch mal gründlicher nachsehen. Wenn sie endlich mal da sind.«

Olivia nickte.

Da huschte die Katze herein, sie hatte eine wichtige Aufgabe. Sie musste stillen. Deshalb lief sie quer durch den Raum, durchschnitt die Lichtstreifen, steuerte eine dunkle Ecke der Scheune an. Als sie sich ihr näherte, war von dort deutliches Gemaunze zu hören.

»Sie hat Junge!«, rief Olivia.

Und konnte der Versuchung nicht widerstehen, sie musste sich die Katzenjungen ansehen. Vier waren es, die in einem halb zerrissenen Weidenkorb auf einer Filzdecke lagen. Die gestreifte Katzenmama drängte sich in den Korb und sah zu, wie die Kleinen sich um die Zitzen stritten. Vorsichtig trat Olivia näher, holte ihr Handy heraus und machte ein paar Fotos von der rührenden Situation. Als sie die Kamera senkte, sah sie, dass eines der Katzenjungen in dem verbissenen Kampf um die Zitzen Gefahr lief, aus dem Korb zu fallen. Also beugte sie sich hinunter, um dem Kleinen wieder in den Korb zurück zu helfen, und da sah sie ihn. Oder eher eine der vier Ecken.

Von einem Laptop.

Unter dem Katzenkorb.

Sofort zog sie den Computer heraus und hielt ihn Lisa hin.

»Unter dem Katzenkorb?«, fragte Lisa.

»Er ist nicht gerade ein Genie.«

»Das sind sie selten.«

»Wer ›sie‹?«

»Diejenigen, die glauben, so schrecklich schlau zu sein.«

Lisa holte aus ihrer Tasche eine größere Plastiktüte heraus und schob den Laptop hinein.

Lärnfors' Augen klebten an dem Rückspiegel des alten Opel, und in dem war deutlich zu erkennen, wie die beiden Frauen aus der Scheune herauskamen. Eine von ihnen trug eine Plastiktüte mit einem Laptop darinnen. Da senkte er den Blick, schaltete in den ersten Gang und legte einen Blitzstart hin.

Aber er kam nicht besonders weit.

Noch bevor er vom Hof war, hatte Lisa bereits Bosse angerufen, und ungefähr auf halbem Weg durch den Wald stand ein Streifenwagen quer über dem Pfad. Auf beiden Seiten des Wegs wuchs dichter Nadelwald. Und auf beiden Seiten des Autos standen Bosse und seine Kollegen mit gezogenen Waffen.

*

Mette nahm erst ziemlich spät am Abend in einem der Verhörzimmer des NOA Platz. Lisa setzte sich neben sie. Lärnfors war bereits vor vielen Stunden hergebracht worden, aber Mette war gezwungen gewesen, diverse datentechnische Informationen abzuwarten, bevor sie mit dem Verhör beginnen konnte. Alles brauchte nun mal seine Zeit.

Umso entschlossener war sie nun, nicht um den heißen Brei herumzureden.

»Anders Lärnfors«, sagte sie und schaute den Mann ihr gegenüber an. »Stimmt das?«

»Ja.«

Schweißtropfen liefen Lärnfors von der Stirn auf die runden Wangen. Er war ziemlich korpulent, und in dem engen Verhörraum war es oft warm, doch jetzt schwitzte er aus ganz anderen Gründen.

Aus Nervosität in erster Linie.

»Ich denke, wir sparen Ihre und meine Zeit«, sagte Mette. »Sie sind pädophil und gehören zu einem Netzwerk, das wir überwacht haben.«

»Das stimmt nicht.«

Mette ignorierte seine Antwort.

»Der Laptop, den wir in Ihrer Scheune gefunden haben, enthält Unmengen von kinderpornographischem Material. Haben Sie das heruntergeladen?«

»Nein.«

»Wollten wir nicht Zeit sparen?«

»Ich habe es nicht eilig.«

»Das ist gut. Es wird auch diverse Jahre dauern, bis Sie wieder die Chance bekommen, es eilig zu haben.«

Lärnfors senkte den Kopf, um Mettes ausdruckslosem Blick zu entkommen.

»Ich habe mir nur ein paar Bilder angeguckt«, sagte er und strich sich mit der Hand über den Mund. »Ich habe Kinder gern.«

»Das habe ich auch. Der Unterschied ist nur, dass Sie es genießen, wenn Kinder sexuellen Übergriffen ausgesetzt werden.«

»Das tue ich nicht.«

»Vor gut acht Monaten wurde ein Junge im Stadtpark von Växjö grob misshandelt, gut dreißig Kilometer von Ihrem Wohnsitz bei Dällingen entfernt. Der Junge war ein Rom und bettelte häufig vor dem Ica Market. So sieht er aus.«

Mette hielt Lärnfors ein Foto hin.

»Erkennen Sie ihn wieder?«

»Nein. Wieso sollte ich?«

»Weil genau dieses Foto ein Ausdruck aus einer Datei in Ihrem Laptop ist. Haben Sie den Jungen heimlich fotografiert, bevor Sie sich an ihm vergangen haben?«

Lärnfors schwieg.

»Wollen Sie nicht auf meine Frage antworten?«

»Nein.«

»Jetzt verschwenden wir wieder Zeit. Wir haben die DNA von Spermaflecken an dem Jungen gesichert. Wir werden Ihre DNA nehmen, wenn wir hier fertig sind. Und die wird mit der an dem Jungen übereinstimmen.«

Mette zog ein neues Bild heraus und zeigte es Lärnfors. Ein schreckliches Bild von einem angefressenen Körper in einer Grube.

»Dieser Junge ist vor ein paar Tagen im Wald gefunden worden, der hinter Dällingen anfängt. Ungefähr einen Kilometer von Ihrem Haus entfernt. Er wurde in einer Grube vergraben. Haben Sie ihn dort vergraben?«

»Glauben Sie etwa, ich bin ein Mörder?«

»Das weiß ich nicht. Das Einzige, was ich weiß, ist: Sie lügen die ganze Zeit. Haben Sie sich an diesem Jungen vergangen?«

»Nein.«

»Ist das wieder eine Lüge?«

»Nein.«

»Wir haben die DNA von Hautabschürfungen unter den Fingernägeln des Jungen. Wir werden sie mit Ihrer vergleichen.«

»Die werden nicht übereinstimmen.«

Mette zog eine kleine Plastiktüte heraus, die die Knochen eines Fingers enthielten.

»Erkennen Sie das wieder?«

»Weiß ich nicht.«

»Wissen Sie, wo wir das gefunden haben?«

»Nein.«

»Auf einem Fensterbrett in Ihrem Haus. Das ist ein Finger der linken Hand des Jungen, der einen Kilometer von Ihrem Hof entfernt ermordet gefunden wurde.«

Das hatte Mette noch nicht definitiv bestätigt bekommen, sie hatte bisher nur eine vorläufige Zusage, dass es so sein könnte.

Das genügte.

»Wie ist der Finger auf Ihrer Fensterbank gelandet?«

Lärnfors zog die obligatorische Wasserkaraffe zu sich heran, schenkte sich einen Plastikbecher voll und leerte ihn mit einem einzigen Schluck. Dann schaute er Mette direkt in die Augen.

»Einer meiner Raben hat ihn fallen lassen«, sagte er.

»Einer Ihrer Raben?«

»Bei mir am Haus wohnen zwei Raben, in einer Kiefer, ich beobachte sie schon lange, sie sind ein Paar, Raben bilden Paare, genau wie Schwäne.«

»Ja, und?«

»Diese Knochen lagen unter der Kiefer, in der sie ihr Nest haben.«

»Und Sie sind nicht auf die Idee gekommen, das könnte ein Menschenfinger sein?«

»Nein.«

Mette schaute Lärnfors so lange an, bis er ihrem Blick auswich.

»Nehmt seine DNA«, sagte sie zu Lisa, bevor sie den Raum verließ.

Nach dem Verhör trafen sie sich zu einem kurzen Informationsaustausch im Konferenzraum. Mette hatte Kontakt zu Sten Rying aufgenommen, der in Stockholm gewesen war, um an der Obduktion teilzunehmen. Er saß noch nicht einmal, als Mette schon die erste Frage stellte:

»Was wir wissen wollen: Kann Lärnfors sich an dem Jungen im Wald vergangen und ihn anschließend umgebracht haben?«

»Ein sexueller Übergriff?«, fragte Rying.

»Ja. Besteht die Möglichkeit, das herauszukriegen? Wir wissen alle selbst, wie verstümmelt der Körper war – es ist nur eine Frage. Oder eine Hoffnung.«

»Wir sind momentan immer noch dabei, mit dem Körper zu arbeiten, also ist es durchaus möglich, dass wir eine Antwort auf diese Frage finden. Aber bis jetzt kann ich leider noch nichts sagen.«

»Lass von dir hören, sobald du etwas weißt.«

Rying nickte und verließ den Raum.

*

Stilton wartete auf dem Vorderdeck. Er hatte ihr dabei zugesehen, wie sie den Wagen ein Stück entfernt geparkt hatte und Richtung Lastkahn losgegangen war. Allein. Als sie unter einer der Lampen am Kai entlangkam, fiel ihm auf, wie federnd ihr Gang war, trotz ihrer Körperfülle.

Und ihm wurde bewusst, wie viel sie ihm bedeutete.

Sekunden später tauchte ein anderes Bild in seiner Erinnerung auf, wie sie vor einer Weile genau den gleichen Kai entlanggegangen war und ihm dann einen Dolch in die Brust gestoßen hatte.

»Hei«, sagte Mette auf halbem Weg den Steg hinauf.

Stilton nickte ihr zu. Sie hatte angerufen und gesagt, sie wollte auf dem Weg hinaus nach Kummelnäs kurz vorbeikommen. Auch wenn es schon ziemlich spät war. Und das, obwohl sie sich mitten in einer Mordermittlung befand und die Tagesstunden eigentlich ausschließlich für die Arbeit reserviert waren. Aber genau deshalb war es okay für ihn.

»Sollen wir runtergehen, oder sollen wir …«

»Wir können das eben hier besprechen«, unterbrach Mette ihn.

Beide wussten, worum es ging. Mette stellte sich an die Reling, ein paar Meter von Stilton entfernt. Sie wollte eine professionelle Distanz wahren. Aber es war Stilton, der das Gespräch begann:

»Also?«

»Nimmst du deine Medikamente?«

Er hatte alle möglichen Spieleröffnungen erwartet, aber nicht gerade diese. Medikamente?

»Ich habe reduziert«, antwortete er. »Ist das bedenklich?«

»Nein.«

Aber sie war gezwungen, ihm gerade diese Frage zu stellen, aus unterschiedlichen Gründen. Nicht zuletzt, um sie hinter sich zu bringen. Und vielleicht als eine Art Erinnerung. Denn es war noch nicht so lange her, dass Tom übel drauf gewesen war und unbedingt Medikamente hatte nehmen müssen, um überhaupt zu funktionieren. Jetzt erklärte er, er »habe reduziert«. Was sie so interpretierte, dass er aufgehört hatte. Schließlich kannte sie Tom.

Aber das musste er selbst wissen.

»Ist Luna da unten?«, fragte sie weiter.

»Ja. Und elf syrische Flüchtlinge.«

Wäre sie konspirativ veranlagt, hätte sie den vollgestopften Kahn als ein Motiv für Tom deuten können, sich neu zu orientieren. Und da sie es tatsächlich war, fragte sie:

»Warum willst du wieder anfangen zu arbeiten?«

Stilton drehte sich dem Wasser zu.

»Habe ich das nicht schon gesagt?«

»Du hast gesagt, du wolltest beweisen, dass ich mich geirrt habe. War das alles?«

»Genügt das nicht?«

»Nein. Das ist zu persönlich. Ich will keinen Mitarbeiter ins Team aufnehmen, dessen Hauptmotiv darin besteht, mir etwas beweisen zu wollen. Das reicht nicht.«

Und das verstand natürlich auch Stilton. Also sagte er:

»Außerdem habe ich gesagt, dass ich helfen will. Ich kann das weiter ausführen, wenn du willst. Ich habe mich so einige Jahre vollkommen gehen lassen, Jahre, in denen ich hätte nützlich sein können, und das will ich wiedergutmachen. Und dabei geht es nicht um dich. Es geht um mich. Um den Respekt vor mir selbst. Und das erreiche ich nur, indem ich versuche, das Einzige zu tun, worin ich in meinem gesamten erwachsenen Leben gut war.«

»Morde aufklären?«

»Ja.«

Damit war es entschieden. Mette hatte gehört, was sie hatte hören wollen, und Tom hatte sich in einer Art geöffnet, wie er es nicht alle Tage tat. Aber schließlich tat er es für Mette, die Frau mit dem federnden Gang.

»Wann kann ich anfangen?«, fragte er.

»Morgen.«

»Was steht momentan an?«

»Das besprechen wir dann.«

Und damit überwand Mette die Meter an der Reling, die das Offizielle vom Privaten trennten, und stellte sich dicht neben Stilton.

Es war nicht mehr als ein Flüstern. »Ich will nur keinen Elefanten in meinen Porzellanladen lassen.«

Muriel wachte schon um sieben Uhr auf. Folami schlief noch. Oder besser gesagt, wieder. Sie hatte im Laufe der Nacht hässliche Albträume gehabt. Muriel war von ihren Schreien aufgewacht und gezwungen gewesen, das Mädchen zu wecken, wobei sie sich fast eine Ohrfeige eingefangen hätte. Doch nach einer Weile hatte Folami sich wieder beruhigt und war von Neuem eingeschlafen.

Sie hatte nichts über die Albträume erzählt.

Vorsichtig schlich Muriel sich aus dem Schlafzimmer und schlurfte in den Flur. Langsam öffnete sie die Haustür und schaute gespannt auf die Treppe. Kein Scheißhaufen. Sie atmete auf. Wahrscheinlich hatte sie ihrer Phantasie zu freien Lauf gelassen. Wahrscheinlich war es doch ein Fuchs gewesen, ein großer Fuchs, oder ein freilaufender Hund, der beschlossen hatte, den Hauseingang als Toilette zu benutzen. Sie öffnete die Tür ein Stück weiter. Es war ein schöner Morgen, die Sonne hatte sich soeben über den Horizont gekämpft, und ihre Strahlen sickerten durch die Bäume, für Mitte September war es warm.

Muriel ging zurück in die Küche und putzte sich die Zähne. Das hatte sie am Tag zuvor auch gemacht. Und sie machte es längst nicht immer so regelmäßig.

Nachdem Folami aufgewacht war, aßen sie die Reste des letzten Einkaufs auf. Muriel war klar, dass sie wieder etwas zu essen kaufen musste, aber sie hatte so gut wie kein Geld mehr. Sie würde gezwungen sein, sich neues zu beschaffen, solange sie auf die Stütze warten musste. Der Gedanke, Geld auf die Art zu besorgen, wie sie es immer wieder mal hatte tun müssen, auf dem Strich, widerstrebte ihr. Es schien, als gehörte das einer anderen Zeit an. Der Zeit vor Folami. Dann musste sie wohl andere Wege beschreiten.

Sie erklärte Folami, dass sie zum Einkaufen fahren müsse, und fragte das Mädchen, ob sie mitkommen wolle.

»Nein, ich bleibe hier«, erklärte Folami entschlossen.

»Sicher?«

Muriel hätte sie lieber nicht allein zurückgelassen.

»Ja.«

»Aber dieser Mann, vielleicht …«

»Er tut doch nichts«, sagte Folami. »Das hast du selbst gesagt, er ist sicher nur neugierig.«

Muriel war sich dessen nicht so sicher.

Als sie die Hütte verließ, blieb Folami in der Tür stehen und schaute ihr nach. Das Mädchen hatte die strenge Order bekommen, auf der Hut zu sein und sorgfältig hinter sich abzuschließen. Muriel winkte ihr noch einmal. Nach einer Weile schloss Folami die Tür und tat, was man ihr gesagt hatte.

Sie verschloss sie sorgfältig.

*

Fast rannte Olivia zur Bushaltestelle in der Långholmsgatan. Es wimmelte nur so von Menschen, und sie war gestresst, aber sie würde es pünktlich schaffen, solange es keine Verspätungen gab. Sie hatte Kopfhörer in den Ohren und hörte Nachrichten auf ihrem Handy. *Die Polizei hält sich immer noch äußerst bedeckt, was den Mord an einem Jungen beim See Dällingen betrifft.* Kein Wunder, dachte Olivia, wir wissen ja noch nichts. Als sie die Haltestelle erreichte, verpasste sie den Bus doch um ein paar Meter und war gezwungen, Bescheid zu sagen, dass sie zu spät zur Morgenkonferenz kommen würde.

Sie rief Lisa an, nicht Mette.

Lisa ging gerade den Flur entlang, mit einem Becher Kaffee in der Hand und Bosse an ihrer Seite, als der Anruf sie erreichte. Er dauerte nicht lang. Sie legte auf und setzte das intensive Gespräch mit Bosse fort.

»Wir haben Antwort vom NFC, was Lärnfors betrifft«, sagte sie. »Seine DNA stimmt mit dem Sperma auf dem Roma-Jungen in Växjö überein. Er hat ihn vergewaltigt.«

»Keine große Überraschung.«

»Nein. Dagegen stimmt sie nicht mit den Hautabschürfungen des Opfers im Wald überein.«

»Er könnte doch einen Helfer gehabt haben, oder? Jemanden aus dem Netz?«

»Das ist gut möglich. Wir müssen das überprüfen.«

Als sie den Konferenzraum betraten, stand Mette an der Wandtafel und befestigte ein paar neue Bilder. Bosse war als Erster bei ihr.

»Was ist das?«

»Das Opfer. Oder besser das Gesicht des Opfers, so gut man es rekonstruieren konnte.«

Es waren Bilder, die auf dem Scanning des Schädels basierten und das Gesicht des Opfers aus verschiedenen Winkeln zeigten. Farbfotos, sehr spekulative. Der größte Unsicherheitsfaktor waren die Augen, da sie ja ausgehackt worden waren. Aus diesem Grund war es schwer, ihre Farbe zu bestimmen.

Auf den Bildern waren sie braun.

Lisa trat auch heran und betrachtete die Fotos. Das Gesicht! Endlich hatte der arme Junge ein Gesicht bekommen. Auch wenn es nicht perfekt war und wahrscheinlich nicht hundertprozentig mit der Realität übereinstimmte, so war es doch wichtig, einen Menschen vor sich zu sehen. Ein ermordetes Kind. Sie würden später ein detaillierteres Porträt bekommen, aber das hier verwandelte einen anonymen, geschändeten Körper plötzlich in ein Individuum.

Alle betrachteten die Bilder, nahmen sie in sich auf, gestalteten sie in Gedanken weiter, bis Bosse fragte:

»Ein Rom?«

Der Gedanke war allen dreien gekommen. Das Gesicht hatte Roma-Züge. Oder besser gesagt, es kamen ihnen intuitiv Roma-Gesichtszüge in den Sinn, wenn sie die Fotos betrachteten.

»Ein Bettler?«, fragte Lisa.

Eine Bemerkung, die vor einigen Jahren noch äußerst merkwürdig gewesen wäre, aber inzwischen allen vollkommen natürlich erschien.

»Möglich«, sagte Mette. »Aber zehn, elf Jahre alt?«

»Vielleicht ist er der Sohn eines Bettlers oder einer Bettlerin«, schlug Bosse vor.

»Aus Rumänien?«, überlegte Lisa weiter. »Die Mordwaffe war schließlich rumänisch.«

»Oder aber es handelt sich um eine der üblichen Fehden zwischen irgendwelchen Roma-Sippen in Schweden«, schlug Bosse vor. »Die schneiden einander doch die Kehle durch wie ihren Hühnern.«

Mette konnte Bosse noch einen scharfen Blick zuwerfen, bevor Olivia durch die Tür kam, leicht verschwitzt und außer Atem. Sie bat um Entschuldigung und wurde schnell über das informiert, was jetzt an der Wand hing. Das Gesicht des Opfers. Auch sie schaute fasziniert die Fotos an. Hatte er so ausgesehen? So hatte sie ihn sich nicht vorgestellt. Wie sie ihn sich vorgestellt hatte, das wusste sie selbst nicht so recht, aber das Gesicht hier sah so … traurig und fremd aus, oder?

Vielleicht lag es ja an den Augen.

»Sollen wir mit dem Bild an die Medien gehen?«

Lisa brach das nachdenkliche Schweigen.

»Es bleibt uns wohl nichts anderes übrig«, sagte Mette mit einem Nicken. »Sonst kommen wir nicht weiter.«

»Vielleicht wäre es eine Idee, die Polizei in der Gegend zu bitten, das Foto den Bettlern dort zu zeigen«, schlug Lisa vor.

»Ja, gut. Kümmerst du dich drum?«

»In Ordnung. Schicken wir es auch zu Europol?«

»Ja.«

Es dauerte ein paar Sekunden, bis Olivia mit auf der Bettlerspur war. Erneut schaute sie das Gesicht an und verstand die Überlegungen jetzt besser. Es könnte sich tatsächlich um einen Roma-Jungen handeln. Andererseits aber auch um jeden erstbesten schwedischen Jungen, der ein paar südländische Gene abbekommen hatte. Sie musste an ihre spanische Mutter Maria denken. Hätte sie einen Sohn, hätte er vielleicht den gleichen dunkleren Hautton, dunkles Haar und eine auffallend gerade Nase.

Aber es stimmte schon, als Spekulation in einem Meer der Leere war es nicht schlecht, erst einmal von einem Roma-Jungen auszugehen.

Da öffnete Stilton die Tür.

Mette hatte frühmorgens einen Rundruf in ihrem Team gestartet und es über ihre Entscheidung informiert. Stilton sollte die Ermittler bei diesem Fall unterstützen. Viel mehr hatte sie nicht gesagt, jedenfalls nicht zu Bosse und Lisa, und keiner der beiden hatte einen Kommentar abgegeben. Wenn Mette sich so ausdrückte, dann handelte es sich um eine unumstößliche Tatsache.

Das Gespräch mit Olivia war etwas länger gewesen, aus verständlichen Gründen. Vor allem hatte Mette sie darum gebeten, darauf zu achten, doch einen allzu privaten Umgangston mit Tom zu vermeiden, wenn die anderen dabei waren. Sie sollte in Tom in erster Linie einen Arbeitskollegen sehen, der zufällig zu diesem Fall hinzugezogen worden war. Was Olivia verstand und deshalb versicherte, sie würde es sich merken.

Aber gleichzeitig wusste sie, dass es nicht funktionieren konnte.

Und das wusste Mette auch, sie war jedoch gezwungen, ihre junge Mitarbeiterin darum zu bitten.

Und jetzt stand er also im Zimmer.

Nach einer kurzen Begrüßung ging Mette dazu über, sich auf den Fall und nicht auf Tom zu konzentrieren.

»Im Augenblick wissen wir nicht besonders viel«, sagte sie. »Ein unbekannter Junge, so um die zehn, elf Jahre alt, ist ermordet und im Wald in der Nähe des Sees Dällingen in Småland vergraben worden. Du kannst dir die Fotos ansehen, sie sprechen für sich.«

Stilton ging zu der Wandtafel und betrachtete die Bilder. Mette ließ ihn alles in Ruhe betrachten, sie bemerkte aber, wie er leicht den Kopf schüttelte.

»Das meiste rührt von Tieren her«, sagte sie schließlich.

Stilton drehte sich um.

»Wie lange hat der Junge dort gelegen?«

»Ungefähr zwei Monate«, sagte Lisa. »Genauer ließ es sich bis jetzt noch nicht eingrenzen.«

»Keine Vermisstenmeldung?«

»Keine, die auf ihn passt.«

»Dagegen Hunderte verschwundener Flüchtlingskinder, die meisten davon Jungs«, warf Olivia plötzlich ein.

Ihr Kommentar schwebte durch den Raum, und alle wussten, sie hatte Recht. Ein blaugelber Schandfleck. Alle wussten auch, dass der Schatten dieses Flecks schwer auf die Polizei fiel.

»Ihm ist mit einem rumänischen Dolch die Kehle durchgeschnitten worden«, sagte Mette, um über den Schatten hinwegzuspringen. »Wir haben ihn ein Stück entfernt vom Fundort entdeckt.«

»Und was bedeutet das?«, fragte Stilton.

»Das wissen wir nicht.«

»Meint ihr, er stammt aus Rumänien?«

»Der Dolch war die Mordwaffe und gehörte vermutlich dem Mörder«, sagte Lisa. »Er oder sie stammt vielleicht aus Rumänien. Was aber nicht zwangsläufig auf das Opfer zutreffen muss.«

»Aber der Dolch kann doch auch dem Jungen gehört haben, auch wenn er damit ermordet wurde. Oder?«

Lisa antwortete nicht darauf.

»Die Sache mit den unbegleiteten Flüchtlingskindern«, fuhr Stilton fort. »Wie denkt ihr darüber?«

»So weit sind wir noch nicht gekommen«, sagte Olivia.

»Dann sind wir es jetzt. Was könnte das Motiv sein, einen allein ankommenden Flüchtlingsjungen zu ermorden? Geld? Wohl kaum. Eifersucht oder Rache? Ist zu bezweifeln, wenn er erst zehn, elf Jahre alt ist. Kann er etwas gesehen haben und musste zum Schweigen gebracht werden? Möglich. In dem Fall kannte der Mörder ihn. Vielleicht war er auch das Opfer eines Pädophilen?«

»Das haben wir auch schon überlegt.«

Mette berichtete kurz über den festgenommenen Lärnfors.

»Leider haben wir ihn nicht mit der Tat in Verbindung bringen können«, sagte sie.

»Habt ihr die Abteilung für Kinderpornographie mit ins Boot geholt?«

»Ja.«

Mette spürte, wie Tom seinen Platz fand. Gut. Solange er sich klar darüber war, wer das Ruder in der Hand hielt. Sie wollte keinen Elefanten in ihren Porzellanladen lassen.

»Ich denke, wir sollten uns auf die Identität des Jungen konzentrieren«, sagte sie. »Herausfinden, ob er aus Schweden stammt oder nicht. Wir haben gerade erst ein Bild seines Gesichts erhalten. Die Rekonstruktion war nicht gerade einfach.«

Mette nahm das Bild von der Wand und zeigte es Stilton.

»Findest du, er sieht aus wie ein Rom?«, fragte Lisa.

»Mit ein bisschen gutem Willen.«

Mette nahm das Bild wieder an sich.

»Wir werden die örtliche Polizei an Orte in der Nähe des Fundplatzes schicken und sie darum bitten, das Bild etwaigen Roma-Bettlern zu zeigen«, berichtete sie.

»Ein Schuss ins Blaue«, sagte Stilton. »Er kann ja von welchem Punkt in Schweden auch immer an den Mordplatz gebracht worden sein. Außerdem muss er nicht am Fundort getötet worden sein. Man hat ihn tot dorthin gebracht, dann vergraben, und danach hat der Mörder die Mordwaffe weggeworfen. Oder steht fest, dass er dort starb, wo er gefunden wurde?«

»Nein«, antwortete Mette. »Aber das meiste spricht dafür, laut der Spurensicherung.«

Stilton nahm Mette das Bild aus der Hand.

»Kann ich mir ein paar Kopien davon machen?«, fragte er.

Mette nickte. Sie wollte nicht fragen, wofür er die Kopien brauchte, was vielleicht ganz schlau war. Das Team diskutierte den Fall noch eine Weile, dann fand Mette, es sei an der Zeit, eine Pause zu machen. Langsam verließen alle den Raum.

»Bosse«, sagte Mette.

Bosse blieb stehen, während die anderen auf den Flur hinausgingen. Mette zeigte auf den Stuhl neben sich.

»Setz dich.«

Bosse setzte sich. Er ahnte schon, was kommen würde. Und als er Mettes weichen Tonfall hörte, bestätigte sich seine Befürchtung.

»Ich gehe davon aus, dass dein Kommentar zu den Roma vollkommen unreflektiert war«, sagte sie. »Dass es dir einfach nur so rausgerutscht ist?«

»Schon möglich.«

»Schon möglich reicht nicht.«

»Es klang ein bisschen blöd, war aber eher albern gemeint, ja.«

»Es klang auf jeden Fall ziemlich blöd und ziemlich albern. Und derartige Kommentare, die Vorurteile bestätigen, gehören zu dem Schlimmsten, was ich mir vorstellen kann. Hast du Vorurteile gegen Roma?«

»Kann sein, aber nicht so, dass ich mir dessen bewusst bin.«

Mette betrachtete ihn. Sie hatte mit Bosse inzwischen bei so vielen Ermittlungen zusammengearbeitet, dass sie wusste, wie er ungefähr tickte. Meistens war sein Verhalten tadellos, kreativ, loyal. Aber offensichtlich gab es da einiges im Verborgenen, wovon sie nichts wusste.

Es gibt bei uns allen eine dunkle Seite, dachte sie und stand auf.

»Wie dem auch sei. Ich schlage vor, du hörst einfach auf, blöde und alberne Kommentare von dir zu geben«, sagte sie und ging zur Tür.

*

Muriel ging die Treppen der U-Bahn-Station Medborgarplatsen hoch. Eine Roma-Frau saß mit einer Tasse in der Hand auf dem Boden und schaute sie bittend an, als sie vorbeiging. Auf einem Stück Karton stand geschrieben: »Bitte helft mir mit Geld, damit ich zu meinen drei Kindern nach Hause fahren kann. Sie vermissen ihre Mama!« Sicher hatte ihr jemand beim Schreiben geholfen. Muriel hatte sie noch nie hier gesehen, und eigentlich hatte sie einen ziemlich guten Überblick, wer so am Medis hockte. Einige mochte sie, andere nicht. Einer von denen hatte ihr mal geholfen, als sie mit einem »Kumpel« vor dem Systemet in Streit geraten war. Viele ihrer Junkiekumpel sahen jedoch die Roma als eine Art Konkurrenz an. Einer war mal von einem Rom reingelegt worden und hatte sich gerächt, indem er einen anderen verprügelt hatte. Das Gesetz der Straße war hart. Polarisierung und Rassismus wuchsen in allen Gesellschaftsschichten.

Sie ging zur Katarina Bangata.

Das Antiquariat von Ronny Redlös war seit Jahren für viele mehr oder weniger kaputte Seelen ein fester Ankerpunkt. Ronny selbst war ein Mann, der weder trank noch Drogen nahm – abgesehen von einem Tag im Jahr, an dem er sich besinnungslos besoff. Immer am Jahrestag des Todes seiner geliebten Henrietta, die im Hammarbyhamn durchs Eis gebrochen war. An diesem Tag standen seine Freunde schon bereit und passten wie die Luchse auf, dass ihm nichts passierte. Meistens endete es damit, dass sie ihn vom Kai, wo er gesessen, übers Wasser geschaut und geweint hatte, nach Hause schleppten.

Den Rest des Jahres widmete er sich seinen Büchern und war für alle anderen da.

Ronny war der großzügigste Mensch, den Muriel kannte. Er hatte sie im Laufe der Jahre schon mehrere Male vor sich selbst gerettet. Er hatte sie dazu gebracht, Bücher zu lesen, nicht besonders viele, aber trotzdem. Und jetzt hatte er ihr sogar seine Hütte zur Verfügung gestellt. Er selbst wohnte in einem kleinen Zimmer hinter dem Antiquariat. Wie er überhaupt zurechtkam, das wusste niemand. Schließlich waren die Verkaufsräume nicht umsonst, und mittlerweile lagen sie in einem gefragten Viertel. Und wenn man außerdem noch Obdachlose generös bezahlte, wenn sie mit abgegriffenen Taschenbüchern kamen, die sie in irgendwelchen Containern gefunden hatten, wie Ronny es immer tat, dann hätte er eigentlich schon seit langer Zeit pleite sein müssen.

Aber Ronny hatte da so seine Geheimnisse.

Zum Beispiel, dass er ein geborener Gyllencreutz war.

Er stand hinter dem Tresen und bediente einen Kunden, als Muriel durch das Schaufenster hineinschaute. Benseman, der stundenweise bei Ronny arbeitete, sah einige Bücher durch, die sie gerade von einer Haushaltsauflösung bekommen hatten. Die kleine Türglocke klingelte, als Muriel eintrat. Ronny hob den Blick von der Kasse und lächelte ihr zu.

»Hoher Besuch!«

Auch Benseman schaute von den Büchern auf und lächelte. Seine Augen funkelten bei Muriels Anblick immer besonders stark. Der Kunde bedankte sich und verließ den Laden. Ronny schob seine Brille auf die Stirn hoch und ging Muriel entgegen.

»Du siehst aus, als ob es dir gut ginge.«

Muriel nickte.

»Das tut es auch«, sagte sie.

»Clean?«

»Ja.«

»Gut. Mach weiter so. Steht die Hütte noch?«

»Ja.«

Bensemans breite Gestalt erschien hinter Ronnys Rücken. Der riesige Mann aus dem Norden mit den freundlichen Augen schmunzelte. Benseman war der lebende Beweis dafür, dass sich Ronnys Bemühungen, Obdachlosen zu helfen, lohnten. Vor ein paar Jahren war Benseman vollkommen abgestürzt und kurz davor gewesen, den Löffel abzugeben, nachdem er von ein paar jungen Kerlen verprügelt worden war. Inzwischen hatte er eine Wohnung draußen in Farsta, dank des Bo-Först-Projekts. Muriel hatte schon diverse Male auf seinem Sofa geschlafen. Und wenn die Abstinenz oder der Entzug am schlimmsten war, nahm er sie in diesen Nächten immer besonders fest in den Arm.

Benseman war auf dem richtigen Weg. Durch den Job bei Ronny sah er wieder einen Sinn im Leben. Sein Hintergrund als Bibliothekar kam ihm dabei natürlich zugute. Jetzt war er derjenige, der beim Vorlesen half an den speziellen Abenden, die Ronny für Obdachlose veranstaltete. Er trank zwar immer noch, versuchte sich aber an Wein aus dem Karton zu halten und Schnaps zu vermeiden. Genau wie Muriel erlitt er immer mal wieder einen Rückfall, aber er kämpfte dagegen an.

»Dann bist du jetzt ein Waldtroll geworden?«, neckte er sie. »Das glaube ich ja nicht.«

Muriel lächelte ihn an.

»Das klappt ganz gut.«

»Aber ist es nicht zu einsam da draußen?«

»Ab und zu, aber ich bin ja nicht die ganze Zeit dort.«

»Du weißt, mein Sofa ist immer frei – falls du mal wieder in der Stadt bleiben möchtest.«

»Ich weiß. Danke schön.«

»Vielleicht sollten wir mal am Wochenende einen Ausflug zu dir da draußen machen«, schlug Ronny vor und wandte sich Benseman zu. »Mal wieder frische Luft tanken!«

»Das klingt gut.«

Muriel erstarrte. Einer der Gründe, warum er ihr die Hütte zur Verfügung stellte, war, dass Ronny nur äußerst selten dorthin fuhr, weil sie ihn zu sehr an seine geliebte Henrietta erinnerte. Was sollte sie tun, wenn er tatsächlich zu Besuch kam? Musste sie ihm jetzt schon von Folami erzählen? Aber vielleicht machte sie dann alles kaputt?

»Wie viel brauchst du?«, fragte Ronny und brachte sie damit auf andere Gedanken.

»Leih mir ein paar Hunderter, wenn das für dich okay ist.«

»Das ist es, das weißt du.«

Ronny ging zur Kasse, die von der älteren Sorte war, zog die Geldlade auf und nahm ein paar Scheine heraus. Als Muriel die Hand ausstreckte, zog er das Geld zurück.

»Du weißt, dass ich mich auf dich verlasse, ja?«, sagte er. »Versprich mir, dass du es nicht für einen Schuss ausgibst.«

»Ich verspreche es. In ein paar Tagen kriege ich Stütze, dann bringe ich es dir zurück.«

Und im Unterschied zu unzähligen anderen Malen, als sie sich Geld bei Ronny geliehen hatte, meinte sie dieses Mal wirklich, was sie sagte. Die Scheine waren für Lebensmittel gedacht, und er sollte sie wiederkriegen. Sie nahm das Geld an.

»Du bist ein Engel«, sagte sie.

»Das weiß ich«, erwiderte Ronny. »Ein gefallener.«

Muriel lachte.

»Übrigens«, sagte sie dann, »noch was ganz anderes. Hast du den Text zu ›Schlaf, du kleines Weidenkind‹ in irgendeinem Buch?«

Ronny schaute sie verwundert an.

»Du weißt schon, dieses Schlaflied«, fuhr Muriel fort.

»Ja, ja, ich weiß. Was willst du denn damit?«

Muriel wand sich. Auf eine Gegenfrage war sie nicht gefasst gewesen.

»Ja, nun, es ist mir einfach in den Sinn gekommen. Meine Mutter hat es mir immer vorgesungen, als ich noch klein war, und ich krieg den Text nicht mehr zusammen.«

Ronny sah sie immer noch verwundert an.

»Zacharias Topelius«, hörte Muriel eine Stimme hinter sich, »vertont von Alice Tegnér.«

Benseman zog ein dünnes Büchlein aus einem Regal.

»Hier!«

Er reichte Muriel das Buch. »*Leberblümchen, Weidenkind und Kuchenbäcker – die schönsten Kinderlieder* von Alice Tegnér mit Illustrationen von Elsa Beskow.« Ronny schüttelte den Kopf und musterte Muriel eindringlich.

»Und es geht dir wirklich gut?«

»Ja, kann ich mir das ausleihen?«

»Natürlich kannst du das.«

Muriel stopfte das Buch in ihre Tasche, verabschiedete sich von Benseman und Ronny und verließ den Laden.

Ronny schaute Benseman an.

»Schlaf, du kleines Weidenkind?«

*

Auch Olivia machte sich eine Kopie von dem Gesicht des Opfers und nahm sie mit in den Raum, in dem Anders Lärnfors saß, um verhört zu werden. Sie wurde von der Wache hineingelassen und beobachtete Lärnfors, der auf einer Pritsche saß, den Blick auf den Boden gerichtet. Er sah krank aus. In sich versunken. Sie erinnerte sich daran, wie er bei ihrem ersten Besuch vor die Tür seines hübschen Hauses getreten war und gerufen hatte: »Hallo, hallo! Herzlich willkommen!« Ein ganz anderer Mann als der, der jetzt vor ihr saß.

»Anders?«

Sie entschied sich, seinen Vornamen zu benutzen, damit es persönlicher klang. Es schien zu klappen, denn Lärnfors hob zumindest den Kopf. Sein Blick war unscharf und abwesend.

»Ich habe hier ein Bild. Ich möchte, dass Sie sich das mal ansehen.«

Olivia hielt Lärnfors das Foto mit dem Gesicht des Opfers am ausgestreckten Arm hin. Er schaute es an.

»Erkennen Sie den Jungen wieder?«

Mit einiger Mühe hob Lärnfors den Arm und streckte die Hand aus. Olivia war sich nicht sicher, ob sie das Foto loslassen sollte, doch dann überließ sie es ihm. Lärnfors schaute das Bild an.

»Ist das der Junge, den ihr in der Grube gefunden habt?«

»Ja. Haben Sie ihn schon mal gesehen?«

Lärnfors betrachtete das Bild, hielt es näher ans Gesicht, als sähe er schlecht.

»Nein«, sagte er dann und machte eine kurze Pause. »Aber es ist ein richtig niedlicher Junge.«

Olivia riss ihm das Bild schnell aus der Hand. Bereits im Hinausgehen drehte sie sich noch einmal um und sagte:

»Da es ja sowieso keine Rolle mehr spielt, können Sie mir vielleicht sagen, warum Sie mich mitten in der Nacht angerufen haben? Ohne etwas zu sagen?«

»Das war ich nicht.«

»Ich habe einen Raben im Hintergrund krächzen gehört.«

»Es gibt viele Raben hier auf dem Land«, sagte Lärnfors.

Olivia musterte ihn, schüttelte kurz den Kopf und drehte sich zur Tür um. In dem Moment, in dem sie die Klinke hinunterdrücken wollte, ertönte ein lautes Brüllen. Olivia konnte noch den Kopf drehen, bevor sie von Lärnfors gegen die Tür geworfen wurde.

»Du hast mein Leben zerstört!«, schrie er und warf die vollkommen überrumpelte Olivia zu Boden.

Sein Gesicht war vor Wut verzerrt, der abwesende Blick war plötzlich rabenschwarz.

»Alle haben mein Leben zerstört!«

Er warf sich auf Olivia, und sie spürte, wie sich seine verschwitzten Hände um ihren Hals schlangen und zudrückten. Es gelang ihr, einen Arm freizubekommen, so dass sie Lärnfors einen Ellenbogen direkt ins Gesicht stoßen konnte. Sein Kopf flog zur Seite, und Olivia konnte sich von seinem Körper befreien, gerade als die Wache auf dem Flur die Tür aufriss. Lärnfors warf sich nach hinten auf den Boden und schlug mit dem Kopf gegen die Unterkante des Eisenbettes. Als Olivia auf die Beine kam, war er bereits ohnmächtig zu Boden gefallen. Blut lief ihm in den Nacken.

Schweigend saß Olivia Mette in deren Büro gegenüber. Die Teamleiterin sah, wie aufgewühlt Olivia immer noch aufgrund der Attacke war, an ihrem Hals waren rote Flecken zu sehen. Was Mette nicht wusste: Olivia war bereits einer ähnlichen Attacke durch einen anderen Mann in einer anderen Zelle ausgesetzt gewesen. Was Olivias Schock noch verstärkte, vielleicht ohne dass sie sich selbst dessen bewusst war.

Schließlich schaute sie zu Mette auf.

»Ich begreife es nicht«, setzte sie an, »er wirkte doch vollkommen harmlos. Fast wie abwesend. War kaum in der Lage, auf meine Fragen zu antworten. Und plötzlich dreht er vollkommen durch.«

Mette nickte.

»Aber du hast doch gewusst, dass er einen Jungen vergewaltigt hat«, entgegnete sie. »Und dass es ein äußerst gewalttätiger Überfall war. Du hast gewusst, dass er krank ist.«

Olivia nickte.

»Es war ein Fehler, zu ihm reinzugehen«, sagte sie. »Allein.«

»Ja. Aber manchmal machen wir Fehler, besonders, wenn wir zu eifrig sind.«

Und zu jung, mit zu wenig Routine, dachte Mette, sagte jedoch stattdessen:

»Hat er das Opfer aus dem Wald wiedererkannt?«

»Nein.«

*

Mit äußerst gemischten Gefühlen betrat Stilton die Redaktion von *Situation Stockholm*, mit einer Tasche in der Hand. Einige Jahre hatte er nur durch den Verkauf der von Obdachlosen im Eigenverlag herausgegebenen Zeitung überlebt. Jahre, in denen er vollkommen abgeschnitten vom Rest der Welt dahinvegetiert und übernachtet hatte, wo Obdachlose nun einmal übernachten: in Müllkellern, alten Holzbaracken, Hauseingängen. Ein physisches und psychisches Wrack. Gegen Ende seiner Zeit als Obdachloser hatte er im Wohnwagen der ermordeten Vera Larsson gehaust, bis dieser abgefackelt worden war. Es hatten nur wenige Minuten gefehlt, und er wäre dort drinnen verbrannt.

Schließlich hatte er die Reste seines Ichs zusammengekratzt und sich langsam auf den Weg in seine frühere Existenz gemacht. Mit kleinen, zögerlichen Schritten ließ er das Leben auf der Straße hinter sich. Inzwischen erschien ihm das alles weit, weit weg.

Doch als er über die Türschwelle der Redaktion trat, war es sofort wieder ganz nah.

»Hallo, Jelle! Wieder auf die Füße gefallen?«

Es war Bo Fast, der ihn lautstark von einem Tisch weiter hinten im Raum begrüßte und seine Worte mit einem heiseren Lachen begleitete. Den Namen Jelle hatte Stilton benutzt, als er obdachlos gewesen war. Bo war einer derjenigen gewesen, der immer Kontakt zu ihm gehalten hatte. Davon gab es noch einige mehr, aber von denen war sonst niemand hier. Also kam Bo auf ihn zu und gab ihm die Hand.

»Wie geht es dir?«, fragte Stilton.

»Danke der Nachfrage. Doch, muss ja, die Lunge ist Schrott, aber ansonsten läuft alles. Und was machst du jetzt so?«

»Ich greife der Polizei ein bisschen unter die Arme.«

»Ach du Scheiße, wow!«

Bo wich ein wenig zurück, rein reflexmäßig, denn er wusste nicht so genau, wie er reagieren sollte. Ihm war immer klar gewesen, dass Jelle eine Vergangenheit als Bulle hatte, aber dass er jetzt wieder zu den Blauen gehörte, war ihm bislang entgangen.

»Bist du hier, um jemanden einzubuchten?«, fragte er vorsichtig.

»Nein, ganz im Gegenteil.«

Stilton rang sich ein müdes Lächeln ab und stellte seine Tasche auf den Tisch. Er holte eine größere Anzahl an Bildern heraus und stapelte sie die Tischkante entlang. Als er den letzten Stapel hingelegt hatte, kam Erik herein. Er war für den Gemeinschaftsraum verantwortlich und kannte Stilton gut. Die beiden begrüßten sich, dann erklärte Stilton, was ihn hergeführt hatte.

»Das hier sind Fotos von einem ermordeten Jungen. Eventuell ein Roma-Bettler oder das Kind eines Bettlers. Ich wollte dich bitten, allen Zeitungsverkäufern ein Foto auf ihrer Tour in die Stadt mitzugeben und sich mal umzuhören. Meine Telefonnummer steht auf der Rückseite der Fotos.«

Stilton wusste, dass die Zeitung an einhunderteinundachtzig verschiedenen festen Punkten im Großraum Stockholm verkauft wurde und dass Roma-Bettler an den meisten dieser Plätze zu finden waren. Vielleicht würde einer von ihnen den Jungen wiedererkennen. Es war ein Schuss ins Blaue, aber auf jeden Fall ging es so deutlich schneller, als wenn man Polizisten mit den Bildern herumschickte. Außerdem war das Risiko, dass die Bettler mit Uniformierten sowieso nicht redeten, ziemlich groß.

»Wenn es also jemanden gibt, der den Jungen kennt, dann sollen wir anrufen und es dir sagen?«, fragte Bo.

»Ja.«

Das war alles. Auf dem Weg hinaus blieb Stilton an dem Schwarzen Brett mit verstorbenen Obdachlosen stehen. Lange Reihen mit schwarz eingerahmten Fotos. Er suchte nach Vera Larssons Bild. Als er es fand, zog sich sein Magen zusammen.

Schnell verließ er den Raum.

*

Folami lief im Wohnzimmer der kleinen Hütte herum und bewunderte die vielen Bücher. So viele hatte sie noch nie an einer Stelle gesehen. Alte und neue. Sie ließ die Finger über die Bücherrücken wandern und stellte fest, dass es mehrere englischsprachige Bücher gab. Dann entdeckte sie einen alten Atlas. Sie zog ihn heraus und schlug ihn auf. Vorsichtig blätterte sie vor bis Afrika. Bis Nigeria. Die Abbildung war nicht besonders groß und die Karte nicht sehr detailliert. Ihren Heimatort fand sie trotz langer Suche nicht. Sie strich immer wieder mit einem Finger über ihr Heimatland und kämpfte das nieder, was in ihrem Hals aufsteigen und bis in die Augen dringen wollte. Sie würde nicht weinen. Auf der ganzen Reise hatte sie so gut wie nie geweint, und sie dachte nicht daran, damit anzufangen, bis sie endlich das gefunden hatte, was sie suchte. Also klappte sie den Atlas wieder zu und stellte ihn an seinen Platz zurück. Langsam ließ sie sich auf den Boden niedersinken und legte den Kopf auf die Knie. Was soll ich tun? Ich kann doch nicht hierblieben. Ich muss weiter.

Sie hob den Kopf und schaute auf das kleine Zimmer, dachte an die sonderbare Frau, die sie gefunden und mit zu sich genommen hatte. Warum hat sie mir geholfen? Hat sie keine eigenen Kinder? Warum sieht sie manchmal so traurig aus? Dabei könnte sie so hübsch sein. Und warum wohnt sie in einer geliehenen Hütte? Es gab so viele Fragen, die sie lieber nicht stellen wollte, denn wenn sie anfing zu fragen, würde man ihr auch Fragen stellen, und das wollte sie nicht.

Sie wollte nichts erzählen.

Noch nicht.

Da hörte sie Hundegebell.

Sie erstarrte. Vorsichtig schlich sie über den Boden zum Fenster hin und schaute hinaus. Ein großer schwarzer Hund sprang am Waldrand hin und her. Ein Stück weiter hinten, zwischen den Bäumen, konnte sie den Mann erkennen, der sich vor dem Küchenfenster herumgetrieben hatte. Er trug eine graue Mütze und schaute zur Hütte. In der Hand hielt er ein Gewehr.

Folami schlich sich davon und kontrollierte, ob sie auch wirklich richtig abgeschlossen hatte.

Die Zeitung lag aufgeschlagen auf der Anrichte, als sie in die Küche kam.

»Hast du das gesehen?«, fragte der Mann.

Die Frau schaute auf die Schlagzeile. Der Text war auf Schwedisch, also musste der Mann ihr übersetzen, was da stand. Ein unbekannter Junge war ermordet in einem Wald gefunden worden, die Polizei bat die Bevölkerung um Mithilfe. Die Frau beugte sich vor und studierte das Gesicht auf dem Foto neben dem Artikel. Mit den Augen stimmt etwas nicht, dachte sie.

»Nein«, sagte sie.

»Wusstest du davon?«

»Nein.«

»Warum zum Teufel haben sie ihn umgebracht?«

»Ich weiß es nicht. Wahrscheinlich ist der Junge zu einer Belastung geworden.«

»Eine Belastung?«

Der Mann starrte sie an, und sie tat das, wozu sie gezwungen war. Sie legte ihm einen Arm um den Nacken und zog ihn an sich heran. Ihre schönen vollen Lippen gaben ihm einen leichten Kuss auf die Wange, sie öffnete die Lippen und ließ die warme Zungenspitze über sein weiches Kinn gleiten. Er öffnete den Mund, und sie glitt mit der Zunge hinein. Sie spürte, wie er steif wurde, es drückte gegen ihr Schambein. Also schob sie die Hand nach unten und streichelte ihn durch den Hosenstoff. Er begann zu keuchen und schob eine

Hand unter ihren Pullover. Sie spürte, wie er vorsichtig mit der Hand ihre linke Brust umschloss und ihre Brustwarze steif wurde. Sie zog seinen Reißverschluss runter und griff mit der Hand um seinen Penis. Mit der anderen Hand schlug sie die Zeitung hinter sich zu, rutschte weiter hinunter und ließ seine Hoden zwischen ihre Lippen gleiten.

*

Stilton hatte Kopfschmerzen. Er hatte sich Lunas Mazda ausgeliehen und in der letzten Viertelstunde nur um zwanzig Meter vorwärts bewegt. Die Autoschlange vor Slussen rührte sich nicht. Es war wohl fast der gleiche Stau wie der, an dem er vor ein paar Tagen vorbeispaziert war, allerdings als Arbeitsloser. Da er das inzwischen nicht mehr war und weil er etwas erledigen wollte, brauchte er ein Auto. Also musste er sich noch eine Weile mit mentaler Schaumschlägerei begnügen.

Die Kopfschmerzen hatten andere Gründe, und zwar Schlafmangel. In der vergangenen Nacht war er einmal pro Stunde durch irgendwelche ungewohnten Geräusche auf dem Schiff aufgewacht. Stilton war mittlerweile überempfindlich, was Lärm betraf, warum, das wusste er selbst nicht. Luna hatte schon rosa Ohrenstöpsel gekauft, die man zu einem Kegel formen und sich in die Gehörgänge drücken sollte, aber die wollte er nicht benutzen.

Rosa Wachs in den Ohren war nicht gerade sein Ding.

Jetzt saß er also hier und schob seine Kopfschmerzen Meter um Meter vor sich her. Aber der Stau hatte auch einen Vorteil: Er konnte ungestört nachdenken. Als Erstes kamen ihm die Flüchtlinge auf dem Kahn in den Sinn. Inzwischen waren es nur noch fünf, eine der Familien hatte vor Kurzem eine Wohnung von der Gemeinde zugewiesen bekommen, und nach einigem Hin und Her hatte die Gruppe eingesehen, dass sie sich zunächst einmal aufteilen musste.

Aber diejenigen, die geblieben waren, breiteten sich immer mehr aus.

Und machten nachts Lärm.

Vermutlich mussten sie sich wegen ihrer Albträume umeinander kümmern, und dafür hatte er viel Verständnis. Er hatte auch mal länger in einer Bretterbude gelebt, in der er immer wieder von seinen eigenen Schreien geweckt worden war. Er musste sich mit dem nächtlichen Lärm einfach abfinden. Vielleicht sollte er es doch mal mit diesem rosa Wachszeug probieren.

Und dann wanderten die Gedanken weiter zu seinem Job. Er war überrascht, wie natürlich es sich anfühlte, wieder mitten in einer Ermittlung zu stecken, ausgerechnet in dem Gebäude, das er jahrelang wie die Pest gemieden hatte. Vieles war Mette zu verdanken, das wusste er, auf sie war einfach Verlass. Ruhig, gelassen, fielen ihr die kleinsten Zwischentöne auf. Sie hatte ihn ohne viel Aufsehen wieder in die Spur gebracht und ihm seinen Platz gezeigt. Und einen Fall, der ihn bis ins Mark erschütterte. Ein ermordetes Kind. Er sah die Bilder des Opfers vor sich. Die Kehle durchgeschnitten, in einem unzugänglichen Wald vergraben. Der Mord war von einer eiskalt handelnden Person ausgeführt worden, die etwas zu verbergen hatte. Nicht nur den Mord an sich. Wenn die Tat am Fundort ausgeübt worden war, dann hatte der Mörder das Kind mit sich in den Wald geführt und es anschließend hingerichtet. Ein Kind! Warum?

Da klingelte es.

»Hei, hier ist Silon!«

»Ich kenne keinen Silon.«

»Na, dann Pärt, verdammt noch mal. Kapierst du's jetzt?«

»Ja.«

Silon Karp war während seiner Zeit auf der Straße einer von Stiltons Freunden gewesen. Damals nannte er sich Arvo Pärt, nach dem Komponisten, inzwischen hatte er seinen richtigen estnischen Namen wieder angenommen. Wohl auch, um wieder auf die Füße zu kommen, denn er hatte ein Praktikum auf einer Baustelle bei der Norra Station angefangen. Ganz in der Nähe.

»Weiß etwa jemand was?«, fragte Stilton.

»Ja, Micke, aber er traut sich nicht, selbst anzurufen, deshalb hat er mich gebeten.«

»Gut. Was hat er zu erzählen?«

»Er hat dieses Foto, das du uns gegeben hast, herumgezeigt, und einer glaubt, dass er den Jungen wiedererkannt hat.«

»Wem hat er es gezeigt?«

»Irgendwelchen Scheißbettlern.«

»Und wo?«

»Am Vanadisplan, vor irgendso 'nem Supermarkt.«

»Ist er noch da? Ich meine, Micke?«

»Denke schon.«

»Danke, Silon!«

Jetzt hatte Stilton es eilig. Er brach aus der Autoschlange aus, wendete und fuhr zurück in die entgegengesetzte Richtung. Aus Erfahrung wusste er, dass Leute in diesen Kreisen ohne jeden Grund urplötzlich verschwinden konnten, und dann war es kaum mehr möglich, sie wiederzufinden.

Aber Micke stand noch am Vanadisplan.

Nicht vor dem Supermarkt, sondern auf der anderen Seite, unter den Bäumen. Halb versteckt hinter einem dicken Stamm bei den Steintreppen, die zum Röda berget hochführten. Deshalb dauerte es einige Minuten, bis Stilton ihn entdeckte.

»Warum stehst du hier?«

Micke zeigte auf den Laden gegenüber. Ein Stück entfernt vom Eingang saß eine kräftige Romni auf dem Fußweg, eingehüllt in ein großes buntes Tuch. Neben ihr stand ein langer dunkelhaariger Mann in braunem Anzug und schaute auf den Vanadisplan, auch er ein Rom.

»Hat sie sich das Foto angeguckt?«, fragte Stilton.

»Ja. Aber da war sie noch allein. Der Typ ist erst später dazugekommen.«

Stilton nahm an, dass der Mann an der Seite der Bettlerin ein »Beschützer« war. Vielleicht war sie nervös geworden, hatte angerufen und von dem Foto berichtet. Hoffentlich gab es deshalb keine Probleme.

»Ich bleibe hier«, erklärte Micke und zog sich hinter den Baumstamm zurück.

Stilton nickte und ging auf den Laden zu. Er griff zur Sicherheit noch mal in seine Brusttasche, ob die zwei Fotos auch da waren. Als er bei der Frau auf dem Bürgersteig angekommen war, begrüßte er sie auf Englisch und nannte seinen Namen.

»Was willst du?«

Stilton musterte den Mann, der statt der Frau etwas zu ihm gesagt hatte. Sein Gesicht war scharf geschnitten, mit leicht eingefallenen Wangen und dunkelbraunen Augen. Er fixierte Stilton mit einem bohrenden Blick.

»Euch das hier zeigen.«

Stilton holte eines der Fotos heraus, das des Jungen. Er wollte es gerade der Frau reichen, da riss der Mann es an sich. Stilton ließ ihn gewähren. Er durfte sich nicht provozieren lassen, schließlich wollte er Informationen haben. Sonst nichts.

»Erkennen Sie den Jungen?«, fragte er den Mann.

Der Mann ließ das Bild etwas sinken.

»Das kostet Geld«, sagte er.

Stilton sah ihn an. Ganz sicher würde der Mann seine Meinung so schnell nicht ändern. Also grub Stilton in einer Hosentasche und zog einen Fünfhunderter heraus. Einen kleineren Schein hatte er nicht, und die Möglichkeit, mal eben wechseln zu gehen, bot sich ihm eher nicht. Der Mann streckte die Hand nach dem Schein aus, doch Stilton zog ihn zurück. Wieder sahen die beiden sich an.

»Erkennen Sie den Jungen?«

Der Mann überlegte, schaute über Stiltons Schulter hinweg zu Micke, hockte sich dann hin und hielt der Frau auf dem Bürgersteig das Foto hin. Sie schaute es an und sagte ein paar kurze Worte auf Romanes. Stilton verstand sie nicht. Der Mann richtete sich auf und gab ihm das Foto zurück.

»Sie hat sich geirrt. Sie hat das Gesicht doch nicht wiedererkannt.«

Immer noch hielt Stilton den Schein in der Hand. Er dachte gar nicht daran, ihn gegen nichts einzutauschen. Außerdem wunderte er sich, schließlich hätten sie doch einfach behaupten können, dass sie zwar den Jungen kannten, aber nicht seinen Namen, sich dann den Fünfhunderter schnappen und abhauen.

Doch das taten sie nicht.

Vermutlich hatte die Frau sich also beim ersten Mal tatsächlich geirrt.

Stilton behielt den Geldschein in der einen Hand und zog mit der anderen das zweite Bild aus der Innentasche. Es war ein Foto von der Mordwaffe. Dem Dolch. Mit deutlich lesbarer Gravur auf der Schneide. Er hielt dem Mann das zweite Foto vor die Nase. Seine Reaktion war kaum zu übersehen, noch bevor Stilton ihm eine Frage gestellt hatte. Der Mann nahm das Bild, drehte es um, aber die Rückseite war leer. Dann betrachtete er noch einmal den Dolch.

»Sie erkennen den Dolch?«, fragte Stilton.

Der Mann nickte, während er sich hektisch umschaute. Er zog Stilton an der Jacke und ging ein paar Meter von der Frau weg. Stilton folgte ihm. Mit leiser Stimme sagte der Mann:

»Der Dolch ist heilig.«

»Ich weiß, was draufsteht.«

»Wissen Sie auch, was es bedeutet?«

»Nein.«

»Der Dolch ist heilig, das ist der Name einer Bande in Bukarest. Die schneidet den Leuten die Kehle durch.«

Der Mann wirkte sehr angespannt. Waren ihm nahe Menschen diesen Verbrechern zum Opfer gefallen?

»Wissen Sie noch mehr über diese Bande?«, wollte Stilton wissen.

Der Mann schüttelte den Kopf und gab Stilton das Bild zurück, schnell, als wollte er es nicht länger in der Hand halten. Dann ging er zurück zu der Frau, sagte einige Worte auf Romanes, die Frau stand auf und ging mit ihm davon.

»Ey, Sie!«, rief Stilton.

Der Mann drehte sich um. Stilton, der immer noch den Fünfhunderter in der Hand hielt, ging langsam auf ihn zu. Der Mann schaute auf das Geld, zögerte, dann schnappte sich die Frau den Schein und eilte davon. Der Mann folgte ihr.

*

Mettes Team war den ganzen Tag über in alle Winde verstreut gewesen, mit unterschiedlichen Aufträgen an verschiedenen Orten. Erst als es auf acht Uhr abends zuging, trafen sie sich im Konferenzraum wieder. Mette hatte dafür gesorgt, dass sie Schreibtischlampen bekamen, um das grelle Neonlicht der Deckenleuchten zu vermeiden. Jetzt saßen sie alle um den ovalen Tisch mitten im Raum versammelt. Einige der neuen Lampen waren eingeschaltet und verbreiteten ein angenehmes, leicht diffuses Licht auf ihren Gesichtern. Einer nach dem anderen berichtete, was er oder sie erreicht hatte. Stilton kam als Letzter dran. Als er von seiner Begegnung mit den Roma auf dem Vanadisplan berichtete, wurde es ganz still. Alle schauten auf die Fotos der Mordwaffe, die Stilton auf der Tischplatte ausgebreitet hatte.

»Eine Bande in Bukarest?«, fragte Olivia nach.

»Ja.«

»Die Leuten die Kehle durchschneidet?«

»Das hat er gesagt.«

»Und, hat er die Wahrheit gesagt?«, fragte Mette.

»Meiner Einschätzung nach, ja.«

Stilton hatte die Reaktion des Mannes auf das Foto mit dem Dolch genau beobachtet, und deshalb war er überzeugt davon, dass der Mann die Wahrheit sagte.

»Was heißt das für uns?«, fragte Lisa. »Dass der Junge von Kriminellen aus Bukarest ermordet worden ist?«

»Oder dass jemand zufällig ausgerechnet so ein Messer zu fassen gekriegt hat?«, ergänzte Bosse.

Mette stand auf und holte einen Ordner aus dem Regal hinter sich, blätterte darin, zog dann ihr Handy heraus, während sie gleichzeitig auf die Uhr schaute.

»Ich werde Sorin Bratianu anrufen.«

»Wer ist das?«

»Ein Kriminalkommissar in Bukarest. Wir haben bei einer Drogensache zusammengearbeitet.«

Mette tippte eine Nummer ein und wartete, in Bukarest war es eine Stunde später, ungefähr neun Uhr, aber trotzdem wurde der Anruf schnell angenommen.

»Hei, Sorin! Hier ist Mette Olsäter aus Stockholm. Kennst du eine kriminelle Organisation, die sich ›Der Dolch ist heilig‹ nennt?«

Wie immer – ohne Umschweife direkt zur Sache.

Dass Sorin Bratianu diese Bande kannte, wurde allen im Raum klar, als Mette die folgenden fünf Minuten so gut wie kein Wort sagte. Schließlich erklärte sie:

»Danke. Kannst du mir das morgen rüberschicken? Wir hören voneinander.«

Mette legte ihr Handy auf den Tisch und setzte sich wieder zu den anderen.

»Er kennt die Organisation, und zwar nur zu gut. Sie ist in Bukarest berüchtigt. Hat ihre Finger in so ziemlich allem drin, was kriminell ist. Der Kopf der Bande heißt Mihai Stelea. Sorin schickt uns morgen Unterlagen zu dieser Organisation.«

»Aber warum sollten Schwerkriminelle aus Bukarest nach Småland fahren, hier einen Jungen ermorden und ihn dann im Wald vergraben?«, fragte Bosse. »Das ist doch vollkommen unbegreiflich.«

Darüber herrschte Einigkeit am Tisch. Olivia sah Mette an.

»Du hast Sorin nicht gesagt, warum du nach dieser Organisation gefragt hast?«

»Nein, ich wollte erst einen Plan haben. Wie wir weitermachen.«

»Ich fahre hin.«

Stiltons Stimme klang überraschend fest, und das sorgte für ein paar Sekunden Schweigen und eine gewisse Verwunderung.

»Und was gedenkst du da zu tun?«, fragte Bosse.

»Mich umhören.«

In Mettes Ohren klang das nicht nach einem besonders überzeugenden Plan. Aber sie wusste, was Tom früher alles zuwege gebracht hatte. Hoffentlich konnte er das immer noch.

»Außerdem ist es möglich, dass der ermordete Junge auch aus Bukarest stammt«, fuhr Stilton fort. »Wenn er tatsächlich ein Rom ist. Ich nehme die Fotos mit und werde an Ort und Stelle herumfragen. Ich denke, das ist momentan unsere verheißungsvollste Spur.«

Dagegen war nur schwer etwas zu sagen. Außer dem Dolch hatten sie im Prinzip nichts in der Hand.

»Dann fährt Olivia mit«, erklärte Mette mit ihrer speziellen Chefstimme.

Stilton schaute zu Olivia hinüber, Lisa schaute Mette an, die ungerührt fortfuhr:

»Nehmt Kontakt zu Sorin auf, sobald ihr dort seid. Er ist in Ordnung. Zuverlässig. Ihr könnt ihm alle Infos über den Mord geben. Wenn sich herausstellt, dass es Verbindungen zu dieser Vereinigung gibt, werden wir seine Hilfe brauchen.«

Eine Stunde später betrat Mette ihr Büro und ließ sich hinter dem Schreibtisch auf den Stuhl sinken. Die Entscheidung, jemanden nach Bukarest zu schicken, war schnell gefallen, aber sie war das einzig Richtige. Die Ermittlungen kamen einfach nicht voran. Gerade wollte sie Mårten anrufen und fragen, ob es nicht etwas Leckeres gab, was man in einer halben Stunde aufwärmen konnte, da klopfte es an die Tür.

»Herein.«

Lisa stand in der Tür. Mette ahnte, was nun kommen würde, und bat Lisa, sich doch zu setzen, aber sie wollte lieber stehen.

»Ich arbeite jetzt seit sechs Jahren mit dir zusammen«, erklärte sie mit kontrollierter Stimme. »Warum ist es so selbstverständlich, dass Olivia mitfährt?«

»Weil Tom und Olivia sich sehr gut kennen.«

»Ist das der einzige Grund?«

»Welchen sollte es noch geben?«

»Ich weiß es nicht.«

»Hast du den Eindruck, ich ziehe Olivia vor?«

»Manchmal wirkt es schon so.«

Mette betrachtete Lisa und beugte sich ein wenig vor.

Lisa, ich möchte eine Sache klarstellen. Du bist mir unterstellt. Du gehörst zu einem Ermittlerteam, dessen Chef ich bin. Wenn du meine Entscheidungen in Frage stellst, zum Beispiel die, wem ich welchen Auftrag erteile, dann solltest du mein Team vielleicht lieber verlassen.

Hätte sie sagen können, mit Fug und Recht, doch sie ließ es sein. Stattdessen sagte sie:

»Ich verstehe, was du meinst. Willst du dich nicht doch setzen?«

Lisa zögerte, lange genug, um die Tür ins Kreuz zu bekommen. Sten Rying wollte hereinkommen.

»Hei!«, begrüßte er Mette. »Ich habe gehört, dass du noch hier bist, hast du eine Minute Zeit?«

»Ja.«

Lisa war schon auf dem Weg hinaus, als Mette sagte:

»Ich möchte, dass du bleibst.«

Lisa zögerte, zog dann aber die Tür nach innen zu, während Rying sich auf den Stuhl setzte, den Lisa abgelehnt hatte. Man sah ihm an, dass er aufgeregt war.

»Es ist uns gelungen, minimale Spermaspuren an dem Jungen in der Grube zu identifizieren.«

Diese Information ließ er ein paar Sekunden lang sacken, bevor er fortfuhr:

»Ich denke, ich brauche nicht ins Detail zu gehen, wie und wo wir sie gefunden haben.«

»Danke, nein«, sagte Mette. »Reicht es für eine DNA?«

»Ich denke schon.«

»Dann ist das Opfer also einem sexuellen Übergriff ausgesetzt gewesen, bevor es ermordet wurde?«, fragte Lisa.

»Davon muss man wohl ausgehen«, antwortete Rying. »Aber es muss nicht ein und dieselbe Person gewesen sein. Mörder und Vergewaltiger, auch wenn das natürlich sehr naheliegend ist. Wir werden das Sperma sowohl mit Lärnfors' als auch mit den Hautresten unter den Nägeln des Jungen vergleichen.«

»Gut«, sagte Mette und blickte Rying hinterher, als er das Büro verließ.

Endlich setzte sich Lisa auf den Stuhl. Die Frauen sahen sich an.

»Dann war es also ein Pädophiler, der den Jungen ermordet hat?«, fragte Lisa.

»Es scheint so, ja.«

»Aber Lärnfors' DNA stimmte doch nicht mit den Hautfetzen überein?«

»Nein, aber vielleicht stimmt sie mit dem Sperma überein. Vielleicht waren sie zu zweit? Ruf bitte in der Abteilung für Kinderpornographie an, die sollen überprüfen, ob es andere bekannte Pädophile in der näheren Umgebung gibt, die sich im selben Netzwerk wie Lärnfors herumtreiben.«

»In Ordnung.«

Lisa stand auf und verließ den Raum. Mette blieb grübelnd sitzen. Plötzlich war »Der Dolch ist heilig« möglicherweise nicht mehr die einzig denkbare Spur. Sie holte ihr Handy heraus.

*

Stilton bot Olivia an, sie nach Hause zu fahren. Sie wohnten momentan nicht mehr als zehn Minuten voneinander entfernt, es war also keine große Sache.

Olivia war in die Högalidsgatan 42 gezogen, eine Eigentumswohnung mit zwei Zimmern. Maria, ihre Mutter, hatte sie gekauft, nachdem sie sich in einen Polizisten verliebt und in sein Haus in Lidingö gezogen war, um im gleichen Zug Olivias Elternhaus in Rotebro zu verkaufen.

Sicher, die Nebenkosten und die monatliche Rate brachten Olivia jeden Monat finanziell an ihre Grenzen, aber das war ihr egal. Sie hatte den Mustang in Marias neue Garage in Lidingö gestellt, weil er zu teuer im Unterhalt war, und für große Ausschweifungen blieb auch kein Cent mehr übrig.

Dafür hatte sie jetzt eine eigene Wohnung.

Endlich.

Der Mazda schlängelte sich durch Baustellen und Absperrungen Richtung Söder. Nach Mettes Entscheidung, Tom nach Bukarest fahren zu lassen, hatte Olivia nicht mehr viel gesagt, zumindest in Mettes Gegenwart. Aber sie hatte auch nichts gegen die Fahrt einzuwenden. Früher war die Situation zwischen Tom und ihr mal ganz anders gewesen, aber das war inzwischen Geschichte. Oder verarbeitet. Heute schätzte sie Tom, in vielerlei Hinsicht, und sie freute sich darauf, ihn in seiner Rolle als

Mordermittler besser kennenzulernen. Hautnah sozusagen. Schließlich war er das bereits gewesen, als er noch mit ihrem Vater zusammengearbeitet hatte.

Sie war sich voll darüber im Klaren, wie Lisa reagieren würde, das hatte sie ihr schon in dem Moment angesehen, als Mette ihre Entscheidung getroffen hatte. Aber das war nicht Olivias Problem. Denn zog man ihre Beziehung zu Tom in Betracht, dann war es nur natürlich, dass die Wahl auf sie gefallen war. Und sie war sich ziemlich sicher, dass Tom ähnlich darüber dachte. Er hatte nichts gegen Lisa, ganz im Gegenteil, sie wusste, dass er Lisa und ihre Arbeit schätzte. Aber er hätte sich wahrscheinlich nicht so wohl gefühlt, wenn Mette sich für Lisa entschieden hätte. Oder für Bosse. Tom war kein soziales Kuscheltier.

»Ein Glück, dass sie dich gebeten hat, mitzufahren«, sagte er, als könnte er ihre Gedanken lesen.

»Mette entscheidet nichts nur mal so. Letztens hat sie Lisa und mich ein Doppelzimmer in Växjö teilen lassen.«

Stilton musste laut lachen. In Olivias Gegenwart konnte er sich wirklich entspannen. Sie hatten Situationen durchgestanden, in denen alles schiefgegangen war. Ihre Beziehung war dabei kaputtgegangen, aber irgendwann waren sie beide bereit gewesen, sie zu kitten. Mittlerweile war das meiste zwischen ihnen geklärt. Außerdem vertraute er Olivia als Kollegin. Sie konnte ab und zu übers Ziel hinausschießen, aber sie besaß eine Zivilcourage, die er nur bewunderte. Wenn es drauf ankam, hatte sie überhaupt keine Angst.

Und genau das war in Bukarest vielleicht nötig.

»Hast du inzwischen einen neuen Freund?«, fragte er eigentlich nur, um das Thema zu wechseln.

»Nein.«

Olivia schaute durchs Seitenfenster hinaus. Ein Radfahrer mit schwarzem Rucksack und blauem Helm kämpfte mit dem Gegenwind. Der vielleicht? Könnte der interessiert sein an einer weiblichen Kriminalpolizistin mit Eigentumswohnung und gutem Aussehen? Nichtraucherin? Nein, sie hatte keinen neuen Freund und auch keine Pläne, sich einen anzuschaffen. Es gefiel ihr, den Tag ganz allein gestalten zu können. Über sich und ihren Körper selbst zu entscheiden und das zu tun, wozu sie Lust hatte. Wenn Mette nicht gerade beschloss, sie nach Bukarest zu schicken, um »sich dort umzuhören« unter schwerkriminellen Typen. Doch das gehörte zu ihrem Job dazu.

»Willst du noch auf einen Sprung mit aufs Schiff?«, fragte Stilton, als sie den Söder Mälarstrand erreichten.

»Brauchst du Hilfe beim Windeln wechseln?«

»Das Baby ist ausgezogen. Jetzt ist nur noch Fadi da.«

»Wer ist das? Der kleine Junge?«

»Ja, der klebt die ganze Zeit an mir.«

Und du hast sicher nichts dagegen, dachte Olivia. Sagte jedoch: »Nein, ich möchte nach Hause. Ich muss noch einiges erledigen, bevor wir fahren, und gucken, ob der Pass noch gültig ist, aber grüß Luna von mir.«

Stilton nickte und bog ab auf die Hornsgatan. Da rief Mette an und informierte sie über Ryings Erkenntnisse hinsichtlich des Spermas und dass der Mörder vermutlich ein Pädophiler war, eventuell aus dem selben Netzwerk, in dem sich Lärnfors herumgetrieben hatte.

Was Stiltons Erwartungen hinsichtlich der bevorstehenden Reise etwas dämpfte.

Sie waren an vielen Schildern mit merkwürdigen Namen vorbeigefahren. Hölö. Tystberga. Runtuna. Auf dem letzten hatte Gransta gestanden. Nach diesem Ort waren sie in einen dichten dunklen Nadelwald eingetaucht. Vorhin am Bahnhof hatte man sie mit einem Lieferwagen zu einem Rastplatz gebracht, und dort waren sie von diesem Fahrzeug abgeholt worden, einem großen weißen Campingbus mit grauem Aufbau. Der Mann hinterm Steuer hatte sich als Felix vorgestellt. Er war einer von denen, die die »Erstaufnahmeunterkunft« leiteten, wie er sie nannte. Dort wartete noch eine Partnerin, die anscheinend Maria hieß.

Gowon biss von seinem Käsebrot ab. Es war ihm gelungen, sich in dem weißen Zelt am Hauptbahnhof mehrere unter den Pullover zu schieben. Weder er noch Akin hatten etwas gegessen, seit sie sich in den Zug gesetzt hatten, sie waren völlig ausgehungert. Jetzt schlief Akin auf dem Sitz neben ihm, den Kopf gegen die Fensterscheibe gelehnt. Wenn ein Loch in der Straße ist, schlägt er sich den Kopf am Fenster und kriegt eine Beule, dachte Gowon und musste schmunzeln. Er war hellwach. Er kaute sein Brot und schaute den Mann hinterm Lenkrad an. Ein Schwede. Er wusste nicht viel über die Schweden und ihr Land. Auf der langen Reise hierher hatte er so einiges gehört, dass es hier kälter als Eiswürfel sein sollte und auf dem Boden weißer Schnee läge. Alles Quatsch, dachte er, hier lag kein bisschen Schnee auf dem Boden. Nur kalt war es tatsächlich. Er zog die Decke, die

Felix ihm gegeben hatte, dichter um sich und schaute wieder zu dem Fahrer. Schweden sind nett, das hatte er immer wieder auf seiner Reise gehört. Ein bisschen dumm, aber nett. Warum sie dumm sein sollten, darauf hatte er keine Antwort bekommen. Vielleicht konnte man sie leicht reinlegen? Felix sah gar nicht so dumm aus. Ihn konnte man sicher nicht so leicht reinlegen.

»Wir sind bald da!«

Felix hatte sich zu ihnen umgedreht und nickte zur Straße hin. Gowon schob die Wolldecke weg und zog sich hoch. Weiter vorn sah er zwischen den Bäumen einen Lichtschein.

Er stieß Akin an der Schulter an, ohne dass etwas passierte.

»Wach auf«, sagte er.

Akin rührte sich nicht. Gowon beugte sich zu ihm hinunter und riss ihm die schwarze Mütze vom Kopf. Da wachte Akin auf und schlug reflexmäßig mit dem Arm nach Gowons Kopf. Fast hätte er ihn getroffen.

»Verdammter Idiot«, flüsterte Gowon. »Wach auf! Wir sind da!«

Akin rieb sich die Augen, schnappte sich seine Mütze und drückte sie wieder auf das schwarze krause Haar. Er war sechzehn und seit fast einem Jahr auf der Flucht. Und jetzt behauptete Gowon, dass sie da seien. Was sollte das denn heißen? Er drückte sich wieder gegen die Scheibe und hörte Gowon seufzen.

Der Campingbus fuhr auf einen breiten Kiesweg, der zu dem Licht führte, das sie gesehen hatten. Es stammte von verschiedenen Lampen an dem größeren Wohnhaus und erhellte den großen Platz davor. Sie hielten direkt vor dem Haus an, einem älteren Mehrfamiliengebäude aus Holz, rot gestrichen, mit weißen Sprossenfenstern. Rechts davon lag ein kleinerer Anbau, auch aus Holz, und noch ein Stück weiter war ein graues Steinhaus zu erkennen.

Gowon war in dem Wagen ein Stück nach vorn gerutscht, um hinauszuschauen. Er war neugierig. Und er hatte keine Ahnung, was das für ein Ort war, nur, dass sie hier eine Weile wohnen sollten, bis sie woanders hingebracht würden. Als der Wagen hielt, ließ er einen leisen Freudenschrei hören. Das große Gebäude da draußen war nicht der Grund dafür, sondern das, was links davon lag. Ein kleiner Fußballplatz mit zwei Toren. Gowon liebte Fußball. Er trug ein blaues Fußballtrikot mit der Ziffer 12 drauf. Ein Chelsea-Trikot. Auf dem Rücken stand MIKEL. Sein großes Idol. John Obi Mikel war einer von Nigerias besten Fußballexporten und spielte in der Premier League. Gowon hatte ihn oft daheim in Izghe im Fernsehen gesehen.

»Die haben einen Fußballplatz hier!«

Gowon zerrte Akin fast hoch und zeigte nach draußen. Akin nickte. Er teilte Gowons Leidenschaft für Fußball nicht, er interessierte sich für ganz andere Dinge.

Die Wagentür ging auf, und Felix gab den beiden Jungs zu verstehen, dass sie aussteigen sollten. Gowon sprang als Erster raus. Er war fast schon auf dem Weg zum Fußballplatz, als eine schöne dunkelhaarige Frau aus dem Gebäude kam und ihn begrüßte:

»Herzlich willkommen!«

Das muss diese Maria sein, dachte Gowon und wusste nicht, ob er zu ihr gehen und sie begrüßen sollte. Er wusste nicht, wie man sich in diesem Land verhielt. Aber Maria zeigte ihm, wie es ging. Sie kam auf Gowon zu, gab ihm einen leichten Kuss auf die Wange und brachte ihn dadurch zum Lachen.

Er war zwar erst siebzehn Jahre alt, aber hochgeschossen und breitschultrig, mit markanten, schönen Gesichtszügen. Seine Augen wurden von kräftigen schwarzen Wimpern eingekreist.

»Du bist aber groß«, sagte Maria und trat einen Schritt zurück, um ihn sich genauer anschauen zu können. »Bist du Akin?«

»Nein, das ist der Kleine hier.«

Wieder lachte Gowon und nickte in Akins Richtung, der gerade aus dem Auto stieg. Akin war klein und mager, was nicht nur an den Umständen und der schlechten Ernährung lag, er war eben ein sehr dünner Junge. Als Maria ihm auch einen Kuss auf die Wange geben wollte, wich er zurück.

»Kommt rein!«, sagte sie und ging voran zu der großen offenen Holztür.

Auf einem bemalten Holzbalken über der Tür stand GLÜCKSNEST.

Maria hatte Kerzen angezündet und den Tisch in der großen Bauernküche gedeckt. Sie ging davon aus, dass die neuen Gäste ausgehungert waren. Es gab Fleisch und Fisch und Gemüse. Und Brot, Käse, Schinken. Und Kartoffeln. Mitten auf den Tisch hatte sie Karaffen mit Wasser und Saft gestellt.

Gowon nahm sich von so ziemlich allem etwas. Und das nicht nur einmal. Maria freute sich über seinen Appetit. Akin nahm nur etwas Brot.

»Willst du nicht den Fisch probieren?«, fragte Maria ihn.

Akin schüttelte kaum erkennbar den Kopf.

Felix hatte den Campingbus ein Stück weiter geparkt und kam nun auch in die Küche. Er stellte sich an eine Wand und betrachtete die Jungs.

»Du spielst also gern Fußball?«, fragte er Gowon.

»Yes!«

»Dann werde ich morgen einen neuen Fußball besorgen. Mit dem, den wir hier haben, kann man kaum noch spielen.«

Gowon streckte den Daumen in die Höhe, während er sich ein weiteres Butterbrot in den Mund schob. Wieder Fußball spielen? Wie lange war das her? Er schenkte sich noch etwas von dieser roten Flüssigkeit ein, die richtig gut schmeckte, und bemerkte im Augenwinkel, wie Maria ihn betrachtete. Er drehte sich ein wenig zur Seite und schaute ihr direkt in die Augen, bis sie wegguckte. Doch das genügte. Er hatte etwas in ihrem Blick gesehen, und zwar nicht zum ersten Mal.

»Wollt ihr sehen, wo ihr hier wohnt?«

Auch Felix hatte diesen Blick gesehen. Mit der Hand gab er zu verstehen, dass Gowon und Akin die Küche verlassen sollten.

Auf dem Weg hinaus erklärte Gowon ihm, dass Nigeria zu den ganz Großen im afrikanischen Fußball zählte. Was Felix wusste. Er wusste auch, dass es einige nigerianische Spieler in schwedischen Mannschaften gegeben hatte. Gowon lachte, als er das hörte. Er hatte nicht gewusst, dass es in Schweden fußballspielende Landsmänner von ihm gab. Dieses Land gefiel ihm immer besser.

Akin folgte den beiden.

Gemeinsam gingen sie zu dem kleineren Anbau auf dem Hof. Felix zeigte ihnen alles. Im ersten Stock gab es vier kleinere Schlafzimmer und einen größeren Gemeinschaftsraum. Sie konnten sich aussuchen, ob sie zusammen in einem Zimmer mit Etagenbetten schlafen wollten oder jeder lieber ein eigenes Zimmer bevorzugte. Die Jungs entschieden sich für den gemeinsamen Raum.

»Hier gibt es Videospiele«, sagte Felix, als sie zurück in den Gemeinschaftsraum gingen, in dem ein großes, durchgesessenes Sofa an der einen Wand stand und ein Bücherregal neben einem Flachbildschirm. Auf den zeigte Felix. Weder Gowon noch Akin hatten bisher besonders häufig Videospiele gespielt, aber sie wussten, was das war, und Gowon gefiel es hier immer besser. Er setzte sich aufs Sofa, eigentlich nur zum Probesitzen, und da sah er hinter Felix das Mädchen in der Tür stehen. Ein kleines, zartes Mädchen, die Haare auffallend kurz geschnitten. Sie ließ die Arme an den Seiten hinunterhängen.

»Hallo!«, sagte Gowon.

Felix drehte sich zu dem Mädchen in der Tür um.

»Das ist Tara. Sie kommt aus Afghanistan. Sie hat das Zimmer ganz hinten. Und sie ist gut im Videospielen.«

Felix lächelte, er sah, wie Akin Tara ansah.

»Ihr seid bestimmt hundemüde und wollt euch erst einmal schlafen legen«, sagte Felix. »Gleich rechts von der Haustür gibt es unten Dusche und Toilette. Da findet ihr auch Seife, Zahnbürsten und Handtücher. Und morgen könnt ihr schlafen, so lange ihr wollt. Na, dann erst einmal gute Nacht!«

Felix ging nach unten zur Haustür und verschwand. Tara blieb einfach stehen, wo sie war. Gowon stand vom Sofa auf und sagte an sie gerichtet:

»Ich heiße Gowon und komme aus Nigeria. Der da, der nichts sagt, der heißt Akin. Wir sind gerade erst angekommen. Bist du schon lange hier?«

Als Tara sich wortlos umdrehte und wegging, wusste er nicht, ob sie nun eigentlich Englisch verstand oder nicht. Aber dieser Felix hatte sie ja auch auf Englisch angesprochen. Na, auch egal. Gowon drehte sich zu Akin um und nickte zum Flur hin.

Sie krochen in ihre Etagenbetten. Gowon unten. Er musste nachts oft pinkeln und wollte dann nicht noch runterklettern müssen. Akin rollte sich oben auf dem Bett zusammen. Eine ganze Weile lagen sie schweigend da. Doch gerade als Gowon kurz davor war, in den Schlaf zu fallen, hörte er Akins dünne Stimme von oben.

»Was machen wir hier?«

Gowon seufzte leise, drehte sich um und schaute nach oben.

»Wir überleben. Hast du das vergessen?«

»Und was machen wir dann?«

»Wir werden Schweden.«

Es vergingen ein paar Sekunden, bevor Gowon laut auflachte.

»Du wirst Schwede!«, lachte er. »Ich werde Schwede!«

»Ich werde niemals Schwede. Manghoru!«

Gowon reagierte sofort, wurde ernst. Er stand auf und stellte sich vor Akins Bett. Der hatte sich mit dem Gesicht zur Wand gedreht. Gowon legte ihm vorsichtig eine Hand auf die nackte Schulter.

»Du musst nicht Schwede werden. Du bist Akin. Du musst nur eine Weile hier leben.«

Gowon wusste, er war derjenige, der gezwungen war, Akin bei Laune zu halten. Er war der Ältere. Ein Jahr älter als Akin. Unter gewissen Umständen war das ein großer Unterschied. Er wusste, dass Akin auf einem gefährlichen Grat balancierte. Er war auf der Flucht schon einige Male zusammengeklappt. Das letzte Mal in dem großen Flüchtlingslager bei Calais. Plötzlich war er von seinem Kartonlager aufgestanden, hatte direkt in die Sonne geschaut und wollte über eine Kaimauer treten. Mithilfe einiger bekiffter Somalier hatte Gowon ihn gerade noch zurückhalten können.

Ihm war klar, dass Akin viel zerbrechlicher war als er. Er selbst hatte einen Entschluss gefasst und war bereit, alles dafür zu tun. Welche Alternative hatte er denn? Zurück in die Hölle oder vorwärts schauen? Weißer Schnee auf dem Boden – wenn es nichts Schlimmeres gab!

Das konnte er ertragen.

Er war einer, der überlebte.

Er hatte betrogen, wenn er es musste, und geklaut, wenn sich die Gelegenheit bot. Keine großen Sachen, meistens Handys, Dinge, die man unterwegs oder beim nächsten Lager oder Zollamt verticken konnte. Und dann hatte er Akin mitgeschleppt.

Seinen Bruder im Geiste.

Jetzt zog er die dicke Bettdecke über Akins dünne Schultern und strich ihm vorsichtig über den Kopf.

»Das wird schon gut gehen«, flüsterte er.

Und kroch zurück in sein eigenes Bett. Das Letzte, was er von oben hörte, waren die leisen Worte:

»Tara ist süß.«

Sie kamen in einem kleinen, aber sauberen Hotel nördlich von Bukarests Altstadt unter, Hotel Moxa, zwei Einzelzimmer im dritten Stock. Was Olivia zu schätzen wusste. Stilton drehte eine Runde und entdeckte, dass es eine kleine, aber gemütliche Bar hinter der Rezeption gab, als Rückzugsort, und Olivia stellte fest, dass es einen Haartrockner in ihrem Zimmer gab. Nicht, dass sie besonders eitel war, aber sie ging davon aus, dass es morgens schon mal hektisch werden konnte, und sie wollte nicht mit langen nassen Haaren durch Bukarests Straßen laufen.

Jetzt saßen sie in einem gelben Taxi mit einem Kette rauchenden Fahrer, der behauptete, Bukarest sei die schönste Stadt Europas. Vielleicht ein bisschen übertrieben, denn die Häuser, die vorbeihuschten, waren nichtssagend, grau und teilweise verfallen. Sicher gibt es auch schönere Viertel, dachte Olivia. Ein paar Minuten später bogen sie tatsächlich auf einen beeindruckenden Boulevard mit großen Wasserfontänen in der Mitte und Reihen schöner Hausfassaden ab. In der Ferne glitzerte ein Fluss. Die Gegensätze waren krass.

Keiner von beiden war vorher schon einmal in Bukarest gewesen. Stilton hatte Anfang der Neunziger einmal eine Arbeitswoche in Timisoara verbracht. Die rumänische Polizei hatte Hilfe benötigt beim Aufbau neuer Routinen nach dem Ende des Kommunismus, doch bis in die Hauptstadt hatte er es nicht geschafft.

Aber jetzt war er hier, auf dem Weg, Sorin Bratianu zu treffen.

Der Kommissar hatte vorgeschlagen, sich an einem öffentlichen Ort zu treffen, in einem Straßencafé am Gara de Nord, dem großen Bahnhof mitten in der Stadt. Bestimmt gab es gute Gründe dafür, dachte Stilton.

»Ich bin gegen elf Uhr dort«, hatte er gesagt.

Vor dem Bahnhof wurden Bauarbeiten durchgeführt, Teile des Vorplatzes waren mit roten Gattern abgesperrt, also musste das Taxi ein Stück entfernt halten. Sie stiegen aus dem nikotinstinkenden Fahrzeug aus und gingen in die Richtung, die der Fahrer ihnen zeigte. Es war nicht besonders weit, genügte aber, um einiges an Zigarettenrauch aus den Klamotten zu lüften. Beide trugen leichte Sachen, die Temperatur war immer noch angenehm hier. Sie betraten das Café und schauten sich um. Sie hatten kein Foto und keine Beschreibung von Bratianu bekommen. Ein Polizeibeamter in den höheren Rängen. War es schwer, so jemanden zu erkennen? Sehr schwer, wie sich herausstellte. So schwer, dass sie wohl zehn Minuten lang in dem gut besuchten Lokal hin und her liefen und nach ihm Ausschau hielten. Warum machte er sich nicht bemerkbar?, fragte Olivia sich nach einer Weile. Er weiß doch, dass wir zu zweit sind, ein Mann und eine Frau, aus Schweden. Die hier zwischen den Tischen umherirren. Warum gibt er sich nicht zu erkennen?

Er hatte seine Gründe.

Die erfuhren sie, als sie kurz davor waren aufzugeben und das Café gerade verlassen wollten. Ein dürrer Kellner tauchte plötzlich vor ihnen auf und flüsterte:

»Swedish?«

»Ja«, anwortete Stilton leicht irritiert. »Sehr Swedish. Sind Sie Bratianu?«

Der Kellner verzog keine Miene. Er machte eine Geste nach

links, die bedeuten sollte »Folgen Sie mir«. Also liefen sie dem Kellner zwischen diversen Tischen hindurch hinterher und gelangten zu einem Platz am Ende des Lokals. Ein Platz, an dem sie mindestens schon zwei Mal vorbeigegangen waren. Dort saß ein Mann in einem verwaschenen schwarzen T-Shirt und mit einer grauen abgegriffenen Baseballkappe. Mittleren Alters, mit einem zerknautschten Mund und einem ungepflegten Schnurrbart unter der Nase. Vor ihm standen zwei leere Gläser Milchshake.

»Bratianu?«, fragte Stilton.

Der Mann nickte und zeigte auf zwei leere Stühle ihm gegenüber. Sie setzten sich gleichzeitig, während der Kommissar sich vorbeugte und sie mit Handschlag begrüßte.

»Sorin.«

»Tom Stilton.«

»Und Sie sind Olivia Rönning?«

»Ja.«

Sorin lehnte sich wieder zurück.

»Ich habe eine Weile gebraucht, um sicherzugehen, dass Ihnen niemand gefolgt ist«, erklärte er mit weicher, warmer Stimme.

»Warum sollte das jemand tun?«

»Weil das hier Bukarest ist. Sie sind auf dem Flugplatz gelandet, durch den Zoll gegangen, mit einem Taxi ins Hotel gefahren und haben dort mit dem Portier gesprochen. Und Sie sind Polizeibeamte.«

Sorin zuckte leicht mit den Schultern.

»So was spricht sich hier schnell herum.«

Er lächelte, ein Lächeln, das Olivia als eine Art Entschuldigung deutete. Sorin winkte leicht mit einer Hand, worauf der magere Kellner wie aus dem Nichts auftauchte.

»Was möchten Sie trinken?«, fragte er. »Kaffee?«

Stilton hatte bereits im Hotel Kaffee getrunken, und Olivia wollte lieber Wasser. Der Kellner unterstrich die magere Bestellung mit einem langen, müden Blick hinüber zu den Bauarbeiten, hin zu der Reihe Prostituierter, die sich ein Stück vom Bahnhof entfernt positioniert hatten. Ein kurzes Fingerschnippen von Sorin ließ den Mann wieder zwischen den Tischen verschwinden.

»Habt ihr euch schon umsehen können?« Sorin richtete seine Frage an Olivia.

»Nein.«

»Bukarest ist eine ziemlich, ja, wie soll ich sagen, eine ziemlich komplexe Stadt.«

»Inwiefern?«

»Hier gibt es alles und nichts. Wenn ihr herumlauft, werdet ihr merken, dass nur wenige Schritte zwischen Überfluss und Elend liegen. Exklusive Markenboutiquen befinden sich Wand an Wand mit Abrisshäusern. Das führt natürlich schnell zu Spannungen.«

Schön und gut, aber du arbeitest doch nicht im Touristikbereich, dachte Olivia.

»Es gibt Gegenden in Bukarest, auf die wir nicht gerade stolz sind«, fuhr der Kommissar fort.

»Na, die gibt es wohl in allen Städten«, erwiderte Olivia.

»Sicher. Aber vielleicht nicht so etwas wie Ferentari.«

Sorin führte seine Bemerkung nicht weiter aus, also versuchte Stilton, zum Thema zu kommen.

»Der Dolch ist heilig«, sagte er sehr leise. »Erzählen Sie uns davon.«

Sorin lächelte.

»Vielleicht sollten wir der Reihe nach weitermachen. Olsäter war nicht besonders ausführlich am Telefon. Warum wollt ihr wissen, was ihr wissen wollt?«

Eine berechtigte Frage.

Also nannten Stilton und Olivia ihm die wichtigsten Informationen. Mette hatte gesagt, er sei ein guter, verlässlicher Kontakt, also gab es keinen Grund, etwas zu verbergen. Das Einzige, was sie nicht erwähnten, war Ryings Spermafund auf dem Körper. Momentan hielten sie es nicht für nötig. Stilton beendete seinen Bericht, indem er zwei Bilder herausholte, ein Foto mit dem Gesicht des Opfers und eins vom Dolch. Mit der Inschrift.

Sorin hatte während Toms Bericht geschwiegen. Ein paar Mal schielte er zu den anderen Tischen hinübert, einige Male schob er seine Baseballkappe nach hinten, um sie gleich wieder nach vorn zu ziehen. Jetzt schaute er sich die Bilder an, die vor ihm lagen. Um den Informationen Gewicht zu verleihen, legte Stilton noch ein Foto daneben, auf dem das Opfer in der Grube im Wald lag. Sorin betrachtete auch dieses Bild.

»Zehn, elf Jahre alt?«, fragte er.

»Kommt ungefähr hin. Wir wissen es nicht genau. Das Gesicht – kommt es Ihnen vielleicht bekannt vor?«

»Nein.«

»Wir haben überlegt, ob er ein Rom sein könnte.«

Sorin studierte noch einmal das rekonstruierte Gesicht.

»Könnte sein. Und das hier ist die Mordwaffe?«

Sorin zeigte auf den Dolch.

»Ja«, bestätigte Olivia. »Sehen Sie die Gravur?«

»Pumnalul ala e sacru.«

Sorin sprach die Worte langsam aus und ließ dann einen leisen Seufzer vernehmen, während er sich am Schnurrbart kratzte. Und überlegte. Wieso befand sich dieser Dolch an einem Tatort weit weg von hier, in Schweden?

»Sind Fingerabdrücke drauf?«, fragte er schließlich.

»Nein. Nur Blut von dem ermordeten Jungen.«

Wieder nickte Sorin, schob die Kappe nach hinten und sah ein, dass er jetzt an der Reihe war.

»Es gibt einige schwerkriminelle Gruppierungen in Bukarest, mit Verzweigungen im ganzen Land«, erklärte er. »Die mächtigste nennt sich ›Der Dolch ist heilig‹. Warum sie ausgerechnet diesen Namen gewählt haben, ist unklar. Das kann religiöse Ursachen haben, oder aber auch nicht.«

»In welchen Geschäftsbereichen sind sie aktiv?«, fragte Stilton.

»In so gut wie allen. Drogenhandel und Menschenhandel, Waffenschmuggel, Erpressung. Der gemeinsame Nenner ist schonungslose Gewalt. In ihrer Welt ist Mord eine Bagatelle. Bitte behaltet das immer im Kopf.«

»Wie meinen Sie das?«

»Ihr seid nicht als Touristen hier.«

Sorin hatte vollkommen Recht. Sie waren hier, um Informationen zu beschaffen, die dabei helfen sollten, den Mord an einem Kind in Småland aufzuklären. Einen Mord, der möglicherweise in Verbindung stand zu Leuten, für die Mord eine Bagatelle war. Also war seine Warnung mehr als gerechtfertigt. Sie würden es im Kopf behalten.

Anschließend berichtete Sorin ihnen, was er über »Der Dolch ist heilig« wusste, ihren Aufbau und ihre Verzweigungen. National und international. Stilton notierte sich einiges auf seiner Serviette. Als Sorin fertig war, fragte Olivia:

»Sie haben Mette Olsäter gegenüber den Namen Mihai Stelea erwähnt. Ist er der Anführer der Organisation?«

»Ja.«

Sorin schaute plötzlich Olivia direkt in die Augen, und

dieser Blick löste bei ihr auf der Stelle Unbehagen aus. Sie wandte sich Stilton zu, um das Gefühl abzuschütteln.

»Sie haben nicht zufällig ein Foto von ihm?«, fragte Stilton, der Olivias Reaktion registriert hatte.

Sorin zögerte ein paar Sekunden lang, als überlegte er, ob er den schwedischen Kollegen überhaupt einen Gefallen tat, wenn er sie weiter in diese Welt einwies. Steleas Welt. Dann zog er ein Foto aus der Gesäßtasche heraus. Ein kleines, zerknittertes Foto. Bevor er es auf den Tisch legte, sah er sich wieder ein paarmal blitzschnell um. Stilton und Olivia beugten sich vor. Ein Schwarz-Weiß-Foto. Nach Sorins Information über »Der Dolch ist heilig« und ihre brutale Vorgehensweise hatten sie wohl etwas anderes erwartet. Vor allem Olivia, nach Sorins Blick, der vieles angedeutet hatte.

»Das ist Stelea?«, fragte Stilton, den Blick unverwandt auf das Foto gerichtet.

»Ja«, sagte Sorin. »Sind Sie überrascht?«

Und wie, genauso wie Olivia. Das Foto, das vor ihnen lag, zeigte einen Mann mittleren Alters mit akkuratem Haarschnitt und einer Hornbrille, etwas auseinanderstehenden Augen und leicht schiefem Mund. Er erinnert an Svennis, den Fußballtrainer, dachte Stilton.

»Er sieht nicht gerade angsteinflößend aus«, sagte Olivia.

»Absolut nicht«, bestätigte Sorin mit einem Lächeln. »Es gibt diese vulgären Ganoven, mit protzigem Palast und wilden Tieren im Garten, Rolex-Uhren in Gold und weißen Stretchlimousinen. Und dann haben wir Stelea. Säße er hier mit am Tisch, wären Sie fasziniert von seinem Charme, seinem Intellekt, seiner gewählten Ausdrucksweise. Er benutzt oft literarische Referenzen, und er liebt die Astronomie, außerdem ist er ein guter Zuhörer.«

»Sie haben ihn schon getroffen?«, fragte Stilton.

»O ja, oft. Er verkehrt häufig dort, wo ich auch verkehre.«

»In offizieller Mission?«

»Nein.«

Stilton musterte Sorin. Der rumänische Polizeibeamte war ihm spontan sympathisch gewesen, einerseits wegen seiner legeren Kleidung, andererseits wegen seiner sachlichen Kommentare. Außerdem vertraute er Mette. Wenn sie der Meinung war, dass Sorin einer der Guten und zuverlässig war, dann war er das auch. Mette beurteilte nur selten den Charakter eines Menschen, ohne dass ihr Fazit Hand und Fuß hatte. Trotzdem irritierte es ihn, dass Sorin offensichtlich Umgang mit dem Boss der gefährlichsten kriminellen Bande in Bukarest pflegte. Aber vielleicht handelte es sich dabei um sogenannte kulturelle Differenzen. Schließlich wusste er nichts über Stelea. Und über Sorin eigentlich auch nicht.

»Können wir es behalten?«, fragte Olivia und streckte die Hand nach dem zerknitterten Schwarz-Weiß-Foto aus.

»Eher nicht.«

»Warum nicht?«

»Ich möchte nicht, dass bekannt wird, woher ihr es habt, falls es in die falschen Hände gerät.«

»Steleas?«, fragte Stilton.

»Ja.«

»Das wird es nicht.«

Stilton und Sorin musterten sich ein paar Sekunden lang. Sorin schien nachzudenken, aber schließlich nickte er und ließ Stilton das Foto einstecken. Dass Mette auch ihm eine Einschätzung der Persönlichkeit ihres schwedischen Kollegen gegeben hatte, half sicherlich dabei.

»Wo hält dieser Stelea Hof?«, fragte Stilton.

»Er taucht überall auf.«

»Hat er keine feste Adresse?«

»Nein.«

Stilton schaute Sorin an und wusste, dass er log. Zumindest hielt er Informationen zurück, und Sorin wusste, dass Stilton es wusste. Aber sie beließen es dabei. Sorin schob Stiltons drei Fotos zu einem kleinen Stapel zusammen.

»Und könnte ich die behalten?«, fragte er.

Stilton nickte. Er hatte mehrere Kopien dabei. Sorin nahm sie in eine Hand.

»Ich lasse von mir hören«, sagte er. »Vielleicht gibt es gewisse Quellen, die Informationen haben, vielleicht auch nicht.«

Nachdem sie ihre Handynummern ausgetauscht hatten, standen Olivia und Stilton auf, schüttelten Sorin die Hand und wollten gerade gehen.

»Letztes Jahr im Herbst fand man nachts einen Säugling, aufgespießt auf einem Eisengitter, ein Mädchen, sie war durch den ganzen Körper aufgespießt, bis zum Schädel. Das Mädchen war die Tochter eines Immobilienhändlers, der hinter diesem gusseisernen Zaun wohnte. Er war den Drogen verfallen, brauchte immer mehr, und zum Schluss schaffte er es nicht mehr, seine Drogenschulden zu bezahlen. An Stelea.«

Sorin schob die Baseballkappe nach hinten und wieder nach vorn, schaute zu Olivia hoch.

»Schon ein bisschen angsteinflößend.«

Sie nahmen ein Taxi zurück zum Hotel. Dieser Fahrer rauchte nicht, dafür versuchte er, ihnen alte Postkarten mit Bukarester Motiven zu verkaufen. Um ihn zum Schweigen zu bringen, kaufte Olivia eine Karte mit dem Foto des Parlamentspalastes, laut dem Fahrer das zweitgrößte Verwaltungsgebäude der Welt, nach dem Pentagon. Danach war er endlich still. Wofür die beiden Schweden dankbar waren. Beide versuchten die Begegnung mit Sorin und die erhaltenen Informationen zu verdauen. Olivia überlegte, ob es vielleicht doch gar nicht so falsch gewesen wäre, wenn Mette Lisa losgeschickt hätte. Der Auftrag hier konnte sich zu wer weiß was entwickeln. Sie kannte Tom und wusste, wie ihm das zerknitterte Foto in der Tasche brannte. Ab jetzt wäre seine gesamte Aufmerksamkeit nur auf Mihai Stelea gerichtet.

Sie hatte Recht.

Allerdings plante Stilton, das Pferd von hinten aufzuzäumen. Er zog sein Handy heraus und rief Sorin an.

»Hei, Sorin«, sagte er. »War ein nettes Gespräch, danke. Sagen Sie, mir ist da noch etwas eingefallen. Könnten Sie uns eine Liste über größere Roma-Clans oder Familien in Bukarest erstellen, die eventuell unser Opfer identifizieren könnten? Wenn es denn ein Rom gewesen ist.«

Was Sorin gern machen wollte.

Solange die Schweden sich damit begnügten, die Identität des ermordeten Jungen herauszufinden, gab es keine Probleme, dachte er.

Eine gute Stunde später mailte Sorin Stilton die Namen diverser bekannter Roma-Familien und -Clans in Bukarest und der näheren Umgebung sowie Adressen, an denen Stilton eventuell Kontakt zu ihnen bekommen könnte, um nach dem toten Jungen zu fragen. Er fügte hinzu, dass es vermutlich eine ziemlich erfolglose Aktion werden könnte. Der Junge, wenn er überhaupt aus Rumänien stammte, konnte ja zu einer Familie aus einem ganz anderen Landesteil gehören. Man schätzte, dass es ungefähr 1,7 Millionen Roma hier gab, auch wenn die offiziellen Zahlen deutlich geringer ausfielen.

Aber da die Mordwaffe mit Personen in Verbindung gebracht werden konnte, die ihre Basis in Bukarest hatten, war es nur logisch, den ersten Versuch hier zu starten, dachte Stilton.

In Absprache mit Olivia beschloss er, einen Taxifahrer für den ganzen Tag anzuheuern. Der könnte sie dann zu den verschiedenen, von Sorin vorgeschlagenen Orten fahren. Als sie das Hotel verließen, wurde gerade ein Taxi frei. Der Fahrer, ein vierundzwanzigjähriger Mann, der gut Englisch sprach und behauptete, er studiere eigentlich Medizin, übernahm den Auftrag gern. Vielleicht war es gelogen, dass er sein Studium mit Taxifahren finanziere, doch das war seine Sache. Er rauchte nicht, und er wollte ihnen keine Ansichtskarten verkaufen. Außerdem roch er angenehm. Stilton hatte ihm kurz erklärt, dass sie einen verschwundenen Roma-Jungen suchten und Hilfe brauchten, um seinen Namen herauszufinden. Dann zeigte er dem Chauffeur die Liste mit Adressen und Gegenden, die Sorin ihm gemailt hatte.

Mehrere Stunden lang fuhren sie kreuz und quer durch die Stadt und befragten ziemlich viele Personen, die alle konsequent den Kopf schüttelten, als ihnen das Bild des Opfers gezeigt wurde. »Keiner von uns«, war die häufigste Antwort, wenn sie denn überhaupt etwas sagten. Denn das taten längst nicht alle. Doch ihr Fahrer, der Grigore hieß, erwies sich als geschickter Dolmetscher und Vermittler. Mithilfe kleinerer Bestechungen in Form von fünf oder zehn Lei brachte er auch die hartnäckigsten Schweiger dazu, wenigstens mit »Keiner von uns« zu antworten. Und da fünf Lei in etwa zehn Kronen entsprachen, hielt sich der Verlust für die schwedischen Ermittler in Grenzen.

Trotzdem biss keiner an.

»Vielleicht sollten wir nach Alexandria fahren? Oder nach Gradinari?«

»Gradinari?«

»Das ist ein Ort außerhalb von Bukarest, dort wohnen einige Roma-Familien.«

Stilton überprüfte Sorins Liste und sah, dass es tatsächlich einige größere Roma-Clans in Gradinari gab. Unter anderem ein großer Familienverband, dessen Oberhaupt Vasilica hieß und sich im ganzen Land weit verzweigt ausgebreitet hatte. Es könnte also einen Versuch wert sein.

»Wo liegt das?«, wollte Olivia wissen.

»Gut eine Stunde Richtung Westen.«

»Dann fahren wir dorthin«, entschied Stilton.

Auf dem Weg aus der Stadt wies Grigore sie auf einige wirklich arme Roma-Viertel hin, die weiter draußen direkt an der Straße lagen. Stilton und Olivia verstanden, was er mit »wirklich arm« meinte, als sie nah daran vorbeifuhren. Nach und nach ging die Bebauung in einfache, zusammengenagelte Holzhäuser oder viereckige Schuppen aus Wellblech über, die Straße wurde immer schlechter und matschiger, und überall standen kleine Gewächshäuser herum. Erwachsene und Kinder saßen am Rand des Straßengrabens und betrachteten die vorbeifahrenden Autos. Ab und zu musste Grigore mageren Pferden ausweichen, die leere Holzwagen hinter sich herzogen, oder Hühnern, die kreuz und quer über die Fahrbahn flatterten.

Ein Stück vor dem Ort Gradinari hielt er an, kurbelte die Fensterscheibe herunter und fragte eine ältere Frau mit einem rotgrünen Kopftuch, ob sie wisse, wo Vasilicas Familie wohne. Die Frau schaute mit schönen grünen Augen, die von Milliarden von Falten eingerahmt waren, in den Wagen hinein. Vermutlich wollte sie sehen, ob uniformierte Männer drinnen saßen. Da dem nicht so war, hob sie eine Hand und zeigte auf eine Seitenstraße. Grigore bedankte sich, kurbelte die Scheibe wieder hoch und fuhr zurück auf die Fahrbahn.

»Angeblich wohnt die Familie ein Stück weiter oben«, erklärte er.

Die Straße war schmal und holprig, und plötzlich wurde sie von einer Geschirrspülmaschine blockiert, die mitten auf der Fahrbahn stand. Hinter der Geschirrspülmaschine – vielleicht war es auch eine Waschmaschine – lag ein großer Tisch hochkant. Grigore hielt an, und allen war klar, dass es hier nur noch zu Fuß weiterging. Also schloss Grigore den Wagen ab, und die drei machten sich auf den Weg. Genau genommen befand sich weiter hinten nur ein einziges richtiges Haus, der Rest waren Schuppen oder merkwürdige Wohnstätten Marke Eigenbau aus Hartfaserplatten und Plastik. Das Haus lag an der Straße, es war zwei Stockwerke hoch und rosa gestrichen. Die meisten Scheiben waren heil und mit bunten Papiersymbolen geschmückt. Auf dem lehmigen Bürgersteig vor dem Haus lag ein großer brauner Teppich, auf dem ein breites Sofa stand. Das Sofa war nicht gerade neu, der Bezug war an mehreren Stellen eingerissen, aber dem stark beleibten Mann nach zu urteilen, der gemütlich in der einen Ecke saß, war es immer noch bequem. Der Mann trug eine rotblaukarierte Pyjamahose mit einem großen Loch am Bein und ein fleckiges weißes Unterhemd. Auf den Kopf hatte er sich eine Pelzmütze gestülpt. Er sah sehr alt aus, aber aus Erfahrung wusste zumindest Grigore, dass er vermutlich deutlich jünger war als die neunzig, die man ihn auf den ersten Blick geschätzt hätte. Sein kräftiger Haarschopf war immer noch schwarz.

»Sind Sie Vasilica?«, fragte Grigore, als alle drei vor dem Sofa angekommen waren.

»Wer will das wissen?«

Der Mann hatte eine überraschend helle Stimme, fast im Falsett, die nicht zu seinem Körperumfang zu passen schien, aber seine Gegenfrage wurde von einem breiten Lächeln begleitet, das zwei Goldzähne entblößte, zu beiden Seiten eines schwarzen Lochs.

»Ich heiße Grigore.«

»Willst du Regenrinnen kaufen?«

»Nein. Ich habe zwei Schweden bei mir, die eine Frage haben.«

Vasilica, denn ganz offensichtlich war er es, betrachtete Stilton und Olivia, besonders Olivia. Als er sich sattgesehen hatte, nickte er Olivia zu und klopfte auf das Sofakissen neben sich. Olivia sah Grigore an.

»Ich glaube, er möchte, dass Sie sich neben ihn setzen.«

Olivia warf Stilton einen schnellen Blick zu, dann setzte sie sich. Nicht so nah, wie Vasilica es sich vielleicht gewünscht hatte, aber zumindest aufs Sofa. Der Alte wandte sich direkt Olivia zu und überraschte alle damit, dass er sie in gepflegtem Englisch ansprach. Fast im Falsett, aber gepflegt.

»Bist du verheiratet?«

»Nein.«

»Wozu hast du dann deine Vagina?«

Olivia starrte Vasilica an. Sie wusste, es war weder der richtige Moment noch der richtige Ort, um das zu tun, was sie am liebsten getan hätte, also biss sie die Zähne zusammen. Genau wie Stilton, der Olivia bereits einige Male auf eine Art und Weise hatte reagieren sehen, die kaum dazu gedient hatte, Informationen zu erhalten. Jetzt überraschte sie ihn, indem sie näher an Vasilica heranrutschte, bis sie fast neben ihm saß.

»Sie haben eine große Familie«, sagte sie freundlich. »Sie müssen viele Töchter haben.«

»Fünf.«

»Sind Sie nett zu ihnen?«

»Die sind alle verheiratet. Die Jüngste hat geheiratet, als sie zwölf war. Sie benutzt ihre Vagina, wie es sich gehört.«

»Haben Sie Enkelkinder?«

»Viele.«

»Auch viele Jungs?«

»Ja. Warum willst du das wissen? Willst du heiraten? Ich kann dich mit zehn meiner Enkelsöhne verheiraten, aber nur, wenn du deine Vagina noch nicht ...«

»Ist eines Ihrer Enkelkinder verschwunden?«, unterbrach Olivia ihn. »Ein Junge?«

»Niemand ist verschwunden.«

Inzwischen hatte Stilton das Foto des ermordeten Jungen herausgeholt und hielt es Vasilica unter die Nase, der bis dahin Stilton noch keines Blickes gewürdigt hatte und daran auch nichts ändern wollte. Also nahm Olivia Stilton das Bild aus der Hand und hielt es dem Alten hin.

»Kennen Sie diesen Jungen?«, fragte sie.

Vasilica beugte sich zu dem Foto vor, und Olivia konnte seinen Atem riechen, der beladen mit Knoblauch und so einigem anderen war.

»Das ist keines von meinen Enkelkindern.«

Vasilica lehnte sich wieder zurück. Olivia nickte und gab Stilton die Kopie zurück.

»Das ist Ionel«, sagte Vasilica.

Alle waren verblüfft, alle bis auf Vasilica.

»Ionel?«, wiederholte Olivia. »Sie erkennen ihn wieder?«

»Ja.«

»Sind Sie sich da ganz sicher?«

»Ja. Er hat in einer Baracke im Norden der Stadt gehaust. Ohne Eltern. Einer der schlimmsten Hühnerdiebe hier in der Gegend. Aber was hätte er auch machen sollen, er war ja gezwungen, sich was zu essen zu besorgen, wie ich immer sage. Er wollte Manele-Sänger werden. Dann ist er verschwunden.«

»Wann war das?«

»Muss ungefähr ein Jahr her sein.«

»Wissen Sie, wohin er verschwunden ist?«, fragte Stilton.

»Wohin verschwinden diese Burschen?«, entgegnete Vasilica, den Blick immer noch ausschließlich auf Olivia gerichtet. »Unten in die Kloaken.«

»Kloaken?«

»Das erkläre ich euch später im Auto«, sagte Grigore.

Olivia wollte gerade aufstehen, als eine Frau in einem weiten, grünweißen wehenden Kleid zum Sofa kam. Sie hatte lockiges schwarzes Haar und hielt Olivia einen kleinen Pappkarton hin. Olivia schaute hinein. Drinnen lagen einige kleine Flicken und ein paar Aufkleber. Olivia überlegte, ob sie einen der Flicken nehmen sollte, als Grigore sagte:

»Sie wird Geld dafür haben wollen.«

Stilton, der sich mit solchen Situation besser auskannte, zog ein Bündel Lei aus der Tasche und legte einen Fünfziger in den Karton. Die Frau blieb stehen, den Karton zum Sofa hin ausgestreckt. Vasilica ließ zum ersten Mal Olivia aus den Augen und schaute Stilton an.

»Was glaubst du, was man für fünfzig Lei kriegt?«, fragte er.

»Eine Regenrinne?«

Vasilica betrachtete Stilton mit ausdrucksloser Miene, und

Grigore sah sich um, ob noch weitere Familienmitglieder in der Nähe waren, männliche Mitglieder, als Vasilica plötzlich laut polternd loslachte. Olivia fürchtete schon, seine Goldzähne könnten in den Pappkarton kullern. Als das donnernde Lachen abebbte, machte Vasilica eine Geste in Stiltons Richtung.

»Ihr seid wirklich witzig«, sagte er. »Geizig mit dem, was ihr habt, und verschwenderisch mit dem, was ihr nicht habt.«

»Und das wäre?«

Vasilica drehte sich zur Seite und tätschelte Olivia die Wange. Sie ließ es geschehen, dann stand sie auf.

»Danke«, sagte sie und ging zum Auto.

Stilton und Grigore folgten ihr.

»Wenn ihr Ionel findet, dann schickt ihn zurück nach Hause, eigentlich ist er doch ein guter Junge!«, rief Vasilica ihnen nach. »Aus dem Leben in Bukarest kommt sowieso nie etwas Gutes heraus!«

Auf dem Rückweg in die Stadt, aus der nie etwas Gutes herauskam, waren alle drei im Auto sich einig, dass es das Barmherzigste war, Vasilica nichts von Ionels Schicksal zu erzählen. Besser, wenn er ihn als armen Hühnerdieb auf den Straßen der Vorstadt in Erinnerung behielt. Stilton hatte Mette bereits kurz nach ihrem Aufbruch angerufen und ihr mitgeteilt, dass sie offenbar die Identität des Opfers im Wald herausgefunden hatten: Ionel, ein Roma-Waise, aufgewachsen in einer Gegend namens Gradinari.

Noch bevor sie wieder in das abendlich beleuchtete Bukarest fuhren, griff Olivia Vasilicas Bemerkung auf, als hinge von ihr der nächste Schritt zur Aufklärung des Schicksals dieses kleinen Hühnerdiebs ab.

»Die Kloaken?«

Olivia wie auch Stilton hatten sich über die erbärmliche Armut und das unfassbare Elend unter den Bettlern und Obdachlosen in Bukarest informiert. Im Vergleich dazu kam einem die Situation der Obdachlosen in Stockholm fast wie ein Kaffeekränzchen vor.

Leiden lässt sich aber nicht so messen, dachte Stilton, der als Einziger praktische Erfahrung mit dieser Art von Leid vorweisen konnte. Ein gebrochener Mensch ist ein gebrochener Mensch, ganz gleich, in welchem Rinnstein er liegt.

Er sollte seine Meinung noch ändern.

Über die Bukarester Kanalisation hatten sie noch nichts gehört, wurden aber von Grigore eingeweiht. Nachdem er sie zum Hotel gefahren hatte, damit sie sich frisch machen und einen Happen essen konnten, bot er an, ihnen gerne auch für den Rest des Abends mit seinem Taxi zur Verfügung zu stehen. Und für die Nacht. Sowie am nächsten Tag, wenn nötig. Und dann entschuldigte er sich dafür, dass er sie angelogen hatte. Das mit dem Medizinstudium sei nur die halbe Wahrheit. Gewiss, er habe eine Ausbildung angefangen, könne es sich aber nicht leisten, sie zu beenden. Stilton wischte den Einwand beiseite und fand, der Vorschlag sei ausgezeichnet.

Grigore wusste viel über Dinge, von denen er und Olivia keine Ahnung hatten, was zur Folge hätte, dass sie die ganze Zeit an Sorins Handy hängen müssten. Und außerdem kannte er die Codes, wie man an die Einheimischen herankam. Also erklärte Stilton ihm:

»Wir wollen uns nur etwas Wärmeres anziehen und dann etwas essen. Du kannst gern mitkommen und uns dabei über die Kloaken informieren.«

Ein Angebot, das Grigore schluckte wie ein Fisch den leckersten Köder.

Grigore kannte die Lokale der Innenstadt in- und auswendig und schlug ein Restaurant mitten in einem der ältesten Viertel Bukarests vor, eine Gegend, in der man immer noch erahnen konnte, warum diese Stadt früher einmal Klein-Paris genannt wurde und ein Magnet für die europäische Oberschicht gewesen war.

Das Restaurant war relativ eng, aber sehr charmant, mit einzeln abgetrennten Nischen, was diese Gruppe gerne in Anspruch nahm. Außerdem war das Lokal touristenfreie Zone, weshalb die Speisekarte nur auf Rumänisch zu bekommen war. Grigore gab sich alle Mühe, eine englische Übersetzung für diverse einheimische Gerichte zu finden, bis Stilton fragte, ob es hier nicht einfach ein ganz normales Stück Fleisch mit Beilage gäbe. Natürlich gab es das, und Olivia hakte nach:

»Und Wein?«

Sie hätte gern ein Glas getrunken, aber Stilton bremste sie:

»Wir sind im Dienst.«

Zuerst war sie sich nicht sicher, ob er nicht nur Spaß machte, doch als sie seinen Blick sah, war klar: Er fand es keine gute Idee, Wein zu bestellen. »Wir sind im Dienst.« Er will es sich mit Mette tatsächlich nicht verderben, dachte sie, als Stilton hinterherschob:

»Nach Mitternacht kriechen die Kakerlaken aus ihren Löchern.«

Olivia und auch Grigore schauten Stilton verwundert an.

»Das ist aus einem Song von einem Mann mit Kakerlaken-Erfahrung. Nachts kommst du mit ihnen in Kontakt. Wenn es Menschen gibt, die Ionel getroffen haben, als er versuchte, hier in Bukarest zu überleben, dann haben wir nachts die größte Chance, mit ihnen zu reden.«

»In der Kanalisation«, sagte Grigore, nickte und konnte Stilton nur zustimmen.

Und wenn man sich dem Leben im Abwassersystem mitten in der Nacht nähert, dann muss man verdammt auf der Hut sein. Falls man nicht selbst eine der Kakerlaken ist.

Also gab es nur Wasser für Olivia.

Und dann fing Grigore an, von der Kanalisation in Bukarest zu erzählen.

»Es gibt viele Abwasserkanäle hier in der Stadt«, sagte er, »wie in allen Großstädten. Einer der schlimmsten liegt in Ferentari. Ihr kennt Ferentari?«

»Wir haben davon gehört, aber nichts Genaues.«

»Das liegt im Distrikt 5 und ist vermutlich weltweit die gefährlichste Gegend in einer Großstadt«, fuhr Grigore fort. »Jedenfalls für die falschen Personen zum falschen Zeitpunkt. Du fährst niemals zum falschen Zeitpunkt mit dem Taxi nach Ferentari. Sonst kommst du da niemals wieder raus. Zumindest nicht in dem Zustand, in dem du reingefahren bist. Aber es gibt noch ein zweites Abwassersystem, und zwar nicht weit von hier. Zwei Kilometer unterirdische Gänge, ungefähr mit der gleichen Klientel wie in Ferentari. Wenn ihr also dort hinwollt.«

Olivia war sich nicht so sicher, ob sie wirklich dort hinwollte.

»Wie sieht es dort aus?«, fragte Stilton.

»Eklig.«

»Wer hält sich dort auf?«

»Mal abgesehen von Ratten und Kakerlaken?«

»Ja?«

»Alle, die niemand sonst irgendwo haben will. Junkies, Huren, Bettler, Verrückte und elternlose Kinder. Wir haben

Hunderte von elternlosen Kindern hier, die Hälfte davon ist drogenabhängig, und der größte Teil haust in der Kanalisation. Nachts. Die hier ganz in der Nähe ist fast wie ein normales Wohngebiet eingerichtet. Es gibt jede Menge Betonnischen mit provisorischen Betten, sie haben Strom gelegt, die Wände gestrichen, sich eine Kücheneinrichtung besorgt.«

»Unter der Erde?«

»Ja.«

»Und da leben sie?«

»Vegetieren würde ich es nennen. Die meisten leben nicht besonders lange, viele von ihnen haben Aids. Die Kinder sterben häufig, noch bevor sie in den Stimmbruch kommen. Das da unten, das sind sozusagen moderne Katakomben.«

Stilton, der unter Klaustrophobie litt, versuchte sich das Milieu da unten vorzustellen. Zwei Kilometer lange, dunkle unterirdische Gänge, bevölkert von zugedröhnten, in Lumpen gehüllten Menschen, die jammern und schreien, die sich prügeln und nur durch ein Loch irgendwo in einem Hinterhof die Möglichkeit haben, rauszukommen. Allein die Vorstellung bescherte ihm einen Schweißausbruch, und er leerte sein Wasserglas, ohne es wirklich zu registrieren.

»Alles in Ordnung, Tom?«, fragte Olivia.

»Mir geht es gut.«

»Hast du Sehnsucht nach da unten?«

Eine äußerst dumme Frage. Olivia war sich dessen vollkommen bewusst, vermutlich wollte sie nur den Druck von sich wegschieben. Also wandte sie sich schnell Grigore zu:

»Und was macht die Polizei?«

»Ja, was macht die? Ich weiß es nicht. Ich weiß nur, dass sie Sex mit den Huren haben und dass sie Junkies aus den Kloaken herausschleppen, um Dogfights zu veranstalten.«

»Dogfights?«

»Sie bringen die Junkies auf irgendeinen abgelegenen Platz außerhalb der Stadt und zwingen sie, sich gegenseitig zu verprügeln. Tun sie das nicht, werden sie von den Bullen verprügelt. Ja, das ist wohl im Großen und Ganzen das, was sie tun.«

Stilton sagte nichts. Er dachte an das, was er vor einiger Zeit in Stockholm erlebt hatte. Cagefighting. Jungs, junge Männer, die in Käfige eingesperrt wurden, um gegeneinander zu kämpfen, damit die Erwachsenen auf sie wetten konnten. Die Welt ist klein.

»Unternehmen denn die Bewohner in der Gegend nichts?«, fragte Olivia. »Die müssen doch eigentlich darüber Bescheid wissen.«

»Es sind zwei vollkommen getrennte Welten. Die über der Erde leben ein anderes Leben. Aber natürlich meldet sich ab und zu mal einer von denen zu Wort. Vor ein paar Wochen schlug ein Kommentator im Fernsehen vor, man solle doch Senfgas in die ganze Kanalisation einleiten, dann sei das Problem erledigt. Vielleicht ein bisschen drastisch.«

Mittlerweile hatten sie das Restaurant wieder verlassen. Sie genossen die frische Luft vor der Tür und näherten sich Grigores gelbem Taxi.

»Fahren wir hin?«, fragte er. »Ihr müsst ja nicht reingehen, ich kann euch einfach nur den Eingang zeigen.«

»Wir fahren hin.«

Stilton traf die Entscheidung, ohne noch mal mit Olivia zu reden. Er hatte einen Auftrag. Es war sein eigener Vorschlag gewesen, hierher zu fahren, um in den Ermittlungen des Mordes am See bei Dällingen weiterzukommen. Bis jetzt hatten sie den Vornamen des bisher unbekannten Opfers herausbekommen und dass es von hier stammte. So weit, so gut. Aber das

Rätsel war damit noch nicht gelöst. Wie war Ionel in diesem Erdloch in Småland gelandet, wenn er doch als Bettler oder Obdachloser hier in den Abwasserkanälen gelebt hatte?

Auf diese Frage wollte er eine Antwort erhalten.

Grigores Taxi schlängelte sich durch Bukarests Abendverkehr. Er wusste genau, wie er Staus vermeiden konnte, und scheute sich nicht, auch bei Rot über die Ampel zu fahren, wenn er dadurch Vorteile hatte. Stilton saß vorn neben ihm, Olivia hinten. Sie versuchte, sich mental auf das vorzubereiten, was da wahrscheinlich auf sie zukam. Angst hatte sie eigentlich nur selten, und schon gar nicht, wenn es drauf ankam. Dann handelte sie aus dem Bauch heraus und kannte keinerlei Skrupel. Aber hier wusch doch eine Hand die andere, ein vollkommen unbekanntes Terrain. Und würde das nicht auch für Tom gelten, hätte sie wohl ihre Hände weniger hektisch geknetet, aber ihr war klar, dass er in der gleichen Lage war wie sie. Sie hatten beide keine Erfahrung mit dem Leben in der Kanalisation.

»Kennst du ›Der Dolch ist heilig‹?«

Nachdem er immer wieder überlegt hatte, ob er das tun sollte, stellte Stilton die Frage möglichst beiläufig. Grigore hatte ihn bisher mit seinem breit gefächerten Wissen beeindruckt, außerdem war er Taxifahrer, eine Berufsgruppe, die oft Informationen parat hatte, die man nicht aus Reiseführern oder Zeitungen bekommen konnte.

»So heißt angeblich eine kriminelle Bande hier in der Stadt«, antwortete Grigore mit einem angedeuteten Grinsen.

Als könnte das auch ein Mythos sein.

Stilton wusste es besser, Sorin hatte ziemlich überzeugt geklungen. Säuglinge auf Eisenpfählen waren kein Mythos. Also fragte er weiter:

»Du hast nie von jemandem gehört, der Mihai Stelea heißt?«

»Ich kenne viele, die Mihai heißen. Hat dieser Mihai was mit der Bande zu tun?«

»Ja«, erwiderte Stilton und zog das zerknitterte Schwarz-Weiß-Foto heraus. Er hielt es Grigore hin, der kurz draufschaute.

»Hast du den schon mal irgendwohin gefahren?«

»Nicht dass ich wüsste. Aber er sieht ziemlich durchschnittlich aus – schon möglich, dass ich es doch gemacht habe.«

Grigore konzentrierte sich wieder auf den Verkehr, und Stilton schwieg.

»Wir sind gleich da«, sagte Grigore, als er in eine kleinere Seitenstraße einbog.

Nach ein paar Minuten kamen sie an einer winzigen Tankstelle im Erdgeschoss eines Mietshauses vorbei. Plötzlich bremste Grigore und legte den Rückwärtsgang ein.

»Was ist los?«, fragte Stilton.

Grigore hielt vor der Tankstelle an und musterte Stilton.

»Ich habe das Gefühl, dass du hinter etwas her bist und dass du heute Nacht etwas herausfinden willst. Vielleicht in der Kanalisation. Ein guter Tipp: nimm Aurolac mit.«

»Was ist das?«

»Ein silber- oder goldfarbenes Verdünnungsmittel. Du kannst es hier kaufen.«

»Und was soll ich damit?«

»Wenn du mit den Menschen in der Kanalisation ins Gespräch kommen willst, musst du ihnen etwas anbieten. Aurolac ist sehr begehrt.«

Stilton schaute Grigore an, dann drehte er sich zu Olivia um, die seinem Blick standhielt, ohne eine Miene zu verziehen. Heute Nacht hatte Tom das Sagen.

Also stieg er aus dem Taxi und ging zur Tankstelle.

»Und warum ist Aurolac so begehrt?«, fragte Olivia und beugte sich zu Grigore vor. »Zum Sniffen?«

»Ja, leider.«

»Was ist da drin?«

»Eine halluzinogene Droge, die das Gehirn auflöst, die Lunge zerstört und das Herz zum Stillstand bringen kann.«

Olivia warf Stilton einen Blick hinterher. Sollte er dieses Zeug tatsächlich kaufen? Schließlich bot er den Leuten nicht gerade eine Tüte Süßigkeiten an.

»Wieso wagen die sich an das Zeug ran?«, fragte sie und drehte sich wieder dem Fahrer zu.

»Das ist keine Frage von Mut, es geht ums Betäuben. Hunger, Müdigkeit, Kälte, Einsamkeit, Angst, Panik. Alles.«

Stilton kam mit einer Tüte voller blauer Plastikflaschen mit Farbverdünner zurück. Sie fuhren noch einige Minuten in der schmalen Gasse weiter, dann blieb das Taxi vor einer großen Eisenpforte stehen. Beide Flügel waren geöffnet und übersät mit zerrissenen Tüchern. Grigore zeigte auf den Eingang.

»Und was ist da drin?«, fragte Stilton.

»Der Vorhof der Hölle, wie es neulich in der Zeitung stand. Seht es euch selbst an.«

Alle drei stiegen aus. Grigore schloss sorgfältig den Wagen ab. Stilton hielt die Tüte mit den Lösungsmittelflaschen in der einen Hand und half Olivia mit der anderen über eine große Wasserpfütze. Gemeinsam gingen sie durch das Tor.

Es dauerte eine Weile, bis sich die Augen an die Dunkelheit gewöhnt hatten. Vor ihnen lag ein großer Hof, an drei Seiten eingerahmt von Betonmauern, an der vierten erhob sich ein heruntergekommenes dreistöckiges Wohnhaus. Die Fenster waren kaputt, Tücher und Decken hingen aus den leeren

Rahmen, aus irgendeiner Wohnung war leise Musik zu hören. Als die Augen sich an die Umgebung gewöhnt hatten, stellten sie fest, dass der Hof einer Müllhalde ähnelte. Als hätten die Müllwagen des Viertels hier alles ausgekippt, was sie aus Tonnen und Containern eingesammelt hatten. Direkt auf den Boden. Es stank entsetzlich. Olivia hielt sich eine Hand vor Nase und Mund und zögerte, ob sie noch einen Schritt vorwärts machen sollte, aber Stilton und Grigore gingen unbeirrt weiter, also war es das Sicherste, ihnen zu folgen. Nach einigen Metern blieb Grigore stehen und zeigte in die Dunkelheit. Zuerst konnten sie nichts erkennen, doch als sie entdeckten, worauf er sie aufmerksam machen wollte, wichen Stilton wie auch Olivia spontan ein Stück zurück – der Abfall bewegte sich. Doch es waren keine Ratten, die in ihm herumwühlten, sondern Menschen. Schwarze Gestalten, die vollkommen lautlos zwischen dem Müll auf der Erde herumkrochen. Olivia hielt den Atem an. Sie spürte, wie der Gestank in der Nase brannte. Ich darf nicht niesen, dachte sie, sonst sehen sie uns. Und vergaß völlig, dass das ja der eigentliche Sinn ihres Besuchs war. Schließlich wollten sie Kontakt zu den Leuten bekommen, um nach Ionel zu fragen.

Aber hier, mitten auf einer Müllhalde?

»Warum kriechen die da herum?«, flüsterte Stilton Grigore zu.

»Wahrscheinlich haben sie schlechtes Mephedron gekriegt und sind halb apathisch.«

Stilton wusste so einiges über Mephedron, einige der Obdachlosen in Stockholm hatten ihm von dieser »Kannibalendroge«, wie sie sich ausdrückten, erzählt. Niemand wusste, aus was genau dieses Teufelszeug bestand, nur dass es aus China kam und man davon schnell verdammt high werden konnte.

»Sollen wir zu ihnen gehen?«, fragte er und trat näher an die Müllhaufen heran.

Olivia blieb dicht an Grigores Seite. Plötzlich spürte sie eine Hand, die ihre Wade umklammerte. Fast hätte sie aufgeschrien und wäre zur Seite gesprungen. Die Hand gehörte zu einem Teenagerkörper, einem halb nackten Mädchen, das sich auf dem Boden auf die Seite drehte und Olivia aus grauen gebrochenen Augen ansah. In einer Hand hielt sie eine Spritze, als wollte sie damit ihre Situation deutlich machen, vielleicht aber auch nur um Nachschub betteln. Neben ihr lag ein totes Hundebaby.

»Mitica, hilf mir.«

Die Worte kamen aus dem Mund des Mädchens, aber sie hätten ebenso gut aus einer Krypta kommen können. Die Stimme hatte jede Tonlage verloren und klang nur noch wie ein raues Zischen. Olivia wollte sich gerade neben das Mädchen hocken, als Grigore sie abrupt hochzog.

»Fass sie nicht an«, sagte er.

Schnell drehte Olivia sich um, um zu sehen, wo Stilton war. Er stand ein paar Meter entfernt und musterte einen Mann, der seine blaue Hose hinuntergelassen hatte und versuchte, sich eine Spritze in die Leiste zu setzen. Was ihm nicht gelang, stattdessen sank er mit einem fast lautlosen Stöhnen auf einem großen Müllbeutel zusammen. Stilton holte sein Handy mit dem Bild von Ionel heraus. Er schaltete die Taschenlampe des Telefons ein und hielt dem Mann das Foto vors Gesicht. Grigore kam zu ihm.

»Kannst du ihn fragen, ob er den Jungen kennt?«, bat Stilton.

Grigore fragte, und der Mann schüttelte den Kopf. Stilton richtete sich wieder auf und ging ein paar Meter auf zwei Jungs zu, die auf einem Stück Holzfaserplatte saßen und sich hin und her wiegten. Der eine hielt eine große schwarze Plastiktüte über den Mund und atmete hektisch hinein. Stilton nickte Grigore zu, und dann wiederholten sie die Prozedur mit Ionels Foto. Keiner der Jungs kannte ihn.

Olivia ging zu Grigore und Stilton.

»Was soll das hier bringen?« Ihre Stimme war kaum mehr als ein Flüstern.

»Vielleicht haben wir unten in den Kloaken mehr Glück, da sind mehr Leute«, schlug Grigore vor. »Und es ist ein bisschen heller.«

»Und wie kommen wir da rein?«, fragte Stilton.

Grigore ging auf eine Ecke des Hofes zu. Er suchte sich einen Weg zwischen Abfall und menschlichen Körpern und zog Stilton und Olivia mit sich. Als sie die Ecke erreicht hatten, holte Grigore eine altmodische Taschenlampe aus seiner Jacke und richtete den Lichtkegel auf den Boden. Dort befand sich ein großes, unförmiges Loch im Beton, scharfkantig, als hätte jemand es herausgeschlagen. Mit einem guten Meter Umfang.

»Da geht's nach unten«, sagte er.

Stilton betrachtete das Loch, Olivia packte seinen Arm.

»Willst du da wirklich runtergehen?«, fragte sie und bemühte sich, beherrscht zu klingen.

»Ja. Du kannst mit Grigore hier warten, wenn du willst.«

Tom klang kurz angebunden, als hätte er alles unter Kontrolle – und hoffte, dass ihm nicht anzumerken war, was da in seinem Körper langsam aufstieg.

»Wenn du gehst, dann komme ich mit«, erklärte Olivia.

»Ihr braucht jemanden, der euch begleitet«, sagte Grigore. »Der weiß, wo ihr hingehen solltet und was sonst noch wichtig ist.«

Was dieses »sonst noch wichtig« alles beinhaltete, wollte

Olivia lieber gar nicht wissen. Grigore schaute sich um und ließ die Taschenlampe herumschweifen. Ein Stück weiter saß eine Frau mit dem Rücken gegen die Mauer gelehnt. Sie drehte den Kopf zur Seite, als der Lichtstrahl auf sie fiel.

»Mach das Ding aus!« Zum ersten Mal, seit sie den Hof betreten hatten, sprach einer von den Leuten hier mit einer normalen menschlichen Stimme, eine Frau.

Grigore machte die Lampe aus und ging zu ihr hin, Stilton hielt sich dicht neben ihm. Die beiden Männer blieben vor ihr stehen und sahen, dass sie offenbar deutlich jünger war, als sie die Frau aus der Entfernung geschätzt hatten. Außerdem sahen sie die vielen Narben auf ihren Unterarmen und brauchten gar nicht lange raten, woher die stammten. Stilton hatte im Laufe seiner Jahre als Polizeibeamter viele derartige Narben gesehen. Diese Frau hatte diverse Male versucht, sich das Leben zu nehmen.

»Wie heißt du?«, fragte Grigore.

»Crina. Was willst du? Hast du was?«

»Mein Freund hat was.«

Grigore nickte Stilton zu, der bereits dabei war, das Aurolac aus der Tüte herauszuholen. Grigore stoppte ihn, indem er seine Hand leicht auf Stiltons Arm legte.

»Er muss runter in die Abwasserkanäle«, sagte Grigore. »Mit seiner Begleitung.«

Die Begleitung war Olivia.

»Kannst du sie runterführen?«

»Was wollen die da unten? Sind das Bullen?«

»Nein. Sie suchen nach einem jungen Verwandten, der verschwunden ist. Sie hoffen, dass sie ihn da unten finden.«

Crina musterte erst Stilton, dann warf sie einen Blick auf Olivia, die ein Stück hinter den Männern stand.

»Und was kriege ich dafür?«

Jetzt ließ Grigore Stiltons Arm los. Crina starrte die Flasche an, die Stilton aus der Tüte holte, und machte Anstalten aufzustehen. Kurz bevor sie es geschafft hatte, fiel sie wieder zurück gegen die Mauer. Stilton streckte ihr eine Hand hin und zog sie hoch.

»Ich heiße Tom, und das ist meine Begleitung, Olivia«, sagte er. »Verstehst du Englisch?«

Crina nickte und wollte nach der blauen Aurolac-Flasche greifen. Stilton schaute zu Grigore, dieser nickte ebenfalls. Also bekam Crina die Flasche und ging auf das schwarze Loch im Boden zu. Die anderen folgten ihr. Stilton gab Grigore schnell noch eine Telefonnummer und erklärte ihm, dass sie einem Polizeibeamten in Bukarest gehörte. Falls etwas passieren sollte.

»Er heißt Sorin, und er weiß, wer wir sind.«

Grigore prägte sich die Nummer ein, reichte gleichzeitig Olivia seine Taschenlampe.

»Zeig sie nur, wenn es unbedingt sein muss, sie kann Begehrlichkeiten wecken.«

Olivia nahm die Taschenlampe und sah, wie Crina sich langsam in das Loch hinunterließ.

Crina kannte das Abwassersystem. Auf dem Weg hinunter durch das enge Loch erzählte sie in holprigem Englisch, dass sie jetzt seit einem halben Jahr die Nächte hier unten verbrachte. Was ganz okay war.

»In einigen Nächten wird man vergewaltigt, in anderen nicht.«

Stilton hatte ihr das Foto von Ionel gezeigt, kurz bevor sie am Loch angekommen waren.

»Ist das euer Verwandter?«, fragte sie. »Der sieht aus wie ein Zigeuner.«

»Wir sind weitläufig mit ihm verwandt. Hast du ihn hier mal gesehen?«

»Nein. Aber es gibt so viele hier, die kommen und gehen, ein Teil ist sogar ganz nett.«

Inzwischen waren sie ein Stück in dem ersten Abwasserkanal vorangekommen. Er hatte Stehhöhe und war nicht allzu eng. Stilton konnte die aufsteigende Panik unter Kontrolle halten. Das Einzige, was ihm zusetzte, waren die entfernten Schreie, die tief aus dem Tunnelsystem kamen. Aber vielleicht sang da auch nur jemand? Gelbe Lampen waren an langen Kabeln an der Decke befestigt und sorgten dafür, dass man ganz gut sehen konnte. Als sie schließlich um eine Ecke bogen, tauchten die ersten Betonnischen auf, von denen Grigore ihnen erzählt hatte. Kleine Ausbuchtungen, in denen Matratzen und Decken auf dem Boden lagen. Die Wände waren in grellen Neonfarben angestrichen, bizarre Motive, zugedröhnte Graffitimuster. Hier und da lief ein Radio, in einer Nische stand sogar ein Flachbildschirm gegen eine Wand gelehnt. Und überall Spritzen, Reste von hartem, gnadenlosem Drogenkonsum.

Olivia nahm jeden Zentimeter, den sie passierten, genau unter die Lupe. Vor allem schaute sie sich die Menschen an, die in den Nischen lagen. Am liebsten hätte sie sie mit ihrem Handy gefilmt, doch das traute sie sich nicht.

»Romero!«

Crina rief in eine Nische hinein. Ein Teenager mit einem zugeschwollenen rechten Auge kam ihnen entgegengekrochen. Ihm fehlten die Zähne im Oberkiefer, der rechte Arm war gebrochen.

»Was ist? Siehst du nicht, dass ich noch lebe!«

»Guck dir das an!«

Crina streckte ihm das Foto von Ionel hin.

»War er mal hier?«

Romero betrachtete das Foto mit seinem unversehrten Auge. Stilton hielt die Luft an. Er stand direkt hinter Crina und hatte die Tunnelröhre in beiden Richtungen im Blick. Ihm gefiel die Situation hier nicht, und am wenigsten der Lärm, der weiter hinten im Tunnel immer stärker wurde. Aber vielleicht wusste Romero ja etwas.

Fehlanzeige, also ging Crina weiter. Die Aurolac-Flasche hielt sie fest umklammert. Sie wusste, was da Gutes auf sie wartete. Vorher musste sie nur noch dieses sonderbare Pärchen durch ein paar Tunnel lotsen, dann bekäme sie das, was sie nicht wollte, wonach sie sich aber die ganze Zeit sehnte. Sie kamen an einer weiteren Nische mit einer zerschlissenen Matratze vorbei. Auf der Matratze lag eine Frau mit nacktem Oberkörper, den Rücken zur Öffnung gewandt.

»Kannst du sie fragen?«, bat Stilton.

»Die ist tot. Wird nachher rausgeschleppt.«

Olivia warf einen Blick auf den toten Frauenkörper, dann eilte sie Crina hinterher. Sie bogen in einen neuen Tunnel ein, der etwas enger war. An den Wänden standen verhärmte Frauen und halb nackte Kinder. Sie zwängten sich vorbei. Eines der Kinder zupfte an Stiltons Jacke. Er zerrte sie zurück und hörte im Rücken einen rumänischen Fluch – zumindest nahm er an, dass es Rumänisch war. Er spürte, wie die Panik in ihm kurz davor war, die Oberhand zu gewinnen. Wir brechen das hier jetzt ab, dachte er. Schließlich haben wir den Namen des Opfers. Damit müssen wir uns begnügen. Ich muss hier raus.

Da blieb Crina vor einer sehr kleinen Höhle im Felsen

stehen. Drinnen hockte ein zusammengekauerter Junge, vielleicht zehn, elf Jahre alt. Nur mit einer Unterhose bekleidet. Crina reichte Olivia die Flasche Aurolac, die sie in ihre Jackentasche stopfte. Die Rumänin beugte sich hinunter und strich dem Jungen über das dunkle Haar. Seine Augen mussten früher einmal wunderschön gewesen sein, dachte Olivia, bevor er zum Kloakenkind wurde. Jetzt glänzten sie vollkommen abwesend. Crina streckte ihm das Foto von Ionel hin, und plötzlich reagierte der Junge. Ein schwacher Funke glühte in seinen Augen auf.

»Ionel?«, fragte er und schaute Crina an.

Stilton und Olivia blieben regungslos stehen.

»Ist Ionel hier gewesen?«, fragte Crina.

Der Junge nickte. Olivia ging neben Crina in die Hocke.

»Wie heißt du?«, fragte sie.

Schnell übersetzte Crina ihre Frage.

»Doru. Aber keiner nennt mich so.«

»Doru ist ein schöner Name«, sagte Olivia.

Sie strich dem Jungen über das Haar, konnte die bitteren Chemikalien aus seinem Mund riechen.

»Frag ihn, wann er Ionel das letzte Mal gesehen hat«, sagte Stilton.

Crina fragte, und Doru schaute zu Boden. Nach einigen Sekunden rieb er sich die Augen mit seinen vernarbten Händen. Es schien, als spräche er zu dem Felsboden.

»Er ist gekidnappt worden.«

»Gekidnappt? Von wem?«

»Das weiß ich nicht. Er ist einfach eines Nachts verschwunden. Er wollte nicht mitgehen, hat im Dunkel geschrien. Aber dann war er weg.«

Crina übersetzte, was Doru gesagt hatte.

»Wie lange ist das her?«, fragte Olivia.

Doru fuhr sich mit einem Arm über die Augen und schaute Crina an.

»Das war an dem Tag, bevor die Polizei hier war und wollte, dass wir alle verschwinden.«

Stilton wollte gerade eine weitere Frage stellen, als der Lärm anschwoll. Nur wenige Meter entfernt. Alle drehten sich um. Zwei große Männer mit nacktem Oberkörper, in schwarze Lederhosen gekleidet, ließen in ihren Händen Ketten schwingen und kamen auf die kleine Gruppe zu. Einem von ihnen fehlte ein Ohr.

»Crina!«, schrie er.

»Ja?«

»Was zum Teufel machen die hier?«

Der Ohrlose war als Erster bei ihnen und zeigte auf Stilton und Olivia.

»Die fragen nach …«

»Hier wird nichts gefragt, verdammt noch mal!«

Der Mann wollte Crina eine heftige Ohrfeige verpassen, aber plötzlich lag Stiltons Hand auf dem nackten Brustkorb.

»Schlag nicht.« Stilton sah ihm ruhig in die Augen.

Der Mann wirkte vollkommen verblüfft und starrte nur auf Stiltons Hand, die einen großen Teil seiner Brust bedeckte. Dann schaute er dem Polizisten ins Gesicht.

»Lebt deine Mutter?«, fragte er auf Englisch.

»Lebt deine?«

Olivia ahnte, was da vor sich ging. Sie sah sich in dem engen Tunnel um. Ein Stück weiter hinten hatte sich eine Gruppe zerlumpter Menschen versammelt. Und alle schauten in ihre Richtung. Sie ging ein paar Schritte zur Seite, zog dabei Stilton an der Jacke.

»Komm, wir gehen«, sagte sie.

Offenbar war Crina diejenige, die am besten wusste, was gleich passieren würde. Unvermittelt packte sie Olivia am Arm und versuchte wegzulaufen. Olivia zögerte. Stilton nicht. Er gab dem Ohrlosen eine Kopfnuss direkt ins Gesicht, so dass er rücklings auf den zweiten Mann fiel, der direkt hinter ihm stand. Dann machte er kehrt, rannte los und zerrte Crina und Olivia mit sich. Im Laufen riss er Regale von den Wänden und schmiss Stühle um.

»Hier rein!«, schrie Crina.

Sie bog in einen etwas breiteren, kaum beleuchteten Seitentunnel ab und zog Olivia und Stilton mit sich. Hinter ihnen war lautes Gebrüll zu hören. Sie liefen, so schnell sie konnten. Plötzlich tauchte ein älterer Mann mit einem völlig zerfurchten Gesicht direkt aus einer Nische vor ihnen auf. Alle drei liefen in ihn hinein. Stilton war als Erster wieder auf den Beinen und riss Crina hoch. Sie war diejenige, die sich hier auskannte. Er hielt sie an der Hand, und beide liefen weiter auf die Öffnung nach oben zu.

Erst als er aus dem Loch auf dem Hof kletterte und Crina über den Rand hievte, bemerkte er es: Olivia war nicht bei ihnen. Er schaute hinunter ins Loch und schrie:

»OLIVIA!«

Doch er hörte nur sein eigenes Echo. Als er wieder hinunterklettern wollte, bekam er einen schweren Stein auf den Hinterkopf und sackte auf dem Boden zusammen.

Olivias Bein hatte sich unter dem Mann festgeklemmt, und als sie aufstehen wollte, spürte sie, wie er versuchte, sie festzuhalten. Er war stark. Schließlich trat sie ihm gegen den Kopf und kam wieder auf die Füße. Sie rannte los, in die Richtung, wo sie Stilton und Crina vermutete. Nach einigen Metern teilte sich der Abwasserkanal in zwei Tunnel. Sie schaute in beide hinein, ohne jemanden zu sehen, entschied sich dann für den rechten Tunnel.

Es war die falsche Entscheidung.

Sie lief im Halbdunkel weiter und rief nach Stilton. Ab und zu fiel Licht aus anderen Tunneln hinein, aber meistens konnte sie kaum die eigenen Füße sehen. Plötzlich stolperte sie über einen Stein und schrammte sich das Gesicht auf. Sie blieb stehen und schnappte nach Luft. Ruhig, Olivia, jetzt keine Panik, wo ist die Taschenlampe, die Grigore mir gegeben hat? Sie holte sie heraus und schaltete sie ein. Der Lichtstrahl ließ sie ein Stück des engen Tunnels besser erkennen. Sie lief weiter, jetzt etwas ruhiger, und redete sich ein, dass sie früher oder später den Ausgang schon finden würde oder vielleicht jemanden, der ihr helfen könnte. Inzwischen lief Wasser die Wände hinunter, und sie merkte, wie ihre Schuhe nass wurden. Als sie wieder einmal an einem Seitentunnel vorbeikam, sah sie einige Körper, die zusammengekauert an den Wänden hockten, mit Tüten vor dem Mund. Sie ging weiter und entdeckte einen neuen Seitentunnel, ein Stück weiter vorn. Ihre Schritte wurden schneller, sie kam an die Öffnung und bog ab.

Und blieb abrupt stehen.

Der Ohrlose stand einen Meter vor ihr, er blutete stark im Gesicht, das Blut tropfte ihm auf die Brust. Er streckte eine Hand aus und packte Olivias Jacke, noch bevor sie sich umdrehen konnte. Er stieß sie gegen die Felswand und bekam ihre Hose zu fassen. Olivia war klar, dass Schreien völlig sinnlos war. Sie konnte einen Arm aus dem Griff befreien und griff nach der Aurolac-Flasche in ihrer Jackentasche. Mit einer

Hand fummelte sie an dem Verschluss herum und bekam die Flasche auf, genau in dem Moment, als der Mann einen Schritt zurücktrat und sie angrinste. In der einen Hand hielt er seinen stark erigierten Penis und reagierte nicht schnell genug, als Olivia ihm den Lackverdünner direkt in die Augen spritzte. Nur Bruchteile einer Sekunde später ließ er sein Glied los, riss die Hände vor die Augen und schrie wie ein Wahnsinniger. Olivia warf sich zur Seite und lief zurück in den größeren Tunnel. Hinter sich hörte sie das bedrohliche Gebrüll des Mannes. Sie hatte die Taschenlampe fallen lassen und tastete sich beim Laufen mit einer Hand an der Wand entlang vor. Plötzlich wurde der Tunnel vor ihr heller, ein Lichtkegel von oben. Sie rannte zu der Stelle und blickte hinauf. Eine Eisenleiter war ein Stück höher an der Felswand befestigt. Wohin sie führte, konnte Olivia nicht sehen. Mit ausgestreckten Armen bekam sie die unterste Sprosse zu fassen. Ein Fuß fand Halt in einem Spalt in der Wand, und so schaffte sie es, sich ein Stück weiter hochzuziehen. Mit letzter Kraft erreichte sie die unterste Sprosse der Leiter, beide Füße fanden Halt. Sie begann, nach oben zu klettern.

Dem Licht entgegen.

Stilton wachte ein Stück entfernt von der Eisenpforte auf. Er registrierte, dass Grigore ihn zum Taxi schleppte. Stilton versuchte aufzustehen.

»Du bist niedergeschlagen worden. Die kleinen Jungs auf der Holzplatte haben dir die Tüte mit den Aurolac-Flaschen geklaut.«

»Wo ist Olivia? Ist sie schon hochgekommen?«

Stilton sah sich verwirrt um.

»Nein«, sagte Grigore.

»Ich muss wieder runter!«

Stilton wollte loslaufen, dabei ging er aber fast in die Knie, und der folgende Schwindelanfall sorgte dafür, dass er direkt auf den Bürgersteig kotzte. Grigore half ihm wieder auf und zog ihn weiter Richtung Taxi. Der Schwede lehnte sich gegen den Wagen und hyperventilierte. Olivia war noch da unten. Er musste wieder runter. Oder zumindest Sorin anrufen und um Hilfe bitten. Er holte sein Handy heraus, im gleichen Moment klingelte es.

Es war Olivia.

»Wo zum Teufel steckst du?«, schrie Stilton. »Bist du noch da unten?«

»Nein.«

Olivia stand neben einem Kanaldeckel mitten in einer schmalen, unbeleuchteten Gasse. Sie war gerade die Leiter hochgeklettert und hatte sich durch die Öffnung gezwängt.

»Ich stehe auf irgendeiner Straße«, keuchte sie. »Ich habe keine Ahnung, wo. Wo bist du?«

»Ich bin beim Taxi. Kannst du keinen Straßennamen sehen?«

»Warte.«

Olivia ging die Straße ein paar Meter weiter und entdeckte an der nächsten Ecke ein Straßenschild. Natürlich auf Rumänisch, also musste Stilton das Handy an Grigore übergeben. Der wusste sofort, um welche Straße es sich handelte.

»Bleib dort, wir kommen sofort!«

»Okay.«

Olivia drückte das Gespräch weg und sah, dass ihre Hände blutig waren. Vorsichtig tastete sie ihr Gesicht ab. Die Schürfwunden bluteten, aber sie hatte keine großen Schmerzen. Sie ging zu dem nächsten Haus und lehnte sich gegen die Mauer.

Da sah sie sie. Eine Gruppe Männer, oder eher Jugendlicher. Sie kamen aus demselben Kanaldeckel direkt auf sie zu. Shit, dachte sie, sie hatte ihre Verdünnerwaffe verbraucht, und sie war nicht in der Verfassung, sich mit zugedröhnten Vergewaltigern oder sonst wem einzulassen. Eine Option war, wieder wegzulaufen. Weg von dem Punkt, von dem Tom wusste, dass sie dort war. Die Gruppe näherte sich, und einer von ihnen schrie etwas auf Rumänisch. Plötzlich überkam Olivia eine heftige Wut, sie trat von der Wand weg mitten auf die Straße und starrte die Männer an. Insgeheim wünschte sie sich, sie hätte eine Maschinenpistole dabei und könnte diese verfluchte Gruppe auf den nächsten Friedhof befördern!

Sie war psychisch vollkommen am Ende.

Gerade als die Gruppe sie fast erreicht hatte, bog das gelbe Taxi um die Ecke und bremste mit quietschenden Reifen neben Olivia. Stilton öffnete eine Wagentür und zerrte sie zu sich auf den Rücksitz. Die Gruppe bekam keine Gelegenheit zu reagieren, als das Taxi einen Blitzstart hinlegte, an ihren Füßen vorbeiraste und verschwand.

Auf dem Weg zum Hotel versuchte Grigore hundert Mal um Verzeihung zu bitten, behauptete, er sei schuld an allem. Was er nicht war, denn schließlich war es Stiltons Entscheidung gewesen, in die Kanalisation hinabzusteigen. Doch Grigore machte sich weiter lautstark Vorwürfe, bis Stilton ihm erklären konnte, dass sie Doru getroffen hatten, einen kleinen Roma-Jungen, der ihnen wertvolle Informationen über Ionel hatte geben können. Informationen, die sie nur unten in den Abwasserkanälen hatten bekommen können.

Bis das Taxi vor dem Hotel Moxa hielt, hatte Grigore sich beruhigt, und die drei verabschiedeten sich voneinander.

Stilton benötigte ein Pflaster für seine Wunde am Hinterkopf, und Olivia musste ihre Schürfwunden reinigen. Und beide brauchten eine Dusche und was Frisches zum Anziehen. Sie gestanden sich eine Viertelstunde, höchstens zwanzig Minuten zu, dann wollten sie sich in der heruntergekommenen Bar hinter dem Foyer treffen. Ihrem Rückzugsort.

Weit nach Mitternacht ließen sich zwei frisch geduschte, neu eingekleidete und leicht lädierte Ermittler in die schwarzen Ledersessel der kleinen Bar sinken.

»Sind wir immer noch im Dienst?«, fragte Olivia.

Aber sie lächelte bei ihrer Frage und bekam ein Lächeln zurück. Sie waren also nicht mehr im Dienst. Stilton ging zur Bar und bestellte bei einer blond gelockten Lady mit etwas zu großen Lippen einen großen Whisky und ein Glas Rotwein. Botox, dachte Stilton und schaute sich im Raum um. Sie waren die einzigen Gäste. Ihm fielen Sorins Worte ein, dass sie keine Touristen seien. Er sah sich die Barfrau noch mal genauer an. Worte haben hier Flügel, dachte er und nahm die Gläser entgegen.

Als er sich wieder in seinen Sessel setzte, war Olivia eingeschlafen. Stilton betrachtete sie. Er wusste nicht so recht, was er tun sollte, sie konnte ja wohl kaum hier pennen? Also stupste er sie vorsichtig am Knie an, zwei Mal, bis Olivia die Augen öffnete und nach dem Weinglas griff. Sie prosteten einander zu, schwiegen und schauten sich an. Nach einer Weile schüttelte Stilton leicht den Kopf. Sie hatten in den letzten Jahren viel zusammen durchgemacht, hässliche Dinge überlebt, einen Mordversuch, einen Überfall und noch so einiges mehr, aber das hier toppte alles. Zumindest als Milieustudie. Der Besuch der Kanalisation in Bukarest ließe sich wohl nur schwer übertreffen.

Hoffte er zumindest.

Nachdem sie sich das zweite Mal zugeprostet hatten, spürte Stilton, wie der Alkohol langsam seine Arbeit tat. Der Körper entspannte sich, die Ecken und Kanten wurden rund und sanft. Ungefähr zu dem Zeitpunkt wurde Olivia auch wieder munter.

»Aber es war die Sache ja wohl wert, oder?«, bemerkte sie, nichtsahnend, dass sie lustige Rotweinstreifen um den Mund herum hatte.

Stilton tauchte wieder in der Realität auf.

»Kann sein«, stimmte er zu und machte gleichzeitig eine Geste, die besagen sollte, dass sie leise sprechen mussten.

Also dämpfte Olivia ihre Stimme.

»Wenn es stimmt, was Doru gesagt hat«, fuhr sie fort, »dass Ionel gekidnappt und gegen seinen Willen entführt wurde, dann ist das doch ein weiteres Puzzleteilchen.«

»Und wenn der Mann mit der schiefen Kappe uns sagen kann, wann sie in den Kanälen eine Razzia durchgeführt haben, dann kommen wir dem Datum näher. Er wurde am Tag davor entführt.«

»Und sollte sich herausstellen, dass die Entführung nur kurz vor dem Morddatum stattgefunden hat, dann wird es …«

Olivia brach ab. Sie wusste nicht so recht, wie sie den Gedanken beenden sollte.

»Spannend?«, schlug Stilton vor.

»Ja. Also, wie lautet dein Plan?«

Schließlich hatte Tom die Operation die ganze Zeit geleitet, da war es nur logisch, dass er die weitere Marschroute vorgab. Fand zumindest Olivia.

»Wir schlafen, wir haben Albträume, und nachdem wir wieder aufgewacht sind, reden wir mit Sorin. Anschließend fliegen wir nach Hause«, sagte Stilton. »Wenn er uns nicht weiteres Futter bietet. Wie klingt das?«

Olivia fand den Plan ausgezeichnet, mal abgesehen von den Albträumen. Allerdings war sie sich ziemlich sicher, dass sie wie ein Stein schlafen würde.

Als sie sich eine halbe Stunde später vor ihren Zimmertüren im dritten Stock verabschiedeten, zog Stilton Olivia in seine Arme und drückte sie lange und fest an sich.

Ihr war klar, worum es bei dieser Umarmung ging.

Grigore schlief noch lange nicht. Er war mit dem gelben Taxi hinunter zum Fluss Dambovita gefahren und hatte dort am Kai angehalten. Jetzt saß er über das Lenkrad gebeugt da und schaute auf das dunkle, träge dahinfließende Wasser. Im Sommer badeten einige darin, er nicht, denn er fand, es sah eklig aus. Und er wusste, was da alles drin herumschwamm. Nach ein paar Minuten zog er sein Handy heraus und tippte eine Nummer ein. Er musste es ein paarmal klingeln lassen, bis jemand ranging.

»Stelea.«

»Hallo, hier ist Iulian.«

Mihai Stelea hatte vor mehreren Stunden geduscht. Er stand gern in aller Frühe auf. Hier oben auf der Dachterrasse konnte er in Ruhe frühstücken und dabei zusehen, wie sich das Morgenlicht über der Stadt erhob. Die Aussicht war phantastisch, acht Stockwerke hoch in einem von Bukarests Fünfsternehotels. Stardust. Er war der größte Anteilseigner des Hotels und hatte eine private Luxuswohnung, die sich über das gesamte oberste Stockwerk erstreckte, zur Verfügung. Für sich und für seinen Stab an Leibwächtern.

Heute saß er an dem ovalen Granittisch mitten auf der marmorgefliesten Terrasse und genoss eine perfekte, in dünne Scheiben geschnittene Avocado. Dazu trank er Quellwasser. Er trug ein weites Baumwollhemd, der oberste Knopf stand offen, und eine unauffällige, aber sorgfältig gebügelte graue Hose. Es war ein warmer Morgen, die Sonne spiegelte sich in dem schwarzen Hubschrauber, der etwas erhöht auf dem Landeplatz stand. Ein Stück entfernt, am Rande der Terrasse, befand sich ein exklusives Fernrohr. Er war ein verbissener Amateurastronom und verbrachte unzählige Nächte mit dem Studium verschiedener Sternkonstellationen im Weltall.

Doch jetzt war er mit etwas anderem beschäftigt.

Er steckte sich eine Scheibe Avocado in den Mund und stand auf. Ging die wenigen Schritte zu dem goldglänzenden Fernrohr. Vorsichtig drehte er das Rohr, das direkt in den hellblauen Himmel zeigte, nach unten, auf die Stadt. Dann drückte er ein Auge gegen den Sucher und richtete das

Rohr so aus, bis er das ins Bild bekam, was er haben wollte. Eine sehr deutliche Nahaufnahme des Eingangs vom Hotel Moxa.

*

Olivia hatte tatsächlich tief und fest geschlafen. Nicht sehr lange, aber tief. Die Schürfwunden im Gesicht waren inzwischen getrocknet und zu roten Kratzern geworden, ansonsten ging es ihr gut. Bis sie aus der Dusche kam und ihr urplötzlich schlecht wurde. Sie setzte sich in dem weißen Bademantel aufs Bett und wartete ab. Ihr Magen drehte sich. War das Essen von gestern daran schuld?, fragte sie sich. Doch dafür war die letzte Mahlzeit viel zu lange her. Vielleicht lag es an der Kanalisation, dachte sie, diese schrecklichen Gerüche, der Farbverdünner, überall dieser Chemiegestank. Für ein paar Minuten legte sie sich auf den Rücken und spürte, wie die Übelkeit langsam abebbte, zumindest so weit, dass sie aufstehen und sich im Bad die Haare trocknen konnte.

Als sie das Hotel gemeinsam verließen, schlug Stilton vor, zu Fuß zu gehen. Die Sonne schien, es hatte um die fünfzehn Grad. Frische Luft, angenehme Temperatur. Er hatte das Pflaster gewechselt, das neue war giftgrün. Mit einer anderen Farbe konnte das Hotel nicht dienen. Olivia grinste kurz, ihm selbst war das sowieso ziemlich egal, und er berichtete ihr lieber, wo sie Sorin treffen sollten.

In einem anderen Straßencafé.

Stilton hatte ihn gefragt, warum sie denn nicht ins Polizeigebäude kommen könnten, und Sorin hatte ihm geantwortet, er nutze jede Chance, da rauszukommen. Wenn Stilton an die inspirierenden Räume daheim in der Bergsgatan dachte, hatte er dafür volles Verständnis. Lieber außer Haus und bei einer Tasse guten Kaffees. Oder einem Milchshake, was Sorin betraf.

»Was ist passiert?« Sorin stellte seine erste Frage, noch bevor sie sich an seinen Tisch gesetzt hatten.

»Wir waren letzte Nacht unten in der Kanalisation«, erklärte Stilton und ließ sich auf einen Stuhl niedersinken.

»In Ferentari?«

»Nein, irgendwo mitten in der Stadt.«

Sorin fragte nicht nach weiteren Details. Kletterte man mitten in der Nacht in die Kloaken hinunter, ohne dazuzugehören, dann musste man mit einigen Blessuren rechnen. Er war froh, dass seine schwedischen Kollegen überhaupt wieder herausgekommen waren, und schob seine Baseballkappe hin und her.

»Hat es was gebracht?«, fragte er.

»Ja.«

Nach Olivias kurz angebundener Antwort auf Frage zwei lieferten sie und Stilton einen kurzen Bericht darüber ab, wie sie draußen in Gradinari die Identität des toten Jungen, Ionel, herausbekommen und anschließend weitere Informationen von einem Jungen unten in der Kanalisation erhalten hatten. Von Doru.

»Ich nehme an, Sie wissen, an welchem Datum Sie eine große Kloaken-Razzia durchgeführt haben, oder?«, beschloss Stilton die Ausführungen.

Sorin wusste es sogar ganz genau. Auf den Glockenschlag.

»Am 16. Juli dieses Jahres um 23.00 Uhr.«

»Und in der Nacht davor wurde Ionel verschleppt«, sagte Olivia. »Gegen seinen Willen.«

»Konnte dieser Doru sagen, von wem?«

»Nein.«

Sorin dachte einen Moment lang nach. Zum einen darüber, warum diese schwedischen Kollegen so viel Energie darauf verschwendeten, das Schicksal eines elternlosen Kloakenkinds herauszubekommen. Sicher, der Junge war ermordet worden, aber Menschen werden am laufenden Band ermordet, selbst in Schweden.

»Darf ich euch eine Frage stellen, und bitte, versteht mich nicht falsch«, sagte er. »Warum verwendet ihr ausgerechnet auf diesen Mord so viele Ressourcen?«

Stilton fand die Frage aus verschiedenen Gründen ziemlich merkwürdig. Aus dem Mund von einem dieser Budgetheinis des NOA hätte er sie vielleicht noch einleuchtend gefunden, aber ihm gegenüber saß doch ein aktiver Kriminalkommissar. Ein Mann, der eigentlich die gleiche Agenda haben sollte wie er, wenn es um Mord ging. Ganz gleich, an wem.

»Weil wir den Fall lösen wollen.«

Sorin betrachtete Stilton und wartete, musste aber irgendwann einsehen, dass da nichts mehr kam. Also begann er darüber zu grübeln, was den schwedischen Ermittlern in der Kanalisation zugestoßen war. Und schwieg.

Währenddessen gaben Stilton und Olivia ihre Bestellung auf, dieses Mal bei einer alles andere als kraftlosen Bedienung. Die Kellnerin war richtig niedlich und hochschwanger. Wieso arbeitet sie noch in dem Zustand?, fragte Olivia sich, voller Vorurteile. Sie war ja noch nie schwanger gewesen und hatte keine Ahnung, in welchem Zustand man arbeiten konnte und in welchem nicht. Schließlich bestellte sie Clatite, kleine, leichte Pfannkuchen, die mit Zucker und Marmelade serviert wurden, und mit Schnaps, wer wollte. Olivia verzichtete auf den Schnaps.

Sorin schien mit seinen Überlegungen fertig zu sein.

»Könnte es an uns gelegen haben?«, fragte er. »An unserem Einsatz?«

Stilton ließ sich auf den Gedanken ein.

»Dass Ionel ausgerechnet in der Nacht gekidnappt wurde, bevor ihr zugeschlagen habt?«

»Ja?«

»Möglich wär's. Aber wer sollte ein Interesse daran haben, einen verwaisten Hühnerdieb zu kidnappen? Ein zehn, elf Jahre altes Kind aus der Kanalisation?«

Darauf hatte Sorin keine Antwort, doch er versprach, an der Sache dranzubleiben. Tipps, die mit dem Dolch und dem Mord in Schweden zu tun hatten, hatte er von seinen Quellen keine erhalten. Also beschlossen die beiden Schweden, später am Nachmittag nach Hause zu fliegen. Sorin stand auf und verabschiedete sich mit einem kräftigen Handschlag. Er hoffte, man sah ihm die Erleichterung über das Ende des Bukarestbesuchs der beiden Ermittler nicht an.

Es hätte deutlich schlimmer ausgehen können als mit ein paar Schürfwunden und einem quietschgrünen Pflaster.

Stilton und Olivia entschieden sich, auch auf dem Rückweg zum Hotel zu Fuß zu gehen. Zum einen, weil Stilton die Idee hatte, in einem der Läden nach einem Mitbringsel für Luna zu suchen. Er hatte sie noch spät in der Nacht angerufen, nur um ihre Stimme zu hören und ohne etwas von der Kanalisation zu erwähnen. Er wusste, dass sie es schätzte, ein Lebenszeichen von ihm zu bekommen. Olivia hatte niemanden, dem sie ein Geschenk hätte kaufen können. Vielleicht mir selbst, dachte sie, vielleicht sollte ich mich von mir selbst überraschen lassen?

Sie schlenderten eine Weile ziellos durch das Viertel, immer aber in Richtung Hotel. Das hier war ein anderes Bukarest, gepflegte Gebäude mit exklusiven Geschäften, sorgfältig geschminkte Damen und gestresste Geschäftsmänner und lange Reihen teurer SUVs, die am Straßenrand parkten. Es stimmte, was Sorin gesagt hatte, es war nur ein Katzensprung zwischen Überfluss und Elend. Aber momentan gefiel Überfluss ihnen um einiges besser.

Die Suche nach einem Geschenk verlief erfolglos, also beschäftigten sie sich wieder mit dem, was sie viel mehr interessierte.

»Der 16. Juli«, sagte Olivia. »Also ist Ionel am 15. verschwunden. Gefunden wurde er am 18. September bei Dällingen, und unseren Schätzungen nach lag er ungefähr zwei Monate dort in der Erde. Das bedeutet, dass er kurz nach seiner Entführung aus der Kanalisation dort gelandet ist, oder?«

Stilton hatte die gleichen Rückschlüsse gezogen, aber ihm fehlte ein logischer Zusammenhang.

»Dann soll ihn also jemand aus den Kloaken in Bukarest verschleppt haben, um dann sofort mit ihm nach Schweden abzuhauen und ihn in Småland umzubringen? Das ergibt doch keinen Sinn.«

»Vielleicht hat ihn ein Pädophiler gekidnappt? Einer aus einem Pädophilenring. Er hat ihn mitgenommen, sich an ihm vergangen, und dann hat er ihn getötet. Schließlich war er das perfekte Opfer. Keine Eltern, die ihr Kind vermissen. Keiner, der …«

Olivia wollte gerade ihre Überlegungen weiter ausführen, als sie wieder von einer Welle aus Übelkeit überrollt wurde. So heftig, dass sie würgen musste. Nur ein paar Meter weiter vorn entdeckte sie auf der anderen Straßenseite eine Bar.

»Mir ist übel. Ich muss da mal aufs Klo.«

»Ja? Gut, ich warte hier.«

Olivia eilte zum Eingang der Bar und huschte durch die Tür. Stilton sah sie verschwinden und betrachtete so lange irgendwelche kitschigen Souvenirschlösser im Schaufenster.

»Hallo!«

Stilton drehte sich um. Ein paar Meter entfernt stand Doru, der Junge aus der Kanalisation. Er zitterte leicht, seine Augen waren weit aufgerissen. Als wäre er auf Drogen. Stilton ging zu dem Jungen hin.

»Hallo!«

»Ionel«, sagte der Junge.

»Yes?«

Der Junge zeigte auf die Straße hinter sich. Stilton sah in dieselbe Richtung, konnte aber nichts entdecken. Er wiederholte, was der Junge gesagt hatte.

»Ionel?«

Doru kam näher und zupfte leicht an Stiltons Jacke, dann nickte er mit dem Kopf wieder in dieselbe Richtung und ging los. Stilton folgte ihm. Wusste er noch etwas über Ionel?

Es dauerte einen Moment, bis Olivia sich in der Bar zurechtfand, in leicht gekrümmter Haltung, doch dann bekam sie Hilfe von einem Mann am Tresen, der ihre Situation richtig deutete und in eine Ecke zeigte. Olivia lief hin und fand die Damentoilette. Es gelang ihr gerade noch, den Toilettendeckel aufzuklappen, bevor sie sich erbrach.

Als sie nach einigen Minuten wieder zurück in den Gastraum kam, ging sie zum Tresen und bat um ein Glas Wasser. Sie nahm einen Schluck, es war lauwarm, und sofort machte sich die Übelkeit wieder bemerkbar. Was zum Teufel hat das zu bedeuten?, dachte sie und schaute hinaus auf die

Straße. Muss ich jetzt beim Heimflug auch noch die Spucktüte benutzen?

Sie leerte das Glas und musste dafür fünf Lei bezahlen, woraufhin sie darauf verzichtete, sich zu bedanken, und wortlos hinausging. Tom stand nicht mehr vor dem Laden schräg gegenüber. Sie schaute in die andere Richtung. Dort war er auch nicht. Also ging sie zu dem Geschäft, um nachzusehen, ob er vielleicht hineingegangen war. Nein. Sie zog ihr Handy heraus und rief ihn an. Keine Antwort. Verdammt noch mal. Sie ging die Straße hinunter in die Richtung, die sie vorher eingeschlagen hatten, auf dem Weg zum Hotel. Kein Tom. Noch einmal rief sie ihn an und erhielt keine Antwort.

Der Mann an der Rezeption hatte Stilton nicht gesehen. Es lag auch keine Nachricht für sie dort. Was treibt er nur?, dachte sie, verließ erneut das Hotel. Eine bohrende Unruhe machte sich in ihr breit.

Sie ging denselben Weg zurück, den sie gekommen war, dieselben Straßen, vorbei an der Bar, schaute in diverse Läden und dann wieder dieselbe Straße zurück. Der Schweiß lief ihr aus den Achselhöhlen, hektisch zog sie ihre Jacke aus. Als sie an einer kleinen Querstraße vorbeikam, schaute sie hinein und sah einen kleinen Jungen zusammengekauert an einer Hauswand sitzen. Er hielt sich eine schwarze Plastiktüte über den Mund und hatte eine blaue Verdünnerflasche neben sich stehen. Sie ging zu ihm und sah, dass er sich in die Hose gepinkelt hatte. Dann erkannte sie ihn. Doru. Was machte er hier? Sie hockte sich neben ihn und versuchte, Dorus benebelten Blick einzufangen. Keine leichte Aufgabe. Saß er rein zufällig hier? Schließlich war es nicht weit bis zur Kanalisation. Aber wie war er hierhergekommen, und warum? Wusste er, wohin Tom gegangen war? War ihr Kollege wieder in den Abwasserkanälen verschwunden – allein? Warum sollte er das tun? Sie schaute Doru an und strengte sich an, seine Aufmerksamkeit zu bekommen. Plötzlich sagte Doru etwas auf Rumänisch und drehte den Kopf in Richtung Straße. Olivia verstand kein Wort, außerdem war ihr klar, dass sie aus diesem armen Kind keinen vernünftigen Satz herausholen konnte, wenn sie niemanden fand, der seine Sprache beherrschte. Sie sah sich um, stand auf und lief zurück auf die größere Straße, zurück zu der Bar. Vielleicht gab es dort jemanden, der Dorus Worte für sie auf Englisch übersetzen konnte.

Es war der gleiche Mann, der ihr den Weg zur Toilette gezeigt hatte. Ein älterer Mann mit streng nach hinten gekämmtem Haar, der ein Bein nachzog. Eine Kriegsverletzung, wie er sagte, als sie die Bar verließen, ohne zu präzisieren, auf welchen Krieg er anspielte. Olivia hatte es eilig, doch sie musste sich gedulden, bis sie die enge Seitengasse erreicht hatten, nur um festzustellen, dass da niemand mehr war.

»Hat er hier gesessen?«, fragte der Mann.

»Ja, wieso?«

»Ach, die verschwinden doch wie die Kakerlaken, die von da unten.«

Olivia bedankte sich bei dem Mann, und er humpelte zurück.

Inzwischen war aus ihrer nagenden Unruhe etwas ganz anderes geworden: enormer Stress und große Angst. So langsam war Olivia überzeugt davon, dass Tom etwas zugestoßen sein musste. Der Mann ohne Ohr unten in den Abwasserkanälen? Es war doch wohl kaum Zufall, dass Doru ausgerechnet eine Straßenecke weit entfernt von der Stelle sitzt, an der Tom und sie sich getrennt hatten? Oder hatte dieser Stelea etwas damit zu tun? Sie konnte Sorins Stimme im Kopf hören: »Ihr seid nicht als Touristen hier.« Olivia holte ihr Handy heraus und rief Sorin an. Ihre Finger zitterten.

»Hallo! Hat Tom sich bei dir gemeldet?«

»Nein. Ihr wolltet doch nach Hause fliegen, oder?«

Olivia schilderte Sorin, was passiert war, und er konnte ihrer bebenden Stimme anhören, dass die Situation ernst war. Stilton hatte also ein Problem. Keine gute Nachricht.

»Ich schicke seine Personenbeschreibung raus und bitte alle, die Augen nach ihm offen zu halten«, sagte er. »Für dich ist es jetzt wohl das Beste, wenn du zurück ins Hotel gehst.«

In Olivias Ohren klang das wie eine Warnung.

Im Hotel gab es immer noch kein Lebenszeichen von Tom. Olivia ging auf ihr Zimmer, wusch sich, zog einen frischen Pullover an und stellte fest, dass sie nicht in den vier Wänden bleiben konnte, dazu war sie viel zu aufgeregt. Als sie das Hotel wieder verließ, hatte die Dämmerung bereits eingesetzt. Sie blieb an einem Imbiss stehen, kaufte sich eine typisch rumänische Wurst und versuchte, die Bissen hinunterzubekommen. Schaffte es jedoch nicht. Schließlich warf sie die Wurst in einen Mülleimer und machte sich auf den Weg Richtung Zentrum. Sie bog in das Viertel ab, in dem Tom verschwunden war, warum, wusste sie selbst nicht, schließlich war er doch nicht mehr dort – oder? Die Angst kroch in ihr hoch, ließ sie kurz und stockend atmen.

Wäre sie aufmerksamer und weniger aufgewühlt gewesen, hätte sie die Autoscheinwerfer bemerkt, die ihr mit sicherem Abstand folgten, und zwar bereits seit dem Hotel. Doch der Wagen fiel ihr erst auf, als sie in eine enge, fast leere Straße einbog. Möglichst unauffällig beobachtete sie in den

Schaufenstern auf der anderen Seite, wie der Wagen ihr im Schritttempo folgte. Weil sie bereits gereizt und angespannt war, huschte sie schnell in die nächste Tornische und hielt den Atem an. Der Wagen fuhr langsam an ihr vorbei, ein Taxi. Es hielt an. Olivia drückte sich noch tiefer in die Nische hinein. Plötzlich stieg Grigore auf der Fahrerseite aus und schaute in ihre Richtung.

»Olivia?«

Er kam einige Schritte auf das Tor zu, winkte, und Olivia entspannte sich.

»Was machst du hier?«, fragte er. »Wo ist Tom?«

Olivia trat auf die Straße und ging zu Grigore.

»Ich habe gesehen, wie du aus dem Hotel gegangen bist, ich hatte einen Kunden«, erklärte er. »Dann habe ich versucht, dich einzuholen. Wolltet ihr heute nicht nach Hause fliegen?«

»Doch, ja.«

»Ist was passiert?«

»Ja.«

Olivia wusste nicht so recht, wie sie erklären sollte, dass Tom spurlos verschwunden war und nicht an sein Handy ging.

»Und du glaubst, ihm könnte etwas zugestoßen sein?«

»Ich weiß es.«

»Meinst du, er ist überfallen worden?«

Daran hatte Olivia noch nicht gedacht. Überfallen? War er überfallen worden? Verschleppt und ausgeraubt? Sie spürte, wie sie die Fassung verlor, ein dicker Kloß stieg ihr im Hals hoch. Grigore nickte mit dem Kopf Richtung Taxi.

»Komm, wir setzen uns ins Auto.«

Olivia nickte, beide stiegen ins Taxi. Grigore startete den Motor.

»Wenn du willst, können wir herumfahren und nach ihm suchen«, schlug er vor.

»Aber wo sollen wir suchen?«

Darauf hatte Grigore auch keine Antwort, aber er fuhr erst mal los, und das Motorengeräusch hatte eine beruhigende Wirkung auf Olivia.

»Ich habe Doru dort getroffen, wo Tom verschwunden ist«, erzählte sie dem Taxifahrer nach einer Weile.

»Den Jungen aus der Kanalisation?«

»Ja.«

»Was hat er da gemacht? Ist schon merkwürdig.«

»Kann das mit diesem Wahnsinnigen ohne Ohr zusammenhängen?«

»Wer ist das?«

»Ein Kerl, dem Tom unten im Tunnelsystem eine Kopfnuss verpasst hat, nachdem wir Doru getroffen haben. Könnte er dahinterstecken? Weil er sich rächen will?«

Grigore fuhr langsam hinunter zu dem dunklen Fluss Dambovita, ohne eine der Fragen zu beantworten. Olivia sah ihn an.

»Was denkst du?«

»Ich habe keine Ahnung«, antwortete Grigore. »Aber den Menschen da unten ist alles zuzutrauen. Und erst recht ein Raubüberfall. Vielleicht hat dieser Doru für den Mann ohne Ohr gearbeitet. Als Lockvogel, um Tom in irgendein Auto zu locken, oder etwas in der Art. Um ihn vielleicht auszurauben? Sollen wir noch einmal runter in die Kloaken?«

»Nein!«

Alles, nur das nicht.

Grigore hielt am Kai an und stellte den Motor aus.

»Warum halten wir hier an?« Olivia war plötzlich hellwach.

Grigore lächelte Olivia an.

»Hast du heute schon was gegessen?«

»Nein.«

»Ich wohne nicht weit von hier, wir können zu mir fahren und dort etwas essen, was hältst du davon?«

Grigore lächelte Olivia immer noch an. Sie drehte den Kopf zur Seite, schaute auf den Fluss. Was hat er vor? Will er mich anbaggern? Warum stehen wir hier auf diesem Kai? Grigore legte eine Hand auf Olivias Schulter, und in dem Augenblick klingelte ihr Handy. Es war Sorin. Schnell schob sich Olivia das Telefon ans Ohr.

»Habt ihr ihn gefunden?«, fragte sie.

»Nein. Wo bist du? Ich bin in deinem Hotel.«

»Ich sitze in einem Taxi unten am Fluss, wir sind herumgefahren und haben Ausschau gehalten.«

»Also hast du nichts von ihm gehört?«

»Nein.«

»Dann möchte ich, dass du sofort herkommst, damit wir gemeinsam entscheiden können, was wir als Nächstes unternehmen. In Ordnung?«

Sorins Tonfall ließ keine Diskussion zu. Es war mehr oder weniger ein Befehl.

»Ich komme.«

Olivia beendete das Gespräch. Grigore schaute sie an.

»Wer war das?«

»Einer von der Polizei.«

»Weiß die Polizei davon? Ich meine, von Toms Verschwinden?«

»Ja. Wieso wundert dich das?«

Grigore startete den Motor.

»Fahren wir zu mir nach Hause?«, fragte er.

»Nein.«

Olivia öffnete die Tür und stieg aus. Sie wollte nicht länger in diesem Taxi bleiben. Also drückte sie die Tür zu, doch als sie sich von dem Auto entfernte, stieg Grigore ebenfalls aus.

»Olivia«, sagte er.

»Ja?«

Sie drehte sich um.

»Hier kann man der Polizei nicht immer vertrauen.«

»Wie meinst du das?«

»Sei vorsichtig.«

Olivia ging den Kai entlang, Grigore setzte sich wieder ins Auto und schaltete die Scheinwerfer ein. Das Licht reichte bis zu Olivia und noch ein gutes Stück weiter. Sie trat zur Seite, um aus dem Lichtkegel herauszukommen, in die Dunkelheit. Plötzlich erlosch das Licht. Olivia begann zu laufen, so schnell sie konnte, und drehte sich erst nach ein paar Minuten wieder um.

Der Kai war menschenleer.

Als sie keuchend die Lobby des Hotels erreichte, lief ihr der Schweiß in die Augen. Sofort erhob sich Sorin aus einem Sessel und eilte auf sie zu. Zum ersten Mal trug er nichts auf dem Kopf.

»Du bist ja ganz außer Atem«, bemerkte er.

»Ich bin einem ekligen Taxifahrer davongelaufen. Immer noch nichts von Tom?«

»Nein. Komm.«

Sorin führte Olivia wieder aus dem Gebäude hinaus.

»Wohin gehen wir?«

»Spazieren.«

Sorin wollte möglichen Zuhörern oder Beobachtern aus

dem Weg gehen, deshalb bog er in eine nicht so belebte Gasse neben dem Hotel ein und begann zu reden, mit einer Autorität, die Olivia an Mette erinnerte.

»Toms Verschwinden ist eine ernste Angelegenheit. Ich vermute, es hängt mit eurem Besuch in der Kanalisation zusammen. Ich will, dass du mir genau berichtest, was dort passiert ist. Bis jetzt wart ihr in der Beziehung ziemlich einsilbig.«

Olivia musste ihm Recht geben. Bei ihrem letzten Treffen hatten sie Sorin nicht besonders viel erzählt, außer dass sie Doru getroffen hatten, der Ionel gekannt hatte. Den Rest hatten sie verschwiegen, aus vielerlei Gründen. Doch jetzt war Olivia gezwungen, alles zu berichten, von dem Moment an, als sie sich in das Betonloch hinunterließen, bis zu dem, als sie durch einen Sielschacht wieder auftauchte.

Nur den Moment, als sie dem Mann, der sie vergewaltigten wollte, den Verdünner in die Augen gesprüht hatte, sparte sie aus.

Als sie mit ihrem Bericht fertig war, bogen sie in eine noch kleinere Gasse ab und blieben unter einer Straßenlaterne stehen. Sorin war schweigend neben ihr hergelaufen, hatte sie bis jetzt nicht einmal unterbrochen.

»Der Mann, dem ein Ohr fehlt, heißt Petru. Er ist ein guter Bekannter von uns und lebt in den Kloaken. Ein primitiver Kerl ohne Skrupel. Und dem hat Tom eine Kopfnuss verpasst?«

»Ja. Und später hat er versucht, mich zu vergewaltigen.«

»Okay.«

Sorin ging wieder weiter, Olivia folgte ihm. Ihr Mund war trocken, sie spürte, wie der Puls hämmerte, es hatte sie einiges an Überwindung gekostet, von dem Kanalisationsbesuch zu berichten. Nach ein paar Minuten befeuchtete sie sich die Lippen und fragte:

»Was willst du jetzt tun?«

»Eine Razzia in der Kanalisation anordnen.«

»Und wann?«

»Sofort. Wenn wir Glück haben, finden wir Tom dort.«

Sie verabschiedeten sich vor dem Hotel.

Bevor er verschwand, hatte Sorin versprochen, sich im Laufe des Abends oder der Nacht zu melden. Olivia ging auf ihr Zimmer und ließ sich aufs Bett fallen. Sie wusste, was sie jetzt tun musste. Schon zu lange hatte sie ihn aufgeschoben, diesen Anruf bei Mette. Ihr war klar, dass die ganze Aktion Konsequenzen haben würde, vor allem ihr Abstieg in die Kanalisation. Deshalb hatte sie die ganze Zeit gehofft, dass Tom auftauchte. Damit sie nicht anrufen musste.

Aber Tom war und blieb verschwunden.

*

Im Laufe der Jahre war Mette immer besser geworden. Sie war noch keine Meisterin ihres Fachs, aber immerhin so gut, dass sie ungefähr das herausbekam, was sie sich vorgestellt hatte, wenn sie anfing, den weichen Lehmklumpen vor sich zu drehen. Heute Abend wollte sie eine Schale anfertigen. Vielleicht eine Obstschale, irgendetwas in der Art.

Im Laufe des Tages hatte sie Besuch von Rying bekommen. Er hatte Informationen von den DNA-Forschern in Linköping dabei. Inzwischen stand fest: Das Sperma des Opfers im Wald stimmte nicht mit dem des Pädophilen Anders Lärnfors überein, aber es stammte von der gleichen Person, deren Hautreste unter den Fingernägeln des Opfers gefunden worden waren.

»Der Mörder hat sich also an seinem Opfer vergangen, bevor er ihm die Kehle durchgeschnitten hat.«

Mettes Kommentar war nicht als Frage gedacht, sondern als Feststellung, und Rying hatte ihr zugestimmt. Wahrscheinlich waren alle, die an den Ermittlungen beteiligt waren, davon ausgegangen, aber jetzt herrschte Gewissheit. Und leider entlastete das Lärnfors. Zwar nicht, was den Übergriff in Växjö betraf und so einiges andere, aber er war nicht ihr gesuchter Täter. Es war noch ein anderer Pädophiler beteiligt.

Sofort hatte Mette wieder Kontakt zur Abteilung für Kinderpornographie aufgenommen. Hatten sie andere mögliche Täter im Visier? Ja, und man wollte ihr einiges zeigen, sobald sie Zeit fand, vorbeizukommen. Also gleich morgen.

Mette ließ den Lehmklumpen durch die Hände gleiten. Sie wusste, es würde diese Nacht spät werden. Wenn ihre Ermittler im Ausland waren, kam sie einfach nicht zur Ruhe. Und dass es dieses Mal ausgerechnet Tom und Olivia waren, machte es nicht besser. Sie hatte sie aufgefordert, nach Hause zu kommen, als sie die Informationen zur Identität des Opfers von dem alten Mann erhalten hatten, aber Tom hatte behauptet, er müsse noch einigen Dingen nachgehen. Genauer hatte er sich nicht ausgedrückt.

Hätte Tom Mette in seine Pläne eingeweiht, dass Olivia und er in das verrufene Abwassersystem in Bukarest hinuntersteigen würden, dann hätte sie dem Ganzen einen Riegel vorgeschoben. Da sie aber nichts davon wusste, hoffte sie einfach nur, dass dort drüben alles gut gelaufen war. Vermutlich saßen sie gerade im Flugzeug nach Hause. Aber sie war irritiert, dass keiner von beiden, nicht einmal Olivia, sich die Mühe gemacht hatte, ihr eine SMS zu schicken, dass sie unterwegs seien. Dann hätte sie ihr Werkstück beenden und ins Bett gehen können.

Da klingelte ihr Handy.

Endlich!, dachte sie, als sie sah, wer anrief.

»Hei, Olivia! Seid ihr gelandet?«

»Nein. Wir sind noch hier.«

Und dann hörte Mette Olivia zu, während sich die Scheibe drehte, Runde um Runde, immer langsamer, bis sie schließlich stehen blieb.

Erst dann stand Mette auf.

Es war keiner dieser stimmungsvollen Abende, die meisten der Tische im Casino Cosmopol waren nur halb besetzt. Abbas' Black Jack war bis vor einer Stunde gut besucht gewesen, aber jetzt hatten sich die Reihen gelichtet, bis auf einen ziemlich angetrunkenen Mann in den Fünfzigern. Der Croupier erkannte ihn wieder, es war ein Stammgast, ein Mann, der um hohe Einsätze spielte, oft verlor und immer heftig trank. Viele hier taten das, aber nicht alle hatten die schlechte Angewohnheit, ihre privaten Sorgen beim Croupier abzuladen, so wie dieser Mann. Ab einem gewissen Promilleniveau sah er in Abbas einen Gesprächspartner, was nach einer Weile sehr ermüdend war. Doch Abbas war ein höflicher Mann und wusste, dass es zu seinem Job gehörte, die Spieler bei guter und spendabler Laune zu halten. Also hörte er zu und antwortete hin und wieder, ohne persönliche Dinge preiszugeben. An diesem Abend redete der Mann ungewöhnlich unzusammenhängend, und Abbas fragte sich, ob es nicht an der Zeit war, das Spiel für diesen Abend höflich, aber entschieden abzubrechen.

»Das Problem ist nicht, dass sie gestorben ist«, nuschelte der Mann, »sondern dass sie genau in diesem Moment gestorben ist. Alle müssen sterben. Aber sie ist zu früh gestorben, und das war so nicht geplant.«

Abbas hatte Fragmente der Geschichte schon früher gehört. Die Ehefrau war gestorben, bei einer Art Verkehrsunfall auf dem Weg zu ihrer Tante. Wie alt die Frau war, als sie starb, wusste er nicht, aber da es wohl noch nicht so lange her war und sie wahrscheinlich im Alter ihres Mannes gewesen war, konnte es sich wohl kaum um eine blutjunge Frau gehandelt haben. Offenbar war ihr Ehemann der Meinung, sie hätte sich einen anderen Zeitpunkt zum Sterben aussuchen sollen, einen, der besser gepasst hätte. Vielleicht war er auch nur betrunken und traurig.

Der Mann wischte sich über die Augen und schob seine letzten Chips auf den Tisch. Hoffentlich verliert er und geht dann nach Hause, dachte Abbas und wollte gerade die erste Karte herausschieben, als er aufblickte und sah, dass Mette auf dem Weg zu seinem Tisch war.

*

Olivia saß in einer Ecke der dunklen Hotelbar. Als es auf eins zuging, war sie runtergegangen und hatte festgestellt, dass die Bar leer, aber immer noch geöffnet war. Sie brauchte dringend ein Glas Wein. Sie hatte lange heiß geduscht und dabei gespürt, wie ihre Nackenmuskeln sich etwas entspannten. Außerdem zitterten ihre Hände endlich nicht mehr.

Jetzt saß sie in einem bequemen dunkelgrünen Sessel mit einem Glas Rotwein vor sich. Sie hatte das Handy geladen und wartete auf Sorins Anruf.

Vergeblich.

Doch als sie das Glas halb geleert hatte, stand er plötzlich im Eingang der Bar. Olivia richtete sich auf. Ihre Blicke begegneten sich, und Sorin schüttelte den Kopf. Die Polizeibeamtin ließ sich zurück in den Sessel sinken, und Sorin nahm ihr gegenüber Platz. Er trug wieder die Baseballkappe.

»Er war nicht da?«, fragte sie.

»Nein. Leider nicht.«

Olivia musterte Sorin, sah, wie müde er war. Die ganze Sache machte auch ihm zu schaffen.

»Habt ihr diesen Petru erwischt?«, fragte sie.

»Nein. Er liegt im Krankenhaus. Offenbar hat ihm jemand Farbverdünner in die Augen gesprüht.«

Olivia griff nach dem Rotweinglas, registrierte, dass ihre Hand wieder zitterte. Sie wich Sorins Blick aus. Fragte er sie direkt danach, würde sie erzählen, wie es gewesen war, fragte er nicht, verstand er es wahrscheinlich auch so.

Danach fragte er nicht, dafür aber in einem sehr viel privateren, sanfteren Ton:

»Wie geht es dir?«

Olivia zuckte mit den Schultern, und das genügte ihm.

»Hast du heute schon was gegessen?«

Diesmal war es kein schmieriger Taxifahrer, der sie an die Notwendigkeit der Nahrungsaufnahme erinnerte, sondern eine Person, zu der sie bis zu einem gewissen Grad Vertrauen hatte. Als Sorin ihr also eine Hand auf den Arm legte, interpretierte sie die Geste als Fürsorge, und für den Bruchteil einer Sekunde war sie kurz davor, die Kontrolle zu verlieren und einfach zusammenzubrechen.

Als dieser Bruchteil vorbei war, sagte sie:

»Teile einer Wurst.«

Eine Antwort, die beide laut losprusten ließ. Doch dann herrschte wieder Stille, bis Sorin sagte:

»Was Toms Verschwinden betrifft, gibt es leider sehr viel unangenehmere Alternativen als die Abwasserkanäle.«

Olivia sah ihm direkt in die Augen und fand dort die Bestätigung für das, was sie selbst befürchtete. Es gab eine sehr viel unangenehmere Alternative.

*

Mihai Stelea drehte das Fernrohr ein wenig zur Seite und schnappte nach Luft. Es war auf den Saturn gerichtet, und gerade in dieser Nacht standen alle Himmelskörper in der richtigen Position zueinander, was bedeutete, dass er das ganze phantastische, mit Gas gefüllte Farbspektrum um den Planeten sehen konnte, inklusive der gigantischen Monde, die sich in der Umlaufbahn befanden, Titan und Rhea. Nach ihnen hatte er seine zwei schwarzen Retriever getauft. Er spürte, wie sein Puls sich beim Anblick dieses Schauspiels beschleunigte. Der beste Moment des Tages. Er lehnte sich leicht zurück und ließ den Blick über die Dachterrasse schweifen. Der Körper lag ein Stück weit entfernt in der Dunkelheit auf der Matratze, mit einer schwarzen Haube über dem Kopf. Er hatte sich während der letzten Stunden nicht gerührt. Vermutlich würde es noch eine Weile dauern, bis er zu sich kam.

Stelea drückte das Auge wieder ans Fernrohr und hielt den Atem an.

Gowon stand am Flurfenster und schaute hinaus. Unten vor dem Fenster erstreckte sich eine große Wiese bis zu einem kleinen See. Die Sonne schien und funkelte im Wasser. Mitten auf der Wiese stand ein Rehbock. Gowon liebte die Natur und war draußen, sooft er konnte. Früher, bevor alles geschah, bevor alles zerstört wurde und sie gezwungen waren zu fliehen. Das war also die Natur Schwedens. So vollkommen anders. Schön, das schon, aber so fremd. Und dieses Tier? Ist das eine schwedische Antilope? Hätte er Pfeil und Bogen dabei, hätte er Maria mit frischem Fleisch versorgen können.

Er dachte an Maria. Sie war sehr, sehr schön. Sie erinnerte ihn an Frauen, die er im Kino in Maiduguri gesehen hatte. Schöne Frauen mit perfekter Haut, kühlen Augen und perfekt geformten Brüsten. Sie könnte ein Filmstar sein, dachte er. Schade, dass sie diesen Felix hat. Aber vielleicht ist er gar nicht so gut. In gewissen Dingen? In denen er gut war, das wusste er.

Und er dachte an den ersten Blick, den sie ihm in der Küche geschenkt hatte und dem weitere Blicke gefolgt waren. Immer verstohlen, von der Seite, als wollte sie nicht, dass er es bemerkte. Doch er spürte es trotzdem, wenn sie ihn ansah.

Er verließ das Fenster und ging zur Dusche. Vor der Tür zum Bad stand Akin. Die Dusche war besetzt, aber er hatte die Tür einen winzigen Spalt breit geöffnet, so dass er hineinsehen konnte.

Auf Tara.

Gowon musste grinsen. Vielleicht war es genau das, was

Akin brauchte? Heimlich ein Mädchen beobachten. Er blieb ein Stück entfernt stehen, deshalb konnte er Akin nicht warnen, als Felix plötzlich die Treppe hochkam. Felix sah Akin und kapierte sofort, was los war. Er zog Akin von der Tür fort und drückte ihn gegen die Wand.

»So etwas tun wir hier nicht.«

Seine Stimme blieb ganz ruhig, und Akin schaute verlegen zu Boden. Gowon ging zu den beiden und zog Akin mit sich.

»Komm, wir spielen Fußball!«

Felix hatte einen wunderbaren neuen Fußball gekauft, und Gowon rannte in seinem blauen Chelsea-Trikot mit der Zwölf drauf über den Platz, vollführte Phantasiedribblings und kam zu phantastischen Schüssen.

»Mikel! Ich bin Mikel!«, schrie er.

Akin stand in einem der Tore. Wenn Gowon sich ihm näherte und so hart er konnte auf ihn schoss, sprang Akin zur anderen Seite. Er war wirklich kein Torhüter.

Aber Gowon lief unermüdlich wie ein ausgelassenes Kalb über den Platz. Als Akin Tara entdeckte, wollte er den Platz sofort verlassen. Sie hatte sich an eine Stirnseite geschlichen und ins Gras gesetzt. Von dort schaute sie auf sein Tor. Somit blieb Akin nichts anderes übrig, als einen ernsthaften Versuch zu machen, den Ball bei Gowons nächstem Angriff zu halten – und bekam ihn direkt ins Gesicht. Und fiel nach hinten. Sofort sprang Tara auf. Doch Gowon war als Erster da und half ihm, sich hinzusetzen. Akin blutete aus der Nase und sah ganz verwirrt aus.

»Wie geht's?«, fragte Gowon.

Akin nickte, er sah, dass Tara auf ihn zukam. Stand schnell auf und wischte sich mit dem Trikot die Nase ab. Da läutete

Maria mit der Essensglocke, einer großen Glocke, die sie benutzte, um allen zu verkünden, dass das Essen fertig war.

Sie aßen in der großen Küche, und sie aßen viel, sogar Akin konnte so viel hineinschlingen, dass er satt wurde. Als Maria den Kaffee aufsetzte, kam Felix in die Küche.

»Ich muss nach Stockholm fahren«, sagte er. »Werde wohl über Nacht dort bleiben.«

Maria nickte, Gowon schaute sie von der Seite an und sah, wie sie seinem Blick auswich. Dann schaute er zu Felix und fragte:

»Können wir nicht mit in irgendeine Stadt fahren? Es gibt doch bestimmt Städte hier in der Nähe? Es wäre cool, mal was anderes zu sehen.«

Er hoffte, nicht unhöflich zu klingen, so als sei etwas an dem Haus hier nicht in Ordnung. Aber er war einfach neugierig und wollte gern mehr von diesem Land sehen.

Felix und Maria tauschten einen Blick, dann setzten sie sich beide an den Tisch.

»Ich halte das für keine gute Idee«, begann Felix.

»Warum nicht?«

»Weil hier in der Gegend viele wohnen, die nicht so denken wie wir.«

Gowon hatte in dem Zug nach Stockholm mit anderen gesprochen und davon gehört, dass es gefährlich sein konnte, als Flüchtling in diesem Land zu leben. Dass es Brandstiftung und Gewalt gegeben hatte.

»Menschen, denen es nicht gefällt, dass wir hier wohnen?«, fragte er.

»Vielleicht nicht nur hier, sondern überhaupt.«

Und dann erzählten Felix und Maria von der Lage der

Flüchtlinge in Schweden. Dass es Schweden gab, die nicht wollten, dass Einwanderer in ihr Land kamen, die befürchteten, sie würden ihre Gesellschaft bedrohen.

»Warum denn?«

Obwohl es nicht leicht war, versuchten sowohl Felix als auch Maria, es ihnen zu erklären, und nach einer Weile hatten die drei Jugendlichen am Tisch verstanden, dass es sicherer war, zu bleiben, wo sie waren. Hierher würde niemand kommen.

»Es geht nur darum, nicht die Aufmerksamkeit der falschen Leute auf sich zu ziehen«, sagte Felix.

»Indem man in irgendeine Stadt fährt?«, fragte Gowon nach.

»Ja.«

Felix fuhr am Nachmittag nach Stockholm.

Maria ging mit den Jugendlichen hinunter zu dem kleinen See. Der Anleger dort am Strand war nicht in bestem Zustand, aber sie setzten sich trotzdem ganz vorne hin und ließen die Füße im Wasser baumeln. Es war immer noch ziemlich warm. Nach ein paar Minuten beschloss Gowon, schwimmen zu gehen. Maria wollte ihn davon abhalten, doch Gowon hatte bereits Pullover und Jogginghose ausgezogen. Nur mit der Unterhose bekleidet, sprang er ins dunkle Wasser und verschwand. Akin und Tara saßen nebeneinander und sahen, wie Gowon erst nach einer ganzen Weile wie ein prustender Delphin wieder an der Wasseroberfläche auftauchte. Er lachte und schwamm mit weit ausholenden Kraulzügen zum Anleger zurück und zog sich auf ihn hoch. Maria beobachtete, wie das Wasser von seinen breiten Schultern abperlte.

»Du kannst deine Unterhose in der Waschküche trocknen«, sagte Maria. »Ich zeige dir, wo sie ist.«

Sie stand auf und ging die Wiese hoch. Gowon zuckte mit den Schultern und folgte ihr, Pullover und Hose in der Hand. Tara blieb sitzen, schaukelte mit den Beinen und schaute auf Akins Hände. Er hatte sie sich auf die Schenkel gelegt.

»Du hast Sonnenfinger«, sagte sie plötzlich.

»Was heißt das?«

»Keine Ahnung. Meine Oma hat es immer gesagt, wenn jemand schöne, lange Finger hat.«

Akin schob seine Hände unter die Oberschenkel.

Direkt nach dem Essen gingen alle drei zurück in den Anbau. Gowon behauptete, er sei müde, und Akin kam einfach mit. Tara wollte ein Videospiel spielen. Sie setzte sich auf das Sofa im Aufenthaltsraum und schaltete das Spiel ein, drehte den Ton aber runter. Sie wollte die anderen nicht stören, falls sie schlafen wollten.

Akin war bereits in sein Bett geklettert und hatte sich zur Wand gedreht, als Gowon anfing, sich auszuziehen. Er wusste, Akin würde gleich einschlafen, so wie immer. Gowon setzte sich auf die Bettkante und schaute aus dem Fenster. Der schwarze Himmel war voller Sterne. Sind das die gleichen Sterne wie zu Hause?, fragte er sich. Müssten sie ja eigentlich. Er hatte in den Nächten auf der Ebene mehrere Sternbilder auswendig gelernt, aber hier konnte er keines davon wiedererkennen. Ein leises, regelmäßiges Schnaufen aus dem oberen Bett bestätigte ihm, dass Akin eingeschlafen war. Gowon kroch unter die Bettdecke und dachte an Maria. Wie alt mochte sie sein? Älter als er logischerweise, aber wie alt genau? Es fiel ihm immer schwer, das Alter weißer Menschen zu schätzen. Aber was spielte das Alter überhaupt für eine Rolle? Und dann dachte er an Felix, der nach Stockholm gefahren war und über Nacht fortbleiben würde. Stimmte das überhaupt? Er konnte ja plötzlich seine Meinung ändern und unverhofft wieder auftauchen. Aber das war Marias Sache. Gerade wollte er die Beine über die Bettkante schwingen, als Akins Schrei ertönte. Er war erschreckend laut und schien aus dem ganzen Körper zu kommen. Noch bevor der Schrei ein Ende fand, war Gowon auf den Füßen und packte Akins Arme, die wie wild durch die Luft ruderten. Der dünne Körper zitterte, Schweiß lief ihm über die dunklen Wangen. Es dauerte mehrere Minuten, bevor sein Atem sich wieder beruhigte. Gowon wartete so lange. Er hatte einen derartigen Anfall schon einige Male erlebt. Akin konnte schreckliche Albträume haben, die ihn innerlich zerrissen, und danach dauerte es manchmal ziemlich lange, bis er sein Gleichgewicht wiedergefunden hatte. Oder zumindest so viel Gleichgewicht, wie jemand wie Akin überhaupt finden konnte.

»Du hattest wieder einen Albtraum«, sagte Gowon, als Akin sich erschöpft aufs Kissen fallen ließ. »Aber es ist alles gut, wir sind in Schweden.«

»Ich will nach Hause. Ich will nicht hierbleiben.«

Gowon wischte Akin mit dem Laken den Schweiß vom Gesicht und sagte:

»Du hast eine Decke. Du hast ein Bett. Du bekommst etwas zu essen. Niemand schlägt dich. Das Zuhause gibt es nicht mehr, das weißt du.«

»Doch, das gibt es.«

»Dann fahr doch zurück.«

Plötzlich war Gowon es leid. Er wusste, er durfte eigentlich nicht so reagieren, er war derjenige, der stark sein und Akin unterstützen musste. Aber manchmal, wie jetzt in diesem Augenblick, platzten Worte aus ihm heraus, die eigentlich nicht kommen durften. Gowon sah, wie Akins Augen anfingen zu glänzen. Als die erste Träne seine Wange hinunterlief, nahm er den Jungen in den Arm. In der Tür hinter ihnen stand Tara.

Nachdem Akin wieder zur Ruhe gekommen war, schlich Gowon sich aus dem Schlafzimmer. Er wusste, dass Tara auf dem Flur wartete.

»Warum hat er so geschrien?«, flüsterte sie.

»Können wir in dein Zimmer gehen?«

Tara nickte und ging vor. Gowon zog die Tür hinter sich zu. Tara hatte ein Einzelbett an der einen Wand. Sie setzten sich beide auf die Bettkante.

»Hast du seine Narben gesehen?«, fragte Gowon.

»Nein.«

»Auf dem Rücken?«

»Nein.«

»Als er dreizehn war, ist er von Terroristen gefangen genommen worden. Er musste ziemlich lange bei ihnen bleiben. Dann haben sie entschieden, dass er auf einen Gemüsegroßmarkt gehen sollte, mit einem Bombengürtel unter dem Pullover, um sich dort in die Luft zu sprengen. Er hat gemacht, was sie ihm gesagt haben, aber er war zu dünn. Auf dem Weg zum Markt rutschte ihm der Gürtel hinunter und fiel auf den Boden. Er hat sich nicht getraut, ihn aufzuheben, und ist stattdessen zurückgelaufen. Dann haben sie seinen Rücken mit einer Peitsche kaputtgeschlagen.«

Gowon sah, wie Tara ihre geballten Fäuste gegen die Wangen drückte.

»Deshalb seine Albträume«, sagte er.

Tara nahm die Hände herunter und klemmte sie zwischen

die Beine. Sie konnte sich gut vorstellen, was Akin hatte erleiden müssen. Sie war auch vor den Taliban geflohen. Die machten das Gleiche mit ihren Gefangenen. Sie schüttelte leicht den Kopf und schaute zu Gowon auf.

»Ich bin auch gefangen genommen worden«, sagte er.

»Von den Terroristen?«

»Ja. Boko Haram. Sie haben in Izghe, in unserem Ort, alle Häuser niedergebrannt und mich verschleppt.«

Gowon verstummte. Mehr wollte er nicht erzählen. Nicht die Wunde wieder aufreißen, die er mit aller Kraft verschlossen hatte.

»Wir sind seit fast einem Jahr zusammen auf der Flucht«, sagte er.

Gowon blieb noch eine Weile bei Tara sitzen. Keiner von ihnen redete viel. Sie hatten kaum gemeinsame Erinnerungen, aber das, woran sie sich erinnerten, war düster und zerriss sie innerlich. Als Gowon gehen wollte, zeigte Tara ihm ein Foto ihrer Familie, ein kleines Foto, das sie in einer runden Holzschachtel aufbewahrte.

»Ich weiß nicht, wo sie sind«, sagte sie.

Gowon nickte, tätschelte Taras Arm und ging hinaus.

Als er zurück in sein Zimmer ging, sah er, wie die Scheinwerfer des Campingbusses auf den Hof einbogen.

Also hat Felix seine Meinung doch geändert, stellte er fest.

Die zwölf Männer, die um neun Uhr morgens um den ovalen Granittisch saßen, kamen aus verschiedenen Richtungen. Einige aus Russland, einer aus den Niederlanden, zwei waren Italiener, einer war Serbe. Die beiden rumänischen Finanzberater stammten aus Bukarest, genau wie der Mann, der am Kopfende saß. Alle hatten schon häufig auf dieser Terrasse gesessen, und alle gehörten in irgendeiner Form der kriminellen Organisation an, die sich »Der Dolch ist heilig« nannte.

Sie trafen sich einmal im Monat.

Ziel der Zusammenkunft war, Informationen über die weit verzweigten Aktivitäten der Organisation zusammenzutragen und ihre Strategien zu diskutieren. Sowie ausstehende Schulden und zu bezahlende Rechnungen zu besprechen. Die Tagesordnung stand bereits fest: Jeder Bereichsleiter musste Rechenschaft darüber ablegen, was im vergangenen Monat passiert war. Im Anschluss daran wurde der Bericht kommentiert. Nur selten gab es Kontroversen. Hier handelte es sich um Männer, die ihre Positionen durch eine Mischung aus Skrupellosigkeit und Intelligenz erreicht hatten. Sie wussten, was sie taten, und sie taten es gewinnbringend.

Die Konferenz war bereits seit gut einer Stunde im Gang, und die Berichte zeigten, dass die Ergebnisse mit den Prognosen übereinstimmten. Die Finanzberater hatten sich Notizen gemacht und ein paar Folgefragen gestellt, nichts, was Anlass zur Sorge geben könnte.

Was sowieso nur selten der Fall war.

Ab und zu kam es vor, dass gewisse Bereiche Probleme bereiteten, beispielsweise die Polizei oder der Zugang zu den Rohwaren. Drogen, Frauen, Waffen. Meistens war das Problem bereits vor dem nächsten Monatstreffen gelöst. Genau wie an diesem Morgen auch. Die Männer tranken Kaffee, aßen Schnittchen und räsonierten. Ab und zu schaute mal der eine, mal der andere verstohlen zu dem Körper, der auf einer Matratze am Rand der Terrasse im Schatten lag, doch keiner sagte etwas dazu.

Kurz vor halb zehn war der Niederländer an der Reihe. Sein Bereich umfasste mehrere Geschäftsfelder, eines davon waren Drogen.

»Wir hatten eine Störung«, begann er.

Zum ersten Mal kam es am Tisch zu einer Reaktion, das Interesse war geweckt. Auch bei Mihai Stelea, der zurückgelehnt dasaß, im weißen, am Hals aufgeknöpften Hemd.

»Eine Störung?«, wiederholte er, ohne die Stimme nennenswert zu heben.

»Ja. Lokaler Art.«

»Kannst du das genauer ausführen?«

»Es gab einen Konflikt mit einer Gruppe, die versucht, einen Teil unserer Distributionskanäle zu übernehmen.«

»Um welche Gruppe handelt es sich da?«

»Wir denken, sie arbeitet für die ’Ndrangheta.«

Einige der Männer um den Tisch reagierten heftiger als die anderen: die Italiener. Diese Art von Störung konnte unangenehm werden. Doch keiner der Männer äußerte sich, alle warteten darauf, wie Stelea reagieren würde. Er beugte sich leicht vor und stützte sich mit den Ellenbogen auf der Granittischplatte ab, schaute dann einen der Italiener direkt an.

»Weißt du etwas darüber?«

»Nein.«

Dann schaute Stelea wieder zu dem Niederländer.

»Hast du mit Giuseppe Bindori gesprochen?«

»Nein.«

Stelea stand vom Tisch auf und zog sein Handy heraus. Er trat einige Schritte zur Seite, während er eine Nummer eintippte. Als er eine Antwort erhielt, sprach er so leise, dass keiner am Tisch hören konnte, was er sagte. Sie bemerkten nur, dass er ein Stück entfernt von dem Körper auf der Matratze stehen blieb und ihn anschaute. Einer der Männer am Tisch, der Serbe, beugte sich zu dem Mann neben sich und flüsterte:

»Wer liegt denn da?«

»Keine Ahnung. Ich glaube, du solltest besser nicht fragen.«

Dann beendete Stelea sein Gespräch und kehrte zurück an den Tisch. Er setzte sich und sah wieder den Niederländer an.

»Du wirst Giuseppe am Freitag um drei Uhr in Rosarno treffen. Er wird dir einen Vorschlag machen, den du akzeptieren wirst.«

»Was ist das für ein Vorschlag?«

Stelea musterte den Niederländer. Eigentlich hatte er sogar Respekt vor ihm, denn ihm war bewusst, dass er einen schwierigen Geschäftsbereich leitete, mit viel Konkurrenz und hohem Risiko. Bis jetzt hatte er zu Steleas voller Zufriedenheit gearbeitet. Aber diese neu aufgetauchten Störungen durften sich nun mal nicht ausbreiten.

»Er wird dir nicht gefallen«, sagte er nur.

Der Niederländer setzte alles daran, sich seine Empörung nicht anmerken zu lassen. Die Italiener musterten ihn genau. Zusammenstöße mit der 'Ndrangheta zu vermeiden hatte höchste Priorität, das wussten alle, die mit Drogenhandel zu tun hatten. Ein Glück, dass es nicht ihr Problem war.

Eine halbe Stunde später war das Treffen beendet. Alle bis auf Stelea und einen der Finanzberater verließen die Terrasse. Stelea setzte sich zu ihm und schenkte sich ein Glas Wasser aus einer Eiskaraffe ein.

»Sollen wir nach einem Nachfolger Ausschau halten?«, fragte der Finanzberater.

»Das müssen wir wohl.«

Stelea trank von dem kalten Wasser und schaute hinüber zu dem Körper an der Terrassenbrüstung.

*

Olivia hatte eine fürchterliche Nacht hinter sich.

Nach dem Treffen mit Sorin hatte sie sich mit überhitztem Gehirn stundenlang wach im Bett herumgewälzt, bis sie gegen sechs Uhr eine Schlaftablette nahm. Damit riskierte sie zwar, möglicherweise einen Anruf von Tom zu verpassen, aber sie konnte einfach nicht mehr. Eine halbe Stunde später fiel sie in einen vibrierenden Halbschlaf, der wiederum eine Stunde später von ihrem Handy unterbrochen wurde. Das Geräusch drang zu ihr durch, noch bevor sie richtig wach war, und löste heftiges Herzklopfen aus. Sie schreckte hoch und sah auf dem Display, dass der Anruf nicht von Tom kam. Von Sorin auch nicht. Es war Mette, die Olivia darüber informierte, dass Abbas kurz nach Mittag in Bukarest landen würde.

»Du wirst ihn abholen.«

»Okay.«

Also war Schluss mit Schlafen.

Also wartete sie jetzt vor der Ankunftshalle des Flughafens Henri Coanda und winkte ein Taxi heran. Sie hatte gerade per Handy mit Abbas gesprochen, er war auf dem Weg hinaus. Da er kein Gepäck dabeihatte, kam er kurz nach dem Telefonat mit einer schicken, abgegriffenen Ledertasche in der Hand aus dem Gebäude und blinzelte in die Sonne. Immer tadellos gekleidet, dachte Olivia, als sie ihn entdeckte. Vielleicht ist er ja interessiert an einer alleinstehenden Mordermittlerin mit Hang zur Übelkeit? Im Laufe des letzten Jahres hatte sie schon ein paarmal darüber nachgedacht, aber der Funke war nie übergesprungen. Sie winkte ihm zu, Abbas kam zu ihr, sie umarmten sich kurz, und Olivia registrierte, dass er alles andere als künstlich roch.

»Du siehst verdammt müde aus«, sagte Abbas.

»Das bin ich auch, was hast du erwartet?«

Abbas nahm sie noch einmal in den Arm. Sie hatte es bitter nötig.

»Fahren wir zum Hotel?«, fragte er.

»Ja.«

Sie hatten gerade den Flughafenbereich verlassen, als Sorin anrief. Olivia zögerte kurz, bevor sie das Gespräch annahm.

»Tom hat nicht von sich hören lassen?«, fragte Sorin.

»Nein.«

»Bist du im Hotel?«

»Nein, ich komme gerade vom Flughafen.«

»Hast du deinen Kollegen abgeholt?«

»Ja, aber woher weißt du …?

»Olsäter hat mich heute Morgen angerufen. Sie wollte Unterstützung schicken. Fühlt sich das gut an?«

»Ja, auf jeden Fall.«

»Gut. Ich schlage vor, dass ihr euch so wenig wie möglich in der Stadt blicken lasst. Ich werde im Laufe des Tages von mir hören lassen.«

Sorin beendete das Gespräch, und Olivia schaute Abbas an.

»Sorin Bratianu. Unser Kontaktmann bei der Polizei.«

»Ist er in Ordnung?«

»Er hat Tom nicht gefunden. Aber er ist in Ordnung, ich mag ihn.«

»Okay. Kannst du mich auf den neuesten Stand der Dinge bringen?«

»Nicht hier.«

Olivia nickte Richtung Fahrer. Auch wenn sie Schwedisch sprachen, könnte er Namen aufschnappen. Und genau das wollte sie vermeiden.

*

Sie setzten sich in Olivias Zimmer, und Abbas wurde über alles informiert, was er wissen musste. Er stellte nur kurze, relevante Fragen. Auf die meisten hatte sie eine Antwort.

»Was ist deiner Meinung nach passiert?«, fragte er schließlich.

Sie schwieg und starrte auf ihre Hände. Abbas sah zu und verstand sie auch ohne Worte. Sie hatte die letzte Nacht so gut wie gar nicht geschlafen. Tom war verschwunden, und es gab Personen hier in der Stadt, die es möglicherweise auf ihn abgesehen hatten. Personen, die vielleicht in Verbindung zu der Mordwaffe standen, die sie in Småland gefunden hatten.

»Was sagt der Polizist, mit dem ihr in Kontakt steht? Dieser Sorin?«

»Letzte Nacht meinte er, dass es eine äußerst unangenehme Alternative gibt.«

»Den Gangsterboss.«

»Ja.«

»Hast du ein Foto von ihm?«

»Ja.«

Olivia holte das Schwarz-Weiß-Foto von Stelea heraus. Abbas betrachtete das Bild.

»Ihr glaubt, er könnte etwas damit zu tun haben?«

»Im schlimmsten Fall ja.«

»Und wo finden wir ihn?«

»Keine Ahnung. Sorin behauptet, er habe kein festes Domizil, wollte uns keine Adresse geben. Ich glaube, er verheimlicht da was.«

»Warum sollte er?«

»Um uns keinem weiteren Risiko auszusetzen.«

Abbas lehnte sich zurück. Tom war einer seiner engsten Freunde, zusammen mit Mette Olsäter und ihrer Familie. Olivia war erst später dazugekommen, aber mittlerweile betrachtete er Olivia auch als gute Freundin.

Aber im Moment ging es um Tom.

»Zeig mir die Straße, in der er verschwunden ist«, sagte er.

Es war nicht weit bis zu der Gasse, in der Olivia übel geworden war, sie lag nur wenige Häuserblocks entfernt, doch auf dem Weg dorthin überquerten sie einen großen Marktplatz mit diversen Ständen, die von Lebensmitteln bis zu iPhone-Ladegeräten alles verkauften. Und Taschen. Raubkopien, ausgebreitet auf einer Decke, mit einem hünenhaften schwarzen Mann dahinter, der seine Waren mit geschärftem Blick hinter einer gelben Motorradbrille bewachte. Abbas musste lächeln, nickte dem Mann zu und bekam ein Nicken und ein Lächeln zurück. Als sie ein Stück weitergegangen waren, musste Olivia einfach fragen:

»Kanntest du den?«

»Nein. Aber möglich wär's.«

Olivia wusste so einiges aus Abbas' Vergangenheit. Einen Großteil hatte er als Kleinkrimineller in Frankreich und Italien verbracht, und etliche Jahre hatte er in halb Europa alles verkauft, was es an Raubkopien auf dem Markt gab. Bevor sich Tom und die Olsäters seiner annahmen und er schließlich Croupier wurde.

Deshalb war es gut möglich, dass er den Mann auf dem Markt kannte.

Sie näherten sich der Bar, auf deren Toilette Olivia sich übergeben hatte. Sie konnte nicht genau sagen, warum sie ausgerechnet hier gelandet waren, Tom würde ja wohl kaum in dieser Straße zu finden sein? Ein paar Minuten später, als Abbas in die verschiedenen Geschäfte ging und nachfragte, ob jemand gestern einen großen Mann mit einem knallgrünen Pflaster gesehen hätte, eventuell in Begleitung eines kleinen Jungen oder – noch wichtiger – zusammen mit einer anderen Person, da schämte sie sich ihrer Gedanken.

Olivia hatte niemanden nach Tom gefragt.

In der besten aller Welten hätte einer der Ladenbesitzer gesehen, wie das ungleiche Paar in ein Auto einer bekannten Marke gestiegen war, und sich vielleicht sogar das Kennzeichen gemerkt.

Doch das hier war nicht die beste aller Welten.

Niemand hatte irgendetwas gesehen.

»Aber einen Versuch war es wert«, erklärte Abbas, als sie den letzten Laden in der Straße wieder verließen.

Olivia musste ihm Recht geben, wunderte sich kurz darauf aber doch ziemlich, warum Abbas plötzlich mitten auf dem Bürgersteig in die Hocke ging.

»Was ist los?«

»Ich denke nach.«

Er dachte so lange nach, dass sich Olivia schließlich neben ihn hockte.

»Und wohin führt dich dein Nachdenken?«

»Zu dem Mann mit der Rennfahrerbrille.«

Auf dem Weg zurück zum Markt klärte Abbas Olivia darüber auf, wie die Straßenhändler organisiert waren. Es gab bestimmte Ligen, die in alle Teile der Welt verzweigt waren. Er selbst war einige Jahre äußerst erfolgreich herumgereist, bis seine Aktivitäten in Venedig ein jähes Ende fanden.

»Was ist dort passiert?«

»Einer meiner Kumpel wurde an der Ponte di Rialto von einem Nazi überfallen. Ich habe den Angreifer erschlagen, und es ist mir geglückt, zu entkommen.«

»Und danach bist du in Schweden gelandet?«

»Ja. Aber ich hatte das Leben meines Kumpels gerettet. Odong. Und so etwas spricht sich herum.«

Und genau diese Tatsache sollte Abbas einen Zugang zu dem Mann auf dem Markt verschaffen. Einen Zugang, der sie möglicherweise ein Stück weiterbrachte. Denn alle, die von Raubkopien lebten, gehörten einem großen Netzwerk an. Sie spielten vielleicht nicht in der härtesten Liga der Kriminellen mit, bewegten sich eher in einem Grenzbereich. Aber sie hatten Kontakte, von denen sie nützliche Tipps über den Mann auf dem Schwarz-Weiß-Foto bekommen könnten.

Abbas ging direkt zu dem großen schwarzen Mann und sprach ihn auf Französisch an. Er hieß Patrick.

»Aus Senegal?«, fragte Abbas.

Patrick zeigte ein breites Lächeln und nahm seine gelbe Rennfahrerbrille ab. Olivia fiel auf, dass das Weiß in seinen Augen sich nicht sonderlich von dem Gelb seiner Brillengläser unterschied,. Außerdem stellte sie fest, dass der Mann fast einen Kopf größer war als Abbas.

»Saint Louis«, sagte Patrick. »Und du?«

»Marseille.«

»Wollt ihr nicht ein paar phantastische Taschen zu einem Spottpreis kaufen?«

»Nein. Wir brauchen Hilfe.«

»Wobei?«

»Einer heiklen Sache.«

Patrick setzte sich seine Brille wieder auf.

»Und warum sollte ich dir helfen?«

»Kennst du Odong?«

»Ich weiß, wer das ist.«

»Würdest du ihm helfen?«

Patrick kratzte sich an der Brust. Er trug eine schöne bunte Tunika, und Olivia konnte sehen, dass er irritiert war. Wie die meisten in seinem Gewerbe war er ein Menschenkenner, eigentlich eine Grundvoraussetzung. Und vor ihm stand kein Zivilbulle, das konnte er sehen, aber der Mann schien in Dinge verwickelt zu sein, in die man sich lieber nicht einmischte. Also fragte er zurück:

»Was spielt das für eine Rolle? Odong ist nicht hier.«

Abbas wartete einige Sekunden ab, dann zog er sein Handy heraus und scrollte eine Nummer hoch. Patrick schaute Olivia an, die zurücklächelte, momentan konnte sie nicht viel zum Gespräch beisteuern.

»Hallo, Odong. Hier ist Abbas.«

Abbas drückte das Handy fest ans Ohr, ging ein paar Meter zur Seite und fiel in einen starken Marseiller Dialekt.

Olivia konnte kaum Französisch und schon gar keine lokalen Dialekte, deshalb verstand sie auch nicht, was er sagte. Patrick offensichtlich schon, seinem konzentrierten Gesichtsausdruck nach zu urteilen. Nach ein paar Minuten überreichte Abbas Patrick das Handy. Er hielt es sich wortlos ans Ohr und hörte zu. Odong. Ab und zu warf er Abbas einen verstohlenen Blick zu. Ohne ein einziges Wort gesagt zu haben, beendete er das Gespräch mit »Mach's gut« und reichte Abbas das Telefon. Olivia sah abwechselnd von einem zum anderen und fragte sich, wie es wohl weitergehen würde.

»Er hat von Venedig erzählt«, erklärte Patrick Abbas.

»Ich habe ihn drum gebeten.«

»Meinen Respekt.«

»Danke.«

»Wobei kann ich dir helfen?«

Abbas wandte sich Olivia zu.

»Zeig ihm das Foto.«

Eine weitergehende Erklärung war nicht notwendig, hier ging es nur um ein Foto. Olivia holte es heraus, und Abbas hielt es Patrick hin. Der Senegalese reagierte sofort.

»Mihai Stelea«, sagte Abbas. »Ich will wissen, wo er sich aufhält. Kannst du mir dabei helfen?«

»Nicht hier.«

Patrick wollte nicht reden, nicht hier auf dem Marktplatz, aber nachdem er all seine Taschen in verschiedene Kartons und große Tüten verstaut und sich alles über die Schulter geworfen hatte, ging er los und blieb erst wieder in einer kleinen Seitengasse stehen.

»Ich kenne da ein paar Escortmädchen …«, sagte er leise.

»Patrick.«

Abbas unterbrach ihn, bat ihn Englisch zu sprechen, damit Olivia alles mitbekam. Was kein Problem für Patrick war.

»Escortgirls«, sagte er in seinem etwas schleppenden Duktus. »Stardust. Ein Luxushotel mit einer Luxussuite ganz oben.«

»Und wer bestellt sie dorthin?«, fragte Abbas. »Stelea?«

»Niemand benutzt diesen Namen.«

»Okay. Ich verstehe. Wo kann ich eines der Mädchen treffen, die schon mal dort waren?«

In einem sehr gepflegten Botanischen Garten im westlichen Teil von Bukarest, auf einer Holzbank vor einem Gewächshaus mit weißen Sprossenfenstern, hinter denen exotische Pflanzen zu sehen waren, saß Viorica Prepelita. Eine blonde Frau so um die fünfunddreißig, deren Aussehen Abbas an ihrem Beruf zweifeln ließ. Sie hätte ein Filmstar sein können, oder verheiratet mit einem monegassischen Fürsten. Viorica sah Abbas' Reaktion, als er ihr die Hand gab, und lächelte ihn an. Sie wusste, wie schön sie war, und sie wusste, wie gut sie daran verdiente. Sie wusste aber auch, dass es sich dabei um eine Ware mit Verfallsdatum handelte, und wollte in der ihr verbleibenden Zeit gut vorsorgen für später, wenn sie nicht mehr in gleichem Maße attraktiv war.

»Du willst Informationen über das Stardust?«, fragte sie, um das Gespräch mit dem Mann neben sich in Gang zu bringen.

»Ja.«

»Was bezahlst du dafür?«

»Was willst du haben?«

»Fünfhundert Dollar.«

Du langst aber zu, dachte Abbas, sah aber ein, dass diese Frau sich nicht von Blowjobs auf dem Rücksitz eines dreckigen Autos ernährte. Also öffnete er seine Handtasche und zog aus einem Bündel an Scheinen fünf Hundertdollarnoten heraus. Wenn Mette das nicht bezahlen will, muss ich es wohl aus meiner eigenen Tasche blechen, dachte er. Oder aus Toms, falls er noch lebt.

»Danke«, sagte Viorica und nahm die Scheine entgegen. »Was willst du über das Stardust wissen?«

»Wer wohnt in der Luxussuite?«

»Mihai Stelea.«

Sie verzog keine Miene. Abbas war leicht überrascht, aber schließlich hatte sie bekommen, was sie haben wollte. Also fragte er direkt weiter:

»Manchmal werden dorthin Escortdamen bestellt, oder?«

»Ja. Nicht für Mihai persönlich, sondern für seine Gäste und Leibwächter.«

»Hast du ihn mal persönlich getroffen?«

»Nein.«

»Wie kommt man in die Suite? Gibt es Treppen?«

»Nein, ins oberste Stockwerk führen keine Treppen. Aber es gibt einen Fahrstuhl, direkt von der Lobby hoch in die Wohnung.«

»Wohin in der Wohnung?«

Viorica antwortete nicht sofort, da gerade eine Frau mit zwei weißen Pudeln an ihnen vorbeispazierte. Die Frau lächelte dem Paar auf der Bank zu. Wenn sie nur wüsste, dachte Abbas. Nachdem die Frau vorbeigegangen war, antwortete Viorica:

»In die Eingangshalle. Aber wir nehmen nie den Lift in der Lobby.«

»Warum nicht?«

»Weil das Stardust um seinen Ruf besorgt ist. Sie wollen nicht, dass sich unsere Besuche in ihrem Hotel herumsprechen.«

»Und wie kommt ihr dann hoch in die Suite?«

»Mit dem Speiseaufzug.«

Speiseaufzug? Abbas betrachtete die schöne Frau neben sich. Er konnte ihr diskretes Parfüm riechen und staunte insgeheim, wie ruhig und vollkommen ernst sie war.

»Das wundert dich?«

»Ihr fahrt mit einem Speiseaufzug hoch?«

»Ja. Von der Warenannahme in der Tiefgarage aus, das ist kein Problem. Und der Aufzug hält dann oben in der Küche.«

Sie machte eine kurze Pause.

»Wir werden gut dafür bezahlt.«

Viorica lächelte wieder, und Abbas beschloss, dass es nicht seine Sache war, darüber zu urteilen, wie sie und ihre Kolleginnen ihr Geld verdienten. Wenn sie über den Speiseaufzug nach oben kamen, dann ging das nur sie etwas an. Er hatte während seiner Jahre auf den Straßen in Europa auch schon die bizarrsten Manöver durchgeführt.

»Wie viele Leibwächter gibt es da oben? In der Suite?«

»Das weiß ich nicht. Ist jedes Mal anders.«

»Kannst du mir die Wohnung beschreiben?«

Viorica konnte, und sie gab noch jede Menge Details preis, die Abbas brennend interessierten. Als er der Meinung war, dass er jetzt bekommen hatte, was er haben wollte, stand er von der Bank auf und nahm seine Tasche.

»Woher kommst du?«, fragte Viorica, sie blieb auf der Bank sitzen.

»Aus Marseille. Aber jetzt lebe ich in Schweden.«

»Bleibst du länger in Bukarest?«

»Das hoffe ich nicht.«

Viorica zog eine Visitenkarte aus der Tasche ihrer dünnen Wildlederjacke.

»Hier kannst du mich erreichen.«

Abbas nahm die Karte entgegen.

»Ist in den Fünfhundert mit inbegriffen«, sagte sie lächelnd.

Abbas erwiderte ihr Lächeln und verabschiedete sich.

Leider hatte er andere Pläne für seinen Bukarestbesuch.

Diese Pläne beschrieb er Olivia detailliert in ihrem Hotelzimmer. Er berichtete auch von seinem Treffen mit Viorica, die Visitenkarte ließ er jedoch unerwähnt.

»Danach war ich noch einmal bei Patrick.«

»Nach dem Treffen mit der Escortdame?«

»Viorica. Ja. Patrick wird uns im Stardust helfen.«

»Hat er es von sich aus angeboten?«

»Er ist dafür bezahlt worden. Im Voraus. Reichlich. Außerdem tut er Odong einen Gefallen, indem er mir einen Gefallen tut. So funktioniert das in diesen Kreisen. Und ich habe ihm versichert, dass wir ein hohes Tier in der Bukarester Polizei kennen, das eventuelle Probleme lösen wird.«

Was Olivia nun absolut nicht gefiel.

»Wie kannst du ihm so etwas versprechen? Sorin wird stinkwütend sein, wenn er mitkriegt, was du da treibst. Und wieso bist du dir sicher, dass er uns helfen wird? Oder diesem Patrick?«

»Weil wir im besten Fall das geradebiegen, was ihm nicht gelungen ist.«

Abbas stand auf.

»Wir brauchen einen Minibus«, sagte er.

Olivia gab auf.

»Das regle ich«, sagte sie. »Sonst noch was?«

»Nicht viel. Das Ganze muss möglichst einfach vonstattengehen.«

»Okay. Und du meinst nicht, dass wir uns Hilfe von Sorin holen sollten?«

»Nein. Ich denke, wir machen das auf meine Art.«

Abbas ging zur Tür.

»Hast du deine Messer dabei?«, fragte Olivia.

»Nein.«

Abbas war ausgebildeter Messerwerfer, er hatte seine Lehre in jungen Jahren in einem französischen Zirkus absolviert. Eine Kunst, die er die Jahre hindurch gepflegt hatte und die ihm bei einigen von Mettes Aufträgen von großem Nutzen gewesen war. Was Olivia wusste. Leider konnte er seine Spezialmesser nicht durch die Sicherheitskontrollen an den Flughäfen schmuggeln, so musste er sich im Ausland anderweitig behelfen.

Und dazu war er hier bislang noch nicht gekommen.

»Aber darum kümmere ich mich jetzt«, sagte er und verschwand.

*

Der Raum sah aus wie jeder x-beliebige Technikraum, ein Computer neben dem anderen, größere und kleinere Bildschirme, gedämpftes Licht. Momentan war es ziemlich eng hier. Mette, Lisa und Bosse waren zu Besuch in der Abteilung für Kinderpornographie. Sie standen im Halbkreis um einen Mann mit Halbglatze, der vor einem der Computer saß und die Bilder von Mitgliedern des Pädophilenrings durchscrollte, den sie im Visier hatten. Und zu dem auch Anders Lärnfors gehörte.

»Da!«

Der Mann mit dem Haarkranz, er hieß Olof Bleck, zeigte

auf ein auf dem Bildschirm stehen gebliebenes Foto, ein Mann mittleren Alters.

»Das ist der Kalmarmann«, sagte er.

»Und wer soll das sein?«, fragte Lisa.

»Unseren Ermittlungen nach ist er die zentrale Figur in diesem Netzwerk. Er wohnt in Kalmar, deshalb nennen wir ihn …«

»Und in welcher Beziehung ist er für uns interessant?«, unterbrach Mette ihn.

»Zum einen wohnt er nicht besonders weit weg von Dällingen, zum anderen hat er Kontakte, die vielleicht interessant sind für euch.«

Als Bleck das nächste Foto auf den Schirm holte, verstanden alle, was er meinte. Es zeigte den Kalmarmann zu Fuß auf einer Straße unterwegs, mit einem anderen Mann neben sich. Anders Lärnfors.

»Das ist ein Überwachungsfoto«, erklärte Bleck. »Wir haben noch zwei, auf denen sie zusammen sind.«

Der Kalmarmann und Lärnfors?

»Wir haben keine Verbindung zwischen Lärnfors und dem Mord gefunden«, sagte Bosse.

»Weder das Sperma noch die Hautreste stammen von ihm«, fügte Lisa hinzu. »Aber trotzdem kann er sich doch am Tatort befunden haben. Oder? Vielleicht hat er dem Jungen die Kehle durchgeschnitten. Davon haben wir keine Ahnung.«

»Nein, haben wir nicht«, bestätigte Mette.

»Und woher sollen er oder dieser Kalmarmann einen ganz speziellen rumänischen Dolch haben?«, fragte Bosse.

»Aus Rumänien. Es gibt Leute, die fahren dorthin, Bosse.«

»Und bringen Dolche mit nach Hause?«

»Olof«, ergriff Mette das Wort.

Sie wollte, dass alle sich auf das Wesentliche konzentrierten.

»Ja?«

»Weißt du, wo sich dieser Kalmarmann im Augenblick befindet?«

»Nicht aus dem Stand, aber ich kann es herausfinden.«

»Gut. Sobald ihr ihn gefunden habt, möchte ich ihn hier haben.«

Bleck reagierte abwehrend.

»Was ist?«

»Wir haben verdammt viel Zeit darauf verwendet, dieses Netz auszukundschaften, wir stehen kurz vor einem umfassenden Zugriff. Wenn wir uns jetzt diesen Kerl schnappen, laufen wir Gefahr, dass die ganze Operation platzt.«

Was Mette einsah.

»Wie schnell kann der Zugriff erfolgen?«, fragte sie.

»Wir werden uns beeilen.«

»Dann gebt aber richtig Gas«, sagte Mette und ging zur Tür.

Lisa beugte sich zu Bleck hinunter.

»Ist es in Ordnung, wenn wir eine Kopie von diesen Fotos kriegen?«, fragte sie. »Es bleibt auch unter uns.«

»Kein Problem.«

Bleck druckte für Lisa eine Kopie aus, jetzt war Bosse mit seinen Fragen an der Reihe.

»Haben wir seine DNA? Die von dem Kalmarmann?«

»Ich glaube nicht.«

»Ist er vorbestraft?«

»Nein.«

Und damit verließ auch Bosse den Raum.

*

Die letzten Strahlen der untergehenden Sonne strichen über die Dachterrasse des Stardust und ließen das schöne Kristallglas funkeln, das Mihai Stelea zum Mund führte. Das Wasser darin war ohne jeden Beigeschmack, und er genoss jeden einzelnen Schluck. Die Morgensitzung war erfolgreich gewesen, abgesehen von der niederländischen Störung, doch das sollte sich auf angemessene Art und Weise lösen lassen. Den Rest des Tages hatte er damit verbracht, mit seinem Finanzberater die Papiere durchzugehen, und dabei konstatiert, dass die verschiedenen Zweige der Organisation so lohnend wie erwartet arbeiteten. Der einzige Ausgabeposten, der wirklich zu Buche schlug, waren die externen Kosten für »Aufwendungen für die Ordnungsmacht«. Doch diese Aufwendungen waren existentiell wichtig für den ganzen Betrieb, und deshalb beliefen sie sich auf den Betrag, der nun einmal notwendig war.

Später hatte er den Finanzberater nach Hause geschickt und dem Personal für ein paar Stunden frei gegeben. Er wollte hier oben allein sein.

Oder fast allein.

Er stellte das Glas ab und schaute auf den Mann, der auf der anderen Seite des Tisches saß. Er war immer noch benebelt, seine Augenlider fielen trotz aller Anstrengungen immer wieder zu, aber er war bei Bewusstsein. Und an Händen und Füßen sicher gefesselt. Die schwarze Haube lag auf dem Marmorboden neben dem Stuhl, und auf dem Tisch vor ihm befand sich ein langer Dolch mit Parierstange und Gravur.

Eine Gravur, die der noch benebelte Mann nur zu gut wiedererkannte. Er erkannte auch die Person auf der anderen Seite des Tisches wieder, von Sorins Schwarz-Weiß-Foto, und musste sich eingestehen, dass er Probleme hatte. Während er so tat, als wäre er noch viel benebelter, als er tatsächlich war, bemühte er sich, einen klaren Kopf zu kriegen. Um Zeit zu gewinnen.

Was nicht sonderlich viel brachte.

Stelea wischte sich den Mund mit einer purpurfarbenen Serviette ab und zog ein weißes Handy heraus. Er richtete es auf Stilton und machte ein Foto. Für eine Sekunde studierte er das Bild, dann schob er das Telefon wieder in die Brusttasche, offensichtlich zufrieden mit dem Resultat. Stilton beobachtete jede Bewegung. Stelea stand auf und blinzelte in die untergehende Sonne. Sie wärmte immer noch ein bisschen. Er nahm den Dolch vom Tisch auf, zog die Schneide durch eine gefaltete Serviette und sah dabei zu, wie zwei Hälften hinunterfielen. Dann ging er um den Tisch herum, zu dem gefesselten Mann. In äußerst korrektem Englisch sagte er:

»Wir haben uns noch nicht vorgestellt. Ich heiße Mihai Stelea. Wie heißt du?«

Stilton hätte gern etwas Provozierendes geantwortet, doch trotz der Watte im Kopf sah er ein, dass er dafür nicht in der richtigen Position war. Also antwortete er nur:

»Tom Stilton.«

»Aus Schweden, soweit ich mitbekommen habe.«

Und wo zum Teufel hast du das mitbekommen?, dachte Stilton und sah plötzlich Sorin vor sich, der sagte: »Er verkehrt häufig dort, wo ich auch verkehre.« Konnte Sorin etwas mit der Sache hier zu tun haben? Doch er nickte nur und versuchte, nicht auf den Dolch in Steleas Hand zu starren.

Stelea bemerkte es dennoch und hielt die Waffe hoch. Wie zum Spaß ließ er den Sonnenreflex von der Klinge über Stiltons Gesicht wandern, während er fragte:

»Warum interessierst du dich so für diesen Bettlerjungen?«

Stilton fiel es immer noch schwer, seine Gedanken in diesem Nebel im Kopf zusammenzuhalten. Was wusste dieser Gangster über Ionel? Hatte der Junge geredet? Dieser Doru? Aber warum hätte er das tun sollen? Doch trotz Nebel und Dolch dachte er gar nicht daran, mit seinem Gegenüber zusammenzuarbeiten. Auch wenn es sich dabei um den Anführer der mächtigsten kriminellen Bande in Bukarest handelte. Stattdessen sagte er:

»Setz dich lieber wieder hin und trink dein Wasser. Das hier führt zu nichts.«

Für einen Moment schwieg Stelea, dann schmunzelte er und zog vorsichtig den Dolch über Stiltons linke Wange, vom Ohrläppchen bis zum Mund. Nicht zu fest, aber fest genug, dass sich ein Schnitt im Fleisch öffnete und das Blut das Gesicht hinunterlief. Stiltons Schrei war kurz und laut und nur wenige Meter weit auf der langgezogenen Terrasse zu hören.

Dann setzte Stelea sich hin und trank von seinem Wasser. Wie der Schwede es vorgeschlagen hatte. Die ganze Situation gefiel ihm. Es gefiel ihm, dass es nicht zu schnell ging, er hatte noch den ganzen Abend vor sich, denn erst in der kommenden Nacht wollte er versuchen, ein Bild von der Milchstraße zu erwischen. Ihm war klar geworden, dass der Mann dort auf der anderen Seite des Tisches sich noch diverse Male würde schneiden lassen, bis er zu der Einsicht käme, dass ein Gespräch auf dieser Ebene zu nichts führte.

Zumindest, was ihn betraf.

*

Die Sonne war untergegangen, und Dunkelheit hatte sich über Bukarest gesenkt. Die Neonreklame tauchte das Straßenbild in grelle Farben, die Bürgersteige füllten sich mit Menschen auf dem Weg in Bars und Restaurants. Ein junger Mann blieb bei einem fliegenden Blumenhändler stehen und kaufte einen üppigen Strauß für das Mädchen, das er an der Hand hielt. Auf der anderen Straßenseite rollte eine Skateboard-Gang vorbei. Es schien, als tausche die Stadt ihr Erscheinungsbild aus, wenn die Nacht sich näherte, alle wollten auf die Straße und die letzte Spätsommerwärme genießen.

Oder fast alle.

Einige hatten ganz andere Pläne.

Abbas hatte gesagt, es müsse ganz einfach vonstattengehen. Damit meinte er, dass es darum ging, den Überraschungsmoment auszunutzen und kein Chaos anzurichten. Er war kein Freund großer Operationen. Ein Grund, warum Mette ihn nur beauftragte, wenn es um die heiklen, kleinen Einsätze ging.

In diesem Fall also das Foyer des Hotels Stardust. Ein elegantes, protziges Foyer mit Säulen und roten Teppichen und überall Gold. Mit ankommenden Gästen und Koffer schiebenden Piccolos in einem Ambiente, in dem kontinentale Aufsteigerträume zur Schau getragen wurden. Das hier war First Class à la Bukarest.

Als plötzlich ein riesiger, halb nackter schwarzer Mann mit gelber Rennfahrerbrille und einem bunten Turban auf dem Kopf hereinstolperte, mit ein paar überdimensionierten Stofftaschen im Schlepptau und einer Stimme, die die Zimmerschlüssel hinter dem Portier zum Vibrieren brachte, gab es einen kleinen Tumult. Vor allem, als Patrick seine Ware mitten im Foyer auspackte, die eleganten Teppiche mit Raubkopien von Taschen bedeckte und schrie:

»QUASI UMSONST! QUASI UMSONST!«

Nach ein paar Sekunden eisiger Stille stürmten alle verfügbaren Angestellten auf den scheinbar unter Drogen stehenden Mann zu, darunter ein glatzköpfiger Muskelprotz in dunklem Anzug und beträchtlicher Schulterbreite.

Abbas ließ ihn nicht aus den Augen.

Er war ein paar Minuten vor Patrick ins Foyer gekommen und hatte sich hinter einen der Pfeiler auf der rechten Seite gesetzt. Von dort hatte er den Kraftprotz wie auch den Aufzug im Blick. Den, der direkt ohne Zwischenstopp hoch in das Luxusloft fuhr, eines der wertvollen Details, die Viorica ihm genannt hatte. Ein anderes war die Beschreibung der Dachgeschosswohnung. Er hatte sie genau im Kopf. Und das dritte und vielleicht wichtigste Detail war der Speiseaufzug, der direkt von der Tiefgarage in die Küche des Lofts fuhr.

Dieser Aufzug war der Eckpfeiler seines Plans.

Doch zunächst musste Abbas in den Aufzug im Foyer gelangen, der bis vor Kurzem von diesem Kraftprotz bewacht worden war. Jetzt war er gerade dabei, Patrick mit einem schweren rechten Haken niederzustrecken, wobei dieser schrie: »RASSISTEN!«

Abbas sprang in den Aufzug und drückte auf den oberen der zwei Knöpfe, woraufhin der Lift ihn nach oben beförderte. Er schloss die Augen und versenkte sich für ein paar Sekunden in eine Art Meditation, seine ganz persönliche Art, alles andere auszublenden.

Als der Fahrstuhl hielt, gab es nur noch diesen Moment.

Abbas wusste, dass er gleich in einer Eingangshalle stehen würde, die zu einem großen Wohnbereich führte, hinter dem eine noch größere Terrasse lag. Er wusste auch, dass er nicht viel Zeit hatte. Was er nicht wusste, war, wo Tom sich überhaupt befand. Und in welchem Zustand.

Aber jetzt musste er dem Plan folgen. Wenn er schiefging, musste er sich einen neuen ausdenken.

Falls sie dann noch am Leben waren.

Die Fahrstuhltüren glitten auf, und Abbas huschte hinaus. Die Eingangshalle war leer. Er machte ein paar Schritte auf den Wohnbereich zu und lauschte konzentriert. Es war still, abgesehen von dem leisen Pumpengeräusch aus einem kleinen Aquarium, das an einer Wand stand. Es war bis auf ein paar müde Guppies so gut wie leer. Abbas ging vorsichtig ins Wohnzimmer. Niemand dort. Er wusste, es gab noch mehrere Räume, und er hatte nur wenig Zeit, jeden Moment konnte aus einem dieser Zimmer eine Person herauskommen. Links oder rechts? Da sah er einen Spalt in den schweren Gardinen und dahinter einen Teil der Terrasse. Er trat ans Fenster und schaute durch den Spalt hinaus. Die Terrasse war von diskreten Lampen in ein weiches Licht getaucht, das auf einen gepflegten Mann an einem ovalen Granittisch fiel. Hätte Abbas nicht bereits das Schwarz-Weiß-Foto von Stelea gesehen, hätte er wahrscheinlich noch gezögert.

Doch so tat er das nicht.

Stelea saß mit dem Rücken schräg zum Wohnzimmer. Ihm gegenüber, auf der anderen Tischseite, saß Stilton mit gefesselten Händen und Füßen. Er war immer noch leicht benebelt, die Augenlider waren nur schwer offen zu halten, aber er spürte, wie er immer mehr Kontakt zur Realität bekam. Der Blutstrom von der klaffenden Wunde auf der linken Wange war fast versiegt, es tropfte nur noch auf sein Hemd. Er spürte, wie die Augenlider wieder zufallen wollten, und kämpfte dagegen an, lange genug, um zu sehen, wie eine Gestalt auf die Terrasse schlich. Eine Gestalt, die ihm immer bekannter vorkam, je weiter sie sich näherte. Abbas? Es dauerte einige

Sekunden, bis Stilton es wirklich realisierte, ungefähr genauso viele Sekunden, wie auch Stelea brauchte. Zunächst hatte er die Person im Augenwinkel bemerkt und nicht reagiert, sicher war das nur einer aus seinem Stab, der zurückgekommen war. Doch eine Zehntelsekunde später wusste er, er hatte sich geirrt. Niemand kam auf die Terrasse, ohne gerufen worden zu sein. Er beugte sich zu dem Dolch vor, doch im selben Augenblick bekam er einen kräftigen Schlag direkt über den Kehlkopf und fiel mit einem leisen, gurgelnden Laut auf den Tisch.

Abbas hatte ihn mit der offenen Handkante geschlagen und genau dort getroffen, wo er hatte treffen wollen. Der Schlag war effektiv, aber nicht tödlich. Jetzt hatten sie genügend Zeit. Abbas schnitt Stilton mit dem langen Dolch los und zog ihn vom Stuhl hoch.

»Kannst du allein gehen?«

»Ja.«

Stilton hielt sich beim Sprechen mit einer Hand am Tisch fest.

Abbas hob die schwarze Haube vom Boden auf, zog sie Stelea über den Kopf, zog den Verschluss am Hals fest zu und zerrte den Gangsterboss vom Stuhl.

»Hilf mir«, sagte er.

Stilton half ihm, so gut er konnte. Gemeinsam schleppten sie Stelea in die Wohnung und weiter bis zur Küche, in der sich der Speiseaufzug befinden sollte. Gemeinsam zwängten sie Stelea in den engen Schacht, schlossen die Tür und schickten ihn nach unten, in der Hoffnung, dass sie selbst unten sein würden, bevor andere Personen sich für diesen Aufzug interessierten.

Es war ihre einzige Chance.

Also eilten sie in Stiltons Tempo zurück zum Lift in der Halle. Wenige Meter vor ihrem Ziel öffneten sich die Fahrstuhltüren, und der glatzköpfige Muskelprotz trat heraus, mit einer stark geschwollenen Lippe und einer Serviette, die er sich auf ein Auge drückte. In der anderen Hand hielt er eine Pistole. Aber wie viele Männer in seinem Beruf, Leibwächter oder Kriminelle, handelte er nach einem feststehenden Muster. Er wusste, sein Boss saß zu dieser Zeit immer auf der Terrasse, also steuerte er in diese Richtung, ohne sich umzusehen. Bei seinem zweiten Schritt zerschmetterte Stilton das kleine Aquarium auf seinem Kopf.

Olivia hatte einen Minibus gemietet und ihn so nahe an der Warenannahme auf der Rückseite vom Stardust geparkt, wie sie es für klug hielt, ohne unnötige Aufmerksamkeit zu erregen. Sie hatte sich eine dunkelgraue Wollmütze gekauft und tief in die Stirn gezogen. Seit Abbas kurz vor Patrick ins Hotel gegangen war, hatte sie nichts mehr von ihm gehört, wusste also nicht, ob alles gut gegangen war. Aber sie hatte gesehen, wie Patrick von einigen Polizisten abgeführt worden war, daher ging sie davon aus, dass der erste Teil des Plans geklappt hatte. Der zweite, Stelea in einem Speisenaufzug hinunterzuschaffen, um das Foyer zu umgehen, war der riskantere. Dabei konnte viel schiefgehen.

Grigore, zum Beispiel, dieser schmierige Taxifahrer. Wie hoch war das Risiko, dass er in diesem Moment auftauchte und genau auf den Minibus zufuhr? Offensichtlich hoch.

Olivia ließ sich blitzschnell auf den breiten Vordersitz fallen. Sie wollte auf keinen Fall mit Grigore reden müssen. Ihm zu erklären, was sie hier tat, war völlig unmöglich, es würde den ganzen Plan kaputt machen. Also presste sie sich auf das übelriechende Polster des Beifahrersitzes und hoffte, er würde sie nicht entdecken und einfach vorbeifahren. Aber sie hatte ein Problem, sobald sie den Kopf wieder heben wollte. Schließlich könnte er ja stehen geblieben sein, jemanden getroffen haben, einen Anruf bekommen, was auch immer, und dann könnte er genau vor dem Autofenster stehen, wenn sie sich aufrichtete.

Da klingelte ihr Handy.

Es lag eingeklemmt in der Tasche unter ihr. Fieberhaft fummelte sie es heraus, ohne sich bemerkbar zu machen. Vielleicht war es ja Abbas. Nein, Mette. Olivia drückte den Anruf weg und richtete sich auf, vorsichtig und wie in Zeitlupe, schaute nach hinten und nach vorn und stellte erleichtert fest, dass Grigore verschwunden war.

Zumindest für den Moment.

Abbas und Stilton hatten den Fahrstuhl bis in die Tiefgarage genommen, waren an diversen SUVs vorbeigeeilt, hatten mehrere Metalltüren geöffnet und waren schließlich am Lieferanteneingang angekommen. Vor dem Speiseaufzug. Abbas hatte Olivia gebeten, direkt vor den Eingang zu fahren.

Und dort stand sie nun, im Halbdunkel.

Angespannt, aber auch neugierig zogen sie die Luke des Speisenaufzugs hoch. Er könnte leer sein, es könnte ein erstickter Stelea drinnen liegen. Aber er war nicht leer, und Stelea war am Leben. Immer noch außer Gefecht gesetzt, aber am Leben. Sie zogen ihn aus dem Aufzug heraus, fesselten ihm Arme und Beine mit Klebeband und schleppten ihn zum Minibus.

Sein Kopf steckte immer noch unter der schwarzen Haube.

Olivia hatte den Minibus ein gutes Stück vom Hotel Stardust weggefahren, und Abbas hatte einen langen, schmalen Klebestreifen über Stiltons verletzte Wange geklebt und gleichzeitig von Patricks Einsatz berichtet. Jetzt zeigte er zum Fluss hin.

»Fahr dorthin.«

Olivia fuhr hinunter zum Kai und hielt an. Sie erkannte die Stelle wieder und hatte kein gutes Gefühl. Abbas schaute zu Stelea auf der hintersten Bank und konnte an den Bewegungen erkennen, dass er kurz vorm Aufwachen war. Stilton beugte sich über ihn und zog ihm die Haube ab. Stelea blieb auf dem Sitz liegen. Es fiel ihm immer noch schwer, durch die zerschlagene Kehle Luft zu bekommen. Stilton wartete ab. Nach ein paar Minuten legte er den Kopf parallel zu Steleas und fragte:

»Warum interessierst du dich so für diesen Bettlerjungen?«

Die gleiche Frage war ihm vor ein paar Stunden gestellt worden, und sie war immer noch genauso aktuell, jetzt von seiner Warte aus. Er hatte einfach keine Idee, welche Verbindung es zwischen Stelea und diesem Hühnerdieb aus Gradinari geben sollte.

Er bekam keine Antwort.

»Woher wusstest du, dass ich weiß, wer Ionel war?«, versuchte er es noch einmal.

Doch sowohl Steleas röchelnder Atem als auch seine gleichgültigen Augen machten ihm klar, dass er auf keine Frage eine Antwort erhalten würde. Also zog er dem Gangster wieder die Haube über und rief Sorin an.

»Hei, hier ist Tom Stilton. Wir stehen am Kaiplatz sieben an der Dambovita. Kannst du herkommen?«

»Wir haben nach dir gesucht.«

»Ja, danke. Ich bin gefunden worden. Kannst du herkommen?«

Sorin kam so schnell er konnte, in einem schwarzen Dienstwagen. Und in Begleitung einiger Kollegen. Er ahnte nicht, dass inzwischen Dinge passiert waren, die alles durcheinanderbringen würden. Als er Stiltons Gesicht und das blutige Hemd sah, bestätigten sich seine Befürchtungen.

»Wieder die Abwasserkanäle?«, fragte er.

»Nein. Hotel Stardust. Wir haben eine Lieferung für dich.«

Stilton zeigte auf den Minibus und zog die Seitentür auf. Abbas saß drinnen und nickte Sorin zu, als dieser seinen Kopf in den Bus steckte. Sorin schaute auf den Körper, der auf dem Sitz neben Abbas lag. Vermutlich hatte ihm sein Unterbewusstsein bereits signalisiert, was auf ihn zukam, dennoch wich er zurück, als Abbas die schwarze Haube herunterzog und Steleas Gesicht freigab.

»Zieh sie ihm wieder über«, sagte er nur.

Abbas zuckte leicht mit den Schultern und zog dem Gangsterboss die Haube wieder über den Kopf, während Sorin schon die Tür zuschob. Als er sich umdrehte, blickte er in die Gesichter seiner zwei Kollegen. Sie waren die ganze Zeit dicht hinter ihm gewesen und hatten den Mann auf dem Rücksitz auch gesehen. Jetzt schauten sie einander wortlos an.

»Mihai Stelea«, sagte Stilton zu Sorin, worauf dieser sich umdrehte.

»Ich hab's gesehen. Was soll ich mit ihm machen?«

»Ihn festnehmen.«

»Wofür?«

»Freiheitsberaubung. Misshandlung. Bedrohung. Du kannst es noch toppen mit aufgespießtem Kleinkind.«

Sorin betrachtete Stilton. Sie waren beide Polizeibeamte, ihre Aufgabe war es, das Verbrechen zu bekämpfen, an diesem Punkt gab es nichts, was sie voneinander unterschied. Aber es spielten eben auch noch andere Aspekte eine Rolle. Sorin überlegte, ob er sie jetzt darlegen sollte, beschloss jedoch zu warten. Er wies seine Kollegen an, Stelea aus dem Bus zu holen und ihn ins Polizeigebäude zu bringen. Er würde nachkommen.

Die Beamten fuhren mit Stelea davon, der immer noch die schwarze Haube über dem Kopf hatte. Als der Dienstwagen außer Sicht war, schlug Sorin vor, Stilton solle doch mit ihm am Fluss spazieren gehen. Olivia musste den Wagen zurückbringen, und Abbas hatte eine Visitenkarte in der Tasche, die auszunutzen er beschlossen hatte.

Die Promenade entlang des trüben Wassers dauerte ziemlich lange. Stilton machte den Anfang und berichtete alle Einzelheiten, an die er sich erinnern konnte. Er hatte Lücken. Ihm war irgendetwas injiziert worden, wodurch er sich von dem Augenblick an, als der kleine Junge Doru ihn zu zwei Männern in einer Seitengasse gebracht hatte, bis zu seinem Aufwachen auf der Dachterrasse an nichts erinnern konnte. Aber ihm war klar, dass wohl eine Nacht dazwischen gelegen hatte.

Sorin hörte zu und stellte ab und zu Fragen.

»Was diesen Doru betrifft, woher wusste Stelea, dass ihr ihn in der Kanalisation getroffen habt und dass er ihn deshalb als Lockvogel benutzen konnte?«

»Ich weiß es nicht«, sagte Stilton.

»Wer wusste von dem Treffen außer dir und Olivia?«

»Nur dieses Mädchen Crina und unser Taxifahrer.«

»Was für ein Taxifahrer?«

Stilton berichtete von Grigore und konnte Sorin sofort ansehen, dass da etwas nicht stimmte.

»Glaubst du, er hat etwas mit der Bande zu tun?«, fragte Stilton.

»Wie seid ihr auf ihn gekommen?«

»Als wir das Hotel verließen, haben wir das erste freie Taxi genommen.«

»Das gerade erst frei wurde?«

»Ja, genau.«

»Ein alter Trick. Zwei warten im Taxi vor dem Hoteleingang, und als sie euch haben kommen sehen, steigt einer von ihnen hinten aus, gibt dem Fahrer irgendwas, und ihr glaubt, ihr seht ein Taxi, das gerade frei geworden ist. Ist es so abgelaufen?«

Genau so. Sie waren direkt in die Falle getappt.

»Wie sah dieser Grigore aus?«, wollte Sorin wissen.

Stilton beschrieb ihn, worauf Sorin erklärte:

»Er heißt Iulian und gehört zu Steleas Netzwerk.«

Das merkte Stilton sich.

»Ich möchte, dass du mir einen Gefallen tust«, sagte er dann.

Als Sorin nichts darauf sagte, fuhr Stilton fort:

»Deine Kollegen haben heute im Stardust einen Schwarzen festgenommen, er heißt Patrick. Er war das Ablenkungsmanöver, damit ich befreit werden konnte. Kannst du dafür sorgen, dass er freigelassen wird?«

Seiner Meinung nach war das nicht zu viel verlangt, wenn man bedachte, dass er soeben den Anführer von »Der Dolch ist heilig« als Paket verschnürt abgeliefert hatte.

»Ich kümmere mich drum«, sagte Sorin.

Und ab da war es fast nur noch Sorin, der das Gespräch führte. Über die Situation der Polizei in Bukarest, über Stelea, über die allgemeine Lage. Seine Stimme klang immer besorgter, und er beendete seinen Vortrag mit den Worten:

»Gegen unseren Bürgermeister läuft gerade eine Ermittlung wegen Korruption, und sein Fahrer ist wegen Bestechung verurteilt worden. Unsere Wirklichkeit sieht anders aus als deine, Tom.«

Und Stilton wurde klar, dass der Mann, den er abgeliefert hatte, Sorin noch eine ganze Weile schlaflose Nächte bereiten würde.

Es war ein Morgen wie aus dem Bilderbuch. Die Sonne war über dem Waldrand aufgegangen, und die leichten Nebelschleier über dem kleinen See lösten sich langsam auf. Ein leichter Wind zog durch die verwelkenden Blumen unten am Anleger.

Gowon hatte sich für ein Morgenbad entschieden und war auf halbem Weg runter zum Wasser. Akin sah, wie er hineinsprang. Er stand am Flurfenster und schaute Gowon hinterher. Heute ging es ihm besser als in den letzten Tagen. Warum, das konnte er selbst nicht sagen, aber vielleicht stimmte es ja doch, was Gowon sagte. Dass hier alles gut wurde.

Er sammelte all seinen Mut, um an Taras Tür zu klopfen und sie zu fragen, ob sie nicht mit zum Anleger kommen wollte. Sie gefiel ihm. Sie war so süß, sah so anders aus als die Mädchen daheim, so zerbrechlich. Wie eine Libelle, eine Pantala, dachte er und klopfte. Vorsichtig beim ersten Mal, etwas fester beim zweiten. Keine Reaktion.

»Tara?«, fragte er, bekam jedoch keine Antwort.

Er öffnete ihre Tür einen Spalt und schaute hinein. Ihr Bett war ordentlich gemacht, aber das Zimmer war leer. Vielleicht duschte sie gerade?, überlegte er. Doch in der Dusche war auch niemand. Oder frühstückt sie schon? Obwohl es noch gar nicht die Zeit fürs Frühstück war. Er verließ den Anbau und ging hinüber zum großen Haus. Auf der Treppe begegnete er Maria, die einen Korb voller Äpfel trug.

»Ist Tara da drinnen?«, fragte er.

»Nein, sie ist abgereist.«

»Wohin denn?«

»Zu einer Familie, bei der sie wohnen kann. Heute ganz früh am Morgen.«

Akin versuchte zu verstehen, was Maria sagte. Tara war nicht hier?

»Aber wie lange wird sie dort bleiben?«

»Das wissen wir nicht, wenn es ihr gut gefällt, bleibt sie für immer dort. Aber sicher kommt sie mal her, um uns zu besuchen.«

Maria lächelte Akin an.

»Warum hat sie uns denn nichts davon gesagt?«

»Ihr habt noch geschlafen, bestimmt wollte sie euch nicht wecken.«

Akin drehte sich um. Er wusste nicht so recht, wohin er gehen sollte. Tara war fort.

Langsam ging er auf den See zu, über die Wiese, zum Anleger. Dort saß Gowon und trocknete sich ab.

»Gibt es Frühstück?«, fragte er.

»Tara ist abgereist.«

»Was? Wieso abgereist?«

»Sie ist woanders hingezogen.«

»Einfach so?«

»Ja.«

Gowon stand auf und zog sich an. Er hatte bemerkt, wie eng sich Akin Tara angeschlossen hatte. Das könnte ein Problem werden. Gleichzeitig musste man der Realität ins Auge blicken. Sie wohnten hier nicht für immer, irgendwann sollten sie woanders hinziehen. Tara war also als Erste weg.

»Aber hätte sie sich nicht verabschieden können?«, fragte er.

Akin erwiderte nichts. Er hatte sich auf den Anleger gesetzt und schaute aufs Wasser. Nach einer Weile senkte er den Kopf und betrachtete seine langen Finger.

Sonnenfinger.

Sie hätte sich verabschieden können, dachte er.

*

Stilton, Olivia und Abbas nahmen einen Flug von Bukarest mit Zwischenlandung in Warschau und erreichten den Flughafen Arlanda am frühen Abend. Ein Dienstwagen des NOA fuhr sie direkt ins Polizeigebäude.

Abbas wurde unterwegs abgesetzt. Er hatte die Nacht zuvor nicht im Hotel Moxa übernachtet.

»Wo hast du letzte Nacht geschlafen?«, hatte Olivia ihn auf dem Flugplatz gefragt.

»Auf der anderen Seite der Stadt.«

Weitere Fragen wurden nicht gestellt. Abbas war nicht der Typ, der viel von seinem Privatleben preisgab, Olivia wusste das.

Und Tom auch.

Als sie den Konferenzraum betraten, saßen Lisa und Bosse bereits an dem ovalen Tisch. Mette stand an dem Drucker ein Stück weiter. Die Tischlampen waren eingeschaltet und verbreiteten ein angenehmes, weiches Licht. Alle begrüßten einander und holten Block und Stift heraus.

Doch besonders viele Notizen wurden nicht gemacht. Das meiste, was in Bukarest geschehen war, hatte Mette bereits telefonisch erfahren und an die Gruppe weitergegeben. Jetzt ging es eigentlich nur noch um Details. Und um eher private Kommentare bezüglich der Verletzungen und anderer Dinge.

Als Olivia auf Stiltons Aufforderung hin berichtete, was sie in der Kanalisation erlebt hatte, reagierte Lisa heftig. Das hätte ihr passieren können, wenn Mette eine andere Wahl getroffen hätte, eine Wahl, die sie sich erhofft hatte. Jetzt war sie dankbar, dass es dazu nicht gekommen war.

Sie würde nie wieder Mettes Entscheidungen in Frage stellen.

Und sie hatte großes Mitleid mit Olivia.

Nach einer Stunde waren die Berichte abgeschlossen, und Bosse fasste zusammen:

»Eigentlich kann man die ganze Reise darauf zusammenkochen, dass ihr höchstwahrscheinlich die Identität des Opfers, Ionel, herausgefunden habt sowie seine Nationalität.«

Lisa zuckte zusammen und warf Bosse einen scharfen Blick zu.

»Was ja wohl einen großen Schritt nach vorn bedeutet«, sagte sie. »Der Junge ist kein Unbekannter mehr. Außerdem haben wir einen Zeitpunkt für sein Verschwinden aus Bukarest und eine eventuelle Verbindung zu einer rumänischen Verbrecherorganisation.«

»Nicht eventuell«, warf Olivia ein. »Diese Verbindung ist mehrfach bestätigt worden.«

Darin waren sich alle einig, was zu den gleichen Fragen führte, die sich Stilton und Olivia bereits in Bukarest gestellt hatten. Was störte einen Gangster der oberen Gewichtsklasse wie Mihai Stelea so daran, dass sie Nachforschungen zu Ionel und seinem Tod anstellten? Einem armen rumänischen Jungen. War es möglich, dass Stelea persönlich oder seine Organisation direkt in den Mord verwickelt war? Hier oben in Schweden?

»Der Dolch weist ja darauf hin«, sagte Lisa.

»Ja. Aber was stört ihn so?«, fragte Bosse.

Darauf gab es keine Antwort. Nicht in diesem Raum, nicht zu diesem Zeitpunkt. Sie mussten an anderer Stelle suchen, an einem anderen Tag.

»Und was ist inzwischen hier zu Hause passiert?«, fragte Olivia.

»Im Augenblick warten wir gerade darauf, dass die Abteilung für Kinderpornographie ein Netzwerk aushebt, das von einem Pädophilen in Kalmar geleitet wird«, sagte Mette. »Dieser Mann wurde zusammen mit Lärnfors fotografiert.«

»Und warum ist er interessant für die Ermittlungen?«, wollte Stilton wissen.

»Weil der Mord an Ionel von einem Pädophilen verübt wurde, nicht weit entfernt von Lärnfors' Wohnsitz. Und da Lärnfors selbst nicht der Täter war, könnte es ein Pädophiler gewesen sein, den Lärnfors kennt.«

»Der Kalmarmann?«, fragte Olivia.

»Darauf bekommen wir eine Antwort, sobald er festgenommen wurde.«

Und das war's.

Mette gab noch kurze Anweisungen für den nächsten Tag und beendete die Besprechung. Als alle aufstanden, um den Raum zu verlassen, hob Mette noch einmal ihre Stimme:

»Tom, hast du eine Minute Zeit?«

Stilton setzte sich wieder. Mette wartete, bis das Zimmer sich geleert hatte.

»Was ist?«, fragte er.

»Wir stehen unter Druck.«

Stilton schaute Mette an, sah die Müdigkeit in ihren Augen.

»Es wird kritisch hinterfragt, was wir hier eigentlich tun«, sagte sie. »Von oben.«

»Wir ermitteln in einem Mordfall.«

»Für den verhältnismäßig große Ressourcen frei gegeben wurden.«

Sie klang wie ein Echo von Sorin in Bukarest, und Stilton merkte, wie ihm die Röte in die Wangen schoss.

»Das tun wir doch wohl bei vielen Morden, oder?«, fragte er.

»Natürlich.«

»Aber?«

Mette schaute auf ihre Hände, sie hatte sich morgens die Fingernägel lackiert, mit einer grünen Metallicfarbe, war aber nicht besonders begeistert davon. Und da sie nicht auf seine Frage reagierte, fuhr Stilton fort:

»Aber hier geht es nur um einen unbekannten Jungen, vielleicht nicht einmal ein Schwede, vielleicht ein Rom, ein Bettlerkind, ist es das, was hinter dem Druck steht?«

»So etwas in der Richtung.«

»›Etwas in der Richtung‹!«

Stilton stand auf und spürte, wie die Wut wieder abebbte, aus vielen verschiedenen Gründen. Zum einen aufgrund seiner Müdigkeit und der überstandenen Strapazen, aber es gab noch andere, tiefere Ursachen. Während seiner Jahre als Mordermittler war er diverse Male mit Personen in Konflikt geraten, die der Meinung waren, Dinge und Mittel sollten auf eine andere Art und Weise verteilt werden. Auf eine Art, die mehr oder weniger politische Untertöne durchscheinen ließ. Die Polizeikräfte standen ständig unter Druck, aus verschiedenen Richtungen, nicht zuletzt durch die Medien. Die Forderung, auf die richtige Art und Weise effektiv zu sein, widersprach tendenziell einem Grundsatz, der für Stilton von fundamentaler Bedeutung war. Dass alle gleich wertvoll waren, auch im Tod. Er wusste, dass viele meinten, diese Einstellung sei sowohl naiv als auch idealistisch und vielleicht nicht mehr zeitgemäß, doch nur aus diesem Grund war er vor langer Zeit einmal zur Polizei gegangen.

Was Mette nur zu gut wusste. Doch sie war gezwungen, es ihm zu sagen, weil sie gezwungen werden konnte, ihren Etat hinunterzuschrauben, was als Erstes den treffen würde, der zuletzt eingestellt worden war, nämlich Tom. Außerdem war er nur als »externer Berater« ins Team aufgenommen worden.

»Und wie reagierst du darauf?«, fragte Stilton und versuchte, Ruhe zu bewahren.

»Ich verteidige unsere Arbeit. Euer Resultat aus Bukarest macht es mir einfacher. Aber ich wollte nur darauf hinweisen.«

Stilton nickte. Was das anging, vertraute er Mette. Sie hatte äußerem Druck noch nie nachgegeben. Aber es war bereits vorgekommen, dass sie gezwungen war, die Prioritäten anders zu verteilen, damit es so aussah, als kooperiere sie. Und in diesem Fall konnte es ihn treffen.

»Wenn du denkst, es wird einfacher, wenn ich mich verabschiede, dann tue ich das«, sagte er.

»Du wirst dich nicht verabschieden. Und auch sonst keiner.«

Mette stand auf und schaute auf das lange Pflaster auf Stiltons Wange.

»Ist das genäht worden?«

»Nein.«

»Dann sollte es sich mal jemand ansehen, bevor die Wunde sich entzündet.«

Stilton nickte, schaltete die Lampen um den Tisch herum

aus und folgte Mette zur Tür. Er dachte an Luna und hoffte, dass sie in dieser Nacht nicht wieder fünfzehn neue Flüchtlinge aufgenommen hatte.

Er hatte Glück. Außerdem hatte sie mithilfe der Behörden eine Wohnung für die fünf Syrer gefunden, die vor seiner Abreise noch an Bord gewesen waren.

»Der Lastkahn ist also leer«, sagte sie, als er sie an der Reling traf.

»Na, leer kann man wohl nicht sagen, wir sind doch noch da.«

»Es fühlt sich leer an. Ich hatte mich schon richtig dran gewöhnt, sie reden und lachen zu hören.«

»Und ihre Albträume zu hassen«, ergänzte Stilton.

Manchmal klingt er wirklich wie ein alter Brummbär, dachte Luna und gab ihm einen Kuss. Als sie merkte, wie er bei der Berührung zusammenzuckte, bestand sie darauf, das lange Pflaster zu entfernen und sich die Wunde anzusehen. Keine zehn Minuten später hatte sie den Brummbär in ihr Auto verfrachtet und fuhr mit ihm in die Notaufnahme des Södersjukhuset.

Ein paar Stunden später kletterten sie die Treppe zum Salon hinunter. Sie mit einem Strauß Rosen in der Hand, den sie auf der Fahrt gekauft hatte, und er mit sieben kleinen Stichen im Gesicht.

»Warum konnten die das nicht einfach kleben?«

»Weil du so stur warst, diese Wunde durch halb Europa mit dir herumzuschleppen, statt dafür zu sorgen, dass sie an Ort und Stelle behandelt wird. Da hätte man sie noch kleben können.«

Stilton stellte sich diverse Stunden in einer Notaufnahme in der Stadt vor, aus der nichts Gutes kam, und verglich das Szenario mit seinen sieben Stichen. Und als Luna ihn daran erinnerte, dass sie sich doch dem widmen könnten, was sie hatten aufschieben müssen, als es nur eine dünne Wand zwischen den Flüchtlingen und ihrer Kajüte gab, bekam die graue Welt auch wieder frische Farben.

*

Olivia fuhr allein vom Polizeipräsidium nach Hause. Mit der U-Bahn. Sie setzte sich an ein Fenster und betrachtete ihr Spiegelbild. Sah, wie viel Bukarest noch in ihrem Gesicht zu finden war. Also schaute sie lieber weg und dachte an das, was Tom ihr auf dem Heimflug berichtet hatte. Über Grigore. Diesen schmierigen Taxifahrer, der in Wahrheit Steleas Handlanger war und eigentlich Iulian hieß. Was hatte er da unten am Kai wohl vorgehabt? Mit ihr? »Wir können zu mir fahren und dort etwas essen?« Olivia schüttelte sich und versuchte, die Gedanken an Bukarest, an die Kanalisation und an den Mann mit einem Ohr beiseitezuschieben.

Eine Station vor Hornstull begann ihr ganzer Körper zu kribbeln, sie spürte, wie die Wangen rot und heiß wurden. Sie stand auf und blieb an den Türen stehen, bis sie die Haltestelle erreicht hatte. Sobald die Türen sich öffneten, sprang sie hinaus und lief zu den Rolltreppen. Sie wollte so schnell wie möglich aus dem Untergrund raus, hoch, sie wollte an die frische Luft.

Glücklich dem U-Bahn-Tunnel entronnen, ging sie auf die Högalidsgatan zu. Es war nicht weit, aber weit genug, dass ihre leere, dunkle Wohnung vor ihrem inneren Auge auftauchte. Als sie die Haustür erreichte, merkte sie, wie sie am ganzen

Körper zitterte, und als sie versuchte, den Zugangscode einzutippen, drückte sie mehrere Male die falschen Tasten. Die Finger wollten ihr nicht gehorchen. Sie versuchte es mit der anderen Hand, aber es nützte nichts. Dann lehnte sie sich mit dem Rücken gegen die Haustür und versuchte, tief durchzuatmen. Sie wollte nicht hoch in die leere Wohnung. Sie ging wieder auf den Bürgersteig und konzentrierte sich aufs Atmen. Die Straße war fast menschenleer, die Schatten der großen Bäume an der Kirche fielen auf den Asphalt. Ich muss was trinken, dachte sie. Ich muss runterkommen. Ich muss unter Menschen. Sie ging auf die Långholmsgatan zu und fing an, die parkenden Autos zu zählen. Als die Reihe zu Ende war, stand sie vor dem Ramblas, einem Tapas-Restaurant, das an der Ecke zur Långholmsgatan lag. Sie konnte sehen, dass es voll war, voller lachender Leute, die ein Weinglas vor sich stehen hatten und brennende Kerzen auf den Tischen.

Sie trat ein.

Eine rothaarige Kellnerin kam auf sie zu und fragte, ob sie allein sei.

»Da hinten haben wir noch einen freien Tisch.«

Olivia folgte der Kellnerin zu einem Tisch an der Wand ganz hinten. Ein Tisch für zwei Personen. Olivia setzte sich und bekam die Speisekarte.

»Was möchten Sie trinken?«

Das wusste sie nicht. Sie wollte kein Bier. Die Kellnerin wurde leicht ungeduldig.

»Vielleicht einen Cocktail?«

»Nein. Ich nehme einen Whisky, ohne Eis.«

»Mit Wasser?«

»Nein, ohne.«

Die Kellnerin ging davon. Olivia schaute ihr nach. Whisky?

Sie konnte sich nicht daran erinnern, wann sie das letzte Mal Whisky getrunken hatte. Sie trank so gut wie nie Hochprozentiges, höchstens in Cocktails. Shots hasste sie. Und jetzt sollte sie einen Whisky trinken, ganz allein. Sie nahm die Speisekarte hoch und registrierte, dass ihre Hände nicht mehr zitterten. Sie überflog die erste Seite, legte die Menükarte beiseite. Sie hatte keinen Hunger, nein, sie war einfach aus dem Gleichgewicht und musste nur ihre Balance wiederfinden. Sie schaute sich um, die Tische standen dicht beieinander, und sie konnte problemlos den Gesprächen der anderen folgen. Eine Weile lauschte sie, merkte, dass sie nichts von den Unterhaltungen mitbekam. Für sie waren es nur Worte, die an ihren Ohren vorbeisausten.

Sie war gar nicht anwesend.

»Bitte schön.«

Die Kellnerin stellte das Glas mit dem goldbraunen Getränk vor ihr auf den Tisch und fragte, ob sie jetzt bestellen wolle.

»Ich glaube, ich verzichte auf das Essen«, sagte Olivia.

Die Kellnerin nickte, nahm die Speisekarte und ging, und Olivia schnupperte an dem Whisky. Stark. Sie stellte das Glas wieder hin und bereute, nicht um Wasser gebeten zu haben. Dann zog sie ihr Handy heraus und schaltete es aus. Sie wollte mit niemandem reden. Als sie den zweiten Versuch wagte und vorsichtig am Glas nippte, spürte sie eine Hand auf der Schulter und zuckte zusammen.

»Hei, Stummel!«

Olivia drehte den Kopf, und es dauerte ein paar Sekunden, bis sie die sonderbare, ziemlich kurz geratene Person hinter sich einordnen konnte. Sein feuerroter Mantel half ihr auf die Sprünge.

»Minken, der Nerz?«

»In voller Größe! Ich setz mich mal zu dir!«

Und er saß, noch bevor Olivia protestieren konnte, aber selbst wenn sie protestiert hätte, säße er jetzt neben ihr. Minken war der Meinung, er vergolde mit seiner Anwesenheit jede Gesellschaft. Wovon nicht alle überzeugt waren. Olivia hatte ihn über Tom kennengelernt, und er hatte ihr vor vielen Jahren bei einem Fall geholfen.

»Erinnerst du dich noch, was du mir bei unserem letzten Treffen versprochen hast?«, fragte Minken.

»Nein.«

»Du wolltest mich auf ein Bierchen einladen, als Dank für diesen Piranha.«

»Jackie Berglund?«

»Das löse ich jetzt gern ein. Hast du gewusst, dass das hier meine Stammkneipe ist?«

»Nein.«

»Eine von mehreren, genau gesagt, ich komme ja ziemlich viel herum. Mariatorget, Medis, Nytan, you name it! Der Fuchs hat so seine Kartei.«

Minken grinste breit und zwinkerte mit einem Auge. Er vertraute oft auf seinen überwältigenden Charme, worüber sich viele amüsierten. Denn Charme war nicht gerade sein zweiter Vorname. Aber Olivia wusste, dass Minken ein Mann mit einem großen Herzen war, begraben unter einer Hülle aus Größenwahn. Wenn man diese Hülle nicht beachtete, konnte man gut mit ihm auskommen. Für eine Weile.

Wie jetzt.

Also lud Olivia ihn auf ein Bier ein, noch eins.

»Ich habe heute mit einem Kumpel zusammen ein Los veranstaltet!«, erklärte Minken.

»Ein Los?«

»Ja, einen Lunch ohne Schluss, wir haben gegen zwölf Uhr angefangen, und dann lief es einfach so weiter.«

»Dann bist du also in Topform?«, schmunzelte Olivia.

»Und wie! Diese Nacht wird alles in den Schatten stellen! Kokain, Fummeln und Zauberwerk! Willst du mitmachen?«

»Nein, danke.«

»Selbst schuld. Habe ich dir erzählt, wie ich mal in Bagdad mit einer Truppe Freidenkern unterwegs war?«

Teilte man mit Minken einen Tisch, brauchte man nicht viel zur Konversation beizutragen, das erledigte er ganz allein, und zwar so, dass die Gespräche an den Nebentischen langsam verstummten. Er war ein Meister darin, seine bizarren Geschichten auszuschmücken.

Als er schließlich zum Dreh- und Angelpunkt seiner Vorratskammer an Geschichten kam – wie er den Palme-Mord aufklärte –, merkte Olivia, dass es für dieses Mal reichte.

»Du willst es nicht hören?«

»Nein. Nicht noch einmal.«

Olivia lächelte, und Minken trank sein Bier und wirkte ein bisschen gekränkt, fragte dann aber:

»Und wie steht es mit dir? Immer noch Bulle?«

Auf dem Heimweg brauchte sie keine Autos mehr zu zählen. Und auch nicht bewusst tief durchzuatmen. Sie hatte genau das bekommen, was sie brauchte, sowohl in Bezug auf Alkohol als auch auf Ablenkung, und tippte den Türcode ohne Problem ein. Jetzt musste sie schlafen. Lange.

Duschen und schlafen und dann weitermachen.

*

Sie aßen in dem großen Haus zusammen mit Maria. Felix war nicht da. Gowon stellte der Frau ein paar Fragen zu Tara, wohin sie gereist sei, und bekam darauf Antworten, die ihm nicht weiterhalfen. Beispielsweise:

»In eine Kleinstadt ziemlich weit von hier. Möchtest du noch mehr Kartoffelbrei?«

Gowon hatte das Gefühl, dass Maria nicht über Tara sprechen wollte. Warum nicht? Wenn es nun einmal so üblich war, dass Flüchtlinge für eine Weile hier wohnten und dann an andere Orte gebracht wurden, dann dürfte es doch kein Problem sein, darüber zu sprechen?

»Wo ist Felix?«, fragte er.

»Da unten.«

»Am Anleger?«

»Möchtest du noch Nachtisch?«

Nach dem Essen wollte keiner der beiden Jungs schon ins Bett gehen. Schweigend saßen sie auf dem Ledersofa im Aufenthaltsraum, ein Stück voneinander entfernt. Gowon blätterte in einer englischen Fußballzeitung, und Akin starrte nur die Wand an. Über ihre jeweiligen Gefühle wollten sie nicht reden. Als es auf Mitternacht zuging, faltete Gowon die Zeitung zusammen.

»Wollen wir ein Videospiel spielen?«, fragte er.

»Nein.«

Akin hatte kein Interesse daran. Er war in Gedanken ganz woanders. Gowon beugte sich vor und schob ein Sofakissen zur Seite, um eine bequemere Position vor der Konsole zu finden.

Da fiel etwas auf den Boden.

Eine kleine, runde Holzdose. Gowon hob sie auf, öffnete sie

und sah das kleine Foto von Taras Familie darin liegen. Von der das Mädchen nicht wusste, wo sie war.

»Was ist das?«, fragte Akin.

Gowon zögerte einen Moment, setzte an, zögerte dann wieder, bis er schließlich antwortete:

»Taras. Eine Dose mit einem Foto.«

Sollte sie die etwa vergessen haben?, fragte er sich. Oder hat sie die Dose hier versteckt, damit wir sie finden?

Er trat an das Fenster hinter dem Sofa und schaute hinaus. In dem grauen Steinhaus unten an der Wiese brannte Licht. Ein schwarzer Wagen stand direkt vor der Tür, ein Auto, das er vorher hier noch nie gesehen hatte.

Was machte es da?

Mihai Stelea ging langsam an dem Fluss Dambovita entlang. Die Sonne war untergegangen, Dunkelheit setzte ein. Er hatte die zentralen Viertel von Bukarest hinter sich gelassen, die Bebauung wurde spärlicher. Er trug einen eleganten kurzen Mantel und hielt ein Handy in der Hand. Es war ausgeschaltet. Vor einer halben Stunde hatte er ein kurzes Gespräch mit Razvan Lusescu geführt, einem der Männer, die dafür bezahlt wurden, ihn zu beschützen. Razvan hatte versagt, und das Ergebnis war eine kurze, aber ärgerliche Stippvisite im Polizeirevier gewesen. Die ihn zudem noch so einiges gekostet hatte. Sowohl finanziell, aber auch in Form von Gegenleistungen, und davon war er nicht gerade begeistert.

Er wollte in niemandes Schuld stehen. Und schon gar nicht in der der Polizei.

Jetzt hatte er das Handy ausgestellt, um nicht gestört zu werden. Er musste sich konzentrieren und einen Plan schmieden.

Die Ereignisse im Stardust waren nicht schwer zu verstehen. Er hatte seine Bewachung gelockert, und andere hatten diesen Umstand ausgenutzt. So lief das Spiel. Aber so etwas sollte ihm nicht noch einmal passieren.

Komplizierter war da schon der eigentliche Grund für all die Vorkommnisse. Der Mann, dem er den Schnitt in die Wange verpasst hatte, dieser Schwede, und die Verbindung des Schweden zu dem kleinen Jungen Ionel. Dafür gab es nur einen logischen Grund. Ionel musste gefunden worden sein. Da oben in Schweden.

Was schwer begreiflich war.

Nicht, dass er ausgerechnet in Schweden gefunden worden war, sondern dass man eine Verbindung zu seiner Organisation hergestellt hatte. Iulians Bericht nach hatte der Schwede eindeutig nach »Der Dolch ist heilig« gefragt. Aber warum? Es gab Personen, die sowohl von Ionel als auch von dieser Verbindung wussten, aber es waren Personen, denen er vertraute.

Also?

Gab es einen Maulwurf in ihren Kreisen? Da oben in Schweden? War die ganze Organisation bedroht? Wusste der Schwede etwas davon?

Er brauchte dringend Antworten auf seine Fragen, und vermutlich gab es nur einen, der sie ihm geben konnte.

Der Schwede selbst.

Tom Stilton.

Stelea schaltete das Handy wieder ein.

*

Das Schlauchbot steuerte direkt auf Rödlöga zu, durch die erste enge Passage und dann um die Halbinsel, die Wellen schwappten über den Bug.

Er fuhr schnell.

Der raue Meereswind schlug Stilton direkt ins Gesicht, und er schmunzelte. Hier war sein Zuhause. Ab und zu. Für kürzere Perioden. Wenn er einfach einmal wegkommen musste von dem Leben, das zu führen er gezwungen war, um eine einigermaßen normale Existenz zu haben. Hier draußen war er ein anderer, in Kontakt mit seinen Wurzeln.

Aber er konnte nicht sein gesamtes Leben hier verbringen.

Leider.

Er ließ das Boot an den großen Holzsteg gleiten, vertäute es und ging hoch zu der einfachen roten Hütte, nur wenige Meter entfernt. Er hatte Mette um eine kurze Pause gebeten, einen Tag, die Bukarestreise hatte an seinen Kräften gezehrt. Er war kein junger Spund mehr. Das merkte er auch, als er eine große Kiste neben der Sauna hochheben wollte und spürte, wie es ihm in den Rücken schoss.

Er heizte die Sauna ein und ging in die Hütte.

Vollkommen ausgekühlt.

Er zog sich eine zusätzliche Jacke an und setzte sich in die kleine Küche. Hoffte auf ein paar Biere unter dem Waschbecken und lag damit richtig. Er öffnete eins und ging wieder hinaus. Der Wind hatte sich gedreht, die Vortreppe lag jetzt im Windschatten. Er ließ sich mit dem Bier in der Hand dort nieder und schaute über das riesige, schöne Meer, offen bis ganz nach Åland.

Die Kanalisation, dachte er und nahm einen großen Schluck. Wie passt das zusammen, ist das noch ein und dieselbe Welt? Das hier und das dort? Er stellte die Flasche hin und entdeckte einen toten Vogel unter der Treppe, halb aufgefressen. Er betrachtete den Vogelkadaver und konnte es nicht verhindern, dass ein Bild des verstümmelten Jungen in der Erdgrube vor seinem inneren Auge auftauchte. Ein kleiner Hühnerdieb, ohne Eltern, ganz auf sich allein gestellt. Stilton versuchte, das Bild abzuschütteln, und stand auf, um die Sauna weiter anzuheizen. Er war hier, um abzuschalten, nicht um zu grübeln. Vielleicht half es ja, wenn er schon jetzt einmal ins Wasser sprang, sich von der Kälte reinwaschen ließ. Manchmal klappte das. Also zog er sich nackt aus und machte vom Anleger aus einen Kopfsprung. Es war kalt, aber nichts im Vergleich zu den Novemberbädern. Er schwamm ein Stück hinaus und kehrte dann um. Schön.

Als er wieder aus dem Wasser stieg, kamen ihm andere Bilder in den Sinn.

Gegen die er sich nicht wehren konnte.

Bilder eines Mannes im Sonnenuntergang, der ein Messer an einer Serviette ausprobierte und dann an Stiltons Wange. Er fuhr sich mit einem Finger über die Narbe. Die sollte ihn jetzt sein Leben lang begleiten. Das Geschenk eines Gangsters in Bukarest. Er spürte, wie die Wut in ihm aufstieg. Am liebsten wäre er dort unten geblieben, hätte Stelea in zermürbenden Verhören in die Mangel genommen, ihn gezwungen, zu erklären, in welcher Verbindung er zu dem Jungen in der Grube stand. Mit welchen Methoden auch immer.

Doch das lag nicht in seinem Einflussbereich.

Darum musste sich der Polizeibeamte Sorin Bratianu kümmern.

Und wenn er seine Sache gut machte, kam vielleicht noch mehr ans Tageslicht. Hier, in Schweden, wo der Mord an Ionel vermutlich ausgeführt worden war. Er nahm sich vor, nachzufragen, wie eigentlich die Auslieferungsbedingungen zwischen Schweden und Rumänien aussahen.

Als er wieder in die Sauna ging, war die Temperatur auf fast neunzig Grad gestiegen, perfekt für einen Aufguss. Er setzte sich und kippte ein paar große Kellen Wasser auf die Glut. Als der glühend heiße Dampf von der Decke heruntersank, sich auf seinen nackten Körper legte, verschwanden endlich alle Bilder.

Bis auf eins.

*

Akin saß auf dem Sofa vor dem Videospiel. Er hatte lernen wollen, wie man das spielt. Von Tara. Aber jetzt war sie nicht mehr hier. Nichts wurde, wie es werden sollte, dachte er. Gowon lag auf dem Boden und machte Liegestütz, mitten in der Nacht.

»Das solltest du auch tun«, schlug er Akin vor. »Dich ein bisschen fit halten.«

Akin hatte keinerlei Interesse daran, sich fit zu halten, er wollte einfach nur verschwinden. Er wollte nicht hier sein, hatte aber keinen anderen Ort, an den er hätte gehen können. Er ließ sich aufs Sofa zurückfallen und legte die Hände aufs Gesicht. Gowon rollte auf den Rücken und schaute zu ihm hoch. Der Schweiß lief ihm den Hals entlang. Da klopfte es vorsichtig an der Tür. Gowon wandte den Blick dorthin. In der Öffnung standen Felix und Maria.

»Wie gut, dass ihr noch nicht im Bett seid«, sagte Felix und trat ein.

Maria folgte ihm und sah, wie Gowon schnell vom Boden aufsprang und sich das Gesicht mit dem Ärmel seines Pullovers abwischte. Sie setzte sich neben Akin auf das Sofa. Felix kam auf die andere Seite.

»Wir haben gute und schlechte Neuigkeiten für euch«, begann Maria. »Die gute ist, dass vorhin eine Familie angerufen hat, die Gowon aufnehmen will. Die schlechte ist, dass es dort keinen Platz für Akin gibt.«

Es blieb still, bis Gowon fragte:

»Warum können sie nicht stattdessen Akin aufnehmen?«

»Darüber entscheiden nicht wir«, sagte Felix.

Gowon schaute zu Felix, der seinem Blick auswich. Dann sah er Akin an, dessen Blick starr auf den Boden gerichtet war. Erst Tara und dann Gowon? Wie sollte er das aushalten? Gowon setzte sich zwischen Maria und Akin und legte einen Arm um Akins Schultern.

»Wir bleiben in Kontakt.«

Akin schüttelte den Arm ab.

»Uns ist klar, wie schwer das für euch ist«, sagte Maria.

»Aber so läuft es nun einmal«, ergänzte Felix.

»Warum können wir nicht weiterhin hier wohnen?«

Gowon stellte diese Frage wie eine letzte Rettungsboje. Um Akin zu unterstützen.

»Weil wir eine akute Erstaufnahmestelle sind, wir müssen Plätze bereithalten für neue ankommende Jugendliche«, erklärte Felix. »Du hast Glück, dass sich so schnell eine Familie für dich finden ließ.«

»Wann muss ich los?«

»Ziemlich bald, sie kommen her und holen dich ab. Es sind richtig nette, gute Menschen. Außerdem haben sie einen Sohn, der auch Fußball spielt.«

Das war kein großer Trost für Gowon und definitiv keiner für Akin. Er stand auf und verließ den Raum. Felix folgte ihm. Als die beiden auf dem Flur verschwunden waren, zog Maria vorsichtig die Tür zu und wandte sich an Gowon.

»Komm um ein Uhr heute Nacht zu dem grauen Steinhaus«, flüsterte sie.

Akin saß mit gesenktem Kopf auf dem unteren Bett, als Gowon hereinkam. Gowon setzte sich zu ihm. Er wusste nicht so recht, was er sagen sollte. Zum ersten Mal seit mehr als einem Jahr sollten sie getrennte Wege gehen. Er spürte, wie es in seiner Brust brannte, und konnte sich denken, wie weh es erst Akin tun musste. Aber was sollten sie tun? Sie konnten ja wohl kaum von hier fliehen? Denn hierhin waren sie doch gerade erst geflohen. Er legte einen Arm um Akins Schultern und fühlte seine dünnen Schulterblätter. Wie wirst du das aushalten?, dachte er.

Nach ein paar Minuten zog er die kleine runde Holzdose mit Taras Familienfoto heraus und streckte sie Akin hin.

»Pass auf sie auf.«

Akin nahm die Dose und strich mit einer Hand über das glänzende Schloss. Vielleicht würde er doch Tara eines Tages wiedertreffen, dann konnte er ihr die Dose geben? Vielleicht wohnte sie ja wirklich irgendwo an einem anderen Ort in diesem Land? Was wussten sie schon? Nichts, außer dass die Menschen hier nicht so waren wie die Menschen zu Hause. Sie sendeten andere Signale untereinander aus, die weder er noch Gowon deuten konnten.

»Danke«, sagte er und kletterte nach oben in sein Bett.

Gowon streckte sich auf dem unteren Lager aus und schaute auf die Uhr. Es war noch eine Weile hin bis ein Uhr.

Mittlerweile waren sie ein eingespieltes Team. Sie kochten sich etwas zu essen, wuschen ab, spielten einfache Spiele und machten kleine Spaziergänge. Oft saßen sie einfach nur zusammen in der Küche. Folami konnte gut zeichnen. Geschickt hatte sie Elsa Beskows Illustrationen zu *»Sov du lilla videung«*, dem Schlaflied über das Weidenkind, abgezeichnet.

Muriel hatte das Bild an die Küchenwand gehängt.

Es war ihr gelungen, Ronny und Benseman die Idee mit dem Ausflug zur Hütte auszureden, beziehungsweise ihn aufzuschieben. Als Grund gab sie an, dass sie für ein paar Tage verreisen wollte. Sie log Ronny nur ungern an, aber es ging nicht anders. Wenn er hier auftauchte, würde er vielleicht darauf bestehen, dass Folami Kontakt zu irgendwelchen Behörden aufnahm, und er würde sie darauf hinweisen, dass sie sich nicht für alle Ewigkeit hier in der Hütte verstecken könnten. Und so etwas wollte Muriel nicht hören, nicht einmal daran denken mochte sie. Sie wollte, dass es so lange wie möglich einfach so blieb, wie es war. Denn sowohl sie als auch Folami fühlten sich hier wohl.

Sie linderten gegenseitig ihre Wunden.

Wenn Folami Albträume hatte, nahm Muriel sie in den Arm, wenn Muriels Körper von dem Entzug zitterte, hielt Folami sie fest. Sie brauchten sich gegenseitig, in ihrer kleinen Kugel. Abgetrennt vom Rest der Welt, und weiter mochte Muriel nicht denken.

Heute wollten sie Pilze sammeln.

Dafür nahm jede einen Korb und ein kleines Messer mit, dazu ein Pilzbestimmungsbuch mit vielen Bildern, so dass sie nicht die falschen einsammelten, und schon ging es auf in den Wald.

Vermutlich lag es an ihrem Enthusiasmus, ihrer Freude auf den Ausflug, dass sie das nicht sahen, was sie hätten sehen müssen, einen Mann in den Vierzigern, der hinter einer Kiefer mit rauer Rinde am Rand des Grundstücks stand und beobachtete, wie sie im Wald verschwanden.

Folami hatte noch nie in ihrem Leben Pilze gesammelt, und Muriel hatte nur noch vage Erinnerungen an so eine Aktion, vor tausend Jahren mit irgendeiner Pflegemutter. Sicherheitshalber hatte sie Ronny angerufen und sich bei ihm erkundigt. Er hatte ihr ein paar Stellen genannt, an denen es immer Pilze gab. Muriel musste ihm versprechen, dass sie nur gelbe Pfifferlinge, Steinpilze und vielleicht noch schwarze Trompetenpfifferlinge mitnehmen würde.

Es war ein strahlend schöner Herbsttag, ein mildes, warmes Licht bahnte sich seinen Weg zwischen den Bäumen, und dort, wo die Sonne noch nicht angekommen war, war der Boden immer noch feucht vom Tau.

Muriel holte tief Luft.

Der Wald war fremd und machte ihr ein wenig Angst, aber was konnte denn hier schon gefährlich sein? Kein Mensch weit und breit, das einzige Geräusch kam von einer Amsel, die ganz oben in einer Kiefer saß und die Umwelt mit ihrem Gesang beglückte.

Folami schien sich nicht die geringsten Sorgen zu machen. Die ganze Zeit war sie Muriel ein paar Schritte voraus.

»Guck mal hier!«

Kaum hatten sie den Waldrand hinter sich gelassen, da

zeigte Folami bereits begeistert auf einen Pilz. Rotlila der Hut, weiß der Fuß. Folami pflückte ihn und drehte sich erwartungsvoll zu Muriel um.

»Ist der nicht schön!«

Muriel fand eher, dass er sehr giftig aussah.

»Wir können doch im Buch nachgucken?«, beharrte Folami.

Sie stellten fest, dass es sich um einen Roten Herings-Täubling handelte, der aber leicht mit anderen Täublingen, die giftig waren, verwechselt werden konnte, also beschloss Muriel, lieber auf Ronnys Rat zu hören und nichts zu riskieren. Folami zeigte sich enttäuscht, warf den Pilz aber gehorsam fort und wischte sich die Finger hastig an der Hose ab. Dann gingen die beiden schweigend weiter in den Wald, den Blick auf den Boden gerichtet.

»Und der hier?«

Folami hockte sich hin, zog einen kleinen rundlichen Pilz aus dem Moos und zeigte ihn Muriel.

»Ein Steinpilz, das muss einer sein!«

Muriels Stimme klang zuversichtlich.

»Den habe ich im Buch gesehen!«

Sie blätterte durch das Buch.

»Yes! Du hast einen Steinpilz gefunden. Guck, der hat drei Sterne. Das ist der beste!«

Folamis Augen strahlten.

»Stimmt das?«

Das Mädchen stand auf und reckte die Arme in die Luft.

»Ich bin die beste Pilzsammlerin der Welt!«

Sie fing an, in einer Art Siegestanz mit den Hüften hin und her zu wippen, und hielt dabei drei Finger hoch. Drei Sterne!

Muriel lachte.

»Hier ist noch einer!«

Mitten im Tanz stürzte sich Folami wieder auf den Boden. Am Ende hatten sie an der gleichen Stelle fünf Stück gefunden. Kleine runde Steinpilze, die sich gerade aus dem Boden gekämpft hatten. Muriel war überglücklich, als sie auch noch ein großes Prachtexemplar entdeckte, doch nur bis sie sah, dass der Hut nur so von kleinen weißen Maden wimmelte. Mit angewiderter Miene warf sie ihn weg.

»In welche Richtung gehen wir?«, fragte Folami.

Muriel zeigte nach rechts. Sie versuchte, den Überblick zu behalten, damit sie sich nicht verirrten. Sie wusste, wo die große Straße war und dass die Hütte in ihrem Rücken lag.

Also gingen sie weiter in den Wald hinein.

Plötzlich hörten sie ein Knacken. Muriel und Folami blieben gleichzeitig stehen und sahen sich an. Ihre Körper waren darauf programmiert, auf Gefahr zu reagieren. Sie schauten sich um. Woher war das Geräusch gekommen? Da knackte es wieder. Muriel drehte sich um, hob einen großen Ast vom Boden auf und zog Folami instinktiv an sich. Angestrengt blickten sie in die Richtung, aus der das Knacken gekommen war. Plötzlich trat ein Reh auf eine Lichtung vor ihnen. Ein schöner großer Rehbock mit Geweih. Er nahm Witterung auf, schien aber Muriel und Folami weder zu riechen noch zu sehen. Muriel atmete erleichtert aus und spürte, wie Folamis Körper sich entspannte. Schweigend beobachteten sie das schöne Tier. Der Rehbock weidete hier und da im Gras und ging dann langsam wieder zurück in den Wald. Als Letztes sahen sie sein weißes Hinterteil zwischen den Bäumen verschwinden.

Für Muriel war es wie eine Offenbarung, etwas, das sich besser als jeder Schuss auf der Welt anfühlte. Die Gedanken flatterten wie verwirrte Zitronenfalter durch ihren Kopf, und sie lockerte den Griff um das Mädchen, das ihr ermöglicht hatte, in letzter Zeit so viele schöne Dinge zu erleben und zu fühlen.

Sie setzten sich beide aufs Moos und streckten die Beine aus. Keine von beiden wollte etwas zu der Erfahrung sagen. Folami zupfte eine Blaubeere heraus, die sich in ihren Schuh verirrt und ihren Strumpf lila gefärbt hatte. Muriel inspizierte die gefundenen Pilze. Sie würde Ronny fragen, wie man Steinpilze am besten zubereitete. Folami streckte sich auf dem weichen Moos aus und schaute in den Himmel. Kleine Wolkenbäusche zogen vor der Sonne entlang und beschatteten für eine Weile ihr Gesicht.

»Heute kriegt man leicht einen Sonnenbrand«, sagte Muriel.

»Ja. Mein Papa hat immer gesagt, dass die Sonne das Wachs schmilzt, aber den Ton härtet.«

»Hat gesagt?«

»Ja. Er ist tot. Mama auch.«

Muriel sagte nichts. Sie bereute ihre Frage bereits. Sie wollte zurück in dieses ganz besondere, angenehme Gefühl, das sich in ihrem Körper ausgebreitet hatte.

»Boko Haram ist nach Izghe gekommen, in unsere Stadt. Mitten in der Nacht.«

Folami schaute immer noch unverwandt in den Himmel, aber ihre Stimme hatte sich verändert, war fremd geworden, sachlich. Muriel beobachtete sie. Sie wusste nicht, wovon das Mädchen sprach, hörte nur an ihrer Stimme, dass Folami beschlossen hatte zu berichten, was es zu berichten gab, und dass sie sich gegen aufsteigende Gefühle gewappnet hatte. Nicht jetzt, hätte Muriel am liebsten gesagt. Nicht jetzt. Lass uns ein andermal darüber reden.

Doch stattdessen fragte sie:

»Boko Haram?«

»Ja. Hast du nie davon gehört? Sie haben doch zweihundert Mädchen in Chibok gekidnappt, kurz nachdem sie bei uns waren.«

Folami drehte den Kopf, so dass sich Moos in den Zöpfen verhakte, und schaute Muriel verwundert an, die ihrem Blick auswich und ein paar Tannennadeln aus den Pilzen im Korb zupfte.

»Ich bin nicht so gut im Zeitunglesen und so«, sagte sie.

»Das ist eine Terrorgruppe, wie der IS.«

Was der IS war, wusste Muriel und war sich jetzt nur noch sicherer, dass sie den Rest der Geschichte nicht hören wollte.

»Du musst nicht …«

Doch Folami musste. Sie drehte ihren Kopf zurück und richtete den Blick auf eine Baumkrone.

»Sie sind in unsere Stadt gekommen und haben alle Häuser in Brand gesteckt. Damit alle in der Dunkelheit auf die Straßen laufen mussten. Unser Haus lag am Ende einer Straße, wir sind von Schüssen und den Schreien der Menschen aufgewacht.«

Folamis Stimme war weiterhin sachlich und nüchtern. Die schrecklichen Bilder der Erinnerung waren ihr schon tausendmal durch den Kopf gegangen, in wachem Zustand, im Traum, aber bis jetzt hatte sie niemandem davon erzählt. Hatte es nicht gewagt. Sich nicht getraut, weil sie immer gespürt hatte, sie könnte das Erlebte nicht in Worte kleiden, ohne daran innerlich zu zerbrechen.

Und äußerlich.

Jetzt war sie sich sicher, dass sie es konnte, plötzlich fühlte sie sich ganz sicher, mit dem Kopf auf dem feuchten Moos in einem Wald, weit, weit entfernt von daheim. Sie wollte es dieser sonderbaren Frau erzählen, die sie in diesem Land getroffen hatte. In das sie aus Gründen gekommen war, die nur sie selbst kannte und die niemand anderes erfahren sollte.

»Papa, Mama, mein Bruder und ich, wir haben versucht, durch eine Hintertür zu fliehen, aber wir sind entdeckt worden. Papa wurde …«

Die Stimme stockte, aber Folami war fest entschlossen weiterzusprechen. Sie wusste, sie musste die ganze Geschichte um ihrer selbst willen zu Ende erzählen.

»Er hat versucht, die Männer aufzuhalten«, fuhr sie fort. »Damit wir davonkommen. Er hat ihnen gesagt, er habe Geld, er könne es holen, wenn sie ihm ins Haus folgten. Aber die haben nur gelacht. Gelbe Zähne, habe ich noch denken können, bevor sie Papa in den Kopf geschossen haben.«

Folami atmete schwer.

»Ist das nicht merkwürdig?«, fragte sie. »Warum habe ich an die Zähne gedacht?«

Muriel wusste nicht, was sie sagen sollte, ob sie überhaupt etwas sagen sollte, vielleicht, dass ihr auch immer merkwürdige Details einfielen, wenn es besonders schwierig wurde, aber das erschien ihr im Vergleich so armselig. Also schwieg sie.

»Mama hat meinen Bruder und mich geschubst und gesagt, wir sollen wegrennen. Und uns nicht umsehen. Wir haben gemacht, was sie gesagt hat. Wir haben ihre Schreie gehört, sind aber weitergerannt. Überall lagen tote Menschen, unsere Nachbarn, meine beste Freundin Lara. Die Luft war schwer von Rauch. Es brannte in der Nase. Es war …«

Folamis Augen verloren ihren Halt. Etwas bewegte sich in dem Baum, auf den ihr Blick sich gerichtet hatte.

»Was ist das?«

Muriel schaute überrascht auf. Folami zeigte auf eine Kiefer. Ein kleines braunes Tier huschte den Stamm entlang.

»Ein Eichhörnchen«, sagte Muriel auf Schwedisch.

»Ein Eichhörnchen«, wiederholte Folami. »Wie süß!«

Das Eichhörnchen kletterte geschickt auf einen Zweig, und gerade als es so aussah, als fiele es gleich herunter, weil der Zweig immer dünner wurde, sprang es auf eine danebenstehende Kiefer und verschwand hinter den Nadeln.

»Es ist uns geglückt, unentdeckt in den Busch zu gelangen«, fuhr Folami fort. »Wir haben uns hinter einigen Sträuchern versteckt. Ich habe geweint. Mein Bruder hat mir den Mund zugehalten, versucht, mich zum Schweigen zu bringen. Mamas Schreie konnten wir nicht mehr hören. Aber wir sahen, wie die Angreifer Menschen aus unserer Stadt zusammentrieben und sie durch die Straßen jagten. Einen nach dem anderen. Uns war klar, dass wir in dem Gebüsch bleiben mussten, wenn wir überleben wollten. Langsam schlichen wir uns weiter und kamen zu einem großen Baum. Mein Bruder half mir hinauf, und gerade als ich es geschafft hatte hochzuklettern und er nachkommen wollte, wurde er vom Scheinwerferlicht eines Lastwagens eingefangen. Ich hörte die uniformierten Männer schreien, er solle die Hände in die Luft heben. Damit sie mich nicht entdeckten, ging er auf sie zu, die Hände über dem Kopf. Aber sie erschossen ihn nicht. Stattdessen schlugen sie ihn mit ihren Waffen und warfen ihn dann hinten auf den Lastwagen und fuhren davon. Mich hatten sie nicht gesehen.«

Wieder verstummte Folami. Muriel entdeckte eine winzige knallrote Spinne, die zwischen den Pilzen im Korb herumkrabbelte. Sie verstand nicht alle Worte, die Folami benutzte, aber ihr Englisch reichte aus, um den Inhalt dessen zu verstehen, was das Mädchen berichtete.

»Und was ist mit ihm passiert? Mit deinem Bruder?«

»Er ist verschwunden.«

»Wohin?«

»Das weiß ich nicht. Der Angriff dauerte mehrere Stunden. Ich habe die ganze Zeit im Baum gesessen und hatte Angst, sie könnten mich entdecken. Zum Schluss fuhren sie mit mehreren Jungs und Mädchen aus dem Ort weg. Als der Morgen kam und ich sicher sein konnte, dass alle fort waren, bin ich runtergeklettert. Zu unserem Haus gegangen, aber es war so gut wie nichts mehr davon übrig, aus der Asche stieg immer noch Rauch auf.«

Folamis Stimme veränderte sich wieder und klang so, als hätte der Rauch aus ihren Erinnerungen ihre Stimmbänder umhüllt. Muriel schaute von dem Pilzkorb auf. Folamis Augen glänzten von Tränen.

»Ich habe meine Mama auf dem Hinterhof gefunden, da, wo wir uns getrennt hatten, ihre Kleidung war zerrissen, ihr Oberkörper nackt. Ich habe mich neben sie auf den Boden geworfen und versucht, ihre Kleider zu ordnen und sie zu bedecken.«

Folami hob ihre Arme und kreuzte sie über dem Brustkorb, hielt sich selbst an den Schultern fest.

»Ihr Gesicht war voller Blut. Sie hatten sie mit dem Messer attackiert. Es lag noch neben ihr auf der Erde. Ich bin verrückt geworden. Habe geschrien, sie solle aufwachen, sie dürfe mich nicht allein lassen. Dann erinnere ich mich an nichts mehr, bis ich in einem Haus aufgewacht bin und meine Tante neben mir saß.«

Die Tränen lösten sich aus den Augenwinkeln und liefen aufs Moos.

Jetzt war es vorbei.

Sie hatte sich durch die ganze Geschichte gekämpft, und die Tränen waren erst am Ende gekommen. Ein Sieg. Sie schloss die Augen, ihr Körper zitterte leicht, als die Anspannung nachließ.

Muriel saß schweigend neben ihr. Sie wollte trösten, hatte aber keine Worte, um das Entsetzliche zu kommentieren. Gleichzeitig sah Folami auf eine eigentümliche Weise fast friedlich aus, wie sie dort mit geschlossenen Augen auf dem Moos lag, die Hände auf der schönen Kette aus Perlen und Samenkapseln. Muriel beugte sich vor und strich ihr vorsichtig über die Wange.

»Stammt die Narbe daher?«

»Ja«, bestätigte Folami, ohne die Augen zu öffnen. »Ich hatte mich selbst geschnitten, als meine Tante mich gefunden hat. Das Messer hatte ich noch mit der Hand umklammert.«

Folami drehte sich auf die Seite und stand auf.

»Wollen wir weiter Pilze suchen?«, fragte sie.

Seite an Seite verließen sie den Wald. Muriel trug den Korb mit Pilzen. Als sie sich der Hütte näherten, lief Folami vor.

»Ich muss aufs Klo!«

Das Mädchen rannte zum Plumpsklo und verschwand hinter der Tür. Muriel ging weiter zur Hütte. Sie stellte den Pilzkorb vor die Eingangstreppe und schaute auf. Quer über die Haustür war mit braunem Matsch ein Wort geschmiert worden. FOTZE. Muriel starrte die Tür an. Dann sprang sie schnell die Treppe hoch, warf nur kurz einen Blick nach hinten zum Klo. Folami war noch dort. Muriel schnappte sich aus einer Ecke ein altes Handtuch und begann, hektisch das Wort wegzuwischen. Mit kräftigem Reiben bekam sie das meiste weg. Plötzlich spürte sie, wie die Wut in ihr aufstieg, bis ihre Schläfen pochten. Sie warf das Handtuch auf die Treppe und eilte die Treppenstufen hinunter.

Als Folami aus dem Klo herauskam, sah sie Muriel Richtung Weg laufen.

»Muriel! Wo willst du hin?«

Bodil lag in der Hängematte und rauchte eine Zigarette, unter den Kopf hatte sie sich ein paar geblümte Kissen gestopft. Sie hörte Radio. Ein Stück weiter hinten im Garten stand Bernt und mühte sich ab, einen Gartenschlauch in Gang zu bringen. Will er jetzt etwa gießen?, dachte sie. Im September. Es ist doch nicht mal trocken. Sie nahm einen Lungenzug und drehte den Kopf.

»Wer ist das?«

Bodil zeigte mit der Zigarette zum Weg hin, und Bernt folgte ihrem Blick.

»Die Schlampe ist auf dem Weg zu uns«, sagte Bodil.

Sie schaltete das Radio aus und setzte sich ein wenig auf.

Muriel war wütend. Sie fing schon an zu schreien, bevor sie durch die Pforte gekommen war. Rannte auf Bernt zu.

»Was zum Teufel treibst du eigentlich? Bist du total bescheuert im Kopf?«

Sie blieb vor der Pforte stehen und starrte Bernt an, der Schweiß lief ihr übers Gesicht, das lange Haar klebte an den Wangen.

»VERFLUCHTES DRECKSSCHWEIN!«

Bernt machte ein paar Schritte auf die Pforte zu. Muriel wich einen Meter zurück.

»Scheiße, ich werde dich bei der Polizei anzeigen!«, brüllte sie.

Bernt sah sie an, dann hörten beide Bodils schrille laute Stimme aus der Hängematte.

»Willst du gleich anrufen? Bernt. Gib ihr das Handy!«

Bernt tat, wie ihm gesagt worden war. Er zog sein Handy heraus und reichte es über den Zaun. Muriel rührte sich nicht.

»Ruf doch an!«, schrie Bodil.

Muriel starrte die Frau in der Hängematte an, dann den Mann vor sich. Sie wusste, sie konnte die Polizei nicht anrufen. Und das wusste Bodil auch, zumindest ging sie davon aus. Und ließ ein lautes, heiseres, höhnisches Lachen hören. Muriel beugte sich leicht zu Bernt vor.

»Du Schwein!«

Dann drehte sie sich um und lief zurück.

Als Muriel zurückkam, saß Folami neben dem Pilzkorb. Die größte Wut war auf dem Rückweg verflogen, und sie war ziemlich zufrieden mit sich und wie sie reagiert hatte. Dass sie diesem Schwein gesagt hatte, was sie von ihm hielt. Und dass Folami die Schmiererei an der Tür nicht hatte sehen können.

»Was hast du gemacht?«, fragte Folami und stand auf.

»Mit diesem Kerl mit dem Hund geredet.«

»Warum?«

»Weil er ein verdammter Idiot ist. Wollen wir jetzt die Pilze sauber machen?«

Muriel nahm den Korb in die Hand und ging ins Haus. Folami schaute ihr hinterher, dann warf sie noch mal einen schnellen Blick zurück auf den leeren Weg.

Die alte Papierfabrik südlich von Gnesta war schon seit vielen Jahren stillgelegt. Jetzt sollte sie abgerissen werden, Platz machen für eine neue Bebauung. Zu diesem Bauprojekt gehörte auch eine gründliche Bodensanierung, um die giftigen Rückstände der alten Fabrik zu entfernen. Zu diesem Zweck waren einige imposante Bagger an Ort und Stelle, sie sollten die kontaminierte Erde abtragen und durch neuen Boden ersetzen. Die Arbeiten liefen von früh bis spät, alle Projekte dieser Art stehen unter Zeitdruck, schon aus ökonomischen Gründen.

Einer der Baggerführer begann seine Schicht, sobald es hell wurde. Er kam aus Skåne und übernachtete in einem der Bauwagen neben der Baustelle. Er wollte so viele Stunden wie möglich runterreißen. Und er hatte bereits eine ansehnliche Anzahl an Baggerschaufeln auf den wartenden Lastwagen geworfen, als er einen Schrei hörte. Oder ihn eher sah. Denn er trug einen Hörschutz, schloss aber aus den herumfuchtelnden Händen des LKW-Fahrers, der vor der Baggerschaufel stand, dass er schrie. Also nahm er den Hörschutz ab, kletterte aus dem Führerhaus und ging nachsehen. Er hatte die Baggerschaufel auf halber Höhe gestoppt, so dass es kein Problem war, hineinzuschauen. Und da verstand er sofort, warum der Fahrer geschrien hatte.

In der Schaufel lagen zwei nackte Körper, halb verdeckt von Erde und Steinen, ein weißes Mädchen und ein schwarzer Junge. Die Körper waren aufgeschnitten, so viel konnte er noch sehen, bevor er das Frühstück erbrach.

Manchmal ähnelt ein Tag dem nächsten wie ein Ei dem anderen – und dem übernächsten auch noch. Konkret greifbar wird das Ganze durch das Gefühl, dass nichts passiert.

Es passiert überhaupt nichts, dachte Olivia auf dem Weg zum Konferenzraum. Die Rumänienreise ist bereits eine Woche her, und wir gehen nur immer und immer wieder die gleichen Fakten durch, stellen Thesen und Antithesen auf und kriegen äußerst wenig Konkretes über den Mord bei Dällingen heraus.

Sie war erst seit einem guten halben Jahr in der Abteilung und die oft ziemlich mühsamen Routinearbeiten nicht gewohnt, die nun einmal zu Ermittlungen dazugehörten. Selbst wenn es um einen geheimnisvollen Mord ging. Von ihrem Temperament her brauchte sie ein Ventil, Aufregung, nicht dieses ewige Wiederkäuen und Wiederholen. Aber sie war Teil eines Teams, und alle im Team waren in der gleichen Situation. Nicht einmal Tom konnte etwas daran ändern, obwohl sie seine Ungeduld nur zu gut spürte. Er wollte weiterkommen, genau wie sie. Alle wollten das, aber die anderen gingen besonnener mit so einer Flaute um. Vor Kurzem, mitten in einer der unzähligen Analysen der technischen und medizinischen Details, kam Olivia in den Sinn, dass sie am liebsten wieder in Bukarest wäre. Dort passierte wenigstens etwas. Doch schon Sekunden später rief sie sich zur Ordnung: Natürlich wollte sie auf keinen Fall dorthin zurück. Zumindest nicht in die Kanalisation, nicht noch einmal das erleben, was sie in dieser Stadt erlebt hatte. Aber diese Stimmung dort, die Intensität, die hätte sie gern wieder gespürt.

Es sollte schon bald so weit sein.

Als sie den Raum betrat, nahm Mette gerade das Telefon

vom Ohr und schaute in die Runde. Mit Olivias Eintreffen waren sie komplett.

»Was ist?«, fragte Stilton die Teamleiterin.

Die ganze Gruppe war zu der stillgelegten Papierfabrik geschickt worden. Bei ihrer Ankunft waren die toten Körper bereits aus der Baggerschaufel gehoben, auf eine grüne Plastikfolie gelegt und von kundigen Personen untersucht worden.

Was den Schock bei ihrem Anblick nicht minderte.

Dieser Schock saß ihnen immer noch in den Knochen, als sie sich viele Stunden später um den ovalen Tisch versammelten. Mette hatte alle polizeilichen Ressourcen hinzugezogen, die sie kriegen konnte, aus allen Abteilungen. Die Informationen sollten hier in diesem Raum gebündelt werden. Sie hatte bereits einige Stunden bei dem Pathologen verbracht und ergriff als Erste das Wort.

»Dann fangen wir an«, sagte sie und stand auf. »Zwei junge Menschen, ein Mädchen und ein Junge. Beiden fehlen wichtige innere Organe. Jemand hat ihnen die Nieren entfernt, vermutlich ist ihnen unverdünntes Kaliumchlorid injiziert worden, und man hat sich nicht einmal die Mühe gemacht, die Körper wieder zusammenzunähen. Beide sind wahrscheinlich an Herzstillstand auf dem Operationstisch gestorben.«

»Und wie Schlachtabfall weggeworfen worden.«

Stilton packte so seine Gefühle in ein Bild.

»Ja«, bestätigte Mette.

Ein paar Sekunden lang blieb es still. Alle versuchten, die Wahrheit zu verdauen. Die Opfer waren ihrer Nieren beraubt, vergiftet und vergraben worden, ohne wieder zusammengenäht zu werden, einfach weggeworfen. Hier in Schweden?

Die untereinander ausgetauschten Blicke drückten viele verschiedene Gefühle aus. Schock. Unbehagen. Ekel.

Das Ganze war schwer verdaulich, in vielerlei Hinsicht.

»Man hat die Opfer also getötet, um an ihre Organe zu kommen«, fuhr Mette fort und bemühte sich um einen neutralen Tonfall.

»Oder umgekehrt«, bemerkte Olivia.

Mette nickte. Technisch gesehen war der Tod eingetreten, nachdem die Organe entfernt worden waren, zumindest lautete so die wahrscheinlichste These. Mette holte eine Mappe heraus mit den Fotos vom Fundort, von den aufgeschnittenen und vergrabenen Körpern, und breitete die Bilder auf dem Tisch aus. Alle beugten sich vor. Der schwarze Junge im Teenageralter trug noch eine bunte Kette um den Hals, aus Perlen und Samenkapseln. Mette heftete ein Foto nach dem anderen an die Wand, mit ein wenig Abstand zu dem anderen ungelösten Mord. An dem Jungen in Småland.

Alle im Raum wussten, dass sie gezwungen waren, diverse Berichte vom Trupp vor Ort abzuwarten. Vorher konnten sie sich nur in dürren Hypothesen verirren.

»Was soll nach außen gehen?«, wollte Bosse wissen und merkte selbst, dass er große Schweißflecke unter den Achseln hatte.

»So wenig wie möglich«, antwortete Mette. »Wir erwähnen nichts von den verschwundenen Organen oder der möglichen Todesursache.«

Stilton zog die Wasserkaraffe zu sich. Olivia sah, dass seine Hand beim Einschenken zitterte.

*

Felix ging die Vasagatan entlang, vorbei am Hauptbahnhof, er war auf dem Weg zur Kungsgatan. Oder genauer gesagt zu einem Haus in der Kungsgatan, das um ein Uhr öffnete und erst um fünf Uhr morgens wieder schloss. Das Casino Cosmopol. Jetzt war es halb zwei. Er hatte soeben telefoniert und mehr Viaspan bestellt, die Nährflüssigkeit, die nötig war, um die Organe für den Transport zu perfundieren.

Der Behälter war fast leer.

Er trug ein elegantes grünes Sakko. Vor Kurzem hatte er sich ein paar schnelle Gins in der Bar des Sheraton gegönnt, wenn er jetzt nichts mehr trank, könnte er noch nach Hause fahren. Sonst müsste er wohl in Solna übernachten.

Aber das musste sie dann eben ertragen.

Zwischen ihm und Maria kam es immer häufiger zu Spannungen. Vielleicht lag es an diesem Gowon. Aber dieses Problem war ja mittlerweile aus der Welt geschafft. Er strich sich diskret mit der Hand über das Sakko, über die Innentasche. Einen Teil hatte er vom gemeinsamen Konto abgehoben, der letzte Einsatz war der entscheidende.

Auf den setzten sie alles.

Bald würden sie dieses Projekt beenden können. Maria hatte bereits ihre Zukunft geplant, eine Zukunft weit fort von hier, gemeinsam. Sie hatte von Heirat gesprochen.

Er schmunzelte und bog in die Kungsgatan ab, ging auf die Kungsbron zu. Vor dem Casino blieb er stehen und holte tief Luft. Er wusste, er war vom Spiel abhängig. Nicht süchtig, er hatte es unter Kontrolle. Aber die Kombination seines Spieltriebs mit Alkohol konnte Folgen haben, das wusste er. Zwei Gläser Gin? Ist doch nicht viel, dachte er und ging auf den Eingang zu.

Da rief Maria an.

Mittlerweile war es neun Uhr abends.

Mette saß mit ihrem Team um den ovalen Tisch herum und ging die vorläufigen Berichte über die Morde von Gnesta durch, die in den letzten Stunden eingetroffen waren, von der Spurensuche, der Rechtsmedizin, den Polizeibeamten.

Sie hatten konstatiert, dass die Operationen von einem professionellen Chirurgen ausgeführt worden waren und dass das Mädchen ein paar Tage vor dem Jungen gestorben war. Beide waren aber zum selben Zeitpunkt vergraben worden.

»Wie lange haben die Körper in der Erde gelegen?«

»Nur ein paar Tage«, antwortete Mette. »Genaueres erfahren wir morgen. Ansonsten gibt es nur eine wirklich neue Information. Bei den Operationen sind offenbar einige Adern abgeklemmt und vernäht worden, und dafür hat man einen medizinischen Faden benutzt, der in Schweden seit mehr als zehn Jahren nicht mehr verwendet wird. In den Oststaaten ist er dagegen immer noch üblich.«

»Aber die Operationen sind doch wohl hier ausgeführt worden?«, fragte Lisa.

»Das ist anzunehmen.«

»Vielleicht sind aus irgendeinem Grund alte Fäden benutzt worden«, meinte Bosse. »Aus einem Restelager oder so?«

Da hatte Olivia eine Idee.

Sie rief Rying an und bat ihn, ihr den vollständigen Obduktionsbericht von dem ermordeten Jungen bei Dällingen so schnell wie möglich zu mailen.

*

Zum ersten Mal seit Langem tranken sie gemeinsam. Felix und Maria. Zuerst eine Flasche Wein zum Essen, dann noch eine danach, inzwischen waren sie zu härteren Sachen übergegangen. Und sie waren aus der großen Küche in das kleinere Fernsehzimmer umgezogen. Sie tranken nicht, um zu feiern oder weil es einfach schön war, sie tranken, weil sie beide vor ein paar Stunden die Nachrichten gesehen hatten. In ihnen war bestätigt worden, was Maria kurz nach dem Mittagessen bereits im Radio gehört hatte. Zwei Körper waren bei einer Papierfabrik in der Nähe von Gnesta gefunden worden, beide ermordet.

»Nichts über den Eingriff«, hatte Maria festgestellt.

»Nein.«

Jetzt schaltete sie die Stehlampe im Fernsehzimmer aus, der Mond genügte als Lichtquelle. Felix saß ein Stück entfernt von ihr in einem Ohrensessel. Sie konnten sich in dem Dämmerlicht nicht in die Augen sehen. Maria schenkte sich noch Gin nach, ihre Hand zitterte nicht.

»Du weißt doch noch, was wir gesagt haben.« Sie flüsterte fast.

»Was du gesagt hast.«

»Niemand wird sie vermissen. Niemand weiß, wer sie sind.«

»Aber wir wissen es.«

Maria machte einen Versuch, Felix' Blick einzufangen, vergeblich.

»Wir wissen auch, worum es geht«, sagte sie. »Du weißt es genauso gut wie ich.«

»Um den schnöden Mammon?«

Felix spuckte die Worte mit einem ironischen Unterton aus, und fast hätte Maria auf die falsche Art reagiert. Es wäre nicht gut, sich in dieser Situation provozieren zu lassen, nicht mit der Menge an Alkohol im Körper, nicht von dem Mann dort hinten in der dunklen Ecke. Es war zwingend notwendig, das Geschäft am Laufen zu halten.

Also musste sie es ihm noch einmal erklären.

»Felix.«

»Ja?«

Maria rutschte näher und bekam endlich Blickkontakt mit dem Mann in dem Sessel.

»Du bist ein ganz besonderer Mensch«, sagte sie, »das weißt du. Du hast eine große Gabe. Du kannst das Leben von Menschen verlängern. Nicht viele können das.«

»Indem ich anderen das Leben nehme.«

»Ja. So kann man es auch sehen.«

»Als wäre ich Gott?«

Felix ließ ein kurzes, merkwürdiges Lachen hören. Maria streckte die Hand aus und strich ihm vorsichtig über den Arm.

»Nein, als wärst du der, der du bist. In deinem tiefsten Inneren. Eine Person, die weiß, dass Menschen unterschiedlich viel wert sind und dass das immer schon so gewesen ist. Diese einsamen Kinder haben ihr Leben bereits verwirkt. Was hat die Gesellschaft denn von ihnen? Du gibst ihnen die Chance, dazu beizutragen, dass andere Menschen ein neues, längeres Leben haben. Menschen, die für die Gesellschaft von Nutzen sind. Die Entscheidung ist doch wohl nicht so schwer, oder?«

»Nicht mit einer Pistole am Kopf.«

»Ist das wirklich der einzige Grund? Seine Drohung? Und was ist mit mir? Mit uns?«

Felix schaute zu Boden. Nach ein paar Sekunden legte er eine Hand auf Marias, und sie konnte spüren, dass er wieder bei ihr war.

Das war wichtig.

Sie waren noch nicht fertig.

*

Olivia hielt das Obduktionsprotokoll in der einen Hand und einen Pizzakarton in der anderen. Beides legte sie auf den Küchentisch und zog sich die Schuhe aus. Als Erstes öffnete sie die Pizzapackung, schnitt sich ein Stück mit Salami, Tomate und Chili heraus und biss ab. Mit der anderen Hand öffnete sie die grüne Mappe mit dem Bericht über die Leiche bei Dällingen. Ionel. Gerade als sie den Konferenzraum verlassen wollte, war die Mail noch eingetroffen, also hatte sie sie ausgedruckt und beschlossen, den Bericht in aller Ruhe noch einmal durchzugehen.

Sie las konzentriert den kleingedruckten und oft schwer zu verstehenden Text und versuchte, nicht auf das Papier zu kleckern. Bei ihrem dritten Stück Pizza fand sie endlich das, was ihre Idee zu einer Tatsache werden ließ. Der Obduzent hatte mikroskopische Fragmente eines medizinischen Fadens in den Weichteilen bei Ionel gefunden. Um welche Weichteile es sich handelte, verstand sie aufgrund der Fachterminologie nicht, auch nicht, wo genau sie gefunden worden waren. Aber sie verstand nur zu gut, dass es irgendwo in dem so schwer verstümmelten Körper etwas gegeben hatte, das sie auf diese Idee gebracht hatte.

Sofort suchte sie nach Ryings Nummer. Er hatte die Obduktion nicht persönlich durchgeführt, aber er war seit Beginn der Ermittlungen ihr Ansprechpartner. Er meldete sich augenblicklich, obwohl es schon fast Mitternacht war. Sie bat ihn, doch zu überprüfen, ob die Fragmente des medizinischen Fadens in Ionels Körper dem Material entsprachen, das in den zuletzt aufgetauchten Opfern gefunden worden war.

Rying versprach, die Sache sofort in Angriff zu nehmen.

Sie legte das Handy hin und griff nach dem vierten Pizzastück, als die Übelkeit sie erneut überrollte. Ungefähr mit der gleichen Wucht wie in Bukarest. Auf dem Heimflug hatte sie nichts davon bemerkt, aber jetzt stürzte sie ins Bad.

Als sie eine Weile danach auf dem Bett lag und an die Decke schaute, ein feuchtes Handtuch auf der Stirn, kam ihr zum ersten Mal der Gedanke.

Das ist doch nicht möglich, oder?

Verdammt, das darf ja wohl nicht wahr sein!

*

In einem ganz anderen Viertel der Großstadt saß ein älteres Paar in einer gemütlichen, etwas altmodischen Küche in Kummelnäs. Ein paar brennende Kerzen standen auf dem großen Tisch, und ein grauhaariger Mann massierte seiner Ehefrau den Rücken. Sie saß auf einem Stuhl, eine Flasche Wein vor sich, er stand hinter ihr und rieb mit den Händen über ihre Schultern, mal mit weichen, dann wieder mit festen Bewegungen.

Beide sagten nicht viel, es war auch nicht nötig. Mårten konnte sehr einfühlsam sein, wenn es darauf ankam. Und jetzt kam es darauf an, dass Mette sich entspannte, wozu die Massage beitragen sollte.

Sie hatte ihm während des späten Essens alles erzählt, und er hatte zugehört. Während seiner Zeit bei Skå-Edeby hatte er viele schreckliche Geschichten über und von Kindern gehört, Kindern, die misshandelt und erniedrigt worden waren und denen auf verschiedene Arten übel mitgespielt worden war. Aber sie waren alle am Leben geblieben.

Das hier war etwas ganz anderes.

Ab und zu warf er eine Frage ein.

»Wie hat der Rest deines Teams reagiert?«

»Unterschiedlich, denk ich mal. Oder – ich weiß es eigentlich gar nicht, alle versuchen, professionell zu wirken, aber es hat sie schon ziemlich mitgenommen.«

»Und du?«

Mette griff nach ihrem Weinglas, und Mårten konnte sehen, dass ihre Hand zitterte.

»Ich verdränge das, was ich verdrängen muss«, antwortete Mette.

»Früher oder später kommt es wieder zum Vorschein.«

»Ich weiß.«

Und Mårten hoffte wirklich, dass sie es wusste und dass sie irgendwann Konsequenzen daraus zog. Aber heute Abend wollte er nicht mit ihr diskutieren.

Lieber massierte er sie wieder, und zwar so lange, bis Mette etwas anderes wollte.

Akin hatte Angst.

Nicht, weil er allein zurückgeblieben war, damit hatte er sich abgefunden. Er hatte es verdrängt, zusammen mit allem, was wie dunkler Schlamm auf dem Grunde seines Herzens lag. Wo es langsam eng wurde. Nein, seine Angst hatte eine sehr viel konkretere Ursache.

Die Art, wie Gowon verschwunden war.

Vor gut einer Woche. Eines Morgens war er aufgewacht und hatte festgestellt, dass er keine Albträume gehabt und Gowon nicht geweckt hatte. Als er sich über die Bettkante schwang, sah er, dass Gowons Bett leer war.

Auch die Dusche war leer.

Der ganze Anbau war leer.

Unten am Anleger das Gleiche, kein schnaubender Delphin, der die Wasseroberfläche durchstieß.

Als er in die Küche lief, war auch sie leer. Bis Maria kam und erklärte, Gowon sei ganz früh am Morgen abgeholt worden, noch bevor es hell wurde. Seine neue Familie hatte einen weiten Weg zurückzulegen.

Da hatte Akin Angst bekommen.

Konnte es sein, dass Gowon einfach so wegging? Ohne sich zu verabschieden? Niemals.

Und da hatte sich die Angst in ihm festgesetzt.

Er ging zum Anleger, vorbei an dem grauen Steinhaus. Was sollte er tun? Er wusste, Maria oder Felix konnte er nichts mehr fragen. Sie hatten ihm bereits geantwortet. Gowon war weggezogen. Gowon war fort. Aber da stimmte etwas nicht. Da hatte schon etwas nicht gestimmt, als Tara verschwunden war, ohne das Foto ihrer Familie. Das hatte Gowon selbst gesagt. Und jetzt hatte er sich auf die gleiche Art einfach in Luft aufgelöst?

Wo waren die beiden?

Akin setzte sich auf den Anleger und schaute übers Wasser. Zuerst bemerkte er es gar nicht, doch als ihm die Tränen über die Wangen liefen, spürte er, wie unglaublich traurig er war. Ängstlich, traurig und einsam. In einem wildfremden Land mit Menschen, die eine Sprache sprachen, die er nicht verstand, die ihn davor warnten, den Hof zu verlassen, weil es draußen andere Menschen geben könnte, die nicht wollten, dass er hier war. Aber er war ja nicht hier, weil er es wollte, er wollte dort sein, wo sein Zuhause war. Aber dort konnte er nicht sein.

Er ahnte, dass irgendetwas nicht in Ordnung war, und legte sich der Länge nach auf den Anleger. Oben in dem blauen Himmel sah er einen Reiher schweben. Diese Vögel kannte er, dort, wo er herkam, wurden sie Goliath genannt und waren viel größer.

Er hatte Heimweh.

*

Mette hatte einen Termin mit einem Chirurgen vereinbart. Er arbeitete in der Fachklinik für Nierenleiden am Karolinska Universitätskrankenhaus. Sie wollte die Hintergründe besser verstehen und hatte Lisa mitgenommen. Der Chirurg hieß Lars Bjelke und war über den Anlass ihres Besuchs informiert. Mette hatte ihm die Obduktionsprotokolle gezeigt, und Bjelke verstand, worum es ging. Außerdem bestätigte er, dass der aufgetauchte medizinische Faden in schwedischen Krankenhäusern nicht mehr verwendet wurde.

Bjelkes ursprünglicher Plan, den Besucherinnen einen breiten Überblick über die Entwicklung der Nierentransplantation in Schweden zu geben, wurde sofort energisch abgebremst. Mette interessierte sich nicht für die Historie, sie hatte konkrete Fragen, die sich direkt auf ihre Ermittlungen bezogen. Die erste:

»Wissen Sie etwas davon, dass hier in Schweden illegale Nierenoperationen durchgeführt werden?«

Bjelke hielt so etwas für unwahrscheinlich. Allerdings wusste er, genau wie Mette, dass solche Operationen überall auf der ganzen Welt ausgeführt wurden.

»Aber ich kann mir einfach nicht vorstellen, dass es auch hier in Schweden vorkommt.«

Ihre zweite Frage lautete:

»Glauben Sie, dass es schwedische Chirurgen gibt, die sich dafür zur Verfügung stellen würden?«

Eine äußerst hypothetische Frage, das wusste sie selbst, daher überraschte Bjelkes Antwort sie nicht:

»Davon ist mir nichts bekannt. Ich hoffe nicht.«

»Man kann sich ja vorstellen, dass es verlockend sein kann, rein finanziell.«

»Chirurgen verdienen ziemlich gut.«

»Aber wohl kaum etwa eine Million Kronen in zwei Stunden. So lange dauert eine Nierentransplantation, oder?«

»Ja, ungefähr.«

»Und diese Summe entspricht doch ungefähr dem Preis einer Niere auf dem Schwarzmarkt.«

Bjelke erwiderte nichts darauf, also ging Mette zu weniger spekulativen Fragen über.

»Wie wird ein herausgenommenes Organ aufbewahrt, wenn es weitertransportiert werden soll?«

Sofort fühlte Bjelke sich wieder besser.

»Man perfundiert das Organ, durchspült es also mit einer gekühlten Nährlösung direkt nach der Entnahme aus dem Körper, zum Beispiel mit Viaspan. Anschließend wird es in einer Kühlbox aufbewahrt.«

»Wie lange kann ein Organ aufbewahrt werden?«

»Das kommt auf das Organ an, aber generell gilt, je kürzer, desto besser.«

Lisa machte sich zu allem Notizen. Schließlich ging es darum, sich ein Bild davon zu machen, was hinter den Morden bei Gnesta steckte.

»Wie transportiert man Organe über längere Strecken?«, fragte Mette weiter.

»In der gleichen Kühlbox, in der sie aufbewahrt werden.«

»Kann das Organ eines jungen Menschen in einen älteren Menschen transplantiert werden?«

Bjelke wusste, worauf sie hinauswollte. Also antwortete er:

»Älter als zehn Jahre, dann stellt die Niere für einen Erwachsenen kein Problem dar. Und selbst wenn der Spender nur ein oder zwei Jahre alt ist, kann man die jeweiligen Adern und die Harnröhre so miteinander verbinden, dass es auch bei einem Erwachsenen gut funktioniert.«

»Müssen Spender und Empfänger die gleiche Blutgruppe haben?«

»Nein, heute nicht mehr. Es gibt spezielle Behandlungen gegen die Blutgruppenantikörper, unterschiedliche Blutgruppen sind möglich.«

Mette nickte und arbeitete ihre Fragenliste ab, eine nach der anderen. Nach gut einer Stunde stand sie auf.

»Wir brauchen eine Liste aller Chirurgen in Schweden, die Nierenoperationen durchführen«, sagte sie.

»Ich glaube nicht, dass so etwas viel bringt.«

»Keine Ahnung. Wir wissen nur: die Operationen sind von einem professionellen Chirurgen ausgeführt worden, und zwar höchstwahrscheinlich in Schweden.«

Auch wenn es noch nicht hundertprozentig bestätigt war, hielten sowohl sie als auch der Rest des Teams es für unwahrscheinlich, dass die Opfer im Ausland operiert worden waren, um dann ihre Leichen ins Land zu schaffen und sie südlich von Gnesta zu vergraben.

Aber natürlich konnte es sich um einen ausländischen Chirurgen handeln.

*

Akin stand auf der Schwelle und schaute in Taras leeres Zimmer. Er versuchte, sie sich vorzustellen, diese Libelle, ihre intensiven Augen. Eine Hand umklammerte die kleine runde Holzdose mit dem Familienfoto. Und wenn ich eines Tages Tara wiedertreffe, oder sie kommt mich besuchen? Dann werde ich ihr die Dose geben, und sie wird sich freuen. Dachte er, doch die Unruhe in seinem Bauch überlagerte seine Gedanken. Sollte Tara ihn jemals besuchen kommen? Wo war sie? Er hatte Maria gestern gefragt, ob er nicht Gowon oder Tara anrufen könne, nur um mal Hallo zu sagen, und Maria hatte erwidert, sie wolle sehen, was sich machen ließe. Wie schwer sollte denn das bitte schön sein? Schließlich musste sie doch Kontakt zu den Familien haben. Und dann hatte sie auch deren Nummer. Oder lief das in Schweden nicht so?

Er betrat Taras leeres Zimmer, ging ans Fenster und schaute

hinaus. Ein Stück weiter unten lag dieses große graue Steinhaus, etwas im Dunkel. Ein schwarzer Wagen war dort vorgefahren, ein Auto, das er nicht kannte. Was ging da vor sich? Jetzt kam ein Mann heraus, ein dunkelhaariger Mann, den er auch noch nie gesehen hatte. Er trug ein großes Teil in den Händen. Akin konnte nicht sehen, was es war, es sah aus wie eine überdimensionale Tasche. Der Mann stellte sie ins Auto, schloss die Tür des Steinhauses ab und fuhr auf den Hofplatz. Akin lief auf die andere Seite des Flurs und konnte sehen, wie der Wagen vom Hof verschwand und vom Wald geschluckt wurde.

Als er die Hände auf die Fensterscheibe legte, sah er, wie sie zitterten.

*

Mette saß mit Stilton und Olivia in ihrem Büro, als der Bescheid von Rying kam, höchstpersönlich überbracht.

Anscheinend gefällt es ihm hier im Haus, dachte Mette, er taucht jetzt schon das dritte oder vierte Mal hier auf. Oder aber er ist an mir interessiert. Diesem Gedanken hing sie einige Sekunden nach, während Rying sich auf einen Stuhl vor dem Schreibtisch setzte, dann schenkte sie ihm ein kleines, unmotiviertes Lächeln.

Was Stilton registrierte.

»Was hast du herausgekriegt?«, fragte er.

Rying dachte gar nicht daran, mit jemandem zu reden, der hinter ihm saß, noch dazu mit einer Person, die er nicht kannte und von der er nicht so recht wusste, welche Funktion sie überhaupt bei den Ermittlungen hatte, also richtete er den Blick auf Mette.

»In allen Opfern befindet sich die gleiche Sorte Faden. Zwar waren die Reste bei dem Romajungen nur winzig, aber unsere Analysen haben ergeben, dass es sich um den gleichen Faden handelt. Oder um die gleiche Art von Faden, um genauer zu sein.«

»Aber er hat doch schon mehrere Monate dort gelegen?«, wandte Olivia ein. »Wie lange bleibt denn so ein Faden im Körper?«

»Resorbierbaren Chirurgenfaden kann man bis zu zwei Jahre lang noch nachweisen.«

»Dann ist Ionel also auch operiert worden?«, fragte Stilton von schräg hinten.

»Ja, offensichtlich.«

»Auch eine Nierenoperation?«

»Das haben wir nicht feststellen können, aufgrund des Zustands der … nun ja, ihr habt es ja selbst gesehen.«

O ja, das hatten sie.

»Aber seine Nieren waren nicht mehr da?«

»Nein, die waren auch weg.«

»Es ist also ein Faden, der in Schweden seit Längerem nicht mehr benutzt wird?«, vergewisserte Olivia sich.

Jetzt drehte Rying sich ein wenig um. Olivia Rönning kannte er, außerdem war sie es gewesen, die ihm den Auftrag erteilt hatte.

»Nein, er wird hier nicht mehr benutzt, zumindest soweit ich weiß.«

»Und dennoch sind die Operationen hier ausgeführt worden, oder?«

»Dazu kann ich nichts sagen. Das ist euer Bier. Ja, das war alles, was ich habe.«

Rying stand auf, nickte Mette zu und verschwand aus dem

Zimmer. Stilton setzte sich auf den leeren Stuhl, Olivia trat an den Schreibtisch, und Mette sprach das aus, worüber sich alle drei einig waren:

»Die Fälle hängen zusammen.«

»Durch einen Chirurgenfaden«, erklärte Stilton mit einem schiefen Lächeln.

»Aber Ionel ist von einem Pädophilen ermordet worden«, wandte Olivia ein. »Mit einem Messer. Nicht mit einer Giftspritze im Zusammenhang mit einer Operation, so wie die anderen. Wie hängt das zusammen?«

Darauf hatten ihre Kollegen auch keine Antwort.

Da klingelte Mettes Handy.

»Hei, hier ist Olof Bleck. Wir haben den Kalmarmann jetzt geschnappt. Willst du ihn verhören?«

»Nein, jetzt noch nicht. Behandelt ihn erst einmal erkennungsdienstlich, dann können wir seine DNA abgleichen. Wenn sie passt, muss er herkommen.«

»Okay.«

Olivia und Stilton verließen gemeinsam Mettes Büro.

»Schicke Stiche«, sagte Olivia mit Blick auf Stiltons Wange.

Und beide wussten, dass es noch sehr viel mehr Stiche an anderen Stellen gegeben hätte, wäre Abbas nicht rechtzeitig an Ort und Stelle gewesen.

Sie hatten den Konferenzraum fast erreicht, als Stilton ruckartig stehen blieb und Olivia ansah.

»Was ist?«, fragte sie.

»Ich lass von mir hören.«

Stilton drehte sich auf dem Absatz um und verschwand. Olivia wusste aus Erfahrung, dass es gar keinen Sinn hatte, nachzuhaken oder ihm zu folgen. Sie würde später alles erfahren. Also ging sie in den leeren Raum und stellte sich vor die Wand, an der alle Unterlagen hingen. Ihr Blick richtete sich auf die Tatortbilder des Gnestamordes. Auf das junge Mädchen. Sie nahm ein computerbearbeitetes Foto des Gesichts ab und setzte sich an den ovalen Tisch. Langsam, in kleinen Schritten, drangen Geräusche und Stimme zu ihr durch, Farben, Bewegungen, und plötzlich sah sie die Halle des Hauptbahnhofs vor sich, das Menschengewimmel, und mittendrin ein dünnes Mädchen, das einen warmen Pullover brauchte.

Olivia sprang von ihrem Stuhl auf und lief zu Mettes Büro. Mit dem Bild des Mädchens in der Hand riss sie die Tür auf.

»Sie ist aus Afghanistan! Ich habe sie getroffen!«

Olivia nahm das Bild des ermordeten Mädchens mit zum Bahnhof. Die Halle war fast genauso voll mit Menschen wie bei ihrem letzten Besuch, aber sie wusste, nach wem sie suchte. Dem Freiwilligen, der mit dem Mädchen fortgegangen war, bevor sie ihr einen warmen Pullover hatte geben können.

Mit ein bisschen Glück war er heute Abend auch hier.

Über eine Stunde lang blieb Olivia glücklos, doch als sie auf einer weiteren Runde an dem weißen Zelt unter dem Klarabergsviadukt vorbeikam, änderte sich ihr Los. Der Freiwillige stand dort und füllte einem dunkelhaarigen Mann in blauer Daunenjacke Suppe auf einen Teller. Olivia wartete, bis er damit fertig war, dann trat sie vor und zeigte ihm ihren Polizeiausweis. Der Freiwillige hieß Klas, er war mittleren Alters. Olivia zog das Bild des toten Mädchens heraus, um ihm zu erklären, was passiert war, und fragte, ob er sich an sie erinnere.

»Vage«, antwortete er, »hier kommen ja Tausende vorbei.«

»Ich weiß, aber sie sieht schon etwas auffällig aus, wegen der Haare, oder?«

Klas nahm das Bild in die Hand, schaute es an und nickte.

»Ja, ich glaube, ich erinnere mich an sie, sie ist mit mir mitgegangen, wusste nicht, wohin sie sollte, ich habe ihr hier etwas zu essen gegeben.«

»Was ist dann mit ihr passiert?«

Klas dachte nach, während sein Blick über die Menschenmassen wanderte, die vor dem Zelt Schlange standen.

»Kommen Sie«, sagte er.

Er zog an Olivias Jacke und ging einige Meter zur Seite, hinter einen der Betonpfeiler.

»Sie ist mit einem Butterbrot wieder gegangen, hier, in diese Richtung, und dann kam so ein Typ mit einem Schild, einer von denen, die die Flüchtlinge warnen.«

»Die davor warnen, mit den Behörden Kontakt aufzunehmen?«

»Ja.«

»Und was ist dann passiert?«

»Als ich das nächste Mal in ihre Richtung geguckt habe, war sie verschwunden.«

»Mit dieser Person?«

»Das weiß ich nicht, aber der Typ war auch verschwunden.«

»Wie sah er aus? Weiße Hautfarbe?«

»Ja.«

»Welche Sprache hat er gesprochen?«

»Mehrere, glaube ich.«

»Würden Sie ihn wiedererkennen, wenn er noch mal auftaucht?«

»Ich denke schon.«

Olivia nickte, schob das Bild des Mädchens wieder in die Tasche und gab Klas ihre Visitenkarte.

»Sollte er wieder auftauchen, können Sie mich direkt anrufen.«

»Okay. Was ist denn passiert?«

»Das Mädchen ist tot.«

Mehr sagte Olivia nicht.

Aber auf dem Heimweg hielt sie an und kaufte das, was sie die ganze Zeit aufgeschoben hatte. Sie wollte es nicht wissen, aber sie war gezwungen, sich Klarheit zu verschaffen.

Sie kaufte sich einen Schwangerschaftstest.

*

Mette war gegen ihren Willen hier.

Zum einen, weil sie drei miteinander verbundene Mordermittlungen leitete, die mehr Zeit erforderten, als ihr zur Verfügung stand. Zum anderen, weil sie Pressekonferenzen generell hasste. Und diese machte da keine Ausnahme. Als sie sich neben Oskar Molin setzte, einen engen Freund und Vorgesetzten, musste sie sich zusammenreißen. Der Raum war voll besetzt mit Journalisten und Kameraleuten, trotz der späten Stunde.

Sie begann damit, zwei Stapel Bilder vor sich aufzubauen, Bilder der Opfer von Gnesta.

»Herzlich willkommen«, sagte sie.

Und erschauderte bereits bei dem Gedanken an all die Halbwahrheiten und Lügen, die sie von sich geben musste.

»Ein Mädchen, das vermutlich aus Afghanistan stammt, und ein dunkelhäutiger Junge im Teenageralter sind gestern außerhalb von Gnesta ermordet aufgefunden worden.

Die Opfer wurden bei einem stillgelegten Papierwerk gefunden.«

Mette nahm je ein Bild von den Stapeln hoch.

»Das hier sind computerbearbeitete Fotos von den Gesichtern der Opfer. Im Augenblick geht es mir vor allem darum, zu erfahren, ob jemand die beiden getroffen oder im Besitz von Informationen zu diesen Personen ist. Wir möchten Sie um Hilfe bitten, um …«

»Wie sind sie gefunden worden?«

Allein schon diese Unterbrechungen.

Sie hasste es.

»Von einem Baggerführer«, antwortete sie.

»Waren sie in der Erde vergraben?«

»Ja.«

»Wie lange haben sie dort schon gelegen?«

»Nicht sehr lange, genauer kann ich es nicht sagen.«

Die halbe Wahrheit. Sie wussten, die Opfer hatten nur wenige Tage dort gelegen.

»Wie sind sie ermordet worden?«

»Darauf kann ich leider nicht eingehen.«

»Warum nicht?«

»Weil das momentan noch nicht genau feststeht.«

Eine absolute Lüge. Sie wusste genau, wie die beiden ermordet worden waren.

»Besteht eine Beziehung zwischen den Opfern?«

»Das wissen wir auch noch nicht.«

Nur dass beide aus demselben Grund getötet wurden und vermutlich vom selben Mörder.

»Gibt es einen Zusammenhang zwischen diesen Morden und dem getöteten Jungen in Småland?«

»Ja.«

»Welchen?«

»Dazu kann ich leider auch nichts sagen.«

»Kennen Sie die Identität eines der Opfer oder von mehreren?«

»Das Opfer in Småland war höchstwahrscheinlich ein elternloser Romajunge aus Rumänien. Bei dem Mädchen von Gnesta gehen wir wie gesagt davon aus, dass es aus Afghanistan stammt. Über den dunkelhäutigen Teenager haben wir bis jetzt keinerlei Informationen.«

»Was schließen Sie daraus? Dass alle Opfer ausländischer Herkunft sind?«

»Dazu kann ich nichts sagen.«

»Wissen Sie etwas über das Motiv der Morde von Gnesta?«

»Nein.«

Eine dicke, fette Lüge. Das Motiv war glasklar. Der Mord wurde begangen, um die Opfer ihrer Nieren zu berauben. Nicht mehr und nicht weniger.

»Und Sie haben keine Verdächtigen?«

»Nein.«

Jetzt sagte sie zum ersten Mal wirklich die Wahrheit.

Mette war aus dem Gleichgewicht gebracht worden, das verriet ihr alles andere als federnder Gang. Mit stampfenden Schritten kehrte sie in ihre Abteilung im Polizeigebäude zurück. Pressekonferenzen waren ihr ein Gräuel. Sie hasste es, Fragen gestellt zu bekommen, auf die sie die Antwort wusste, die sie aber dennoch nicht beantworten konnte. Sie hasste es, so zu tun, als wüsste sie so gut wie gar nichts. Natürlich wusste sie, dass sie die Medien brauchten, um Informationen und Bilder zu verbreiten. Es bestand immer die Chance, dass jemand eines der Opfer wiedererkannte. Der Nachteil war, dass die

Täter gewarnt werden konnten und damit schwerer zu fassen waren.

Aber jetzt war es überstanden.

Jetzt musste nur noch der Rest erledigt werden.

*

Der Teststreifen zeigte ein blaues Pluszeichen.

Olivia starrte es an und registrierte, dass ihre Hand zitterte. Sie saß auf dem Badewannenrand, im Bademantel und mit nackten Füßen. Nach ein paar Minuten machte sie den Test noch einmal. Dann stand sie auf und ging in die Küche. Sie ging um den kleinen Küchentisch herum, zum Spülbecken, dann wieder zurück zum Tisch, wobei sie dieselben drei Worte immer wieder lautlos für sich wiederholte:

Ich bin schwanger.

Ich bin schwanger.

Ich bin schwanger.

Unbegreiflich.

Biologisch nicht, aber in existentieller Hinsicht. Rein biologisch war es nicht unbegreiflich. Sie wusste genau, wann es passiert sein musste und mit wem. Was kaum die wachsende Angst milderte. Wie zum Teufel konnte ich nur so verdammt dumm sein?, dachte sie. Wieso?

Sie setzte sich hin, um den Körper wieder unter Kontrolle zu bekommen, und rieb mit den Händen über die nackten Schenkel. Es war doch nur das eine Mal gewesen! Sie schaute zum Schlafzimmer. Da drinnen war es passiert, spät in der Nacht, nach vielen Stunden mental und physisch zehrender Arbeit am Hauptbahnhof. Sie hatten sich auf eine Bank gleich hinterm Eingang gesetzt, als sie beide keine Kraft mehr hatten, weiterzumachen, und beide vollkommen ausgelaugt waren. Dann hatte Olivia vorgeschlagen, doch zu ihr nach Hause zu fahren und noch einen Tee zu trinken.

Sie hatten ein Taxi genommen, Jamie und sie.

Sie hatte schon oft das Bett mit Jamie geteilt und Sex mit ihm gehabt, früher. Aber diesmal hatten sie wirklich nur Tee getrunken und über alles Mögliche zwischen Himmel und Erde geredet, und ob es nun an der Müdigkeit gelegen hatte oder an dem Bedürfnis nach Körperkontakt, war auch schon egal, jedenfalls waren sie zusammen im Bett gelandet, ungefähr bei Sonnenaufgang, und da hatte Jamie sie geschwängert.

Was sie soeben mittels zweier unbestechlicher Tests festgestellt hatte.

Ich kriege von Jamie ein Kind.

Eine schwer zu verdauende Erkenntnis.

*

Das Laughing Duck lag in der Vasagatan, nicht weit entfernt vom Hauptbahnhof, ein beliebtes, gut besuchtes Pub. Heute Abend war keine Ausnahme. Alle Stühle und Tische waren besetzt, die einzige Chance auf einen Platz gab es an der Bar. Dort stand er, mit einem halb ausgetrunkenen Bier und einem kleinen leeren Glas vor sich. In dem kleinen Glas war feuriger Gammeldansk gewesen. Er hatte den Lieferwagen bereits abgestellt und konnte ohne Probleme trinken. Zufrieden nahm er einen Schluck von dem Bier und betrachtete dabei den Fernsehbildschirm über dem Flaschenregal. Es liefen gerade die Nachrichten. Der Ton war heruntergedreht, niemand hatte besonders großes Interesse daran, alle warteten auf ein Fußballspiel, das gleich danach anfangen sollte. Deshalb konnte er nicht hören, was die Nachrichtensprecherin sagte, aber er sah die computerbearbeiteten Bilder, die die Meldung illustrierten. Zwei sehr deutliche Fotos von zwei Personen, die er wiedererkannte. Ein weißes Mädchen mit einer auffälligen Frisur und ein dunkelhäutiger Teenager. Er bat den Barkeeper, den Ton ein bisschen lauter zu drehen. Als die Nachrichtensprecherin den Doppelmord bei Gnesta zusammenfasste, verschwand der Gast vom Tresen.

Ging in die Herrentoilette. Sie war leer. Er stellte sich an ein Waschbecken und spritzte sich mit zitternden Händen eiskaltes Wasser ins Gesicht. Eine ganze Weile. Als er fertig war, betrachtete er sein Gesicht in dem Spiegel vor sich. Es war weich und zeigte den Schock, die Augen starrten ihr Spiegelbild an. Zusätzliche Arbeitskraft, dachte er. Sie brauchten nur eine zusätzliche Arbeitskraft.

Punkt. Schluss.

Als die Tür von einem Mann mit biergefüllter Blase aufgerissen wurde, ging er hinaus.

*

Stilton saß auf der Kapitänskoje, einen Laptop auf den Knien.

Luna war am Hauptbahnhof.

Vor ein paar Stunden hatte er Olivia im Polizeigebäude stehen lassen und war auf die Straße gerannt. Bei diesem Telefonat wollte er allein sein. Wollte nicht, dass jemand aus der Gruppe etwas sah oder hörte. Während er sein Handy herausholte und Sorin in Bukarest anrief, ging er los. Besetzt. Also schickte er stattdessen eine SMS: »Hat ›Der Dolch ist heilig‹ seine Finger auch im illegalen Organhandel?« Die Antwort kam, als er die Hantverkargatan erreicht hatte, sie war sehr kurz:

»Ja. Leider.«

Deshalb suchte er jetzt nach einem Hin- und Rückflug nach Bukarest, auf eigene Rechnung. Eine Stippvisite, ohne Begleitung. Weder Olivia noch Abbas.

Er wollte einer gewissen Person nur ein paar Fragen stellen, und zwar höchstpersönlich. Sorins Bericht über die schwierige Situation der rumänischen Justiz war einer der Gründe. Er vertraute einfach nicht darauf, dass es dort richtig durchgeführt würde. Er wollte Sorin nicht herabwürdigen, aber er wusste, welche Qualitäten er selbst als Verhörleiter hatte. Darin war er richtig gut. Sicher, es war schon eine ganze Weile her, aber da wollte er wieder hin. Auge in Auge einer Person gegenübersitzen, die etwas zu verbergen hatte, was er wissen wollte. In diesem Falle Mihai Stelea.

»Tom?«

Lunas Stimme kam aus dem Salon.

»Ich bin hier!«

Stilton legte den Laptop zur Seite, als Luna in der Tür auftauchte und sofort zu dem geöffneten Computer schielte.

»Was machst du?«

»Komm.«

Stilton zog Luna zu sich auf den Kojenrand und nahm eine ihrer Hände. Am vergangenen Abend hatte er ihr erzählt, was auch in den Medien verbreitet worden war. Zwei junge ermordete Menschen in der Nähe von Gnesta. Mehr Details hatte er ihr nicht verraten. Das tat er jetzt, von den herausgeschnittenen Nieren bis hin zu den Giftinjektionen und den weggeworfenen Leichen.

Luna hörte zu, schweigend.

Ihr war klar, dass er Dinge erwähnte, die unter die Schweigepflicht fielen, und sie fragte sich, warum. Wollte er sich selbst entlasten? Sie spürte, wie sie sich dagegen wehrte, gegen diese widerlichen Details, auf die sie nicht vorbereitet gewesen war. Schließlich zog sie sich die Jacke aus und rückte ein Stück von Stilton ab.

»Warum erzählst du mir das alles?«

»Heute war Olivia am Hauptbahnhof, und da ist ihr bestätigt worden, dass eines der Opfer, das Mädchen, ein Flüchtling war. Sie hat sie selbst vor ein paar Abenden dort getroffen. Ein afghanisches Mädchen. Ein Freiwilliger war mit ihr weggegangen, mehr wissen wir nicht. Bis sie mit herausgeschnittenen Nieren in der Baggerschaufel wieder aufgetaucht ist.«

Luna spürte, wie ihr das Blut in die Wangen stieg, wie der Puls in der Halsschlagader pochte, sie musste sich in dem engen Raum hinstellen. Stilton starrte sie wortlos an.

»Was willst du damit sagen?«, fragte sie und versuchte zu begreifen. »Dass Kinder im Bahnhof aufgegriffen werden, um ihnen die Organe zu stehlen?«

Stilton hatte die Taten nie als Raub angesehen.

»Ja«, bestätigte er. »Im schlimmsten Fall.«

Luna lehnte sich gegen die Schotten. Sie sah vor sich die vielen allein eintreffenden Kinder, denen sie auf unterschiedliche Weise in der Bahnhofshalle zu helfen versucht hatte, ihre vollkommene Schutzlosigkeit, sie waren leichte Opfer für jemanden, der ihre Situation ausnutzte. Traumatisierte Kinder, die nur ein wenig Sicherheit haben wollten, Hände, die sich jedem Fremden entgegenstreckten. Fremden wie ihr.

Sie musste weinen.

Stilton zog sie wieder hinunter auf die Koje und legte ihr den Arm um die Schultern. Schweigend blieben sie so lange sitzen. Bis sich Luna schließlich mit dem Arm übers Gesicht fuhr und Stilton in die Augen sah.

»Das ist ja der absolute Zynismus«, sagte sie leise.

Da konnte er ihr nur zustimmen.

Und deshalb wollte er jetzt einen Flug buchen.

Heute sollte Muriel endlich ihre Sozialhilfe bekommen. Sie wollte zusammen mit Folami in die Stadt fahren, das Geld abholen und etwas besonders Leckeres zu essen kaufen, vielleicht auch noch ein Geschenk für Folami. Wasserfarben, damit sie ihre Bilder bunt anmalen konnte.

Es gab nur ein Problem.

»Ich will nicht mitfahren.«

Folami wollte nicht mitkommen, und Muriel wollte sie auf keinen Fall allein in der Hütte lassen. Sie hatte Folami nichts von der Schmiererei an der Haustür gesagt und verschwiegen, dass sie Folami deshalb nicht allein lassen wollte. Jetzt wusste sie nicht so recht, was sie stattdessen sagen sollte.

»Und warum nicht? Warum willst du nicht mitfahren?«

»Ich habe Angst vor der Stadt.«

»Das brauchst du nicht. Ich bin doch bei dir.«

Folami schaute Muriel mit ihren großen braunen Augen an, und für den Bruchteil einer Sekunde fühlte Muriel sich wieder zu einer wertlosen Straßenhure degradiert. Folami sah die Reaktion in Muriels Blick. Also nahm sie Muriel bei den Händen und forderte sie auf:

»Komm. Setzen wir uns.«

Sie setzten sich in die Küche, und Folami erklärte Muriel, warum sie nicht mit in die Stadt kommen wollte.

Es wurde eine lange Erklärung.

»Die erste Zeit, als ich auf den Straßen von Stockholm gelebt habe, war ich mit einem jungen Typen aus Marokko dort zusammen«, begann sie. »Ali. Ich hatte ihn schon in dem Gewimmel am Bahnhof kennengelernt, bei meiner Ankunft. Er war nett, hat mit mir sein Essen geteilt, das er von den Freiwilligen bekommen hat. Er hatte da ein ganzes Lager. Dann hat er mir vorgeschlagen, ich könnte mit ihm mitkommen. Die erste Nacht haben wir unter einer Brücke geschlafen, dann waren wir bei Slussen. Haben Obst und Schokolade im Kiosk geklaut. Ali hat mir stolz gezeigt, was für ein guter Dieb er ist.«

Muriel betrachtete das Mädchen, das immer noch ihre Hände hielt. Folami hatte viele Geheimnisse.

»Ich mochte Ali, und wir wurden Freunde«, fuhr sie fort. »Dann, eines Abends, habe ich seine Kumpel getroffen, andere Jungs aus Marokko, die auch auf der Straße lebten. Und da ist etwas Schreckliches passiert. Yasin, einer der Typen, der sich für den Anführer der Gruppe hielt, meinte, ich solle beweisen, dass ich einen Platz in ihrer Bande verdiene. Ich sollte eine alte Frau ausrauben. Yasin lachte nur, als ich sagte, das mache ich nicht, ich habe gelernt, dass man älteren Menschen Respekt erweisen soll. Dann hast du für uns keinen Nutzen, sagte er, dann kannst du höchstens unsere kleine Hure sein. Und dann drückte er mich an einen Baum und fing an mich zu befummeln, sagte, er würde mich umbringen, wenn ich nicht still sei und tue, was er sagte.«

»Und was hat Ali gemacht? Schließlich war er dein Freund, oder?«

»Er wollte dazwischengehen, aber die anderen haben ihn weggeschubst. Sie haben einen Ring um mich und Yasin gebildet. Seine Hände waren überall. Sein Atem roch widerlich. Er hat versucht, mir die Hose auszuziehen. Die anderen haben ihn angefeuert. Es war …«

Folami verstummte und ließ Muriels Hände los.

Muriel sah, wie das Mädchen bei der Erinnerung mit den Tränen kämpfte, wie schwer es für sie war, alles wieder vor Augen zu haben und in Worte zu fassen.

Nach einer Weile schaute Folami Muriel wieder an.

»Ich weiß nicht, woher ich die Kraft hatte«, sagte sie, »aber in der Sekunde, als Yasin an seiner Hose herumzerrte, habe ich ihn zwischen die Beine getreten. Er hat geschrien. Da habe ich mich losgerissen. Yasins Brüllen hat die anderen vollkommen verwirrt. Ein Stück weiter reagierte ein Mann darauf, kam auf uns zu und hat etwas auf Schwedisch gerufen. Ich bin direkt zu ihm hingelaufen. Die Jungs rannten in alle Richtungen weg, auch Ali. Der Mann holte sein Handy heraus und telefonierte. Andere Menschen kamen dazu. Der Mann redete mit ihnen und zeigte in die verschiedenen Richtungen, in denen die Jungs verschwunden waren. Eine Frau fragte mich etwas auf Schwedisch. Ich habe nur den Kopf geschüttelt. Dann hat sie auf Englisch wiederholt, dass die Polizei gleich kommt und dass alles gut wird. Da wusste ich, ich kann nicht bleiben. Mit der Polizei wollte ich nichts zu tun haben. Also bin ich weggehuscht und runter zur U-Bahn gelaufen, reingesprungen, und weg war ich. Später bin ich eine Weile herumgeirrt, blieb die meiste Zeit in der Bahnhofshalle, ich hatte eine Todesangst, dass Yasin und die anderen wieder auftauchen könnten. Und plötzlich habe ich sie tatsächlich kommen sehen. Da bin ich mitten im Regen auf die Straße gerannt, bin einfach nur immer weitergelaufen und dann vor einem großen Haus zusammengeklappt. Da, wo du mich gefunden hast.«

Folami stand auf und schenkte sich ein Glas Wasser ein. Sie leerte das halbe Glas mit einem Zug. Muriel betrachtete sie. Jetzt verstand sie, warum Folami so große Angst vor der Stadt hatte. Sie wollte sie nicht zwingen mitzufahren, also musste sie allein in der Hütte bleiben.

Der Gedanke gefiel ihr ganz und gar nicht.

Sie ging zu Folami und nahm sie in den Arm.

»Ich werde dir ein Geschenk mitbringen«, sagte sie.

Folami lachte und gab ihr einen Kuss auf die Wange.

Muriel ging auf den Flur und zog sich die Jacke an, es war inzwischen kühler geworden. Folami kam hinzu, sie trug eins von Ronnys alten Hemden, das sie in einem Schrank gefunden hatte. Sie hatte ihren Pullover und ihre Hose morgens im Waschbecken gewaschen und wollte die Teile jetzt aufhängen. Gemeinsam gingen sie hinaus. Folami hängte ihre Kleider vor dem Hütteneingang auf und sah, wie Muriel den Weg hinunter verschwand. Dann ging sie wieder hinein und verschloss sorgfältig die Tür hinter sich.

Reine Routine.

*

Bodil schnippte einen langen Aschestrang ab und schaute zu Bernt. Die beiden saßen am Küchentisch. Sie hatte ihren blaugrünen Morgenrock übergezogen, Bernt saß in Unterhemd und Unterhose da. Er hatte seine Grütze gegessen, sie ihren Kaffee getrunken. Ihr Frühstück. Bernt schaute durchs Fenster hinaus. Schon die ganze Zeit, seit er mit der Grütze fertig war, also seit einer halben Stunde. Bodil war daran gewöhnt. Ihr Sohn konnte stundenlang dasitzen und einfach nur hinausgucken. Auf das kleine Rasenstück und den Zaun. Manchmal konnte sie nicht an sich halten.

»Was starrst du da eigentlich an?«

»Nichts.«

Wie kann man stundenlang nichts anstarren? In ihrem tiefsten Inneren wusste sie natürlich genau, warum, aber die Antwort gefiel ihr nicht. Sie drückte die Kippe in der Kaffeetasse aus und zündete sich eine neue Zigarette an. Morgens hatte sie Migräne bekommen und war deshalb äußerst schlecht gelaunt. An gewissen Tagen war die Welt die reinste Hölle, und dieser Idiot von Sohn saß einfach nur da. Stocksteif und stumm. Sie blies ihm den Rauch ins Gesicht, um eine Reaktion hervorzurufen, aber er rührte sich nicht.

»Die Schlampe ist in die Stadt gefahren«, sagte sie und blies ihm erneut den Rauch ins Gesicht.

»Mama, bitte …«

Bernt wedelte den Rauch weg.

»Ohne den Negerbalg«, fuhr sie fort. »Der ist allein da hinten.«

Endlich kam eine Reaktion. Bernt wandte den Blick vom Fenster ab und sah ihr in die Augen. Er hat meine Augen, dachte sie, aber der Rest ist nicht von mir.

»Die Schlampe hat dich ein Schwein genannt«, fuhr sie fort. »Erinnerst du dich? Direkt ins Gesicht.«

Bernt nickte, und Bodil aschte in die Tasse.

»Was denkst du, was hätte dein Papa gemacht, wenn ihn jemand ein Schwein genannt hätte?«

Bernt drehte sich wieder zum Fenster und schaute hinaus. Aber Bodil sah seine Hände auf der Tischplatte, sie lagen nicht mehr ruhig da, sie huschten in kurzen, zuckenden Bewegungen hin und her.

Vorhin hatten sie das nicht getan.

Wieder blies sie den Rauch in seine Richtung.

*

Muriel war bei Ronny vorbeigegangen und hatte ihm die geborgten Hunderter zurückgebracht. Er hatte etwas überrascht gewirkt, das Geld aber genommen. Er wollte Muriel nicht verletzen, er konnte sehen, wie stolz sie war.

Jetzt stand sie in der Spielzeugabteilung von Åhléns und sah sich die verschiedenen Tuschekästen mit Wasserfarben an. Eine Verkäuferin beobachtete sie genau. Muriel spürte ihren Blick, nahm einen Kasten hoch und ging zu ihr.

»Sind die Farben gut?«

Die Verkäuferin schaute Muriel misstrauisch an.

»Gut?«

»Ja, gut zu malen? Das macht man doch mit Wasserfarben, oder?«

Muriel lächelte leicht, um die Lage zu entspannen. Sie hatte ausgezeichnete Laune. Die Verkäuferin erwiderte ihr Lächeln nicht.

»Soll es für ein Kind sein?«

»Nein, eine Jugendliche.«

»Dann würde ich richtige Aquarellfarben vorschlagen, aber die sind deutlich teurer. Vielleicht haben Sie ja nicht …«

»Und wo finde ich die?«

»In der Papierabteilung, ganz unten.«

»Vielen Dank. Sehr freundlich. Wenn Sie den Kasten zurücklegen, wäre ich Ihnen sehr dankbar.«

Muriel drehte sich auf dem Absatz um und ging zur Rolltreppe, äußerst zufrieden damit, dass sie sich nicht hatte kleinmachen lassen.

*

Folami fegte den Küchenboden. Die täglichen Aufgaben in der Hütte gefielen ihr. Fegen, Wasser und Holz holen. Dabei vergaß sie fast, warum sie eigentlich in dieses Land gekommen war.

Aber nur fast.

Das Problem war nur: Wie sollte es weitergehen? Sie wusste, hier mitten im Wald würde sie keine Hilfe bekommen. Wo sollte sie also anfangen? Sie wollte nicht zurück in die Stadt, gleichzeitig war ihr klar, dass es nur dort für sie eine Zukunft gab.

Sie stellte den Besen in die Ecke. Jetzt wollte sie frisches Wasser holen, sie hatte alles beim Wäschewaschen verbraucht. Sie nahm den Eimer, zog sich die Schuhe an und war schon auf dem Weg hinaus. Sich in Sicherheit wiegend hatte sie die Antennen im Gehirn abgeschaltet, die sie ermahnten, immer auf der Hut zu sein.

Die Schlampe hatte ihn ein Schwein genannt. Menschen hatten ihn schon oft beschimpft, seit seiner Schulzeit. Gagabernt. Modder. Viele Namen, die er nicht mochte. Aber noch nie hatte ihn jemand ein Schwein genannt. Das hätte sie nicht tun dürfen, dachte er, während er den Weg zur Hütte dieser Schlampe entlangging. Sie hätte wissen müssen, was dann passiert.

Jetzt stand er hinter dem Plumpsklo und wartete auf den Negerbalg. Er würde das Mädchen übel zurichten. Die Schlampe hatte einen Narren an ihr gefressen, und er konnte die Schlampe nicht ausstehen. Sie würde traurig sein, wenn er dem Negerbalg wehtat. Und Mama würde es gefallen.

Er schob die Ärmel ein Stück hoch.

Als Folami vor die Tür trat, um nach der Wäsche zu sehen,

musste sie feststellen, dass sie immer noch nass war, es würde sicher noch eine ganze Weile dauern, bis sie trocken war. Dann ging sie weiter zur Pumpe. Ein Vogel saß an der Pfütze, die sich darunter gesammelt hatte, und trank aus ihr. Folami erkannte die Art wieder, sie hatte sie in Ronnys Vogelbuch gefunden.

»Hallo, Blaumeise«, sagte sie laut auf Schwedisch.

Der kleine Vogel flog auf und setzte sich auf den Fliederbusch ein Stück weiter. Folami stellte den Eimer hin und begann zu pumpen.

Er überfiel sie von hinten. Sie konnte gar nicht so schnell reagieren. Mit festem Griff legte er ihr den Arm um den Hals. Sie hatte das Gefühl, erwürgt zu werden. Beim Versuch, sich zu wehren, trat sie den Wassereimer um, aber gegen den kräftigen Mann hatte sie keine Chance. Er schleppte sie zum Holzschuppen.

*

Muriel fand die Aquarellfarben, und es stimmte, sie waren teuer, genau wie die Verkäuferin gesagt hatte. Zuerst wollte sie den Kasten in die Tasche stopfen, wenn keiner hinsah, aber dann zögerte sie. Sie konnte es nicht riskieren, wegen Ladendiebstahl geschnappt zu werden. Nicht heute. Dazu hatte sie keine Zeit. Sie suchte auch noch richtiges Aquarellpapier heraus. Auch teuer, aber sie kaufte einen kleinen Block der billigsten Variante. Folami würde sich riesig freuen, das wusste sie genau. Jetzt musste sie nur noch einige Lebensmittel einkaufen und nach Hause fahren.

Ein schöner Gedanke.

Nach Hause.

Muriel stieg aus dem Bus.

Mit den schweren Tüten bog sie auf den kleinen Waldweg ab, der zu Ronnys Hütte führte. Als sie sich dem Häuschen näherte, sah sie, dass die Tür offen stand. Wie gedankenlos von Folami, schließlich war es relativ kühl geworden.

Dann sah sie den Eimer.

Er lag umgeworfen neben der Pumpe. Und da stieg Panik in ihr auf, sie ließ die Tüten fallen und rannte los.

»FOLAMI!«

Es klang wie ein Schrei aus dem Abgrund.

Sie fand das Mädchen im Schuppen. Zusammengekauert. Die Bluse war zerrissen, schmutzig, ihr Gesicht voller Blut. Der Körper schaukelte hin und her, der Blick war in die weite Ferne gerichtet. Muriel stürzte sich neben sie.

»Was hat er gemacht?«

Mit ihrem Blusenärmel wischte sie Folami das Blut aus dem Gesicht.

»Folami, was hat er dir angetan?«

Mit zitternder Hand zog Muriel ihr Handy heraus.

»Wo willst du anrufen?«

Folami hatte aufgehört zu schaukeln und richtete ihren Blick auf Muriel.

»Einen Krankenwagen, du musst ins Krankenhaus. Wo hat er dir wehgetan? Wo blutest du?«

»Ich blute gar nicht. Bitte, nicht anrufen!«

Muriel ließ das Handy sinken.

»Aber du bist doch voller Blut!«

»Das ist sein Blut.«

Da erst entdeckte Muriel die Axt, die neben Folami lag. Auch blutverschmiert.

»Ich habe auf ihn eingehackt«, sagte Folami.

»Auf ihn eingehackt? Auf wen? Den Kerl mit dem Hund?«

»Ja.«

»Wo ist er? Ist er …?«

»Er hat geschrien wie ein Schwein.«

»Folami, wo ist er? Hast du ihn getötet?«

»Nein.«

Muriel suchte den Boden in dem kleinen Schuppen ab. Die Blutspur führte zur Tür. Als sie hereingestürzt war, hatte sie diese nicht bemerkt. Folami schaute sie an.

»Warum leben so viele, die es gar nicht verdienen zu leben, während diejenigen, die es verdienen, sterben? Ich verstehe das nicht. Verstehst du das?«

»Nein«, antwortete Muriel. »Ich verstehe das auch nicht.«

Und sie tat es wirklich nicht.

Sie half Folami ins Haus und setzte sie aufs Sofa. Holte Wasser und erwärmte es, damit Folami sich waschen konnte. Als sie die Tür schloss, fiel ihr ein, dass die Tüten mit den Lebensmitteln und den Aquarellfarben noch auf dem Weg lagen.

»Bist du sicher, dass er nicht tot ist?«, fragte sie.

»Ja.«

Muriel schaute aus dem Fenster, die Dämmerung setzte ein. Was sollten sie tun, wenn er zurückkam? Oder wenn er zur Polizei ging und behauptete, Folami hätte ihn attackiert?

Muriel musste einsehen, dass sie nicht länger in der Hütte bleiben konnten.

An dem Ort, den sie inzwischen schon ihr Zuhause nannte.

Grauer Himmel und heftiger Gegenwind. Muriel und Folami stemmten sich auf dem Kai dagegen und kämpften sich zur *Sara la Kali* durch. Muriel hatte sich in der vergangenen Nacht zu einer Entscheidung durchgerungen, und sie waren mit dem ersten Morgenbus weggefahren. Die Hütte zu verlassen war Muriel schwergefallen, aber es ließ sich nicht ändern. Tom Stilton aufzusuchen war eine logische Folge dieser Entscheidung. Leider hatte sie ihn nicht erreichen können, die Handynummer war nicht mehr aktuell, also konnte sie ihn nicht vorwarnen.

Folami hatte sie gesagt, sie wären auf dem Weg zu einem alten Freund, von dem sie glaubte, er würde ihnen bestimmt helfen.

»Muriel?«

Muriel schaute zu dem Lastkahn hoch. Im Gegenlicht sah sie, wie eine Gestalt aus der Tür trat. Nicht Tom, sondern Luna. Muriel wurde etwas unsicher, das letzte Mal, als sie Luna getroffen hatte, hatte sie ihr als Dank dafür, dass Tom und sie ihr geholfen hatten, fünfhundert Kronen geklaut. Worauf sie nicht gerade stolz war.

»Hallo, Luna«, erwiderte Muriel mit leicht zittriger Stimme.

Folami machte Anstalten, die Gangway hinaufzugehen. Muriel zögerte noch, sie war sich nicht sicher, ob sie dort willkommen war. Sie beschattete die Augen, um Lunas Gesicht erkennen und ihre Reaktion ablesen zu können.

»Ist Tom da?«

»Nein, leider nicht«, antwortete Luna. »Er ist in Bukarest.«

Muriels Schultern sackten nach unten. Er war verreist? Was sollte sie jetzt tun? Ronny hatte sein Antiquariat wegen einer »Bildungsreise« geschlossen. Er machte mit Benseman eine Kreuzfahrt nach Riga, sie feierten, dass Ronny kürzlich auf einer Auktion ein paar handgeschriebene Briefe von Strindberg an Harriet Bosse ersteigert hatte. Die beiden würden erst in ein paar Tagen wieder zurück sein. Plötzlich war sie nur noch müde.

Folami war inzwischen schon oben bei Luna angekommen und streckte ihr die Hand entgegen.

»Hei, ich heiße Folami. Bist du Muriels Freundin?«

Luna nahm etwas verwirrt die Hand entgegen und lächelte.

»Ja, natürlich. Ich heiße Luna.«

Folami drehte sich zu Muriel um.

»Warum kommst du nicht?«

Luna servierte Roibuschtee im Salon. Muriel entspannte sich etwas und berichtete, wer Folami war und warum die beiden jetzt bei Luna aufgetaucht waren. Nach einer Weile wurde Folami müde, da sie die Sprache nicht verstand, und holte den Block und die Aquarellfarben heraus, die Muriel ihr gekauft hatte. Sie suchte Lunas Blick, um bestätigt zu bekommen, dass sie ein Glas Wasser für die Farben benutzen durfte. Luna nickte ihr zu und sagte kurz »Yes«, als das Mädchen den Pinsel hochhielt und ihn in der Luft über dem Glas pantomimisch eintauchte. Während sie den Worten der beiden Frauen lauschte, vor allem Muriels bisweilen ziemlich gepresster Stimme, die ab und zu von Lunas kurzen, empörten Kommentaren unterbrochen wurde, malte sie eine kleine, hübsche Blaumeise, die auf einem Zweig saß. Sie wollte ihr gerade das Auge tuschen, als Muriels Stimme verstummte und Luna etwas sagte. Folami verstand die Worte nicht, sie sah nur aus dem Augenwinkel heraus, dass Muriel anfing zu weinen. Der Pinsel blieb zu lange auf dem Papier haften, so dass das Vogelauge etwas zu groß geworden war, als sie schließlich wieder die Hand hob.

Luna hatte sie beobachtet, und ihr war klar, dass Folami Muriels stumme Tränen bemerkt hatte, obwohl sie den Blick die ganze Zeit fest auf das Papier gerichtet hielt.

»Alles ist okay«, sagte sie zu Folami. »Ihr könnt heute Nacht hier schlafen. Du brauchst keine Angst zu haben.«

Folami biss sich auf die Lippe und tauchte den Pinsel erneut ins Glas. Im Wasser bildete sich eine schwarze Schlange, während Muriel zu ihr herübersah und sie durch den Tränenschleier anlächelte.

*

Stilton landete gegen drei Uhr in Bukarest und würde hoffentlich bereits am nächsten Tag morgens früh wieder zurückfliegen. Dieses Mal reiste er wie Abbas, mit einer grauen Stofftasche als Handgepäck. Er checkte im selben Hotel ein und bekam fast das gleiche Zimmer. Dasselbe Stockwerk, aber ein Stück weiter den Flur entlang. Der Mann an der Rezeption erkannt ihn wieder.

»Waren Sie nicht vor Kurzem schon einmal hier?«

»Ja. Aber dieses Mal mit einer Narbe.«

Der Mann wich Stiltons Blick aus, als er ihm den Zimmerschlüssel gab.

Sobald Stilton in seinem Zimmer war, rief er Sorin an und verabredete sich mit ihm. Er sagte nicht, worum es ging, wünschte sich aber ein Gespräch im Polizeigebäude. Was Sorin akzeptierte. Lieber da als in der Kanalisation.

Als Stilton das Hotel Moxa mit der Tasche in der Hand verließ, sah er ein Taxi, aus dem gerade ein Fahrgast ausstieg und das frei zu sein schien. Er ging zu dem Wagen und wurde von einem grinsenden Grigore begrüßt.

»Hallo, mein Freund! Schon wieder zurück?«

»Ja. Bist du frei?«

»Für dich bin ich immer frei.«

Grigore hielt ihm eine Tür auf, und Stilton setzte sich auf die Rückbank.

»Wohin soll es gehen?«

»Zuerst brauche ich einen Geldautomaten.«

Grigore nickte, fädelte sich in den Verkehr ein, und nach wenigen Minuten bog er in eine kleinere Straße ein.

»Deine Freundin ist nicht mitgekommen?«, fragte er.

»Nein.«

»Sie war schön.«

»Ist.«

Grigore lachte, sagte dann:

»Hier ist einer.«

Er hielt an einem Geldautomaten. Stilton stieg aus und ging zu dem Automaten. Ein Stück weiter stand eine einbeinige Frau, sie stützte sich auf einen Kinderwagen. Nach ein paar Sekunden drehte Stilton sich nach Grigore um, der das Fenster heruntergekurbelt hatte.

»Kannst du mir helfen?«

»Natürlich.«

Grigore stieg aus und ging zu dem Geldautomaten. Eine

heftige harte Faust traf ihn genau im Gesicht. Er taumelte zurück zum Wagen und bekam einen weiteren Schlag auf die Schläfe. Bevor er zu Boden fallen konnte, fing Stilton ihn auf, öffnete die Tür zur Rückbank und schob ihn auf den Sitz. Dann schlug er die Tür zu und schaute zu der einbeinigen Frau hinüber.

»Aurolac«, sagte er und stieg in den Wagen.

Er fuhr hinunter zum Kai der Dambovita. Dort fesselte er Grigores Füße und Hände mit ein paar Spannriemen, die hinten im Wagen gelegen hatten. Dort fand er auch einen größeren Putzlappen, den er über Grigores Gesicht drapierte und mit einer Schnur um den Hals befestigte. Allerdings nicht zu fest, damit er noch Luft bekam.

Und dann fuhr er los.

Er wusste nicht so recht, wohin er eigentlich fahren sollte, nur aus der Stadt hinaus. Und es dauerte nicht lange, bis Felder und armselige Hütten auftauchten. Er hielt an einem unbebauten Acker an und zog Grigore aus dem Wagen. Inzwischen war der Rumäne zu sich gekommen und versuchte, durch den Putzlappen hindurch etwas zu sagen. Stilton hörte ihm gar nicht zu. Er schob den stolpernden Grigore auf das lehmige Feld und stieß ihn dort zu Boden. Dann zog er sein Handy heraus und machte ein Foto von dem verschnürten Mann auf der Erde, beugte sich dann zu ihm hinunter.

»Wenn du Glück hast, kommt heute Abend noch eine Ziege vorbei«, sagte er und ging zurück zum Auto.

Sorin stand im Eingang zum Polizeigebäude, mit der grauen Baseballkappe auf dem Kopf. Stilton ging auf dem Bürgersteig auf ihn zu.

»Du bist spät dran«, sagte Sorin.

»Ich habe Grigore getroffen. Oder Iulian, wie du ihn nennst.«

»Ach ja?«

»Und jetzt will ich Stelea treffen.«

»Warum das?«

»Ich habe ein paar Fragen an ihn, was die Ermittlungen in Schweden betrifft. Nur Fragen, sonst nichts. Ist das in Ordnung?«

Sorin betrachtete Stilton, gleichzeitig zeigte er mit der Hand, in welche Richtung sie gehen sollten. In die Cafeteria des Polizeipräsidiums. Nicht ganz der Ort, den Stilton sich gewünscht hatte, aber schließlich war es für Sorin ein Heimspiel, also durfte er bestimmen.

Als sie sich gesetzt und Kaffee bestellt hatten, nahm Sorin seine Kappe ab und entblößte einen kahlen Kopf. Stilton sah die Glatze zum ersten Mal.

»Es ist vielleicht etwas – wie soll ich es ausdrücken –, etwas unvernünftig von dir, hier wieder aufzutauchen«, begann Sorin. »Wenn man bedenkt, was das letzte Mal passiert ist.«

»Und warum?«

»Stelea ist wieder frei.«

Damit hatte Stilton nicht gerechnet. Nicht so schnell.

»Und wieso?«, fragte er.

Worauf Sorin wieder anfing zu erklären, wie das hier so lief. Einen Teil davon hatte Stilton bereits bei ihrem gemeinsamen Spaziergang den Kai entlang gehört, ein anderer Teil war neu. Nicht zuletzt, wie die Staatsanwaltschaft in Rumänien funktionierte. Offensichtlich nicht ganz makellos.

»Das meiste unter Ceausescu war falsch und unannehmbar«, sagte Sorin, »aber er hat den Laden am Laufen gehalten. Als er gestürzt wurde … Du weißt doch, mit welcher Begeisterung sich Perlen in den Abgrund stürzen, wenn man eine Kette durchschneidet, oder?«

Stilton glaubte, die dahinterstehende Botschaft dieses merkwürdigen Bildes verstanden zu haben. Anarchie und Machtkämpfe. Und er musste einsehen, dass sein Plan, was Stelea betraf, gescheitert war.

»Ich verstehe«, sagte er. »Dann muss ich wohl dich fragen. Was weißt du über den hiesigen illegalen Organhandel?«

Sorin wusste so einiges. Ein Großteil wurde über diverse kriminelle Organisationen abgewickelt, deren Verbindungen bis in die russische Mafia hinein reichten.

»Wir haben vor einem halben Jahr einen Teil dieser Geschäfte auffliegen lassen.«

»Irgendwelche Verbindungen zu ›Der Dolch ist heilig‹?«

»Vermutlich. Warum fragst du?«

Sorin hatte ein Recht, die Gründe zu erfahren, fand Stilton. Also berichtete er bis ins Detail, was in Schweden passiert war. Über die aufgeschlitzten Opfer und die Verbindung zu dem rumänischen Jungen Ionel und die Annahme, dass es sich hier um illegalen Organhandel handelte.

Sorin bekam einen ganz neuen Blick auf den Fall. Auf seine etwas unüberlegte Frage, warum die Schweden sich so sehr für ein ermordetes Kind aus der Bukarester Kanalisation interessierten, hatte er gerade eine Antwort erhalten, die ihn berührte.

»Abstoßend«, sagte er.

Jetzt war er voll bei der Sache.

»Wir haben einen Kerl hier in Haft, vielleicht solltest du mal mit dem reden, er war hier in Rumänien in die gleichen Machenschaften involviert.«

»Mit Verbindung zu Stelea?«

»Deutet alles darauf hin.«

Stilton stand auf.

Der Mann hieß Nicolae und war in einer schlimmen Verfassung. Er saß in einer winzigen Zelle ohne Fenster, hatte eine grüne Decke um ein Paar magere, zitternde Beine geschlungen. Stilton war sofort klar, dass dieser Gefangene körperlich für die Informationen bezahlt hatte, in deren Besitz er gewesen war. Sorin ließ die beiden allein in der Zelle zurück, vor der Tür stand nur eine Wache. Stilton ging davon aus, dass nicht einmal sie vonnöten gewesen wäre. Dieser Mann könnte höchstens eine Fliege töten, und das auch nur mit seinem Atem. Der Schwede setzte sich ein Stück entfernt von Nicolae auf die Pritsche und wartete eine Weile ab. Dann begann er:

»Ich heiße Tom Stilton und arbeite bei der schwedischen Polizei. Lebt dein Vater noch?«

Nicolae drehte sich ein Stück Stilton zu, seine Augen waren streifig und trüb vor Schmerzen, die Stimme nur noch ein kläglicher Rest von Lauten, kaum hörbar.

»Nein.«

»Meiner auch nicht. Meine Mutter hat ihn mit einer Harpune in der Küche umgebracht, dann hat sie das Haus in Brand gesteckt und ist mit mir rausgerannt. Wie ist dein Vater gestorben?«

Lange Zeit blieb es still. Stilton drängte nicht, er wusste, er würde eine Antwort erhalten.

»Ceausescu hat ihn erhängt.«

»Wie alt warst du damals?«

»Neun.«

»Ich war sechs, als meiner gestorben ist.«

Nicolae schaute auf die Wand ihm gegenüber. Er verstand

nicht, wovon dieses Gespräch eigentlich handelte. War das eine neue Form von Folter?

»Vor Kurzem war ich unten in der Kanalisation«, fuhr Stilton fort. »Oben beim Gara de Nord.«

»Was wolltest du da?«

»Ich habe nach diesem kleinen Jungen gesucht.« Stilton zog das Foto von Ionel heraus. »Kennst du ihn?«

»Nein. Was ist mit ihm?«

»Er ist tot. Wir glauben, dass er getötet wurde, weil man seine Nieren haben wollte.«

Nicolae schaute auf die grüne Decke. Endlich bekam der Besuch dieses Mannes eine gewisse Logik. Darum ging es also.

»Du warst in illegalen Organhandel verwickelt«, fuhr Stilton fort. »Stimmt das?«

Nicolae nickte. Er ging davon aus, dass der Schwede alles wusste, was die anderen wussten, alles, was sie in den letzten Monaten aus ihm herausgeprügelt hatten. Schließlich war der Schwede ja auch von der Polizei.

»Gibt es da geschäftliche Verbindungen nach Schweden?«

Stilton nahm an, dass Nicolae alles Wesentliche bereits gestanden und nicht mehr viel zu verbergen hatte, das verriet allein schon sein jämmerlicher Zustand. Dem Mann war klar, dass er in diesem Loch alt werden und vielleicht sogar sterben würde. Dennoch dauerte es eine Weile, bis Nicolae wieder den Mund öffnete.

»Warum hat sie deinen Vater getötet?«, fragte er.

»Weil er sie vergewaltigt hat, immer wieder. So bin ich entstanden.«

Nicolae nickte kaum wahrnehmbar und lehnte sich gegen die Mauer.

»Es gab einen Felix«, sagte er, fast mit dem Atemstoß.

»Und wer war Felix?«

»Er hat operiert.«

»Hier? In Bukarest?«

Nicolae nickte.

»Und er kam aus Schweden?«

Wieder nickte Nicolae.

»Bei illegalen Organentnahmen?«

»Ja.«

»Wie hieß er weiter, dieser Felix?«

»Keine Ahnung.«

Stilton richtete sich ein wenig auf, eine Bewegung, die Nicolae zurückzucken ließ. Als rechnete er damit, geschlagen zu werden. Stilton ging davon aus, dass der Mann die Wahrheit sagte.

»Ist dieser Felix noch in Bukarest?«, fragte er.

»Glaub nicht.«

»Wann war er hier?«

»Immer wieder im Laufe des Jahres.«

Keine besonders genaue Antwort.

»Wann war er das letzte Mal hier?«

»In der Woche, bevor sie mich eingebuchtet haben.«

Und dieses Datum konnte Stilton sich später von Sorin holen. Also fragte er weiter:

»Wie viele Operationen hat er hier durchgeführt?«

»Fünf, glaube ich, oder sechs.«

»Kennst du jemanden, der mehr über Felix weiß?«

Nicolae schüttelte den Kopf.

»Wie sah er aus?«, bohrte Stilton nach. »Kannst du ihn beschreiben?«

»Er hat gesoffen.«

Diese Charakteristik traf auf ziemlich viele Schweden zu, also versuchte Stilton es noch einmal anders:

»Wie alt war er ungefähr?«

»So wie ich.«

»Wie hast du ihn kennengelernt?«

»In einer Kneipe. Er hat sich zu Maria und mir gesetzt.«

»Wer ist Maria?«

»Eine Frau, mit der ich zusammengelebt habe. Felix war betrunken, seine Frau war bei irgendeinem Unfall gestorben. Er hat uns leidgetan. Er schien sehr einsam zu sein.«

Stilton konnte sehen, dass Nicolae versuchte, sich in der Erinnerung zu diesem Kneipenabend vorzuarbeiten. Was wohl nicht ganz einfach war.

»Ja?«, wollte Stilton ihm auf die Sprünge helfen.

»Wir haben einiges mit ihm getrunken, und dann hat er erzählt, dass er Chirurg ist. Als er bezahlen sollte, hatte er nicht genug Geld. Hat behauptet, alles verspielt zu haben. Also haben wir für ihn bezahlt, herausgekriegt, wo er wohnt, und ihn am nächsten Tag dort aufgesucht. Es war Marias Idee. Sie erzählte ihm, wir hätten einen Freund, der viel Geld braucht und eine Niere verkaufen wollte. Wenn Felix uns half, sollte er gut dafür bezahlt werden.«

»Hat er euch geholfen?«

»Ja. Danach ist er nach Schweden zurückgefahren.«

»Und wieder hierhergekommen?«

Nicolae suchte in seinem Gedächtnis, seine Erinnerungen waren zerschlagen und nur noch fragmentarisch vorhanden, ohne konkrete Anhaltspunkte.

»Ein paar Mal«, sagte er schließlich. »Wir haben ihm eine Nachricht geschickt, gesagt, dass wir seine Hilfe brauchen, er brauchte das Geld und ist gekommen.«

»Und hat operiert?«

»Ja.«

Stilton schaute Nicolae an, dieser zuckte mit den Schultern.

»Wir haben auch Geld gebraucht. Das tun doch wohl alle, oder?«

Das tun wohl alle, dachte Stilton. Die Frage ist nur, wie man es sich besorgt.

»Aber die letzte Operation ist schiefgegangen«, fuhr Nicolae fort. »Ein Junge ist auf dem Operationstisch gestorben. Felix verschwand, und dann kamen die Bullen irgendwie dahinter.«

»Und dabei bist du einkassiert worden?«

»Ja.«

Nicolae ließ sich wieder gegen die Wand fallen.

»Du hast gesagt, ihr habt Felix eine Nachricht geschickt«, nahm Stilton den Faden wieder auf. »Dann müsst ihr ja irgendwelche Kontaktdaten von ihm gehabt haben?«

»Alles lief über Maria.«

Nicolae hob plötzlich die Hände vors Gesicht, nicht schnell, eher mit einer langsamen Geste, als wollte er etwas verbergen.

»Wo kann ich sie finden?«, fragte Stilton.

»Sie ist verschwunden.«

»Wann?«

Nicolae presste die Hände aufs Gesicht, dünne Hände mit hervorstehenden Adern und abgekauten Fingernägeln.

»Als sie mich geschnappt haben.«

Nicolae begann zu weinen. Nicht laut und von den Händen gedämpft, aber Stilton sah, wie sein Körper bebte und er den Kopf hin und her wiegte. Außerdem hörte er das leise Schluchzen hinter den Handflächen.

Nicolae war dort angekommen, wo er nicht sein wollte.

Stilton stand auf und zog ein Foto von Stelea heraus. Vorsichtig löste er eine Hand von Nicolaes Gesicht und hielt ihm das Bild hin.

»Kannte er Felix?«

Nicolae antwortete nicht, und Stilton ließ seine Hand los.

Sorin folgte Stilton zum Ausgang. Um sie herum waren Menschen auf dem Weg ins Gebäude oder hinaus, deshalb warteten die beiden Männer, bis sie an der großen Glastür angekommen waren.

»Wie ist es gelaufen?«, wollte Sorin wissen.

»Gut.«

»Er ist nicht besonders kooperationswillig.«

»Vielleicht habt ihr ihn auf die falsche Art angesprochen.«

Sorin schaute Stilton wortlos an, grinste leicht und zog dann ein Foto aus der Jackeninnentasche heraus und hielt es dem schwedischen Kollegen hin.

»Kennst du diesen Jungen?«

Stilton sah sich das Bild an.

»Das ist der kleine Doru«, sagte er.

»Den du in den Abwasserkanälen getroffen hast?«

»Ja. Und der mich zu diesem Auto geführt hat. Wieso?«

»Gestern ist seine Leiche in der Dambovita vorbeigetrieben.«

Die Männer sahen sich an, beide wussten, was das bedeutete. Aber das war nicht Stiltons Baustelle. Darum musste sich Sorin zusammen mit der rumänischen Staatsanwaltschaft kümmern. Der Schwede streckte eine Hand vor, um sich zu verabschieden.

»Grigore«, sagte Sorin.

»Ja?«

»Was ist mit ihm passiert?«

»Als ich ihn das letzte Mal gesehen habe, lag er auf einem

Acker ein Stück westlich außerhalb der Stadt. Und lebte noch.«

Sorin nickte.

»Fliegst du jetzt wieder zurück?«

»Morgen früh. Machst du dir Sorgen?«

»Ja.«

»Du glaubst, dass Stelea hinter mir her ist?«

»Was glaubst du?«

Stilton hatte sich noch nicht groß damit beschäftigt. Dass Stelea auf freiem Fuß war, wusste er erst seit ein paar Stunden. Und hatte noch keine Zeit gehabt, über die Konsequenzen nachzudenken.

»Wohnst du wieder im Moxa?«, fragte Sorin.

»Ja.«

»Das solltest du nicht tun.«

»Nein.«

»Ich kann dich zu einem anderen Hotel fahren.«

»Danke, aber ich muss erst noch etwas erledigen.«

Stilton streckte die Hand erneut aus, und dieses Mal ergriff Sorin sie.

»Wir bleiben in Kontakt.«

»Auf jeden Fall«, bestätigte Stilton. »Das hier ist möglicherweise größer, als wir ahnen.«

Sorin nickte, er blieb stehen und sah Stilton nach, wie er das Gebäude verließ.

Andere Blicke sahen genau das Gleiche, aus einem Wagen, der einige Hundert Meter entfernt parkte. Sahen, wie Stilton unterhalb der Treppenstufen stehen blieb, als wüsste er nicht, welche Richtung er einschlagen sollte.

Das wusste er nur zu gut, doch vorher zog er sein Handy heraus und schickte Olivia ein Foto. Es war nicht perfekt ausgeleuchtet, aber man konnte Teile des Körpers auf dem lehmigen Boden erkennen, mit einem Putzlappen um den Kopf geschnürt. Er schrieb dazu: »Unser Freund Grigore« und fügte noch hinzu: »Nichts für Mette«.

Dann ging er los, sein Ziel war ein ganz bestimmter Marktplatz.

*

Mette hatte am Morgen eine kurze SMS bekommen: »Bin auf dem Weg nach Buka, morgen 9.50 Uhr zurück.« Sie hatte zurückgerufen, ohne Erfolg, und war gezwungen gewesen, eine Omeaprazol zu schlucken, um das Brennen im Magen zu beruhigen. Als das Ermittlerteam zusammenkam, hatte sie erklärt, dass Stilton an diesem Tag auf eigene Faust agierte, ohne näher darauf einzugehen. Niemand hatte nachgefragt.

Jetzt war sie auf dem Heimweg.

Sie hatte bei der Sporthalle in Skuru angehalten und zugesehen, wie ihre Tochter Jolene dort Basketball spielte. Jolene war einundzwanzig Jahre alt und hatte das Downsyndrom. Vor ein paar Jahren war sie von zu Hause ausgezogen, in eine eigene Wohnung. Sie kam dort gut zurecht, aber Mette vermisste sie immer noch. Nach ihrem Auszug war es so still und leer geworden, und diese Leere spürte sie seitdem in ihrem Inneren genau wie jetzt, als sie wieder von der Sporthalle wegfuhr. Plötzlich wollte sie nicht nach Hause.

Nicht sofort.

Sie bog vom Värmdävägen ab, fuhr zu ihrem Stammlokal in Saltsjö-Duvnäs, dem Restaurant Stazione. Sie brauchte Zeit für sich selbst, eine Auszeit. Also stellte sie den Wagen neben dem schönen roten Bahnhofsgebäude ab und konnte schon von hier draußen sehen, dass das Lokal sehr voll war. Was ihr nur recht war. Sie ließ sich in einen der schwarzen Ledersessel im Außenbereich fallen und wickelte sich in eine dicke Wolldecke. Es war ein ungewöhnlich warmer Septemberabend, die Sonne war soeben über Nacka Forum untergegangen, und etwas in der Ferne funkelte noch ein Rest im Järlasjön. Sogleich wurde ihr die Speisekarte gebracht, aber sie wollte nichts essen, wusste sie doch, dass Mårten daheim etwas vorbereitet hatte, also bestellte sie einen French Coffee. Mit zwei cl Cognac drin. Sie schaute hinüber zum Bahnhof und sah einen freilaufenden Hund über die Gleise springen.

»Bin auf dem Weg nach Buka, morgen 9.50 Uhr zurück.«

War es ein Fehler gewesen, Tom ins Team zu holen? War er überdreht? Hatte er die Kontrolle über seine Affekthandlungen verloren? Musste er sich die ganze Zeit etwas beweisen? War das ihr Fehler?

Der Kaffee kam, und sie nippte am Glas, etwas Sahne blieb an der Oberlippe kleben. Der kleine Schuss Cognac strömte sofort in ihren Blutkreislauf. Sie lehnte sich zurück und schaute die Straße entlang. Langsam legte sich die Dämmerung über die Holzhäuser auf dem Abhang, und Mette versank in sich selbst. Fast ihr gesamtes erwachsenes Leben hatte sie als Ermittlerin gearbeitet, mehr oder weniger anstrengende Fälle bearbeitet. Fast immer war sie diejenige im Ermittlungsteam gewesen, die den kühlsten Kopf gegenüber den Ereignissen bewahrt hatte. Zumindest nach außen hin. Ihre analytischen Fähigkeiten hatten entscheidend zur Aufklärung mehrerer komplizierter Fälle beigetragen, während andere Kollegen sich in Kleinigkeiten verzettelten und mit ihren Gefühlen nicht zurechtkamen. Sie setzte sich mit ihren Gefühlen in ihrem privaten Umfeld auseinander. So eine Stimmung wie jetzt kam bei ihr äußerst selten vor. Das einzige Mal, an das sie sich erinnern konnte, war an dem Tag gewesen, als Olof Palme erschossen worden war. In der Nacht hatte sie Dienst gehabt und getan, was man ihr befohlen hatte. Nach ihrer Schicht war sie nach Hause gefahren, allein. Die Wintersonne war entlang des Fjords vor Skeppsholmen langsam aufgegangen, die Möwen hatten auf den Poldern der Finnlandfähren gesessen. Als sie am Restaurant Fåfängan vorbeikam, hingen dort die Eiszapfen an den Bergüberhängen, und alles erschien ihr vollkommen fremd. Auf ihrem Weg waren ihr Autos entgegengekommen, sie hatte Menschen gesehen, die frierend an den Bushaltestellen warteten. Damals hatte sie genau das Gleiche gespürt wie jetzt. Die gleiche irreale Unfassbarkeit. Alles lief weiter wie immer, und der Ministerpräsident lag tot im Hospital Sabbatsberg.

Erschossen.

Die Tat an sich war nicht zu vergleichen mit den Taten, mit denen sie es jetzt zu tun hatte, aber das Gefühl war das gleiche. Kindern wurden die Körper aufgeschlitzt, weil man an ihre Organe kommen wollte, und dann wurden die Körper wie Schlachtabfall vergraben.

Das irreale Gefühl der Unbegreiflichkeit war das gleiche.

Sie trank von ihrem Glas und sah, wie eine Gruppe Rennradler an dem Holzzaun anhielt, verschwitzt, mit Bierdurst, unten beim Bahnübergang ging die Schranke zu, ein Zug näherte sich in der Ferne, ein Mädchen kletterte unter den Schranken hindurch und lief auf die andere Seite, wo sie ein Junge lachend empfing. Alles läuft weiter, dachte sie, und es wird immer weiterlaufen.

Immer und überall.

*

Stilton ging zu dem Marktplatz, auf dem Patrick laut Abbas seine Sachen verkaufte. Es herrschte ein reges Treiben an den Ständen, viele Verkäufer präsentierten ihre Waren, und es dauerte eine Weile, bis Stilton einsah, dass Patrick nicht hier war. Nach Abbas' Personenbeschreibung hätte er ihn eigentlich nicht übersehen können. Stilton zog sich ein wenig zurück zwischen die Stände und beobachtete die Umgebung. Er war auf der Hut. Hinter einem klapprigen Kleiderständer holte er sein Handy heraus und tippte die Nummer ein, die er von Abbas bekommen hatte. Die Antwort kam umgehend.

»Patrick.«

»Hallo, ich heiße Tom Stilton. Ich soll von Abbas grüßen.«

»Woher kennst du ihn?«

»Ich bin derjenige, den er aus dem Hotel Stardust befreit hat. Wo bist du?«

Es dauerte ein paar Sekunden, dann nannte Patrick ihm eine Adresse.

»Zwei Treppen hoch, an der Tür steht Prepelita.«

Stilton steckte das Telefon wieder ein. Er überquerte den Markt und ging zu einem Taxistand. Grigore war aus dem Spiel, trotzdem war er äußerst vorsichtig bei der Wahl des Wagens. Nicht der erste, sondern der vorletzte.

Die Fahrt führte ihn in die östlichen Teile von Bukarest und endete genau an der von Patrick genannten Adresse. Ein zweistöckiges Wohnhaus. Stilton stieg eine saubere, relativ frisch gestrichene Treppe hinauf und gelangte an eine Tür mit einem kleinen Kupferschild, auf dem PREPELITA stand.

Er klingelte.

Die Tür wurde von einer äußerst schönen Frau geöffnet.

»Bist du der Freund von Abbas?«, fragte sie.

»Ja.«

»Komm rein.«

Er betrat einen kleinen Flur, der in ein größeres, helles Wohnzimmer führte. An den Wänden hingen ein paar hübsche Bilder und ein grauer eleganter Wandteppich. Der Couchtisch vor dem weißen Sofa, eine Glasscheibe auf einem Granitblock, bot Platz für ein paar Modezeitschriften und einen Elefanten aus Ebenholz. Alles sehr geschmackvoll und diskret.

Hier hätte auch Abbas wohnen können, dachte Stilton, während der große schwarze Mann sich vom Sofa erhob und ihm eine Hand entgegenstreckte. Stilton ergriff sie und hatte das Gefühl, sein Großvater, der Robbenfänger, begrüße ihn. Kein schlaffes Brötchen, was er da in der Hand hielt.

»Ich dachte, ihr seid nach Hause gefahren«, sagte Patrick.

»Ich bin heute zurückgekommen.«

»Willst du mich nicht vorstellen?«

Die Frau war aus dem Flur zu ihnen gekommen und lächelte Patrick an.

»Das ist Viorica«, stellte er sie vor.

Stilton gab auch ihr die Hand. Er wusste, wer sie war. Abbas hatte ihm berichtet, dass sie ihn über alle Details der Luxussuite informiert hatte. Jetzt ahnte Stilton auch, wo sein Freund die Nacht vor ihrem Abflug verbracht hatte.

»Also, warum bist du zurückgekommen?«, fragte Patrick und setzte sich wieder aufs Sofa.

Viorica machte eine Geste zum Sessel hin, und Stilton ließ sich hineinsinken.

»Zum einen musste ich hier mit einem Polizeibeamten etwas besprechen, zum anderen wollte ich dir persönlich danken. Du hast im Stardust einen guten Job gemacht.«

»Ach, ich bin nur reingestolpert und habe den Besoffenen gespielt.«

»Was wohl nicht so schwer war«, erklärte Viorica lachend.

Patrick lächelte ihr zu, dann schaute er Stilton wieder an.

»Leider habe ich einen von Steleas Bluthunden zusammengeschlagen.«

»Den Bewacher vor dem Fahrstuhl?«

»Ja.«

»Etwas später habe ich ein Aquarium auf seinem Kopf zertrümmert.«

Viorica schüttelte leicht den Kopf. Patrick sah sie an.

»Was ist?«, fragte er.

»Razvan ist ein unangenehmer Zeitgenosse«, sagte Viorica.

»Heißt er so?«, wollte Stilton wissen.

»Ja. Er hat schon vielen Menschen geschadet.«

»Hast du ihn schon mal getroffen?«

»Ja«, sagte Viorica und strich sich eine blonde Strähne aus dem Gesicht. »In der Luxussuite.«

Stilton schaute zu Patrick hinüber, der leicht mit den Schultern zuckte.

»Und wenn man Razvan zusammengeschlagen hat, dann sollte man erst einmal für eine Weile untertauchen«, sagte er grinsend.

»Also keine Geschäfte mehr auf dem Markt.«

»Nein, aber das ist kein Problem. Das bin ich gewohnt. Jetzt verstecke ich mich erst einmal bei Viorica, vielleicht ziehe ich irgendwann in eine andere Stadt in einem anderen Land, keine große Sache.«

»Und du?«, fragte Viorica Stilton. »Wieso traust du dich, hier wieder aufzutauchen?«

»Ich reise morgen wieder ab.«

»Das ist noch lange hin. Du weißt, dass Mihai freigelassen wurde?«

»Ja.«

Viorica stand auf und trat an das Fenster zur Straße.

»Du solltest dich nicht einfach so in der Stadt herumtreiben«, sagte sie.

»Nein.«

Viorica drehte sich um, schaute Patrick an, und er verstand, was sie wollte, und sagte:

»Es gibt ein zweites Bett in meinem Zimmer – also, wenn du Interesse hast? Für diese Nacht?«

Da rief Sorin an. Auf Stiltons Handy.

»Hallo. Ich wollte mich nur vergewissern, ob du Unterschlupf für die Nacht gefunden hast?«

»Ja.«

Seine Entscheidung, bei Viorica und Patrick zu bleiben, war in diesem Augenblick gefallen.

»Und wo?«

»Strada Cremenita.«

»Da draußen gibt es aber kein Hotel.«

»Nein, ich schlafe bei Freunden.«

Ein paar Sekunden lang blieb es still.

»Bist du bei Viorica?«, fragte Sorin.

Wie gesagt, der Mann bewegte sich in vielen Kreisen. Dass er wusste, wer Viorica war und wo sie wohnte, überraschte Stilton eigentlich nicht besonders.

»Ja«, bestätigte er.

»Dann halten wir die Adresse in der kommenden Nacht ein wenig im Auge.«

»Danke. Soll ich grüßen?«

»Tu das.«

Stilton drückte das Gespräch weg und übermittelte Viorica die Grüße.

»Ihr kennt euch?«, fragte er.

»Flüchtig. Ab und zu versorge ich ihn mit Information, es ist immer ganz nützlich in meinem Gewerbe, gute Kontakte zu haben. Du hast doch sicher auch deine Informanten?«

Früher, dachte Stilton, als ich noch ein fest angestellter Mordermittler war. Da hat mir ein etwas zu klein geratener Mann mit Größenwahn gute Dienste geleistet. Ein Balancekünstler. Aber das jetzt hier auszuführen, wäre keine gute Idee.

»Kann sein«, sagte er.

Viorica lächelte und schlug vor, doch ein Glas Wein zu trinken. Patrick war Abstinenzler, Stilton nicht, also sagte er dankend ja.

Das kann ein gemütlicher Abend werden, dachte er.

Mit Polizeibewachung und allem Drum und Dran.

*

Die Unruhe im Bauch hielt Akin wach. Normalerweise schlief er immer schnell ein, eine Art Fluchtmechanismus, doch in dieser Nacht lag er wach im Bett und wälzte sich hin und her. Schließlich stand er auf, zog sich eine Hose und einen dünnen Pullover an. Er ging hinaus, ins Fernsehzimmer. Nirgends brannte Licht, aber ein fast voller Mond schien durch das Fenster hinter dem Sofa. Akin setzte sich für ein paar Minuten, wusste aber selbst nicht, was er hier wollte. Also stand er wieder auf und trat an das Fenster im Flur. Das Fenster, das zum See zeigte. Der Mondschein glitzerte da unten im Wasser, und als er den Blick ein Stück weiterwandern ließ, sah er, dass er auch auf dem Blechdach des grauen Steinhauses glitzerte. Warum sind wir nie dorthin gegangen? Warum haben sie uns das Haus nie gezeigt? Schwach erinnerte er sich daran, dass Maria etwas in der Richtung gesagt hatte, es würden dort Tonnen für die Landwirtschaft aufbewahrt und es sei nicht gut für die Gesundheit, dort hineinzugehen. Aber stimmte das? Warum hatte der schwarze Wagen vor Kurzem dort etwas abgeholt und war dann sofort wieder weggefahren? Mitten in der Nacht?

Er schlich sich aus dem Anbau hinaus und blieb in der Dunkelheit stehen. In dem großen Gebäude brannte kein Licht. Der Campingbus stand auf dem Hof. Akin huschte vorsichtig um die Ecke und ging auf das graue Haus zu. Der Mondschein wies ihm den Weg.

Es war nicht besonders weit, dennoch bekam er kalte Füße, weil er barfuß war. Aber er war schon auf ganz anderem Untergrund barfuß gelaufen und achtete nicht weiter darauf. Als er sich dem Haus näherte, drehte er sich um. In einem Zimmer in dem großen Gebäude brannte jetzt Licht. Hatte er das vorher nicht gesehen, oder war es erst jetzt eingeschaltet worden? Er zögerte kurz, dann schob er sich zwischen ein paar große Büsche. War Felix eventuell noch wach? Wollte er in das Steinhaus? Vielleicht konnte Akin sich dann hinter den Büschen verstecken und sehen, was es da drinnen gab?

Das Licht in dem großen Gebäude wurde gelöscht. Der Junge wartete ein paar Minuten. Er sah, wie Dampf aus seinem Mund kam, zu so später Stunde war es ziemlich kalt. Dann verließ er die Büsche und ging auf das graue Haus zu.

Er drückte die Türklinke runter. Verschlossen. Also ging er um das Haus herum, wollte sehen, ob es ein Fenster gab, er konnte sich nicht mehr genau erinnern. Ein Stück höher an der Wand befand sich ein längliches Sprossenfenster, fast direkt unter dem Dach. Er ging hin, konnte aber die untere Fensterkante nicht mit der Hand erreichen. Gowon hätte es geschafft, dachte er und schaute sich auf dem Boden um, ob es dort irgendetwas gab, worauf er sich stellen könnte. Ein Stück weiter lag ein flacher Stein. Nicht besonders groß, aber hoch genug, dass er sich würde hochziehen können. Er zog den Stein an die Wand und wollte gerade draufklettern, als er den Lichtkegel sah.

Ein kräftiger Lichtstrahl kam vom Hof her und näherte sich dem Steinhaus. Akin warf sich auf den Boden. Der Lichtkegel erreichte die Hauswand und glitt über sie, wurde dabei mit jedem Dezimeter stärker. Akin rollte sich auf dem Boden weg von der Wand. Jetzt sah er den Mann, der das Licht in der Hand hielt. Der Mond meißelte ein dunkles Profil heraus, das auf dem Weg zum grauen Haus war. Schon häufiger war Akin in brenzligen Situationen gewesen, häufig genug, dass er sofort instinktiv handelte.

Plötzlich war die Schreckensstarre fort, plötzlich war er nur noch ein Beutetier, das fliehen wollte. Er schätzte die Entfernung zu dem Mann mit dem Lichtkegel ab und rollte sich noch weiter weg von der Wand, kam dann auf die Beine. Bis jetzt war er noch nicht im Scheinwerferlicht gewesen. Felix, er ging davon aus, dass der es war, konnte ihn noch nicht gesehen haben. Lautlos lief er ein paar Meter übers Gras, gelangte auf die Rückseite des Hauses und schob sich wieder in die dichten Büsche. Jetzt sah er, dass es tatsächlich Felix war, mit einer schweren Taschenlampe in der Hand. Inzwischen hatte er das graue Haus fast erreicht. Akin zog sich weiter zurück und schlich zurück zum Anbau. Schleichen war sein Markenzeichen, lautlos in der Dunkelheit schleichen. Es dauerte nur wenige Minuten, dann hatte er die Rückseite des Anbaus erreicht und vergewisserte sich, dass Felix immer noch unten bei dem grauen Haus war. Akin lief schnell zur Haustür.

Was er nicht sah: Maria stand vor der Tür des Hauptgebäudes in der Dunkelheit, sie beobachtete, wie er schnell durch die Tür in den Anbau hineinhuschte und sie hinter sich schloss.

Er eilte in sein Zimmer und kletterte geschwind auf das obere Bett. Das war immer noch sein Bett, er wollte nicht in dem von Gowon liegen, das gehörte ihm, auch wenn er weg war. Akin kämpfte darum, den Atem ruhig zu bekommen, und zog die Decke hoch.

Felix kam zuerst herein.

Er hatte die ausgeschaltete Taschenlampe in der rechten Hand und stellte sich an die Wand dem Bett gegenüber.

»Schläfst du, Akin?«, fragte er.

Akin gab keine Antwort. War er still, dachte der Mann vielleicht, er schlafe. Da schaltete Felix die Lampe ein und richtete den Lichtkegel direkt auf sein Bett. Akin war gezwungen, den Kopf zur Seite zu drehen.

»Du bist wach?«

»Ja.«

»Kannst du nicht schlafen?«

»Nein.«

»Warum nicht?«

»Weil Tara und Gowon weg sind.«

»Was wolltest du unten an dem grauen Haus?«

Marias Stimme. Akin hielt sich eine Hand vors Gesicht, um dem Lichtstrahl auszuweichen.

»Welches graue Haus?«, fragte er.

Er war immer noch überzeugt davon, dass Felix ihn nicht gesehen hatte. Die beiden blufften doch nur.

»Wir haben nur ein graues Steinhaus hier auf dem Grundstück. Was hast du da gemacht?« Maria ließ sich nicht beirren.

»Ich war nicht da.«

»Und du hast keinen Stein unters Fenster gezogen?«, fragte Felix plötzlich.

»Nein.«

»Warum lügst du?«

Akin drehte den Kopf ins Kissen, um dem grellen Lichtkegel auszuweichen. Maria trat an das Bett. Ihr Kopf ragte genau über die Bettkante. Sie schaute Akin direkt in die Augen, er erwiderte ihren Blick, und dann lachte sie.

»Waren wir nicht nett zu dir?«, fragte sie mit freundlicher Stimme.

»Doch, ja.«

»Und wir wollen auch weiterhin nett zu dir sein.«

Akin nickte zaghaft. Maria streckte eine Hand aus und strich Akin über den Kopf. Er ließ es geschehen. Er wusste nicht, was das für ein Spiel sein sollte.

»Aber wenn du dich so verhältst wie heute Nacht, dann können wir nicht mehr nett zu dir sein«, fuhr Maria fort und strich ihm weiter über den Kopf. »Verstehst du?«

Akin nickte erneut. Maria zog die Hand zurück und sah ihn an. Er wich ihrem Blick aus. Maria drehte sich um und ging zur Tür. Felix löschte die Taschenlampe und folgte ihr. Gerade als sie das Zimmer verlassen wollten, sagte Akin:

»Ich will nicht verschwinden.«

Felix zog die Tür hinter sich zu und schloss sie von außen ab.

Olivia lag auf dem Rücken im Bett und starrte an die Decke. Das dumpfe Stampfen hatte sie viel zu früh geweckt. Sie wohnte im dritten Stock, aber im Erdgeschoss gab es eine chemische Reinigung, und das Geräusch der Maschinen pflanzte sich durch die Hausmauern von unten bis in ihr Schlafzimmer und in ihren Schlaf fort. Was sie bei der nächsten Hausversammlung zur Sprache bringen wollte.

Wann immer die stattfinden mochte.

Sie zog sich den Morgenmantel über, ging in die Küche, setzte Teewasser auf und schaltete den Laptop ein. Wie immer. Seit Neuestem gab es ein weiteres Element in ihrer morgendlichen Routine. Die Übelkeit. Doch heute kam sie ohne Erbrechen davon, zum Glück. Sie holte aus dem Kühlschrank einen Joghurt mit Passionsfruchtgeschmack und kippte ihn in einen tiefen Teller. Dazu schüttete sie Chia-Samen und Kokos-Chips. Sie aß ein paar Löffel. Die Gedanken, die sie mit dem Schlaf vertreiben wollte, kamen zurück. Irgendwann musste sie so oder so einen Entschluss fassen. Einen lebenswichtigen Entschluss, in jeder Hinsicht. Aber welchen Entschluss sie treffen sollte, darüber war sie sich noch nicht im Klaren. Sollte sie das Kind behalten oder nicht? Sie war hin und her gerissen und versuchte, dieser ewigen Mühle im Kopf zu entkommen.

Die Arbeit.

Ich muss mich stattdessen auf die Arbeit konzentrieren.

Illegaler Organhandel.

Erst nach einigen Tassen Tee und einem weiteren Teller Joghurt lehnte sie sich vom Laptop zurück. Sie hatte einiges an Notizen zusammengestellt über Dinge, die neu für sie waren. Dass der Schwarzhandel mit Organen ausuferte und im Wachstum begriffen war und zudem fast global funktionierte, hatte sie vorher schon gewusst, trotzdem reagierte sie betroffen, als sie detaillierte Preislisten fand, die überall im Netz frei zugänglich waren. Eine Niere kostete 150 000 US-Dollar. Eine Leber 22 000 US-Dollar. Eine Lunge 15 000 US-Dollar. So ging das seitenlang weiter. Im Prinzip wurden alle inneren Organe verkauft und gekauft. Insgesamt wurden auf dem illegalen Organhandelsmarkt laut WHO zwischen 600 Millionen und 1,2 Milliarden Dollar pro Jahr umgesetzt.

Sie verdrängte die makabren Zahlen mithilfe eines noch makabreren Textes. In dem beschrieben wurde, wie kriminelle Organisationen sich weltweit darauf spezialisiert hatten, Kinder und Teenager zu kidnappen und sie an Kliniken zu verkaufen, wo sie ermordet und ihrer Innereien beraubt wurden.

Organtrafficking.

Und das sollte es jetzt also auch hier in Schweden geben?

Als sie sich gerade den dritten Teller zurechtmachen wollte, spürte sie, dass ihr der Appetit vergangen war. Sie schloss die Organ-Seiten und ging auf Instagram. Wollte die Fotos verzweifelter Kinder und toter Teenager beiseiteschieben. Wollte andere Menschen sehen. Lebendige. Fröhliche. Sie scrollte sich durch ihre dicke Bibliothek und gelangte zu ein paar Bildern, nach denen sie nicht bewusst gesucht hatte, aber vielleicht war die Hand, die den Bildschirm hinunterlaufen ließ, mit anderen Bereichen in ihrem Kopf verbunden. Es waren Fotos von Jamie. Dem Mann, von dem sie vor Kurzem schwanger geworden war. Ihre Beziehung hatte nicht besonders lange gehalten, war aber witzig und anders gewesen. Witzig, weil Jamie ein Typ mit viel Humor und einem lockeren Blick auf das Leben war, anders, weil er im Herzen immer noch Jamaikaner war und sie mit in sein Heimatland genommen hatte, um sie seiner Familie vorzustellen. Diese Fotos sah sie sich gerade an. Olivia im Bikini an einem weißen Strand mit einem schönen, groß gewachsenen Mann mit langen Rastazöpfen und einem offenen Lachen, direkt in die Kamera. Sie verstand, warum sie ihm verfallen war. Auf dem nächsten Foto hielt er eine schwarze Schlange in der Hand. Soweit Olivia sich erinnern konnte, hatte er geplant, Suppe daraus zu machen, aber es war ihr gelungen, ihn davon abzubringen.

Ein paar Wochen nach der Reise verliebte er sich in ein Mädchen aus Kingston, sie studierte an der Universität von Stockholm.

Aber ich durfte die Katze behalten, dachte Olivia.

Zumindest eine Zeitlang.

Soll ich Jamie anrufen und es ihm sagen?

*

Stilton hatte auf dem morgendlichen Flug zurück aus Bukarest einen Fensterplatz ergattert. Womit er sehr zufrieden war. Es gefiel ihm nicht, eingequetscht zu werden. Außerdem hatte er einen leichten Kater und fühlte sich nicht gerade in Topform.

Es war eine sehr schöne Nacht geworden, genau wie er es erhofft hatte. Viorica und er hatten einiges an Wein getrunken, und Patrick hatte ein paar Joints geraucht, und alle drei hatten sich ihre Lebensgeschichte erzählt und festgestellt, dass sie merkwürdigerweise eine Sache gemeinsam hatten: Alle drei hatten in irgendeiner Weise eine Zeitlang auf der Straße gelebt. Viorica am Anfang ihrer Karriere, Patrick sein ganzes erwachsenes Leben lang und Stilton während einiger schwerer Jahre vor gar nicht allzu langer Zeit. Gegen drei Uhr hatte Patrick die Idee gehabt, laut aus irgendeinem Buch vorzulesen, und Viorica war auf dem Sofa eingeschlafen, und Stilton war klar geworden, dass jetzt der Zeitpunkt für ein paar Stunden Schlaf gekommen war. Das Letzte, was er tat, bevor er in Patricks Zimmer zu Bett ging: er schaute hinunter auf die Straße. Und hoffte, dass der schwarze Wagen, der ein Stück entfernt parkte, Sorin gehörte.

Gegen das Fenster gelehnt dachte er zuerst darüber nach, wie er Mette seine eigenmächtige Reise hinter ihrem Rücken verkaufen sollte, aber in Anbetracht dessen, was er herausgefunden hatte, würde sie sicher ein Auge zudrücken. Sie war Pragmatikerin. Dann dachte er an das, was er ihr präsentieren konnte. Ein schwedischer Arzt mit Vornamen Felix, der eine Anzahl illegaler Nierenoperationen in Bukarest durchgeführt hatte, davon mindestens eine mit tödlichem Ausgang. In der Stadt, in der Ionel verschwand, um ermordet in Småland gefunden zu werden, mit einem unüblichen medizinischen Faden im Körper. Ein Faden, der in den Oststaaten benutzt wurde, aber nicht mehr in Schweden. War Ionel in Bukarest von Felix operiert worden? Schließlich konnte die Operation ausgeführt worden sein, lange bevor der Junge in der Grube bei Dällingen gefunden wurde. Aber warum war er dann dort gelandet? Und warum wurde die gleiche Sorte Faden in den Opfern bei Gnesta gefunden, die ja wohl in Schweden operiert und getötet worden sein mussten?

Höchstwahrscheinlich zumindest.

Ungefähr die gleichen Fragen stellte sich das Ermittlerteam, als Stilton ihm seine Informationen vortrug. Mette war über seine Privatreise nach Bukarest mit einigen wohl gewählten Worten hinweggegangen und hatte sich dann auf das Wesentliche konzentriert.

»Kann dieser Felix mit unseren Morden etwas zu tun haben?«, fragte Lisa.

»Warum nicht?«, entgegnete Bosse.

Und dann erinnerte er seine Kollegen an den Arzt in Skåne, der einen schallisolierten Bunker gebaut hatte für eine Sexsklavin, die er mit präparierten Erdbeeren unter Drogen setzte. Ärzte konnten zu vielen Dingen in der Lage sein.

»Und wie finden wir ihn?«, fragte Olivia. »Felix? Er ist wohl nicht mehr in Bukarest, oder?«

»Laut Nicolae nicht«, antwortete Stilton.

Die Diskussion lief bereits eine Weile, als Mette eine Liste hervorzog, die am frühen Morgen vom Amt für Gesundheit und Soziales geschickt worden war. Eine Liste über sämtliche Chirurgen in Schweden, die Nierentransplantationen ausführten. Sie verteilte Kopien davon, so dass alle sich einen Überblick verschaffen konnten. Als die Gruppe damit fertig war, hatte Mette zwei Namen an die Wand geschrieben: Felix Hartmann in Sundsvall und Felix Ericsson in Stockholm. Lisa und Bosse bekamen den Auftrag, alles herauszufinden, was es über die beiden Chirurgen gab.

*

Akin war nicht wieder zu dem grauen Haus gegangen. Er war nicht einmal daran vorbei zum See spaziert. Er blieb im Haus, fast die ganze Zeit. Während der Mahlzeiten sagte er so gut wie nichts. Er spürte, dass sich die Stimmung geändert hatte. Maria redete nicht mehr so viel, und wenn sie etwas zu ihm sagte, dann handelte es sich immer nur um praktische Dinge. Früher war sie an allem Möglichen interessiert gewesen, jetzt war sie reserviert. Nur weil ich da unten an diesem Haus gewesen bin?, dachte Akin. Lag es wirklich daran? Er spürte ihre Anspannung und dass sich auch der Ton zwischen ihr und Felix verändert hatte, dieser lief fast die ganze Zeit hektisch mit einer Weinflasche in der Hand herum. Es ist etwas passiert, dachte Akin, etwas, das offenbar nichts mit mir zu tun hat. Haben die Nachbarn angefangen, sich zu beschweren? Oder hat es etwas mit Gowons und Taras Verschwinden zu tun? Er hatte die beiden immer noch nicht anrufen können.

Als er nach dem Mittagessen zurück zu dem Anbau ging, fiel sein Blick auf den Fußballplatz. Gowon und sein Dribbeln. Er lenkte seine Schritte zu dem Platz. Vielleicht lag ja der Ball noch dort. Als er den Hof überquerte, sah er Maria und Felix, sie standen an einem Fenster im ersten Stock des großen Hauses und schauten zu ihm hinunter. Keiner von ihnen winkte, sie sahen ihm nur zu. Was Akin unangenehm war, deshalb ging er schneller zum Spielfeld. In dem Tor, in dem er Gowans Schuss direkt ins Gesicht bekommen hatte, ließ er sich an einem der Pfosten nieder. Fast eine Stunde lang blieb er dort sitzen, und als er aufstand, hatte er eine Entscheidung getroffen.

Er wollte verschwinden.

Auf seine Art und Weise.

*

Ziemlich spät am Abend, gegen elf Uhr, trug die Gruppe zusammen, was sie über die beiden Chirurgen in Erfahrung gebracht hatte. Jede Menge Leute im Polizeigebäude hatten den ganzen Tag über drangesessen, alle mit verschiedenen Spezialgebieten. Und alle waren sich in zwei Punkten einig. Erstens, dass man den Chirurgen in Sundsvall, Felix Hartmann, ausschließen konnte, da er seit drei Monaten im Krankenhaus war und wegen eines bösartigen Tumors behandelt wurde. Laut bestätigter Informationen hatte er das Krankenhaus nur für kurze Besuche zu Hause verlassen. Und diese waren von seiner Frau bestätigt und durch die Krankenakte verifiziert worden.

Blieb der Chirurg in Stockholm, Felix Ericsson. Er war vom Akademischen Krankenhaus in Uppsala beurlaubt. Offiziell aus familiären Gründen. Er war verheiratet, aber seine Ehefrau war vor ein paar Jahren ums Leben gekommen. Das Paar hatte keine Kinder. Er war gemeldet unter einer Adresse in Solna, in einer kleinen Einzimmerwohnung. Zur Miete. Wohnverhältnisse, die für einen Chirurgen etwas befremdlich erschienen. »Wir verdienen ja ziemlich gut«, hatte Bjelke gegenüber Mette bemerkt. Aber Ericsson war inzwischen alleinstehend, vielleicht wollte er es so. Vielleicht legte er das Geld ja für andere Dinge beiseite.

»Und was soll das sein?«, wunderte Lisa sich.

»In was investieren einsame Männer ihr Geld?«, fragte Mette und schaute Stilton an, als existiere Luna gar nicht.

»Frauen«, antwortete er, damit seine Antwort nicht aus dem Rahmen fiel.

»Oder Reisen?«, schlug Olivia vor, die ja auch alleinstehend war und sich gut vorstellen konnte, Geld für größere Reisen auszugeben.

»Wetten, hätte ich gesagt.«

Bosse wettete selbst gern, und auch er war alleinstehend.

Mette betrachtete ihn. Ihr gefiel die spontane Antwort. Viele alleinlebende Männer widmeten sich Wettspielen der unterschiedlichsten Art. Vielleicht ja auch Felix Ericsson?

Aber momentan gab es dafür keinerlei Anhaltspunkte.

»Wie war seine Adresse in Solna?«, fragte sie.

»Spårvägen 8.«

Mette stand auf.

»Willst du hinfahren?«, fragte Lisa. »Jetzt gleich?«

»Ja. Und du kommst mit.«

»Aber wäre es nicht schlauer, vorher anzurufen?«, wandte Bosse ein. »Vielleicht ist er gar nicht zu Hause?«

»Wenn er nicht da ist, können wir versuchen, ihn per Telefon zu erreichen. Ist er da, wird es ihm schwerer fallen, Sachen zu verbergen, die er vielleicht verbergen möchte. Ich ziehe die direkte Konfrontation vor.«

Also fuhren sie gleich los.

Doch an Felix Ericssons Tür, drei Treppen hoch im Spårvägen 8, öffnete niemand. Nach dem dritten Versuch zog Mette ihr Handy heraus.

»Hast du seine Nummer?«, fragte sie Lisa.

»Ja.«

Lisa zeigte Mette die Nummer, diese tippte sie ein. Sogleich meldete sich eine neutrale Stimme, die erklärte: »Die gewählte Nummer ist nicht mehr erreichbar.«

Die Frauen sahen einander an. Nicht in der Wohnung und nicht per Telefon erreichbar. Außer Dienst und Chirurg. Mit Vornamen Felix.

»Der nächste Schritt?«, fragte Lisa auf dem Weg die Treppen hinunter.

»Wir lassen die Wohnung überwachen und suchen im weiteren Umfeld. Es muss doch Menschen geben, die wissen, wo wir ihn finden können, Kollegen aus dem Krankenhaus, es wird ja wohl einen Bekanntenkreis geben. Ein Chirurg kann doch nicht so einfach verschwinden.«

»Außer, er will genau das.«

»Verschwinden?«

»Ja.«

Mette hielt Lisa die Haustür auf und ging hinter ihr auf die Straße. Auf dem kurzen Weg zum Wagen tauchte plötzlich Bosses Bemerkung wie aus dem Nichts aus: »Wetten.«

Ein Schuss ins Blaue, aber aus Erfahrung wusste sie, dass Schüsse ins Blaue häufig auf Intuition beruhten. Als sie hinter dem Lenkrad saß, rief sie Abbas an.

Dann fuhr sie Lisa heim nach Vasastan und holte Tom und Olivia im Polizeihauptgebäude ab. Die beiden waren für diesen Tag fertig und wollten in die gleiche Richtung wie Mette.

Mit einem kurzen Zwischenstopp.

Abbas beendete seine Schicht am Black-Jack-Tisch im Casino Cosmopol, so schnell er konnte. Mette und das ungleiche Pärchen warteten draußen im Wagen auf ihn. Er zog sich um und verließ das Gebäude.

Es regnete, aber der Wagen stand direkt gegenüber, auf der anderen Straßenseite, er lief schnell hin und setzte sich auf den Beifahrersitz neben Mette. Sobald er die Tür hinter sich zugezogen hatte, hielt Mette ihm ein Passfoto von Felix Ericsson hin. Abbas reagierte sofort.

»Ist das der Mann, den ihr sucht?«

»Kennst du ihn?«

»Ja. Er ist oft hier. Ein ziemlich tragischer Fall.«

Stilton und Olivia saßen auf den Rücksitzen. Beide waren müde. Stilton hatte die Bukarestreise in den Knochen, Olivia etwas ganz anderes im Kopf. Sie setzte alles daran, den Gedanken zu verdrängen, damit er nicht ihre Professionalität unterwanderte.

Doch trotz ihrer Müdigkeit reagierten beide genau wie Mette, die ihre Erregung nicht verbergen konnte, als sie fragte:

»Bist du dir da ganz sicher?«

»Bombensicher. Er sitzt mehrere Male die Woche an unseren Tischen und verspielt ziemlich hohe Summen. Er ist im Casino gut bekannt. Glaubt ihr, dass er was mit den Morden zu tun hat?«

»Das wissen wir nicht. Wenn wir Glück haben, ja. Könnte er? Was meinst du?«

Mette appellierte an Abbas' Intuition. Sie wusste, er war ein exzellenter Beobachter, wie die meisten in seinem Beruf. Ein Croupier hört und sieht und liest zwischen den Zeilen und Gesten wie nur wenige andere. Wenn er daran interessiert ist.

Und das war Abbas.

Er liebte es, die Gäste auf der anderen Seite des Tisches zu analysieren, sich vorzustellen, wer sie waren, welchen Beruf sie hatten, welches Leben sie lebten. Bei Felix Ericsson hatte er nicht viel Phantasie walten lassen müssen.

Aber er wog seine Einschätzung sorgfältig ab.

»Er scheint ziemlich labil zu sein. Seine Frau ist vor ein paar Jahren bei einem Autounfall ums Leben gekommen, vermutlich trauert er immer noch um sie. Oder hat zumindest große Schuldgefühle. Wahrscheinlich spielt er, um zu vergessen. Und er trinkt auch viel, ich nehme an, aus dem gleichen Grund. Manchmal ist er schwer zu durchschauen, spät in der Nacht, dann redet er davon, eine Gabe zu haben, und dass er in unbekannte dunkle Kammern hinuntersteigen muss, um die Welt zu säubern.«

»Unbekannte dunkle Kammern?«

»So drückt er sich aus. Aber oft nur unzusammenhängend. Es wundert mich, dass er Chirurg ist.«

»Wieso?«

Abbas zuckte leicht mit den Schultern.

»Na ja, man stellt sich doch vor, dass so ein Mensch auf eine klinische Art mit Trauer umgeht. Sich besser unter Kontrolle hat. Genau wie Piloten.«

Mette war nicht derselben Meinung. Und Stilton auch nicht. Seiner Erfahrung nach verhielt es sich genau umgekehrt. Menschen, die sich in ihrem Beruf extrem zusammenreißen müssen, Menschen, die das Leben anderer Menschen in ihren Händen halten, denen fiel es vermutlich leichter, auf die eigene Kontrolle zu verzichten, wenn das starre Gehäuse zusammenbrach.

Ihm war es ja auch so ergangen.

Mette fuhr Abbas nach Hause in die Dalagatan, bedankte sich für die Informationen und bat ihn, sich sofort bei ihr zu melden, falls Felix Ericsson wieder im Casino auftauchen sollte. Als Abbas ausstieg, drehte er sich zu Stilton um.

»Keine Lust auf eine Partie Backgammon?«

»Nein.«

»Hast du Patrick getroffen?«

»Ja. Und Viorica. Ich soll grüßen.«

Abbas sah Stilton einige Sekunden lang an, dann drückte er die Tür zu.

»Waren das eure Helfer im Hotel Stardust?«, fragte Mette und fuhr wieder los.

»Ja.«

Der Rest der Fahrt verlief ruhig, alle drei wollten nur nach Hause und schlafen.

Aber sie hatten ein weiteres Puzzleteilchen erhalten.

»Ein spielsüchtiger Chirurg mit Alkoholproblemen. Der in unbekannten dunklen Kammern praktiziert«, griff Mette das Thema wieder auf, als sie auf die Högalidsgatan einbog.

»Und der Felix heißt«, fügte Stilton hinzu.

Alle drei im Auto waren der Meinung, es könnte sich bei ihm um den Täter handeln. Also rief Mette Lisa an und bat sie nachzuforschen, ob Felix Ericsson während der letzten Jahre irgendwelche Reisen nach Bukarest unternommen hatte. Vielleicht gab es jemanden an seinem Arbeitsplatz, der davon wusste.

Dann ließ sie Olivia hinaus und fuhr mit Stilton weiter zu Lunas Lastkahn, der nur wenige Minuten entfernt lag. Und wurde privat.

Oder halbwegs privat.

»Du hättest mir vorher sagen sollen, dass du wieder nach Bukarest fahren willst«, sagte sie.

»Ich weiß. Und was hättest du dazu gesagt?«

»Fahr nicht.«

»Und dann hätten wir jetzt nichts über einen Mann gewusst, der von unbekannten dunklen Kammern spricht und Felix Ericsson heißt.«

»Nein.«

»Worauf willst du also hinaus?«

Mette schwieg.

»Du fürchtest, ich könnte deine Rolle als Teamleiterin untergraben«, bemerkte Stilton.

Und da Mette weiterhin schwieg, fuhr er fort:

»Du hast mich ins Team geholt.«

Mette hielt an dem Anleger zum Kahn. Sie wollte keinen Streit mit Tom. Es stimmte, sie hatte ihn ins Team geholt, in voller Kenntnis seines Arbeitsstils. Im Guten wie im Schlechten. Dieses Mal hatte es was gebracht. Aber es hätte ebenso gut in einer Katastrophe enden können, oder mit einem toten Polizeibeamten in einem Abwasserkanal in Bukarest. Das war ihr bei einem Gespräch mit Sorin am Nachmittag klar geworden. Er war äußerst deutlich gewesen. »Sorge dafür, dass Stilton sich in nächster Zeit von Bukarest fernhält.«

»Gute Nacht«, sagte sie und fuhr davon.

Seit seiner Rückkehr hatte Stilton noch keine Gelegenheit gehabt, mit Luna zu reden. Er hoffte, dass sie nicht wieder am Hauptbahnhof war. Die letzten Tage hatte sie sehr müde ausgesehen. Auf dem kurzen Weg vom Kai zum Schiff sah er, dass Licht im Salon brannte. Wie schön. Jetzt einen Whisky, um langsam herunterzukommen.

Als er das Vorderdeck betrat und hinunter in den Salon sehen konnte, musste er zweierlei feststellen: Er würde nicht allein mit Luna sein, und sie hatten einen neuen Flüchtling an Bord. Außerdem saß dort eines seiner alten Sorgenkinder. Muriel. Der er im Laufe der letzten Jahre immer wieder versucht hatte zu helfen. Eine der verwahrlosten Freunde aus der Obdachlosenzeit, die ihn bei jedem Aufeinandertreffen wieder an Vera erinnerten. Und bei ihm eine Art Angstgefühl erzeugten.

Muriel saß also da unten, und er konnte ja wohl kaum umkehren und das Schiff verlassen. Er atmete tief durch und machte sich auf den Weg nach unten, fragte sich aber bereits, wieso Muriel hierhergekommen war. Sie kannte Luna nicht besonders gut. Wartete sie auf ihn?

»Hei, Tom!«

Luna nahm ihn fest in den Arm, als er den Salon betrat, schon um einer möglichen Auseinandersetzung entgegenzuwirken. Stilton sah Muriel aufstehen, sie rieb sich hektisch die Hände, wie fast immer, wenn sie ihn traf. Denn sie wusste, dass sie ihn schon mehrere Male enttäuscht hatte und dass er dann sehr schroff reagieren konnte. Aber er war auch der einzige Mann, den sie kannte, der wahre Stärke repräsentierte. Ronny und Benseman waren in Ordnung, aber sie hatten nicht Toms energischen Blick.

Dem sie auszuweichen versuchte, indem sie auf die Tischdecke starrte.

»Hei, Muriel«, sagte Stilton und zog sie leicht an sich.

Als er sie in den Armen hielt, spürte er den dünnen Körper, und ihm fielen all die Momente ein, in denen er versucht hatte, seine Verzweiflung über das Leben, das sie führte, und seine eigene Hilflosigkeit, weil er ihr nicht wirklich helfen konnte, zu verdrängen.

»Danke«, hörte er sie an seiner Brust murmeln.

Dann schaute er zu dem Mädchen, das auf der an der Wand befestigten Bank saß. Ein dunkelhäutiges Mädchen mit großen, ruhigen Augen.

»Das ist Folami«, sagte Muriel und löste sich aus Stiltons Armen. »Sie hat mit mir in Ronnys Hütte gewohnt. Aber jetzt trauen wir uns nicht, dort noch länger zu bleiben.«

Stilton schaute zu Luna. Das hier hatte ganz offensichtlich nichts mit dem Hauptbahnhof zu tun. Er setzte sich auf einen der Stühle an dem niedrigen Tisch. Muriel setzte sich zu Folami, und Luna erwiderte Toms Blick.

»Möchtest du einen Whisky?«

»Gern.«

Wenigstens den bekam er.

»Erzähl«, forderte er dann Muriel auf. »Was ist passiert?«

Muriel erzählte. Von Anfang an, von dem Augenblick an, als sie das kleine weinende Mädchen auf der Straße entdeckt hatte, bis zu dem Zeitpunkt, als sie Folami im Schuppen fand, voll mit Blut von einem Mann, den sie mit einer Axt verletzt hatte.

»Was ist mit ihm passiert?«, fragte Stilton.

»Er ist abgehauen. Aber wir trauen uns nicht mehr, da zu wohnen.«

»Das kann ich verstehen.«

Stilton hatte während Muriels Bericht einen Schluck Whisky getrunken. Der ihn wärmte, er merkte, dass er mehr davon wollte. Später. Jetzt musste er erst einmal Stellung beziehen. Muriel hatte also hier Schutz gesucht, bei ihm und Luna, mit einem Mädchen aus Nigeria, das sie im Wald versteckt hatte. Was soll ich ihrer Meinung nach tun?, fragte er sich. Will sie hier wohnen? Wieder schaute er Luna an und hoffte, sie habe noch keine Versprechen gegeben, ohne vorher mit ihm zu sprechen.

Hatte sie nicht.

Aber gesagt, dass die beiden auf dem Kahn bleiben könnten, bis Tom da sei, und dann solle er beschließen, wie es weitergehe. Schließlich war er derjenige, der eine Vergangenheit mit Muriel teilte.

»Ich heiße Tom.«

Stilton streckte Folami die Hand entgegen und wurde von ihrem festen Händedruck überrascht. Und davon, wie ruhig sie ihm direkt in die Augen schaute. Dann sah er ihre Halskette. Mit Perlen und Samenkapseln.

Was alles veränderte.

*

Er schlich sich mit einer Flasche Wodka hinunter zum Anleger, Maria war im Anbau und redete mit dem Jungen.

Schon nach dem Essen hatte er angefangen zu trinken, heimlich. Maria hatte ihm gesagt, dass es in der kommenden Nacht getan werden musste, und er hatte genickt und war ins Fernsehzimmer gegangen, dort hatte er im Bücherregal ein paar Flaschen versteckt. Sein Plan war, sich ein paar Schlucke zu genehmigen, um wieder ins Gleichgewicht zu kommen, damit die Dunkelheit sich auflöste.

Die Schlucke hatten ihre Wirkung getan, wie sie es bei Alkoholsüchtigen tun, und den Wunsch in ihm geweckt, sich noch ein Stück weiter treiben zu lassen. Nur ein kleines Stück. Er sollte operieren, natürlich, aber im Augenblick wollte er nur auf dem Anleger sitzen und über den schönen, mondbeschienenen See schauen und an andere Dinge denken. Er nahm einen Schluck aus der Wodkaflasche, schaute auf und registrierte, wie wunderschön die Natur war. Welch makelloser Ort das hier doch war! Er war aufgewachsen in einer wohlsituierten Familie in Varberg, der Vater war Arzt, die Mutter Gemeindekrankenschwester, und die Familie wohnte in einem eigenen Haus im Zentrum. Als die Eltern sich scheiden ließen, verkauften sie das Haus, und er zog mit seiner Mutter in eine Mietswohnung in Trelleborg. Dort war alles nur hässlich, zumindest in seiner Erinnerung. Hier war es vollkommen anders. Hier gab es dichten grünen Wald, funkelndes Wasser und über allem den klaren Mondschein.

Und Wodka.

Er trank noch einmal aus der Flasche und dachte: All das hier werden wir verlassen. Und alles wird gut werden. Wir müssen weiter. Das, was wir gemacht haben, hat nicht stattgefunden. Gott zieht einen Strich in den Sand, und das Wasser verwischt ihn. Ich bin Chirurg. Ich habe eine Gabe.

»Felix!«

Er hörte ihre Stimme, von oben, und trank schnell noch einmal. Er wusste, was jetzt kommen würde.

»Bist du betrunken?«

Er schaute zu der schönen Frau hinter ihm auf, sie war am Rand des Anlegers stehen geblieben.

»Ja«, sagte er.

»Aber du musst doch heute Nacht operieren!«

Felix wandte sich wieder dem See zu und nahm einen weiteren Schluck.

»Das werde ich wohl nicht schaffen. Tut mir leid.«

Er hörte ihre Schritte, als sie den Anleger betrat.

*

Die Halskette war sehr schön, aber das war nicht der Grund, warum Stilton so heftig reagierte und Luna um einen weiteren Whisky bat. Als er ein wenig Bourbon nachgeschenkt bekommen und noch einmal daran genippt hatte, schaute er Folami an.

»Das ist eine wunderschöne Kette, die du da trägst«, sagte er und hoffte, immer noch genauso ruhig zu klingen wie vor ein paar Minuten.

»Danke«, erwiderte Folami und betrachtete den großen weißen Mann ihr gegenüber.

»Woher hast du die?«

»Meine Mutter hat sie gemacht. Eine hat sie mir gegeben, eine andere meinem Bruder.«

Stilton musste noch einen Schluck nehmen. Luna beobachtete ihn und verstand, dass etwas nicht stimmte. Oder zumindest merkwürdig war. Tom sprach in einem Ton, den sie nicht von ihm kannte. Freundlich, aber auf der Hut, dienstlich.

»Wo ist dein Bruder jetzt?«, fragte Stilton.

Folami schaute Muriel an. Sie hatte ihr viel erzählt, besonders viel während des Pilzesammelns, aber von ihrem Bruder hatte sie nichts gesagt. Sollte sie jetzt dem Mann, der ihr gegenübersaß und Alkohol trank, alles erzählen? Sie wusste ja nicht einmal, wer er überhaupt war. Andererseits vertraute sie Muriel. Sie wäre niemals auf dieses Schiff gegangen, zu diesem Mann und seiner Frau, wenn sie hier nicht in Sicherheit wären.

»Keine Ahnung«, antwortete Folami und wusste, dass es wahr und gelogen zugleich war.

»Warum willst du das wissen?«, fragte Muriel Tom.

Stilton wechselte ins Schwedische, er ging davon aus, dass das Mädchen auf dem Sofa ihn so nicht verstünde. Und hoffte umso mehr, dass Muriel es tat.

»Ein dunkelhäutiger männlicher Teenager ist vor ein paar Tagen ermordet aufgefunden worden. Wir wissen nicht, wer er ist. Aber er trug exakt die gleiche Kette um den Hals.«

»Wie Folami?«, fragte Muriel.

Stilton nickte und sah, wie Folami reagierte, als ihr Name erwähnt wurde. Sie wandte sich Muriel zu.

»Was hat der Mann gesagt?«

Und die arme Muriel wusste nicht, wie sie mit der Situation umgehen sollte. Sie schaute zu Stilton, dann zu Luna und begann wieder ihre Hände zu kneten. Da setzte sich Luna neben Folami auf das Sofa, legte einen Arm um ihre Schultern und erklärte ruhig und sachlich, was Stilton gerade gesagt hatte.

Als sie fertig war, fing Folami an zu weinen. Sie saß ganz still auf dem Sofa, die Tränen liefen über die breite Narbe auf der Wange und tropften vom Kinn ins Leere.

*

Sie konnte es einfach nicht sein lassen, obwohl sie wusste, dass es idiotisch war. Also machte sie noch einmal den Test und bekam das gleiche Pluszeichen als Ergebnis. Worauf sie den Stick in den Papierkorb warf, in die Küche ging und Teewasser aufsetzte. Während sie wartete, dass es kochte, lief sie ins Schlafzimmer, warf sich aufs Bett und stellte sich noch einmal die gleichen Fragen, die sie seit mehreren Nächten wach hielten. Jamie?, dachte sie. Will ich ein Kind mit ihm haben? Will er eins mit mir haben? Und dann war sie bei der letzten Frage, die sie die ganze Zeit zu verdrängen versucht hatte. Soll ich eine Abtreibung machen?

Da rief Lenni an.

»Hei, Darling!«

Lenni war in Bombenlaune. Erik war nach Malmö gefahren, sie hatte eine Kneipenrunde mit ihren Freundinnen in Lund gedreht, und jetzt sehnte sie sich nach Olivia! Oder zumindest danach, ihre Stimme zu hören.

»Wie geht es dir?«, fragte sie.

»Gut.«

»Au weia! Wie klingt das denn! Rufe ich zur unpassenden Zeit an? Liegt irgend so ein schlanker Mordermittler neben dir?«

»Nein.«

»Nein? Was ist es dann? Geht's dir nicht gut?«

Ich kotze fast jeden Morgen, und mein Papierkorb ist voll

mit Schwangerschaftstest, hätte sie antworten können. Stattdessen sagte sie:

»Es geht.«

Um nicht zu sehr zu lügen. Schließlich war Lenni eine ihrer engsten Freundinnen und konnte Olivias Stimme in Nullkommanichts deuten. Deshalb hatte es gar keinen Zweck, ihr etwas vorzuspielen. Dann würden sie sich nur streiten.

»Ist was passiert?«

Und für ein paar Sekunden brannte es heftig in Olivias Brust, und sie hätte ihrer Freundin so schrecklich gern alles erzählt, nur damit es einmal ausgesprochen war.

Aber so weit war sie noch nicht.

»Ja. Hast du von diesen ermordeten Jugendlichen gelesen? Südlich von Gnesta?«

»Ja. Widerlich. Und damit hast du natürlich zu tun?«

»Ja.«

»Okay. Ich verstehe. Du bräuchtest jemanden, der sich um dich kümmert, wenn du abends nach Hause kommst, damit du nicht allein in deiner sündhaft teuren Luxuswohnung hockst und graue Haare kriegst. Stimmt's etwa nicht? Warum reißt du nicht einen heißen Typen auf?«

Genau das habe ich gemacht, dachte Olivia, und das Ergebnis ist, dass ich schwanger bin. Lieber versuchte sie das Thema zu wechseln.

»Und wie läuft es mit Erik und dir?«

»Einfach super.«

Ein paar Sekunden lang schwiegen beide, und Olivia fürchtete schon, dass Lenni Salz in die Wunde streuen und lang und breit über ihr phantastisches Zusammenleben mit Erik berichten würde, also beschloss Olivia schnell, doch zu erzählen, was sie eigentlich für sich hatte behalten wollen.

Von sich und Jamie und dem Kind in ihrem Bauch.

»Lenni«, setzte sie an, »ich muss dir was erzählen.«

»Ich muss dir auch was erzählen!«

»Okay? Dann du zuerst.«

»Versprichst du mir, dass es zwischen uns beiden bleibt?«

»Das weißt du doch.«

»Erik und ich versuchen, ein Kind zu kriegen.«

Lenni sagte das in einem Tonfall, als bereiteten sie ein Ereignis von weltweiter Bedeutung vor. Olivia starrte an die Decke.

Lange genug, dass Lenni nachfragen konnte:

»Jetzt bist du baff, nicht wahr?«

»Ja.«

Lenni lachte laut, und Olivia wusste, dass der entscheidende Moment vorbei war.

Sie unterhielten sich noch eine Weile, bis Olivia sagte, sie müsse jetzt aber wirklich schlafen, schließlich sollte sie am nächsten Tag früh aufstehen, und daraufhin beendeten sie das Gespräch. Als sie das Handy hinlegte, registrierte sie einen leichten Brandgeruch. Sofort stürzte sie in die Küche. Das Wasser im Kessel war verkocht, und das Metall hatte angefangen zu qualmen. Sie zog den Kessel vom Herd, hielt ihn unter kaltes Wasser und ließ sich dann auf den Stuhl am Küchentisch sinken.

Da stieg die Übelkeit wieder in ihr auf.

*

Die Beamten im Wagen, die die Wohnung beobachten sollten, gähnten, nicht alle gleichzeitig, aber einer kurz nach dem anderen. Sie hatten jetzt Felix Ericssons Haustür im Spårvägen in Solna seit mehreren Stunden im Blick. Leute waren ins Haus gegangen, Leute waren herausgekommen. Sie hatten alle fotografiert, aber die gesuchte Person war nicht darunter gewesen. Jetzt sahen sie, wie zwei unbekannte Männer aus der Haustür kamen, und machten Fotos von ihnen.

Wäre einer der Beamten mit in Bukarest gewesen, hätten sie sicher nicht mehr gegähnt.

Zum Schluss waren Muriel und Folami in einer Kajüte zur Ruhe gekommen, mit Lunas Unterstützung. Es hatte mehrere Stunden gedauert. Folami war zusammengebrochen, als sie von dem toten Jungen gehört hatte, der vermutlich ihr Bruder war. Ihre heftigen Weinattacken wurden nur unterbrochen von kurzen, markerschütternden Schreien, und sie hatte sich erst wieder beruhigt, als sowohl Luna als auch Muriel ihren zitternden Körper fest in die Arme nahmen.

Als es endlich ruhig an Bord geworden war, trat Stilton hinaus aufs Deck und führte zwei Telefongespräche. Das erste mit Mette. Diese schlief ausnahmsweise schon und klang anfangs vollkommen verwirrt.

»Haben wir nicht klar und deutlich darüber gesprochen?«, nuschelte sie.

»Über mich?«

»Ja?«

»Das hoffe ich doch.«

»Du weißt, wie spät es ist?«

»In Bukarest ist es noch eine Stunde später.«

»In einer Sekunde schlafe ich wieder ein.«

»Dann versäumst du etwas, das du vor allen anderen erfahren solltest.«

Vielleicht ahnte Stilton es eher, als dass er es hörte, aber er brachte Mette dazu, sich aufzusetzen.

»Schieß los«, sagte sie, und nun war da eine ganz andere Schärfe in ihrer Stimme.

Jetzt hat sie Mårten aufgeweckt, dachte Stilton und sagte:

»Bei uns auf dem Schiff schläft diese Nacht ein Mädchen aus Nigeria. Sie trägt exakt die gleiche Halskette wie der Junge aus Gnesta. Sie behauptet, ihre Mutter habe zwei davon gemacht und eine ihr und eine ihrem Bruder gegeben.«

»Wie alt ist sie?«

»Vierzehn.«

»Wie ist sie auf den Kahn gekommen?«

»Das ist nicht wichtig. Ich will wissen, was wir jetzt tun werden.«

»Du willst also, dass ich eine Entscheidung treffe?«

»Ja.«

Genau das wollte er. Wenn sie Folami mit in die Leichenschauhalle nahmen, damit sie ihren ermordeten Bruder identifizierte, dann wollte er, dass die Entscheidung dazu von Mette kam. Manchmal war es gar nicht so schlecht, sich hinter ihr verstecken zu können.

»Fährst du sie hin?«, fragte Mette.

»Wann?«

Der zweite Anruf war für Olivia bestimmt. Er wollte sie dabeihaben. Er brauchte jemanden, der mit einem eventuellen Zusammenbruch des jungen Mädchens besser umgehen konnte als er. So etwas war nicht seine Stärke. Bei Olivias Zusammenbruch vor ein paar Jahren war er ihr nicht gerade eine große Hilfe gewesen.

Sie meldete sich sofort und klang erstaunlich wach.

Stilton erklärte noch einmal die Lage. Als er damit fertig war, sagte Olivia:

»Es wäre sicher gut, wenn du Muriel bittest, auch mitzukommen.«

Worauf Stilton nicht besonders erpicht war. Er wusste, wie

empfindlich Muriel sein konnte, ihre Stimmungsschwankungen waren extrem. Andererseits war sie am vergangenen Abend äußerst gefasst und ruhig aufgetreten. Und clean. Könnte sie in der Leichenschauhalle eine Stütze sein?

»Okay«, stimmte er zu. »Sollen wir dich abholen?«

»Gern.«

Bevor sie losfuhren, setzte er sich mit Folami in den Salon und frühstückte, und während sie aßen, erklärte er ihr, was sie tun sollte. Er hatte dafür gesorgt, dass auch Muriel und Luna im Salon waren. Als er mit seinen Erklärungen fertig war, trank Folami ihren Saft aus und fragte nur:

»Wann fahren wir?«

Während der ganzen Autofahrt sagte sie kein weiteres Wort. Stilton fragte sich, ob sie vielleicht unter Schock stand. Er wusste, dass dieses zarte Mädchen schon einiges durchgemacht hatte, Muriel hatte ihm noch vor dem Schlafengehen davon erzählt, deshalb war ihm klar, dass Folamis Leben bisher nicht gerade in Watte gepackt verlaufen war.

Aber trotzdem.

Zu fünft gingen sie auf den Raum zu, in dem die Leiche gezeigt werden sollte. Lisa war noch dazugestoßen, ein Vorschlag von Mette. Stilton hatte nichts dagegen.

Als sie in den stillen, hell erleuchteten Raum kamen, war die Bahre bereits hereingerollt worden. Der Körper war mit einem grünen Laken bedeckt. Eine Frau in weißem Kittel stand daneben. Die ganze Gruppe stellte sich um die Bahre herum, Folami und Muriel ganz oben am Kopf, der unter dem Laken zu erahnen war, Stilton an den Füßen. Da sah er, wie Folami eine Hand in Muriels schob. Auch Olivia registrierte das. Sie stand neben Lisa an der Seite. Stilton nickte der weiß gekleideten Frau diskret zu. Vorsichtig fasste sie die oberen Enden des Lakens an und zog es ein Stück hinunter, gerade weit genug, um das Gesicht des Jungen freizulegen. So sah man keine Spur davon, was mit ihm geschehen war.

Folami sah den Jungen an. Es war vollkommen still im Raum, bis ein langgezogener Schluchzer von Folami erklang. Dann liefen ihr wieder die Tränen die Wangen hinunter. Muriel versuchte sich so gut zu halten, wie sie konnte, aber es tat ihr in der Brust weh, Folami so verzweifelt zu sehen.

Sie ließen sie weinen.

Nach ein paar Minuten fuhr sich das Mädchen hektisch übers Gesicht und zeigte auf den Kopf den Jungen.

»Das hier ist nicht mein Bruder«, sagte sie.

Die Verwunderung um die Bahre herum war mit Händen zu greifen, und wieder schwiegen alle, bis Olivia leise fragte:

»Nicht?«

»Nein.«

Folami fuhr sich wieder mit der Hand übers Gesicht. Stilton schaute Olivia und Muriel an.

»Das hier ist Gowon«, sagte Folami leise. »Der Sohn meiner Tante. Er ist zusammen mit Akin vor Boko Haram geflohen.«

»Ist das dein Bruder?«, fragte Olivia. »Akin?«

Folami nickte, während sie sich vorbeugte, die Lakenzipfel ergriff und das Tuch wieder über Gowons Gesicht legte. Als er vollkommen bedeckt war, fragte sie:

»Wo ist diese Halskette?«

Lisa öffnete eine schmale Aktentasche und zog eine Plastiktüte heraus. In ihr lag eine Kette mit Perlen und Samenkapseln. Folami betrachtete sie.

»Hatte Gowon die um?«

»Ja.«

»Sie gehört ihm nicht.«

Folami schaute wieder auf die Kette, dann wandte sie sich der Bahre zu.

»Wer hat Gowon ermordet?«

Diese Frage richtete sie direkt an Stilton. Für sie war er derjenige, der die Polizei repräsentierte.

»Das wissen wir nicht«, antwortete dieser. »Aber wir werden es herauskriegen.«

»Und wie?«

Darauf hatte Stilton keine gute Antwort, also ergriff Olivia das Wort.

»Wir glauben, dass ein paar schlechte Menschen alleinstehende Kinder entführt und ihnen dann übel mitgespielt haben.«

Diese These war definitiv in den Ermittlungen noch nicht so deutlich geäußert worden, bis jetzt war es nur eine Vermutung. Stilton sah Olivia an. Inwieweit sollten sie das Mädchen einweihen, worum es hier ging?

»Wo sind diese Menschen?«, fragte Folami.

»Das wissen wir auch noch nicht«, antwortete Lisa.

»Aber wir werden sie finden«, ergänzte Olivia.

»Und wie?«

Folami schaute erneut Stilton an, der sich gezwungen sah, auch endlich Stellung zu nehmen.

»Indem wir unsere Arbeit tun. Wir sind Polizisten, die anderen sind Verbrecher, früher oder später werden sie ihre Strafe bekommen.«

Folami musterte Stilton mit ihren tiefen braunen Augen, aber aus welchem Grund auch immer wich er ihrem Blick nach einer Weile aus. Da drehte Folami sich um und ging auf die Tür zu. Die anderen folgten ihr, und die Frau in dem weißen Kittel schloss daraus, dass die Identifizierung beendet sei, und schob die Bahre in die andere Richtung.

Auf dem Weg durch ein paar Flure zum Ausgang hin unterhielten Stilton, Olivia und Lisa sich leise auf Schwedisch. Muriel und Folami gingen ein Stück vor ihnen. Olivia ergriff als Erste das Wort.

»Wenn Akin der Cousin von Gowon ist und die beiden zusammen geflohen sind und Gowon seine Halskette trägt, dann ist wohl anzunehmen, dass Akin ein weiteres Opfer ist, oder?«

»Vielleicht ist er auch ermordet worden«, stimmte Lisa zu. »Und möglicherweise ist das der Grund, warum Gowon seine Kette trägt. Wir wissen ja nicht, wie viele Opfer es gibt. Es können noch weitere irgendwo vergraben sein.«

Nachdenklich bogen sie um die Ecke, Richtung Ausgang. Muriel stand im Flur und wartete auf sie. Stilton sah sofort, wie aufgewühlt sie war.

»Ich habe gehört, worüber ihr geredet habt«, sagte sie mit kontrollierter Stimme. »Wollt ihr es Folami auch sagen? Das mit ihrem Bruder?«

»Nein«, antwortete Stilton.

Er sah Muriel an, dass alle ihre Gefühle, die sie drinnen an der Bahre unterdrückt hatte, jetzt hochkamen.

»Komm, wir gehen raus«, sagte er.

Sie traten zu viert hinaus auf die Treppe zum Leichenschauhaus und stellten gleichzeitig fest: Folami war nicht da.

Sie fuhren bereits eine halbe Stunde in der Gegend umher und suchten nach Folami. Aber sie blieb verschwunden. Irgendwann brachte Stilton Muriel zurück zum Lastkahn und versprach, alles zu tun, um das Mädchen zu finden. Er ließ

Muriel am Anleger aussteigen und fuhr davon. Muriel schaute zum Schiff. Ihr war klar: Dort würde sie Folami nicht finden, also ging sie los, Richtung Innenstadt.

*

Stilton, Lisa und Olivia waren auf dem Weg zum Konferenzraum, als Bosse ihnen entgegenkam.

»Wir treffen uns in Mettes Büro.«

Warum sie sich dort versammeln sollten, in diesem verhältnismäßig engen Raum, konnte Mette selbst nicht so recht sagen. Vielleicht ging es ihr um die Atmosphäre. Wofür sprach, dass sie auch noch die grelle Deckenbeleuchtung ausschaltete und nur die Schreibtischlampe brennen ließ.

Es gab zwei Dinge, die sie ihrem Team mitteilen wollte. Sie legte los, sobald die Tür geschlossen war und alle versucht hatten, einen Platz zu finden.

Stilton lehnte sich gegen die Wand.

»Die Forensiker in Linköping haben angerufen«, sagte Mette. »Die DNA des Kalmarmannes passt weder zum Sperma noch zu den Hautfragmenten von Ionel. Den können wir also abschreiben.«

Die zweite Information beruhte auf ihren eigenen Schlussfolgerungen aus dem Bericht über die Ereignisse im Leichenschauhaus.

»Vor ein paar Tagen hat Olivia die Bestätigung bekommen, dass eins unserer Opfer ein unbegleitetes Flüchtlingskind aus Afghanistan ist, ein Mädchen«, begann sie. »Und Folami hat heute bestätigt, dass das andere Opfer, der Junge Gowon, auch eins war, aus Nigeria. Die logischste und schrecklichste Schlussfolgerung ist, dass irgendwelche Personen alleinreisende Kinder entführen, um an deren Organe zu kommen, und sie dann umbringen. Kinder, die niemand vermisst.«

Zumindest nicht hier, dachte Olivia.

»Du glaubst also, das Ganze ist durchorganisiert?«, fragte Bosse.

»Ja.«

Eine ganze Weile blieb es still, bis Stilton fragte:

»Kann Ionel ihnen auch ins Netz gegangen sein?«

»Schon möglich«, antwortete Mette. »Er ist operiert worden. Vielleicht hier in Schweden.«

»Aber vor zwei Monaten?«

Alle hatten den gleichen Gedanken: Wie viele Opfer hatte es möglicherweise noch in den zwei Monaten zwischen dem Jungen am See Dällingen und den Leichen bei Gnesta gegeben?

»Haben wir weitere Informationen über Felix Ericsson?«, fragte Olivia, um das unangenehme Schweigen zu brechen.

»Keine konkreten«, sagte Bosse. »Wir haben mit mehreren ehemaligen Arbeitskollegen gesprochen sowie mit ein paar Leuten, die Kontakt zu ihm hatten, als seine Frau noch lebte. Keiner hat in der letzten Zeit etwas von ihm gehört, aber alle sind vollkommen erstaunt, dass es nicht möglich ist, ihn zu erreichen. Diejenigen, die seine Telefonnummer hatten, wussten nicht, dass die Nummer abgemeldet war.«

»Sollten wir ihn nicht besser zur Fahndung ausschreiben?«, fragte Olivia.

»Nun, offiziell ist er ja nicht verschwunden«, bemerkte Bosse. »Niemand hat ihn als vermisst gemeldet.«

Da klopfte es an der Tür, und ein Mann brachte die Überwachungsfotos, die im Laufe der letzten Tage vor dem Haus in Solna gemacht worden waren, in dem der Chirurg gemeldet war. Alle spürten eine gewisse Erleichterung, dass sie die eigene Anspannung auf etwas Konkretes richten konnten. Sie bildeten einen Kreis um die Mappe mit den Fotos, blätterten darin herum und stellten fest, dass keine der Personen Felix Ericsson war. Was sie nicht bemerkten: Stilton trat plötzlich einen Schritt zurück und schaute zu Boden. Bosse fiel es nach ein paar Sekunden auf, und er schaute auch nach unten, um zu sehen, ob dort etwas Besonderes passierte. In dem Augenblick schnappte Stilton sich die Mappe, suchte nach etwas, und als er die gesuchte Stelle gefunden hatte, klappte er die Mappe so auf, dass alle das Foto sehen konnten. Zwei Männer. Und da stach es auch Olivia ins Auge.

Der Mann rechts im Bild war der Anführer von »Der Dolch ist heilig«.

Auf dem Weg zur Haustür von Felix Ericssons Wohnhaus.

»Das ist Mihai Stelea«, erklärte Stilton ohne Umschweife.

Die Botschaft kam bei allen an, Mette fasste sie in Worte:

»Und das ist kein Zufall.«

Und dann nahm sie ihr Handy, um eine Fahndung nach Felix Ericsson einzuleiten.

Vermisst oder nicht.

Und um Sorin in Bukarest anzurufen.

Dort war besetzt.

*

Obwohl es erst Nachmittag war, ging es bereits hoch her im Gröne Jägaren, einer der vielen beliebten Kneipen in der Götgatan. Die Gäste kamen aus allen Schichten, wie man so sagte, und an diesem Tag waren ein paar Grüppchen von Hammarby-Fans da, ein paar Unruhegeister ohne festen

Wohnsitz, Männer, die im Knast gesessen hatten, sowie andere, die dort wahrscheinlich bald landen würden. Der Gesprächsstoff wogte zwischen Schnaps, Autos, Fußball und Bräuten hin und her. Eine Gruppe jedoch, an einem etwas abseits stehenden Tisch, hob sich von den anderen Gästen ab. Drei Männer, gut gekleidet, jeder auf seine Art, alle drei sprachen Rumänisch.

»Wann seid ihr angekommen?«

Der Mann, der diese Frage stellte, hieß Stelian Rotaru. Vor ein paar Jahren hatte er in Kumla eine Haftstrafe wegen Trafficking abgebüßt und war anschließend ausgewiesen worden. Er hatte diesen Treffpunkt ausgesucht, eine Wahl, die Mihai Stelea niemals getroffen hätte.

Aber hier waren sie in Rotarus Revier.

»Gestern«, antwortete Stelea.

Er saß Rotaru gegenüber, neben ihm einer seiner Leibwächter. Razvan Lusescu, mit einer Strickmütze auf dem Kopf und Augen, die an tote Austern erinnerten. Die Mütze trug er, um die lange Narbe auf seinem Schädel zu verstecken, die Erinnerung an ein zertrümmertes Aquarium.

Rotaru hob ein Bierglas und trank einen gehörigen Schluck. Razvan hätte auch gern ein Bier getrunken, aber da Stelea keins für sich bestellt hatte, galt das Gleiche für ihn. Stelea zog sein weißes Handy heraus und tippte darauf herum, bis ein Bild erschien, ein Mann direkt von vorn fotografiert, an einem Tisch auf einer sonnigen Dachterrasse.

»Kennst du den Mann?«, fragte Stelea. »Er heißt Tom Stilton.«

»Er ist Bulle gewesen.«

»Gewesen?«

»Hat aufgehört.«

»Und was macht er jetzt?«

»Keine Ahnung. Willst du ihn dir krallen?«

»Ja.«

Rotaru grinste und trank erneut. Er machte schon seit vielen Jahren Geschäfte mit »Der Dolch ist heilig«, in letzter Zeit ging es vor allem um Transporte illegaler Organe und noch ein paar andere Dinge. Und jetzt war also Stelea höchstpersönlich in Stockholm und brauchte Informationen.

»Eilig?«, fragte er und stellte sein Glas ab.

»Ja.«

Stelea stand vom Tisch auf und war bereits auf dem Weg hinaus, als Rotaru sich endlich traute, doch noch was loszuwerden.

»Wir haben die letzte Lieferung nicht gekriegt.«

Rotaru wich Steleas Blick aus. Er wusste, es war nicht sein eigener Fehler, er kümmerte sich nur um den Transport, aber trotz allem war er ein Glied in Steleas Kette.

»Wieso nicht?«, fragte Stelea und zwang Rotaru zu Blickkontakt.

»Ich weiß es nicht. Anscheinend gibt es bei Maria ein Problem.«

*

Muriel hatte keine Ahnung, sie ging einfach die Straßen entlang, die sie kannte, den Weg, auf dem sie Folami zum ersten Mal getroffen hatte, die Junkiestrecke bei der Riksbanken. Die Autos, die abbremsten und im Schritttempo neben ihr weiterrollten, nahm sie gar nicht wahr. Sie hatte seit mehreren Stunden immer wieder geweint, gezittert und genau gespürt, wie unglaublich schön es jetzt mit einem Schuss wäre, der sie einfach nur ins Leere und in die Stille katapultieren würde, aber momentan war sie auf einem anderen Trip. Sie musste Folami finden. Dieses kleine schwarze Mädchen hatte ihr gesamtes Leben verändert. Sie konnte doch nicht einfach so verschwinden! Nach allem, was sie gemeinsam durchgemacht hatten!

Muriel versuchte, sich in Folamis Lage hineinzuversetzen, und in gewisser Weise gelang ihr das auch. Folami stand unter Schock. Sie hatte ihren Cousin ermordet auf der Bahre liegen sehen, und natürlich war ihr da klar geworden, dass ihr Bruder möglicherweise das gleiche Schicksal erlitten hatte. Aber trotzdem. Muriel konnte ihr doch helfen. Sie in den Arm nehmen. Für sie singen beim Einschlafen. Wen sonst hatte sie denn in dieser Hölle?

*

Folami hatte Ali, den marokkanischen Jungen, der fast ein Freund geworden war, hätte Yasin sie nicht zu Tode erschreckt. Sie war auf der Suche nach ihm, nur ein paar Straßen weit weg von denen, in denen Muriel herumirrte. Nicht, damit er wieder ihr Freund wurde, sondern weil er über gewisse Dinge Bescheid wusste, im Gegensatz zu ihr. Andeutungen, als sie vor dem Hauptbahnhof das erste Mal aufeinandergetroffen waren. Ali hatte auf Leute gezeigt und ihr erklärt, dass sie sich vor denen hüten sollte, Personen, die für unbegleitete Jugendliche nicht gut waren.

Und jetzt hatte sie ihn tatsächlich gefunden, mitten im Menschengewimmel vor dem Hauptbahnhof. Vermutlich war er dort, um zu klauen, was man nur klauen konnte. Aber das interessierte Folami nicht. Sie war auf der Jagd nach seinem

Wissen über schlechte Menschen. Menschen, vor denen man sich hüten sollte.

»Da ist er!«, flüsterte Ali. »Der blonde Typ, da hinten am Zelt. Der kleine!«

Sie standen eingezwängt in einer Gruppe von Flüchtlingen vor dem Eingang zum Bahnhof, und Ali zeigte auf das äußere Ende des Platzes, wo das weiße Zelt der freiwilligen Helfer stand.

»Der da?«, fragte Folami nach.

»Ja. Vor dem musst du dich in Acht nehmen.«

Ali sprach ganz leise, damit die Leute um sie herum nichts mitbekamen. Schließlich konnte er nicht wissen, wer hier mit wem verbündet war.

»Warum willst du wissen, wer das ist?«, fragte er nach.

Aber Folami wollte ihm nicht erklären, dass ihre Wissbegierde etwas mit dem Leichenschauhaus zu tun hatte. Dort, vor ihrem ermordeten Verwandten, hatte sie das erste Mal einen konkreten Hinweis bekommen, dass sie ihrem Bruder auf der Spur war. Und nur darum ging es bei ihrer langen Reise.

Akin zu finden.

Die Verwandten in Nigeria hatten gesagt, Gowon und Akin seien vor Boko Haram geflohen und auf dem Weg in den Norden, nach Europa, vermutlich nach Schweden. Und Folami, deren Familie bis auf Akin ausgelöscht worden war, hatte sich eines Nachts entschieden: Sie wollte ihren Bruder finden. Er war der einzige Mensch, den es in ihrem Leben noch gab.

Und vielleicht war er jetzt bösen Menschen in die Hände gefallen, die Flüchtlingskinder entführten, um ihnen übel mitzuspielen. Sie zu ermorden, wie Olivia gesagt hatte. Wie Gowon. Und der Mann da hinten hatte möglicherweise etwas damit zu tun.

»Aber du kommst auf keine dummen Gedanken, Folami?«

Alis Stimme war leise und ängstlich. Er wollte einen Arm um das Mädchen legen, doch Folami schob ihn von sich.

»Danke für deine Hilfe«, sagte sie und richtete sich auf.

Ali schaute sie an, schob die Hand in die Tasche. Schnell spähte er in alle Richtungen, dann schob er Folami etwas in die Hand.

Als sie hinunterschaute, sah sie, was es war.

Ein Stilett.

Das hätte sie gebraucht, als Yasin auf sie losgegangen war.

»Was willst du tun?«, wollte Ali wissen.

»Nach meinem Bruder suchen.«

*

Als Mette endlich Sorin telefonisch erreichte, war er genauso überrascht, wie sie es erwartet hatte.

»Stelea ist bei euch? In Stockholm?«

»Er wurde gestern fotografiert. Weißt du, welche Kontakte er hier hat?«

»Nicht aus dem Stegreif, aber ich weiß, dass einige seiner russischen Partner auch Geschäfte bei euch machen.«

»Trafficking?«

»Anzunehmen.«

»Hast du irgendwelche Namen?«

»Ich kann nachsehen lassen.«

»Danke. Können wir ihn zur Fahndung ausschreiben?«

Einige Sekunden lang blieb es still.

»Wir haben momentan nichts gegen ihn in der Hand«, sagte Sorin. »Oder hast du was?«

»Nein.«

Nur eine verdächtige Verbindung zu einem verschwundenen Chirurgen. Aber nichts Handfestes, nein.

»Aber vielleicht ist Stelea aus ganz anderen Gründen in Stockholm«, bemerkte Sorin. »Andere als Menschenhandel?«

Mette registrierte seinen veränderten Tonfall, ihr war sofort klar, worauf er hinauswollte. Hier ging es nicht in erster Linie um Organhandel. Oder um Felix Ericsson. Sondern um Tom Stilton.

Leider.

»Ich weiß«, sagte sie. »Wir hören voneinander.«

Und dann rief sie die Observationsgruppe noch einmal an.

*

Akin hatte beschlossen, wegzulaufen.

Er hatte versucht, einen Plan zu schmieden. Er wusste, dass er sich mitten in einem Wald befand und dass es nur eine Straße hinaus gab. Die der Campingbus immer benutzte. Und er wusste, dass es dort draußen Menschen gab, vor denen er sich in Acht nehmen musste. Aber vielleicht war das ja auch nur eine von Marias und Felix' Lügen. Wie die über Tara und Gowon.

Denn das war ihm inzwischen klar geworden.

Tara und Gowon waren nicht zu irgendwelchen Familien gebracht worden. Das war eine Lüge. Ihr Verschwinden hatte andere Gründe als die, die Maria und Felix behaupteten. Davon war er inzwischen fest überzeugt.

Der Wald? Sollte er dort hineinlaufen?

Er wusste, dass sie ihn im Auge behielten. Seit er vor ein paar Tagen nachts zu dem grauen Steinhaus geschlichen war, hatten sie die Tür des Anbaus immer abgeschlossen, sobald er nach dem Essen in sein Zimmer zurückgekehrt war. Und tagsüber blieb immer einer von ihnen in seiner Nähe.

Als wollten sie ihn überwachen.

Außerdem hatten sie sich einen Hund angeschafft. Einen kleinen schwarzen Hund mit hässlichem, struppigem Fell. Akin hatte keine Ahnung, was das für eine Rasse war, nur, dass der Köter an einer langen Leine auf dem Hof angekettet war und bellte, sobald er ihn sah.

Er hatte entdeckt, dass auf der Rückseite des Haupthauses ein paar Fahrräder standen. Vielleicht konnte er eins davon nehmen und damit verschwinden? Aber dann wäre er gezwungen, die einzige Straße zu benutzen, und wie schnell konnten sie ihn dort mit ihrem Campingbus einholen?

Über den See?

Vielleicht sollte er zum Anleger schlendern und so tun, als wolle er baden, und dann versuchen, über den kleinen See bis auf die andere Seite zu schwimmen. Das Problem war nur, dass er kaum schwimmen konnte. Er war nicht wie Gowon. Wahrscheinlich würde er schon zehn Meter vom Anleger entfernt wie ein Stein untergehen.

Also entschied er sich für den Wald.

Er wusste, er hatte eine gute Orientierung im Gelände. Zwar war das hier für ihn vollkommen unbekanntes Gelände, dicht bewachsen mit Bäumen, dazu viele Steine und Felsbrocken, das hatte er auf den kleinen Waldspaziergängen mit Maria gemerkt. Aber es war freies Gelände. Und er war schnell. Schon als Zehnjähriger konnte er schneller als die meisten im Ort laufen, und er war mehrere Male von den Soldaten gelobt worden, als sie einen Ort überfallen hatten. Akin war immer am schnellsten drinnen und am schnellsten wieder fort gewesen.

Doch jetzt war er in Schweden.

In einem Land, in das er niemals wieder zurückkehren wollte, wenn er es nur schaffte, von hier zu verschwinden.

Sobald es dunkel wurde, wollte er es versuchen.

*

Stilton war auf dem Weg aus dem Polizeihauptgebäude, als Mette ihn anrief. Sie wollte ihn gern in ihrem Büro sprechen, sofort. Geht es wieder um das leidige Budget?, dachte er. Verdammt, wir haben nur deshalb zwei weitere ermordete Kinder gefunden.

Er riss die Tür zu ihrem Büro auf.

»Setz dich.«

Mette zeigte auf den Besucherstuhl vor ihrem Schreibtisch. Stilton schätzte es nicht besonders, zu sitzen, schon gar nicht gegenüber von Menschen, die sich hinter ihrem Schreibtisch verschanzten. Aber er setzte sich.

»Heute Vormittag haben wir uns auf Felix Ericsson konzentriert«, sagte sie. »Er ist wichtig, aber für mich ist Stelea genauso wichtig.«

»Für mich auch.«

»Warum ist er hier?«

»Offenbar gibt es eine Verbindung zwischen ihm und Felix Ericsson.«

»Auf jeden Fall. Aber es gibt noch eine Verbindung zu einer anderen Person.«

Stilton wich Mettes Blick nicht aus. Er hatte den gleichen Gedanken schon mehrfach im Laufe des Nachmittags gehabt. Vielleicht war Stelea seinetwegen in Stockholm. Der Grund dafür war nicht schwer nachzuvollziehen. Stelea hatte sich viel Mühe gemacht, ihn betäubt auf seine Dachterrasse im Stardust zu verfrachten. Um am folgenden Tag den Kehlkopf fast eingedrückt zu bekommen, in einen Speiseaufzug gestopft und der Polizei übergeben zu werden. Als Anführer einer Organisation, die sich einen pompösen Namen wie »Der Dolch ist heilig« gegeben hat, lässt man sich eine solche Behandlung nicht einfach gefallen.

»Er ist möglicherweise hinter mir her«, sagte Stilton.

»Möglicherweise.«

»Vielleicht hat er hier auch noch andere Dinge zu erledigen.«

»Jedenfalls werde ich kein Risiko eingehen«, sagte Mette.

Sie zog eine Schreibtischschublade auf und reichte daraus Stilton eine schwarze Dienstwaffe und eine Patronenschachtel.

»Ich habe eine Wache für den Kahn abgestellt«, sagte sie.

Stilton nahm Pistole und Schachtel. Es war viele Jahre her, dass er eine Dienstpistole in der Hand gehabt hatte. Eine Sig-Sauer. Vor ein paar Jahren hatte er sich eine Pistole von Luna geliehen, aber die gehörte ihr. Diese hier gehörte dem Staat. Der Kolben war etwas zu klein für seine Hand, doch das war das geringste Problem. Sollte es notwendig sein, würde er schon damit umgehen können. So etwas verlernt man nicht.

*

Olivia war zum Hauptbahnhof zurückgegangen, aus mehreren Gründen. Allerdings war ihr nicht ganz wohl dabei. Immerhin lief sie Gefahr, Jamie dort zu begegnen, und das wollte sie auf keinen Fall.

Der Hauptgrund war, dass sie von dem Freiwilligen Klas hören wollte, ob er den Mann wiedergesehen hatte, der mit dem afghanischen Mädchen fortgegangen war. Klas hatte sie nicht zurückgerufen, aber wenn man die Situation in der Bahnhofshalle bedachte, dann stand das wahrscheinlich nicht an erster Stelle seiner Prioritätenliste.

Sie fand ihn bei den weißen Zelten, er war dabei, einigen älteren Flüchtlingen Suppe aufzufüllen. Sie wartete, bis er fertig war, dann sprach sie ihn an.

»Hei!«, sagte sie. »Du hast ihn nicht wiedergesehen?«

Es dauerte ein paar Sekunden, bis Klas Olivia einordnen konnte.

»Ah, jetzt weiß ich wieder!«, rief er. »Nein, ich habe ihn nicht gesehen. Leider. Ist das wichtig für euch?«

»Wir wollen mit ihm reden. Ja, das ist wichtig.«

»Ich verspreche dir, ich lasse von mir hören, sobald er wieder auftaucht.«

»Danke.«

Olivia verließ das Zelt und überlegte, ob sie nicht für eine Weile bleiben und helfen sollte. Sie war schon lange nicht mehr hier gewesen. Sie ging in die Bahnhofshalle und spürte, wie müde sie allein von dem Anblick des Menschenmeeres wurde. Aber es gab diejenigen, die noch müder waren, das wurde ihr klar, als sie Luna entdeckte. Sie arbeitete sich zu ihr vor und nahm sie kurz in die Arme.

»Du siehst ziemlich fertig aus«, sagte Olivia.

»Ich bin seit heute früh hier. Ich wollte jetzt Schluss machen und nach Hause fahren. Kommst du mit?«

Olivia hatte darüber nicht nachgedacht, aber es war nicht schwer, sie zu überreden. Nicht an diesem Abend.

»Oh ja, gern.«

*

Stelea trug einen kurzen grauen Mantel, genau das Richtige für den kühlen Abend. Er saß auf einer Bank in dem dunklen Gehölz und betrachtete den Bach vor sich. Zu dieser Jahreszeit führte er so gut wie kein Wasser und wurde von fetten Tauben okkupiert. Eigentlich hatte er das Observatorium oben auf dem Hügel besuchen wollen, doch zu seiner Enttäuschung hatte er feststellen müssen, dass es bereits seit einem Jahr geschlossen war. Er hatte viel darüber gelesen und wusste, dass es dort spannende Exponate gab für Leute, die sich für die Geschichte der Astronomie interessierten. Dazu gehörte er.

Also musste er aufs nächste Mal hoffen.

Und sich jetzt auf Rotarus Information konzentrieren. Die letzte Bestellung war nicht wie geplant abgeliefert worden. Was bedeutete das? Hing das auch mit diesem Tom Stilton zusammen? Maria hatte seit Beginn ihrer Zusammenarbeit immer pünktlich geliefert. Und jetzt auf einmal nicht mehr.

Das machte ihm Sorgen.

Er war aus privaten Gründen hier, aber jetzt musste er sich offensichtlich um ganz andere Dinge zu kümmern.

Das auch noch.

Er sah, wie Razvan mit irgendwelchem Junkfood in der Hand vom Sveavägen näher kam, und stellte fest, dass er auch besser etwas essen sollte. Gutes Essen, von einer ganz anderen Speisekarte als der, die Razvan in den Händen gehabt hatte. Im Sturehof? Vielleicht. Er holte sein Handy hervor, um einen Tisch zu reservieren, dabei stellte er fest, dass eine Nachricht von Rotaru eingegangen war, die er übersehen hatte. Er öffnete sie und las: »Der Kerl, nach dem du suchst, wohnt auf einem Lastkahn. Sara la Kali. Liegt auf Långholmen.« Razvan wollte sich gerade auf die Bank setzen, als Stelea ihm das Handy vors Gesicht hielt.

»Wo liegt Långholmen?«, fragte Razvan und schluckte zerkautes Hackfleisch hinunter.

*

Luna und Olivia gingen über die Brücke auf den Kai zu, an dem das Schiff lag. Es war inzwischen dunkel geworden, der Schein der hohen Laternen am Brückengeländer reichte kaum bis zur Reling.

Die Mauer dahinter lag im Dunkel.

Luna ging an Bord, und da im Salon kein Licht war, ging sie davon aus, dass Tom noch nach der verschwundenen Folami suchte. Olivia dagegen vermutete, dass er nach jemand ganz anderem suchte, einer sehr viel gefährlicheren Person, doch das behielt sie für sich. Sie folgte Luna, ohne sich umzudrehen.

Die beiden Frauen setzten sich mit einer großen Kanne Tee in den Salon.

»Darf ich mal die Toilette benutzen?«, fragte Olivia.

Luna nickte, und Olivia verschwand auf dem Flur. Eine Minute später hörte Luna lautes Erbrechen aus der Toilette, dann die Wasserspülung. Kurz darauf kam Olivia mit frisch gewaschenem Gesicht herein und setzte sich wieder an den Tisch.

»Hast du Bauchschmerzen?«, fragte Luna.

»Nein.«

»Bist du schwanger?«

Olivia zuckte leicht zusammen und ging sofort zum Angriff über.

»Wie kommst du denn auf die Idee?«

»Bist du?«

Luna lächelte Olivia an, und da hielt es Olivia nicht länger aus.

»Ja«, bestätigte sie.

Und sah dabei Luna direkt ins Gesicht.

»Denkst du dir deinen Teil, weil ich gespuckt habe?«

»Das auch.«

Was sie mit »das auch« meinte, führte Luna nicht weiter aus, und Olivia hakte nicht nach.

»Wann ist es passiert?«, fragte Luna.

Ihr war sofort klar gewesen, dass Olivia bisher mit noch niemandem darüber gesprochen hatte, das konnte sie spüren, deshalb entschied sie sich, direkt zur Sache zu kommen. Schließlich war Olivia auch eine sehr direkte Person – zumindest meistens.

Genau wie heute Abend.

Olivia erzählte ohne Umschweife von der Nacht, in der es passiert war, mit Jamie, davon, wer er war, und von ihrer früheren Beziehung.

»Weiß er davon?«, fragte Luna weiter.

»Nein.«

»Und – willst du es ihm erzählen?«

»Ich weiß es nicht.«

»Willst du denn das Kind behalten?«

»Das weiß ich auch nicht.«

Sie sehnte sich nicht unbedingt nach einem Kind. Sie hatte bisher nie den Wunsch gehabt, Mutter zu werden. Bisher. Sie als Mutter war Teil einer Zukunftsvision, als Folge einer möglichen Liebesgeschichte. Nicht als Folge eines zufälligen Treffens mit einem Ex, der Schlangensuppe aß.

Luna nickte und schenkte Olivia Tee nach. Beide tranken aus ihren Tassen, dann fasste Luna einen Entschluss. Von dem, was sie Olivia erzählen wollte, wusste niemand sonst etwas, nicht einmal Tom.

Sie begann damit, eins klarzustellen.

»Das war lange vor seiner Zeit. Vor unserer Zeit.«

»Du warst schwanger?«

»Ja. Ich war zweiundzwanzig und lebte ein ziemlich wildes Leben, keine festen Bindungen, der Einzige, in den ich mich verknallte, war ein Krimineller, zehn Jahre älter als ich. Kurz bevor er wegen Raubmord in den Knast kam, wurde ich schwanger von ihm. Tom hat ihn damals geschnappt. Der Typ saß bereits im Gefängnis, als ich merkte, dass ich schwanger war.«

Olivia war beeindruckt, wie ruhig und beherrscht Luna klang, aber es war ja auch schon ziemlich lange her.

»Hast du abgetrieben?«, fragte sie.

»Ja.«

Luna verstummte und schaute in ihre Teetasse. Olivia wartete einen Moment lang ab.

»Hast du es bereut?«

»Rückblickend – vielleicht. Damals fiel mir die Entscheidung leicht: Er war ein Idiot, und ich war jung und konnte noch so viele Kinder kriegen, wie ich wollte.«

»Aber du hast keine mehr gekriegt?«

»Nein, dazu ist es nicht mehr gekommen.«

Sie sahen sich an. Luna wusste nicht so recht, warum sie davon angefangen hatte. Vielleicht, um Olivia ihren Standpunkt aus heutiger Sicht zu beschreiben, denn immerhin war Olivia bereits einige Jahre älter als Luna damals. Aber am ehesten ging es wohl darum, es überhaupt mal jemandem zu erzählen. Denn Tom würde niemals etwas davon erfahren. Schon als sie ihm erzählt hatte, dass sie mit einem Raubmörder zusammen gewesen war, verschwand er für ein Jahr nach Rödlöga. Sollte ihm das hier zu Ohren kommen, würde er vermutlich nach Spitzbergen fliehen. In gewissen Dingen war er sehr empfindlich.

»Kannst du dir denn diesen Jamie als Papa vorstellen?«, fragte Luna, um weiterzukommen.

»Ich weiß es nicht. Eigentlich ist er ganz in Ordnung, aber in bestimmten Dingen eben auch wahnsinnig unzuverlässig.«

»Das ändert sich vielleicht, wenn ein Kind da ist.«

»Kann sein. Aber ich habe absolut nicht geplant, wieder mit ihm zusammen zu sein.«

»Man kann das Sorgerecht teilen.«

Olivia nickte und versuchte sich Jamie als alleinerziehenden Vater vorzustellen, als Teilzeit-Papa. So richtig wollte ihr das nicht gelingen.

»Aber dann ist da noch der Job«, sagte sie. »Ich liebe meine Arbeit, aber manchmal muss ich eben Tag und Nacht unterwegs sein.«

»Es gibt Babysitter. Außerdem hast du doch eine Mutter.«

Sicher, dachte Olivia und merkte augenblicklich, dass sie sich nicht vorstellen konnte, Maria als Babysitter für das eigene Kind zu engagieren. Sie liebte Maria, aber sie war nicht der Typ, dem man ein Baby auf den Schoß legte und erwartete, dass sie es küsste und herzte. Dafür war Arne zuständig gewesen, ihr Vater. Würde er noch leben, wäre er der perfekte Opa. Maria fiel es schwer, zu Kleinkindern einen engeren Kontakt aufzubauen.

»So weit sind wir noch nicht«, sagte Olivia lächelnd. Da waren Schritte an Deck zu hören.

Die beiden Frauen sahen sich an, und Luna zog in dem Moment, als Stilton den Salon betrat, einen imaginären Reißverschluss vor den Mund. Er nickte den beiden zu, ging direkt zum Wandschrank und schenkte sich einen Whisky ein.

»Habt ihr sie gefunden?«, fragte Luna.

»Wen?«

»Folami.«

Stilton hatte nicht nach Folami gesucht. Auch nicht nach Muriel. Er hatte, wie Olivia es sich gedacht hatte, nach Stelea gesucht. Doch auch den hatte er nicht gefunden. Aber ohne sich zu verraten, ging er auf Lunas Frage ein.

»Nein, leider nicht. Es ist nicht so einfach. Wir wissen ja nicht einmal, ob sie noch in der Stadt ist.«

»Meinst du, sie ist allein weitergezogen?«

»Schließlich hat sie es aus Nigeria bis Schweden geschafft, ganz allein, dann kommt sie sicher auch woandershin, wenn sie sich das vornimmt. Aber wir suchen weiter.«

Stilton setzte sich mit dem Rücken zu einem der Bullaugen.

*

Akin riss eines der Bettlaken in lange Streifen und knotete sie zu einem improvisierten Seil zusammen. Nicht besonders lang, aber lang genug, damit er sich aus dem Flurfenster im ersten Stock abseilen konnte. Nicht ganz. Er musste es ein Stück über dem Boden loslassen und landete auf einem Stein. Das tat weh, doch er verdrängte den Schmerz. Jetzt bellte der Hund, der mitten im Schein der Lampen auf dem Hof lag, und er musste ausreichend Abstand zu ihm halten, damit das Tier nicht auf ihn reagierte. Auf Geräusche, Geruch oder Bewegungen.

In der Dunkelheit schlich er sich hinunter zum See. Kurz vor dem Anleger bog er ab und ging auf den Wald zu. Ein

Ausweichmanöver, von dem er hoffte, es würde der schwarzen Bestie auf dem Hof entgehen.

Er gelangte in den Wald und stellte erschrocken fest, dass es dort drinnen vollkommen dunkel war. Akin schaute nach oben und hoffte, die Wolken würden sich verziehen und etwas Mondschein durchlassen.

Aber die Wolken rührten sich nicht.

Er tastete sich zwischen den Bäumen voran und hatte keine Ahnung, in welche Richtung er eigentlich ging. Vielleicht war er auf dem Weg zurück zum Hof? Er versuchte zu erkennen, wo er in den Wald gelaufen war, wo der Hof lag, wo er an ihm vorbeigekommen war, in einen Wald hinein, von dem er nicht wusste, wo er endete.

Akins Augen gewöhnten sich wie die von allen anderen auch an die Dunkelheit. Nach einer Weile konnte er sich zwischen den Bäumen bewegen, ohne dass ihm die ganze Zeit Äste ins Gesicht schlugen. Aber es war immer noch schwer, Steinbrocken zu erkennen, die aus dem Boden ragten, mehrere Male stolperte er und fiel hin, aber er kam voran.

Plötzlich waren die Wolken doch verschwunden. Ein kräftiger eisblauer Lichtschein drängte sich zwischen den Bäumen hindurch. Plötzlich sah er den Boden und konnte fast anfangen zu rennen.

Da hörte er das erste Bellen.

Von links, ganz und gar nicht aus der Richtung, von der er glaubte, dass dort der Hof lag. Bin ich im Kreis gelaufen?, fragte er sich und lief im Mondschein los, so schnell er konnte.

Das nächste Bellen erklang sehr viel näher. Er rannte und rannte, und wieder schlugen ihm dicke Äste ins Gesicht. Jetzt hörte er ein Kläffen, als hätte der Hund Witterung aufgenommen. Akin rannte, dass er meinte, seine Lunge müsste platzen, und fiel kopfüber über einen großen Felsblock. Er rollte sich herum, und da sah er den Lichtschein, weit hinten zwischen den Bäumen, dort, von wo aus auch das Hundegebell kam. Der Junge sprang auf und rannte in die andere Richtung. Tränen liefen ihm über die Wangen, und der Fuß tat ihm weh, da sah er plötzlich weiter vor sich eine Öffnung in dem dichten Wald. Er eilte darauf zu und sah, dass es ein Weg war, ein Kiesweg. Er holte die letzten Reserven aus sich heraus und rannte auf den Weg zu, hörte, wie der Hund ein gutes Stück hinter ihm bellte. Er drehte sich um, sah immer noch den Lichtkegel und rannte auf den Weg, genau in dem Moment, als ein Sportwagen angefahren kam. Das Auto hatte gar keine Chance, rechtzeitig vor der Person zum Stehen zu kommen, die direkt vor seinem Kühler aus dem Wald geprescht kam. Der Körper flog in einem hohen Bogen in die Luft und verschwand in der Dunkelheit neben dem Weg.

Der Sportwagen bremste scharf.

Im Wald hinter ihm wurde ein Licht gelöscht, und ein Hund verstummte.

»Er ist überfahren worden«, sagte Felix.

Maria stand auf der Außentreppe, vor ihr Felix und der Hund. Felix' Gesicht glänzte vor Schweiß.

»Überfahren?«

»Ich habe ihn nicht einholen können. Er ist auf den Weg gerannt und wurde von einem Auto erfasst.«

»Ist er tot?«

»Er ist mehrere Meter durch die Luft geflogen, keine Chance, dass er das überlebt hat.«

Maria betrachtete Felix, dann ging sie ins Haus. Felix legte den Hund wieder an die Kette und folgte ihr.

Maria setzte sich an den Küchentisch, eine Schale mit Obst stand vor ihr, daneben lag Gemüse. Sie hatte keinen Appetit. Felix auch nicht, er kam in die Küche und schenkte sich ein Wasserglas Wodka ein, versuchte, daraus zu trinken. Was ihm aber nur mit Mühe gelang.

Nicht einmal das schafft er noch, dachte Maria. Sie stand am stärksten unter Druck. Sie hatte die Verantwortung für die Arbeit hier, und sie war diejenige, die zur Rechenschaft gezogen wurde, wenn es Probleme gab.

Wie jetzt.

Ihr letztes Objekt hätte schon vor ein paar Tagen operiert werden sollen, das Organ war bereits bestellt.

Und jetzt war das Objekt weggelaufen und totgefahren worden. Sie wusste genau, wie Stelea reagieren würde, sollte er von den Problemen erfahren. Aber sie hoffte, dass es dazu nicht käme.

Stelea mochte keine Störungen.

Felix setzte sich an den Tisch und griff zu einer Karotte.

»Also, was machen wir?«, fragte er und hob die Karotte zum Mund.

Maria sah, wie seine Hände zitterten, als er abbeißen wollte.

»Wir ersetzen den Jungen, der verschwunden ist«, erklärte sie.

»Schaffen wir das?«

»Nicht bei deinem Tempo«, erwiderte Maria ruhig. »Hättest du dich im Wald nicht wie ein lahmes Faultier bewegt, dann hättest du den Jungen eingeholt, ja, und dann hätten wir noch heute Abend zwei Nieren liefern können.«

»Dann ist das alles also meine Schuld?«

Felix stand auf. Seine Nerven lagen blank. Seit die Opfer in der Nähe von Gnesta entdeckt worden waren, stand er permanent unter Strom. All das hier hatte er schon seit Langem vorausgesehen. Wie es weitergehen sollte, mochte er sich gar nicht ausmalen, hatte doch diese Frau, die ihm jetzt gegenübersaß, ihn dazu gebracht, Dinge zu tun, die eigentlich vollkommen unbegreiflich waren. Sie und dieser Gangster aus Bukarest und seine verfluchten Filmaufnahmen!

»Ich scheiße drauf!«, schrie er, zum Spülbecken gewandt.

Maria betrachtete lächelnd seinen Rücken. Sie hatte gewusst, dass es einmal so kommen würde, Felix war nicht aus dem gleichen Eisen geschmiedet wie Stelea. Und gerade deshalb hatte er bisher so gut funktioniert. Wenn es hart auf hart kam, war er weich wie ein Fettklumpen. Und jetzt war sie gezwungen, ihn wieder hart zu machen. Worauf sie sich nicht gerade freute. Ganz im Gegenteil, Sex mit Felix war wie Beischlaf mit einem Sack Tanzmäuse, die ganze Zeit kitzelte, zwickte und piepste er. Weshalb sie immer schnell das Licht löschte. In der Dunkelheit war es einfacher, sich ein anderes Gesicht vorzustellen und zu phantasieren, dass es das Glied eines anderen war, das sich in sie hineindrängte.

»Vielleicht beruhigst du dich ja im Bett«, sagte sie, blieb aber sitzen.

Felix starrte sie an, umklammerte die Tischkante. Er wusste, er hatte verloren, er würde wieder zu ihr gehen und alles verdrängen. Was er nicht wollte. Er fing an zu weinen.

Maria betrachtete den Mann vor sich. Lang, dünn, mit dunklen Rändern um die Augen, aus denen Tränen liefen, als er sie ansah.

»Wie konnte es nur so weit kommen?«, schluchzte er.

»Geh nach oben und zieh dich aus. Ich bin gleich bei dir.«

Maria verließ die Küche, um diesen erbärmlichen Auftritt nicht weiter mitansehen zu müssen.

»Was machst du?«

»Anrufen und ein neues Objekt bestellen.«

*

Er stand am Rande der fremden Menschenmenge im Bahnhof, als der Anruf ihn erreichte. Er sah, von wem er kam, und wurde nervös. Doch er nahm das Gespräch an und sagte:

»Einen Moment.«

Dann ging er zur Vasagatan, wo weniger Menschen herumliefen. Trotzdem sprach er ganz leise.

»Was willst du?«

Das wusste er eigentlich schon, jedes Mal ging es um die gleiche Sache. »Eine einfache Transaktion«, wie sie es beim ersten Mal genannt hatte. »Wir brauchen eine zusätzliche Arbeitskraft auf dem Hof. Für dich springen dabei zehntausend heraus.« Viel Geld für ihn für einen geringen Aufwand. Ein Kontakt mit einem unbegleiteten Kind, eine kurze Autofahrt zu einem verlassenen Rastplatz.

Das war alles.

Mit dem Rest hatte er nichts zu tun.

Bis er den Fernsehbericht über die ausgegrabenen Leichen in der Nähe von Gnesta gesehen und die beiden Jugendlichen wiedererkannt hatte, die von ihm zu den Rastplätzen gebracht worden waren.

Ab da hatte es plötzlich auch etwas mit ihm zu tun.

Aber er hatte keine Ahnung, was ihnen zugestoßen war, und wollte auch nichts Genaueres wissen. Könnte ja wer weiß was passiert sein.

»Wie eilig ist es?«, fragte er und blickte sich verstohlen um.

»Eilig«, antwortete die Frau am anderen Ende. »Spätestens morgen.«

»Das kann ich nicht garantieren.«

»Und wenn wir den Betrag auf zwanzigtausend verdoppeln?«

Dann ja, zumindest im Prinzip.

*

Es hatte eine Weile gedauert, bis Razvan die *Sara la Kali* in Långholmen gefunden hatte.

Jetzt musste er sich dem Kahn nähern, ohne bemerkt zu werden, was nicht ganz einfach war, da er an einem offenen, beleuchteten Kai lag. Außerdem stand dicht am Anleger ein schwarzes Auto, in dem zwei Personen saßen. Also ging er weiter, bis zu einer Brücke, die er überquerte. Jetzt konnte er sehen, dass auf der Innenseite des Kais eine Mauer verlief, und beschloss, dahinter weiterzugehen, um nicht ins Blickfeld des schwarzen Autos am Anleger zu geraten. Er wusste nicht, wer darin saß, wollte aber kein Risiko eingehen. Im Hotel Stardust hatte er sich blamiert, das sollte ihm nicht noch einmal passieren. Er spürte, wie die Narbe auf dem Kopf pochte, und freute sich geradezu darauf, dem Mann erneut zu begegnen, der sie ihm verpasst hatte.

Nach einigen Minuten entdeckte er, dass die Mauer an mehreren Stellen gebrochen war, hier und da so stark, dass er hindurchschlüpfen und so auf den Kai gelangen konnte. Er zwängte sich durch einen Spalt, vorsichtig, musste aber feststellen, dass es noch ein Stück bis zu dem Schiff war. Und dass der schwarze Wagen immer noch dort stand. Polizei? Warum sollten sie den Kai bewachen? Oder den Kahn? In Razvans

Kopf gab es keinen logischen Grund dafür. Es wusste ja wohl niemand, dass er und Mihai hier waren oder was sie hier wollten. Er trat wieder hinter die Mauer, ging dort ein Stück weiter und blieb dann stehen. Jetzt müsste er in der Nähe des Lastkahns sein. Er sah einen weiteren Mauerspalt dicht vor sich und steuerte darauf zu. Breit genug, hier müsste er durchkommen. Außerdem lag der Riss zwischen zwei Laternen, fast ganz im Dunkel. Er zwängte sich hindurch und stellte sich mit dem Rücken zur Mauer. In dem schwarzen Auto rührte sich nichts. Also ging er davon aus, dass sie ihn nicht gesehen hatten.

Stilton schlief vor Luna ein, wachte aber schon nach einer halben Stunde wieder auf. Mittlerweile schlief sie. Er wusste nicht, was ihn geweckt hatte, stellte aber fest, dass er nicht wieder einschlafen konnte. Vorsichtig schlich er sich aus der Koje und der Kabine, nackt, und ging in den dunklen Salon. Er setzte sich auf die Bank, stand dann aber wieder auf. Er musste seinen Kreislauf in Schwung bekommen. Also drehte er ein paar Runden im Salon, blieb dann vor einem der Bullaugen stehen. Der Kai da draußen lag in einem diffusen Restlicht, das kaum bis zur Mauer auf der anderen Seite reichte. Trotzdem sah er sie. Die geduckte Gestalt, genau außerhalb des Lichtkegels. Ein langer, knochiger Mann mit einer Wollmütze auf dem Kopf. Stilton schlich zurück in die Kajüte und holte sein Handy aus der Hosentasche. Vorsichtig zog er die Tür hinter sich wieder zu und ging zurück in den Salon. Von hier aus rief er Mette an und fragte sie flüsternd:

»Lässt du den Kahn bewachen?«

»Ja.«

»Wie?«

»Keine Ahnung, darum kümmert sich die operative Abteilung. Ist was passiert?«

»Nein. Du hörst von mir.«

Stilton drückte das Gespräch weg und ging zu einem hohen Schrank, von dem er wusste, da drinnen hing ein dunkelgrüner Arbeitsoverall. Er zog ihn an, dazu ein Paar weiche Gummischuhe. Die Pistole? Habe ich sie in die Kajüte mitgenommen? Er wollte auf keinen Fall Luna wecken, das würde nur zu Diskussionen führen. Er zog seinen Lederbeutel zu sich und sah, dass die Dienstwaffe da drinnen steckte. Er holte sie heraus, lud sie und schob sie dann in die rechte Overall-Tasche, das Holster ließ er auf dem Tisch liegen. Bevor er den Salon verließ, schaute er noch einmal hinaus.

Der Mann stand immer noch an der Mauer.

Stilton kletterte durch eine Luke auf das Achterdeck hinauf und lief geduckt zur Reling. Ihm war klar, dass man seine Silhouette gegen den offenen Fjord sehen konnte, aber er hatte keine andere Wahl. Er hockte sich an der Reling auf die Knie und entdeckte eine große Kabelrolle auf dem Kai. Käme er dahinter, wäre er außerhalb des Blickfelds des Mannes an der Mauer. So leise er konnte, kletterte er auf die Reling und sprang an Land. Die Füße landeten weich auf der Rückseite der Rolle. Ein paar Sekunden lang gab er dem Atem Zeit, sich zu beruhigen, dann zog er die Pistole und schaute über den Rand der Kabelrolle.

Der Mann an der Mauer war verschwunden.

Stilton trat auf den leeren Kai. Der Mann konnte unmöglich in diese Richtung gegangen sein, dann hätte Stilton ihn gesehen. War er zum Anleger gelaufen? Stilton blickte zurück und sah den Schatten eines schwarzen Fahrzeugs. Gehörte es zu diesem Unbekannten? Oder war es die Polizeibewachung?

Stilton wusste, hier und da gab es Nischen in der Mauer, und an einigen Stellen außerdem breite Risse, durch die man hindurchschlüpfen konnte. Er behielt die Pistole in der Hand und glitt an der Mauer entlang. Nach ein paar Metern blieb er stehen und lauschte. Stille. Bald hätte er den ersten breiten Riss in der Mauer erreicht. Wenn der Mann dort hindurchgeschlüpft war, befand er sich direkt auf der Rückseite. Stilton hatte nicht vor, sich auch durchzuzwängen und so ins offene Messer zu rennen. Vorsichtig ging er weiter auf den Spalt zu und lauschte.

Da hörte er den Ruf.

»Tom!«

Es war Luna, die vom Schiff aus nach ihm rief. Stilton reagierte innerhalb einer Nanosekunde. Er rannte zurück und sprang aufs Vorderdeck, schlug sich dabei das Knie auf, lief weiter bis zur Tür hinunter zum Salon.

»Tom!«

Er riss die Tür auf und polterte die Treppe hinunter, die Pistole in der rechten Hand. Luna stand in ihrem gelben Nachthemd mitten in dem dunklen Salon. Stilton zog sie in seine Arme, während er intensiv den Raum überblickte.

»Was geht da vor?«, fragte Luna.

»Ist jemand hier gewesen?«

»Nein. Aber was …«

»Still.«

Beide hörten schwere Schritte oben auf dem Vorderdeck. Stilton zog Luna zu einer der Schotten und richtete seine Pistole auf die Treppe. Er konnte Lunas heftige Herzschläge durch den Overall spüren.

»Stilton!«, kam es von der Treppe. »Bist du da?«

Stilton entspannte sich ein wenig und ließ die Waffe sinken.

»Ich bin hier.«

Zwei Zivilbeamte kamen mit gezogenen Pistolen in den Salon.

»Wir haben Rufe gehört und dann gesehen, wie du vom Kai weggerannt und aufs Schiff gesprungen bist. Was ist passiert?«

»Vor ein paar Minuten stand ein großer Kerl da draußen gegen die Mauer gelehnt, war das einer von euch?«

»Nein. Wir haben den Wagen ein Stück weiter hinten stehen. Und sind gerade erst ausgestiegen, um die Lage zu überprüfen, da haben wir den Ruf gehört.«

Stilton zeigte durch das Bullauge, wo der Mann gestanden hatte, und die Beamten verließen eilig den Salon. Luna ließ sich auf einen Stuhl sinken.

»Ich bin aufgewacht und wollte sehen, was du tust, und da lag dieses Pistolenholster auf dem Tisch, und du warst weg.«

Luna schaute zu Stilton auf, und als er ihr in die Augen sah, war ihm klar, dass es an der Zeit war, ihr alles zu erzählen. Über Stelea, der in Stockholm war, über die Dienstwaffe.

Allerdings war er sich nicht sicher, ob Luna dadurch beruhigter sein würde.

*

Stelea hatte im Sturehof ein ausgezeichnetes Fischgericht gegessen und sich ein Glas kalten, trockenen Sancerre gegönnt, genau das Richtige, um die zarte Seezunge hinunterzuspülen. Nach dem Essen ging er ins Riche und setzte sich dort an die Bar. Er wartete auf einen Rapport von Razvan. Zu lange, und als er schon kurz davor war, selbst anzurufen, meldete sich Razvan endlich.

Das Gespräch endete mit einer problematischen Information.

»Die Bullen bewachen das Schiff. Ich komme nicht an ihn ran.«

Stelea drückte das Gespräch weg und verließ die Bar. Die Nachricht enthielt zwei Informationen, eine einfache und eine problematische. Die einfache betraf den Mann auf dem Kahn, ihn würde er demnächst zu fassen kriegen, das war kein Problem. Die problematische betraf die Bewachung. Es gab nur einen logischen Grund dafür, und zwar, dass die Polizei von seiner Anwesenheit in Stockholm wusste. Von Rotaru hatten sie es nicht erfahren, davon war er fest überzeugt. Wie dann? Da gab es einige Alternativen. Eine davon war, dass sie die Wohnung dieses Arztes in Solna überwachten, der er gestern einen kurzen Besuch abgestattet hatte.

Stelea ging aufs Scandic Anglais zu.

*

Zum Schluss gab sie auf.

Sie würde Folami nicht finden. Niemand würde Folami finden. Es gab sie nicht mehr, nicht in Muriels Welt. Mehrere Stunden verbrachte sie weinend unten auf der Platte, und irgendwann wankte sie zu dem letzten Nachtbus Richtung Lissma. Während der Fahrt schlief sie ein und wurde von dem Fahrer an der Endstation geweckt. Sie war viel zu weit gefahren. Sie erklärte ihm ihre Situation und durfte mit zurückfahren. Als sie ausstieg und der Bus davonfuhr, blieb sie noch lange auf der Stelle stehen. Als hätte sie einfach keine Kraft mehr. Aber dann machte sie sich doch auf den Weg zur Hütte.

Je näher sie kam, umso schneller ging sie. Plötzlich kam ihr die Idee, Folami könnte ja in der Hütte sein. Vielleicht war sie allein hierhergekommen. Das letzte Stück lief sie, riss dann atemlos die Haustür auf.

»Folami!«

Doch die Hütte war dunkel und stumm. Keine Folami. Muriel machte Licht in der Küche und setzte sich an den Küchentisch. Neben der Spüle standen immer noch zwei Teetassen. Sie starrte auf die Tassen, und wieder verkrampfte sich ihre Brust. Alles war nur ihre Schuld. Sie hätte Folami niemals allein lassen und in die Stadt fahren dürfen, dann wäre dieses Nachbarsschwein nicht aufgetaucht, und dann würde Folami immer noch hier wohnen. Bei ihr. Sie wäre niemals mit dem Mädchen zu Tom gefahren, und sie hätte nie ihren toten Cousin sehen müssen. Muriel hätte sie schützen müssen. Denn Folami war doch ihr Schützling. Warum war sie verschwunden? Muriel betrachtete Folamis Zeichnungen, die an der Wand hingen, Zeichnungen zu »Schlaf, du kleines Weidenkind«. Sie stand auf und ging näher heran, strich mit der Hand über die Bilder. Ist das alles, was mir von ihr bleibt? Sie spürte, dass ihre Beine sie nicht mehr tragen wollten, also ging sie ins Schlafzimmer, kroch in das untere Bett und zog die Knie hoch bis zur Brust. Immer noch konnte sie Folamis ganz speziellen Geruch hier drinnen wahrnehmen. So anders. Sie vergrub das Gesicht im Kissen, wollte nur noch schlafen und nie wieder aufwachen.

Irgendwann schlief sie tatsächlich ein, vollkommen erschöpft, und sank tief in ein gnädiges Dunkel. So tief, dass sie die ersten zärtlichen Berührungen auf der Wange gar nicht spürte, auch nicht die Hand, die ihr übers Haar strich. Erst als Folami ihre Lippen dicht an Muriels Ohr schob.

»Muriel.«

Da öffnete sie die Augen.

»Folami!«

Muriel setzte sich auf und schlang die Arme um Folami. Lange Zeit umarmten die beiden sich wortlos. Folami merkte, wie Tränen auf ihre Schulter tropften. Schließlich löste sie sich aus Muriels Armen und setzte sich auf die Bettkante.

»Entschuldige«, sagte sie.

Muriel setzte sich neben sie. Immer noch konnte sie nicht glauben, dass es tatsächlich wahr war, musste Folami bei den Händen halten, damit sie nicht wieder verschwände.

»Ich musste es tun«, sagte Folami.

»Das verstehe ich. Es muss einfach schrecklich gewesen sein, als du deinen Cousin gesehen hast.«

Folami nickte. Sie spürte, dass es am besten war, Muriel in dem Glauben zu belassen, dass sie wegen Gowon weggelaufen war. Dass es einfach schön war, wieder bei ihr zu sein. Sie konnte Muriel nicht sagen, dass sie nur hier war, um sich zu verabschieden. Sie schaffte es einfach nicht, also mussten die Fakten sprechen.

»Ich bin so müde«, sagte sie. »Können wir heute Nacht nicht zusammen in einem Bett schlafen?«

Muriel strahlte und zog Folami an sich. Das Mädchen war zurückgekommen, und jetzt wollten sie zusammen im gleichen Bett schlafen. Es gab sie wieder, und sie würde nie wieder verschwinden. Da fiel ihr das Handy wieder ein.

»Ich habe dir etwas besorgt«, sagte sie.

Muriel stand auf und hob ihre Jacke vom Boden auf. Aus der Innentasche holte sie ein Mobiltelefon heraus und reichte es Folami.

»Das habe ich heute gekriegt, ich möchte, dass du es nimmst, falls wir uns wieder verlieren.«

»Danke schön!«

Folami nahm das Handy entgegen und drehte es hin und her. Gebraucht, aber in einer hübschen silbernen Hülle. Sie schob das Handy in die Tasche und begann sich auszuziehen.

»Willst du innen liegen?«, fragte sie.

»Gerne.«

Folami legte sich auf die Außenseite, zog die Decke ein Stück hoch. Muriel zog sich die Hose aus und wollte gerade ins Bett klettern, als sie sah, dass aus Folamis Jacke etwas auf den Boden gefallen war. Ein Stilett. Sie kletterte über Folami und legte sich dicht neben sie, mit dem Rücken zur Wand. Sie würde nicht nach dem Messer fragen. Sie wollte die Welt draußen lassen. In dieser Nacht gab es nur sie und Folami, und sie sollten gemeinsam einschlafen, dicht nebeneinander, und die ganze Nacht so liegenbleiben.

»Erinnerst du dich noch, was ich im Wald erzählt habe, von meinem Bruder?«, fragte Folami. »Wie Boko Haram ihn verschleppt hat?«

»Ja?«

»Ich habe erfahren, dass er geflohen ist und möglicherweise auf dem Weg nach Schweden war. Deshalb bin ich hergekommen. Ich bin nicht aus Nigeria geflohen, ich bin von dort weg, weil ich versuchen wollte, ihn zu finden, um dann wieder mit ihm nach Hause zu fahren.«

Muriel setzte sich ein wenig auf.

»Aber warum hast du das nicht erzählt? Dass du deshalb hergekommen bist. Um ihn zu finden?«

»Weil ich nicht sicher war, ob er hier ist. Ich hatte Angst, dass alles schiefgehen würde, wenn ich darüber rede. Aber heute Morgen ist mir klar geworden, dass er hier sein muss.«

»Als du Gowon gesehen hast?«

»Ja.«

Folami drehte den Kopf etwas zur Seite. Muriel ahnte, was in dem Mädchen vor sich ging, und strich ihr übers Haar.

»Sie werden ihn finden«, sagte sie.

»Die Polizei?«

»Ja.«

Folami sagte nichts. Muriel wollte nicht weiter über diese Sache reden, sie wollte nur im Jetzt sein, mit Folami neben sich im Bett. Nur das zählte.

Für sie.

Lange Zeit lagen die beiden nur da und schauten einander in die Augen, bis Folami sagte:

»Jetzt schlafe ich fast schon.«

»Ich auch.«

Folami lächelte und drehte sich ein wenig. Muriel strich ihr erneut übers Haar, und das Letzte, was sie hörte, war Folamis warme Stimme:

»Ich werde dich niemals vergessen.«

Muriel fasste die Worte als Liebeserklärung auf, nicht als Prophezeiung. Und schlief ein.

*

Bodil hatte kein Auge zugetan.

Sie saß allein in der dunklen Küche und hatte gesehen, wie dieser Negerbalg vor einer Weile den Weg entlanggegangen war, Richtung Ferienhütte. Dieses Mädchen, das auf ihren Sohn mit einer Axt losgegangen war. Ihn zum Glück nur am Bein getroffen hatte, aber trotzdem. Im Krankenhaus hatte sie gesagt, er sei beim Holzhacken mit der Axt ausgerutscht. Sie wollte die Polizei nicht dabeihaben. Denn sie wusste, Bernt hatte das Mädchen in den Schuppen gezerrt, und auch wenn

Aussage gegen Aussage stehen würde, so lag gegen ihn bereits ein Urteil wegen eines Übergriffs auf ein kleines Mädchen vor. Außerdem vertraute sie nicht darauf, was Bernt sagen würde. Wenn er bei einem Verhör durcheinanderkam, konnte er alles Mögliche von sich geben. Sie schaute zu dem Raum hinter der Küche und hörte sein schweres Schnarchen.

Ich hätte ihm niemals Rauch ins Gesicht blasen dürfen, dachte sie.

Die kleine zerbrechliche Spinne arbeitete sich entlang des noch zerbrechlicheren Netzes zu einer winzigen Motte vor, die in der Dunkelheit dem Tod in die Falle gegangen war. Jetzt strömten zarte Sonnenstrahlen durch das Netz und offenbarten, dass noch ein Leckerbissen ein Stück weiter unten auf sie wartete. Ein nahrungsreicher Morgen für diese Spinne.

Muriel bekam davon nichts mit. Sie schlief immer noch und hätte wohl weitergeschlafen, bis es wieder dunkel wurde, in den Schlummer gewiegt von Sicherheit und Erschöpfung. Was sie aufwachen ließ, wusste sie selbst nicht. Kein Geräusch, aber vielleicht diese ganz besondere Körperwärme, die auf einmal verschwunden war und es etwas kühler im Bett werden ließ. Vielleicht. Vielleicht waren es auch andere Alarmsensoren, die ihr Gehirn aktivierten. Plötzlich setzte sie sich auf und sah, dass Folami nicht mehr im Bett lag.

»Folami!«

Wahrscheinlich macht sie schon Frühstück. Folami war oft früh aufgestanden. Hoffentlich ist sie nicht auf die Idee gekommen, rauszugehen und Wasser zu holen, dachte sie. Muriel sprang aus dem Bett und lief in die Küche. Leer. Die Hütte war leer. Sie rannte hinaus auf den Hof.

»Folami!«

Sie lief weiter zum Holzschuppen.

Leer.

Als sie zurück in die Küche gelaufen kam, entdeckte sie den Zettel auf dem Küchentisch. Er war handgeschrieben, mit einer sorgfältig gestalteten Schrift: »Ich muss Akin finden. Verzeih mir. Du bist meine Muriel.« Neben das Wort Muriel hatte Folami ein Herz mit einem schönen Schatten gemalt.

Muriel starrte auf den Zettel, holte ihr Handy heraus und rief Folami an.

Keine Antwort.

Wieder starrte sie das Papier an, las die wenigen Worte, und plötzlich fiel ihr das Teil ein, das gestern aus Folamis Tasche auf den Boden gefallen war.

Das Stilett.

*

Stelea hob so gut wie nie die Stimme, nur selten gab es einen Grund dafür, seine Umgebung gehorchte ihm auch so. Deshalb reagierte Razvan überrascht, als er hörte, wie Stelea mit der Frau am Küchentisch sprach.

»Gestern habe ich Rotaru getroffen. Er sagte mir, dass es eine Störung gegeben hat. Du weißt, was ich davon halte, Maria. Kannst du mir das erklären?«

Razvans Reaktion beruhte nicht auf den Worten, sondern auf ihrer Schärfe und der lauten Stimme. Es bestand kein Zweifel: Mihai wollte eine Antwort haben.

Sie waren erst vor zehn Minuten auf dem Hof angekommen, mitten im Frühstück. Eine Organübergabe war ausgefallen. Zum ersten Mal, und Stelea wollte wissen, warum. Er trug ein schwarzes Polohemd und ein diskretes graues Jackett. Seine Stimme war immer noch deutlich angeschlagen von Abbas' Schlag auf den Kehlkopf in Bukarest.

»Bist du erkältet?«, fragte Maria und bemühte sich, ruhig zu klingen.

Felix und sie hatten einen ziemlichen Schreck bekommen, als sie sahen, wer da aus dem Auto stieg, und ihnen war sofort klar gewesen, dass die Lage ernst war. Mihai war schon früher einmal hier gewesen, vor ein paar Monaten, als alles angefangen hatte. Aber jetzt war er plötzlich aufgetaucht, ohne Vorwarnung, ohne anzurufen.

Maria ahnte, worum es ging.

»Willst du dich nicht setzen?«, fragte sie.

Sie zeigte auf den Stuhl auf der anderen Seite des Tisches. Stelea blieb neben Razvan an der Spüle stehen. Sein Blick war die ganze Zeit nur auf Maria gerichtet. Der bleiche Mann auf dem Stuhl neben ihr war nur ein Werkzeug. Maria war diejenige, die die Verantwortung für das Geschäft trug, sie war diejenige, der er voll vertraute.

Bis jetzt.

»Ja, wir hatten eine Störung«, sagte sie. »Wie du es nennst.«

»Womit?«

»Könntet ihr bitte Englisch reden.«

Felix verstand kein Rumänisch und wollte wissen, worüber gesprochen wurde. Stelea warf ihm einen kurzen Blick zu, drehte sich dann wieder zu Maria um.

»Kannst du ihn bitten, die Küche zu verlassen?«

Felix schaute Maria an.

»Was hat er gesagt?«

»Er will, dass du die Küche verlässt.«

»Und warum sollte ich das? Gibt er mir hier Befehle?«

Felix sprang vom Stuhl auf. Maria wollte ihn zurückhalten, sie wusste, er war kurz vorm Platzen. Aber Felix riss sich los und ging auf Stelea zu. Sofort reagierte Razvan, doch eine kleine Geste von Stelea bremste ihn. Dann musterte er den aufgebrachten Felix.

»Ja?«, fragte er, auf Englisch.

»Du gibst mir keine Befehle mehr! Du hast mich gezwungen, widerwärtige Dinge zu tun! Aus einem einzigen Grund! Weil du es nicht selbst tun kannst. Du brauchst mich! Ich bin Chirurg. Was bist du? Ein verdammter Gangster!«

»Felix!«

Maria wollte schon aufspringen, als Stelea einen Schritt vortrat und Felix den Arm um die Schulter legte. Er lächelte.

»Mein Freund«, sagte er auf Englisch.

Felix war überrumpelt. Er hatte mit einer anderen Reaktion gerechnet.

»Komm«, sagte Stelea.

Er führte Felix aus der Küche hinaus, immer noch freundschaftlich den Arm um seine Schulter, immer noch lächelnd.

Maria schaute Razvan an, dieser zuckte mit den Schultern.

»Offenbar bleiben wir eine Weile hier«, sagte er.

Maria setzte sich wieder an den Tisch.

»Möchtest du etwas essen?«

Razvan schüttelte den Kopf.

Eine Viertelstunde später kam Stelea zurück in die Küche, allein. Dieses Mal nahm er am Tisch Platz, Maria gegenüber, und er wechselte wieder ins Rumänische.

Das Lächeln war verschwunden.

»Es ist doch ganz einfach«, sagte er. »Ihr operiert. Wir verkaufen. Ein unkompliziertes, sehr lukratives Geschäft, das auf zwei Säulen ruht. Wir vertrauen einander, und wir machen keine Fehler. Jetzt habt ihr einen Fehler gemacht. Das ist nicht gut. Aber ich möchte dir weiterhin vertrauen.«

»Das kannst du.«

»Du hast eine Lieferung nicht eingehalten.«

»Der Spender ist verschwunden.«

Stelea betrachtete Maria. Er meinte, was er sagte, er vertraute ihr. Für das dazu nötige Werkzeug war sie verantwortlich. Vielleicht lag der Fehler beim Werkzeug. Leider waren sie von ihm abhängig, sonst hätte Razvan das schon lange erledigt.

»Was heißt ›verschwunden‹?«

»Er ist weggelaufen und überfahren worden.«

»Das bedeutet, dass ich mit einem japanischen Kunden dastehe, der bereits einen nicht unbeträchtlichen Betrag als Vorschuss bezahlt hat und dringend eine Niere braucht. Was soll ich ihm sagen? Dass seine Niere abgehauen ist?«

»Wir werden einen neuen Spender finden.«

»Und wann?«

»Hoffentlich noch heute Abend. Wenn wir Glück haben, können wir morgen Nachmittag operieren.«

»Warum nicht gleich in der kommenden Nacht?«

»Wir müssen eine spezielle Nährflüssigkeit anwenden, die nötig ist, um das Organ zu konservieren, die Lieferung kommt erst morgen Nachmittag.«

Stelea musterte Maria. Sie saßen nur wenige Meter voneinander entfernt, und er konnte ihr kühles, angenehmes Parfüm riechen. Er wusste, dass sie nicht log, dazu war sie zu klug. Er hatte großen Respekt vor ihrem Intellekt, und sie war sehr schön. Er hätte sich gut vorstellen können, sie an seiner Seite zu haben, bei einer anderen Gelegenheit.

»Dann bleiben wir, bis es erledigt ist«, sagte er.

»Wie schön.«

Auch Maria kannte Mihais Neigungen. Er wurde von jungen Körpern stark angezogen. Von sehr jungen Körpern. Leider, sonst sähe ihre Zusammenarbeit sicher ganz anders aus. Er strahlte all das aus, was dieser Sack voller Tanzmäuse nicht tat.

Außerdem war er eiskalt, was wiederum Maria anzog.

*

Stilton hatte sich rasiert und geduscht und wollte sich gerade auf den Weg zum Polizeigebäude machen, als Luna rief.

»Tom! Muriel ist hier!«

Hatte sie Folami gefunden?, fragte er sich und eilte wieder hinunter in den Salon. Er sah sofort, dass er sich geirrt hatte. Muriel war vollkommen aufgelöst. Luna hielt sie in den Armen und drückte sie sanft auf einen der Stühle.

»Was ist passiert?«

Stilton stellte die Frage so beherrscht, wie er nur konnte, er wusste, dass Muriel schnell in Panik geriet, und dann konnte man nichts mehr mit ihr anfangen.

»Folami ist letzte Nacht in die Hütte zurückgekommen, alles war gut, doch als ich aufgewacht bin, war sie weg und hat nur das hier hinterlassen!«

Die Worte sprudelten aus Muriel nur so heraus. Stilton nahm den Zettel und las, was Folami geschrieben hatte.

»Hat sie erzählt, wo sie gestern gewesen ist?«, fragte er.

»Nein, aber sie hat sich ein Stilett besorgt.«

»Ein Stilett?«

»Ja, ich habe es gesehen, als wir ins Bett gehen wollten, es ist ihr aus der Tasche gerutscht.«

Stilton schaute Luna an.

»Und jetzt ist sie wieder verschwunden?«, fragte er.

»Ja! Ich habe versucht, sie anzurufen, aber sie geht nicht ran!«

»Hat sie denn ein Handy?«

»Sie hat gestern eins von mir gekriegt, damit wir, wenn wir uns wieder verlieren, wir …«

»Hast du die Nummer?«, unterbrach Stilton sie.

Muriel nickte und tippte mit zitternden Händen auf ihr Telefon, bis Folamis Handynummer erschien. Stilton gab sie in seinen Apparat ein, während Luna sich zu Muriel hinunterbeugte.

»Hast du heute überhaupt schon etwas gegessen?«, fragte sie.

»Nein.«

Luna schaute Stilton an, dieser nickte. Dieser Themenwechsel kam ihm bekannt vor.

*

Mette fasste zusammen, was alle in der Nacht zu verdrängen versucht hatten.

»Ein Romajunge, ein afghanisches Mädchen und ein nigerianischer Junge, alle im Teenageralter, sind ermordet worden. Offenbar sind sie einem illegalen Organhandelring zum Opfer gefallen. Momentan haben wir keine Ahnung, wie viele Opfer es insgesamt gibt. Allein in diesem Jahr sind mehr als dreißigtausend alleinreisende, unbegleitete Kinder und Jugendliche hierhergekommen. Wie viele von ihnen verschwunden sind, wissen weder wir noch sonst jemand.«

»Auch nicht, wohin sie verschwunden sind«, ergänzte Lisa.

Sie hatten sich im Konferenzraum versammelt, einer nach dem anderen, mehr oder weniger ausgeschlafen. Außerdem befanden sich in dem Raum noch weitere sieben Kollegen. Nur Stilton fehlte, aber er war auf dem Weg. Mette drehte sich zur Wandtafel hinter sich um und schrieb, während sie weiterredete:

»Schwerpunkt eins: die Operationen. Sie müssen irgendwo hier im Land ausgeführt worden sein. Aber wo? Schwerpunkt zwei: die Kontaktaufnahme. Wie und wo nehmen sie Kontakt zu den Kindern auf?«

»Frage zwei ist sicher am einfachsten zu beantworten«, meldete Bosse sich zu Wort. »Höchstwahrscheinlich doch wohl dort, wo die Kinder ankommen.«

»Oder besser gesagt dort, wohin sie fahren, nachdem sie irgendwo in Schweden angekommen sind«, ergänzte Lisa. »Göteborg. Stockholm.«

»Zwei der Opfer sind südlich von Gnesta gefunden worden«, bemerkte Mette. »Nehmen wir einmal an, dass der Kontakt entstand, als sie in Stockholm ankamen, dann doch wohl im Hauptbahnhof. Außerdem hat Olivia dort das afghanische Mädchen gesehen.«

»Und sie ist mit einer Person verschwunden, von der einer der Freiwilligen behauptet, sie würde bewusst alleinreisende Kinder ansprechen«, sagte Olivia.

»Schwerpunkt drei: diese Person finden«, sagte Mette.

Stilton betrat, etwas außer Atem, den Raum.

»Folami ist letzte Nacht zu Muriel in die Hütte gekommen und heute Morgen wieder verschwunden«, berichtete er. »Muriel glaubt, sie wolle versuchen, ihren Bruder zu finden.«

»Und wie will sie das anstellen?«

Mette warf ihm einen äußerst skeptischen Blick zu.

»Sie hat sich ein Stilett besorgt.«

Stilton war klar, er hatte damit Mettes Frage nicht beantwortet, aber er war ziemlich aufgewühlt. Die Ereignisse der letzten Nacht auf und vor dem Lastkahn saßen ihm noch in den Knochen. Bis jetzt hatte er Mette nichts davon erzählt. Und eigentlich war ja auch nichts passiert.

Woran er nicht dachte, war, dass die Observierungsbeamten Mette natürlich einen Bericht geschickt hatten.

Aber sie brachte die Sache nicht zur Sprache.

Es gab Wichtigeres zu tun.

*

Folami wartete bereits seit mehreren Stunden in dem Menschengewimmel am Hauptbahnhof. Die Person, nach der sie suchte, war noch nicht aufgetaucht. Mehrere Male hatte man ihr etwas zu essen oder zu trinken angeboten, aber sie hatte immer dankend abgelehnt. Sie war nicht an Butterbroten oder Saft interessiert, sie war auf etwas ganz anderes aus. Wieder ging sie auf die weißen Zelte zu, dort, wo Ali den Mann gestern gesehen hatte. Aber er war immer noch nicht da. Was mache ich, wenn er gar nicht auftaucht? Tränen stiegen ihr in die Augen, doch als das Bild von Gowons totem Gesicht in ihrem Kopf auftauchte, konnte sie sie zurückdrängen. Sie würde denjenigen finden, der Gowon ermordet hatte, und sie würde Akin finden. Sie hatte nicht den ganzen Weg von Izghe bis nach Stockholm auf sich genommen, nur um jetzt aufzugeben. Fest umklammerte sie mit der Hand das Stilett in der Tasche – und da sah sie ihn! Er kam auf die weißen Zelte zu und lächelte einige Flüchtlinge an. Folami schaute sich um. Sie wollte nicht allein auf ihn zugehen. Ein Stück weiter entdeckte sie eine große Gruppe dunkelhäutiger Flüchtlinge, die sich durch den Haupteingang drängten. Sie schloss sich der Gruppe an und folgte ihr. Zu den weißen Zelten. Dort wartete sie, während die anderen Teller mit Suppe und Obst bekamen.

Schließlich ging sie ein paar Schritte auf den Mann zu, den Ali ihr gezeigt hatte. Er stand neben dem Zelt. Sie spürte, wie sie am ganzen Körper zitterte, und dachte, dass das eigentlich gar nicht so schlecht war, versuchte sie doch, möglichst hilflos auszusehen. Sie schaute zu Boden, als sie sich dicht neben ihn stellte.

»Und was ist mit dir?«, fragte er freundlich auf Englisch.

»Ich weiß nicht«, antwortete sie leise. »Ich bin mit dem Zug gekommen, ich bin allein. Wohin soll ich gehen?«

Der Mann schaute Folami an, dann ließ er den Blick schweifen, um sich schließlich neben sie zu hocken.

»Ich kann dir helfen«, sagte er.

»Und wie?«

»Brauchst du einen Schlafplatz?«

»Ja.«

»Ich kenne ein Heim, das Flüchtlinge aufnimmt. Ich habe schon viele Kinder dorthin gefahren. Es ist ein guter Ort. Du bekommst ein Bett, etwas zu essen, und dann erzählen sie dir, wie es weitergeht. Möchtest du dorthin?«

Folami nickte, immer noch den Blick auf den Boden gerichtet. Der Mann schaute sich wieder um, dann legte er Folami einen Arm um die Schulter. Sie war kurz davor, ihn von sich zu stoßen, konnte sich aber gerade noch beherrschen.

»Da hinten steht mein Wagen«, sagte der Mann.

Folami lächelte den Mann schüchtern an. Gemeinsam gingen sie zu den Betonpfeilern. Kurz bevor sie dort angekommen waren, lachte Folami auf und sagte:

»Guck mal!«

Sie hielt etwas in der Hand, und der Mann schaute hinunter, und da drückte Folami ab.

»Ein Selfie!«, erklärte sie lächelnd.

Der Mann sah beunruhigt aus und schaute zurück zum Zelt.

»Komm jetzt«, sagte er.

*

In Ronnys Antiquariat ging gerade eine seiner regelmäßigen Autorenlesungen für Obdachlose zu Ende. Das Konzept war ganz einfach. Er oder Benseman lasen laut aus einem Buch, das in ihren Augen unentbehrliche Literatur war, anschließend gab es eine Stärkung, in fester wie in flüssiger Form. An diesem Abend hatte Ronny ein paar Novellen von Thorsten Jonsson vorgelesen. Ein großer Stilist laut seinen Worten. Die Lektüre war begleitet worden von zarter Klaviermusik von Benseman. Der lange Norweger hatte ein altes schwarzes Klavier mit Stahlrahmen entdeckt und Ronny dazu gebracht, in einer Ecke des Antiquariats dafür Platz zu schaffen. Neben Ronny waren auch andere verblüfft über Bensemans Fähigkeiten als Pianist, aber wie er selbst sagte: »Ihr habt erst den Anfang gesehen und gehört.«

Jetzt machten sich die Gäste langsam auf den Heimweg, einige halb betrunken, alle fest davon überzeugt, dass Ronny ein Geschenk des Himmels für die Beladenen und Getriebenen war. Benseman haute weiter in die Tasten, Ronny räumte ab. Es blieben immer kleine Reste in den Plastikbechern zurück, und die schüttete er in eine Karaffe. Bensemans Belohnung. Als er dabei war, das Licht zu löschen, klingelte die Türglocke. Er drehte sich um.

»Muriel? Du kommst etwas zu spät. Wir haben gerade …«

Weiter kam er nicht, weil Muriel sich ihm an den Hals warf und ihren Kopf schluchzend an seine Brust drückte. Er wartete eine Weile, bis sie sich etwas beruhigt hatte, dann schob er sie vorsichtig etwas von sich.

»Was ist passiert? Bist du rückfällig geworden?«

Muriel schüttelte den Kopf, setzte sich auf Ronnys Lesesessel und versuchte den Atem unter Kontrolle zu bekommen. Benseman hörte auf zu spielen und beobachtete Muriel. Er machte sich eigentlich täglich Sorgen um sie, und am liebsten hätte er sie Tag und Nacht unter seinen Fittichen. Wenn sie es selbst auch so wollen würde. Aber bis jetzt hatte er sich noch nicht getraut, ihr vorzuschlagen, ihn zu heiraten, er fürchtete sich vor einem Nein.

»Ist was passiert?«, fragte er.

Und dann begann Muriel zu erzählen. Von Folami und der Hütte und wie sie das Mädchen dort versteckt hatte, sich aber nicht traute, Ronny etwas davon zu sagen.

Ihre Worte versetzten Ronny einen Stich. Hatte sie so große Angst davor, was er dazu sagen würde? Er hockte sich vor Muriel und nahm ihre Hände in seine.

»Du hast genau das gemacht, was ich auch getan hätte«, sagte er. »Du hast ganz richtig gehandelt.«

Und in dem Augenblick fühlte Muriel, dass Ronny es ernst meinte. Der Gedanke war ihr vorher nie gekommen, obwohl sie wusste, wer Ronny war, und dass er sich um alle kümmerte, die auf die schiefe Bahn geraten waren. Natürlich hätte er sich um Folami gekümmert, wenn er sie in dieser Nacht auf der Straße gesehen hätte. Muriel beugte sich vor und umarmte Ronny.

Da gab ihr Handy ein Geräusch von sich.

Sie zog es heraus, sie hatte eine SMS bekommen. Ein Selfie vor dem Hauptbahnhof, von Folami und einem Mann. Unter dem Bild stand: »Ein schlechter Mensch?«

Es wurde schnell dunkel.

Eine ganze Weile saßen sie schweigend im Lieferwagen des Mannes. Folami sah verschiedene Wegweiser vorbeihuschen mit Namen, die sie kaum aussprechen konnte. Sie versuchte, den Mann auszufragen, über den Ort, zu dem sie fuhren, und er erklärte ihr, dass es sich um einen Hof handele, auf dem Flüchtlinge leben konnten, bis man für sie eine richtige Wohnung gefunden hatte. Folami tat interessiert. Sie hatte keine Ahnung, wohin die Autofahrt ging und ob sie überhaupt etwas mit Gowon und Akin zu tun hatte. Aber ihr blieb keine andere Wahl.

Der Mann gefiel ihr nicht.

Solange sie am Hauptbahnhof gewesen waren, hatte er freundlich und nett gewirkt, aber jetzt beachtete er sie kaum noch, außerdem schwitzte er die ganze Zeit, der Schweiß lief ihm übers ganze Gesicht.

Eine Wohnung? Waren Gowon und Akin in eine Wohnung gebracht worden?

»Ich komme aus Nigeria«, sagte sie, als sie von der großen asphaltierten Straße abgebogen waren.

»Aha.«

»Hast du schon andere Kinder aus Nigeria zu diesem Hof gefahren?«

Sie hoffte, sie würde nicht zu neugierig klingen.

»Ich habe schon viele Kinder dorthin gebracht, kann sein, dass auch welche aus Nigeria dabei waren.«

»Aber du erinnerst dich nicht genau?«

»Nein.«

»Ich heiße Folami.«

»Aha.«

»Und wie heißt du?«

Der Mann antwortete nicht, und wieder hörte das Mädchen Olivias Worte: »Das sind schlechte Menschen.«

»Warum schwitzt du so?«, fragte sie.

»Meine Güte, was du alles fragst. Freust du dich nicht, dass du irgendwo wohnen kannst?«

»Doch, ja.«

Sie würde keine Fragen mehr stellen.

Den Rest der Fahrt schwiegen beide, bis der Mann plötzlich bremste. Um sie herum war nur kohlrabenschwarzer Wald und kein einziges Haus. Er bog auf einen kleinen Rastplatz ab und hielt an. Will er sich auf mich stürzen?, dachte Folami und umklammerte das Stilett in der Tasche. Der Mann im Holzschuppen hatte einen Axthieb abbekommen, dem hier steche ich direkt in den Hals. Sie sah den Mann an.

»Warum halten wir hier?«, fragte sie.

»Das ist ein Treffpunkt. Die Leute von dem Hof kommen her und holen dich hier ab. Es ist zu weit für mich, ganz bis zu ihnen zu fahren, ich muss zurück nach Stockholm.«

»Was? Soll ich hier warten?«

»Ja. Die werden bald kommen.«

Folami schaute den Mann an. Er beugte sich über sie und öffnete ihre Wagentür.

»Es dauert nicht lange, die sind gleich da«, versicherte er ihr.

Folami überlegte. Welche Alternative hatte sie? Mit dem Mann zurück zum Hauptbahnhof zu fahren? Oder aussteigen und hoffen, dass er die Wahrheit sagte. Dass jemand kommen und sie abholen würde. Vielleicht lief das ja mit Flüchtlingen hier so. Wer konnte das schon wissen?

Folami stieg aus und schlug die Tür hinter sich zu. Ohne einen letzten Blick zurück bog der Mann sofort wieder auf die

Straße und verschwand. Folami schaute sich um. Ein Stück weiter standen ein Papierkorb und eine Bank. Ohne den hellen Mond hätte sie überhaupt nichts erkennen können. So aber ging sie zur Bank und setzte sich. Bereits nach ein paar Minuten begann sie zu zittern, es war kühl. Sie schaute zum Sternenhimmel auf und fragte sich, ob vielleicht Akin auch in diesem Moment in den gleichen Himmel schaute. Als sie noch klein waren, schlichen sie sich manchmal nachts gemeinsam hinaus, wenn alle anderen schliefen, und gingen auf einen kleinen Grashügel, legten sich dort auf den Rücken und schauten in den Sternenhimmel. Schwiegen. Dann nahm Akin ihre Hand in seine, und manchmal sagte er Dinge, die nur für sie bestimmt waren. Schöne Dinge, die er nie gesagt hätte, wenn jemand anderes sie auch hätte hören können. Und dann erklärte er ihr immer all die Geräusche, alle Tiere der Nacht. Manchmal erschreckte er sie, behauptete, da wäre ein Löwe, doch dann lachte er gleich und nahm sie in den Arm, wenn er merkte, dass sie Angst bekommen hatte.

Wo bist du heute Nacht, Akin?, fragte sie sich.

*

Muriel kam den Steg zum Lastkahn hinaufgelaufen und stieß an Deck auf Stilton und Olivia. Sie hatte angerufen und die beiden vorgewarnt. Jetzt hatte sie das Handy in der Hand.

»Seht euch das an!«

Sie hielt ihr Telefon hoch und zeigte das Selfie, das Folami ihr geschickt hatte. Auf dem sie lächelnd neben einem vollkommen überrumpelten Mann stand, mit den Freiwilligenzelten im Hintergrund. Stilton las Folamis Kommentar über einen schlechten Menschen.

Olivia sah jedoch das Gesicht des Freiwilligen, den sie mehrmals zu erreichen versucht hatte, des Freiwilligen, der mit dem afghanischen Mädchen fortgegangen war. Der Klas hieß.

»Das darf ja wohl nicht wahr sein!«, rief sie.

Noch bevor Olivia ihren Ausruf erklären konnte, erschien Luna an Deck.

»Was ist los?«, fragte Luna.

»Erkennst du ihn?«, fragte Stilton Olivia.

»Ja! Dieser Scheißkerl!«

Olivia wandte sich Luna zu und erklärte, sich selbst genauso sehr wie den beiden anderen, wer Klas war und dass er vermutlich soeben Folami entführt hatte.

»Aber wissen wir das genau?«, fragte Stilton.

»Was?«

»Dass er sie entführt hat? Es ist ja nur ein Foto. Vielleicht sind sie anschließend zum Zelt gegangen und haben dort Suppe gegessen.«

Da klingelte Muriels Handy. Sie ging sofort ran und sagte gleichzeitig zu den anderen:

»Das ist Folami!«

Muriel hörte dem Mädchen zu, ohne Fragen zu stellen, und plötzlich senkte sie den Apparat. Olivia fragte als Erste:

»Was will sie? Wo ist sie?«

Muriel schaute Stilton an, als suchte sie bei ihm Halt, und er erwiderte ihren Blick, um ihr so viel Kraft zu geben, wie er konnte.

»Sie sitzt irgendwo auf irgendeinem Rastplatz«, sagte Muriel und versuchte, ihre Stimme unter Kontrolle zu halten. »Sie hat keine Ahnung, wo, sie ist von diesem Idioten auf dem Selfie dorthin gefahren worden. Er hat ihr gesagt, sie solle dort warten, es werde jemand kommen und sie abholen.«

»Und wer?«

»Sie soll zu irgendeiner Unterkunft gebracht werden oder so. Ich habe nicht alles verstanden.«

Stilton und Olivia sahen sich an, und Luna legte einen Arm um Muriel. Gerade noch rechtzeitig, denn Muriel fing an zu weinen und war kurz davor, zusammenzubrechen.

»Darf ich mir mal dein Handy leihen?«

Stilton nahm Muriels Handy und suchte Folamis Nummer heraus. Er rief die Nummer an, bekam aber keine Antwort.

»Kann sie schon auf dem Weg dorthin sein?«, fragte er Olivia.

»Dorthin? Wohin denn?«, schluchzte Muriel.

Und in dem Moment beschloss Stilton, dass Muriel nicht mehr das obdachlose Junkiewrack war, dem er viele Jahre zur Seite zu stehen versucht hatte, sondern ein erwachsener Mensch, der in die gleiche widerliche Mordermittlung hineingezogen worden war wie er selbst. Also berichtete er kurz und möglichst schonend von den Schlussfolgerungen, die er und seine Kollegen gezogen hatten. Er endete mit den Worten:

»Wir wissen nicht, wo sie sich aufhalten und die Sache durchziehen, nur, dass es irgendwo in Schweden ist.«

»Und es ist möglich, dass Folami auf dem Weg dorthin ist?«

»Im schlimmsten Fall, ja.«

Nach einer Weile quälerischer Stille nahm Luna Muriel mit sich in den Salon, und Stilton rief bei der Polizei an und forderte eine Handyortung in der Gegend, aus der Folami Muriel angerufen hatte. Er wusste, es würde einige Zeit dauern und brächte sicher nicht mehr als nur eine Positionsbestimmung des Punktes, wo das Handy gewesen war, als es sendete, aber dennoch.

Olivia rief Mette an und berichtete von dem »Freiwilligen«

Klas am Hauptbahnhof, während sie den Anleger hinunterstürmte.

Stilton folgte ihr in nur einem Meter Abstand.

*

Folami hatte nach dem Gespräch mit Muriel ihr Handy ausgeschaltet. Sie wollte den Akku schonen, denn sie hatte ja kein Ladegerät. Sie stand von der Bank auf und ging langsam hin und her, um sich aufzuwärmen. Rund um sie herum war nur dunkler Wald. Sie hatte gehört, dass es in diesen nördlichen Ländern Wölfe geben sollte. Wölfe waren gefährlich. Plötzlich hörte sie einen merkwürdigen lauten Schrei aus dem Wald. Es klang wie ein Vogel. Das klang unheimlich, besonders jetzt in der Dunkelheit.

Sie setzte sich wieder auf die Bank und rieb die Hände aneinander, spähte hinüber zur Straße. Ein paar Autos waren vorbeigefahren, ohne anzuhalten. Sie hatte gesehen, dass die Fahrer zu ihr herübergeschaut hatten. Sollte wirklich keiner anhalten und sich erkundigen, was sie hier tat? Ein Mädchen ganz allein auf einem dunklen Rastplatz draußen im Wald? Aber vielleicht tat man so etwas nicht hier in diesem Land. Oder aber es lag daran, dass sie aussah, wie sie nun einmal aussah. Schließlich stammte sie ja nicht von hier.

Sie schaute in die andere Richtung und entdeckte wieder ein Licht, ein neues Auto, ganz weit entfernt. Sie sah, wie es näher kam und immer langsamer wurde. Es war ein großes Fahrzeug, ein Campingbus, mit starken Scheinwerfern. Ein Stück von ihr entfernt hielt der Bus an, das Licht direkt auf den Rastplatz gerichtet. Folami stand auf und trat ins Licht. Sie musste sich die Augen zuhalten, um nicht geblendet zu werden. Der

Wagen rührte sich nicht. Soll ich hingehen? Sie trat wieder aus dem Lichtkegel und ging langsam auf den Wagen zu. Als sie nur noch ein paar Meter entfernt war, wurde die Wagentür an der Fahrerseite geöffnet, und ein großer Mann stieg aus, ohne dass der Motor ausgeschaltet wurde. Er kam auf sie zu, streckte ihr eine Hand entgegen.

»Hei, ich bin Felix. Hast du schon lange gewartet?«

Der Mann hatte eine freundliche Stimme, aber sie konnte in dem Licht seine Augen nicht erkennen, deshalb wusste sie nicht, ob er auch gut war. Das konnte sie meistens an den Augen ablesen – oder an dem Blick. Sie ergriff seine Hand und erwiderte seinen Gruß.

»Ich heiße Folami. Soll ich bei dir wohnen?«

»Ja. Komm, spring in den Wagen.«

Folami ging zur Beifahrertür. Die Klinke saß zu hoch, so dass sie sich nach ihr strecken musste. Auch das Trittbrett war zu hoch, so dass der Mann, der Felix hieß, sie hochheben musste. Dann schloss er die Tür hinter ihr. In dem Moment blickte er zu Boden. Da lag ein Handy. Er schielte zum Wagenfenster und konnte Folami nicht sehen. Mit einer schnellen Bewegung zertrat er das Telefon und ging dann zurück auf die Fahrerseite.

Der Campingbus wendete vor dem Rastplatz und verschwand in der Dunkelheit.

*

Mehrere Polizeibeamte in Zivil waren an dem Einsatz am Hauptbahnhof beteiligt, inklusive Mettes Team. Außer Mette persönlich. Sie lenkte ihre Leute vom Konferenzraum aus.

Olivia war zusammen mit Stilton als Erste an Ort und Stelle.

Die beiden drängten sich sofort zu den weißen Zelten durch, um dort nach dem Freiwilligen Klas zu suchen. Er war nicht da. Also gingen sie gemeinsam mit einigen Kollegen weiter in die Bahnhofshalle. Alle hatten ein Foto von Folami dabei.

Auch hier war Klas nicht ausfindig zu machen. Es dauerte eine Weile, bis sie sich ganz sicher waren, und die Beamten waren ziemlich frustriert. Andere Freiwillige wurden befragt, aber in letzter Zeit hatte niemand Klas gesehen.

»Er war heute hier, aber schon früher«, sagte einer.

»Wie lange ist das her?«

»Irgendwann so kurz nach Mittag.«

Da entdeckte Olivia eine Person, die sie momentan lieber nicht treffen wollte. Jamie. Leider sah er sie im gleichen Moment und drängte sich zu ihr durch die Menschenmenge hindurch.

»Hei! Wie geht's? War schön letztes Mal.«

»Ja, fand ich auch.«

»Ich habe dir ein paarmal eine SMS geschickt, aber ...«

»Können wir später reden?«, unterbrach Olivia ihn. »Ich bin hier, weil wir nach einer Person suchen, einem der Freiwilligen.«

Olivia hielt ihm Folamis Selfie mit dem Freiwilligen hin. Sie musste sich jetzt auf ihre Arbeit konzentrieren. Alles andere hatte zu warten. Jamie schaute das Foto an und reagierte sofort.

»Klas?«

»Ja. Du weißt, wer das ist?«

»Ja. Er ist oft hier, meistens da draußen bei den Zelten.«

»Weißt du, wie er mit Nachnamen heißt?«

»Nein.«

»Oder wo er wohnt?«

»Keine Ahnung. Warum wollt ihr ihn finden?«

Olivia ignorierte seine Frage.

»Wie gut kennst du ihn?«

»Nicht besonders, aber er ist ein ganz netter Kerl, wir haben ein paarmal nach der Nachtschicht ein Bier zusammen getrunken.«

»Wo?«

»Meistens hängt er wohl im Laughing Duck in der Vasagatan herum.«

Olivia machte auf dem Absatz kehrt, drehte sich dann aber doch noch mal kurz zu Jamie um. Der schaute sie lächelnd an. Ob du wohl noch lächeln würdest, wenn du wüsstest, was ich weiß, dachte Olivia, sagte aber nur:

»Ich lasse von mir hören.«

Ohne sich noch einmal umzusehen, kämpfte sie sich wieder zu Stilton und Lisa durch.

*

Sobald er zurück in der Stadt war, stellte Klas den Lieferwagen ab und ging direkt ins Laughing Duck. Er musste sich beruhigen. Die gesamte Rückfahrt vom Rastplatz über hatte er sich immer wieder die gleichen Worte vorgebetet. Zusätzliche Arbeitskraft. Nichts sonst. Mehr weiß ich nicht. Zusätzliche Arbeitskraft. Das kleine Mädchen war eine zusätzliche Arbeitskraft. Er hatte sie wie bestellt abgeliefert und war wieder weggefahren. Das war Teil des Deals. Er sollte auf keinen Fall dort bleiben und warten, bis das Kind abgeholt wurde. Anfangs hatte er sich darüber gewundert, aber: money talks. Wenn sie es so wollten, dann war es halt so. No problem.

Er hatte also wieder ein Kind abgeliefert und die ganze Zeit dabei geschwitzt. Da stimmte irgendwas nicht, und das, was nicht stimmte, wollte er wegtrinken. Er bestellte ein großes Bier und einen doppelten Wodka. Seine zweite Order. Er saß in einer Nische ganz hinten, wollte keine alten Kumpel treffen und schon gar keine Leute vom Hauptbahnhof. Er wollte sich nur darauf konzentrieren, seine Zweifel zu betäuben, und darauf, was er mit den Zwanzigtausend machen würde, die auf ihn zukamen. Thailand vielleicht? Er betrachtete sein bleiches aknenarbiges Gesicht im Fenster. Ein wenig Sonne würde ihm guttun.

»Hei, Klas.«

Die Stimme kam von der Seite, und sie kam ihm bekannt vor. Ein Mädchen? Vielleicht wäre es gar keine schlechte Idee, den Abend mit einem Mädchen zu verbringen, doch als er den Kopf drehte und sah, wer das Mädchen war, zerplatzte dieser Wunsch wie eine Seifenblase.

Mit einem lauten Knall.

Olivia Rönning, mit Begleitpersonal.

*

Dieser Mann schwitzte nicht, nicht wie der im Lieferwagen. Aber er sagte so gut wie gar nichts, wie Folami feststellte. Trommelte nur die ganze Zeit mit den Fingern auf das Lenkrad, als wäre er nervös. Warum?

Sie fuhren schon eine ganze Weile, in der Dunkelheit, große Straßen waren abgelöst worden von kleineren, der entgegenkommende Verkehr wurde immer spärlicher.

»Wie weit ist es?«, fragte Folami nach gut einer Stunde.

»Noch ein Stück.«

»Wohnen noch andere Kinder dort?«

»Im Augenblick nicht. Vielleicht schläfst du jetzt ein bisschen, dann vergeht die Zeit schneller.«

Folami dachte gar nicht daran, zu schlafen.

»Wie lange werde ich bei euch wohnen?«, fragte sie.

»Bis wir einen anderen Platz für dich finden.«

»Was für einen Platz?«

»Einen Ort, an dem du vielleicht bleiben und auch zur Schule gehen kannst.«

Folami wurde unsicher. Entweder log dieser Mann, und zwar sehr gut, oder aber sie war tatsächlich auf dem Weg zu irgendeiner Art von Flüchtlingsunterkunft. Ihr einziger Anhaltspunkt, dass man sich vor dem Mann, der sie zum Rastplatz gefahren hatte, in Acht nehmen musste, war ja Alis Aussage gewesen. Wie viel wusste Ali eigentlich? Immerhin hatte er ihr ein Stilett gegeben, also war seine Einschätzung, was den Mann betraf, wahrscheinlich richtig. Aber dieser Mann hier? War er auch ein schlechter Mensch? Sobald sie angekommen war, wollte sie Muriel anrufen und ihr irgendwie erklären, wo sie war. Sie suchte in der Jacke nach dem Handy. Es war nicht da. Sie begann auf dem Sitz um ihre Beine herum zu suchen.

»Was ist?«, fragte Felix.

»Mein Handy ist weg.«

»Du hast ein Handy?«

»Ja.«

Verzweifelt suchte Folami weiter in ihrer Kleidung, auf dem Sitz und auf dem Boden. Kein Telefon.

»Es ist weg!«

»Wann hattest du es das letzte Mal?«

»Als du mich abgeholt hast.«

»Vielleicht hast du es dort verloren.«

Folami musste einsehen, dass das gut möglich war. Vielleicht, als sie versucht hatte, in den Wagen zu klettern.

»Können wir nicht noch mal zurückfahren?«, fragte sie.

»Nein.«

»Warum nicht?«

»Weil wir jetzt schon so lange gefahren sind und gleich ankommen. Wenn jemand dein Handy findet, wird er es zur Polizei bringen, und morgen können wir anrufen und nachfragen. Dann kriegst du es wieder.«

Folami hatte die einzige Kontaktmöglichkeit zu Muriel verloren. Zur Umwelt. Und sie hatte keine Ahnung, wohin sie auf dem Weg war.

»Ich muss mal pinkeln«, sagte sie.

Sie musste nicht pinkeln, sie wollte nur in Ruhe nachdenken. Vielleicht würde der Mann an einer Tankstelle anhalten, und sie könnte sich dort ein Telefon leihen.

Oder weglaufen.

Oder was auch immer.

»Wir sind gleich da«, sagte der Mann. »Da kannst du pinkeln.«

*

Olivia ekelte sich.

Sie saß dem Mann gegenüber, der sich als Freiwilliger ausgegeben hatte, um Kontakt zu unbegleiteten Kindern zu bekommen. Kinder, die keine Ahnung davon hatten, wer wer war, und die jedem vertrauten, wenn er nur das Richtige sagte. Das war so absolut widerlich. Dennoch war sie gezwungen, Haltung zu bewahren.

Mette saß an ihrer Seite und führte das Verhör mit Klas, der

Gustavsson mit Nachnamen hieß. Inzwischen war es schon weit nach Mitternacht. Mette hatte ein paar Fotos vor sich auf den Tisch gelegt, mit der Rückseite nach oben.

»Sie arbeiten also manchmal am Hauptbahnhof«, begann sie. »Als Freiwilliger?«

»Das stimmt, man möchte ja gern mithelfen.«

Olivia spürte, wie sich ihre Halsmuskeln anspannten.

»Waren Sie heute auch dort?«, fragte Mette.

»Heute nicht, nein.«

»Da sind Sie sich ganz sicher?«

»Ja.«

Die erste Lüge, und er bereute sie im selben Augenblick, in dem er sie ausgesprochen hatte. Es war sicher ein Leichtes für die Polizei, Personen zu finden, die bestätigen konnten, dass er heute dort gewesen war.

Mette drehte eines der Fotos vor sich um, das Selfie von Klas und Folami. Klas schaute das Bild an. Bis jetzt hatte er nur leicht geschwitzt, doch das änderte sich schlagartig.

»Das sind Sie doch, der da neben dem Mädchen auf dem Foto steht«, fuhr Mette fort. »Oder?«

»Ja.«

»Wo wurde das Bild gemacht?«

»Ja, das …«

Klas verstummte.

»Soll ich Ihnen ein bisschen auf die Sprünge helfen?«, fragte Mette scheinheilig. »Sie sehen doch das weiße Zelt im Hintergrund?«

»Ja.«

»Das ist ein Zelt beim Hauptbahnhof.«

»Sieht so aus, ja.«

»Wann wurde das Foto gemacht?«

»Daran kann ich mich nicht mehr erinnern.«

»Heute Nachmittag.«

»Ja?«

»Am Hauptbahnhof, wo Sie nach eigener Aussage heute gar nicht waren. Warum lügen Sie?«

Klas' Schwitzen wurde immer stärker, und er verfluchte das Bier und den Wodka, die er getrunken hatte.

»Weil ich … das, die Tage sind ja einer wie der andere, ja, vielleicht war ich heute doch dort?«

»Nicht vielleicht, Sie waren dort.«

Mette lächelte leicht, legte das Bild zur Seite und fragte:

»Was ist passiert, nachdem das Foto gemacht worden ist?«

»Was passiert ist?«

»Wohin seid ihr vom Bahnhof aus gegangen?«

»Wir sind nirgends hingegangen, sie hat das Foto gemacht, und dann ist sie zu irgendwelchen anderen Flüchtlingen gegangen.«

»Und was haben Sie gemacht?«

»Na, ich habe wohl weitergearbeitet, es gibt da ja so viele, die Hilfe brauchen.«

Olivia spürte, wie der Ekel immer stärker wurde. Mette drehte ein weiteres Bild um, das computergenerierte Foto des ermordeten afghanischen Mädchens, und hielt es Klas hin.

»Erkennen Sie das Mädchen wieder?«

Klas zögerte ein paar Sekunden, dann schielte er zu Olivia.

»Ja.«

»Woher?«

»Ich habe mich um sie am Bahnhof gekümmert, sie war allein und brauchte etwas zu essen.«

»Und was ist anschließend mir ihr passiert?«

»Keine Ahnung.«

Mette legte ihm ein Tatortfoto des Mädchens hin. Ein äußerst brutales Bild des aufgeschlitzten Körpers. Klas drehte sich zur Seite und hielt sich eine Hand vors Gesicht.

»Das ist mit ihr passiert. Sie sehen, dass es sich um dasselbe Mädchen handelt?«

»Ja.«

»Sie ist zusammen mit diesem Jungen gefunden worden. Beide ermordet.«

Mette legte ein Tatortfoto von Gowon daneben.

»Haben Sie ihn schon einmal gesehen?«

»Nein.«

»Ich denke doch.«

»Warum sollte ich?«

Klas' Fassade begann zu bröckeln. Mette musterte ihn und drehte Folamis Bild wieder um.

»Haben Sie dieses Mädchen zu einem Rastplatz gefahren?«

»Nein!«

»Aber sie hat von einem Rastplatz aus angerufen und gesagt, Sie hätten sie dorthin gebracht.«

»Das muss sie sich zusammenphantasiert haben!«

»Warum sollte sie das tun?«

»Woher soll ich das denn wissen?«

Mette drehte das Foto wieder um und beugte sich zu Klas vor.

»Wir werden Ihren Wagen auf den Kopf stellen. Haare, Fingerabdrücke, Speichel, alles. Wenn das Mädchen in dem Wagen gesessen hat, dann werden wir das herausfinden. Von Ihrem Handyanbieter haben wir die Daten bekommen, wo Sie heute unterwegs waren. Warum haben Sie das Mädchen zu diesem Rastplatz gefahren?«

Mette nagelte Klas mit ihrem Blick fest, während er versuchte, Blickkontakt zu Olivia zu bekommen, doch das half ihm nicht. Nach wenigen Sekunden ließ er den Kopf sinken und begann mit kaum hörbarer Stimme zu reden.

»Sie sollte dort abgeholt werden.«

»Von wem?«

»Dem Auftraggeber.«

Auftraggeber? Wie ein Paket, dachte Olivia. Es fiel ihr schwer, ruhig sitzen zu bleiben.

»Können Sie das etwas genauer ausführen?«, fragte Mette freundlich.

»Sie ist eine zusätzliche Arbeitskraft.«

Mette wartete ab, doch es kam nicht mehr.

»Eine zusätzliche Arbeitskraft?«, fragte sie nach.

Klas nickte und erzählte, was er wusste, stoßweise und etwas unzusammenhängend, doch der Kern seiner Aussage war klar. Er hatte Kinder auf Bestellung an verschiedene Rastplätze gebracht und war dafür gut bezahlt worden. Er hatte diesen Job in dem Glauben erledigt, dass sie als Arbeitskräfte genutzt werden sollten.

Als Mette merkte, dass er mit seiner persönlichen Offenbarung fertig war, fragte sie:

»Wer hat die Bestellungen aufgegeben?«

Das wusste er nicht. Alles wurde via Handy abgewickelt, und ansonsten hatte er keinerlei Kontaktdaten.

»Wie viele Kinder haben Sie an verschiedenen Rastplätzen abgeliefert?«

»Das weiß ich nicht mehr, ich war ja nicht immer nüchtern.«

»Versuchen Sie es.«

»Fünf, vielleicht sechs.«

Mette und Olivia sahen einander an. Sie hatten zwei gefunden, eventuell drei mit Ionel.

»Wie wurden sie an den Rastplätzen abgeholt?«, fragte Mette.

»Keine Ahnung, ich liefere sie dort ab und fahre wieder weg.«

»Dann möchte ich, dass Sie mir alle Rastplätze aufschreiben, auf denen Sie Kinder und Jugendliche abgesetzt haben. Fangen Sie mit dem von heute an.«

Als Klas anfing, die Plätze auf einem Bogen Papier aufzulisten, stand Olivia auf und ging hinaus.

*

Sie saßen alle drei in der großen Bauernküche. Felix hatte angerufen und mitgeteilt, dass sich das Objekt im Bus befand und er alles unter Kontrolle hatte. Maria hatte Lasagne aufgetischt, und alle hatte mit mehr oder weniger Appetit gegessen. Lasagne war nicht gerade eines von Steleas Lieblingsgerichten, doch hier passte er sich Maria an. Er wollte so wenige Störungen für so lange Zeit wie möglich haben. Maria hatte erklärt, er könne am nächsten Tag eine Kühltasche mit den Nieren mitnehmen. Gut. Im Moment vertraute er ihr.

Maria hatte versucht herauszubekommen, was sich zwischen Felix und Stelea abgespielt hatte, als die beiden am Morgen die Küche verlassen hatten. Stelea wollte sie aber nicht fragen, und Felix hatte ihr nur einen kurzen Blick zugeworfen und gesagt, Stelea sei ein Schwein.

Was Maria beunruhigt hatte.

Sie spürte, dass sie Felix wieder in den Griff kriegen musste, er war vollkommen aus dem Gleichgewicht geraten und konnte auf wer weiß was für Ideen kommen. Gefährliche. Das musste sie verhindern. Sie musste ihn so weit wiederherstellen, dass er morgen das tat, wozu er hier war, und hinterher würde sie sich über alles Weitere Gedanken machen. Vielleicht war es ja an der Zeit, die Sache zu beenden? Sie hatte genügend verdient, dass es für eine sorgenfreie Zukunft reichte. In der Felix keinen Platz hatte.

Und Mihai leider auch nicht.

Razvan hatte mit gutem Appetit gegessen. Wenn er Hunger hatte, mochte er so ziemlich alles, was ihm vorgesetzt wurde. Außerdem hatte er eine ganze Flasche Rotwein geleert und hätte fast die nächste entkorkt, wäre da nicht Steleas Blick gewesen.

Stelea trank Wasser.

Er hätte nach Stockholm zurückfahren und dort warten können, aber er wollte sich persönlich vergewissern, dass nicht wieder geschlampt wurde. Denn dieser Arzt, den Maria benutzte, war empfindlich wie eine Fontanelle und könnte jeden Augenblick zusammenklappen. Mihai hatte nichts dagegen, aber bitte schön erst, wenn er seine Arbeit erledigt hatte.

»Da kommen sie!«

Maria stand auf und zeigte zum Fenster. Die Scheinwerfer des großen Campingbusses beleuchteten den Hof. Alle drei standen auf.

Felix ging um das Fahrzeug herum und öffnete Folami die Tür. Das Mädchen blieb drinnen sitzen. Sie schaute zu dem großen roten Haus, sah das kleinere Haus daneben und den schwarzen Hund, der im Scheinwerferlicht hin und her sprang. Hier sollte sie wohnen? So wie vielleicht Akin und Gowon? War Akin vielleicht noch hier?

»Kommst du?«

Felix rief nach ihr. Folami sah, dass drei Personen aus dem roten Haus herauskamen, zwei Männer und eine Frau. Aber sie gingen nicht auf den Wagen zu. Zögernd schaute sie Felix an. Er schwitzte immer noch nicht.

»Soll ich hier wohnen?«, fragte sie.

»Ja. Nun komm schon.«

Felix streckte ihr eine Hand entgegen. Folami wich ihr aus und kletterte aus dem Wagen.

»Da drüben.«

Er zeigte zu dem Anbau, der vollkommen dunkel war.

»Ich muss ganz dringend pinkeln.«

Folami wiederholte den Satz, ohne zu wissen warum. Vielleicht wollte sie nur ein paar Minuten allein sein.

»Du kannst da um die Ecke gehen und pinkeln«, sagte Felix und zeigte zur Ecke des Anbaus.

Als Folami darauf zulief, ging einer der Männer die Vortreppe hinunter und folgte ihr. Es war Razvan. Folami drehte sich halb zu ihm um und sah ihn nur wenige Meter hinter sich. An der Ecke blieb sie stehen und schaute ihn direkt an.

»Ich muss pinkeln.«

»Dann mach doch.«

Razvan blieb stehen. Folami huschte einige Meter um die Ecke und registrierte, dass Razvan stehen geblieben war, sie aber nicht aus den Augen ließ. Sie schob die Hand in die Tasche und griff nach dem Stilett, als böte es irgendeine Art von Schutz. Warum ist er da stehen geblieben? Glaubt er, ich wolle weglaufen? Dabei habe ich doch keine Ahnung, wo ich bin. Mitten im Wald. Ist er so dumm im Kopf? Sie drehte sich um und kam zurück.

»Wolltest du nicht pinkeln?«, fragte Razvan.

»Ich habe es mir anders überlegt.«

Folami ging weiter auf das große Haus zu, vor dem die übrigen Menschen standen. Razvan folgte ihr. Als sie vor der Treppe angekommen war, kam die Frau die Stufen herunter und streckte ihr die Hand entgegen.

»Hei, ich heiße Maria. Willkommen bei uns.«

»Wohnen noch andere Kinder hier?«, wollte Folami als Erstes wissen.

»Nein, im Augenblick nicht. Die letzten sind gerade weggezogen.«

Wie heißen sie? Fast wäre Folami die Frage herausgerutscht, aber sie konnte sich gerade noch bremsen. Schließlich wollte sie nicht enttarnt werden. Sie musste so tun, als spielte sie mit.

»Hast du Hunger?«, wollte Maria wissen.

»Nein, ich bin nur müde.«

»Dann zeige ich dir dein Schlafzimmer.«

»Wie heißt du?«

Der Mann in dem schwarzen Polohemd und grauen Jackett war auf die Eingangsstufen getreten, aber sein Gesicht war aufgrund der Dunkelheit nur zum Teil zu sehen.

»Folami. Und wie heißt du?«

»Mihai.«

»Hast du Kinder?«

Diese Frage hatte Stelea nicht erwartet, es dauerte einige Sekunden, bis er dort in der Dunkelheit lächelte und antwortete:

»Viele.«

»Sind sie hier?«

»Nein, sie sind im Himmel.«

»Wieso das?«

Stelea löste sich aus dem Dunkel und ging die Stufen hinunter. Etwas an der Situation reizte ihn, die Tatsache, dass dieses kleine schwarze Mädchen da vor ihm am nächsten Tag getötet werden sollte und dass er die Kontrolle über ihr Schicksal hatte. Sie ist niedlich, dachte er und trat näher zu ihr, so dass sein Gesicht im Hellen lag.

»Alle landen im Himmel«, erklärte er.

»Du auch?«

Stelea schaute Folami an und genoss den Augenblick. Die anderen drei hatten sich während des Gesprächs nicht gerührt. Razvan kapierte nur selten, worüber Stelea redete, wenn es sich nicht um einen klaren Befehl handelte. Maria war fasziniert. Warum nimmt er Kontakt zu dem Mädchen auf? Sie wusste von seinen Vorlieben, aber hier? Jetzt?

Felix wollte etwas zu trinken haben und fragte:

»Kannst du sie nicht endlich ins Bett bringen?«

Die Frage war an Maria gerichtet, und er sah nicht, was für einen Blick Stelea ihm zuwarf. Der magische Moment war verschwunden, Felix hatte ihn zerstört. Stelea ging die Treppe wieder hoch, Maria fasste Folami am Arm und führte sie zu dem Anbau.

Razvan folgte den beiden.

Maria zeigte Folami, in welchem Zimmer sie schlafen sollte. Taras alter Raum. Sie zeigte ihr auch das Bad, dann sagte sie gute Nacht und ging.

Und ließ Razvan zurück.

Ein weggelaufenes Objekt reichte. Folami sollte nicht auch noch verschwinden.

Nicht auf diese Art und Weise.

Folami sah, wie Razvan sich auf das Sofa in dem großen

Raum setzte, mit Blick auf die Zimmertür. Die Stehlampe brannte, ihr Licht reichte bis zur Türschwelle.

»Sollst du mich bewachen?« Sie stand in der Türöffnung.

»Ja.«

»Warum?«

»Damit du morgen noch hier bist.«

»Warum sollte ich das nicht sein?«

»Na, du bist doch auf der Flucht, oder?«

Razvan lachte laut über seinen eigenen Witz. Da bekam Folami Angst. Zum ersten Mal bekam sie wirklich Angst. Und ihr wurde eiskalt in der Brust. Wenn sie auf diese Art und Weise bewacht werden musste, dann stimmte hier tatsächlich etwas nicht. Dann war das kein guter Ort. Warum also war sie hier? Holten sie Flüchtlingskinder hierher, um sie zu töten? Wie Gowon? Sie spürte, wie ihre Beine zitterten, und sie befürchtete, weinen zu müssen, als sie fragte:

»Weißt du, warum ich hier bin?«

»Ja.«

Razvan grinste sie an. Er war keine große Leuchte, und außerdem hatte er eine Flasche Wein intus.

»Warum?«

»Du bist wertvoll für uns. So, und jetzt geh ins Bett. Hau ab!«

Folami schaute ihn sprachlos an, dann verschwand sie in ihrem Zimmer. Razvan hörte, wie sie die Tür schloss, dann zog er eine weitere Flasche Rotwein hervor, die er heimlich in die Jacke gesteckt hatte, als alle zu Folamis Begrüßung auf den Hof hinausgehen wollten. Mit dem Lauf seiner Pistole drückte er den Weinkorken ein Stück in den Flaschenhals hinein. Die Flüssigkeit spritzte hoch, und er war gezwungen, den Lauf an seiner Jacke abzuwischen. Dann schob er die Pistole zurück in das Schulterholster und trank einen großen Schluck. Ein Flüchtlingskind bewachen? Die Jobs in seiner Branche waren nicht immer gleich anspruchsvoll.

Folami zog sich nicht aus. Sie lag auf der Bettdecke und versuchte sich zu beruhigen. Sie spürte, wie ihr Herz fast Doppelschläge machte, und strengte sich an, langsam und tief durchzuatmen. »Du bist wertvoll für uns.« Was meinte er damit? Sklavenhandel? Sollte sie verkauft werden? Aber Gowon war doch ermordet worden. Und sie war überzeugt davon, dass dieser Ort hier etwas mit Gowons Tod zu tun hatte. Wollten sie sie auch töten? Und wo war Akin? Ja wohl kaum hier, oder? Dann hätte sie ihn sicher gesehen oder gehört. Oder nicht? Vielleicht war er schon ins Bett gegangen? Oder betäubt worden oder so was? Tausend Gedanken schwirrten ihr durch den Kopf. Sie stand wieder auf. Da waren ja noch andere Räume. Vorsichtig öffnete sie die Tür und sah, dass die Lampe in diesem Wohnzimmer brannte. Der Wächter saß also dort. Aber sie sah auch, dass sie sich außerhalb des Lichtkegels über den Flur schleichen und zur nächsten Tür gelangen konnte.

Was ihr gelang.

Vorsichtig drückte sie die Klinke runter und huschte in das Zimmer. Es hatte ein Fenster, und dank des Mondlichts konnte sie sehen, dass es an der einen Wand ein Etagenbett gab. Beide Betten, oben und unten, waren leer. Aber sie bildete sich ein, einen schwachen Geruch aus einem der Betten wahrzunehmen, nur einen schwachen Hauch, der ihr in die Nase stieg und gleich wieder verschwand, eher wie eine Erinnerung.

Akin?

Sie schlich zurück auf den Flur und zog vorsichtig die Tür

hinter sich zu. Als sie den Lichtkegel der Stehlampe passierte, schaute sie in den Raum und sah, dass ihr Bewacher mit ausgestreckten Armen auf dem Sofa lag und schlief. Und laut schnarchte. Was sie auch sah: die Pistole, die in dem Holster auf seiner Brust steckte. Lange starrte sie die Waffe an und hörte wieder die Stimme des Mannes: »Du bist wertvoll für uns.« Vorsichtig zog sie sich die Schuhe aus und stellte sie neben sich ins Dunkel. So leise sie konnte schlich sie in das Wohnzimmer und vermied dabei den Lichtkegel. Der Mond streute genügend Licht an eine Wand. Folami huschte zur Stehlampe. Wacht er auf, wenn ich sie ausschalte? Vielleicht, aber er schnarcht ja. Sie legte den Schalter um. Folami blieb still stehen und wartete, bis sich ihre Augen an die blaue Dunkelheit gewöhnt hatten. Als sie genügend sehen konnte, trat sie hinter das Sofa und blieb bei dem Kopf des Mannes stehen. Langsam streckte sie ihre Hand zur Pistole in dem Holster. Sie konnte sie mit den Fingern erreichen und schloss vorsichtig die Hand um den Kolben. Merkt er es, wenn ich sie herausziehe? Soll ich es lieber schnell oder langsam machen? Sie entschied sich für langsam und zog die Pistole vorsichtig hoch. Sie spürte, wie sie sich aus dem Holster löste, und hatte die Waffe bereits ganz herausgeholt, als eine Hand sich steinhart um ihren Unterarm schloss. Mit einem schnellen, kräftigen Schwung riss Razvan sie über die Sofalehne, so dass sie auf dem Boden landete. Er hielt weiterhin ihren Arm fest und entriss ihr die Pistole, gleichzeitig trat er ihr kräftig in den Unterbauch. Folami schrie auf und krümmte sich vor Schmerzen. Razvan zog die Stehlampe zu sich und schaltete sie wieder ein. Folami lag ihm keuchend zu Füßen. Er zielte für einen weiteren heftigen Tritt gegen ihren Kopf, als er hörte, wie unten die Haustür aufgerissen wurde. Gerade noch konnte er das

Bein zurückziehen. Sekunden später stand Stelea in der Türöffnung.

»Probleme?«, fragte er, ohne die Stimme zu heben.

Razvan setzte zu einer Erklärung an, dass er nur mal eben der Tür den Rücken zugedreht habe und dass das Mädchen hereingeprescht sei und …

»Razvan.«

Stelea nickte zu der umgekippten, fast leeren Weinflasche auf dem Boden, und Razvan wurde wieder zum gehorsamen Hund und schaute zu Boden.

»Ich bin eingeschlafen und aufgewacht, als sie versucht hat, mir die Pistole zu klauen«, sagte er.

»Schlechte Arbeit.«

Razvan nickte. Stelea schaute auf das Mädchen hinunter, das auf dem Boden lag, die Hände auf den Bauch gepresst. Er streckte eine Hand aus und zog sie vorsichtig hoch.

»In welchem Zimmer schläfst du?«

Folami nickte in die Richtung, und Stelea half ihr aus dem Wohnzimmer. Razvan ließ sich auf das Sofa sinken. Diesen Vorfall würde Mihai nicht vergessen.

»Sind das deine Schuhe?«

Stelea nickte zu Folamis Schuhen auf dem Flur. Sie bejahte mit einem Kopfnicken, und er hob die Schuhe auf und nahm sie mit in ihr Zimmer. Dann schloss er die Tür hinter ihnen. Er half Folami ins Bett, schaltete die Nachttischlampe ein und stellte die Schuhe ordentlich vor das Bett.

»Hast du Schmerzen?«, fragte er.

Folami nickte.

»Man tritt keine kleinen Mädchen. Razvan ist ein Idiot. Ich muss um Entschuldigung bitten. Du hast versucht, ihm die Pistole wegzunehmen?«

»Ja.«

»Mutige Kinder gefallen mir.«

Folami schaute Stelea wortlos an, dieser zog ihr die Decke über den Körper. Sie sah, dass seine Stirn glänzte, als schwitze er.

»Du wolltest doch wissen, ob ich auch im Himmel lande?«, fragte er.

»Ja?«

»Das werde ich nicht.«

»Warum nicht?«

»Nur gute Menschen landen dort.«

Stelea beugte sich vor und löschte das Nachtlicht.

Razvan saß im Dunkel auf dem Sofa und fürchtete sich. Mihai hatte ihn überrascht, als er betrunken eingeschlafen war, während er doch das Mädchen hätte bewachen sollen. Ein Riesenfehler. Diese Nacht würde er keine Sekunde mehr schlafen. Er stand auf und ging einmal um das Sofa herum, dann setzte er sich wieder. Eine halbe Stunde später wiederholte er die gleiche Prozedur. Plötzlich hörte er kurz einen Laut, als schlösse jemand eine Tür. Er schaute zum Flur und sah eine dunkle Gestalt an der Türöffnung vorbeihuschen.

»Mihai?«, fragte er.

Stelea blieb eine Sekunde lang stehen und schaute zu Razvan hinein. Ihre Blicke begegneten sich in der Dunkelheit, als Stelea flüsterte:

»Geh nicht zu ihr rein.«

Dann verschwand er wieder auf dem Flur.

*

Auf kurze Entfernung sah das große Holzhaus in Kummelnäs aus wie ein Geisterhaus, mit seinen Zinnen und Türmen und schwarzen blinden Fenstern, eingehüllt in den Nachtnebel. Besonders, wenn alle Lichter im Haus gelöscht waren und sich nur die Fledermäuse um die Dachziegel herum bewegten.

Wie in dieser Nacht.

Denn ausnahmsweise gab es keine Kinder, Enkelkinder oder flüchtige Bekannte im Haus, nur Mårten und Mette schliefen in dem breiten Doppelbett im ersten Stock.

Dachte Mårten.

Er hatte dafür gesorgt, dass Mette noch vor Sonnenaufgang ins Bett kam, bevor sie anfangen konnte, von einem widerwärtigen Verhör zu berichten, das sie abends geführt hatte. Mårten wollte nichts davon hören, nicht zu diesem Zeitpunkt. Seine Chance auf ein paar Stunden Schlaf wäre dadurch deutlich gesunken.

Dicht aneinandergekuschelt waren sie ziemlich schnell eingeschlafen. Als Mårten eine Stunde später seine Blase spürte, ein immer häufiger auftretendes Problem, stand er auf und leerte sie, doch als er auf dem Weg zurück ins Bett war, sah er, dass Mette nicht mehr dort lag. Also zog er sich seinen Morgenmantel an und ging hinunter in die Küche, leicht verärgert, aus vielerlei Gründen.

Die Küche war leer und dunkel.

Da hörte er ein schwaches Brummen aus dem Keller. Sitzt sie etwa da unten und dreht um fünf Uhr morgens die Scheibe? Jetzt reicht es aber langsam! Mårten stieg hinunter in den Keller und ging zu der kleinen Kammer, in der Mette ihre Drehscheibe stehen hatte. Ein paar Meter davor blieb er stehen. Die Drehscheibe schnurrte mit einem kräftigen Brummen, ein großer, unberührter Klumpen Ton lag oben darauf.

Ansonsten war der Raum leer. Mårten starrte ein paar Sekunden lang auf die sich drehende Drehscheibe, dann eilte er wieder hoch in die Küche.

»Mette!«

Der Ruf hallte in dem Holzhaus ungehört wider.

Er lief in die Eingangshalle, zog sich seine Holzfällerjacke über den Morgenmantel und steckte die Füße in die Gummistiefel. Er spürte seinen Puls.

Sobald er auf die Veranda trat, sah er sie. Zumindest ging er davon aus, dass sie es war. Eine dunkle Gestalt saß ein Stück entfernt auf dem runden, gerissenen Steinfundament der alten Gartenlaube. Mårten ging die Treppe hinunter und blieb direkt hinter seiner Ehefrau stehen. Er wusste, dass sie ihn gehört haben musste, aber sie drehte sich nicht um, schaute weiterhin unverwandt auf das schwarze Wasser vor sich.

Mårten kletterte über ein paar Steine und setzte sich neben Mette. Vorsichtig legte er ihr einen Arm um die Schulter. Sie hielt ihren Blick stur geradeaus gerichtet. Mårten folgte ihm über den Fjord. Vereinzelte Lichter waren auf der anderen Seite zu sehen, eine kühle Brise stieg von dem nachtkalten Wasser auf. Nach ein paar Minuten, vielleicht waren es auch mehr – die Zeit war für das Paar, das dort saß, stehen geblieben –, fragte Mårten:

»Woran denkst du?«

»Trommelwirbel in Moll.«

Mårten nickte und streichelte ihren Oberarm. Er wusste, wovon sie redete, und ließ dem Schweigen seinen Raum. Dann schaute er wieder über das Wasser und erzählte:

»Ich hatte einmal einen Patienten. Wir konnten nie eine Diagnose für ihn stellen, nur dass er sich in einer Welt befand, zu der wir keinen Zutritt hatten. Eines Morgens, als ich zu ihm kam, hatte er seinen ganzen Körper mitsamt dem Kopf in Aluminiumfolie gewickelt, die er sich in der Küche besorgt hatte. Er stand vor einem großen Fenster, und ich fragte ihn, was er da mache. ›Ich will die Sonne reflektieren‹, antwortete er aus einem Loch in der Folie heraus.«

Mårten verstummte.

Endlich löste Mette ihren Blick vom Fjord und schaute ihren Mann an.

»Hast du es danach herausgefunden?«, fragte sie.

»Nein.«

Wieder wandte Mette ihren Blick dem Wasser zu, es vergingen einige Minuten, dann sagte sie etwas und klang dabei vollkommen ruhig.

»Das hier werden meine letzten Ermittlungen sein.«

Sie drehte sich um, gab Mårten einen Kuss auf die Wange, und er begriff, dass sie es ernst meinte. Sie war so weit. Das hier waren ihre letzten Ermittlungen.

Mette stand auf und nahm seine Hand.

»Es ist kühl«, sagte sie und ging zurück zum Haus.

*

Und während Mette und Mårten bei Sonnenaufgang eng umschlungen im Bett lagen, tat Stilton etwas, von dem er wusste, dass Mette es ahnte, aber nicht sanktionieren würde. Er drang in Felix Ericssons Wohnung in Solna ein.

Mette hatte versucht, einen Hausdurchsuchungsbescheid zu bekommen, ohne Erfolg. Vielleicht hätte sie am nächsten Tag mehr Glück. Vielleicht auch nicht.

So lange wollte Stilton nicht warten.

Er nahm den Weg über den Hof, öffnete mit einem Dietrich

die Tür, ging hinein und schaltete seine Taschenlampe ein. Er wollte nicht das Risiko eingehen, dass jemand in einem der Fenster der Chirurgen-Wohnung Licht brennen sah. Mettes Leute standen immer noch vor dem Haus.

In der Einzimmerwohnung gab es nicht besonders viel zu sehen. Die Küche war eng, und ihre Inspektion blieb ergebnislos. Kein schmutziges Geschirr, keine frischen Lebensmittel im Kühlschrank.

Er war nicht auf Fingerabdrücke oder DNA oder anderes aus, was die Forensiker eventuell finden könnten. Er war auf der Suche nach etwas, das verriet, wo Felix Ericsson sich aufhielt.

In diesem Augenblick.

Als er in das kleine Wohnzimmer kam, war er gezwungen, sich außerhalb des Lichtscheins zu bewegen, der von der Straße hereinfiel. Dennoch stellte er schnell fest, dass auch dieser Raum in Bezug auf Informationen nahezu wertlos war: ein Schlafsofa und ein Holztisch davor, eine Stehlampe, ein Regal mit wenigen Büchern, ein kleinerer Schrank, der diverse Arztutensilien enthielt, einige wissenschaftliche Zeitschriften und ein paar Ordner. Er blätterte die Ordner durch, sie schienen in erster Linie ältere Berichte aus Ericssons Zeit als aktiver Chirurg zu enthalten. Stilton stellte die Akten wieder zurück und schloss den Schrank.

Felix Ericsson wohnt hier nicht sehr oft, dachte er. Vielleicht benutzt er die Adresse nur gelegentlich als Übernachtungsmöglichkeit.

Dann ging er ins Bad. Genauer gesagt in ein Kabuff, in dem sich eine Dusche und eine Toilette mit schwarzem Sitz befanden. Und ein Badezimmerschrank über einem winzigen Waschbecken. Er öffnete den Schrank. Verschiedene Hygieneartikel, nichts Besonderes. Er wollte den Schrank schon wieder schließen, als er auf dem unteren Regalbrett eine Glasflasche entdeckte, halb versteckt hinter der Rasiercreme. Er holte sie hervor und schaute sich das kleine Etikett an: KALIUMCHLORID.

Stilton holte sein Handy heraus, machte ein Foto von der Flasche und schob sie in eine kleine Plastiktüte. Dann schickte er das Foto an Mette und schrieb dazu: »Kaliumchlorid. Stand in Felix' Badezimmerschrank. Schlaf gut.«

Irgendwann war die Entscheidung gefallen.

Sie wollte es Jamie erzählen. Eine Abtreibung in aller Heimlichkeit kam für sie nicht in Frage. Wenn, dann sollte er zumindest Bescheid wissen.

Klang doch sehr vernünftig.

Dass es vielleicht auch darum ging, wie ratlos sie, ehrlich gesagt, angesichts der Situation war, wie sehr sie Unterstützung brauchte und dass Jamie die einzige Person war, mit der sie darüber wirklich reden konnte, darüber war sie sich wahrscheinlich selbst noch gar nicht im Klaren.

Olivia suchte ihn in einem morgens schon geöffneten Fitnessstudio auf, sie wusste, dass er dort häufig trainierte. Sie hätte anrufen oder ihm eine SMS schicken können, aber sie wollte es ihm lieber persönlich sagen.

Jamie lief auf einem Laufband, er trug ein blaues Sporthemd und schwarze Shorts. Olivia entdeckte ihn sofort, der Raum war fast menschenleer, und er lief mit dem Rücken zu ihr. Sie blieb stehen und betrachtete ihn. Vater meines Kindes? Sie holte tief Luft und ging zu dem Sportgerät. Jamie sah sie aus dem Augenwinkel und strahlte.

»Hei! Was machst du denn hier?«

Er lief weiter, und sie sah, wie ihm der Schweiß den Hals hinunterlief.

»Hast du Zeit, nur ein paar Minuten?«, fragte sie.

»Gleich, ich muss nur diese Einheit beenden.«

»Und wie lange dauert das?«

»Zwölf Minuten.«

Olivia dachte gar nicht daran, so lange zu warten. Sie stellte sich vor das Laufband, so dass sie ihm in die Augen sehen konnte. Er lächelte sie an.

»Es war schön bei dir«, sagte er.

»Ja. Ich kriege ein Kind.«

Jamie hielt ihrem Blick stand, nur die Laufschritte wurden langsamer.

»Du kriegst ein Kind?«

»Ja.«

»Von mir?«

»Mit dir habe ich geschlafen.«

Jamie beugte sich vor und schaltete das Laufband aus. Er schnappte sich ein Handtuch, wischte sich den Schweiß vom Gesicht und sah Olivia an.

»Komm«, sagte er und ging auf eine Kraftstation zu.

Wenn er jetzt anfängt, Gewichte zu stemmen, dann gehe ich, dachte Olivia.

»Hier.«

Jamie zeigte auf eine kleine Plastikbank hinter dem Gerät, etwas abgetrennt von dem übrigen Raum. Er setzte sich, und Olivia nahm neben ihm Platz, nach einigen Sekunden Zögern. Wieder wischte Jamie sich das Gesicht ab, dann schaute er Olivia an.

»Du bist schwanger?«

»Ja.«

»Shit … schon ganz schön heftig, oder?«

»Ja.«

Wieder sah er sie an, und jetzt wich Olivia seinem Blick aus, als wäre er ihr peinlich.

»Ist es das erste Mal?«, fragte er.

»Dass ich schwanger bin?«

»Ja?«

»Ja. Warum fragst du?«

Jamie zuckte mit den Schultern und zupfte sich am Ohrläppchen. Diese Geste kannte Olivia. Sie bedeutete, dass er ziemlich betroffen war.

»Hast du ein Problem damit?«, fragte sie.

»Nein. Ist nur irgendwie merkwürdig … was soll ich dazu sagen?«

»Du brauchst gar nichts dazu zu sagen. Ich wollte nur darüber reden.«

»Willst du es abtreiben?«

»Keine Ahnung. Findest du, ich sollte?«

»Ich liebe Kinder.«

»Ich weiß.«

Es stimmte. Jamie war sehr kinderlieb, wenn es um die Kinder anderer ging.

»Ja, wir müssen wohl mal darüber reden«, sagte er nach einer Weile.

»Wir reden jetzt.«

»Und was soll ich deiner Meinung nach sagen? Dass du keine Abtreibung machen sollst? Oder dass du sie machen sollst?«

»Ich weiß es nicht, ich bin da etwas ratlos.«

Jamie rutschte näher zu Olivia und legte den Arm um sie. Sie bemerkte seinen Schweißgeruch, aber es störte sie nicht.

»Können wir es nicht ein bisschen sacken lassen? Wir müssen uns doch wohl nicht sofort entscheiden?«

Wir? Das »Ich« war in ein »Wir« verwandelt worden?

Und vielleicht war es genau das, was Olivia sich gewünscht hatte.

Die Verantwortung für ihre Entscheidung mit jemandem zu teilen.

*

Stilton kam erst spät in der Nacht zurück aufs Schiff. Luna und Muriel saßen immer noch im Salon, dicht nebeneinander auf dem Sofa. Er selbst war vollkommen erledigt und wollte so schnell wie möglich in die Koje fallen, sah jedoch ein, dass er vorher die beiden Frauen auf den neuesten Stand bringen musste. Also setzte er sich zu ihnen und berichtete in möglichst kurzen Zügen von dem Verhör des Mannes, der Folami zu dem Rastplatz gebracht hatte.

»Zusätzliche Arbeitskraft?«, wiederholte Luna.

»Er behauptet, er hätte das geglaubt.«

»Und was macht ihr jetzt?«

Es war Muriel, die diese Frage stellte, und er sah ihrem flehenden Blick an, dass sie auf eine konstruktive Antwort hoffte.

Die er jedoch nicht hatte.

»Wir machen morgen weiter«, sagte er.

»Womit?«

»Muriel … für mich ist die Situation genauso aufwühlend wie für dich und alle anderen. Wir tun, was wir können. Und das Beste, was du tun kannst: Achte darauf, dass dein Handy geladen und eingeschaltet ist. Wenn wir Glück haben, meldet Folami sich noch einmal.«

»Das tut sie nicht.«

»Woher weißt du das?«

»Weil sie es sonst schon getan hätte. Es ist etwas passiert!«

Als Muriel anfing zu weinen, beschloss Stilton, dass es

endgültig an der Zeit war, ein paar Stunden Schlaf zu bekommen.

»Ich hau mich jetzt aufs Ohr«, sagte er und verließ den Salon.

Muriel bekam von Luna eine Schlaftablette und tauchte in chaotische dunkle Tiefen ein.

Als Luna sie am nächsten Morgen wecken wollte, war sie verschwunden. Genau wie Stilton. Luna setzte sich in den Salon und versuchte, einen klaren Gedanken zu fassen. Sie wusste, dass Stilton sauer über Muriels Verschwinden sein würde. Bevor er mit dem Rücken zu ihr in den Schlaf gefallen war, hatte er ihr noch gesagt: »Sieh zu, dass du in Muriels Nähe bleibst. Sie ist die einzige Verbindung, die wir zu Folami haben.«

Warum hat er mich damit beauftragt?, dachte Luna. Ich bin doch nicht bei der Polizei. Wenn Muriel so wichtig ist, hätte er sie besser selbst unter Bewachung gestellt. Oder mit ins Polizeirevier genommen. Warum hat er sie hier zurückgelassen?

Genau die gleichen Fragen stellte Mette Stilton, als er vor der Morgenkonferenz in ihr Büro kam und berichtete, dass Muriel verschwunden war. Luna hatte es ihm gerade vor ein paar Minuten mitgeteilt.

»Warum hast du sie auf dem Kahn gelassen?«, fragte Mette. »Warum hast du sie nicht hierher gebracht? Oder zumindest ihr Handy? Schließlich ist das der einzige Kontakt, den wir zu Folami haben.«

In dem Moment war sowohl Mette als auch Stilton klar, dass er doch noch nicht hundertprozentig auf dem Posten war. So eine Fehleinschätzung wäre ihm früher nicht passiert.

»Es war ein Fehler«, sagte er.

»Ja. Vermeide solche Fehler in Zukunft.«

Stilton schaute Mette an, sie stand auf, ging zur Tür und warf ihm dabei einen ganz kurzen Blick zu.

Kurz vor Stilton betrat sie das Konferenzzimmer. Er hatte ihren Blick abgeschüttelt und wusste, dass ihn sonst keiner registriert hatte.

Er würde sich zusammenreißen.

Mette ging direkt auf die große Karte zu, die an der Wand hing. Auf ihr befanden sich diverse Markierungen. Die erste zeigte den Fundplatz im Wald, an dem Ionel entdeckt worden war, in der Nähe des Sees Dällingen in Småland. Die zweite befand sich dort, wo die Opfer außerhalb von Gnesta gefunden worden waren. Die neu markierten Punkte bezeichneten die verschiedenen Rastplätze, an denen der »Freiwillige« Klas junge Flüchtlinge rausgelassen hatte.

Als letztes Folami.

Mette schaute auf die Karte und stellte fest, dass auf den ersten Blick kein geografisches Muster zu erkennen war. Die Kreuze schienen wahllos verteilt zu sein, aber sie lagen alle südlich von Stockholm.

»Kommentare?«, fragte sie und zeigte auf die Karte.

»Wir können wohl annehmen, dass die Aktivitäten im Süden des Landes vor sich gehen«, sagte Lisa. »Im Hinblick auf die Fundorte und die Rastplätze. Sörmland? Småland?«

Mette hatte Polizeieinheiten zu allen Rastplätzen geschickt, um die Umgebung abzusuchen. Ein ziemlich aussichtsloser Auftrag, da sie nicht wussten, wonach sie eigentlich suchen sollten, außer vielleicht nach einem Ort, an dem man Organtransplantationen ausführen konnte. Und dafür war nicht viel nötig, quadratmetermäßig gesehen.

Außerdem hatte sie Klas früh am Morgen noch einmal verhört. Er befand sich in einem erbärmlichen Zustand und hatte nicht viel Neues gesagt. Sie hatte wiederholt darauf gedrungen zu erfahren, wie viele Kinder er an die verschiedenen Punkte gebracht hatte, und er war bei den fünf oder sechs geblieben. Vermutlich unterschiedlicher Herkunft. Allein, unbegleitet.

»Wir wissen also nicht, ob es noch weitere ermordete Kinder gibt«, sagte Mette. »Oder ob irgendwo Kinder gefangen gehalten werden, die darauf warten, ihre Nieren oder andere Organe zu verlieren.«

Ein Szenario, genauso absurd, wie es sich anhörte.

»Was halten wir von diesem Stelea und seinem Auftauchen in Schweden?«, fragte Bosse.

»Tom?«

Mette reichte die Frage weiter an Stilton. Sie hatten die Ereignisse auf dem Lastkahn besprochen, ohne dem Rest des Teams davon zu erzählen. Mettes Entscheidung, zum Teil, um den Fokus weiterhin auf den Mordermittlungen zu behalten. Also antwortete Stilton:

»Vermutlich ist er persönlich in die Auslieferung der Organe involviert. Er hat diese Art von Geschäften bereits in Bukarest durchgezogen. Vielleicht ist er hier, um eine neue Lieferung abzuholen.«

»Persönlich?«, hakte Olivia nach. »Das erscheint mir wenig plausibel. Er hat doch sicher Leute, die sich um so etwas kümmern?«

Stilton zuckte leicht mit den Schultern.

»Ist er zur Fahndung ausgeschrieben?«, wollte Bosse wissen.

»Nein«, antwortete Mette. »Aber die Observationsgruppe hat seine Beschreibung, wenn sie ihn erblicken, werden sie versuchen, ihn zu verfolgen. Was ist mit Felix Ericsson?«

Mette wandte sich Lisa zu.

»Ich habe einige Informationen über seinen Hintergrund herausbekommen, er hat reichlich Erfahrung als Chirurg und im Laufe der Jahre an verschiedenen Krankenhäusern gearbeitet, ohne irgendwie aufzufallen. Offensichtlich ist erst mit dem Tod seiner Frau alles den Bach runtergegangen. Danach wurde er mehrmals krankgeschrieben, und man munkelt, dass er Alkoholprobleme hat. Vor einem halben Jahr hat er sich vom Dienst befreien lassen. Am interessantesten dabei ist, dass er nach dem Tod seiner Frau mindestens dreimal nach Bukarest gereist ist.«

»Das stimmt mit Nicolaes Angaben überein«, sagte Stilton.

»Und wir haben keine andere Adresse von ihm?«, wollte Mette wissen. »Kein Sommerhaus?«

»Nein.«

Dafür eine Flasche Kaliumchlorid in seinem Badezimmer, hätte Stilton fast gesagt, schwieg jedoch. Mette hatte offenbar beschlossen, dass sie dieses Wissen für sich behielten, vorläufig zumindest. Sie wollte wohl sein unerlaubtes Eindringen in Felix' Wohnung weder erklären noch verteidigen. Erst, wenn es unbedingt sein musste.

Zunächst blieb es still an dem ovalen Tisch.

»Diese Muriel«, sagte Bosse. »Sie hatte doch gestern über ihr Handy Kontakt zu Folami. Wo ist sie eigentlich?«

»Das wissen wir nicht«, antwortete Stilton und hoffte, es dabei belassen zu können.

»Tom hat sie entwischen lassen«, sagte Mette.

Stilton schaute seine Chefin an, er nahm an, sie wollte es ihm für seine private Bukarestreise heimzahlen. Und vielleicht für das Eindringen in Felix` Wohnung. Aber in der Sache hatte sie ja Recht, er hatte sich einen Schnitzer geleistet. Muriel, und damit ihr Handy, war verschwunden.

»Dann sollten wir doch versuchen, sie zu finden«, schlug Bosse vor.

»Auf jeden Fall«, sagte Stilton. »Ich kümmere mich drum.«

Er holte sein Telefon heraus und rief Muriel an, und als er sie nicht erreichte, schickte er ihr eine SMS.

Anschließend verließ er den Raum.

*

Stelea stand unten am Anleger und schaute über das Wasser. Die Sonne schien, und auf der anderen Seite des Sees war im Gestrüpp des Waldes ein Elch zu erkennen. Stelea hatte schon vor einer Weile sein graues Jackett ausgezogen und es sich über den Arm gelegt. Er dachte über die Situation nach, in der er sich befand. Sie war weit unter seinem Niveau. Von Problemen dieser Art hatte er immer mal wieder gehört, bei den Morgentreffen im Stardust, von ihm Untergeordneten, Probleme mit Lieferungen und andere Störungen. Er selbst war nie darin verwickelt gewesen. Jetzt schon, aus verschiedenen Gründen, und das irritierte ihn mehr und mehr. Was seiner Stimme anzuhören war, als Maria sich dem Steg näherte.

»Wann wird diese Nährflüssigkeit angeliefert?«, fragte er.

»Im Laufe des Nachmittags. Wir werden heute Abend operieren. Oder um genau zu sein, Felix wird es tun.«

Maria stellte sich neben ihn. Sie trug eine kurze grüne Jacke, unter den Augen hatte sie dunkle Ringe. Im Laufe der Nacht war sie mehrere Male von Felix geweckt worden. Er hatte in der Unterhose auf dem Bettrand gesessen, aus dem Fenster geglotzt und Schnaps getrunken. Mal wollte er über ihre gemeinsame Zukunft reden, mal darüber, was für ein phantastischer Chirurg er doch gewesen sei, ein Vorbild für viele junge Ärzte in all den Jahren. Und jetzt war durch diesen Rumänen alles kaputt gemacht worden. Als er auch noch anfing, von seiner toten Frau zu reden, und einen Weinkrampf bekam, stand sie auf und legte sich im Gästezimmer schlafen.

Stelea schlief im Erdgeschoss, Razvan im Anbau.

»Seine Hände zittern ziemlich«, sagte Stelea und schaute wieder übers Wasser. »Zumindest für einen Chirurgen.«

»Er säuft zu viel.«

»Wie lange willst du ihn noch halten?«

»Heute Abend ist die letzte Operation.«

»Und dann?«

»Dann machen wir andere Geschäfte. Vielleicht in einem anderen Land. Ohne ihn.«

Stelea betrachtete Maria.

»Gut.« Er nickte. »Es kann sein, dass die Polizei seine Wohnung in Stockholm observiert.«

Maria zuckte zusammen.

»Wieso glaubst du das?«

»Wollen wir zurückgehen?«

Stelea verließ den Anleger, und Maria folgte ihm. Felix' Wohnung wurde observiert? Warum sollten sie das tun? Wusste die Polizei, was er trieb? Maria strich ihre Frisur glatt.

»Ich möchte mir den Operationsraum angucken«, sagte Stelea plötzlich und nickte zu dem grauen Steinhaus.

Sie gingen Seite an Seite zu dem Haus. Keiner von ihnen sah, wie Felix ihren Weg von einem Fenster im Hauptgebäude aus beobachtete. Als Maria sich umblickte, verschwand er hinter der Gardine.

Sie schloss die Tür zum Steinhaus auf und machte Licht.

»Es hat sich nichts verändert.«

Stelea schaute hinein. Graue Wände, Steinfußboden, eine

mit Plastikfolie bezogene Liege in der Mitte, ein kleineres Beatmungsgerät in der Ecke, Arbeitsflächen, OP-Utensilien, ein leichter Geruch nach Desinfektionsmittel. Sein Blick verweilte auf der Liege. Dort sollte sie liegen. Anschließend würde sie im Himmel landen. Er ging wieder hinaus, und Maria zog die Tür hinter sich zu.

»Wo ist sie jetzt?«, fragte Stelea, »Folami?«

»Im Anbau. Wir lassen sie bis heute Abend dort.«

Folami hatte noch lange wach gelegen.

Der Mann, der Mihai hieß, hatte die Nachttischlampe ausgeschaltet und war bei ihr sitzen geblieben. Sie wusste nicht, wie lange, und sie hatte sich nicht getraut, sich zu bewegen. Er hatte sie vor diesem Wächter gerettet, würde aber nicht in den Himmel kommen, denn dorthin kamen nur gute Menschen. Also war er schlecht, seinen eigenen Worten nach. Sie verstand das alles nicht. War er es gewesen, der Gowon getötet hatte? Sie hatte gehört, wie er atmete, manchmal ganz kurz und heftig, manchmal ruhig und gleichmäßig. Warum blieb er dort in der Dunkelheit sitzen? So lange? Sie war kurz vorm Einschlafen, als sie hörte, wie er aufstand und das Zimmer verließ, leise, und hinter sich die Tür schloss. Sie war aus dem Bett gesprungen und zur Tür geeilt, um zu lauschen. Würde er mit dem Wächter reden? Aber sie hatte nur ein kurzes Flüstern gehört, das war alles.

Schließlich war sie eingeschlafen.

Und wurde vom Wächter geweckt.

»Du sollst aufstehen und was essen«, sagte er und verschwand wieder in der Türöffnung.

Folami brauchte einen Moment, um zu erkennen, wo sie war. Ein Zimmer, ein Fenster, ein Bett, sie war auf dem Hof, auf dem auch Akin gewesen war. Mittlerweile war sie sich ganz sicher. Und Gowon – Gowon war getötet worden. War Akin auch getötet worden? Sie weigerte sich, diesen Gedanken zu Ende zu denken, er schoss nur wie ein Pfeil vorbei und verschwand dann wieder. Nein, Akin lebte. Er musste leben. Das war doch der einzige Sinn ihrer Reise. Ihres Lebens. Sie wollte Akin finden, und zusammen wollten sie zurück nach Izghe und alles wieder aufbauen, was die Terroristen zerstört hatten.

Sonst nichts.

Als sie aus ihrem Zimmer kam, stand der Mann, der den Campingbus gefahren hatte, dort an eine Wand gelehnt. Er zeigte auf ein Tablett auf dem Couchtisch, voll mit verschiedenen Frühstückssachen.

»Bitte schön«, sagte er.

Der Wächter war verschwunden.

Folami nickte, setzte sich aufs Sofa und nahm einen Apfel. Er war fast ganz rot, und der erste Bissen schmeckte gut. Sie war hungrig. Sie aß den Apfel, und Felix blieb dort an der Wand stehen. Vielleicht konnte sie ihn ausfragen, wenn sie vorsichtig vorging? Er wusste ja nicht, was sie wusste. Oder warum sie hier war.

»Der Apfel schmeckt gut«, sagte sie.

Felix nickte.

Heute schwitzt er, dachte sie. Merkwürdig. Warum?

»Ich komme aus Nigeria«, sagte sie. »Da haben wir auch Äpfel.«

»Aha.«

»Aber dieser ist richtig gut. Haben die anderen Kinder auch Äpfel gekriegt?«

Felix schaute sie an. Ihm gefiel die Situation nicht. Er wollte nicht mit diesem Mädchen reden, er wollte nicht hören, was sie von dem Apfel hielt oder woher sie kam, er wollte sie operieren und dann vergessen.

Aber Maria hatte gesagt, er müsse ihr Frühstück überwachen. Mihai und sie hatten einiges zu besprechen, und Razvan sollte die Sendung mit der Nährflüssigkeit entgegennehmen. Er hatte den Verdacht, dass es nur ein Vorwand war, um ihn für letzte Nacht zu bestrafen. Dafür, dass er betrunken gewesen war und von seiner toten Frau gesprochen hatte.

»Ja, alle haben Äpfel gekriegt«, antwortete er.

»Haben viele Kinder hier gewohnt?«

»Ja.«

»Und jetzt sind alle weggezogen?«

»Ja.«

»Wie schade. Ich hatte gehofft, dass noch jemand aus meinem Heimatland hier wohnt.«

Felix lief auf und ab, er öffnete das Fenster einen Spalt, er brauchte Luft. Folami beobachtete ihn. Sie musste sich vorsichtig mit ihren Fragen vortasten, wenn sie etwas Falsches sagte, ging er vielleicht einfach weg oder schickte den Wächter wieder her. Der sie getreten hatte. Aber sie musste mehr erfahren, und deshalb traute sie sich zu fragen:

»Hat schon mal jemand aus Nigeria hier gewohnt?«

»Bestimmt, es waren ja schon so viele hier.«

»Stell dir vor, wenn das nun jemand war, den ich kenne!«

Sie wusste, wie idiotisch ihre Bemerkung war, Menschen, die aus ihrem Heimatland geflohen waren, kamen aus allen Teilen des Landes, und Nigeria war riesig. Aber sie war nur an einer einzigen Person interessiert.

Oder an zweien.

»Iss jetzt auf«, sagte Felix.

Er wollte nicht länger mit ihr reden. Er musste sich zusammenreißen und zur Ruhe kommen, in dem Zustand konnte er nicht operieren. Er brauchte eine Stärkung und eine Dusche.

»Ich werde Maria holen«, sagte er und ging zur Tür.

»Ich mag dich.«

Folami sprach hinter Felix' Rücken und sah, wie er zusammenzuckte. Dann verschwand er durch die Tür.

»Ich mag dich«? Warum hatte sie das gesagt? Sie mochte Felix nicht, und er mochte sie nicht, das spürte sie. Hatte sie das gesagt, um ihn aus dem Gleichgewicht zu bringen? Sie stand auf und trat ans Fenster. Sie sah, dass ein neues Schloss daran angebracht worden war, so dass man es nur einen Spalt weit öffnen konnte. Folami schaute hinüber zur Wiese und entdeckte Maria und Mihai, auf dem Weg zurück von dem grauen Steinhaus.

Was ist da nur drinnen?, fragte sie sich.

*

Als Erstes fuhr Stilton zu Ronny Redlös und Benseman, doch keiner von beiden hatte in letzter Zeit etwas von Muriel gehört.

»Ich muss sie finden«, sagte Stilton. »Wenn sie auftaucht, zwingt sie dazu, mich anzurufen.«

»Geht es um dieses Mädchen, das sie in der Hütte versteckt hat?«, wollte Benseman wissen und sah ernstlich beunruhigt aus.

»Ja«, antwortete Stilton nur.

Er wäre gern noch eine Weile bei seinen alten Freunden geblieben, es war lange her, dass er sie das letzte Mal gesehen hatte. Eine Zeitlang hatten sie Stilton viel bedeutet. Aber jetzt war nicht der Zeitpunkt für Sentimentalitäten, also verließ er eilig das Antiquariat und rief erneut bei Muriel an, wieder mit dem gleichen Resultat. Keine Antwort. Er stand draußen auf der Katarina-Ban-Gata und hatte nicht die geringste Ahnung, welche Richtung er einschlagen sollte. Zu Fuß oder mit dem Auto. Da fiel ihm der Mann mit dem Ohrring und dem unschlagbaren Kontaktnetz ein, damals jedenfalls.

Minken, der Nerz.

Er hoffte, dass die alte Nummer noch gültig war, und rief ihn an.

»Hallo, Tompa!«

Niemand, absolut niemand auf der ganzen Welt wäre auf die Idee gekommen, Stilton Tompa zu nennen. Niemand außer Minken. Er lebte in einer eigenen Welt, und in dieser Welt war Stilton ein Bulle, der Obdachloser geworden war und jetzt offensichtlich wieder als so eine Art Bulle arbeitete.

Früher einmal war Minken einer von Stiltons besten Informanten gewesen, eine unerschöpfliche Quelle kleiner und großer Tipps aus allen Ecken und Winkeln der Unterwelt. Damals hatte er noch eine private Pipeline direkt aus Kolumbien in seine Nase gehabt, inzwischen ließ er es an dieser Front ruhiger angehen. Eigentlich hieß er Leif Minqvist, aber seit seiner Kindheit in Kärrtorp nannten ihn alle nur Minken, den Nerz. In Junkiekreisen war er fast eine Legende, bekannt als der Mann, der den Palme-Mord gelöst hatte.

»Wie geht's?«, fragte er.

»Gut«, antwortete Stilton. »Ich brauche deine Hilfe.«

»Warum sonst hättest du angerufen? Um dich zu erkundigen, wie es mir geht? Einer deiner besten Informanten, in all den Jahren. Nein, nein, du rufst nur an, wenn du etwas brauchst.«

»Bist du dazu bereit?«

»Ja.«

»Ich muss eine Braut zu fassen kriegen, und zwar so schnell wie möglich.«

»Ruf Olivia an, die hängt gern im Ramblas rum.«

»Ach, hör auf! Sie heißt Muriel.«

Und dann beschrieb Stilton sie, so gut er konnte. Aussehen, Alter, und er erzählte Minken einiges über das verschwundene Mädchen Folami.

»Und wo soll ich anfangen, mich umzuhören?«, fragte Minken. »Das hier ist eine ziemlich große Stadt.«

»Sie nimmt ab und zu Stoff.«

»Bingo! Das ist das Stichwort. Wir hören voneinander!«

Stilton drückte auf den roten Knopf. Er hatte keine großen Hoffnungen, wollte aber schon wegen seines schlechten Gewissens nichts unversucht lassen.

*

Der Mann, in dessen Auto Akin auf dem Waldweg gelaufen war, war Arzt. Er kam gerade von einem Patientenbesuch ein paar Kilometer entfernt zurück und hatte seine Arzttasche im Auto. Mit deren Hilfe konnte er den zerschmetterten Körper am Leben halten, bis es einem Rettungshubschrauber gelang, auf einer Wiese in der Nähe zu landen. In letzter Sekunde, doch genau diese Sekunde rettete Akin das Leben.

Seitdem lag er im künstlichen Koma im Huddinge Krankenhaus.

Er stand unter permanenter Kontrolle, und schon nach den ersten vierundzwanzig Stunden war sich das Ärzteteam einig: Er würde überleben. Die Frage war, wann sie ihn aufwecken sollten. Einige waren der Ansicht, es sollte so schnell wie möglich passieren, andere wollten lieber noch warten, um keine Komplikationen zu riskieren.

Schließlich einigten die Ärzte sich. Der Junge sollte nicht weiter im Koma bleiben. Alle Werte sahen gut aus, und sein Heilungsprozess würde beschleunigt, wenn er bei Bewusstsein war.

Also wurde Akin aus dem bewusstlosen Zustand geholt, in dem er den letzten Tag und die letzte Nacht verbracht hatte.

Und er fing an zu reden. Oder zu jammern, genauer gesagt.

In Anbetracht der Mengen an auf Morphium basierenden Medikamenten, die seine Schmerzen unterdrücken sollten, hörte ihm niemand so genau zu. Die unzusammenhängenden, sonderlichen Dinge, die der Junge da von sich gab, klangen ziemlich verwirrt, bis er anfing, ein paar Namen zu nennen. Eine der Schwestern erkannte einen der Namen aus der Fernsehsendung »Gesucht wird …« wieder. In ihr hatte die Polizei um Informationen über einen ermordeten Jungen gebeten.

Gowon.

Sie verließ das Krankenzimmer und rief die Polizei an.

Ein Arzt begleitete Mette in Akins Einzelzimmer. Auf dem Weg bekam Mette einen kurzen medizinischen Bericht über die Verletzungen des Jungen. Sie waren umfassend, aber nicht lebensbedrohlich. Er würde wieder ein normales Leben führen können, mit etwaigen Einschränkungen im Bewegungsapparat.

Als sie durch die Tür gingen, schaute Akin Mette direkt mit einem Blick an, der ihr noch lange nachhängen sollte. Warum genau, konnte sie nicht sagen, aber da war etwas in dieser dunklen Tiefe, das sie bis ins Mark traf. Sie zog sich einen Stuhl heran und setzte sich neben das Bett. Der Arzt hatte sie gebeten, den Jungen nicht mit zu vielen Fragen zu belasten, er war immer noch sehr zerbrechlich und erschöpft.

Also begann Mette mit den Fotos.

Zuerst zeigte sie ihm eine Nahaufnahme des ermordeten Mädchens, ihr Gesicht, ohne Verletzungen. Akin betrachtete das Bild eine ganze Weile.

»Sie hat nie gelacht«, flüsterte er schließlich. »Tara.«

»So heißt sie?«

Akin nickte.

Von dem Jungen, der auf dem nächsten Bild zu sehen war, wusste Mette bereits, wie er hieß, aber sie wollte eine Bestätigung dafür.

»Er heißt Gowon, nicht wahr?«, fragte sie.

Akin nickte erneut.

Mette war sich inzwischen über zwei Dinge im Klaren. Hier im Bett lag Folamis Bruder, Gowons Cousin. Folami war verschwunden, und Gowon war ermordet worden.

Also musste sie vorsichtig bei der Wahl ihrer Worte sein.

»Wo hast du Tara getroffen?«, fragte sie.

»Auf der Farm.«

Farm? Meinte er einen Bauernhof?

Mette stand unter enormer Anspannung. Sie wusste nicht, wie viel dieser arme Junge ihr berichten konnte. Sie wusste nicht, was er durchgemacht hatte. Sie wollte unbedingt herausbekommen, wo dieser Hof lag, durfte dabei aber nicht so forsch vorgehen.

»Wie bist du zu dieser Farm gekommen?«

»Jemand hat uns hingefahren, und dann wurden wir von einem anderen Mann abgeholt.«

Mette holte ein Foto von Klas Gustavsson heraus und hielt es Akin hin.

»War der das, der euch zuerst gefahren hat?«

Akin nickte, und Mette stellte die entscheidende Frage:

»Weißt du, wo die Farm liegt?«

Akin schaute hinunter auf die Bettdecke, sein Atem kam jetzt stoßweise, dann schaute er wieder zu Mette auf, mit Tränen in den Augen.

»Es gibt ein Haus dort«, flüsterte er. »Ein graues Steinhaus. Wir durften nicht hingehen.«

»Steht nur dieses Haus dort?«

Akin schüttelte schwach den Kopf.

»Noch ein großes rotes und dann eins, in dem wir gewohnt haben.«

»Du und Tara und Gowon?«

Akin nickte.

»Aber du weißt nicht, wo diese Farm liegt?«

»Nein.«

»Bist du von dort weggelaufen?«

»Ja.«

»Und wie?«

Mette musste sich vorbeugen, um Akin zu verstehen, während er ihre Fragen beantwortete, mit kurzen Worten, kurzen Sätzen.

»Du bist von dieser Farm aus in den Wald gelaufen?«, fragte sie weiter.

Akin nickte.

»Wie lange bist du gelaufen?«

»Nicht so lange.«

Mehr brauchte Mette nicht. Sie beugte sich noch weiter vor und strich Akin über den Kopf, über seinen Verband.

Sie überlegte, ob sie ihm von Folami berichten sollte, seiner Schwester, dass sie hier in Schweden war und nach ihm suchte. Aber das Mädchen war verschwunden, entführt von dem gleichen Mann, der auch Akin entführt und möglicherweise Gowon ermordet hatte.

Also verzichtete sie darauf, stand auf, stellte den Stuhl zurück und nickte Akin zu. Als sie auf dem Weg zur Tür war, hörte sie seine flüsternde Stimme:

»Darf ich eins behalten?«

Mette drehte sich zu ihm um.

»Welches?«

»Tara.«

Mette zog das Foto von Tara wieder heraus.

Sobald sie das Zimmer verlassen hatte, stellte sie Akins Arzt die Frage:

»Wo wurde der Junge überfahren?«

*

Muriel war verzweifelt.

Sie wusste nicht, wo sie suchen sollte, sie wusste nicht, was passiert war, und jedes Mal, wenn sie Folamis Handy anrief, schien es tot zu sein.

Zuerst fuhr sie zum Hauptbahnhof. Denn dort war Folami ja verschwunden. Was sie dort zu finden hoffte, wusste sie selbst nicht. Folami sicher nicht. Und auch dieses Schwein nicht, das mit ihr davongefahren war, das saß hinter Schloss und Riegel bei der Polizei. Hätte sie sich dort hineinschleichen können, mit dem größten Vergnügen hätte sie ihm ein Stilett zwischen die Augen gestoßen.

Aber dort kam sie nicht hinein.

Eine Zeitlang ließ sie sich zwischen Flüchtlingen und Freiwilligen hin und her schieben, sah dann schließlich ein, wie sinnlos das war. Folami! In ihrem Inneren schrie sie laut den Namen, dann lief sie die Vasagatan hoch, zum Sergels torg. Tom hatte mehrere Male versucht, sie zu erreichen, aber sie wollte nicht mit ihm reden. Nur ein einziges Mal war sie drangegangen und hatte gefragt:

»Habt ihr sie gefunden?«

»Nein, aber wir …«

Da hatte sie ihn weggedrückt.

Jetzt spürte sie, dass sie es nicht länger aushielt. Ihre Hände zitterten, als sie sich auf dem Bürgersteig zwischen Einkaufstüten und Kinderwagen einen Weg bahnte, Hölle und Verderben! Ich brauche einen Schuss!

Fast rannte sie hinunter zur Platte, wühlte in der Jackentasche und zog ein paar Scheine heraus. Das müsste genügen. Sie war gezwungen, wieder die Kontrolle über sich zu bekommen.

Sie war kurz davor, zusammenzubrechen.

»Muriel!«

Einer ihrer alten Junkiekumpane saß auf der Treppe zur Platte, mit einer Dose Bier in der Hand. Sein fettiges Haar hing ihm in die Augen, aber sie erkannte seine Stimme wieder, noch bevor sie sein Gesicht sah.

»Ich brauche einen Schuss«, sagte sie leise.

»Kein Problem.«

Der Junkie stand auf und ging davon. Muriel folgte ihm. Sie kannte die Prozedur. Es ging nur darum, aus dem Sichtfeld der Zivilen zu kommen, die da unten herumschnüffelten.

Die beiden gingen ein Stück die Drottninggatan entlang, bogen dann in eine Hausnische ein. Muriel bekam, was sie wollte, und der Junkie wurde dafür bezahlt. Als Muriel wieder die Drottninggatan entlangtrippelte, holte der Junkie sein Handy heraus und rief Minken an.

»Behalte sie im Auge«, sagte dieser. »Ich bin gleich da.«

Muriel bemerkte den Junkie nicht, er hielt genügend Abstand, sie war damit beschäftigt, nach einem geeigneten Platz zu suchen, wo sie sich spritzen konnte, was sie brauchte, um nicht zu zerbersten. Schließlich fand sie eine Einfahrt zur Tiefgarage des Sheraton und huschte die Stufen dort hinunter. Vor der Metalltür eines Zementschachts sank sie zu Boden.

Folami, dachte sie, die dürfen dir das nicht antun. Die wissen nicht, was du durchgemacht hast, die wissen gar nichts, die wissen nicht, wer du bist, die wissen nicht, wie gut du im Pilzesuchen bist. Sie holte den kleinen Zettel heraus, den Folami in der Küche geschrieben hatte, und las ihn wieder und wieder. »Du bist meine Muriel«, mit einem schönen Herzen dahinter. Sie spürte, wie die Tränen ihr über die Wangen liefen, und versuchte, mit zitternden Händen den Schuss vorzubereiten. Sie hatte die Spritze gerade aufgezogen, als jemand die Metalltür aufdrückte.

»Hallo, Muriel!«

Muriel starrte die kleine Person in der Tür an. Für einen Zivilbullen war er äußerst merkwürdig zurechtgemacht. Ein Ohrring in einem Ohrläppchen und fettige gelbe Hemdenkragen über einem roten Jackett. Wer zum Teufel war das? Ein Lude?

»Verpiss dich!«, sagte sie und wunderte sich einen Moment lang, dass er ihren Namen kannte.

»Ich heiße Minken und bin ein meisterhafter Jongleur«, erklärte er lächelnd.

Muriel starrte die Erscheinung an, die sich neben ihr auf dem Boden niederließ.

»Die Sache ist die, Muriel, du kannst diesen Dreck da in dich hineinspritzen, das habe ich selbst oft genug gemacht, Tour und Retour zur Magellanschen Wolke, aber du weißt: Hinterher geht es dir wieder genauso beschissen wie vorher. Und wem nützt das? Folami jedenfalls nicht.«

Muriel zuckte zusammen. Folami? Verdammt noch mal, woher wusste er, wer sie war?

»Hat Tom dich geschickt?«

»Mich schickt keiner«, erwiderte Minken. »Ich führe einen Auftrag aus, und das gegen eine verdammt gute Bezahlung. Und im Augenblick bist du mein Auftrag.«

Muriel schüttelte den Kopf, schob sich den Jackenärmel hoch und begann nach einer passenden Ader zu suchen. Minken schaute ihr dabei zu.

»Okay«, sagte er. »Wir können das hier auf zwei Arten machen. Entweder du pumpst das in dich hinein, dann zerre ich dich wie so eine zugedröhnte Junkiehure aus dem Tunnel und liefere dich dort ab, wo du hinsollst, oder aber ich erledige dich mit meinem Spezialschlag.«

»Deinem Spezialschlag?«

Minken führte ein paar merkwürdige Bewegungen mit den Händen in der Luft vor, was so komisch aussah, dass Muriel nicht anders konnte, sie musste vor Lachen losprusten.

»Worüber amüsierst du dich?«, fragte Minken. »Mit diesem Schlag habe ich schon Monster gezähmt! Ich habe mit The Mauler trainiert!«

Muriel sank leicht in sich zusammen, plötzlich verschwand

jegliche Energie, die Hand mit der Spritze sank ihr auf die Knie.

Minken legte einen Arm um sie und senkte die Stimme.

»Muriel«, sagte er. »Ich habe nicht die geringste Ahnung, worum es hier geht, aber wenn Tompa anruft und so klingt, wie er geklungen hat, dann ist es ernst. Er will dich wirklich sprechen.«

Vorsichtig nahm er Muriel die Spritze aus der Hand.

*

Die Erregung war in dem fast überfüllten Konferenzraum mit Händen zu greifen. Mette war vor einer halben Stunde aus dem Krankenhaus zurückgekommen, und jetzt waren alle hier versammelt. Alle bis auf Stilton und Olivia. Tom suchte nach Muriel, und Olivia hatte etwas in der Stadt zu erledigen, sie sollte später von Stilton abgeholt werden.

»Stenmossevägen, im Bezirk von Gransta unten in Sörmland«, begann Mette. »In Richtung des Sees Båven.«

Mette hatte den Punkt angekreuzt, an dem Akin angefahren worden war. Außerdem hatte sie ihre Mitarbeiter darüber informiert, dass er von einem Hof weggelaufen war, durch einen Wald.

»Nicht sehr weit, hat er gesagt.«

Sie zogen ein Satellitenbild auf den Schirm, gingen auf ihm Richtung Gransta und Stenmossevägen und konnten schnell feststellen, dass es nur einen Hof in dem entsprechenden Laufabstand von dem Wald gab, der an das Kreuz auf der Straße angrenzte.

Ein Hof mit mehreren Häusern.

»Akin hat von einem grauen Steinhaus gesprochen, das sie

nicht betreten durften. Vermutlich werden dort die Operationen durchgeführt.«

Im schlimmsten Fall an Folami, dachte Lisa. Wann auch immer.

Mette nahm Kontakt zum Einsatzkommando auf und erklärte die Lage. Dringlichkeitsstufe eins. Dann erarbeitete sie mit den anderen eine Strategie.

»Somit wissen wir vermutlich, wo das Ganze stattfindet. Was wir nicht wissen: Wer befindet sich auf dem Hof? Wir können davon ausgehen, dass außer dem Mädchen Folami noch der Mann dort ist, der sie dorthin gebracht hat. Ob das Felix Ericsson selbst war oder jemand anderes, wissen wir nicht. Wir wissen auch nicht, wie viele weitere Personen sich auf dem Hof befinden oder welche Waffen sie eventuell bei sich haben.«

»Im schlimmsten Fall kann Stelea auch dort sein«, warf Lisa ein.

»Ja.«

»Und wenn er dort ist, dann sicher in Begleitung von Mitgliedern seiner Organisation.«

Was den Zugriff extrem riskant machte.

»Haben wir inzwischen was von Tom gehört?«, fragte Bosse.

»Nein«, antwortete Mette. »Er sucht Muriel und ihr Handy.«

»Wir sollten ihn auf jeden Fall informieren.«

»Unbedingt.«

Mette übernahm diesen Anruf. Nicht ohne eine gewisse Pein.

*

Es war dunkel geworden und hatte angefangen, kräftig zu regnen, als Minken mit Muriel aus der Garageneinfahrt herauskam und zum Tegelbacken ging. Dieses sehr ungleiche Paar zog einige Blicke aus dem Eingang des Sheraton auf sich. Wo in diesem Augenblick ein weiß gekleideter Scheich aus seiner schwarzen Limousine stieg. Minken konnte es nicht lassen, er musste stehen bleiben.

Scheichs dufteten nach Geld.

»Welcome to Sweden!«, sagte er. »If you need anything just contact me. My name is Minken!«

Er suchte fieberhaft in seinem grellroten Jackett nach irgendeiner Form von Visitenkarte, fand aber nur ein Papier, auf dem »REFUGEES WELCOME!« stand. Nicht unbedingt das Richtige für den Scheich, der bereits durch die Glastüren verschwunden war.

Aber Muriel hatte den Zettel gesehen.

»Wo hast du den her?«

Und während ihres regennassen Spaziergangs zum Treffpunkt mit Stilton berichtete Minken auf seine äußerst eigenwillige Art und Weise von dem Geschäftsprojekt, das er am Laufen hatte. Als er damit fertig war, hatte Muriel verstanden, dass dieser Typ nicht ganz richtig tickte. Zumindest nicht nach der Greenwich-Zeit.

»Rent a refugee?«, fragte sie nach.

»Eine Superidee, nicht wahr? Da ist er ja!«

Minken zeigte nach vorn, und Muriel sah Stilton vor einem schwarzen Wagen, mit Olivia neben sich, die er schon vor einer Weile aufgegabelt hatte. Muriel wusste nicht so recht, wie sie sich verhalten sollte, aber das ergab sich von selbst, als sie bei den beiden ankam.

Stilton wurde fest umarmt.

»Und ich?«

Minken stand daneben und sah aus, als erwarte er eine ähnliche Behandlung. Keine Chance, also fragte er nur:

»Stumpfe Rasierklinge?«

Mit einem Nicken auf Stiltons lange Narbe auf der Wange.

»Wir hören voneinander«, antwortete er. »Danke!«

Und damit gab Minken sich zufrieden. Er wusste, das Honorar kam später, Tompa war die Zuverlässigkeit in Person.

Mittlerweile.

Das war noch anders gewesen, als er ihn halb totgeschlagen hatte abschleppen und in Veras Wohnwagen mit einer ekligen Harzsalbe einschmieren müssen. Damals war Stilton ein Wrack. Mittlerweile hatte er offensichtlich seinen eigenen Wagen. Es geht aufwärts, wenn es nicht abwärts geht, wie seine Mutter immer sagte, wenn sie Fahrstuhl fuhren. Minken zog seinen Zettel heraus, denn schließlich war es von hier nicht weit bis zum Hauptbahnhof. Der voll war mit Flüchtlingen. Vielleicht sollte er heute mal seine Geschäftsidee testen? Oder doch lieber eine Runde drehen zurück zum Sheraton und sehen, ob er dort nicht diesen Scheich erwischen konnte.

Oder sich einen Regenschirm kaufen?

Stilton saß am Steuer, Olivia auf dem Beifahrersitz. Muriel hinter den beiden, das Handy fest umklammert. Sie hatte mehrere Male vergeblich versucht, Folami zu erreichen, und jetzt war Stilton auf dem Weg zum Polizeigebäude. Er würde Muriel nicht noch einmal entwischen lassen.

Da rief Mette an.

Kurz und knapp informierte sie ihn über die Lage. Über den Hof, den sie lokalisiert hatten. Über das graue Steinhaus. Darüber, dass sie Hubschrauber und Einsatzkommando erwarteten und keine Ahnung hatten, wie viele Personen sich an diesem Ort befanden. Oder wer. Eventuell war auch Stelea dort.

Stilton hörte zu, merkte sich alles und sagte dann:

»Ich habe Muriel im Wagen. Und ihr Handy.«

»Gut.«

»Wir fahren dorthin«, erklärte Stilton.

Nicht so gut, aber zu erwarten.

Genau das war es, was ihr Pein bereitet hatte.

»Nur eine Sache, Tom. Solltet ihr euch diesem Hof nähern, bevor wir dort sind, wirst du nie wieder einen Fuß in das Polizeigebäude setzen! Habe ich mich deutlich genug ausgedrückt?«

Stilton antwortete mit Ja, und Mette wusste, dass das überhaupt nichts bedeutete.

Also hatte sie es aus mehreren Gründen eilig.

Eilig war wohl kaum die richtige Beschreibung für Stiltons nächsten Schritt. Er setzte ein Blaulicht auf das Wagendach und startete mit dem, was in den Medien als »eine Wahnsinnsfahrt« beschrieben wird. Die ersten Kilometer Richtung Süden waren Autobahn, da konnte er so stark auf die Tube drücken, wie er sich traute. Aber das Wetter da draußen wurde immer schlechter, schwarze Gewitterwolken bedeckten den Himmel, und im Süden zuckten die Blitze über den Horizont. Das Risiko für Aquaplaning wuchs mit jeder Minute. Olivia konzentrierte sich auf das GPS im Auto. Sie hatte das Ziel so exakt wie möglich eingegeben. Stilton berichtete, was er von Mette über die Gebäude dort erfahren hatte, auch über das graue Steinhaus. Er wollte, dass sie sich schon vorher orientieren konnte.

Denn wer wusste schon, was sie dort erwartete.

Muriel saß auf der Rückbank und hatte sich in sich selbst zurückgezogen. Sie war am Ende. Gerade eben stand sie noch kurz davor, sich einen Schuss zu setzen, und jetzt hockte sie zitternd hier im Auto und versuchte zu begreifen, was eigentlich los war. Sie waren auf dem Weg zu Folami. Sie waren auf dem Weg, sie zu retten. Sie umklammerte das Handy und sah, dass eine schwarze Pistole unter dem Armaturenbrett lag.

Olivia hatte sie ebenfalls bemerkt.

*

Die Nährflüssigkeit war wie versprochen eingetroffen. Felix hatte sich heimlich ordentlich einen genehmigt und wieder Kontrolle über seine Hände gewonnen. Er würde erledigen, was man von ihm erwartete. Anschließend würde er dafür sorgen, dass diese Rumänen verschwanden, und dann würde er seine Beziehung zu Maria klären. Das hier musste ein Ende haben. Er hatte keinen Überblick, wie viel sie eingenommen hatten, aber er war davon überzeugt, dass es mehr sein musste, als sie für ihre Zukunftspläne benötigten. Für ihre gemeinsame Zukunft an einem ganz anderen Ort auf der Erde. Wo Stelea sie niemals finden würde. Geduckt lief er zum grauen Steinhaus hinüber. Der Regen peitschte über den Hofplatz, der Donner grollte über dem See.

Maria war bereits im Haus, zusammen mit Razvan. Es hatte Probleme gegeben. Maria hatte Folami gesagt, sie müsse mit ins Haus, um ihr eine Spritze gegen Infektionen zu geben. So hatte sie sich ausgedrückt. Eine Vorschrift des Migrationsamtes. Folami hatte eine Riesenangst und glaubte Maria kein Wort, aber sie riss sich zusammen, wollte sehen, was sich in diesem grauen Haus befand. Als sie es sah, eine Liege und jede Menge Instrumente, versuchte sie wegzurennen. Razvan war gezwungen sie festzuhalten und ihr die Hände auf den Rücken zu binden, damit Maria ihr eine ganz andere Art von Spritze geben konnte. Voller Verzweiflung schrie Folami, bis sie bewusstlos wurde. Da zogen sie sie nackt aus und legten sie auf den Operationstisch. Die Halskette trug sie immer noch.

Nun verließ Razvan das Steinhaus, in der Tür begegnete ihm ein vollkommen durchnässter Felix. Der schaute als Erstes auf den nackten Mädchenkörper auf der Liege und versuchte auszublenden, was sie gesagt hatte: »Ich mag dich.«

*

Stilton rutschte in den Stenmossevägen und ging mit der Geschwindigkeit herunter. Ein paar Streifenwagen aus der Region waren bereits eingetroffen, sie hatten die Order bekommen, an der Zufahrtsstraße stehen zu bleiben und sie abzusperren. Stilton bog an den Fahrzeugen vorbei ab, auf den Schotterweg.

»Wir sind ziemlich nah dran, nicht wahr?«

»Ja«, bestätigte Olivia.

Stilton wurde noch langsamer und schaltete die Scheinwerfer aus. Langsam fuhr er zwischen Palisaden von Kiefern und Tannen den Weg entlang. Der starke Regen begrenzte die Sicht noch mehr, aber die Anzahl der Blitze hatte zugenommen, sie erhellten Teile des Weges.

Olivia drehte sich zu Muriel auf dem Rücksitz um.

»Wir sind gleich da«, sagte sie. »Wie geht es dir?«

»Gut.«

Muriel gab sich alle Mühe zu lächeln, sie spürte ihr Herz

wild schlagen, ihre Beine zitterten, sie presste sie zusammen. Sie wollte nicht, dass Olivia und Tom sahen, wie groß ihre Angst war. Sie wollte mit ihnen zu diesem Haus gehen.

Zu Folami.

Plötzlich trat Stilton auf die Bremse und schaltete den Motor aus. Er hatte weiter vorn eine Lichtung zwischen den Bäumen entdeckt. Wortlos nahm er die schwarze Pistole und schaute Olivia an. Sie hielt ihre eigene Pistole in der Hand. Eine sehr viel offiziellere Dienstwaffe.

»Wir gehen vor und schauen uns um«, sagte er.

Stilton drehte sich zu Muriel um.

»Du bleibst hier. In Ordnung?«

Muriel nickte, und Stilton und Olivia stiegen aus dem Wagen. Bevor Olivia die Tür vorsichtig zudrückte, schaute sie zu Muriel hinein.

»Wenn Folami hier ist, dann finden wir sie«, sagte sie.

Ich hoffe, lebend – doch das sagte sie nicht.

»Ich verspreche es.«

Wieder nickte Muriel.

Stelea und Razvan saßen in der Küche, die schwache Tischlampe war die einzige Beleuchtung. Ab und zu erlosch sie, ging aber gleich wieder an. Die Blitze zuckten über dem Haus. Sie hatten gerade festgestellt, dass der Hofplatz im Dunkel lag, die Außenbeleuchtung war ausgefallen. Stelea legte eine Patience mit einem Kartenspiel, das Maria ihm gegeben hatte. Manchmal eine gute Ablenkung. Denn im Augenblick wollte er nicht daran denken, was da unten in dem Steinhaus vor sich ging, er wollte nur endlich hier fertig werden, damit sie abreisen konnten.

»Fahren wir heute Nacht noch zurück?«, fragte Razvan.

Er hätte gern einen Schluck Wein getrunken, wusste aber, dass davon nicht die Rede sein konnte, wenn sie zurückfahren würden.

»Ja.«

»Was machen wir mit dem Arzt?«

»Er soll die Operation beenden. Dann schneidest du ihm den Hals durch und versenkst ihn im See. Und jetzt stör mich nicht weiter.«

Razvan nickte und stand auf. Also musste er sich mit einer Zigarette begnügen. Die er nicht hier anzünden durfte. Mihai hasste Zigarettenrauch. Deshalb ging der Leibwächter vors Haus, kratzte sich dabei kurz an der Narbe auf dem Schädel. Er war immer noch enttäuscht, dass sie den Mann auf dem Kahn nicht erwischt hatten.

Aber vielleicht war es dafür noch nicht zu spät.

Felix bereitete sich auf den Eingriff vor. In diesem Stadium musste er selbst nicht viel tun, Maria war routiniert und wusste, was nötig war. Außerdem mussten sie sich nicht die Mühe machen, danach alles zuzunähen, was die Operation wesentlich beschleunigte. Das Einzige, was ihn beunruhigte, war die Deckenlampe, die ab und zu aufflackerte. Sollte der Blitz direkt in das Notaggregat hinten am Haus einschlagen, wäre die Operation unmöglich.

Doch bis jetzt sah er noch gut.

Er kontrollierte die neue Sendung mit Viaspan und der Kühlflüssigkeit, in die Folamis Nieren gelegt werden sollten. Dieses Mal wurden sie also nicht von diesem Rotaru abgeholt, die beiden Rumänen hier auf dem Hof würden sie mitnehmen.

Was ihm aber egal sein konnte.

Er holte die kleine Flasche mit Kaliumchlorid heraus und stellte sie auf die Arbeitsplatte.

»Jaha?«, fragte er und vermied es, das Gesicht des betäubten Mädchens anzuschauen. »Sind wir langsam so weit?«

»Es dauert noch eine Weile«, erwiderte Maria.

In dem Schlauch in Folamis Luftröhre gurgelte es noch.

Stilton und Olivia glitten zwischen den Bäumen ein Stück vom Weg entfernt weiter nach vorn, auf die Lichtung zu. Es war matschig und nass und nicht so einfach, in der Dunkelheit voranzukommen. Ihre Taschenlampen wagten sie nicht einzuschalten, da sie nicht wussten, wie nahe sie schon an dem Hof waren. Wenn er sich überhaupt dort befand. Sie blieben kurz vor dem Waldrand stehen und strengten sich an, irgendwas weiter vorne zu erkennen.

»Sollen wir nachfragen, wo Mette bleibt?«, flüsterte Olivia.

Stilton holte sein Telefon heraus und rief ihre Chefin an.

»Wir sind jetzt da«, sagte er mit leiser Stimme. »Wo seid ihr?«

»Auf dem Weg. Die Hubschrauber haben Probleme. Wir müssen das Gewitter umfliegen. Wie sieht es bei euch aus?«

»Warte kurz.«

Stilton und Olivia schlichen sich bis an den Waldrand heran und versteckten sich dort hinter einigen Bäumen. Vor ihnen lag ein dunkler Hofplatz. Als mehrere Blitze kurz nacheinander aufleuchteten, konnten sie sehen, dass ein Campingbus und ein dunkler PKW am Rande des Kieskreises standen. Weiter hinten war ein großes rotes Haus zu erkennen, das im Dunkel zu liegen schien. Rechts von ihnen lag ein dunkler Anbau. Dann wurde es wieder schwarz.

»Guck mal!«

Olivia sprach sehr leise, während sie nach vorn zeigte. Stilton folgte ihrer Hand, und in der Dunkelheit konnte er erkennen, dass in dem Fenster eines Hauses ein Stück weiter, unterhalb des Anbaus, Licht brannte. Er drückte die Lippen gegen das Handy.

»Auf dem Hof stehen ein Campingbus und ein PKW«, flüsterte er. »Das große Haus scheint dunkel zu sein, genau wie der Anbau, aber in einem Haus ein Stück weiter, hinter dem Anbau, da brennt Licht. Vielleicht ist das dieses Steinhaus?«

Mette sagte nichts. Sie gingen davon aus, dass die Operationen in dem grauen Steinhaus durchgeführt wurden. Es konnte natürlich auch woanders passieren, beispielsweise im Keller des Haupthauses, aber das Steinhaus war am wahrscheinlichsten. Nach allem, was Akin erzählt hatte.

Und da brannte jetzt Licht.

Sie wusste, Tom dachte das Gleiche wie sie, möglicherweise war Gefahr im Verzug, aber sie war gezwungen, ihnen einen anderen Befehl zu erteilen:

»Bleibt, wo ihr seid! Ihr werdet merken, wenn wir kommen. Okay?«

Stilton drückte ohne ein weiteres Wort auf die rote Taste.

»Sind sie in der Nähe?«, flüsterte Olivia.

»Weiß ich nicht. Sie haben Probleme mit dem Wetter.«

Er schaute hinüber zu dem Haus, in dem das Licht brannte. Und wenn es jetzt verdammt eilig war? Wenn Folami da drinnen lag und Gefahr lief, aufgeschlitzt zu werden? Wie lange sollten sie hier stehen und warten? Er drehte sich um und zuckte zusammen. Während einiger kurzer Blitze sah er Muriel. Sie stand auf der anderen Seite des Weges am Waldrand, ein Stück entfernt. Stilton machte eine heftige Bewegung mit dem Arm, um ihr zu signalisieren, dass sie zurück ins Auto gehen sollte. Olivia tat es ihm gleich. Aber da waren die Blitze bereits erloschen.

Deshalb konnten sie nicht sehen, dass Muriel weiter in der Dunkelheit stehen blieb und am Anbau vorbei auf das Fenster starrte, aus dem der Lichtschimmer kam.

Auch sie hatte im Auto von dem Steinhaus gehört.

Razvan stand draußen vor dem Haus und rauchte. Er hatte sich an die Wand gelehnt, weil der Regen von der Holztreppe bis zu ihm hochspritzte. Er liebte Gewitter. Unwetter. Es gefiel ihm, wenn die Blitze sich jagten und monströses Donnergrollen die Luft zerriss. Wenn es richtig heftige Unwetter über Bukarest gab, ging er gern auf die Terrasse vom Stardust, zog sich nackt aus und stellte sich einfach in den Regen und genoss das Schauspiel. Es entsprach seiner Vorstellung vom Paradies.

Und so ein Unwetter wie hier ging in etwa in dieselbe Richtung.

Der ganze Himmel knisterte von den Blitzen, und der Donner knallte wie Gewehrsalven, die Fenster in dem alten Holzhaus erzitterten.

Leider konnte er sich nicht ausziehen und auf den Hof laufen.

Er zündete sich noch eine Zigarette an.

Patience?, dachte er. Tja, die Leute sind nun einmal verschieden.

Stilton und Olivia blieben am Waldrand und schauten unruhig in den Himmel, horchten, ob Hubschraubergeräusche zu hören waren.

»Hörst du was?«, fragte Olivia.

»Nichts. Nur Donnern. Wir werden sie erst hören, wenn sie landen. Wenn das überhaupt möglich ist.«

»Und was machen wir jetzt?«

Olivia spürte das gleiche aufsteigende Unbehagen wie Stilton. Es konnte sich um Minuten handeln. Sie schaute wieder zu dem etwas abseits liegenden Haus mit dem erhellten Fenster und fasste einen Entschluss.

»Wir können nicht länger hier stehen bleiben«, sagte sie.

»Nein.«

Sie sahen einander an.

Vorsichtig trat Stilton aus dem Wald auf den Hof, ganz am Rand, Olivia folgte ihm dicht dahinter. Sie mussten den Platz überqueren, an dem Anbau vorbei, um zu dem Haus zu kommen, in dem das Licht brannte. Dank der Blitze hatten sie eine ungefähre Ahnung, wo es langging.

Aber sie kamen nur gut zehn Meter über den dunklen Hof, da begann ein Hund zu bellen. Kurzes, böses Kläffen, das durch den Donner drang und über den Hofplatz hallte.

Den Hund konnten sie nicht sehen.

Beide zuckten bei dem Gebell zusammen, und genau in diesem Augenblick kam ein neuer, kräftiger Blitz, der den ganzen Hofplatz erhellte. Und zwar hell genug, dass der Mann, der vor der Haustür rauchte, zwei fremde Personen erkennen konnte, die zum Anbau hinüberliefen. Was ihn instinktiv dazu brachte, seine Pistole zu ziehen. Der erste Schuss fiel blindlings in die Dunkelheit hinein.

Aber er verriet Stilton, wo der Mann stand, und deshalb schoss er sofort in die Richtung, gerade, als ein Donnerknall über dem Platz explodierte.

»Lauf runter!«, schrie er Olivia zu.

Sie rannte in der Dunkelheit an Stilton vorbei auf das Steinhaus zu. Sie wusste ungefähr, wo es liegen musste, stolperte aber und fiel hin.

Stilton warf sich zu Boden, so dass ihm der nasse Lehm ins Gesicht spritzte. Er wusste nicht, ob er den Mann am Haus getroffen hatte oder nicht.

Das hatte er, in die Brust, das Blut pumpte unter dem Hemd hervor, aber Razvan hielt sich am Treppengeländer fest und zielte in die Dunkelheit, wartete dabei den nächsten Blitz ab. Als dieser kam, schoss er auf den Mann auf dem Boden, und Stilton schoss zurück. Dieser Schuss traf Razvan direkt im Gesicht, und Stilton sah, wie er die Stufen hinunterfiel, geradewegs in eine Regenpfütze.

Dann war das Licht des Blitzes erloschen.

Stilton kam auf die Füße. Also befanden sich Leute im Haus, die jeden Moment herauskommen konnten. Er musste unbedingt Olivia Deckung geben. Er lief zum Anbau und presste sich gegen die Holzwand. Da sah er sie. Nicht in einem deutlichen Blitz, sondern im Schein von weiter entfernt aufleuchtenden Blitzen, eine Frau, die von der anderen Seite her auf den Anbau zulief.

Muriel.

»Muriel! Bleib stehen!«, schrie er und wäre fast in den Rücken geschossen worden.

Die Kugel zischte an seiner Schulter vorbei und blieb in der Wand stecken. Er warf sich herum. Der Schuss musste vom Haupthaus gekommen sein. In der Dunkelheit dort sah er niemanden, also lief er in der Hocke ein paar Meter weiter. Seine Kleider waren vollkommen durchnässt, und er spürte, wie stark er in seiner Beweglichkeit eingeschränkt war.

Aber bald würden neue Blitze am Himmel erscheinen.

Er wartete sie ab.

Und als es so weit war, sah er einen Mann über den Hof rennen, auf den schwarzen Wagen zu. Einen Mann, den er sofort wiedererkannte. Mihai Stelea. Stiltons Kopf wurde leer, er hockte sich hin und schoss. Er verfehlte sein Ziel und hörte, wie die Kugel in die Karosserie einschlug. Stelea erreichte das Auto und feuerte einen weiteren Schuss auf Stilton ab. Der zersplitterte eine Scheibe in dem Anbau hinter Tom. Stelea riss die Wagentür auf, gerade als Stilton einen sicheren Halt für die Pistole auf seinem Knie suchte und zielte. So genau es in der Dunkelheit möglich war. Und schoss. Der Schuss traf Stelea im Leib, der Körper schlug gegen den Kotflügel des Wagens und rutschte dann auf den Boden.

Aber das konnte Stilton nicht sehen, weil es schon wieder stockdunkel war. Was er dagegen sah: ein kräftiges Hubschrauberlicht, das sich seinen Weg aus den Wolken suchte. Als es auf den Hofplatz schien, sah er auch den Körper, der neben dem Wagen lag und sich vor Schmerzen krümmte.

Kurz kam in ihm der Reflex auf, einen weiteren Schuss in dem Körper zu platzieren, doch er widerstand der Versuchung.

Unten im Steinhaus streckte Felix die Hand nach einem Skalpell aus. Maria hielt in jeder Hand eines. Das eine gab sie Felix, und er beugte sich über Folamis nackten Körper, um den Schnitt zu setzen. Er wusste ganz genau, wo er ansetzen sollte, schließlich war er Chirurg. Und bis jetzt hält die Deckenlampe ja, dachte er, auch wenn draußen das Gewitter tobt.

»Hast du den chirurgischen Faden?«, fragte er.

»Ja.«

Plötzlich zuckte Maria zusammen.

»Was war das?«

»Ein Donner«, erwiderte Felix. »Es knallt doch schon die ganze Zeit. Wir müssen jetzt anfangen!«

Maria war mit ein paar schnellen Schritten bereits an der Tür. Als sie sie öffnete, sah sie einen kräftigen Scheinwerferkegel aus dem dunklen Himmel hervortreten und einen Hubschrauber, der auf dem Hof landete.

»Ein Hubschrauber!«, schrie sie.

Und rannte aus dem Haus.

Felix war vollkommen verwirrt. Er starrte Folami an, dann die offene Tür, anschließend das Skalpell in seiner Hand, dann lief er Maria hinterher. Draußen sah er das Hubschrauberlicht auf dem Hof und rannte im strömenden Regen in die entgegengesetzte Richtung, voller Panik, weg vom Haus, hinunter zum See. Nach wenigen Minuten wurde er von einer Pistolenkugel im Oberschenkel getroffen und flog durch die Luft, bis er auf einem Felsen landete.

Olivia senkte ihre Waffe und lief zu der Tür des Steinhauses. Sie war in der Dunkelheit am Anbau entlanggeschlichen und dann weiter, so schnell sie konnte, sie war mehrere Male gestolpert und hingefallen, und plötzlich hatte sie einen Mann aus dem Haus vor ihr laufen sehen.

Und geschossen.

Jetzt sah sie Folami nackt auf dem Operationstisch liegen, mit einem Schlauch im Hals. Spuren eines Eingriffs konnte sie nicht erkennen. Schnell lief sie zu dem Mädchen und legte ihr zwei Finger auf den Hals. Sie hatte Puls. Sie lebte. Vermutlich ist sie betäubt worden, dachte Olivia und schnappte sich eine große Decke von einer Ablagefläche. Sie breitete sie über Folami aus, dann lief sie wieder hinaus, um Hilfe zu holen.

»Lebt sie?«

Stiltons Stimme kam aus einiger Entfernung, auch er lief in

der Dunkelheit hinunter zu dem Steinhaus. Und stieß direkt vor der Tür auf Olivia.

»Ja!«

»Sind noch andere da drinnen?«

»Nein. Ich habe auf einen Kerl geschossen, der gerade rausgerannt ist. Sind Mette und die anderen gelandet?«

»Ja!«

Plötzlich schaute Stilton sich fieberhaft um.

»Wo ist Muriel?«

»Sie ist ja wohl hoffentlich zurück zum Wagen gegangen, oder?«

»Nein, sie war auf der anderen Seite vom Anbau!«

Stilton drehte sich hektisch um.

»Muriel!«, schrie er. »MURIEL!«

Er bekam keine Antwort, nur ein dumpfes Donnergrollen vom Himmel.

»Kümmere dich um Folami!«

Stilton lief auf die andere Seite des Anbaus, dorthin, wo er Muriel zuletzt gesehen hatte.

Die Einsatzkräfte hatten sich über den ganzen Hof verteilt. Ein Rettungshubschrauber war ein Stück entfernt vom Campingbus gelandet, aus ihm sprangen jetzt Sanitäter. Mette hatte schnell festgestellt, dass ein Mann erschossen worden war und ein anderer schwer verletzt. Mihai Stelea. Die Sanitäter kümmerten sich um ihn. Mette wandte sich dem Anbau zu und sah Olivia, die auf sie zugelaufen kam.

»Folami?«, rief Mette.

»Sie lebt! Sie liegt betäubt im Steinhaus!«

Schnell beorderte Mette einige der Sanitäter zum Steinhaus, während Olivia sie beim Arm packte.

»Da unten liegt ein angeschossener Mann, ein Stück weiter weg vom Haus«, sagte sie. »Das ist sicher der Arzt.«

Mette schaute auf die Pistole in Olivias Hand.

»Er wollte sie gerade aufschneiden«, sagte Olivia.

Mette nickte.

»Wo ist Tom?«

»Er sucht nach Muriel.«

Es dauerte eine Weile, bis er sie fand. Sie lag tief in einem dunklen Gebüsch, auf der Erde, die ganze Brust voller Blut. Stilton wurde eiskalt, als der Schein der Taschenlampe ihr Gesicht erreichte und er schockiert das Skalpell entdeckte, das aus ihrem zerschnittenen Hals ragte. Er hob sie auf und lief mit ihr in den Armen zum Hofplatz. Vielleicht war das nicht gerade das Beste, was er tun konnte, aber er war so verzweifelt und voller Angst, dass er bis zur nächsten Krankenhausnotaufnahme gelaufen wäre, wenn es hätte sein müssen.

Er schaute in das Scheinwerferlicht, Muriel immer noch in den Armen.

»Leg sie hier hin!«

Ein Sanitäter zeigte auf eine dunkle Unterlage auf dem Boden. Vorsichtig legte Stilton Muriel darauf. Er strich ihr über den Kopf und störte die Hilfskräfte bei ihrem Rettungseinsatz. Sie versuchten den Blutfluss aus dem aufgeschnittenen Hals zu stoppen, legten einen Druckverband an, und in dem Moment öffnete Muriel die Augen und schaute Stilton an.

»Folami«, brachte sie hervor.

»Folami lebt. Sie ist gerettet.«

Muriel versuchte zu lächeln, schloss die Augen und drehte den Kopf zur Seite.

»Muriel!«

Stilton beugte sich tief über ihr Gesicht und hörte sie flüstern: »Ich will neben Vera liegen.«

Mehr sagte sie in diesem Leben nicht mehr.

*

Stilton saß in seinem Wagen auf dem dunklen schmalen Waldweg, seine Kleidung war vollkommen durchnässt und voller Lehm und Erde. Mette saß mit triefend nassem Haar neben ihm. Sie hatte Stilton noch nie weinen sehen, aber jetzt weinte er. Lange. Sie vermutete, dass Muriel der Grund war. Mette hatte keine Beziehung zu ihr gehabt, aber ihr war klar, dass das für Stilton nicht galt. Er war auf eine Art und Weise mit ihr verbunden, die ihn jetzt vollkommen aus der Bahn warf. Wortlos hatte er den Hofplatz verlassen und war zum Wagen gegangen. Mette war ihm gefolgt. Als sie sich neben ihn gesetzt hatte, überreichte er ihr seine Dienstpistole. Ihm war klar, dass der Schusswechsel auf dem Hof eine Untersuchung nach sich ziehen musste, und ihr war klar, dass sie ihn in diesen internen Ermittlung verteidigen würde. Er und Olivia hatten gegen Mettes Befehl gehandelt und damit einem kleinen Mädchen das Leben gerettet. Nur das zählte. Sie legte eine Hand auf Stiltons Knie. Er zuckte zusammen und wischte sich die Wangen trocken.

»Wo ist Olivia?«, fragte er.

»Sie ist mit Folami ins Krankenhaus gefahren.«

Stilton nickte, mit den Gedanken woanders.

»Schon merkwürdig«, sagte er und verstummte wieder.

Mette wartete ab.

»Muriel hätte schon so oft sterben können, an allem Möglichen, in jedem Augenblick, sie hat die ganze Zeit mit dem Tod in der Hosentasche gelebt.«

Stilton schaute zum Hof hoch, dann startete er den Wagen.

»Benseman wollte sie heiraten.«

Mette wusste nicht, wer Benseman war, aber sie nahm an, dass es sich um eine Person aus Toms Zeit als Obdachloser handelte. Sie drückte Stiltons Hand auf dem Lenkrad, ganz sanft.

»Bist du in Ordnung?«, fragte sie.

Stilton nickte.

»Ich habe hier noch einiges zu erledigen«, sagte sie. »Wir hören voneinander.«

Mette stieg aus und drückte die Beifahrertür zu. Stilton sah, wie sie im Dunkeln zurück zum Hof ging. Sie hatte eine Taschenlampe eingeschaltet.

Also hat sie mal wieder eine Mordermittlung abgeschlossen, dachte er. Eingetütet und erledigt. Und geht zum nächsten Fall über. Neuer Morgen, neuer Mord.

Er wusste genau, wie ungerecht dieser Gedanke war.

Als Olivia anrief, war er fast schon in Södertälje. Und zögerte, ob er das Gespräch annehmen sollte.

»Ja?«, meldete er sich schließlich.

»Ich sitze im Krankenhaus von Linköping, Folami kann jeden Moment aufwachen.«

»Wie gut.«

»Sie wird Fragen stellen, und ich möchte, dass du dann hier bist.«

Stilton hielt an. Er war vollkommen erledigt. Die Beine taten ihm weh, die Augen waren rot vor Müdigkeit, seine Kleidung roch säuerlich nach Lehm, Regen und getrocknetem Blut. Er wollte nicht länger dabei sein.

Aber Folami würde Fragen stellen, und er wusste, welche

Fragen, und er wollte nicht, dass Olivia sie ganz allein beantworten musste.

»Ich komme«, sagte er und ließ das Handy auf seinen Oberschenkel sinken.

*

Er war überrascht, wie winzig sie aussah, als sie so dalag, in einem Krankenhausbett unter einer gelben Decke. Wie ein Vogelküken, dachte er und setzte sich neben Olivia. Und registrierte, dass diese genauso erledigt aussah, wie er sich fühlte.

Folami wurde langsam wach. Ihre Augen wanderten hin und her, suchten einen Fixpunkt, und dann hörten sie ihre erschöpfte Stimme.

»Wo bin ich?«, fragte sie. »Bin ich im Himmel?«

»Nein, du bist in einem Krankenhaus«, antwortete Stilton. »Niemand hat dir etwas getan. Du bist dabei, langsam aufzuwachen.«

Es gelang Folami, ihren Blick auf Stilton zu richten.

»Die wollten mich töten.«

»Ja. Aber es ist ihnen nicht gelungen. Sie sind festgenommen worden.«

Folamis Augenlider fielen wieder zu.

»Wir haben Akin gefunden«, sagte Olivia.

Folamis Augenlider sprangen auf.

»Lebt er?«

»Ja. Er wurde von einem Auto angefahren, aber es besteht kein Grund mehr zur Sorge. Du kannst ihn treffen, sobald du wieder bei Kräften bist.«

Folami lächelte, kaum erkennbar, schob eine Hand unter der Decke hervor und suchte nach Olivias Hand, die sie fest umschlang. Stilton betrachtete Folamis Gesicht und sah, wie es langsam immer klarer wurde, als ließe eine über Ewigkeiten dauernde Anspannung ihren Griff um die Muskeln los und gab dem Gesicht endlich die Möglichkeit, sich zu entspannen.

Er fragte sich, wann die entscheidende Frage kommen würde.

»Ich habe mein Handy verloren«, sagte Folami und schaute jetzt Stilton an. »Ich konnte Muriel nicht anrufen und ihr sagen, wo ich bin. Weiß sie, was passiert ist?«

Olivia sah Stilton an. Immer noch hielt sie Folamis Hand in ihrer. War jetzt der richtige Augenblick für die Wahrheit? Aber wann sollte der richtige Augenblick sein? Stilton legte eine Hand auf die Decke, auf Folamis Bein.

Ganz langsam wiegte er es hin und her.

*

Luna sog den Duft des dampfenden Roibuschtees ein. Es war ihre dritte Tasse heute Nacht. Sie saß im Salon und wartete. Tom hatte angerufen und von dem Zugriff und den Folgen berichtet. Er hatte präzise und energisch geklungen, und sie hatte daraus geschlossen, dass noch andere bei ihm waren. Den Rest würde sie erfahren, wenn er kam.

Da war es schon fast fünf Uhr morgens.

Luna schaltete eine Lampe im Salon an und setzte sich neben Stilton aufs Sofa.

»Willst du einen Whisky?«

»Nein.«

Stilton schaute auf seine Hände. Er war davon ausgegangen, dass sie zitterten, aber sie waren ganz ruhig. Merkwürdig, dachte er, ich habe doch das Gefühl, als zitterten sie.

»Muriel ist gestorben«, sagte Luna vorsichtig.

Sie nahm an, dass Tom darüber reden wollte. Aber er sagte nichts. Luna strich ihm leicht mit der Hand über die Wange, über die Narbe. Stilton schaute sie an.

»Ich habe heute Nacht einen Menschen erschossen«, sagte er leise. »Und einen zweiten schwer verletzt. Hätte ich besser gezielt, hätte ich ihn auch getötet.«

»Aber dazu warst du doch sicher gezwungen?«

»Natürlich. Hast du mal auf jemanden geschossen?«

Stilton sah Luna mit einem sonderbaren Blick an.

»Nein.«

»Aber du hast eine Schusswaffe.«

»Aber ich habe nie auf jemanden geschossen. Wieso fragst du?«

»Keine Ahnung.«

Luna wusste in groben Zügen, was Tom in dieser Nacht durchgemacht hatte, erst der Schusswechsel, dann Folami und schließlich Muriel. War er kurz davor, zusammenzubrechen? Plötzlich stand Stilton auf und ging zum Barschrank an einer der Schotten, holte eine Flasche Whisky heraus. Er schenkte sich ein Glas bis zum Rand voll und trank auf dem Weg zurück zum Sofa vorsichtig ab.

»Einen Menschen zu erschießen ist ganz einfach«, sagte er und setzte sich wieder. »Technisch gesehen. Dazu bedarf es nur ein paar Millimeter Druck auf den Abzug, schon stirbt jemand. Im besten Falle eine Person, die den Tod verdient hat oder unschädlich gemacht werden muss. Aber das ist es nicht, wovon ich rede.«

Stilton nahm einen Schluck aus seinem Glas.

»Wovon redest du dann?«, fragte Luna.

»Ich hätte sie retten können.«

»Wen? Muriel?«

»Ich war viel zu sehr fixiert auf dieses Arschloch Stelea. Ich wollte ihn zusammenschießen. Ich hatte eine Pistole in der Hand, und es ist schon verdammt viele Jahre her, dass ich das letzte Mal eine besaß. Ich habe meine Urteilsfähigkeit verloren. Hätte ich nachgedacht oder hätte ich so reagiert, wie ich hätte reagieren sollen, dann wäre ich Muriel hinterhergelaufen. Sie war vollkommen schutzlos. Aber ich war darauf fixiert zu schießen.«

Tom leerte sein Glas.

»Nicht du hast Muriel getötet«, sagte Luna nach einer Weile.

»Aber ich habe sie auch nicht gerettet. Was ich hätte tun können.«

»Das weißt du nicht.«

Stilton lehnte sich zurück gegen die Schotten und spürte, wie sein Körper nur noch schlafen wollte. Er wusste: Luna hatte Recht. Es war nicht sein Fehler gewesen. Er hatte getan, was er getan hatte, und damit Folami das Leben gerettet. Alles andere, was ihn quälte, ging nur ihn etwas an.

»Komm, wollen wir ins Bett gehen?«, schlug Luna vor.

Stilton stellte das Glas auf den Tisch und ließ seinen Kopf auf Lunas Schoß fallen. Was er nicht gerade oft tat. Sie strich ihm übers Haar. Irgendwann einmal, dachte sie, viel, viel später, da werde ich dir berichten, dass ich tatsächlich einmal auf eine Person geschossen habe.

*

Nicht weit entfernt, in einem Badezimmer in einer Zwei-Zimmer-Wohnung in der Högalidsgatan, saß eine nackte Frau, die in dieser Nacht ebenfalls auf einen Menschen geschossen hatte. Ihn nicht getötet, aber unschädlich gemacht hatte.

Aber daran verschwendete sie in diesem Moment keinen Gedanken. Sie war vollauf darauf konzentriert, dass soeben eine rote streifige Flüssigkeit aus ihrem Körper in die Toilette gelaufen war. Sie hatte eine Blutung bekommen. In Anbetracht des Einsatzes in den vorangegangenen zehn Stunden war das vielleicht nicht besonders verwunderlich, aber sie erschrak trotzdem. Hatte sie eine Fehlgeburt? Sie machte sich sauber, duschte und wusste nicht, was sie tun sollte. Mit wem sie reden konnte. Sollte es so ganz einfach verschwinden? Ihr und Jamies Kind? Plötzlich fühlte sie sich verängstigt und verwirrt. Sie verließ das Bad und spürte, wie unendlich müde sie war. Aber sie musste mit jemandem reden.

Sie rief den Notarzt an.

Die Jalousien vor dem großen Panoramafenster waren hochgezogen und ließen ein angenehmes Licht in den Raum. An den hellgrauen Wänden hingen einige geschmackvolle Stillleben, und ein zierlicher Holzstuhl stand vor einem niedrigen weißen Tisch. Es hätte ein ganz normales Hotelzimmer sein können, abgesehen von dem Bett. Es war aus Metall und mit Rädern versehen und beherbergte momentan den vom Dienst befreiten Chirurgen Felix Ericsson. Er saß fast, gegen das hochgestellte Kopfteil des Betts gelehnt, gekleidet in weiße Krankenhauskleidung. Olivias Schuss hatte ihn am Oberschenkelknochen getroffen und eine umfassende Knochenfraktur verursacht. Noch in der Nacht war er operiert worden. Und jetzt sollte er von Mette Olsäter verhört werden. Sie saß auf der einen Seite des Bettes, Lisa auf der anderen.

Bereits als Mette die notwendigen Formalien aufs Aufnahmegerät sprach, merkte Lisa, dass etwas anders war als sonst. Ihre Chefin war auf eine Art verkniffen, die ihr absolut nicht ähnlich sah. Mette pflegte immer deutlich Distanz zu wahren, wenn sie Personen verhörte. Nie zeigte sie eigene Gefühle, nie verriet sie, was in ihrem Inneren vor sich ging. Und jetzt hatte Mette einen Gesichtsausdruck, der alles andere als neutral war. Und er spiegelte sich auch direkt in ihrer Stimme wider, als versuchte sie, ihre eigenen Gefühle zu unterdrücken, ohne dass es ihr gelang.

Lisa hörte diese Stimme zum ersten Mal.

Mette schilderte die Tatsachen. Sie zeigte ein Bild von

Nicolae, das Sorin geschickt hatte, und berichtete über dessen Beschreibung des schwedischen Arztes Felix und dessen Operationen in Bukarest. Dann ging sie zu den Geschehnissen in Schweden über. Sie hatte zwei wichtige Zeugen, die noch am Leben waren. Akin und Folami. Beide hatten schreckliche Aussagen gemacht, über den Hof, über Felix und Maria. Sie schloss ihren Bericht damit, dass sie beschrieb, wie Felix aus dem grauen Steinhaus gerannt war, ein Skalpell in der Hand, ein betäubtes nacktes Mädchen auf dem Operationstisch hinter sich zurücklassend.

Es gab keinen Raum für andere Interpretationen.

»Sie haben illegale Organoperationen vorgenommen und in dem Zusammenhang mindestens drei Personen ermordet«, sagte Mette.

Felix hatte ihr zugehört, zeitweise mit geschlossenen Augen. Als sie schließlich zu der wichtigsten Frage kam, öffnete er die Augen und schaute sie mit einem leicht arroganten Blick an. Die Frage lautete:

»Gibt es noch mehr Opfer? Die wir bis jetzt nicht gefunden haben?«

»Ja.«

Seine Stimme klang tonlos, fast gleichgültig.

»Noch vier.«

»Vergraben?«

»Ja.«

Mette schaute zu Lisa, die für Außenstehende kaum erkennbar, aber für sie doch deutlich reagierte. Insgesamt sieben Opfer. Sie würden noch weitere vier junge Menschen finden.

Aufgeschlitzt.

Für Mette war es nicht wichtig, sofort zu erfahren, wo sich die anderen Opfer befanden, das würde sie erfahren, wenn sie mit dem Mann im Bett fertig war. Im Augenblick wollte sie etwas anderes wissen. Sie wollte die Möglichkeit bekommen zu verstehen. Denn die Tatsachen waren mehr oder weniger aufgedeckt.

Aber wie ein Mensch in der Lage sein konnte, einsame, wehrlose Kinder zu ermorden, nur um an ihre inneren Organe zu kommen, stand noch aus.

»Können Sie es mir erklären?«, fragte sie.

Felix räusperte sich kurz und fuhr sich dann mit einer Hand durchs Haar, um es zu richten.

»Der Ausgangspunkt war meine chirurgische Kompetenz«, begann er und klang, als hielte er eine Vorlesung vor ein paar Medizinstudenten. »Wir erkannten, dass sie genutzt werden konnte.«

»Wer sind ›wir‹?«

»Maria und ich.«

»Wie ist ihr vollständiger Name?«

»Maria Cosmina Basescu.«

Für einen Moment verstummte Felix.

»Alles fing mit ihr an.«

Er nahm sich ein feuchtes Tuch und wischte sich damit über den Mund. Seine Lippen waren trocken und rissig.

»Sie hat mich manipuliert«, fuhr er fort.

»Und wie?«

»Mit ihrem Körper.«

Mette musste sich beherrschen, ihre Kiefermuskeln arbeiteten. Sie schaute auf die jämmerliche Gestalt in dem Bett. Vor nicht allzu langer Zeit ein geschätzter Chirurg, jetzt ein Mörder. Manipuliert von einem Körper?

Das schluckte sie nicht, ließ ihn aber erst einmal weiterreden.

In der folgenden halben Stunde erzählte Felix seine Geschichte. Nur unterbrochen davon, dass er einen Schluck Wasser trank oder sich das Gesicht abwischte. Mette und Lisa sagten so gut wie kein Wort.

Das Ganze begann mit dem tragischen Tod der Ehefrau bei einem Verkehrsunfall, einer Frau, die er über alles auf der Welt liebte. Der plötzliche Verlust riss ihm den Boden unter den Füßen weg, und er begann zu trinken. Die Einsamkeit führte ihn auch zum Glücksspiel.

So weit konnte Mette ihm folgen.

»Um meine Spielsucht zu finanzieren, habe ich angefangen, Rezepte für als Medikamente deklarierte Opiate zu verkaufen, und ich habe auch selbst einige genommen. Dieser Rezepthandel war ein Fehler, ich wurde in die falschen Kreise gezogen, wurde erpressbar und wusste nicht, wie ich da wieder rauskommen sollte. Leute suchten mich auf und forderten Geld von mir, sonst würden sie mich verraten. Ich musste einen größeren Kredit aufnehmen. Irgendwann habe ich unser Haus verkauft, um zumindest einen Teil meiner Schulden zu bezahlen.«

Während einer Wochenendreise nach Bukarest traf er in einer Kneipe Nicolae und Maria. Er war unglücklich und betrunken und fing an, ihnen sein Leben zu erzählen. Von seiner Karriere als Chirurg und dem Verlust seiner Ehefrau. Sie hörten zu, trösteten und zeigten großes Mitleid. Es endete damit, dass sie seine Rechnung bezahlten.

Am folgenden Tag suchten sie ihn auf und boten ihm eine große Summe dafür an, dass er eine Nierenoperation an einem Freund durchführen sollte, der dringend Geld brauchte. Zunächst lehnte er ab, aber Maria lud ihn zum Essen ein und drückte ihre Bewunderung für seine Profession aus, berauschte ihn geradezu, mit Wein und mit sich selbst. »Du hast eine einzigartige Gabe, Felix. Die musst du nutzen.«

Und zum Schluss stimmte er zu.

»Maria kann sehr überzeugend sein.«

Zwei Nächte später führte er die Operation aus, assistiert von Maria. Sie war ausgebildete OP-Schwester. Auf dem Weg zurück ins Hotel beichtete sie ihm, dass sie in ihrer Beziehung mit Nicolae nicht glücklich war.

»Am nächsten Tag bin ich zurück nach Schweden gereist. Ich hatte für die Operation sehr viel Geld bekommen und konnte weitere Schulden begleichen und mich außerdem dem widmen, was ich am liebsten tat.«

»Schnaps und Spiel«, sagte Mette.

»Ja. Und Opiate.«

Einige Zeit später rief ihn Maria wieder an. Sie erzählte ihm, dass sie ihn vermisse, und fragte, ob er nicht wieder für ein paar Tage nach Bukarest kommen wolle. Es gab eine weitere Person, die ein Organ verkaufen wollte. Und dieses Mal sollte er noch besser bezahlt werden.

Er zögerte nicht lange.

»Ich sah die Chance, endlich schuldenfrei zu werden und mit diesem Rezeptmist aufzuhören.«

Felix machte eine kurze Pause.

»Aber am meisten hat mich eigentlich Maria gelockt«, sagte er.

»Dann sind Sie also wieder hingefahren?«

»Ja.«

Die Prozedur wiederholte sich mehrere Male im Laufe des Herbstes, und jedes Mal hatte er das Gefühl, Maria einen weiteren Schritt näherzukommen. Sie sprach davon, Nicolae zu verlassen.

»Leider ging die letzte Operation in Bukarest schief.«

»Inwiefern?«, fragte Mette.

»Der Spender starb bei der Operation. Es war nicht mein Fehler, aber natürlich war das ein Problem. Wohin mit dem toten Körper.«

Nicolae und Maria versicherten, sie würden sich um die Sache kümmern, und er fuhr am nächsten Tag zurück nach Schweden. Aber plötzlich tauchte die Polizei auf, und Nicolae landete im Gefängnis. Offenbar hatte er mit noch anderen Dingen zu tun gehabt, von denen Felix nichts wusste, mit Personen, die in alle möglichen kriminellen Machenschaften verwickelt waren.

»Ich habe meinem Glücksstern gedankt, dass ich da nicht mit hineingezogen worden bin.«

Es verging einige Zeit, dann stand Maria bei Felix in Stockholm vor der Tür. Sie hatte Angst und war verzweifelt. Sie hatte keine Ahnung gehabt, in was Nicolae da verwickelt gewesen war. Und sie hatte Angst, dass die rumänische Polizei auch nach ihr fahnden würde. Er bot ihr an, bei ihm zu bleiben.

»Schon in der ersten Nacht landeten wir zusammen im Bett. Es war das erste Mal, dass ich einschlief, ohne an meine tote Ehefrau zu denken.«

Er schlug Maria vor, ganz bei ihm einzuziehen, und sie nahm das Angebot an. Eine Zeitlang fehlte es ihnen auch nicht an Geld, dank der Operationen in Bukarest.

»Aber irgendwann ist das Geld zu Ende, wenn es keinen Nachschub gibt, besonders, wenn man zu oft spielt.«

»Sie haben nicht überlegt, wieder anzufangen zu arbeiten?«, fragte Mette. »Schließlich hatten Sie immer noch Ihre Stelle im Krankenhaus in Uppsala.«

»Das erschien mir vollkommen unmöglich. Ich war weder physisch noch psychisch in der Lage, eine Chirurgenstelle auszufüllen. Es ist eine ziemlich anspruchsvolle Arbeit.«

Felix verstummte und trank ein wenig Wasser.

»Also?«, fragte Mette.

»Eines Abends kam Maria mit einem Vorschlag. Warum nicht die lohnenden Organoperationen wiederaufnehmen? Aber hier. In Schweden. Sie sagte, sie habe da so ihre Kontakte in Bukarest, die könnten Spender liefern. Wir müssten uns nur einen Ort besorgen, wo wir operieren könnten.«

»Den Hof in Gransta?«

»Ja.«

»Und Sie sind drauf eingegangen?«

»Es hatte ja in Bukarest ausgezeichnet funktioniert, bis auf das letzte Malheur, und außerdem brachte es reichlich Geld ein.«

Das letzte Malheur! Sowohl Mette also auch Lisa zuckten zusammen, unterbrachen Felix aber nicht.

Maria und Felix besorgten sich den Hof, und sie nahm Verbindung zu ihren Kontakten in Bukarest auf. Nach einiger Zeit kam der erste Besuch. Es waren zwei Rumänen, die in Begleitung eines Jungen auftauchten.

»Ionel«, sagte Mette.

»Ja, ich glaube, so hieß er.«

»Wie hießen die Rumänen?«

»Einer hieß Mihai Stelea, von dem anderen weiß ich es nicht.«

»Und was geschah dann?«

»Dieser Junge sollte unser erster Spender werden und Stelea dann mit seinem Organ zurückfahren. Ich sollte nur operieren.«

»Und das taten Sie auch?«

»Ja. Ich habe dem Jungen eine Niere entnommen, und alles lief wie geplant. Glaubte ich. Leider wusste ich nicht, was dann auf mich zukommen sollte.«

Da es einige Rekonvaleszenzzeit brauchte, bis der Junge transportiert werden konnte, blieben die Rumänen auf dem Hof. Eines Abends, nach dem Essen, kam Stelea mit seinem Laptop in die Küche und bat alle, sich an den Tisch zu setzen. Er hatte eine Geschäftsidee. Er wollte das Unternehmen ausweiten. Denn er wusste von dem lawinenartigen Zustrom unbegleiteter Flüchtlingskinder, der momentan Schweden überschwemmte, und schlug vor, den auszunutzen. Die Kinder benutzen, statt Spender aus Rumänien zu holen und wieder zurückzubringen.

»Ich konnte seinem Gedankengang nicht ganz folgen. Maria auch nicht. Erst als er erklärte, was wir mit den Spendern machen sollten. Wir sollten die gewünschten Organe entnehmen, die er veräußern konnte, und uns dann der Kinder entledigen.«

»Sie ermorden?«, fragte Mette nach.

»Das meinte er damit, ja.«

»Und wie haben Sie darauf reagiert?«

»Ich war geschockt und habe erklärt, das sei eine vollkommen wahnsinnige Idee. Da klappte er seinen Laptop auf, schob einen USB-Stick rein und ließ einen Film abspielen.«

Felix schenkte sich neues Wasser ein, seine Arroganz war ein bisschen ins Wanken gekommen, er trank gierig aus dem Glas.

»Was war das für ein Film?«, wollte Mette wissen.

»Es stellte sich heraus, dass der OP-Raum in Bukarest von diesem Stelea organisiert worden war. Und in dem hatte er ein paar Kameras installiert, die alle OPs aufnahmen. Inklusive der, bei der der Patient auf dem OP-Tisch starb. Mit mir neben sich. Als der Film zu Ende war, klappte er den Laptop zu und stand auf. Er ging davon aus, dass wir begriffen hatten, was er mit dem Film machen konnte. Und mit uns. Anschließend fuhr er mit dem Jungen und dem anderen Rumänen davon.«

Felix und Maria waren erschüttert. Sie saßen die ganze Nacht zusammen und tranken. Maria behauptete, sie habe keine Ahnung von dem Film gehabt oder dass die Operationen überhaupt aufgenommen worden waren. Dafür wusste sie aber so einiges über Mihai Stelea. Wie gefährlich und gefürchtet er war. Eine Drohung von ihm war lebensgefährlich. Sie behauptete, Angst vor ihm zu haben, und meinte, sie müssten tun, was Stelea sagte.

Felix war betrunken und berauscht.

Da begann Maria von den Spendern zu reden, den Kindern, dass es Kinder war, von denen niemand wusste, wer sie waren und die niemand vermisste. Von denen sowieso viele verschwanden, jeden Tag. Niemand würde merken, wenn einige von ihnen auf ihren Hof gebracht würden. Außerdem könnten sie so ein Vermögen machen. Der Mangel an Spenderorganen in der Welt war riesig, da waren Unsummen von Geld im Umlauf.

Was auch Felix wusste.

Außerdem müssten sie vielleicht ja nur für kurze Zeit mitmachen, ein halbes Jahr, dann konnten sie ins Ausland verschwinden.

»Wir zusammen«, sagte Felix. »Wir wollten zusammen weg, das hat sie gesagt, und dann ein richtiges Paar werden. Wollten heiraten. Und das alles vergessen.«

Er machte eine kurze Pause.

»Zum Schluss hat sie mich überredet.«

Felix schluckte trocken und wischte sich die Stirn ab. Kleine Schweißperlen waren ihm in die Augenbrauen gelaufen.

»Und dann fingen Sie an, gekidnappte Kinder zu operieren«, sagte Mette. »Aufgrund von Steleas Drohungen. Verführt von Maria. Gelockt von einem Vermögen. Soll ich das so verstehen?«

»Ja.«

Einige Sekunden lang blieb es still, so dass Lisa die Gelegenheit hatte, eine Frage einzuschieben:

»Wissen Sie, was mit dem Jungen Ionel passiert ist, nachdem er den Hof verlassen hat?«

»Er wurde zurückgebracht.«

»Nach Bukarest?«

»Ja.«

»Aber er kam nur bis Småland«, sagte Lisa. »Dort wurde er ermordet. Haben Sie das gewusst?«

»... ich habe es in der Zeitung gelesen.«

Felix lehnte den Kopf zurück und schloss die Augen. Mette zog den Stuhl dichter ans Bett. Lisa sah, wie ihre Chefin Felix' schmales Gesicht betrachtete, die dünnen Lippen, die geschlossenen Augenlider.

»Könnten Sie die Augen öffnen?«, sagte sie.

Langsam öffnete Felix die Augen und schaute Mette an.

»Das, was Sie da gerade berichtet haben, gehört zu dem Widerlichsten, was ich jemals gehört habe«, sagte sie.

Ihre Stimme war beherrscht, leise, fast sanft. Felix' Hände schoben sich auf der Bettdecke zusammen.

»Mit Menschenverstand ist es nicht zu begreifen. Und das, was Sie getan haben, auf Bedrohung und physische Besessenheit zu schieben, ist gleichzeitig armselig und widerwärtig. Sie haben mit Ihren eigenen Händen Körper aufgeschnitten und Organe herausgeholt und dann den Opfern tödliches Gift injiziert. Vollkommen wehrlose junge Menschen ermordet, die glaubten, Sie wollten ihnen Sicherheit geben. Sie sind ein durch und durch verabscheuenswürdiger Mensch, Felix Ericsson. Ganz einfach widerlich. Mengele wäre stolz auf Sie.«

»Mette.«

Lisa mischte sich ein. Alles, was hier gesagt wurde, wurde auf Band aufgenommen, und sie war überrascht, wie aufgewühlt Mette war. Was sie nicht wusste: dass das hier Mettes letzte Mordermittlung war. Also konnte sie genau das sagen, was sie sagen wollte, und zwar auf die Art, wie sie es wollte. Was sie soeben getan hatte. Jetzt stand sie auf.

»Wo liegen die anderen Opfer begraben?«, fragte sie.

Felix versuchte, ihrem Blick auszuweichen. Er war geschockt über ihren Ausbruch und begann zu schluchzen.

»Ich will es wissen«, beharrte Mette. »Jetzt!«

Felix schaute auf seine Hände und gab zwei Orte an, exakt genug, dass sie Leute dorthin schicken konnten.

»Haben Sie die Körper dort vergraben?«

»Nein, darum hat sich einer der Rumänen gekümmert. Der auch für den Transport gesorgt hat.«

»Der Organe?«

»Ja.«

»Wie heißt er?«

»Rotaru.«

Den Namen würde Mette mit Sorin besprechen. Langsam ging sie zur Tür. Sie würde das Verhör nach einer Weile fortsetzen, aber jetzt wollte sie nur eins. Weg von hier und die Suche nach den anderen Opfern in Gang bringen.

»Sie hatten es gut.«

Felix' Stimme war kaum zu hören. Mette drehte sich um und sah, dass ihm die Tränen über die Wangen liefen.

»Sie konnten Fußball spielen, es gab Videospiele und gutes Essen. Wir haben uns gut um sie gekümmert.«

Mette schüttelte nur den Kopf und ging hinaus.

*

Stilton war sich seiner Unzulänglichkeiten als Polizist bewusst, daran konnte er nichts mehr ändern. Er war dafür verantwortlich und musste damit leben.

Welche Konsequenzen diese Unzulänglichkeiten mit sich brachten, begriff er nach Mettes Verhör von Felix Ericsson und den Informationen über Mihai Stelea. Und Ionel. Und die Verbindung mit dem Mord in Småland.

Diese Verbindung hätte er längst selbst ziehen müssen. Über das Messer, auf dem stand »Der Dolch ist heilig«.

Jetzt saß er Stelea in einem Vernehmungszimmer in der Polizeizentrale gegenüber. Stelea war fachgerecht ärztlich versorgt worden, verbunden und starrte sein Gegenüber aus schwarzen Pupillen an. Er bereute, Stilton den Hals nicht bereits auf der Terrasse durchgeschnitten zu haben.

»Einen Speiseaufzug gibt es hier nicht.« Stiltons Einleitungssatz.

Mit einem leichten Grinsen.

»Dafür aber ein absolut unkorrumpierbares Gerichtswesen.«

Stelea verzog keine Miene, vielleicht auch wegen seiner Schmerzen, aber in erster Linie, weil er sich einbildete, in einer ganz anderen Liga zu spielen als diese örtlichen Polizeibeamten, ganz gleich, in welchem Land er sich befand.

Stilton nahm es zur Kenntnis, schob eine Hand in die Tasche und zog ein Foto heraus, ein Foto von Ionel, von seinem Gesicht.

»Erkennen Sie den Jungen?«

Stelea schaute das Foto nicht an, dafür hob er jetzt eine Hand und verbarg ein vermutlich gespieltes Gähnen.

»Er hieß Ionel und lebte in den Abwasserkanälen in Bukarest. Jemand hat ihn im Juli dort entführt und nach Schweden gebracht. Wir haben ihn vergraben in einem Wald nahe des Sees Dällingen gefunden, eine äußerst schöne Gegend in Småland. Da sah er so aus.«

Stilton holte ein weiteres Bild heraus. Stelea hielt weiterhin seinen Blick fest auf Stilton gerichtet.

»Er wurde in den Wald gebracht, vergewaltigt, und dann wurde ihm die Kehle durchgeschnitten. Und er wurde vergraben. Gefunden haben wir ihn, als vor zwei Monaten ein Wildschwein einen Fuß von ihm abgerissen hat. Wir dachten, er sei einem Pädophilen zum Opfer gefallen. Sind Sie pädophil?«

Zum ersten Mal war in Steleas Gesicht eine Reaktion zu erkennen. Pädophil. Eine Bezeichnung, auf die sein Körper reflexhaft reagierte. Und dass man ihm dieses Wort direkt ins Gesicht sagte, brachte ihn zum Kochen. Und dann noch ausgerechnet von diesem lächerlichen alten Polizisten. Keiner auf der Welt durfte dieses Wort benutzen und lebend aus seinem Blickfeld verschwinden.

Aber leider war er gefesselt.

Stilton hatte die sekundenschnelle Reaktion bemerkt, gesehen, wie die gefesselten Handgelenke gezuckt hatten. Das gab ihm Kraft.

»Ich will die Qual kurz für Sie machen, Stelea«, sagte er. »Es wird Zellennachbarn geben, die sie sicherlich gern verlängern, wenn sie erfahren, welche sexuellen Präferenzen Sie haben. Ich habe Ihre DNA mit zwei Stellen auf Ionels Körper verglei-chen lassen. Auf seinem.«

Stilton schob die Fotos von Ionel ein Stück weiter vor.

»Sie wollen sie immer noch nicht ansehen? Haben Sie ihn geliebt?«

Plötzlich schrie Stelea auf. Es war ein kurzes, tierisches Brüllen, direkt an Stilton gerichtet.

Stilton zuckte nur für einen kurzen Moment zurück. Dann fuhr er fort:

»Hautfragmente unter Ionels Fingernägeln war die eine Stelle, Sperma auf seinem Körper die andere. Beide passten. Felix Ericsson hat bestätigt, dass Sie mit Ionel zu ihm gekom-men sind, weil Sie eine seiner Nieren haben wollten. Dann fuhren Sie mit ihm nach Småland, vergewaltigten ihn und schnitten ihm die Kehle durch. Und dabei haben Sie Ihr Mes-ser verloren.«

Stilton nahm die Fotos wieder an sich. Er war fertig. Er hatte keinerlei Interesse an Stelea oder an dem, was in seinem Kopf vor sich ging. Das Einzige, woran er dachte, waren seine eigenen Unzulänglichkeiten. Dass er es schon früher hätte herauskriegen können.

Er holte sein Handy heraus und machte ein Foto von Stelea, frontal, bevor der Rumäne sich wegdrehen konnte.

Dann stand er auf und ging.

*

Folami hatte sich einigermaßen erholt. Sowohl von dem Schock über Muriels Tod als auch von den Vorfällen auf dem Hof. Jetzt sollte sie endlich Akin treffen. Zusammen mit

Olivia und einer Ärztin. Bevor sie den Raum betraten, in dem ihr Bruder lag, blieb Folami stehen und schaute zu Boden.

»Was ist?«, fragte Olivia vorsichtig.

»Und wenn er jetzt böse wird?«

»Warum sollte er böse werden?«

»Weil ich hergekommen bin, um ihn zu suchen. Weiß er, dass ich hier bin?«

»Er weiß, dass du kommst.«

Olivia legte dem Mädchen einen Arm um die Schulter.

»Ich glaube, er wird sich riesig freuen«, sagte sie.

Dann gingen sie ins Zimmer.

Er freute sich riesig. Zumindest interpretierte Olivia seine Reaktion so. Es dauerte einen Moment, bis er erkannte, wer da ins Zimmer kam, und dann sah er die ängstliche Miene seiner Schwester. Nicht, weil sie Akin erkannte, sondern wegen all der Dinge um ihn herum, Schläuche, Apparate und merkwürdige Teile an seinem Kopf.

»Folami! Folami!«, schrie er auf.

Folami lief an sein Bett und sank in Akins ausgestreckte Arme, wusste aber nicht so recht, wie sie ihn umarmen sollte, ohne eines der Geräte zu berühren. Aber schließlich gelang es ihr, und die Geschwister hielten sich lange Zeit einfach nur fest in den Armen. Olivia hörte, wie sie flüsterten, in einer Sprache, die sie nicht verstand, und sie sah, wie ihnen die Tränen über das Gesicht liefen. Sie drückten sich, küssten sich und rieben die Wangen aneinander. Olivia zog einen Stuhl heran und setzte sich ein Stück vom Bett entfernt hin, bemerkte, dass auch über ihre Wangen Tränen liefen. Die sie mit dem Ärmel wegwischte. Nach einer ganzen Weile richtete Folami sich auf, setzte sich auf die Bettkante und versuchte, sich zu sammeln. Olivia war erstaunt, wie gerade der Rücken des Mädchens war, fast wie der einer Ballerina, und wie sachlich sie klang, als sie sagte:

»Gowon ist tot.«

»Das war mir klar«, erwiderte Akin. »Sie wollten mich auch töten, aber ich bin weggelaufen.«

Akin grinste leicht, und Olivia wurde wieder einmal bewusst, was diese Kinder alles durchgemacht hatten. Sie redeten auf eine fast unsentimentale Art über die schrecklichsten Dinge. Akin beugte sich vorsichtig zum Beistelltisch und hob eine kleine Holzschachtel heraus. Er öffnete sie und zeigte Folami den Inhalt.

»Wer ist das?«, fragte diese, als sie das Foto in der Schachtel sah.

»Das ist Taras Familie. Tara ist das kleine Mädchen in der Mitte. Sie ist kurz vor Gowon verschwunden.«

Olivia wusste, wer Tara war. Das afghanische Mädchen.

»Ist Tara auch tot?«, fragte Akin.

Folami schaute Olivia an, die darauf sagte:

»Ja, leider.«

Akin nickte und machte die Schachtel wieder zu. Vermutlich war es ihm schon vorher klar gewesen. Folami schaute ihn an.

»Warum hatte Gowon deine Halskette um?«, fragte sie.

»Ich habe sie ihm gegeben, als er vom Hof wegfahren sollte. Er sollte sie behalten, bis wir uns wiedersehen. Erinnerst du dich noch, was Mama gesagt hat, als wir die Ketten bekamen?«

»Sie sollten uns beschützen.«

»Ja.«

Folami hob eine Hand an die Augen.

Erinnerungen drängten sich ihr auf.

Mette fuhr Stilton nach Hause. Der Fall, oder die Fälle, waren im Prinzip abgeschlossen. Im Laufe des Tages hatten sie weitere vier ermordete Jugendliche mit herausgeschnittenen Organen gefunden, an den Stellen, die Felix Ericsson angegeben hatte. Bis jetzt war nur einer von ihnen identifiziert. Mette war pessimistisch und sah die Chance als gering an, jemals zu erfahren, um wen es sich hier handelte.

Sie hatte die Medien auf einer kurzfristig einberufenen Pressekonferenz vor einer Stunde darüber informiert. Hatte außerdem über das gesamte Ausmaß dessen, was geschehen war, berichtet und damit natürlich alle Anwesenden schockiert und berührt.

Und hatte Kritik einstecken müssen, weil sie nicht früher mehr preisgegeben hatte.

Also alles wie immer.

Jetzt hatte sie nur noch eine Sache zu berichten, und zwar nicht den Medien, sondern dem Mann auf dem Sitz neben ihr.

Dem zusätzlich eingestellten Mordermittler.

Aber sie schob es noch für eine Weile auf.

»Dann haben wir zum Schluss also doch den Pädophilen gefunden, nach dem wir von Anfang an gesucht haben«, sagte sie.

»Ja.«

»Aber weder Lärnfors noch den Kalmarmann.«

»Nein.«

»Weißt du, was ich glaube? Ich glaube, dass Maria und Stelea das alles bereits in Bukarest geplant haben. Als die Polizei dort zugeschlagen hat. Sie wollten das Geschäft weiterführen und wussten, dass sie Felix erpressen konnten, sowohl mit dem Video als auch mit Maria. Ich glaube, sie hat dabei eine sehr viel aktivere Rolle gespielt, als Felix überhaupt ahnt. Ich glaube, sie hat ihn nach Strich und Faden belogen und reingelegt.«

Stilton überlegte.

»Klingt schlüssig«, sagte er dann.

Und dann konnte Mette es nicht länger hinausschieben. Als sie auf den Söder Mälarstrand einbogen, hatte sie genügend Kraft gesammelt, um zu verkünden, was gesagt werden musste:

»Ich höre auf.«

Stilton war mit den Gedanken gerade ganz woanders, er brauchte einen Moment, bis er begriff, was sie da gesagt hatte.

»Wieso hörst du auf? Bei der Polizei?«

»Ja. Zumindest mit den Mordermittlungen. Vielleicht werde ich so ein Senior Advisor oder wie das heutzutage heißt.«

Mette lachte kurz auf, und Stilton hörte, wie hohl ihr Lachen klang.

»Wann hast du das denn beschlossen?«

»Vor ein paar Tagen, eines Nachts, zu Hause, als mir klar wurde, welches Ausmaß diese Ermittlungen annehmen würden.«

»Aber du warst doch schon in unzählige unangenehme Fälle involviert?«

»Ja. Doch es gibt unterschiedliche Härtegrade. Dieser hier war extrem. Aber es ist nicht nur das.«

»Sondern?«

»Es ist an der Zeit. Ich muss auch an Mårten denken. Und an Jolene.«

Ein wichtiger Teil ihrer Entscheidung war, dass sie wusste, wie stark sie sich überforderte. Sie hatte bereits einen Herzinfarkt gehabt und war noch einmal davongekommen, aber beim nächsten könnte es nicht wieder so gut enden. Sie hatte keine Angst zu sterben, nicht was sie selbst betraf, das gehörte zum Vertrag, aber in Hinblick auf Mårten. Und Jolene. Die beiden waren in erster Linie Teil ihrer Überlegungen gewesen, die anderen Kinder waren alle versorgt. Aber Jolene war und blieb ihr Liebling, und Mårten war ihr Mann. Beide würden von ihrem Tod mit einer Härte getroffen werden, die ihr Angst machte.

Wenn ich nicht rechtzeitig aufhöre, dachte sie.

Stilton dachte an etwas ganz anderes.

Was bedeutete das für ihn? Schließlich hatte Mette ihn wieder hineingeschleust, und jetzt war sie auf dem Weg hinaus. Aber zumindest hatte er ihr gewisse Dinge beweisen können, Dinge, die bewiesen werden mussten.

Auch sich selbst.

»Vielleicht kannst du ja meinen Posten übernehmen?«, schlug Mette lächelnd vor.

»Wohl kaum.«

»Aber du hast dich gut geschlagen. Mal abgesehen von nicht genehmigten Reisen, Einbrüchen, Schusswechseln und einigem anderem. Aber du hast genau das getan, was du von Anfang an wolltest. Mitgeholfen. Und zwar richtig.«

»Danke.«

Mette hielt an der Brücke hinüber nach Långholmen an, und Stilton umarmte sie kurz. In letzter Zeit zeigte er deutlich stärker seine Gefühle.

»Grüße an Mårten«, sagte er und stieg aus dem Wagen.

Mette fuhr davon, und Stilton ging über die Brücke auf den Kai. Als er sich dem Lastkahn näherte, wanderten seine Gedanken zu Ionel, dem elternlosen Hühnerdieb aus Gradinari. Und dem kleinen Doru, der eine Flasche zum Schnüffeln bekommen hatte, um Stilton in die Falle zu locken, und später im Fluss landete. Er blieb vor dem Schiff stehen, zog sein Handy heraus und ging auf das Foto von Stelea, das er nach dem Verhör gemacht hatte. Dieses Bild schickte er an Sorin in Bukarest mit dem Text: »Ein Pädophiler, den du für absehbare Zeit erst einmal los bist. PS. Behandle Nicolae gut.«

Denn trotz allem hatte Nicolae ihm Felix geliefert.

Und dann dachte er an Abbas.

Hatte er sich eigentlich richtig bei ihm bedankt? Oder war er einfach nur zum nächsten Punkt auf der Tagesordnung übergegangen, wie üblich? Er holte sein Handy heraus und rief Abbas an. Als er sich meldete, fragte er nur:

»Hei, Backgammon?«

»Gern.«

*

Es gab einen Eingangscode unten an der Haustür, wie heutzutage bei den meisten Wohnhäusern, als es also direkt an Olivias Tür klingelte, kurz vor elf Uhr abends, wunderte sie sich. Ein Nachbar? Wohl kaum, den Nachbarn gegenüber hatte sie noch nie getroffen, und direkt unter ihr wohnte eine alte alleinstehende Frau, die vermutlich um diese Uhrzeit schon lange schlafen gegangen war. Sie hatte auch einen Spion in der Tür, aber aus welchem Grund auch immer war der so hoch angebracht, dass sie einen Hocker brauchte, um durchgucken zu können. Außerdem war er vollkommen nutzlos, wenn der Besucher nicht mindestens zwei Meter maß. Und das tat der Mann, der da klingelte, nicht, er war groß, aber nicht so groß, und er sagte »Hei!«, sobald Olivia die Tür einen Spalt öffnete.

»Hei?«

Es war Jamie in einer grünblauen offenen Jacke und schwarzem T-Shirt.

»Ich bin hineingehuscht, als jemand rausgegangen ist«, grinste er.

Olivia öffnete die Tür ganz.

»Ich habe ein bisschen Gazpacho mitgebracht.«

Jamie hielt zwei weiße Plastikbecher hoch.

»Okay«, sagte Olivia. »Komm rein.«

Sie drehte sich um und ging in die Küche. Mitgebracht? Als hätte sie ihn eingeladen? Sie machte Licht über der Spüle, und Jamie zog einen Küchenstuhl heraus, drehte ihn um und setzte sich, die Arme auf die Rückenlehne gestützt. Seine Lieblingsposition. Die Becher stellte er auf den Tisch.

»Oder hast du schon gegessen?«, fragte er.

»Ja. Es ist elf Uhr.«

»Okay. Hast du einen Teller? Sonst kann ich auch direkt aus dem Becher essen.«

Olivia holte einen tiefen Teller von einem der Holzregale und stellte ihn auf den Tisch. Wieso sollte sie keinen Teller haben? Schließlich saß er in ihrer Küche.

»Löffel?«, fragte sie.

»Gern.«

Jamie nahm lächelnd den Löffel entgegen und goss sich die Suppe ein. Olivia nahm auf dem Stuhl ihm gegenüber Platz. Ihr war klar, worum es hier ging.

Um das Kind in ihrem Bauch.

Es war noch da, hatte ein Arzt in der Notaufnahme nach den Blutungen gesagt. Und er hatte ihr so einige Mahnungen mitgegeben, was ihre Vorgehensweise während des Zugriffs auf dem Hof betraf: »Vielleicht sollten Sie ab jetzt etwas mehr auf sich selbst achten.«

Jamie nahm einen Löffel kalter Suppe und schluckte, bevor er Olivia ansah.

»Ich habe gründlich über das Ganze nachgedacht«, sagte er.

»Wie schön.«

»Ich möchte Vater werden.«

Jamie nahm einen weiteren Löffel, als hätte er gerade die ausgezeichnete Suppe kommentiert. Olivia war verblüfft.

»Aha?«

»Willst du Mutter werden?«

Olivia versuchte, Jamies Blick einzufangen, doch der blieb auf den Teller gerichtet. Was sollte sie darauf antworten?

»Ich weiß es nicht«, sagte sie.

Denn so war es, sie wusste es einfach nicht.

»Weil ich der Vater bin?«

»Nein.«

Nicht nur, dachte sie, aber irgendwie schon auch.

»Aber wenn wir jetzt einmal rein hypothetisch davon ausgehen«, fuhr Jamie fort, »dass du das Kind kriegst, machst du dir Sorgen, wie es danach funktionieren soll?«

»Rein hypothetisch sehe ich nicht, wie es funktionieren soll.«

»Geteiltes Sorgerecht. Das ist heutzutage total üblich.«

»Meistens als Resultat einer Scheidung.«

»Genau! Und um die kommen wir ja herum. Das haben wir bereits geklärt, und nun können wir weiter nach vorn blicken.«

Olivia versuchte, seinem Gedankengang zu folgen. Sie sollte das Kind gebären, und dann hätten Jamie und sie beide das Sorgerecht. Theoretisch gut, aber praktisch? Unmöglich.

»Oder glaubst du nicht, dass ich ein guter Vater sein könnte?«, fragte Jamie.

»Ich habe keine Ahnung, was du für ein Vater sein könntest.«

»Ich auch nicht. Wie du als Mutter sein könntest.«

Sie sahen einander an, Jamie lächelte und aß einen weiteren Löffel Suppe.

»Vielleicht kommen wir ja wieder zusammen«, sagte er mit dem Löffel auf dem Weg zum Mund.

»Das werden wir *nicht.*«

Die Betonung kam von ganz allein. Sie hatte nicht die geringsten Pläne, wieder mit Jamie zusammenzukommen, nur weil sie ein Kind von ihm erwartete. Gleichzeitig hatte diese Situation etwas Berührendes an sich. Sie wollte das Kind, das sie im Leib trug, zur Welt bringen. Sie wollte sich um dieses Kind kümmern.

»Kiffst du noch?«, fragte sie.

»Ab und zu, ist aber keine große Sache.«

»Für dich nicht.«

»Für mich nicht. Ich habe kein Baby im Bauch. Denkst du über solche Sachen nach?«

»Unter anderem.«

Jamie nickte und schob den Teller von sich.

»Lassen wir das erst mal für eine Weile ruhen«, sagte er und stand auf. »Du hast mir nie erzählt, was dieser Klas gemacht hat, der Freiwillige.«

»Er hat Kinder verkauft.«

Jamie sah genauso verblüfft aus, wie sie erwartet hatte, und setzte sich erst einmal wieder hin.

»Was heißt verkauft? An wen?«

»An Menschen, die ihre Organe haben wollten.«

»Ist das wahr?«

»Du wirst es in den Zeitungen lesen.«

Eine Weile saß Jamie nur still da und versuchte zu begreifen, was Olivia ihm da gerade erzählt hatte. Er war wirklich geschockt, schließlich hatte er sich selbst um diverse unbegleitete Kinder am Bahnhof gekümmert. Irgendwann stand er auf und wusch seinen Teller ab. Olivia brachte ihn hinaus. Jamie drehte sich in der Tür um und schaute Olivia an.

»Letzte Nacht habe ich geträumt, dass ich dabei war, als das Baby geboren wurde, es sah aus wie eine schrumpelige Aubergine, als es herausgekommen ist.«

Olivia konnte nicht an sich halten, sie musste laut lachen und umarmte Jamie. Gerade als er die Tür hinter sich zuziehen wollte, sagte sie:

»Ich glaube, du wirst ein guter Vater.«

Stilton und Luna waren auf dem Weg zu Muriels Begräbnis. Sie fuhren in Lunas Auto. Sie saß am Steuer, Stilton gedankenversunken neben ihr. Luna nahm an, dass er an Muriel dachte. Doch sie irrte sich. Auf halbem Weg nach Solna bat er Luna anzuhalten.

»Ich muss noch etwas erledigen«, sagte er und stieg aus. »Fahr du schon vor, ich nehme mir ein Taxi.«

Er wollte Felix Ericsson aufsuchen.

Stilton war bei Mettes Verhör von Felix nicht dabei gewesen, er wollte noch ein paar Zusatzinformationen. Ein Polizist zeigte ihm den Weg zu dem Zimmer, in dem Felix lag, und schloss hinter ihm die Tür. Felix schaute ihn an, Stilton stellte sich ans Fußende des Bettes.

»Hei. Ich heiße Tom Stilton. Meine Kollegin hat Sie angeschossen. Wäre ich es gewesen, hätten Sie nicht überlebt.«

»Soll ich Ihnen jetzt dafür danken?«

»Keine Ahnung. Es gibt wahrscheinlich nicht mehr so viel, wofür es sich für Sie zu leben lohnt.«

Stilton umfasste das Eisengitter am Fußende und schaute Felix direkt an.

»Eine sehr enge Freundin von mir ist an diesem Abend auf dem Hof ermordet worden. Sie wird heute beerdigt. Sie hat das Mädchen geliebt, dem Sie die Nieren rausschneiden wollten. Haben Sie diese Frau umgebracht?«

Die ganze Zeit war Stilton davon ausgegangen, dass Felix

Muriel das Skalpell in den Hals gerammt hatte. Aber in der letzten Nacht hatte er lange darüber gegrübelt. Es waren zwei Personen im Steinhaus gewesen, und eine von ihnen war verschwunden. Maria. Sie könnte es genauso gut gewesen sein.

Er wollte Klarheit.

»Ich habe niemanden ermordet«, sagte Felix.

»Sie haben sechs junge Menschen ermordet, mit Giftinjektionen. Diese Frau ist mit einem Skalpell in den Hals ermordet worden. Waren Sie das auch?«

»Nein.«

»Dann muss es Maria gewesen sein.«

Felix schloss die Augen, der Mund wurde zu einem dünnen Strich. Stilton wusste nicht, wie er diese Reaktion deuten sollte. Dagegen wusste er genau, dass es für Felix einfach war, Maria den Mord in die Schuhe zu schieben. Solange sie verschwunden war, gab es nichts, was dagegen sprach. Aber Felix wurden ja bereits sechs unbegreiflich kaltblütige Morde an jungen, unschuldigen Menschen zur Last gelegt, warum also einen weiteren leugnen?

Und genau das tat er.

Äußerst hartnäckig.

Er trank einen Schluck Wasser und schaute auf den Blumenstrauß, den ihm ein freundlicher Arztkollege geschickt hatte, um ihm zu zeigen, dass es noch Menschen gab, die sich an ihn erinnerten, so, wie er früher einmal gewesen war.

Bevor er zum Serienmörder wurde.

»Ich war kurz davor, den Eingriff an dem schwarzen Mädchen durchzuführen«, begann er. »Maria hatte den Bauch vorbereitet. Ich bat um ein Skalpell, sie gab es mir. Sie hielt das zweite in der Hand. In dem Moment, als ich den Schnitt legen wollte, zuckte Maria zusammen. Sie hatte etwas gehört, riss die Tür auf und war plötzlich verschwunden. Ich lief zur Tür und sah die Scheinwerfer und die Hubschrauber, und da habe ich begriffen, dass alles aus war.«

Wieder trank Felix einen Schluck Wasser, stellte langsam den Plastikbecher zurück.

»Ich bekam Panik, bin aus dem Haus gerannt, runter zum See. Dann bin ich angeschossen worden. Offenbar von Ihrer Kollegin.«

»Ja. Hatte Maria das Skalpell noch in der Hand, als sie rauslief?«

»Ja.«

Stilton schaute Felix nachdenklich an. Wäre Felix in die Richtung gelaufen, in der Muriel gefunden wurde, müsste er nach dem Mord an ihr umgekehrt und dann auf der anderen Seite des Steinhauses zum See gelaufen sein. Was nicht besonders logisch erschien. Es war sehr viel logischer, dass Felix Panik bekommen und genau so gelaufen war, wie er sagte.

Maria hatte Muriel ermordet.

Stilton ließ das Bettgestell los und ging zur Tür. Als er fast dort angekommen war, fragte Felix:

»Habt ihr Maria auch erschossen?«

»Nein, sie ist entkommen. Haben Sie eine Idee, wohin sie geflohen sein könnte?«

Einige Sekunden lang zögerte Felix, bevor er sagte:

»Ich glaube schon.«

*

Muriel Johanssons Trauerfeier sollte in der Stora-Gravkorets-Kapelle auf dem Norra Begravningsplatsen in Solan stattfinden, an einem Samstag.

Wie bei vielen Beerdigungen wurde die Zeremonie vom Wetter mitbestimmt. Graues Wetter harmoniert mit Trauer, strahlende Sonne lässt die Trauernden die Augen zusammenkneifen oder sich die Sonnenbrillen aufsetzen.

An diesem Tag war es grau, mit leichtem Nieselregen.

Benseman blieb an Veras Grab stehen. Er schaute auf die einfache Plakette auf dem Boden, die über der Urne platziert worden war. Seinen langen dunklen Mantel hielt er mit den Händen zusammen, der leichte Dauerregen verschwand in seinem üppigen Haarschopf.

»Jetzt kriegt sie Gesellschaft.«

Benseman drehte sich um. Stilton war auf dem Weg zu ihm. Er stellte sich neben Benseman und schaute hinunter. Dabei fiel ihm ein, wie Luna und er Muriel hier vor ein paar Jahren gefunden hatten, neben Veras Grab hockend, schmutzig, hungrig und bis auf die Knochen abgemagert. Sie hatten sie mit auf Lunas Schiff genommen, ihr etwas zu essen gegeben und eine Koje für die Nacht. Jetzt lag sie an einem ganz anderen Ort, in einem Sarg ein paar Hundert Meter von hier.

Benseman ging los, Stilton folgte ihm.

Der Weg zu dem hübschen Gebäude war mit Kies belegt, der unter den Schritten der herbeiströmenden Menschen knirschte.

Viele waren es nicht.

Muriel hatte den größten Teil ihres Lebens allein gelebt, und die Menschen, die jetzt zu der schweren Holztür hochgingen, waren Freunde aus ihrer Zeit als Obdachlose. Man sah es ihrer Kleidung an. Ein paar hatten versucht, passende schwarze Klamotten zu finden, andere waren in den Sachen gekommen, in denen sie aufgewacht waren. Nicht alle hatten einen sicheren Gang.

Aber das ist wohl eine der Stärken der Kirche, sie nimmt die Schwächsten genauso bei sich auf wie die Zurechtgemachten.

Alle durften hinein.

Die Kapelle war nicht besonders groß, sie fasste höchstens sechzig Personen, trotzdem waren nicht viele Bänke besetzt. Einige blieben ganz für sich, andere dicht neben ihnen Vertrauten. Ganz vorn saßen die nächsten Angehörigen. Ronny Redlös, der die Beerdigung organisiert und einen großen Kranz besorgt hatte, der auf dem weißen Sarg lag, dazu einige Sträuße mit schönen roten Rosen. Stilton, Luna und Olivia. Neben Olivia saß Folami, ganz am Ende der Bank, so dass sie ihren Bruder bei der Hand halten konnte. Akin saß auf einem Rollstuhl im Gang, seine Kette wieder um den Hals. Auf der anderen Seite von Stilton saßen Silon Karp und einige andere aus Stiltons früherem Leben.

Viel mehr waren es nicht da vorn.

Stilton hatte sich mehrere Male umgeschaut, bereits vor der Kirche und dann auch drinnen. Wo war Benseman abgeblieben? Die Antwort bekam er, als die Orgel das erste Kirchenlied erklingen ließ. Der große Norweger saß hinter den Orgelpfeifen, und noch aus dieser Entfernung konnte Stilton sehen, wie die Trauer ihm die Tränen in die Augen trieb.

Auch unten in den Bankreihen schluchzten die meisten.

Als die Orgelmusik verstummt war, richteten sich alle auf und schauten nach vorn zur Pastorin. Sie hielt eine kurze, sehr ergreifende Rede über Muriel und ihr Schicksal. Dabei vermied sie alle Sentimentalität und sprach von der Würde jedes Menschen, mit der wir geboren werden und die zu zerstören nicht möglich ist, wie übel das Schicksal uns auch mitspielt. Als sie fertig war, forderte sie alle, die es wünschten, auf, nach vorn zum Sarg zu kommen, um Abschied zu nehmen.

Ronny war der Erste. Er legte eine einfache Rose auf den Sarg und sagte etwas, das niemand hörte. Nach ihm kam einer nach dem anderen nach vorn. Stilton ging voran, dann Luna. Als sie vom Sarg zurücktrat, kam Benseman heran. Er war von der Orgelempore heruntergestiegen, um mit seinen eigenen Worten von Muriel Abschied zu nehmen. Stilton betrachtete ihn, und dabei fielen ihm viele Dinge ein, die Nächte in der Herberge, Bensemans zerschlagenes Gesicht nach dem Überfall im Park, die Nacht, als er bei ihm auf dem Boden schlief und ihn aus einem Buch über das Maya-Volk zitieren hörte und er ihm plötzlich sagte, dass er Muriel heiraten wolle. Jetzt musste Stilton mit ansehen, wie Benseman seine große Pranke auf den Sarg legte, die andere auf seine Brust und dann wieder ging.

In der Kirche wurde es still.

Schon wollte Stilton aufstehen, als sich eine andere Person erhob. Am Ende seiner Bank. Folami. Olivia schaute sie an und stellte wieder diesen sonderbar geraden Rücken fest. Sie folgte Folami mit dem Blick. Das dünne Mädchen trat an den Sarg, schaute in den Raum, begegnete Akins Blick, dann blickte sie wieder auf den Sarg.

Und begann zu singen.

Nicht besonders laut, nur so, damit der tote Körper in dem Sarg sie hören konnte, aber mit einer schönen, ruhigen Stimme, ohne jedes Zittern. »Schlaf, du kleines Weidenkind, denn es ist noch Winter«, sang sie. Die ganze erste Strophe, in fast perfektem Schwedisch.

Die Stille in der Kirche war allumfassend. Niemand wagte auch nur zu atmen. Die Pastorin faltete die Hände vor der Brust und betrachtete das Mädchen an dem Sarg.

Stilton weinte.

Wieder.

Auf dem Kirchenhügel gab es so einige Umarmungen und heisere Versprechen, sich bald wiederzusehen, dann zerstreute sich Muriels magerer Bekanntenkreis. Die noch blieben, brauchten ein wenig mehr Zeit. Stilton bekam seine Gesichtszüge wieder unter Kontrolle und umarmte Benseman herzlich. Ronny lud zum Leichenschmaus im Antiquariat ein.

»Gern«, sagten Luna und Olivia wie aus einem Mund.

Und Olivia strich sich heimlich mit einer Hand über den Bauch und beschloss, dass sie dabei alkoholfrei bleiben würde.

Luna trat zu Stilton und zog ihn ein Stück zur Seite.

»Wir werden für eine Weile wieder ein paar Flüchtlinge auf dem Schiff haben«, flüsterte sie.

Luna schaute über seine Schulter. Stilton drehte sich um und sah Folami und Akin ein Stück hinter sich. Folami stand neben dem Rollstuhl und hielt ihren Bruder an der Hand.

»Das ist doch in Ordnung, oder?«

Stilton drehte sich wieder zu Luna um und nickte, dann ging er zu den beiden Geschwistern.

»Du hast so schön gesungen, Folami«, sagte er.

»Danke. Das Lied hat Muriel mir beigebracht.«

Stilton wollte ihr schon übers Haar streichen, war sich dann aber unsicher, ob das jetzt angebracht war. Folami bemerkte sein Zögern und zog ihn etwas zur Seite, weg vom Rollstuhl.

»Muriel war doch auch deine Freundin«, sagte sie leise.

»Ja?«

»Wer hat sie getötet?«

»Die Frau. Maria. Sie ist uns entkommen.«

Folami schaute zu Boden, und jetzt traute Stilton sich, ihr über das schöne schwarze Haar zu streichen, mit einer ganz sanften Bewegung, und danach sank er vor ihr in die Knie und schaute ihr in die Augen.

»Ich werde sie finden, Folami. Wo immer sie auch ist.«

Stilton erhob sich wieder und ging den knirschenden Kiesweg entlang. Ronnys Leichenschmaus würde ohne ihn stattfinden. Es war wichtiger, nach Maria Cosmina Basescu zu suchen.

Es sollte drei Monate dauern, bis er sie fand.

Auf den Philippinen, sie verließ gerade eine Hahnenkampfarena. Er stellte sich ihr als »René« vor.

Wir danken Camilla Ahlgren für ihre umfassende Unterstützung bei der Recherche und ihr kreatives Manuskriptlesen.

Wir danken Estrid Bengtsdotter für ihr immer gleich intensives und gründliches Korrekturlesen.

Wir danken Magda Gad für ihre erschütternden Artikel über Rumänien im »Expressen«. Das Thema unseres Buches beruht zum Teil auf dieser Grundlage.

Wir danken unserer Agentur Grand Agency für ihre eifrige Arbeit mit unseren Büchern sowie Susanna Romanus und Peter Karlsson von Norstedts für die inspirierende und professionelle Zusammenarbeit.

Die schwedische Originalausgabe erschien 2016 unter dem Titel
»Sov du lilla videung« bei Norstedts, Stockholm.

MIX
Papier aus verantwortungsvollen Quellen
FSC® C014496

Verlagsgruppe Random House FSC® N001967

1. Auflage
Genehmigte Taschenbuchausgabe März 2018

Neumarkter Str. 28, 81673 München
Covergestaltung: semper smile, München
Covermotiv : nejronphoto/Shutterstock; lane.V.ericson/Shutterstock
Druck und Einband: GGP Media GmbH, Pößneck
AH · Herstellung: sc
Printed in Germany
ISBN 978-3-442-71611-1

www.btb-verlag.de
www.facebook.com/btbverlag